Robyn Young est née en 1975 à Oxford. Irlandaise et galloise du côté de sa mère, anglaise et écossaise du côté de son père, elle a toujours été fascinée par l'héritage celtique. Après un voyage en Égypte en 2001, elle se lance dans la rédaction de « L'Âme du Temple » dont *Requiem* est le troisième volet.

REQUIEM

L'ÂME DU TEMPLE

Volume 1 : *Le Livre du Cercle*

Volume 2 : *La Pierre noire*

REMERCIEMENTS

La trilogie *L'Âme du Temple* aura mis dix ans à voir le jour. Il aura fallu non seulement du temps pour la créer, mais aussi le soutien de toute ma famille et de mes amis, ainsi que de spécialistes qui ont bien voulu partager leurs connaissances en cours de route. Cela n'est qu'un mince témoignage de ma reconnaissance envers tous ces gens.

Merci à Deborah Druba et à l'équipe d'Univers Poche pour le chaleureux accueil qui m'a été réservé à Paris et pour m'avoir présentée à Joffrey Seguin, qui m'a montré le passé médiéval caché de la ville. Merci aussi à Alison Weir pour avoir généreusement partagé ses notes de recherches sur Philippe IV et à Christine Tomkins pour la traduction des textes français.

Mille mercis à tous ceux qui ont pris le temps de m'informer avec autant de passion sur l'histoire des sites que j'ai visités en Écosse, et en particulier Allan Kennedy au Bannockburn Heritage Centre, David Frame au château de Stirling et Sarah au centre d'information touristique de Berwick-sur-Tweed, qui m'a aidée à trouver un guide historique exploitable sur la ville.

Ma gratitude à Steven Charlton pour ses expériences inoubliables avec les oiseaux de proie. Merci à Wayne de Strete, Jeff Baker, Karl Alexander, Mark Griffin et Seán George au Stunt Action Specialists pour l'invasion de

Canterbury et pour m'avoir appris les meilleures façons d'éliminer ses ennemis. Merci aussi à Mark pour les lectures qu'il m'a suggérées et pour ses vérifications minutieuses des batailles.

Ma reconnaissance va aussi au Third Monday Club pour leur soutien éditorial, ainsi qu'au Dr Mark Philpott du Centre for Medieval & Renaissance Studies et du Keble College à Oxford, pour avoir relu les manuscrits.

Je ne remercierai jamais assez mon agent, Rupert Heath, qui a cru dès le début à cette trilogie, et pour les fous rires en cours de route. Merci aussi à Dan Conaway de la Writers House.

Je dois beaucoup à tout le monde chez Hodder & Stoughton pour l'enthousiasme avec lequel a été accueillie la trilogie et pour avoir rendu chaque moment délicieux. Je voudrais remercier en particulier mon éditeur, Nick Sayers, mais aussi Anne, Emma, Tara, Kelly, Laurence, Lucy, Richard, Aslan, Melissa, Laura, Helen et tous les employés. Mention spéciale à Toni, Charlotte et Emma pour le fantastique lancement qu'ils ont organisé et, enfin, je tiens à remercier ici Alasdair Oliver et Larry Rostant pour leur conception graphique époustouflante.

Merci également à toute l'équipe de Dutton pour son implication dans la trilogie, et tout particulièrement à mon éditrice américaine, Julie Doughty. J'aimerais d'ailleurs en profiter pour remercier tous mes éditeurs et leurs équipes, ils ont tous travaillé d'arrache-pied.

Pour finir, mes sincères remerciements à ma famille et à mes amis pour avoir partagé avec moi les hauts et les bas de cette aventure souvent incroyable et stimulante, et parfois terrifiante. Et mon amour va à Lee : collaborateur, critique, assistant chercheur, camarade de célébration, et beaucoup plus encore.

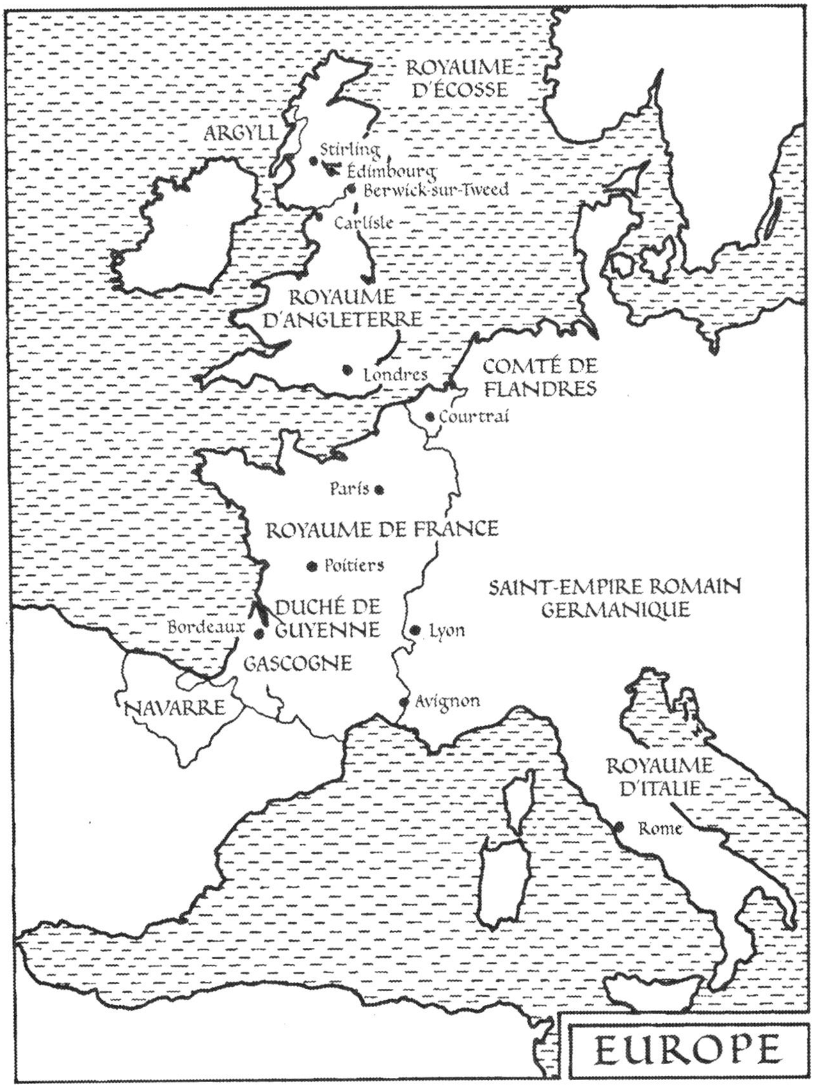
ROYAUME
D'ÉCOSSE
ARGYLL
Stirling
Édimbourg
Berwick-sur-Tweed
Carlisle
ROYAUME
D'ANGLETERRE
Londres
COMTÉ DE
FLANDRES
Courtrai
Paris
ROYAUME DE FRANCE
Poitiers
SAINT-EMPIRE ROMAIN
GERMANIQUE
DUCHÉ DE
GUYENNE
Bordeaux
Lyon
GASCOGNE
NAVARRE
Avignon
ROYAUME
D'ITALIE
Rome
EUROPE

Requiem aeternam dona eis, domine,
et lux perpétua luceat eis.

« Donne-leur le repos éternel, Seigneur,
et que la lumière brille à jamais sur eux. »

Introït de la Messe des morts.

PROLOGUE

Lorsque le jeune homme s'agenouilla sur le sol, le froid s'infiltra à travers le tissu peu épais de sa culotte. Ses genoux étaient meurtris par la dureté des pierres, mais ce désagrément avait quelque chose de rassurant ; les dalles semblaient constituer le seul élément solide de la pièce. Le nuage d'encens qui emplissait l'espace de ses volutes mouvantes lui piquait les yeux. Son odeur âcre lui rappelait celle des feux de papier. Il ne savait pas ce qui brûlait ainsi, mais ce n'était pas l'oliban qui l'accueillait d'ordinaire à l'église. Autour de lui, des ombres longeaient les murs, nébuleuses et impénétrables, passant devant des chandelles si éloignées les unes des autres qu'elles ne projetaient qu'une lumière ténue sur les carreaux et ne servaient qu'à l'aveugler et le désorienter davantage. À quelques mètres sur sa gauche, le sol était couvert d'une substance visqueuse et humide. Là, dans la pénombre, elle paraissait presque noire, mais à la lumière du jour, le jeune homme savait qu'elle se révélerait d'un terrifiant rouge écarlate. Il sentait encore son odeur métallique, même par-dessus le puissant parfum de l'encens, et il déglutit avec difficulté, la gorge assaillie par la nausée.

Ce n'était pas ce à quoi il s'attendait. Une partie de lui ne s'en trouvait pas plus mal : il n'aurait peut-être pas réussi s'il avait su ce qu'on allait exiger de lui cette nuit. Seules la présence de ces hommes dans l'ombre et la crainte de ce qui se passerait s'il refusait le retenaient de se sauver et le poussaient à obéir aux ordres qu'on lui donnait. Il ne voulait pas montrer sa faiblesse. Il tenait à bien faire, malgré son trouble, et il regardait donc droit devant lui, le torse nu, penché vers l'avant, les mains moites croisées dans le dos.

Maintenant que les hommes s'étaient immobilisés et que le silence emplissait de nouveau la pièce, il entendait des chants d'oiseaux lui parvenir, faibles et évanescents, par les hautes fenêtres couvertes de rideaux opaques. L'aube ne tarderait plus.

Quelque chose bougea sur sa gauche. Il vit une forme s'approcher et l'appréhension lui tordit l'estomac. C'était un homme habillé d'une cape chatoyante faite de centaines de morceaux de soie, tous de différentes teintes de rouge et de bleu : cobalt, saphir, rose, violet... Ici et là, des fils d'argent entrelacés scintillaient à la lueur des chandelles et donnaient l'impression qu'il était vêtu d'écailles de poisson. Il le guidait et lui donnait des ordres depuis le début de la cérémonie, mais le jeune homme n'avait à aucun moment pu distinguer son visage, dissimulé par une capuche. Il était même surpris qu'il voie suffisamment pour marcher. Sous la capuche, sa tête semblait bizarrement formée, et il parlait d'une voix sourde et profonde.

— Tu as choisi ta voie et ce choix est sage. Tu as prêté serment, résisté à la tentation et à l'effroi. Voici venu l'heure de l'ultime épreuve, la plus périlleuse. Obéis-moi comme tu as juré de le faire et tout ira bien.

Il marqua une pause.

— Jures-tu de m'écouter à partir d'aujourd'hui ?

— Je le jure, dit le jeune homme, dans un souffle.

— Alors, prouve-le, lança l'homme.

Et tout en prononçant ces mots, il ôta sa capuche et s'accroupit devant le jeune homme, qui eut un mouvement de recul en voyant le squelette grimaçant à quelques centimètres de son visage, les chandelles accentuant les contours de ses os et rendant encore plus noires ses immenses orbites vides.

Même s'il savait qu'il s'agissait simplement d'un masque, et bien qu'il aperçût deux pupilles sombres au fond des cavités, sa terreur ne se dissipa pas, et quand l'homme sortit une petite croix en or des plis de la cape avant de la brandir devant lui, il eut l'impression que son cœur allait lâcher.

— Crache.

— Comment ?

— Révolte-toi contre son emprise. Prouve que tu n'es fidèle qu'à moi seul, que tu parles à l'unisson avec tes frères.

Le jeune homme jeta des coups d'œil affolés à droite et à gauche, les hommes sortaient de l'ombre. Eux aussi portaient des masques : rouge sang avec une tête de cerf blanche sur le front.

— Crache ! tonna-t-il.

Sentant les hommes s'attrouper autour de lui et dissimulant la lumière des chandelles, le jeune homme se pencha sur la croix tendue. Il amassa autant de salive qu'il le put dans sa bouche desséchée. Puis il ferma les yeux et cracha.

PREMIÈRE PARTIE

1

Bordeaux, royaume de France

25 novembre 1295 après J.-C.

Les paumes de Mathieu étaient couvertes de sueur. Il serra plus fort sa grande épée et, cherchant à se rassurer, regarda du côté de son commandant qui se tenait prêt au combat et gardait les yeux rivés sur les doubles portes à l'extrémité de la salle. Alors que Mathieu l'observait, une goutte de sueur glissa sur sa joue. Le bruit étourdissant se fit de nouveau entendre, la porte trembla violemment, et les neuf gardes attroupés devant elle tressaillirent. Dans le silence qui s'ensuivit, on n'entendit plus que leur respiration saccadée. Quelques instants plus tard, le bois subit un autre impact brutal. Cette fois, il n'y eut pas de répit. Les portes s'ouvrirent, brisées net, et projetèrent dans la salle des échardes de chêne qui se fichèrent dans les tapisseries et glissèrent sur les carreaux. Puis le bélier s'arracha aux décombres dans un craquement déchirant et les soldats s'engouffrèrent par la brèche.

Mathieu éprouva une peur vertigineuse. Pendant une seconde, il fut tétanisé. Des prières et des protestations incohérentes lui traversèrent l'esprit. Il n'avait que dix-neuf ans. Ce n'était pas ce qu'il avait imaginé quand son père lui avait trouvé ce travail. *Dieu adoré, épargne-moi.* Puis, lorsque son commandant hurla un ordre et que ses camarades se ruèrent sur les soldats qui entraient, il se força à les suivre. L'un d'eux se jeta sur lui, mais avec trop de précipitation. Mathieu eut le temps de le voir brandir un écu de la forme d'un milan, avec un bossage en fer, bleu écarlate comme la cape de l'homme, et il leva son épée pour parer le coup qui visait sa tête. Tout autour de lui, les autres gardes affrontaient leurs assaillants dans un chaos de lames et de corps. Dans l'espace confiné, les chocs retentissaient avec férocité, lames entrechoquées heurtant les boucliers, bottes piétinant le sol. À la différence des soldats, qui arboraient d'épaisses cottes de mailles et des cervelières, les gardes portaient de simples gambisons en cuir et des cuissardes rembourrées pour protéger leurs jambes.

Le soldat porta un nouveau coup et Mathieu serra les dents, l'épée manquant de lui échapper des mains sous la violence de la secousse. Il eut envie de faire demi-tour et de s'enfuir, mais le soldat, par une série d'attaques, le forçait à reculer, et il était maintenant presque acculé au mur. Il était pris au piège. Malgré ses efforts pour repousser son assaillant, celui-ci refusait de lâcher du terrain et il poussa un cri de frustration. La sueur lui brouillait la vue et l'aveuglait. Il ne pouvait quasiment plus bouger. Il esquiva une botte rapide visant ses côtes, en para une autre sur sa poitrine et abattit son épée comme il pouvait. Le soldat se pencha sur la gauche pour éviter sa lame. La vision de Mathieu s'emplit de rouge et de bleu en recevant le bouclier du soldat en plein visage, avec sa bosse en fer. La douleur déferla sur lui. Le sang jaillit dans son nez et sa bouche, et il tituba contre le mur, l'épée pendue au bout du bras. Un instant plus tard, il sentit une perforation en haut du tronc, sur le côté, puis un élancement. Le soldat avait plongé la lame sous l'aisselle, à un endroit où le cuir ne le protégeait pas. Mathieu hurla tandis que l'homme agrippait le pommeau de sa main gantée et enfonçait la lame en grognant sous l'effort.

Mathieu sentit son épée lui glisser des mains. À l'autre bout de la salle, d'autres soldats déferlaient par la brèche et venaient prêter main-forte à leurs compagnons. Mais ceux-ci n'avaient guère besoin d'aide : ils étaient plus nombreux et avaient l'avantage. Tout s'était déroulé si vite. Depuis le bâtiment principal, les gardes avaient vu leurs camarades de la loge tomber et les soldats avaient franchi les grilles au galop sans leur laisser le temps de verrouiller les portes. La lame sous son aisselle ressortit dans une gerbe de sang. En s'effondrant sur le sol, Mathieu vit un de ses camarades s'écrouler, le ventre transpercé. Les autres se repliaient en désordre vers les escaliers menant à la galerie. Il entendit des cris au-dessus de lui, mais avant d'en avoir identifié l'origine, il s'évanouit en laissant une traînée rouge sur le mur derrière lui.

Les hurlements redoublèrent, couvrant le vacarme de la salle, tandis qu'un homme descendait l'escalier. Un par un, les soldats s'arrêtèrent en laissant les gardes battre en retraite. L'homme continuait de hurler dans un français incohérent tout en dévalant les dernières marches. Brandissant une épée, il dépassa ses gardes et s'avança vers les soldats, qui se figèrent, le souffle court. Ils restèrent sur leur position et l'homme s'immobilisa à quelques mètres d'eux en scrutant leurs surcots. Reconnaître leur uniforme ne le réconforta pas.

— Qu'est-ce que cela signifie ?

Sa voix tremblait de peur et de colère, mais il tenait fermement son épée.

— Comment osez-vous attaquer ma demeure, mes hommes ?

Il balaya d'un geste la pièce où gisaient plusieurs gardes, ses yeux s'attardant un instant sur la forme recroquevillée de Mathieu, le plus jeune d'entre eux.

— Qui est votre commandant ? J'exige de le rencontrer.

Il y eut un silence.

— Répondez-moi !

— Vous pouvez parler avec moi, messire Pierre de Bourg.

Un homme entra en jetant des regards à la ronde, tout en enjambant les débris de la porte d'entrée. Il semblait n'avoir guère plus de la trentaine et il avait un long visage, des yeux bruns et le teint jaunâtre, souvenir d'un très ancien hâle. Ses cheveux étaient couverts d'une coiffe de soie blanche. Il portait une grande cape d'équitation qui descendait presque jusqu'au sol et donnait l'impression qu'il était plus fin et plus grand qu'en réalité. La cape était simple, mais élégamment taillée, avec deux petits bossages en métal cousus de part et d'autre de sa poitrine et maintenus par une chaîne en argent.

— Qui êtes-vous ? demanda Pierre.

Sans le quitter des yeux, l'homme retira sa paire de gants en soie, qui révélèrent des mains grêlées parcourues de veines bleuâtres.

— Mon nom est Guillaume de Nogaret.

Il parlait la langue d'oïl. Pierre décela néanmoins une pointe d'accent du Sud dans sa manière de la prononcer. Les soldats s'écartèrent devant Guillaume tout en gardant leurs épées brandies vers Pierre, derrière lequel les gardes s'étaient regroupés pour le protéger.

— Baissez votre arme, fit Nogaret.

Pierre s'efforça de retrouver le calme que le visage impassible de Nogaret lui faisait perdre.

— Certainement pas. Vous entrez chez moi, tuez mes hommes. D'où prenez-vous vos ordres ?

— Je suis ministre du roi Philippe IV. C'est lui qui a ordonné cette expédition.

Pierre regarda les surcots rouge et bleu des soldats : les couleurs de la garde royale postée à Bordeaux, sous les ordres du frère du roi, Charles de Valois.

— On nous a appris que vous espionnez nos forces et envoyez des rapports aux Anglais à Bayonne, poursuivit Nogaret.

— C'est ridicule ! Où avez-vous entendu cela ? Qui m'accuse ?

— Baissez votre arme, répéta Nogaret, ou mes hommes vous y obligeront.

Il y eut un long moment de flottement avant que Pierre ne finisse par obéir.

— Dites à vos gardes de déposer leurs armes au sol et de se placer contre le mur.

Pierre se tourna vers ses hommes et hocha la tête. Dès qu'ils eurent obtempéré, les soldats se dépêchèrent de ramasser les épées et de pousser les hommes désemparés à l'endroit indiqué. Puis ils tirèrent les cadavres de Mathieu et des autres et les entassèrent sur un côté de la salle.

— Combien d'autres personnes y a-t-il dans le bâtiment ? demanda brusquement Nogaret.

— Seulement ma famille et mes domestiques, mais quoi que vous me vouliez, ça ne les concerne pas.

— Fouillez les chambres, ordonna Nogaret à cinq de ses soldats. Amenez-moi tous ceux que vous trouverez. S'ils résistent, n'hésitez pas à employer la force.

Pierre leur jeta un regard angoissé tandis qu'ils commençaient à gravir l'escalier.

— Je vous en supplie, ne leur faites pas de mal.

Il se tourna vers Nogaret :

— S'il vous plaît, ma femme et mes enfants sont là-haut !

— Emparez-vous de lui, lança Nogaret à l'intention de deux soldats.

Il désigna un couloir sombre qui partait depuis l'entrée de la salle :

— Est-ce que ça mène aux cuisines ? Oui ou non ? insista-t-il en voyant que Pierre ne répondait pas.

Pierre opina en silence. Tandis qu'on le poussait dans le couloir, Nogaret le suivit, laissant les soldats surveiller les gardes.

Les cuisines étaient grandes, et la pièce principale était coupée en deux par une table à tréteaux sur laquelle étaient posés deux marmites remplies de légumes, un tas de carottes et un couteau. Dans l'âtre, de la fumée s'élevait au-dessus d'un chaudron et plusieurs faisans pendaient à un crochet avec leurs plumes bronze et turquoise chatoyant dans la lumière qui se déversait par de hautes fenêtres. La pièce était imprégnée d'une odeur d'herbes et il y faisait chaud.

Les yeux de Nogaret s'arrêtèrent sur les carottes. L'une d'entre elles était à démi épluchée.

— Où sont les cuisiniers?

— À l'étage. Quand l'alarme a été donnée, j'ai envoyé tout le monde en haut jusqu'à ce qu'on sache ce qui se passait.

Pierre fusillait Nogaret du regard.

— Mais vous ne m'avez pas laissé de temps. Vous avez brisé ma porte et attaqué mes hommes.

— En général, on ne donne pas d'avertissement aux traîtres, et ce sont vos hommes qui nous ont refusé l'entrée, nous obligeant à faire usage de la force. Ce sont eux qui se sont jetés sur les miens avant qu'ils aient le temps de s'expliquer.

— Je ne suis pas un traître, répondit Pierre d'un air indomptable.

— C'est ce que nous allons découvrir.

Nogaret s'approcha de la table et s'empara du couteau.

— Tenez-le.

— Attendez... S'il vous plaît! hurla Pierre tandis que les soldats s'emparaient de lui.

Nogaret inspectait le couteau. La lame effilée était couverte du jus des légumes.

— Nous savons que vous êtes en rapport avec les troupes anglaises à Bayonne, que vous leur envoyez dcs informations sur nos forces à Bordeaux. Le nombre d'hommes dont nous disposons. Nos défenses.

— Je ne sais pas où vous avez eu cette information, mais je vous assure que c'est faux. Je n'ai jamais rencontré le moindre soldat anglais.

— Allons, allons, fit Nogaret sur un ton désabusé. Cela ne se peut pas. Quand le roi Édouard résidait en ville, vous avez dû en croiser beaucoup.

— Ce n'est pas ce que je voulais dire.

— Vous avez rendu hommage à Édouard pour vos terres lorsqu'il était en possession du duché. Vous lui avez même fourni des hommes pour l'aider à construire ses bastides.

La voix de Nogaret était teintée de mépris.

— Il en a bâti un peu partout, comme un chien qui marque son territoire.

— Eh bien, comme vous le dites vous-même, si Édouard est mon seigneur et que c'est en son nom que je possède des terres, comment aurais-je pu éviter le contact avec les Anglais, de même que les autres nobles du duché de Guyenne ?

— Édouard *était* votre seigneur, rétorqua Nogaret. Il ne l'est plus depuis plus d'un an, depuis que le roi Philippe a pris le contrôle du duché, et pourtant il semble que votre allégeance, que ce soit par sens du devoir ou par volonté, demeure.

— Ce n'est pas vrai. Je suis fidèle au roi.

Pierre releva la tête.

— En dépit de ce qu'il a fait ici.

— Ce qu'il a fait ici ?

— Je ne suis pas aveugle. Je sais ce qui se passe dans toute la région. Les troupes royales continuent à affluer depuis le nord, s'emparant des cités et des châteaux, désormais elles expulsent les nobles, s'approprient leur domaine, leurs richesses. J'ai été témoin de tout cela ces derniers mois et je l'ai enduré en serrant les dents, mais je l'ai enduré. Je n'ai eu aucun contact avec les troupes d'Édouard et n'en ai nulle intention.

— Vous l'avez enduré? gronda Nogaret d'une voix sourde. On dirait que vous parlez d'un enfant difficile qui vous excède, et non de votre roi. Le souverain de ce royaume confisque, comme il en a le droit, le territoire d'un étranger qui a nui à la Couronne française, et vous l'endurez?

Le regard de Nogaret était implacable.

— Amenez-le.

Malgré ses ruades, les soldats tirèrent Pierre jusqu'à la table au centre des cuisines.

— Posez ses mains à plat sur la table.

Pierre se débattit furieusement; un des soldats lui attrapa le poignet. L'autre lui fit une clé de bras autour du cou pour l'empêcher de résister. Celui qui lui tenait le poignet le força à poser la main, paume ouverte, sur la table. Nogaret tendit le couteau au soldat.

— Je vous le dis, Pierre de Bourg, pour l'instant vous n'avez encore rien enduré.

Depuis le couloir, leur parvenaient des bruits de lutte. Nogaret regarda derrière lui, entendant une voix pousser des cris indignés. La porte s'ouvrit et un homme entra, le visage écarlate et nerveux. Il avait le même âge environ que Nogaret, était petit et maigre, avec un nez crochu et une bouche qui s'affaissait sur son menton évasé. Un garde royal se trouvait derrière lui, avec l'air d'hésiter. Ignorant les excuses du soldat, Nogaret étudia l'intrus. Il portait une volumineuse cape doublée de fourrure brune par-dessus une tunique de lin blanc qui tombait jusqu'au sol. Une paire de sandales dépassait des plis de ses vêtements. Il s'agissait d'un homme d'Église.

L'homme détourna son regard du couteau tendu vers Pierre.

— Je vous en supplie, relâchez cet homme.

— Que voulez-vous? demanda Nogaret. Et qui êtes-vous?

— Je suis Bertrand de Got, évêque de Comminges.

L'évêque jeta un regard à Pierre, qui avait cessé de lutter et le fixait avec espoir.

— Vous êtes bien éloigné de votre diocèse.

— J'ai rendu visite à l'un de mes neveux, qui est prêtre ici à Bordeaux. J'étais dans son église quand j'ai appris que les troupes royales étaient parties arrêter le sieur de Bourg.

— Et pourquoi vous en mêlez-vous?

Bertrand prit une profonde inspiration, qui raffermit sa voix :

— Pierre est un généreux bienfaiteur de l'église de mon neveu et un membre respecté de la paroisse. Je ne peux imaginer ce qu'il a fait pour mériter d'être traité de cette façon. Un message a été envoyé à l'archevêque, pour l'informer de la situation, ajouta-t-il d'un air éloquent.

Les yeux de Nogaret ne trahissaient aucune inquiétude.

— Cet homme si respecté est un traître. Lui et d'autres dans la région renseignent les Anglais sur les mouvements de nos troupes royales. Et nous savons que les hommes d'Édouard prévoient d'attaquer nos positions afin de reprendre le duché.

— Je ne peux pas le croire.

— Personne n'ignore qu'il était proche d'Édouard d'Angleterre. Il n'est pas si difficile d'imaginer qu'il ait pu continuer à soutenir son ancien maître.

— Mais la plupart des dignitaires d'ici ont eu des rapports avec Édouard, protesta Bertrand. J'ai moi-même rencontré le roi d'Angleterre à plusieurs reprises durant son séjour en Gascogne.

— Je n'ai pas besoin de me justifier davantage devant un *évêque*.

Nogaret souligna ce dernier mot et sa voix révéla pour la première fois un semblant d'émotion. Puis il s'adressa au soldat derrière Bertrand :

— Raccompagnez-le dehors et assurez-vous qu'il parte.

— C'est inadmissible!

Bertrand jetait à Nogaret un regard de défi.

— L'archevêque ne le tolérera pas, pas dans sa province.

— Cette maison est confisquée, elle appartient désormais au roi de France. Partez ou je devrai vous condamner pour vous être introduit sans autorisation dans une propriété royale.

— Cette histoire ne se terminera pas là.

Bertrand de Got observa la porte en secouant la tête.

— Je suis désolé, Pierre. Je ne peux rien faire de plus.

Pierre se raidit, les yeux exorbités.

— Mon Dieu, Bertrand, aidez-moi !

Nogaret s'approcha de Pierre, la bouche tordue en un rictus.

— Dieu n'a plus d'autorité sur ce domaine à présent.

— *Bertrand !* hurla Pierre.

Mais l'évêque s'éloigna, escorté par le garde royal qui claqua la porte derrière eux, l'empêchant de voir le soldat poser la main sur la bouche de Pierre pour étouffer son cri avant que la lame ne s'abatte.

Quand il eut fini de le torturer, Nogaret retourna dans la grande salle, laissant Pierre à demi conscient avec l'un de ses soldats. L'autre le suivait en s'essuyant les mains sur un torchon de cuisine. Dans la salle, on avait rassemblé d'autres personnes : trois hommes et quatre filles, des domestiques à en juger par leurs habits, ainsi qu'une femme mince et pâle revêtue d'une élégante robe, qui serrait contre elle deux garçons. L'un d'eux pressait ses poings contre son visage et pleurait.

Lorsque Nogaret entra, plusieurs gardes levèrent la tête, avec une expression de colère impuissante. La femme regarda d'un air hébété le soldat aux mains couvertes de sang. L'un des domestiques, un homme âgé, essaya d'avancer, mais il recula en voyant une lame pointée dans sa direction. Nogaret remarqua qu'un autre garde était allongé à côté des deux individus tombés au début du combat, et qu'un soldat royal semblait avoir été blessé. Il approcha d'un homme dont le surcot était bordé de brocart jaune.

— Capitaine, que s'est-il passé ?

Le capitaine l'entraîna près des portes, à l'écart des oreilles indiscrètes.

— Quand ils ont entendu le seigneur crier, ils ont essayé de nous attaquer. L'un d'eux a réussi à s'emparer de la lame d'un de mes hommes. J'espère que le traître s'est confessé, ajouta-t-il d'une voix bourrue.

— Pas encore.

Le capitaine fronça les sourcils.

— D'ici, l'interrogatoire semblait pourtant sérieux.

— Avez-vous fait ce que je vous ai demandé ? demanda Nogaret en ignorant le commentaire.

— On charge le chariot en ce moment même.

Le capitaine marqua une pause avant de reprendre :

— Mais s'il n'a pas encore avoué, ne devrions-nous pas attendre confirmation avant d'agir ? Il se peut qu'il dise la vérité. Peut-être notre information était-elle fausse ?

— Elle ne l'est pas, répliqua sèchement Nogaret. Il faut abattre ces gens avant qu'ils ne puissent nous nuire. À l'heure actuelle, notre position face aux Anglais est bonne, mais nous ne devons pas nous exposer. Ils nous ont pris Blaye et Bayonne au début de la guerre. De meilleures informations leur permettraient de s'adjuger davantage de territoire.

Le capitaine hocha la tête.

— Assurez-vous qu'on conduise le sire de Bourg et sa famille aux geôles de la garnison. Leur sort sera décidé le moment venu.

Tandis que le capitaine donnait ses ordres à ses hommes, Nogaret sortit dans la lumière éblouissante de cet après-midi de novembre.

Devant la maison, il y avait beaucoup d'animation autour d'un chariot. Des écuyers gardaient un œil sur les chevaux alors que les soldats allaient et venaient par une porte latérale, portant des objets en abondance : candélabres richement ornés, ballots de robes en soie – qui provoquaient les railleries de leurs camarades –, piles d'assiettes en argent, pleines brassées de livres, deux épées avec leurs fourreaux, une boîte d'épices en bois de rose.

Nogaret alla jusqu'au chariot. Il scruta l'amas d'objets et de vêtements. Voyant quelque chose scintiller sur le sol, il se pencha et ramassa un collier de perles en verre. Il rejeta la babiole à l'intérieur en toussant. Il espérait vivement qu'une fois ajouté à ce qu'il avait confisqué dans les autres châteaux, ce butin suffirait à justifier le temps qu'il avait passé ici, et ce d'autant plus que c'était lui qui avait eu l'idée de ces saisies.

— Messire.

Un soldat désignait les grilles d'entrée. Jetant un coup d'œil de ce côté, Nogaret vit un cavalier approcher. Le cheval soulevait des nuages de poussière. Il se demanda un instant si l'évêque avait décidé de revenir, mais alors que le cavalier s'avançait, Nogaret reconnut la livrée familière, noir et rouge. C'était un messager royal. Il avait connu l'homme à Paris.

— Messire de Nogaret, le salua le cavalier en mettant pied à terre.

Puis il plongea la main dans un sac en cuir couvert de poussière et en tira un rouleau.

— C'est la garnison de la ville qui m'a dit où vous trouver.

Nogaret brisa la cire et ouvrit la lettre, qu'il lut rapidement.

— Messire ?

En entendant le galop du cheval, le capitaine s'était précipité dehors.

Un cri de détresse leur parvint depuis l'intérieur de la maison. Deux gardes tiraient la jeune femme à travers la porte défoncée. Elle hurlait quelque chose à ses enfants.

— Finissez-en ici, dit Nogaret en haussant le ton pour se faire entendre par-dessus le vacarme. Livrez directement le butin au prince Charles. Il le fera suivre au roi Philippe.

— Bien sûr.

Le capitaine jeta un regard perplexe sur le messager.

— Vous nous quittez, messire ?

— Je dois retourner à Paris.

Nogaret claqua des doigts pour appeler l'écuyer qui s'occupait de son cheval.

— Le roi me convoque.

2

Les bords de Seine, Paris

19 décembre 1295 après J.-C.

La galère dérivait le long de l'embarcadère en raclant la pierre. Les hommes attrapèrent les cordes qu'on leur lançait et les nouèrent autour des anneaux de fer, tirant de toutes leurs forces pour immobiliser le vaisseau. Puis on installa les passerelles dans un grand fracas et une foule d'hommes commença à débarquer, les visages brunis et tannés par le soleil et le vent. Les manteaux blancs qu'ils portaient étaient mouillés à cause du brouillard qui stagnait sur le fleuve et s'enroulait autour du mât du bateau, au sommet duquel pendait mollement la bannière rouge et blanc.

Will Campbell resta à côté du navire tandis que les hommes défilaient devant lui pour descendre. Il observa les alentours et s'emplit les poumons de l'atmosphère glaciale et humide. La ville s'étendait sous ses yeux dans un chaos de toits et de clochers. La brume donnait une allure vague aux rangées de maisons en bois ou en plâtre, à plusieurs étages, parfois interrompues par les contours massifs d'une église ou d'une abbaye. Face à lui, l'hôtel de ville, siège administratif du prévôt des marchands, surplombait la place de Grève. L'imposant bâtiment s'élevait au milieu d'un dédale d'échoppes, de marchés et de maisons qui se répandaient sur toute la rive droite : le centre municipal de Paris. Will repéra d'autres édifices qu'il connaissait, mais la brume et le temps brouillaient ses souvenirs de la ville. Il n'avait pas mis les pieds sur ces rives depuis tant d'années. Il jeta un regard derrière lui sur l'île de la Cité, dont la forme arrondie surgissait de la Seine, ornée de blanc. Le cœur de la France. Il aperçut les tours du palais vers l'ouest et ses mâchoires se contractèrent.

— Ça n'a pas changé, n'est-ce pas ?

Simon le rejoignit et posa ses bras croisés sur le bordage. Sa barbe avait poussé au cours du voyage, mais sa touffe de cheveux bruns commençait à être clairsemée. Will, qui dépassait le palefrenier de près d'un pied, remarqua une partie dégarnie sur le sommet de son crâne.

— Robert et moi, nous essayons de nous rappeler la dernière fois où nous étions ici. D'après moi, plus de trente ans.

— Vingt-neuf.

Simon se fendit d'un petit sourire vaincu, qui montra ses dents de devant cassées.

— Robert m'a battu.

— Est-ce que j'ai entendu mon nom ?

Ils se retournèrent. Un grand chevalier aux yeux gris et au visage toujours avenant, malgré les rides qui le sillonnaient, se dirigeait vers eux.

— C'est toi qui as gagné le pari, lui dit Simon.

— Je le savais déjà, fit malicieusement Robert. Tu n'arriverais même pas à compter les doigts d'un manchot !

Il donna une grande bourrade à Simon, puis regarda Will, qui gardait le silence et fixait le ciel au-dessus de la ville.

— C'est étrange d'être de retour, n'est-ce pas ?

Son sourire s'évanouit.

— Il s'est passé tant de choses.

— Tu devrais aller t'occuper des chevaux, Simon, dit soudain Will.

Il se dirigea vers la passerelle qu'empruntaient les derniers chevaliers à débarquer, laissant sur le bateau les sergents et les hommes d'équipage.

Robert échangea un regard avec Simon avant de suivre Will.

— Le grand maître veut que nous marchions avec lui dans le cortège. Je crois qu'il pourrait bien avoir oublié comment se rendre au Temple.

Ils descendirent, la passerelle ployant sous leur poids. Will posa le pied sur la jetée pavée avec un fort sentiment d'irrévocable. Il eut envie de faire demi-tour et de repartir, de continuer à naviguer. Ils remontèrent la jetée d'un pas lourd, enfonçant leurs pieds sur le sol boueux et jonché de détritus : nasses à anguilles cassées, sabots en bois, et même un oiseau mort, les ailes déployées. Les rives devinrent moins meubles lorsqu'ils approchèrent de l'extrémité de la jetée, couverte de sable brun et de mauvaises herbes. Ils pénétraient dans des rues sales. Le quartier était bondé d'hommes et de femmes qui se rendaient à leur travail après la messe du matin. Un chariot où avaient pris place deux dames vêtues de robes élégantes, passa en cahotant, ses roues dérapant dans la boue. Un groupe d'enfants crasseux le poursuivit, lançant des appels pleins d'espoirs aux deux dames, qui regardaient de l'autre côté avec l'indifférence qui leur était habituelle. Alors que les gamins traversaient, une horde de cochons déboucha d'une allée, suivie d'un porcher qui la guida en frappant son bâton vers un débarcadère où l'on chargeait de bois des charrettes.

Plus loin, les chevaliers formaient un groupe, avec à sa tête le grand maître. Jacques de Molay était un homme fort comme un taureau, dans la cinquantaine, avec d'épais cheveux gris qui tombaient en boucles épaisses sur ses épaules. Comme tous les chevaliers du Temple, il portait la barbe, mais au lieu de la tondre et d'en prendre soin, comme Will et Robert, il la gardait longue, presque jusqu'à sa poitrine. Will avait entendu un chevalier dire qu'avant de partir pour une bataille, le grand maître la tressait en une natte qu'il fourrait sous sa chemise. Jacques s'adressait à un administrateur du Temple dans un français grossier et guttural.

— Allez demander au prévôt où nous devons amarrer notre vaisseau, puis faites venir les sergents avec nos affaires. Espérons que mon message a atteint la commanderie et qu'ils nous attendent.

— Oui, maître.

L'administrateur laissa passer un chariot puis il se dirigea vers l'Hôtel de Ville.

Jacques aperçut Will et Robert qui s'approchaient avec les derniers chevaliers et il alla à leur rencontre.

— Commandeur Campbell, menez-nous à la commanderie.

Après avoir pris un instant pour se repérer, Will dirigea les soixante chevaliers vers l'église Saint-Gervais, dont la flèche élevée se perdait dans la brume. Quelques personnes les regardèrent progresser en colonne dans la rue animée, mais la plupart se hâtaient, vaquant à leurs propres occupations. À Paris, où se trouvait la principale base des Templiers en Occident, voir des chevaliers était chose habituelle, ils faisaient partie du paysage au même titre que les étudiants et les professeurs de la Sorbonne sur la rive gauche ou les officiers royaux sur l'île de la Cité. Juste avant l'église, Will s'engouffra dans une ruelle étroite qui serpentait au milieu d'un labyrinthe d'allées et de volées de marches nichées entre des immeubles inclinés les uns vers les autres. Les étages supérieurs de certains bâtiments étaient si rapprochés que leurs habitants pouvaient serrer la main de leurs voisins d'en face. Will se rappelait bien de ces rues sombres. À chaque coin de rue lui revenaient des bribes du passé, et les souvenirs commencèrent à remonter à la surface. Ils flottaient dans l'air, comme des fantômes, apparaissaient sur les seuils des maisons, sur les façades éboulées et même sur les visages des gens qui s'affairaient. Des images qu'il avait tenues à distance depuis son départ de Chypre, la monotonie du voyage ayant engourdi son esprit, le submergèrent alors.

Deux bouchers se prélassaient sur le seuil d'une échoppe, les tabliers brunis par le sang. Un boulanger parlait avec animation à une femme tout en lui tendant deux pains. Will les observa, se demandant s'il reconnaîtrait quelqu'un après tout ce temps. Devant lui, une jeune femme qui traversait la rue à la hâte glissa dans la boue et laissa tomber le panier qu'elle portait. Tandis qu'elle se baissait pour le ramasser, elle rabattit légèrement le voile qui lui recouvrait la tête, révélant des boucles blondes. Will garda le regard braqué sur elle, même lorsqu'elle se releva et qu'il put voir son visage, même quand il s'aperçut qu'il ne pouvait l'identifier. Il tressaillit en sentant la main de Robert se poser sur son avant-bras.

— Qu'y a-t-il ?

Will prit conscience qu'il s'était immobilisé.

— Rien. J'ai oublié le chemin.

Robert jeta un coup d'œil à la fille, qui repartait, puis se tourna vers Will, mais il ne fit pas de commentaire et ils poursuivirent leur chemin en silence.

Le brouillard était un peu moins épais en s'éloignant du fleuve, et bientôt ils entrevirent le mur d'enceinte de la ville en pierre jaune pâle flanqué de tours, se dresser au loin. À quelque distance de là, près de la porte du Temple, une foule s'était formée. Alors qu'ils s'approchaient, les chevaliers entendirent quelqu'un hurler :

— Lamentez-vous, mes enfants ! Lamentez-vous car nous avons perdu le royaume de Dieu sur terre ! Pleurez la chute de Jérusalem et le réveil de Babylone ! Pleurez sur ces hommes dont les péchés nous ont menés à cette époque de ténèbres !

Will vit un homme qui se tenait sur les marches d'une église. Les bras levés, il s'adressait à la foule d'une voix éraillée, comme s'il criait depuis un bon moment. Il était jeune et son crâne chauve contrastait par sa pâleur avec la couronne brune de sa tonsure. Sa robe grise était élimée et ses pieds nus recouverts d'une croûte de boue. C'était un franciscain : il allait, mendiant dans le monde, comme saint François d'Assise, pour prêcher l'Évangile, comptant sur la générosité des autres afin de pourvoir à ses besoins.

— Pleurez pour vos rois et vos princes, qui ont troqué la Ville sainte contre de l'or pour se remplir les poches et vêtir leurs putains !

Certains badauds se détournaient, peu intéressés, mais la majorité s'arrêtait pour écouter le jeune moine poursuivre son discours passionné. D'autres n'hésitaient pas à manifester leur assentiment.

— Mais pleurez par-dessus tout pour les chevaliers, mes enfants, qui ne répandent le sang qu'à leur guise, abandonnant les femmes comme les enfants, les vieillards comme les aveugles aux lames des infidèles, avec leurs seules prières pour se défendre !

Il tendit son poing vers les portes du Temple :

— Ils ont transformé la cité de Dieu en bûcher et réduit notre rêve en cendres !

Les vociférations cédèrent la place à une vive acclamation, bientôt accompagnée d'une salve d'applaudissements.

— Qu'est-ce qui se passe ?

Jacques s'était placé à la hauteur de Will et plissait le front.

Le moine reprenait sa respiration avant de continuer, mais il aperçut les chevaliers et s'arrêta. Ses yeux s'éclairèrent, et il leur lança un regard accusateur.

— Ce sont ces hommes ! hurla-t-il en les désignant. Ce sont ces hommes dont l'avidité et l'impiété ont provoqué cette calamité !

La foule se retourna. Voyant la compagnie approcher et reconnaissant les manteaux blancs des chevaliers, décorés d'une croix rouge évasée, certains des spectateurs commencèrent à se disperser. Mais les autres les conspuèrent.

— Ce sont ces hommes qui ont fui devant les Sarrasins pour se sauver eux-mêmes, laissant les femmes et les enfants se faire violer et massacrer !

— Ignorez-le, maître, dit l'un des administrateurs du Temple alors que Jacques s'avançait. Il ne sait pas ce qu'il dit.

— Dans ce cas, je vais le corriger, grogna Jacques en commençant à se frayer un chemin à travers la foule.

— Avec moi ! lança l'administrateur en faisant de grands gestes inquiets vers Will et Robert.

— Sauf mon respect, maître, intervint Robert tandis que l'homme dégainait son épée, je crois que ça n'est pas nécessaire.

Tous les chevaliers s'étaient immobilisés. Ceux qui se trouvaient à l'arrière tendaient le cou pour tenter de voir ce qui se passait.

— Ces gens n'ont pas d'arme, reprit Robert, pendant que l'administrateur hésitait. Nous ne ferons que semer la confusion.

— Qui êtes-vous ? demanda Jacques en se plaçant devant le moine, la foule s'écartant comme la mer Rouge devant Moïse.

Il les dominait tous d'une tête, et la grande croix rouge rehaussée d'or dans son dos contrastait avec leurs vêtements bruns et gris.

— Pourquoi haranguez-vous mes hommes ?

— Je dis la vérité, répliqua le moine avec un air de défi.

Il descendit les marches pour faire face à Jacques. La foule, attendant quelque drame, frémissait d'excitation.

— Je viens ici chaque jour, et j'apprends aux gens de cette ville ce qu'ils ont besoin de savoir.

— Et qu'ont-ils besoin de savoir ?

— Qu'à l'heure décisive, vos hommes et vous-même avez abandonné la Terre sainte.

Le moine se tourna vers l'assistance et haussa la voix.

— Pendant deux cents ans, le Temple s'est servi de sa puissance pour prendre non seulement l'argent des rois et des princes mais aussi les aumônes généreuses des bonnes gens comme vous, proclamant qu'il protégeait les pèlerins chrétiens en Orient. Mais ces hommes ont livré les pèlerins aux mains des Sarrasins en ne se préoccupant que de leurs vies et de leurs richesses.

Il reporta son regard sur Jacques.

— Peut-être qu'autrefois le Temple a œuvré pour le bien, peut-être a-t-il servi la Chrétienté par le passé, mais la fierté, la cupidité et l'arrogance sont vos maîtres désormais. Votre fortune se dilapide en logements confortables, en beaux vêtements, en viande et en vin pour vos tables. Vos vœux de pauvreté ne valent rien, car même si on demande aux hommes d'abandonner tout ce qu'ils possèdent pour entrer dans l'Ordre, ils profitent ensuite d'une vie luxueuse.

Plusieurs chevaliers firent un pas en avant, les visages assombris par la colère.

— Vous colportez des rumeurs malicieuses, répliqua Jacques. Voilà tout. Des milliers de chevaliers de cet Ordre ont perdu la vie en défendant la Terre sainte.

En regardant le grand maître répondre au moine, Will se souvint d'une scène. Il se revoyait sur une estrade dans une église, à côté d'un autre grand maître qui essayait de convaincre une foule belliqueuse d'accepter la paix avec les musulmans. Les gens d'Acre n'avaient pas écouté ; ils l'avaient accusé de traîtrise, avant de subir un lourd tribut lors du massacre qui s'était ensuivi.

— Nous ne pouvions pas plus espérer repousser les Sarrasins que contenir la mer, poursuivait Jacques en se tournant vers la foule. Quand les murs d'Acre sont tombés, nous avons offert le refuge à des milliers de chrétiens et nous en avons emmené autant que possible à Chypre, en sécurité. Notre dernier bateau a quitté le port juste avant que le Temple ne soit pris, il embarquait des centaines de réfugiés et abandonnait nombre de nos hommes derrière lui.

En prononçant cette dernière phrase, l'émotion avait gagné sa voix.

Will revit les Mamelouks s'engouffrer par les brèches ouvertes dans les murailles d'Acre. Au-dessus de la masse tourbillonnante d'hommes, le ciel était noir de fumée et des volées de flèches sifflaient. Autour de lui, ses camarades criaient, abattus au milieu des gravats et des autres cadavres qui jonchaient la rue, et des pots de naphte enflammé explosaient, brûlant chairs et cheveux. Ce fut un chaos, un carnage. Les flammes. Will ferma les yeux. Les flammes terribles.

— Sont-ce là des réactions d'hommes arrogants ? Ou lâches ?

Personne ne répondit, et Jacques continua, grondant :

— *Répondez-moi ?*

Les gens commençaient à partir, peu désireux d'affronter le regard d'airain du grand maître.

— Si j'entends encore une fois ces mensonges, je vous ferai fouetter au beau milieu de la rue. Mes hommes ont préservé le rêve de la Chrétienté durant des décennies, ils ont combattu et ils sont tombés pour Dieu et pour vous. Montrez-leur le respect qu'ils méritent.

Il voulut s'en aller, mais le moine parut se réveiller et il courut derrière lui, poussant les hommes qui se dispersaient.

— Si vous en aviez fait davantage, vous auriez pu sauver Acre. Pendant que les Sarrasins formaient une armée, vous vous battiez entre vous. Chacun sait que l'hostilité entre les chevaliers de Saint-Jean et les Templiers ont divisé et affaibli nos forces.

Will rouvrit les yeux, la voix enflammée du moine lui irritait les oreilles. Jacques s'éloignait et le franciscain le poursuivait sans voir les visages menaçants des chevaliers.

— Vous devriez répondre de tous ces enfants morts, de toutes ces femmes assassinées. Vous devriez avoir honte !

Vous les avez laissés sans protection alors que vous auriez dû donner vos vies pour eux. Et vous vous appelez soldats du Christ? Je dis que le Christ vous damnera!

L'instant d'après, Will se jetait sur le moine. Il ne voyait que la bouche grande ouverte de l'homme, ce trou noir qui s'ouvrait et se fermait en émettant ce son rauque et agaçant. Et il ne pensait qu'à une chose : la réduire au silence.

— Est-ce que vous y étiez? hurla-t-il en saisissant le franciscain par la robe.

Derrière lui, quelqu'un criait, mais il était sourd à tout sauf aux protestations du moine.

— *Est-ce que vous y étiez?*

Will ne reçut pas de réponse cohérente et ferma le poing avant de l'écraser en plein milieu de son visage. L'impact et la douleur qui parcourut ses doigts le satisfirent, de même que le sang qui s'écoula de la bouche du moine quand sa tête partit sur le côté et qu'une dent jaunâtre s'en éjecta. Will leva le bras pour frapper une deuxième fois mais on l'en empêcha. Une main le retint. Et une autre l'obligea à lâcher la tunique du moine.

— *Assez!*

La voix de Jacques sortit Will de sa fureur. Il lâcha le franciscain, qui tituba en portant la main à sa mâchoire ensanglantée.

Jacques lui jetait un regard noir.

— Maîtrisez-vous, commandeur. Nous ne nous battons pas dans la rue comme de vulgaires voyous, quelles que soient les provocations.

— Pardonnez-moi, maître, marmonna Will, le souffle court.

S'essuyant la bouche, il s'aperçut que sa barbe était maculée de bave.

— Vous ferez pénitence.

— Oui, maître.

Laissant derrière elle le moine à quatre pattes dans la boue, la compagnie poursuivit dans un silence oppressant vers la porte du Temple, où les gardes de la ville empêchèrent quiconque d'entrer ou de sortir le temps que les chevaliers en franchissent le seuil en une morne colonne blanche. Will agrippa de sa main meurtrie le pommeau de son fauchon, ignorant les regards de Robert et commençant à ressentir un élancement douloureux dans ses articulations. Il se concentra sur cette sensation tandis qu'ils dépassaient les douves et s'engageaient sur un chemin qui longeait de grands manoirs, un lazaret et plusieurs auberges. L'enceinte de Paris avait été construite plus d'un siècle auparavant, mais à peine quelques décennies plus tard, la ville s'était développée au-delà des murailles, avec des abbayes, des maisons et des vignobles qui avaient jailli un peu partout pour former des faubourgs congestionnés. Plus loin, des hameaux et des villages boisés étaient entourés de champs de céréales. Par-delà les tours majestueuses du prieuré de Saint-Martin-des-Champs, qui dépendait de l'abbaye de Cluny, s'élevait dans les étendues brunes des champs hivernaux un groupe de bâtiments entouré d'imposants remparts.

L'enceinte du Temple accueillit Will comme un vieil ami, parti depuis longtemps, mais jamais oublié. Depuis son départ d'Acre, il n'était jamais resté assez longtemps dans une ville pour s'y sentir chez lui. Ici, au milieu de ces champs détrempés, à mille lieues des plaines désertiques de Palestine, il fut ému d'être de retour à la maison, parmi d'autres souvenirs moins doux. Il repensa aux autres endroits où il avait vécu : Londres, le domaine près d'Édimbourg, et, pour la première fois depuis des années, il se surprit à souhaiter y retourner.

Le plus haut bâtiment à l'intérieur de l'enceinte était le grand donjon, avec ses tourelles qui se découpaient sur le ciel blanc, une bannière flottant au sommet de sa flèche centrale. Plus d'une douzaine de constructions de différentes tailles l'entouraient, dont les toitures formaient un paysage déchiqueté. Lorsque les chevaliers approchèrent du poste de garde, les sergents présents se redressèrent.

Les yeux braqués avec un ébahissement respectueux sur l'imposante silhouette de Jacques de Molay, ils se reculèrent contre les portes qui s'ouvrirent en grinçant, laissant voir une cour sur laquelle la tour de garde projetait son ombre. Alors qu'un sergent traversait celle-ci en courant pour annoncer l'arrivée du grand maître, Will entra, englouti sous les souvenirs.

Il connaissait si bien cet endroit; chaque bâtiment, chaque remise. Il connaissait l'odeur puissante des écuries et la canicule accablante des cuisines où s'agitait frénétiquement une horde de domestiques. Il connaissait la chaleur réconfortante de la boulangerie, le parfum écœurant des pommes qui fermentaient dans les réserves et la fraîcheur de la chapelle, à l'aube, lorsque cinq cents hommes s'y entassaient pour prier. Il connaissait la sensation lumineuse que procurait l'eau tout juste tirée du puits, la manière dont les poissons troublaient la surface des mares à côté des quartiers des domestiques à l'heure où on les nourrissait. Il connaissait le fracas assourdissant des marteaux de l'armurerie et la dureté du sol du terrain d'entraînement durant les mois glacés d'hiver. Quand il y était arrivé, il n'était qu'un sergent de treize ans désobéissant et têtu, qui venait d'assister au meurtre de son maître chevalier. C'était ici qu'il avait enterré Owein, qu'il avait rencontré Everard, que tant de choses avaient commencé. Il aurait voulu remonter le temps, revenir à cette époque où les couloirs résonnaient des rires et des bruits de course des enfants. Il serait allé trouver ce gamin et il lui aurait interdit de partir, de suivre les ordres d'Everard. D'aller en Orient. Parce que sinon il se retrouverait comme lui plus tard, fantôme affligé traversant sa propre vie avec ce sentiment permanent de deuil et d'imposture.

La compagnie pénétra dans la cour que surplombaient les plus grands édifices de l'enceinte : le donjon et le trésor, les quartiers des administrateurs, la Grande Salle et la salle du chapitre. Les domestiques s'interrompaient pour observer Jacques avancer à grands pas au milieu de ses hommes.

Quelque part, une cloche se mit à sonner. Et, un instant plus tard, par les portes du bâtiment des administrateurs se déversa une foule de gens. À leur tête se trouvait un homme court et trapu, aux cheveux huilés et plaqués de manière austère sur le crâne, le nez ressemblant à un museau saillant au-dessus de ses lèvres fines encadrées d'une moustache noueuse et d'une barbe. Will fut tiré de sa rêverie par la transformation de son vieux camarade. La dernière fois qu'il avait vu Hugues de Pairaud, c'était en Acre, dix ans plus tôt, et aucun d'eux n'avait encore quarante ans. Depuis, les années n'avaient pas épargné le visiteur de l'Ordre : ses cheveux grisonnaient, la peau de son visage s'était détendue et ses muscles étaient devenus une bedaine serrée dans son surcot.

Hugues croisa le regard de Will et lui fit un signe de tête discret, avant de reporter son attention sur le grand maître.

— Maître, dit-il en s'inclinant. C'est un honneur.

Jacques le salua avec impatience.

— Vous avez reçu mon message ?

— Il y a deux mois. Nous avons anticipé votre arrivée. J'ai envoyé la nouvelle de votre retour à nos commanderies dans tout le royaume et en Angleterre.

— Ça fait plaisir de voir qu'il y a des gens contents de nous revoir.

Hugues fit une grimace interrogative, et Jacques lui parla du franciscain.

— Nous connaissons ce fauteur de troubles. Nous avons déjà essayé de le chasser de là.

— Essayé ? Il devrait être arrêté s'il n'obéit pas à vos ordres. Il fut un temps où nous insulter constituait un outrage public. Les choses ont-elles tant changé qu'un homme puisse se permettre de nous diffamer au vu et au su de tous ?

L'un des administrateurs du Temple qui se trouvait au côté d'Hugues intervint.

— Nous refusions d'apporter du crédit à ces sermons en créant du tapage. Nous avons pensé que si nous l'arrêtions, d'autres croiraient que ces admonestations contiennent une part de vérité.

— Je peux vous assurer, maître, commença Hugues pour calmer Jacques, dont le regard ne quittait plus l'administrateur, que nous nous occuperons de ce prêcheur, si tels sont vos ordres.

— Ce n'est pas l'homme lui-même qui m'inquiète, mais l'attention dont il semble bénéficier. Le peuple nous blâme-t-il vraiment de la perte de la Terre sainte?

— Seulement une minorité de mécontents, dit Hugues après un instant de réflexion. Et il n'y a pas que nous, beaucoup d'autres sont accusés : les Hospitaliers, les Teutoniques...

Il éclata d'un rire désolé.

— Même les franciscains, à qui on reproche de ne pas avoir assez prié. Quand nous avons appris la chute d'Acre, vous devez savoir qu'il y eut un vent de panique. Les gens pensaient que Dieu nous avait abandonnés. Certains se sont même convertis à l'Islam et se sont enfuis vers Grenade, d'autres ont cherché la raison de cette catastrophe qui s'abattait sur la Chrétienté et ont traqué des responsables. Mais cette époque d'accusations est révolue.

Hugues semblait avoir terminé ses explications. Néanmoins, il reprit la parole.

— Il y a eu des motifs d'inquiétude plus pressants avec l'abdication du pape Célestin, et bien entendu la guerre.

Jacques laissa échapper un bref soupir.

— Certes. Vous l'avez évoqué dans votre dernière lettre que j'ai reçue à Chypre, mais il m'était difficile d'obtenir des informations précises après que nous avons quitté Rome. J'apprécierais d'entendre un récit détaillé.

— Certainement, maître. Ne voulez-vous pas que nous nous rendions dans un endroit plus confortable? Je vais demander aux domestiques de préparer vos quartiers.

Jusqu'à ce qu'ils soient prêts, je vous prie de bien vouloir utiliser les miens.

— Mes officiers nous accompagnent. Cela nous évitera d'avoir à nous répéter. Qu'on montre aux hommes leurs logements.

Hugues fit signe à deux chevaliers qui se tenaient derrière lui, et ils guidèrent le groupe d'hommes épuisés à travers la cour.

Jacques regardait les administrateurs qui l'entouraient.

— Vous aussi, Campbell, dit-il en se tournant vers Will. J'aurai besoin d'un commandeur pour transmettre d'éventuels ordres aux autres.

Laissant Robert rejoindre les chevaliers et Simon conduire avec les sergents les chevaux qui avaient voyagé avec eux par bateau, Will emboîta le pas aux administrateurs.

— Ce fut un coup rude, quand nous avons appris le décès du grand maître Gaudin aussi vite après son élection, disait Hugues. Surtout que cette tragédie est survenue juste après la mort de Guillaume de Beaujeu en Acre. Mais nous nous réjouissons tous, ajouta-t-il vivement, de votre rapide accession.

Jacques lui jeta un regard en biais.

— Je fus le premier surpris par mon élection à ce poste, visiteur de Pairaud. Je suis un commandeur militaire, et non un diplomate, comme certains de mes prédécesseurs.

— Eh bien, vous servez certainement l'Ordre depuis plus longtemps que la plupart d'entre nous. Il me semble que c'est mon oncle, Humbert, qui vous a initié lorsqu'il était maître d'Angleterre ?

— C'est exact.

Jacques ne s'étendit pas, et Hugues changea de sujet.

— Votre voyage depuis l'Italie s'est-il déroulé sans incident ?

— Oui. Nous avons navigué de Gênes à Montpellier, comme on nous l'a recommandé, même si j'aurais souhaité visiter notre commanderie à Collioure.

— Vous avez bien fait de prendre la route par l'Est.

Depuis que les forces anglaises ont pris Bayonne et Blaye, les troupes royales stationnées en Guyenne sous le commandement de Charles de Valois ont la main de plus en plus lourde. Nous avons reçu des rapports selon lesquels leurs violences s'intensifient, en particulier contre les habitants, en Gascogne et aux alentours. On murmure que le roi Philippe a ordonné la confiscation des propriétés de tous les nobles liés au roi d'Angleterre, mais comme la plupart d'entre eux ont rendu hommage à Édouard quand il contrôlait le duché, on arrête presque tout le monde au sud de la Garonne.

Jacques baissa la tête en franchissant les portes du bâtiment administratif.

— D'après ce que je sais, cette affaire a commencé par quelques bateaux marchands coulés. On aurait sûrement pu résoudre tout cela autrement ?

— Malheureusement, c'est beaucoup plus compliqué que cela, maître, répondit Hugues en montant une volée de marches en bois et en s'engageant dans un couloir éclairé par des torches.

Des chevaliers et des clercs travaillaient là, et tous se poussèrent pour laisser passer le grand maître et son entourage. Leurs regards s'attardaient sur Jacques tandis qu'il marchait, les points d'or qui bordaient la croix rouge de son manteau semblant scintiller à la lueur des torches.

— Cela fait plus de trente ans que le roi Louis a signé le traité de Paris avec Henri III d'Angleterre, traité par lequel il promettait de lui céder la Guyenne. Au sud du duché se trouve la Gascogne, l'une des régions les plus prospères de France. Notre roi n'aime pas partager le pouvoir, et avoir un autre monarque dans son royaume – surtout dans un lieu aussi riche – a été une vraie croix à porter. Édouard n'est peut-être qu'un vassal, mais il est doté d'une véritable puissance. Le roi Philippe rechigne même à reconnaître le traité de Paris et il emploie tous les moyens, légaux ou non, pour empêcher Édouard d'exercer un contrôle absolu.

Hugues ouvrit une double porte et entra dans une grande salle. Près de la fenêtre, on avait disposé une table où s'entassaient rouleaux et cartes, ainsi qu'une chaise à dossier. La bannière du Temple flottait au-dessus d'une cheminée, mais à l'exception du bureau et d'une énorme armoire poussée contre un mur, la salle était pratiquement vide.

Jacques l'inspecta d'un regard neutre et, apparemment satisfait par son austérité, il se tourna vers Hugues.

— À vous entendre, on croirait que seul Philippe est responsable de la guerre, Pairaud, pourtant j'ai entendu dire que ce sont des vaisseaux anglais qui ont attaqué des marchands français et coulé leurs bateaux.

Cette réponse brusque de Jacques provoqua un léger mouvement d'irritation de la part de Hugues.

— C'est vrai, et cette affaire aurait dû être réglée par les réparations d'usage. Mais Philippe s'en est servi comme d'une excuse pour prendre le contrôle du duché.

Will se rapprocha de l'âtre. Il écoutait avec une grande attention, un nom prononcé durant la conversation ayant attiré son attention.

— Au début de l'année dernière, reprit Hugues, Philippe a ordonné à Édouard de venir à Paris pour répondre de l'attaque. Édouard a envoyé son frère, qui finit par accepter la reddition de plusieurs villes et la proposition de poster un petit nombre de troupes françaises à Bordeaux. Afin de conclure la paix, Philippe a offert à Édouard la main de sa sœur en lui promettant qu'il continuerait à jouir du duché en contrepartie. Édouard a cédé et rendu les villes, mais Philippe avait largement sous-estimé les troupes qu'il allait envoyer. Et c'est une véritable armée qui est arrivée en Guyenne. Quand Édouard a protesté, il a confisqué le duché.

— Et donc Édouard a déclaré la guerre.

— Il n'avait pas d'autre choix s'il voulait récupérer des territoires français.

Jacques alla jusqu'à la fenêtre.

— Et comment se déroule la guerre ? demanda l'un des administrateurs à Hugues, pour briser le silence.

— Les deux armées sont arrêtées. Les Anglais ont repris plusieurs villes, mais Bordeaux et les alentours de la Guyenne restent entre les mains des Français. Depuis quelque temps, il ne se passe pas grand-chose en dehors de l'arrestation des nobles par les troupes royales, ce qui est nouveau.

Hugues observait Jacques, dont le regard se perdait au-delà du mur d'enceinte, sur les champs dissimulés par la brume. Les corbeaux qui s'y ébattaient croassaient en un chorus effrayant.

— Mais nous pourrons discuter plus en détail de ces questions lorsque vous serez reposé. J'ai hâte de savoir quelles nouvelles vous nous apportez, maître. Vous étiez à Rome pour l'intronisation du nouveau pontife ?

Jacques se retourna.

— J'ai confiance. Le pape Boniface sera un allié sûr en cette époque troublée.

— Et votre mission consistant à obtenir des soutiens pour l'Ordre ? Comment s'est-elle passée ?

Will remarqua que le visiteur s'était exprimé d'une voix prudente.

— Mes propositions ont été accueillies avec intérêt. De fait, je crois que c'est pour cela que le Conseil des treize a choisi de m'élire après la mort de Gaudin. Nous n'avons pas besoin de diplomatie à l'heure actuelle. Pour retourner en Terre sainte et reprendre aux Mamelouks notre territoire, nous devons faire en sorte que les royaumes d'Occident nous apportent leur soutien militaire et financier. Sans eux, toute nouvelle croisade serait vouée à l'échec. Nous devons agir tous ensemble, dans un même élan. À cette fin, je sollicite les rois pour qu'ils me fournissent des hommes et des armes et que nous puissions poursuivre notre lutte.

Jacques se redressa.

— Alors les peuples de ces royaumes verront que les chevaliers du Temple de Salomon n'ont perdu ni leur force, ni leur désir. Je compte demander de l'aide à Philippe comme à Édouard. Je suppose que, malgré les troubles, il sera possible d'organiser une rencontre avec eux deux ?

Le visage de Hugues était indéchiffrable. Il garda le silence un instant, comme s'il hésitait à répondre.

— *A priori*, vous rencontrerez bientôt Édouard.

— Il vient ici ?

Le cœur de Will se mit à battre plus fort.

— Non, maître, mais il semble que lui aussi ait appris votre venue à Paris, car le mois dernier, nous avons reçu une requête du roi, demandant que vous repartiez promptement en Angleterre pour participer à une conférence au Temple de Londres.

— Une conférence ? À quel propos ?

— Nous l'ignorons, maître. Le message disait simplement qu'un sujet urgent devait y être discuté et qu'un représentant du pape et le roi lui-même assisteraient à la conférence.

L'un des administrateurs prit la parole pour demander à Hugues s'il avait une idée de ce que cachait cette requête inhabituelle. Dans la conversation, personne ne vit la main de Will glisser le long de ses hanches et saisir la poignée de son fauchon, qu'il serra de toutes ses forces.

3

Le quartier juif, Paris

21 décembre 1295 après J.-C.

Will se frayait un chemin à travers le dédale des ruelles pour rejoindre un quartier surpeuplé situé près de l'enceinte, du côté est de la ville. La matinée ne faisait que commencer et la bande de ciel visible de la rue arborait une saisissante teinte bleutée. Il marchait vite et son souffle dégageait des nuages de fumée devant lui. Il s'arrêtait de temps à autre afin de jeter un œil au parchemin froissé et examiner les bâtiments. Pour finir, après plusieurs erreurs d'orientation, il dénicha la maison qu'il cherchait. Peinte en orange. Elle se dissimulait entre deux librairies. Alors qu'il s'approchait, il vit que la porte était entrebâillée. Des voix à l'intérieur lui parvenaient faiblement. Will se demandait s'il devait frapper ou entrer directement lorsque deux enfants aux cheveux bruns, un garçon et une fille, sortirent en courant. Il recula pour les laisser passer, la fillette criait victoire en tenant une balle de cuir hors de portée du garçon. Will les appela.

— Est-ce la maison du rabbin ?

La fille l'observa un instant.

— Oui. T'es trop lent ! gloussa-t-elle en sautillant pour empêcher le garçon d'attraper la balle.

Les abandonnant à leur jeu, Will entra.

La couleur chaleureuse de la façade se retrouvait aussi à l'intérieur de la maison. Un tapis d'un rouge sombre s'étendait dans le couloir et des tapisseries chatoyantes ornaient les murs. Une vague odeur d'encens et d'épices imprégnait l'atmosphère et, l'espace d'un instant, s'il n'y avait eu le froid mordant dehors et la boue gelée qui maculait ses bottes, il se serait cru en Acre. Plusieurs ouvertures donnaient sur des pièces sombres, mais de la lumière et des voix filtraient par la porte à l'extrémité du couloir.

Là, dans une petite cuisine, trois hommes discutaient avec animation. Il y faisait chaud, grâce à un feu nourri qui crépitait dans l'âtre. Deux des hommes avaient le visage rougi, en sueur. Leur débat était si virulent qu'il fallut quelques instants au troisième, assis à une table près du feu, pour remarquer la présence de Will.

— Taisez-vous, dit-il d'une voix usée, presque un souffle, aussi dénuée de substance que de la fumée, mais qui réduisit aussitôt les deux autres, moins âgés, au silence.

Il se leva de son tabouret avec difficulté. Ses cheveux étaient blancs et son visage aussi brun et fripé qu'une figue sèche.

— William !

Un sourire éclaira ses yeux délavés.

— Rabbin Elias, lança l'un des hommes en observant William d'un air suspicieux. Cette affaire n'est pas résolue.

— Elle le serait si tu admettais que tu as tort, rétorqua l'autre.

— Assez, Isaac, s'emporta Elias. Revenez demain quand vos têtes se seront refroidies.

Un boucan, suivi d'un cri, se fit entendre dans le couloir, et il fronça les sourcils.

— Et je vous prie de faire déguerpir vos enfants avant qu'ils ne détruisent ma maison.

Les deux hommes s'inclinèrent de mauvais gré, mais avec respect. Lorsqu'ils passèrent devant lui, Will nota que chacun d'eux portait un morceau d'étoffe jaune criard en forme de roue au revers de leur tunique, la marque distinctive que devaient afficher tous les Juifs, comme l'avait décrété le roi Louis IX, afin de les distinguer du reste de la population.

— Il y a toujours quelque chose à régler en ce monde, n'est-ce pas ? fit Elias en venant vers lui. J'ai entendu dire que ton nouveau grand maître progressait à travers la Chrétienté. J'espérais que tu serais avec lui.

Comme ils s'embrassaient, Will sentit les os sous la robe d'Elias.

— Tu as l'air épuisé, Elias, dit-il en s'adressant à lui en arabe.

Les accents chantants étaient étranges mais agréables dans sa bouche, comme une nourriture appréciée à laquelle il n'aurait pas goûté depuis longtemps.

— Pas épuisé, occupé. Il y a des jours où cet endroit est plus animé qu'une synagogue.

Il rit doucement.

— Je ne peux pas me plaindre. Quand j'ai quitté Chypre, il ne me restait guère plus que les vêtements que j'avais sur le dos. Je suis arrivé dans cette ville sans rien, donc je suis heureux de pouvoir remercier, d'une manière ou d'une autre, mes amis et voisins de leur générosité. J'ai une vie décente, j'aide à préparer les jeunes gens à la synagogue. Mais comment vas-tu ? Tu as l'air soucieux.

— C'est étrange d'être de retour.

Will ôta la cape de laine qu'il portait par-dessus son surcot et s'assit sur le tabouret qu'Elias lui désignait.

— Et la librairie ?

— Je suis resté trop longtemps replié sur moi-même en Acre, ma petite boutique était trop confortable.

Elias retourna à sa place près du feu.

— J'avais perdu de vue mes devoirs. Mon objectif... Non, mon *souhait* est d'être avec les miens, de les instruire, de les regarder grandir.

Il arqua un sourcil, la mine désabusée.

— D'arbitrer leurs différends.

Entendant la porte du fond se fermer, il jeta un coup d'œil vers le couloir.

— Je suppose que tu n'as pas reconnu Isaac ?

— J'aurais dû ?

— C'est l'un des hommes que tu as sauvés au port d'Acre, avec sa femme et sa fille, la petite dehors, qui terrorise mes voisins.

Elias gloussa.

— Tu as sauvé beaucoup de vies ce jour-là, William. J'espère que tu le sais.

— Je ne me le rappelle pas. Pas du tout.

Elias fronça les sourcils en le voyant détourner le regard.

— Tu ne te souviens pas ? La bataille ? Notre fuite ?

— Non, répliqua Will en se forçant à croiser les yeux d'Elias.

Sa manière de le dire laissait penser que c'était vrai. Il ne comprenait pas pourquoi Elias le fixait avec incrédulité. Il avait entendu beaucoup d'hommes affirmer la même chose. L'air confus, ils expliquaient que des heures, des jours entiers du siège d'Acre et de la bataille finale leur échappaient. Will les enviait. Depuis plus de quatre ans, ces jours terribles étaient toujours présents dans ses pensées. Il se remémorait chaque heure, chaque seconde avec une acuité suffocante. Il se tenait sur la digue est écroulée de l'avant-port, la mer noire écumante, vorace, autour de lui. Derrière, la ville était en feu. Il tenait son épée dans ses mains, humide et rouge. Un cadavre s'enfonçait sous la surface de l'eau, et bientôt il était englouti.

— William ?

Will leva les yeux. Elias se tenait près du foyer, où était accrochée une marmite en fonte.

— Je t'ai demandé si tu voulais quelque chose à boire?

Will secoua la tête d'un air distrait.

— Je ne peux pas m'attarder. Je suis juste venu te dire que j'étais en ville.

Elias décrocha la marmite en enroulant un chiffon autour de l'anse, puis il versa dans un bol le liquide fumant qui sentait la cannelle et les clous de girofle.

— As-tu l'intention de rester? demanda-t-il en se rasseyant.

— Cela dépend du grand maître.

Elias berçait son bol entre ses mains, l'air pensif.

— Puisque votre visiteur appartient à l'Anima Templi, je suppose que le lieu où tu te trouves importe peu. Tu auras toujours quelqu'un pour veiller sur vos intérêts ici.

Will garda le silence, et Elias se pencha vers lui.

— Et qu'en est-il de ce que j'entends à propos de ton grand maître qui préparerait une autre croisade?

— C'est pour cela qu'il est venu, pour trouver des soutiens.

— Qu'est-ce que tu comptes faire à ce propos?

— Faire?

— Oui, William, s'anima Elias. Tu es à la tête du Cercle, que comptes-tu faire pour empêcher cette croisade?

Il poussa un profond soupir.

— Admettons que se faire expulser d'Acre et livrer la Terre sainte aux Mamelouks, ce n'était pas ce que nous voulions. Aucun d'entre nous ne souhaitait que ces années de guerre, ces deux siècles de conflit entre l'Orient et l'Occident, se soldent ainsi, dans un bain de sang tragique. Mais tu ne peux pas nier que tu as une chance de poursuivre l'œuvre de l'Anima Templi maintenant que les forces chrétiennes ont quitté la Terre sainte. Ne sens-tu pas que le Cercle pourrait établir une relation bien plus étroite avec les musulmans, impossible tant que les armées chrétiennes campaient en Palestine?

Les yeux d'Elias brillaient.

— Le Cercle pourrait-il être en meilleure position pour accomplir cette réconciliation tant espérée entre les trois grandes religions de ce monde ? Partager la connaissance pour nous éclairer, commercer pour nous enrichir, maintenir la paix ? Everard nous a appris que les musulmans, les chrétiens et les juifs sont tous les fils d'un même Dieu, même si nous Lui donnons des noms différents. En blessant nos frères, nous nous blessons nous-mêmes, disait-il.

Elias n'attendait pas de réponse.

— J'imagine qu'il s'est passé assez de temps pour que nous puissions envoyer un émissaire au sultan mamelouk. Tu devrais au moins ouvrir le dialogue. Mais bien entendu, si ton grand maître arrive à ses fins, nous serons de nouveau en guerre. Tu dois empêcher que ça arrive.

— Le Temple seul n'a ni les hommes, ni les ressources suffisantes pour mener une campagne en Orient, répliqua Will d'une voix plate.

Le discours passionné d'Elias ne l'impressionnait pas. Combien de fois avait-il entendu Everard lui tenir les mêmes propos ? Cela ressemblait au délire d'un vieillard, délire désormais enseveli sous les décombres d'Acre. Cela faisait plus d'un siècle que l'Anima Templi avait été créé par un ancien grand maître du Temple, mais bien que le Cercle ait résolu de nombreux conflits, ils n'avaient jamais réussi à empêcher la guerre entre chrétiens et musulmans.

— D'après ce que j'ai entendu, les rois sont trop occupés par leurs propres querelles pour donner à Jacques ce qu'il souhaite.

— Dans ce cas, quels sont tes projets pour l'Anima Templi ? Est-ce que tu es d'accord avec moi pour envoyer un émissaire en Orient ?

— En vérité, Elias, je n'ai pas eu beaucoup de temps pour y réfléchir.

Will ferma son poing sur la table.

— J'ai d'autres choses en tête.

Dans son esprit, surgit un visage impassible avec des yeux gris qui le narguaient. Ces deux derniers jours, depuis la réunion au Temple, le roi Édouard était au centre de ses pensées, comme un gros nuage noir projetant son ombre sur tout.

Le regard d'Elias se fit plus perçant.

— J'aurais juré que tu avais eu du temps, au contraire. Mais l'abondance n'est pas toujours une bonne chose, n'est-ce pas ? murmura-t-il, en partie pour lui-même.

— Que puis-je faire ? s'interrogea Will à voix haute. La moitié des membres du Cercle sont morts en Acre et ceux qui restent, une poignée, sont dispersés un peu partout. Le Temple a connu trois grands maîtres en quatre ans, et chacun a mené l'Ordre à sa manière. Celui que nous avons aujourd'hui tient tellement à lancer une croisade qu'il a traversé la Chrétienté de long en large pour trouver des gens prêts à l'aider. Comment l'Anima Templi peut-il continuer ? Nous ne sommes plus en Orient, et nous avons perdu tout contact avec les musulmans quand Kalawun est mort. C'est fini.

— Tant que le Temple existe, son Âme aussi. Everard doit se retourner dans sa tombe en entendant son successeur parler ainsi ! Comment l'œuvre de l'Anima Templi pourrait-elle être terminée alors que l'Orient et l'Occident continuent à se tourner le dos, attendant l'occasion d'attaquer de nouveau, de venger leurs morts, de répandre leurs messages de destruction et de haine ?

La main d'Elias désigna la porte.

— Dis-moi comment pourrait-on en avoir fini alors que mon propre peuple est obligé de porter cette marque comme une cible dans le dos ? Si l'Anima Templi a été créé pour réconcilier nos religions, pourquoi ce genre de choses arrive-t-il encore ?

Sa voix s'apaisa.

— C'est un lourd fardeau qu'Everard a placé sur tes épaules, et chaque année qui s'écoule depuis sa mort l'alourdit encore. Mais il faut absolument que la tête de l'Anima Templi poursuive l'œuvre qu'il avait, avec d'autres, commencée. Nos peuples doivent trouver de nouvelles façons de vivre ensemble dans ce monde qui change. La paix entre nos nations compte autant que la paix entre les croyances, et nous en avons besoin dès aujourd'hui, surtout avec la France et l'Angleterre en guerre, et l'Écosse prête à se mêler au conflit.

Will leva les yeux, soudain attentif.

— L'Écosse ?

Elias acquiesça.

— Une délégation d'Édimbourg est venue à Paris pour mener des pourparlers avec le roi Philippe. On dit que les deux royaumes pourraient s'allier contre l'Angleterre. Ta tâche est loin d'être terminée. En fait, je dirais même qu'elle ne fait que commencer.

Il se rassit et vida son bol.

— Mais tu viens à peine d'arriver. Il faut que tu t'installes, que tu prennes le temps de t'acclimater pour te sentir chez toi ici. Je peux t'aider. Tout ce que tu veux, comme toujours, il te suffit de le demander.

Elias sembla se détendre.

— Et comment va Rose ?

Préoccupé par les nouvelles concernant l'implication de son pays natal dans la guerre, Will grattait distraitement de l'ongle une marque sur la table. Il y avait tant de choses qu'il ne comprenait pas sur ce qui s'était passé ici. Tout semblait morcelé ; des bribes d'informations qui lui étaient parvenues en Acre, ou des nouvelles contradictoires et incomplètes reçues sur la route. Il se rendait compte maintenant à quel point c'était idiot, mais il avait cru que rien n'aurait vraiment changé durant son absence. Lorsqu'il était dans les déserts de Palestine et de Syrie, engagé pendant des années dans la guerre et les convulsions politiques, l'idée qu'il pourrait un jour revenir sur une terre ferme l'avait aidé à tenir. Il était déconcerté de découvrir qu'après tout, rien n'était si solide. Il comprit qu'Elias attendait une réponse.

— Je n'ai pas encore vu Rose. J'ai l'intention d'aller la voir en sortant d'ici.

— Alors je vais te laisser aller.

Elias se mit debout et lui tendit la main. Will la saisit, et Elias posa son autre main sur la sienne.

— N'oublie pas ce qui est important pour toi, William. N'oublie pas qui tu es, de quoi tu es capable.

Le palais royal, Paris, 21 décembre 1295 après J.-C.

Dans les jardins, l'herbe était gelée. Elle craquait sous les bottes de cheval de Guillaume de Nogaret tandis qu'il traversait les pelouses, dépassait les arbres fruitiers et coupait à travers une rangée d'ifs. Deux hommes balayaient les feuilles mortes des allées. Ils s'arrêtèrent pour le laisser passer, et il prit la direction d'une grande arche découpée dans la haute muraille. Il l'emprunta et se retrouva dans un espace rectangulaire situé à l'extrémité du palais, tout au bout de l'île de la Cité. Plusieurs bâtiments bordaient la cour, mais elle était occupée pour l'essentiel par plusieurs cabanes en bois ressemblant à des maisons en miniature, avec des volets peints fixés sur la façade. Une clôture courait autour d'elles, formant une grande cage, et devant chaque cabane, un oiseau se tenait sur un perchoir.

Des douzaines de minuscules yeux étaient concentrés sur lui. Il y avait des busards, des éperviers sur des perchoirs arqués, des émerillons, un hobereau et deux laniers. Les cabanes étaient de plus en plus ouvragées à mesure qu'il approchait des gerfauts. Ils étaient douze au total, perchés sur des billots de bois recouverts de lin. L'un, dont les plumes diaprées semblaient absorber la lumière du soleil, battit soudain l'air de ses ailes en lui jetant un regard farouche et en faisant tinter les chaînes attachées à ses pattes. Nogaret recula d'un pas. La bête tira sur ses entraves, agitant toujours ses ailes, avant de se calmer et de se reposer gracieusement, les serres enfoncées dans le lin. Comme il avançait de nouveau, un gerfaut poussa un cri strident qui sonnait comme un rire méprisant. Nogaret accéléra le pas, le regard braqué sur un groupe d'hommes devant lui. En le voyant approcher, un jeune homme, les cheveux châtain clair, qui avait une tête de plus que les autres, le dévisagea. Sur son poignet, protégé par un gant en cuir, un faucon pèlerin repliait ses ailes d'un gris poudreux dans son dos. Nogaret s'arrêta, s'inclina, tandis que deux paires d'yeux – l'une noire et à l'iris cerclé d'or, au-dessus d'un bec dur comme fer, l'autre d'un bleu glacial, profondément enfoncée dans un visage aux traits frappants – le toisaient.

— Pourquoi avez-vous mis tout ce temps ?

— Je vous prie de m'excuser, Votre Altesse, la neige rendait les routes difficiles.

Le roi Philippe garda le silence un instant, comme pour évaluer si l'excuse était recevable. Les autres hommes demeuraient immobiles. Vêtu de la même robe noire bien taillée que Nogaret portait sous sa cape de voyage, l'un d'eux l'observait d'un air méfiant, les lèvres pincées. Ignorant le regard désapprobateur de Pierre Flote, chancelier du roi et garde des Sceaux, Nogaret attendit.

Enfin, Philippe sourit légèrement et la tension se dissipa.

— Mademoiselle s'est cassé une plume mais elle a été parfaitement soignée.

Il leva le poing, le pèlerin poussa un cri et déploya ses ailes, prêt à prendre son envol.

— On voit à peine l'endroit où la plume a été empennée. Venez, Nogaret, il faut que vous approchiez. Elle ne mord pas. N'est-ce pas, Flote ?

Philippe rit et le chancelier se joignit à lui.

Nogaret tenta de prendre un air rassuré. Il avait encore au cou la cicatrice que Mademoiselle lui avait faite en y plongeant son bec effilé. Ravi par sa férocité, Philippe l'avait récompensée d'une gâterie.

— Messire Henri s'est surpassé, dit le roi en jetant un coup d'œil à l'homme derrière lui, qui avait des plumes de colombe plantées sur son chapeau.

Messire Henri, le maître fauconnier, esquissa un sourire.

— Nous allons bien la faire voler cette semaine, Votre Altesse, lui redonner des forces.

— Je veux qu'elle soit prête pour la chasse d'après Noël, ordonna brutalement Philippe en passant l'oiseau à Henri, qui le posa d'un geste expert sur son gant. Retirant son gantelet pour le remettre à l'un des hommes, Philippe fit un geste à l'intention de Nogaret et Flote.

— Venez tous les deux, allons parler dans mes quartiers.

Le roi reprit le chemin longeant la volière et les jardins. Les allées qui traversaient le gazon étaient si étroites que seuls deux hommes pouvaient y marcher de front. Passant outre à l'irritation visible de Flote, Nogaret manœuvra de manière à se tenir aux côtés de Philippe.

— Votre frère vous envoie ses salutations depuis Bordeaux, Votre Altesse. Il vous livrera bientôt les fonds dont nous nous sommes emparés jusqu'ici.

— Comment a fonctionné notre plan ? s'enquit Philippe.

Il marchait à grands pas, ce qui obligeait Nogaret, bien plus petit, à forcer son allure.

— Combien ces arrestations nous ont-elles rapporté ?

— D'après nos estimations, assez pour payer les soldats en Guyenne jusqu'au printemps prochain.

Philippe s'arrêta soudain pour lui faire face.

— C'est tout ?

— Une grande partie de la fortune de cette région est liée aux propriétés elles-mêmes : châteaux, vignobles, communes. Il nous faudra un peu de temps pour convertir ces biens en argent.

Philippe se remit en marche.

— J'espérais de meilleures nouvelles de votre part, Nogaret. Il va me falloir une autre solution pour déloger ce corbeau récalcitrant de mon royaume. La construction de la flotte a connu d'importants problèmes. Les maîtres d'œuvre demandent des fonds supplémentaires pour achever leur travail.

Alors que Nogaret s'apprêtait à parler, Philippe leva la main pour l'en empêcher.

— Non, je dois réfléchir.

L'air maussade, il monta les marches vers les appartements royaux. En haut, les gardes ouvrirent les portes.

— Ce n'est pas ce que j'espérais entendre.

— Nous pourrions trouver des fonds ailleurs, Votre Altesse, suggéra Flote, accélérant pour se porter à la hauteur de Philippe à la faveur d'un couloir plus large.

— Proposez-vous d'offrir votre propre salaire ? demanda Philippe d'un ton acerbe en se dirigeant vers l'escalier qui menait à ses quartiers privés.

— Nous devons réfléchir à des moyens de remplir les coffres royaux, et pas à limiter, ou pis, à gâcher le travail déjà commencé, dit Nogaret en jetant un coup d'œil à Flote. L'expansion ne peut se poursuivre sans les fonds adéquats, et sans expansion, sans extension du pouvoir royal dans ce royaume, notre seigneur sera aussi gêné par les vassaux, les évêques et les princes obstinés que ses prédécesseurs avant lui.

Quand ils atteignirent les quartiers de Philippe, Nogaret s'avança pour ouvrir les portes.

En entrant dans la pièce baignée de soleil, le roi hocha la tête.

— Nogaret a raison. L'expansion est cruciale. Avec mon père, la dynastie capétienne a perdu de sa puissance. Si je veux retrouver la grandeur de mon grand-père, je dois continuer à affirmer mon autorité.

— Avec tout mon respect, Votre Altesse, dit Flote, le roi Louis n'a pas assis son autorité en acquérant des villages et des évêchés. C'est par les croisades qu'il a gagné le respect du peuple.

Nogaret sourit intérieurement en voyant Philippe jeter un regard furieux à son ministre.

— Le peuple dit aussi que les juristes parlent trop. Soyez prudent, Flote, ne leur donnez pas raison, ou ce n'est pas votre salaire qu'on coupera.

— Pardonnez-moi, Votre Altesse. Je ne voulais pas vous offenser.

Après avoir dépassé un bureau où étaient rangés avec soin des parchemins, des plumes et des pots d'encre dont aucun ne semblait avoir servi, Philippe se débarrassa de sa cape d'hiver, doublée d'hermine douce et vaporeuse, et il la tendit à Flote. Puis il s'assit sur un divan qui surplombait les jardins, et croisa ses longues jambes.

— Même si j'aimerais discuter davantage de la situation à Bordeaux, j'ai reçu des nouvelles inquiétantes qui exigent mon attention immédiate.

Les yeux bleus de Philippe étaient braqués sur Nogaret.

— Le grand maître du Temple est arrivé à Paris il y a deux jours. Peu avant, nous avons découvert qu'on requérait sa présence à Londres, pour assister à une conférence à la commanderie avec le roi Édouard et un représentant du pape Boniface, un homme du nom de Bertrand de Got.

— L'évêque ?

— Vous le connaissez ?

— Pour ainsi dire. Je l'ai croisé à Bordeaux.

Nogaret raconta au roi comment l'évêque s'était interposé lors d'une de ses arrestations.

— Il pourrait nous compliquer les choses, en particulier s'il sollicite le soutien de l'archevêque, comme il a menacé de le faire.

— Bertrand ne m'inquiète pas. J'ai déjà eu affaire à lui. Tout ce qui l'intéresse, c'est de placer des membres de sa famille dans l'Église. Cette petite sangsue avide a passé la dernière année depuis sa nomination à essayer de s'assurer les bonnes grâces du pape. Je doute qu'il puisse vraiment nous poser problème, mais si le besoin s'en fait sentir, un évêché bien situé pour l'un de ses neveux nous le conciliera. Non, c'est l'objet de cette conférence qui m'inquiète. Je crains qu'Édouard n'essaie d'utiliser les Templiers contre moi.

Nogaret plissa le front.

— Je ne vois pas comment. Édouard ne peut pas leur donner d'ordres. Le Temple ne doit obéissance qu'au pape.

— Exactement, dit Philippe en se levant brusquement. Et c'est sûrement pour cela que Bertrand de Got participera à cette conférence, comme représentant du pape. J'ai assez de troupes pour combattre les Anglais, mais si le Temple s'allie à lui... (Il grimaça.) Même si les Templiers d'Angleterre ralliaient Édouard, ceux de France ne le feraient pas, pas plus que ceux des États maritimes, d'Allemagne ou du Portugal. Ils vivent grâce aux subsides des rois et des princes, aux privilèges qu'ils leur accordent. Ils ne risqueraient pas tout cela.

— Je dois me ranger à l'avis de Nogaret, approuva Flote.

— À quoi servent les chevaliers maintenant qu'il n'y a plus de croisades ? demanda Philippe. Que sont-ils, sinon une armée en quête d'une guerre ? Leur force, unifiée, suffirait à s'emparer de la Guyenne en quelques semaines.

— Mais ce n'est pas une force unie, répondit Flote. La moitié de l'Ordre est postée à Chypre, l'autre moitié dispersée dans toute la Chrétienté. Depuis la chute d'Acre, ils dépensent toute leur énergie à consolider leur monopole sur le négoce de la laine. Et d'après ce que je sais, Jacques de Molay est venu chercher des soutiens pour une croisade, et non combattre dans la guerre d'un autre.

— Cependant, rien ne dit que je ne serai pas inquiété. Les Templiers ne sont peut-être pas prêts à s'engager dans une guerre au côté d'Édouard, mais il pourrait les convaincre de le financer. Je sais qu'il tient à tout prix à maintenir une forte présence en Gascogne, et la révolte galloise a dû lui coûter cher.

— Et s'ils le soutenaient ? hasarda Nogaret.

— Dans ce cas, je devrais trouver ailleurs l'argent pour ma flotte. Je serais peut-être amené à mettre à exécution mes projets d'invasion de l'Angleterre.

Philippe se tourna vers Nogaret :

— Vous irez à Londres. Je vais m'arranger pour que vous partiez le plus tôt possible, afin d'y être avant Jacques de Molay. Vous découvrirez le but de cette conférence.

— Votre Altesse, l'un de nos informateurs habituels ne serait-il pas plus à même de mener à bien cette tâche ?

Nogaret était outré à l'idée que lui, l'avocat du roi, ancien professeur de l'une des plus grandes universités de France, dût se traîner jusqu'à Londres comme l'un de ces espions... Il jeta un regard à Flote, se demandant si c'était lui qui avait soufflé cette idée au roi. Mais le chancelier évita de croiser son regard.

— Non, reprit Philippe, il me faut cette information au plus vite. Quand vous arriverez, allez directement au palais de Westminster. Dites que vous venez rendre visite à ma belle-mère, que vous portez un message urgent de sa fille. Cela devrait vous éviter les formalités d'une visite officielle, même si je doute que quiconque vous connaisse et se montre suspicieux à votre égard. Faites en sorte qu'elle découvre tout ce qu'elle peut.

— Avec le frère du roi Édouard qui dirige les Anglais à Bayonne, cela sera peut-être difficile. La reine mère pourrait bien ne rien savoir.

— Elle fait partie de la cour, Nogaret. Son époux n'est pas sa seule source d'information.

Avant que Nogaret ait le temps de répondre, on entendit frapper à la porte. Un clerc apparut.

— Sire, les émissaires écossais sont prêts à partir.

— Je les rejoins dans un instant.

— Des émissaires écossais ? demanda Nogaret quand le clerc eut refermé la porte.

— Ils sont arrivés pendant votre absence, ils cherchent une alliance contre Édouard en raison de ses ingérences perpétuelles dans leur royaume. J'ai signé il y a deux mois un traité promettant de les aider.

— Les Écossais sont une nation de barbares, dit Nogaret d'un air hautain. Ils vivent encore dans des cabanes de boue et se battent toujours les uns contre les autres pour savoir qui est le chef.

— Peut-être, mais ce sont les ennemis d'Édouard, ce qui fait d'eux mes alliés. Ils l'occupent sur les frontières de son royaume tandis que je continue à le repousser ici. Son armée ainsi divisée, j'espère qu'il cédera bientôt la Gascogne. Édouard est probablement déjà au courant de cette alliance, ce qui expliquerait l'organisation de cette conférence avec le Temple. Voilà pourquoi cette affaire passe avant votre tâche à Bordeaux.

Philippe garda le silence deux secondes, puis se redressa.

— Maintenant laissez-moi, tous les deux. J'aimerais me changer avant de dire adieu à nos amis barbares.

Quand ses ministres furent partis, Philippe traversa la pièce pour aller se planter devant un miroir d'argent en pied. Il retira la couronne en or de ses cheveux et la posa sur une console. Puis, d'un geste délibérément lent, il dénoua la ceinture de brocart argenté qui ceignait autour de sa taille la robe couleur lie-de-vin. Libérant son torse athlétique, il l'ôta et la déposa sur le bras du canapé. Pendant tout ce temps, il ne quittait pas le miroir des yeux. Il s'observait avec un froid détachement, comme s'il s'agissait de quelqu'un d'autre. Sous sa tenue, il portait un cilice. La ceinture était tissée à partir de poils de chèvre durs et dégageait une odeur répugnante, qui s'intensifiait lorsqu'il transpirait. Il remarqua que la trame était écrasée et nota mentalement de demander au tailleur de lui en confectionner une nouvelle. Il la portait presque tous les jours et les poils raides avaient tendance à perdre leur caractère rugueux avec le temps, les mouvements de son corps les ramollissaient, ainsi que le frottement constant contre sa peau. Il délaça les lanières de cuir et la ceinture se détacha de sa poitrine, lui procurant un tel soulagement qu'il eut besoin de toutes ses forces pour se contrôler et ne pas l'arracher. Il se débarrassa du cilice et le posa avec soin à côté de sa robe. Dans le miroir, Philippe examina les résultats de sa mortification du jour. Sa peau irritée avait pris une teinte rouge, fiévreuse. En se mettant de côté, il aperçut les zébrures dues aux morsures des poux qui pullulaient dans les poils du cilice. Sur son dos, les cicatrices formaient un paysage. Les plus anciennes étaient blanches, d'autres, plus récentes, dues à la flagellation, s'étaient transformées en croûtes. À la lumière du jour, les mortifications laissaient des traces profondes, depuis le haut de ses chausses jusqu'à ses omoplates. Elles n'allaient pas plus haut. À partir du cou, la peau de Philippe était pâle et douce jusqu'à son visage sans tache. Le contraste était frappant. Comme si son corps et son visage appartenaient à deux personnes différentes.

Un moment, il se tint devant la fenêtre, torse nu, l'air glacial apaisant sa chair. Son regard errait sur les jardins, où des hommes travaillaient. Les observer l'emplissait de satisfaction. Monté sur le trône à dix-sept ans, Philippe avait craint que les serviteurs ne lui obéissent pas aussi promptement qu'à son père ou à son vaillant grand-père, et même s'il était roi depuis dix ans, il lui arrivait encore de se demander s'ils le respectaient assez. Voilà pourquoi il s'entourait de ministres comme Nogaret, des hommes presque de son âge. Avec eux, il avait le sentiment de sa supériorité.

Un mouvement en contrebas attira son attention. Une femme traversait la cour en direction de l'entrée des domestiques, dans l'enceinte du palais. Elle marchait à pas rapides, soulevant avec sa main sa jupe pour éviter qu'elle traîne par terre. Sa façon de regarder par-dessus son épaule intriguait le roi. La femme franchit la grille sous les yeux de Philippe. Elle disparut un instant, cachée par le haut mur extérieur, puis elle réapparut au-delà, sur la rive. Elle avait enlevé sa coiffe et ses cheveux fauves pendaient autour de ses épaules. Philippe fronça les sourcils en voyant un homme attendre sur une berge étroite qui plongeait vers le fleuve. L'homme s'avança à la rencontre de la femme et ils s'embrassèrent. Quand elle s'écarta de lui en tournant la tête en direction du palais, Philippe aperçut les traits de son visage. S'éloignant de la fenêtre, il médita sur la suite qu'il donnerait à l'incident. Il parlerait à l'intendant et lui ordonnerait de renvoyer cette femme pour son dévergondage. Un domestique qui bafouait les règles était une infection, il ne fallait pas laisser la graine de la désobéissance proliférer dans la maisonnée. C'est une loi que son père lui avait apprise. Philippe n'avait pas retenu grand-chose de ce que cet homme faible, sans volonté, avait dit lors de son passage sur terre, mais ce conseil était resté gravé dans son esprit. La maison royale était une extension de lui-même. Ce que faisait chacun rejaillissait sur lui et il ne permettrait à personne de ternir sa réputation. Il était le petit-fils de Louis IX. Ses sujets ne devaient connaître que sa grandeur. Philippe se dirigea vers le divan et s'empara du cilice. Et il l'enfila de nouveau en ignorant la sensation de brûlure qu'il lui procura au moment de serrer les nœuds.

Les bords de Seine, Paris, 21 décembre 1295 après J.-C.

Plus d'une heure avait passé depuis qu'il avait traversé le Grand Pont vers les rives de l'île et Will commençait à se demander si le domestique avait transmis son message. Les murs du palais se dressaient devant lui, abrupts et menaçants. À l'intérieur, des changements considérables avaient eu lieu. On avait construit deux tours à une courte distance du fleuve, qui flanquaient une grille impressionnante. Au-delà des murs s'élevaient maintenant de nouveaux édifices au milieu des flèches grises des appartements royaux et des bâtiments administratifs. Leurs toits très inclinés se découpaient entre les tourelles au sommet desquelles flottaient des bannières colorées. À l'autre extrémité du palais royal s'élançait la majestueuse

Sainte-Chapelle. Réalisée par Louis IX pour abriter un fragment de la couronne d'épines du Christ, elle conférait de la beauté à ce lieu qui, selon Will, ressemblait plus que jamais à une imposante forteresse.

Il regarda alentour et vit une fille se diriger vers lui le long de la rive boueuse. Will eut le souffle coupé en s'apercevant de son erreur, car ce n'était plus une fille, mais une femme. La tunique blanche qu'elle portait par-dessus une robe de lin était nouée à la taille, accentuant encore sa haute stature et son visage tout en longueur. La brise agitait ses cheveux d'or et elle les rejeta en arrière d'un geste impatient. Son visage était blafard et maigre, avec des pommettes saillantes et un large menton. Cette image le blessa ; son étrangeté et sa familiarité l'ébranlèrent profondément.

— Rose.

Elle s'arrêta net, et il fit les quelques pas qui les séparaient avant de l'attirer à lui. Ses cheveux étaient doux et sentaient la fumée de bois. Il l'avait étreinte pour la dernière fois deux ans plus tôt, mais il avait le sentiment que cela faisait bien plus longtemps.

— Je commençais à me demander si tu allais venir.

— J'ai des obligations, répondit-elle en jetant un coup d'œil vers le palais.

Will inspira. Il n'aurait pas dû s'attendre à ce qu'elle se précipite vers lui : leur séparation n'avait pas été facile et il n'avait trouvé aucun moyen de la contacter durant tout le temps qu'il avait passé sur les chemins.

— Comment vas-tu ?

Il avait essayé de parler d'un air enjoué, mais il regretta immédiatement d'avoir posé cette question si conventionnelle, si insipide.

Rose haussa distraitement les épaules.

— Parce que Andreas m'avait juré dans sa lettre avoir demandé à la reine une place convenable pour toi.

Incapable de regarder le visage impassible de Rose, Will fixait le sol détrempé.

— Il m'a promis qu'on prendrait soin de toi, qu'il avait assez d'influence pour s'en assurer.

— Alors je suppose que tout va bien, rétorqua-t-elle.

Le vent souleva ses cheveux et elle les repoussa une fois de plus. Ce geste révéla à Will les cicatrices sur sa main, là où elle avait été brûlée. Sa peau avait toujours l'air à vif, fripée comme un parchemin. Elle vit son regard et croisa les bras.

— Je veux être certain que tu es heureuse, dit Will, conscient de son impuissance.

Elle lâcha un petit bruit dédaigneux.

— De la sorte, tu n'as pas besoin de penser à moi...

La colère voilait ses yeux bleu foncé.

— ... et tu n'as pas à te sentir coupable de m'avoir envoyée au loin.

Ses paroles, remplies de venin et de vérité, étaient cinglantes. Il la prit par les épaules. Elle avait grandi. Quel âge avait-elle? Dix-sept? Non, elle devait avoir dix-huit ans depuis le mois dernier.

— Je sais que ces dernières années ont certainement été difficiles pour toi, mais...

— Difficiles? Tu n'en as pas idée! Nous venions tout juste de débarquer à Chypre que tu m'as abandonnée. Je t'ai à peine vu pendant des mois.

— Que pouvais-je faire? dit Will d'une voix calme. Sur le bateau d'Acre, les gens ont supposé que tu étais une orpheline de la ville à qui nous étions venus en aide, mais quand nous sommes arrivés à Chypre, j'étais obligé de te laisser.

Son regard demeurait fixé sur la Seine qui s'écoulait silencieusement à côté d'eux.

— Si les autres avaient découvert que tu étais ma fille, j'aurais été chassé. Tu le sais.

Il tourna les yeux vers elle.

— Mais j'ai veillé à ce qu'on s'occupe de toi.

Elle eut un autre rire narquois, et le visage de Will se durcit.

— J'ai fait de mon mieux. Tu as eu une bonne vie avec Elias.

— Oui ! Et puis tu m'as obligée à venir à Paris !

— Elias m'avait dit qu'il avait l'intention de venir ici et le grand maître de Molay a commencé à préparer son périple à travers la Chrétienté dès son élection. Je ne pouvais pas t'abandonner à Limassol en sachant que nous allions tous partir. Paris était ta meilleure chance. Je savais qu'Andreas pourrait user de ses entrées auprès de la famille royale pour t'aider à trouver un travail décent.

Will secoua la tête.

— Tous les enfants qui ont survécu en Acre n'ont pas eu cette chance, Rose. Ils ont perdu leurs parents, et en ont été réduits à mendier dans la rue. Ou pis encore.

— Je sais ce qu'ils ressentent. Moi aussi, j'ai perdu mes parents.

Will eut l'impression qu'elle venait de le gifler. Il garda le silence un instant, les yeux braqués sur elle tandis que Rose se détournait à moitié, incapable de soutenir son regard, le rouge lui montant aux joues. Il essaya de ne pas répliquer, mais ne put s'en empêcher.

— Qu'est-ce que tu insinues ?

— Rien, marmonna Rose.

— Je veux savoir ce que tu insinuais.

C'était faux, bien sûr. Et pourtant il répéta sa question.

Rose se tourna vers lui :

— Que mes parents sont morts en Acre. Tous les deux !

Un instant, Will vit quelqu'un d'autre le toiser de ses yeux tempétueux, se moquer de lui, et il eut l'envie soudaine de la frapper. À l'intérieur de lui, un mur s'écroula et sa main se referma, toute sa rage, sa douleur et son impuissance se concentrant dans son poing. Et ce poing allait frapper cette femme qui aurait dû être une enfant, qui avait grandi sans lui et était devenue cette imitation parfaite d'Elwen. Elle était sa douleur incarnée, debout face à lui, ses iris bleus qu'elle ne tenait ni de lui, ni de sa mère mais d'un autre lui rappelant cette grande trahison.

Celle de l'homme dont il n'était pas même capable de prononcer le nom.

Alors que Rose commençait à s'éloigner, Will avança d'un pas et tendit la main pour la retenir. Toutefois, il n'alla pas au bout de son geste, sa main retomba et elle s'en alla. Il attendit, mais elle ne regarda pas en arrière. Puis elle emprunta l'entrée des domestiques et disparut. Will leva la tête et fixa le ciel jusqu'à ce que la lumière du soleil l'aveugle.

Le temps qu'il traverse le Grand Pont et fasse le chemin jusqu'à la rue du Temple, les taches noires sur ses rétines s'étaient atténuées et une torpeur habituelle s'empara de nouveau de lui. De retour à la commanderie, il traversait les quartiers des chevaliers lorsque Hugues et Robert le hélèrent.

— Nous devons parler, l'informa le visiteur.

Robert remarqua, l'air perplexe, la cape enroulée sous le bras de Will.

— Venez, dit Hugues sans s'apercevoir de rien.

Il les mena dans le bâtiment administratif, où se trouvaient ses quartiers.

— Nous n'avons pas beaucoup de temps. Ce sera bientôt none et Jacques a organisé un service spécial pour s'adresser aux hommes.

Il ferma la porte derrière eux.

— J'ai reçu ce matin des nouvelles de notre frère à Londres. Dès que l'invitation du grand maître à la conférence nous est parvenue, j'ai demandé à Thomas d'en chercher l'objet.

Hugues pinça les lèvres.

— Il apparaît que le pape souhaite fondre ensemble le Temple et l'Hôpital. Son intention est d'envoyer les deux Ordres unifiés en Terre sainte pour une croisade que nous financerions ensemble.

Will arqua un sourcil, puis il secoua la tête.

— C'est impossible.

— Tu n'en sais rien, fit Robert d'un ton un peu abrupt.

Will le regarda, puis il se tourna vers Hugues :

— Jacques est-il au courant?

— Je lui en ai parlé ce matin. Je lui ai dit que je l'avais appris par le maître d'Angleterre, ce qui est plus ou moins vrai. Thomas a intercepté un message du roi Édouard au maître, dans lequel il évoque les projets du pape. Il a été demandé à Édouard d'être présent en raison de son influence et de ses bonnes relations avec le Temple. Le pape tient probablement à ce qu'il soutienne son plan.

— Comment Jacques a-t-il réagi?

— Jacques veut une croisade, c'est certain, et il est prêt à payer. J'ai peur qu'il soit disposé à mettre l'Ordre en faillite s'il le faut. Mais toute action en Orient devra être conduite selon ses vœux. Il ne collaborera pas avec les chevaliers de l'Ordre de Saint-Jean et je ne l'en blâme pas. D'un point de vue militaire, ce serait un désastre. Toute possibilité d'entente harmonieuse entre nous est morte il y a des années.

Will savait que Hugues faisait référence à l'attaque du Temple contre les chevaliers de Saint-Jean en Acre. Cette attaque, qui faisait suite à une querelle entre factions royales, avait eu lieu des décennies plus tôt, mais les Hospitaliers ne leur avaient jamais pardonné. Depuis, dans tous les différends entre forces occidentales en Terre sainte, les Templiers et eux avaient toujours choisi un camp opposé. La seule exception avait concerné la chute d'Acre, quand les deux grands maîtres avaient affronté conjointement les hordes mameloukes. Mais Will doutait que, dans l'arène politique compliquée de la Chrétienté, où les lignes de bataille n'étaient pas claires et les alliances semblaient bâties sur du sable, il soit possible de les unir. Trop de chevaliers de Saint-Jean se rappelaient les histoires de leurs frères, comment ils avaient supplié qu'on laisse passer les malades et les blessés à travers les barricades, et comment les Templiers leur avaient ri au nez. À l'inverse, les Templiers soutenaient qu'ils étaient dans leur droit et que la lutte était née moins de l'esprit de vengeance que de la tentative des Hospitaliers de les diminuer en s'emparant de leurs territoires et de leurs fonds. Comme le disait Hugues, ce n'était pas vraiment un terrain favorable à un rapprochement entre les deux Ordres.

— Mais si le pape Boniface l'ordonne? demanda Robert au visiteur.

— Alors nous aurons un conflit sur les bras, mais le fait qu'il envoie un simple prêtre pour le représenter m'incite à penser que l'affaire n'est pas encore particulièrement pressante. Peut-être veut-il simplement juger de notre réaction à cette proposition? D'après ce que vous m'avez dit, le pontife n'en a pas fait mention lorsque vous étiez à Rome.

— Non, concéda Will, et ce n'est pas surprenant. L'élection du pape Boniface n'a pas été unanime au sein du Sacré Collège et durant notre séjour à Rome, il s'occupait d'apaiser ses rivaux. Jacques s'est absenté pendant des mois, il a rencontré le roi à Naples et visité nos commanderies de Gênes et Venise, donc en dehors de quelques rencontres au printemps, nous avons à peine vu Sa Sainteté.

— Tu disais que la convocation venait d'Édouard. On peut donc supposer qu'il soutient le pape? C'est ce dont nous avons peur depuis qu'il a commencé à demander de l'argent à Everard. Le vieillard craignait que ce ne fût qu'une question de temps avant que le roi ne cherche à assouvir ses ambitions concernant la Terre sainte, et maintenant, avec le grand maître qui n'aspire qu'à y retourner...

Robert haussa les épaules.

— Pourtant, je ne peux pas dire que je l'en blâme. Parfois j'aimerais que nous puissions nous venger de ce qu'on nous a fait en Acre, je sens la rage brûler en moi à un point tel que je ne comprends pas comment j'ai pu considérer un jour les musulmans comme des frères.

Il les regardait.

— Mais les croisades *sont* terminées. Et en dépit de ce que nous avons perdu, c'est une bonne chose. Le roi Édouard a juré fidélité à la cause de l'Anima Templi. Comme nous, il devrait admettre que la fin des hostilités laisse l'opportunité de bâtir une paix durable entre l'Orient et nous, au lieu d'ourdir des plans pour nous précipiter tous de nouveau dans la guerre, même si c'est le pape qui le sollicite.

Will restait calme. Son camarade n'avait aucune idée des moyens qu'Édouard était prêt à mettre en œuvre pour arriver à ses fins. Édouard ne se souciait de paix que lorsqu'elle l'arrangeait. Il nouait et brisait des alliances sans se soucier de ceux que ses actions pouvaient mettre en péril, et il le faisait avec une sournoiserie et une brutalité ahurissantes.

— Vous m'avez parlé de votre inquiétude à propos d'Édouard quand vous m'avez recruté dans le Cercle, dit Hugues. Mais depuis qu'il a signé le traité avec les musulmans, il y a des années, il n'a pas fait un seul mouvement vers l'Orient. Comment pouvez-vous être si certain qu'il travaille contre nous? Si Everard avait eu le moindre doute sur les intentions du roi, il ne l'aurait jamais élu Gardien. J'admets ne pas avoir réellement connu le prêtre, mais une chose était claire durant le temps que j'ai passé avec nos frères en Acre : Everard plaçait l'Anima Templi au-dessus de tout et n'aurait rien entrepris qui puisse lui nuire.

— Everard a commis une erreur, rétorqua Will d'une voix grave. Nous avons failli être détruits par le vol du *Livre du Graal.* Il avait à cœur de renforcer le Cercle et il a choisi le mauvais homme. Il l'a regretté jusqu'au jour de sa mort.

— Nous ne savons pas pourquoi Édouard assistera à la conférence, reprit Hugues. Il a eu maille à partir avec Bertrand de Got en Gascogne. Peut-être a-t-il l'intention de se faire notre avocat? Si quelqu'un peut dissuader le pape et le prêtre, c'est lui.

Will répondit d'une voix tranchante :

— Édouard n'est pas notre allié. Il l'a prouvé en nous trahissant maintes et maintes fois.

— Comment cela? demanda Hugues. En dehors des demandes de fonds qui pourraient fort bien avoir été innocentes, qu'a-t-il fait ? J'ai lu les écrits d'Everard que tu m'as envoyés avant la chute d'Acre. Il n'y mentionnait pas la moindre trahison, mais simplement sa crainte, forgée pour l'essentiel sur tes propres soupçons, pourrais-je ajouter, que le roi, en acceptant le rôle de Gardien, n'eût pas tant cherché la paix que les moyens de financer une guerre au pays de Galles. Même si c'est vrai, l'assujettissement du pays de Galles était nécessaire. Ce n'est pas parce qu'un homme croit en la paix qu'il peut la maintenir face à des rebelles et des fauteurs de troubles.

— Et ses agressions contre l'Écosse ? s'énerva Will. Il espère contrôler ce royaume depuis des années, et maintenant qu'il a écrasé le pays de Galles, plus rien ne se dresse en travers de son chemin.

— L'Écosse était un chaos après la mort du roi Alexandre, le trône était convoité par tous les grands du royaume. Édouard se proposait de les aider.

— Oui, en essayant de marier sa fille de cinq ans à l'héritier d'Alexandre pour que l'Angleterre s'empare de la couronne !

— Et si Margaret de Norvège avait survécu, nos deux royaumes seraient maintenant unis dans la paix grâce à cette union.

Hugues secoua la tête en voyant l'expression belliqueuse sur le visage de Will. Si les Écossais n'avaient pas eu confiance en Édouard, ils ne l'auraient pas déclaré leur suzerain après la mort de la reine infante. Depuis, il s'est engagé à restaurer l'ordre, à fortifier les châteaux, à installer des garnisons dans les villes où les tensions entre familles rivales culminaient. Comment les Écossais le récompensent-ils ? Au lieu d'entrer en pourparlers et de négocier, ils signent un traité avec ses ennemis.

— Peux-tu me rappeler quand tu es devenu Anglais, Hugues ? demanda Robert en jetant un regard plein de ressentiment à son ami.

— J'essaie simplement de voir cela du point de vue d'Édouard, répliqua posément Hugues. Et de comprendre d'où vient le soupçon que vous lui portez. Nous sommes tous frères, non?

Il écarta les bras comme pour embrasser les deux hommes en colère.

— Nous sommes du même côté. Je souhaite simplement veiller à ce que le Temple soit sauvé quoi qu'il arrive. Cette époque est pleine d'incertitudes. Notre grand maître désire lancer une croisade et le pape veut que nous nous rallions à nos rivaux. Jacques a l'intention de partir pour Londres après Noël. Nous ferons tous les trois partie de la compagnie. Je m'en suis assuré.

— Nous y allons? s'enquit Will.

— Oui, et je crois que nous devrions considérer Édouard comme notre ami dans cette affaire.

— Dans ce cas, la discussion est close, lâcha Will en se dirigeant vers la porte.

Hugues le suivit du regard et son visage s'empourpra.

— Halte-là, commandeur! Comment osez-vous me tourner le dos ainsi!

Will fit volte-face, et la violence de son regard calma instantanément Hugues.

— Nous parlions des affaires de l'Anima Templi. Au cas où vous l'auriez oublié, c'est moi qui suis à sa tête. Si je dis que la discussion est close, elle l'est.

— Seigneur... murmura Hugues lorsque Will fut parti.

Robert voulut dire quelque chose mais le visiteur le fit taire.

— Non, Robert, ne lui cherche pas d'excuses. S'il me reparle de cette façon, je l'exclurai de notre Ordre.

4

Le Nouveau Temple, Londres

7 janvier 1296 après J.-C.

La ville était en feu. Des volutes de fumée noire tournoyaient dans l'aube pâle, obscurcissant le soleil. Les engins de siège lançaient des boulets qui s'écrasaient en réduisant les murailles en miettes et en broyant les hommes. Femmes et enfants, le visage couvert de poussière, s'entassaient sur les quais, désespérant du trop petit nombre de bateaux chargés de les mener jusqu'aux galères ancrées à la sortie du port. Will engagea son cheval dans la foule, le regard braqué sur un homme qui titubait le long de la digue éboulée à l'est.

C'est Édouard qui tirait les ficelles. Et il m'a fait danser comme un fou tandis que je voyais mes rêves s'étioler et finalement s'écrouler, et que les tiens devenaient réalité.

Will se redressa, les propos amers de Garin lui emplissaient l'esprit. Il était oppressé par un poids sur la poitrine.

Je suis la poupée d'Édouard depuis si longtemps que j'ai continué à danser même quand il ne me manipulait plus.

Il se leva et traversa le dortoir désert jusqu'à la fenêtre. Posant ses mains sur le rebord, il regarda par-dessus un carré d'herbe enserré dans un cloître. Il sentait dans l'air l'odeur marécageuse de la Tamise. Cet endroit était peuplé de souvenirs, mais plus évanescents, moins réels que ceux qui l'entouraient à Paris. Il n'avait passé que deux étés au Nouveau Temple, même si le fait d'y avoir vu son père pour la dernière fois lui procurait une certaine nostalgie. Il avait l'impression de refaire le chemin en sens inverse : de Paris à Londres. Les pensées liées à l'Écosse, sa terre natale, étaient plus fortes ici. Il avait toujours la lettre de sa sœur, Ysenda, pliée dans son sac. D'après ce qu'il savait, elle était encore en vie, de même que sa sœur aînée, Ede.

Trois sergents du Temple traversaient les pelouses, leurs tuniques noires trop larges pour leurs corps dégingandés dont les muscles n'étaient pas encore formés par des années de travail et de combat. Il avait été comme eux autrefois, jeune et sans expérience, plein de crainte vis-à-vis des chevaliers qui le regardaient de haut, comme des anges féroces dans leur manteau pur et sans souillure. Il se souvint des jours passés à aider Simon dans les écuries, des matinées d'hiver à courir sur le terrain d'entraînement avec Garin à ses côtés. Des souvenirs d'une autre vie.

Tandis que la cloche de la commanderie commençait à sonner, les sergents accélérèrent le pas et disparurent sous l'arche. Will retourna à sa paillasse. Il s'accroupit et tira son sac de sous le lit. Il s'interrompit, les mains tremblantes.

C'est terminé, Will. Comment ne le vois-tu pas ? C'est terminé pour tous les deux. Nous avons tout perdu. Tout ce que nous pouvons faire, c'est mourir !

La voix de Garin lui revenait, pareille à un écho. Il plongea la main dans le sac et ses doigts se refermèrent sur son maillot enroulant quelque chose de dur. Il le sortit et déroula le vêtement pour en faire surgir le couteau. Il l'avait pris hier soir à la cuisine de la commanderie pendant que la plupart des hommes assistaient aux vêpres. Personne ne commenta son manque de ponctualité lorsqu'il se glissa dans la chapelle pour les rejoindre. Le maître d'Angleterre et ses administrateurs étaient préoccupés par l'accueil du grand maître, et si des chevaliers le remarquèrent, ils se dispensèrent de la moindre remarque. Après tout, il était commandeur. La lame longue et tranchante était fixée sur un gros manche en bois. Le couteau était facile à cacher. Nul ne le verrait le dégainer.

Garin n'avait été qu'un pion, un pion néfaste, rien de plus. C'était Édouard qui jouait, lui qui déplaçait les pièces sur l'échiquier, gagnant à chaque mouvement, depuis le meurtre d'Owein à Honfleur jusqu'à sa propre dépravation dans un bordel de Paris, une petite mort, ou encore lors de l'embuscade à la sortie de La Mecque et l'incendie de la maison d'Andreas. Il ne s'était peut-être pas sali les mains, mais Édouard dirigeait la moindre action de Garin. Will n'en doutait pas une seconde, le roi avait marqué de son sceau chaque cruauté provoquée par ses ambitions. Il avait tué, corrompu et menti pour obtenir ce qu'il voulait, et pendant tout ce temps il s'était dissimulé derrière l'apparence de l'honneur qui avait trompé tout le monde, même Everard. Will avait perdu pratiquement tout ce qui lui était précieux dans cette vie par la faute d'Édouard. Il ne pouvait plus vivre en supportant cette injustice.

À bord du *Phoenix*, tandis qu'on larguait les amarres et que s'éloignaient les ruines d'Acre, il avait juré de se venger. Sa rage, alors, était pure : c'était une fureur qui le consumait. Pourtant les années avaient passé étouffant ce brasier pour le réduire en cendres grises et inertes qui polluaient ses pensées. Son retour en Occident avait ravivé les braises et aujourd'hui, alors qu'il se trouvait tout près du siège du pouvoir royal, et de l'homme lui-même, le feu brûlait plus fiévreusement que jamais et le visage arrogant du monarque ne quittait pas son esprit.

Les doigts de Will se détendirent, prêts à empoigner le manche du couteau. Mais il se retint de toucher l'arme. Il expira soudain en prenant conscience qu'il retenait sa respiration. Puis, poussant un juron, il remit la lame dans le maillot, qu'il fourra dans son sac. Il le rapporterait à la cuisine plus tard, avant que quelqu'un s'aperçoive de sa disparition.

La porte s'ouvrit et Robert entra.

— Qu'est-ce que tu fais là?

Will poussa le sac sous sa paillasse.

— Rien.

— Tu n'as pas entendu la cloche?

Will entendit alors le carillon monotone qui continuait de sonner.

— Il est là, ajouta Robert en grimaçant. Tu ferais mieux de venir.

Will alla jusqu'à la porte, jeta un coup d'œil en arrière à sa paillasse, puis sortit.

La cour principale du Temple de Londres – qui donnait sur Akeman Street – était noire de monde. On menait un groupe de chevaux fièrement caparaçonnés vers les écuries. Will s'immobilisa. Aux côtés du maître d'Angleterre marchait Édouard.

Si le temps avait imprimé sa marque sur les camarades de Will, ce n'était rien en comparaison de ce que les années avaient infligé au roi d'Angleterre. Elles avaient tellement transformé le jeune homme altier qu'il avait vu vingt-trois ans plus tôt qu'il en était méconnaissable. Certes, il conservait sa silhouette athlétique et cette taille impressionnante qui dépassait presque tous les autres, mais la ressemblance s'arrêtait là. Will avait imaginé son visage toujours encadré de cheveux noirs. À cinquante-six ans, Édouard avait désormais les cheveux aussi blancs que les plumes d'un cygne. Sa barbe poivre et sel, taillée court, soulignait la dureté de son visage et les cernes sous ses yeux étaient plus prononcés. Il marchait de façon un peu raide, bien qu'avec sa large épée pendant sur le côté et son pas décidé, il semblât aussi vigoureux que les jeunes gens qui l'entouraient.

Alors qu'Édouard s'approchait, suivi par une multitude de gardes et de conseillers, ses yeux tombèrent sur Will.

Pendant quelques secondes, il donna l'impression de ne pas le reconnaître, puis son regard s'éclaira subitement.

— Campbell.

Le maître d'Angleterre, un homme jeune et énergique aux cheveux noirs, du nom de Brian le Jay, observa Will qui, contrairement aux autres chevaliers, ne s'inclina pas devant le roi.

— Vous connaissez l'un de nos frères, sire ?

— De longue date, dit Édouard sans quitter Will des yeux.

Son français était parfait, sans accent.

— Commandeur.

Will jeta un coup d'œil à la droite d'Édouard et vit Hugues le fixer avec attention.

« *Salue* », articula silencieusement le visiteur.

Tous les regards étaient braqués sur lui. Le front de Brian le Jay était plissé. L'ordre donné par Hugues ne souffrait pas de discussion. La mâchoire crispée, Will inclina la tête en direction d'Édouard. Un éclair de satisfaction brilla dans les yeux du roi, puis le Jay se remit en marche et le moment de flottement passa.

— Sire, dit le maître anglais en guidant Édouard vers la maison du chapitre, le grand maître Jacques de Molay nous attend. Allons le rejoindre.

Will suivit, Robert à ses côtés. Il ne quittait pas Édouard des yeux tandis qu'ils entraient dans la salle. Le grand maître était assis sur une estrade à côté d'un homme de grande taille à la tête tonsurée. Will supposa qu'il s'agissait de Bertrand de Got. Jacques se leva pour accueillir Édouard, qui monta sur l'estrade et prit place sur l'un des sièges vides, ainsi que Brian le Jay et Hugues, tandis que les autres chevaliers et les conseillers du roi s'entassaient sur des bancs alignés plus bas. Jacques resta debout le temps qu'on ferme les portes de la maison du chapitre.

— Il y a presque deux cents ans, Hugues de Payns alla en Orient avec huit compagnons. Les premiers croisés s'étaient rendus maîtres de Jérusalem et la Ville sainte était devenue un lieu de pèlerinage. Hugues, qui était alors un jeune vassal du comte de Champagne, vit les périls qu'affrontaient tant de chrétiens qui voulaient voyager jusqu'aux Lieux saints. Déterminé à ce que ces hommes et ces femmes puissent fouler librement le sol, où le Christ lui-même avait marché, sans craindre d'être attaqués et de mourir aux mains des Sarrasins, il fonda un ordre de chevaliers, dont le but serait de protéger les pèlerins.

Jacques parlait d'une voix forte, et les hommes écoutaient en silence l'histoire qui leur était familière.

— Hugues de Payns fut le premier grand maître, et bien que notre ordre, depuis ses débuts, se soit étendu jusque dans les royaumes de la politique et du commerce, cette mission reste centrale. Nous sommes les gardiens de la Terre sainte. Voilà pourquoi nous existons. C'est notre unique but. Plus que ça, c'est notre *âme* même.

Will était surpris. Homme de peu de mots, ne sachant ni lire ni écrire, comme beaucoup de Templiers, Jacques était peu coutumier de ce genre d'emphase. Il remarqua que le scribe du grand maître, assis au premier rang, hochait la tête à chaque nouvelle inflexion du discours, et il devina qu'il y était sans doute pour quelque chose.

— Notre travail là-bas n'est donc pas terminé. Je suis fier d'être le vingt-troisième grand maître de cet ordre et, comme tous ceux qui m'ont précédé, je n'aurai de cesse que la Terre sainte soit libérée, pour Dieu et pour les chrétiens.

Des applaudissements accueillirent ces paroles. Toutefois, les hommes assis sur l'estrade ne paraissaient pas tous concernés. Brian le Jay témoignait un intérêt respectueux, Hugues, les yeux perdus dans le vague, semblait pensif, Bertrand approuvait de vigoureux mouvements du menton, tandis qu'Édouard, impassible et froid, ne révélait rien de ses impressions.

Jacques de Molay se tourna vers l'évêque.

— Je crois que c'est également ce que souhaite le pape Boniface.

Bertrand se leva et lissa les plis de sa robe du plat de sa main.

— Tout à fait, maître, et vous avez fait écho de la plus éloquente des manières aux désirs du pape. Cependant, j'ai parlé longuement avec Sa Sainteté et nous avons le sentiment que vos hommes seuls ne peuvent accomplir l'énorme tâche d'arracher la Terre sainte aux Sarrasins. Il propose donc que le Temple joigne ses forces à celles de l'Hôpital, afin que ces deux nobles et anciens ordres, unis, puissent accomplir cette œuvre.

Des murmures de mécontentement parcoururent la maison du chapitre, mais moins outragés que Will s'y était attendu, ce qui l'amena à penser que la plupart des hommes devaient déjà être au courant du but de la conférence.

Jacques garda le silence un instant.

— Cela n'arrivera jamais.

Bertrand sembla pris de court par ce revirement dans l'attitude de Jacques de Molay, de l'orateur plein de verve au commandant bourru.

— Mais, maître, c'est pour cela que nous nous rencontrons, pour en discuter. Vous voudrez sûrement entendre mes arguments ?

— Je n'en ai nul besoin. Ma décision est prise. J'apprécierais que les chevaliers de Saint-Jean participent avec nous à une nouvelle croisade, mais en tant qu'ordre séparé, comme cela a toujours été le cas.

— Nous craignons que la rivalité entre vos deux Ordres n'ait contribué à perdre la Terre sainte.

Bertrand leva la main en entendant des chevaliers protester.

— Je ne fais que répéter ce que d'autres tiennent pour vrai.

— Notre rivalité a été un bienfait et non une entrave. Cela a poussé chacun de nos Ordres à faire de son mieux pour la Chrétienté. Sur le champ de bataille, l'un prendrait l'avant-garde, l'autre l'arrière-garde.

— Cela reviendrait au même, plaida l'évêque. La seule différence, c'est que vous porteriez la même bannière.

Un silence de plomb accueillit sa proposition.

— Et mes hommes ? lui demanda Jacques de Molay en s'approchant de Hugues et Brian le Jay. Nous ne pouvons pas avoir deux visiteurs, deux maîtres d'Angleterre. Et moi-même ? Je peux vous dire avec certitude que le grand maître de l'Hôpital répugnerait autant que moi à quitter sa position. Beaucoup d'hommes devraient se contenter de grades inférieurs, et des chevaliers habitués à un commandeur seraient obligés d'obéir à un autre qu'ils considéraient peut-être jusque-là comme un rival. Ce que vous proposez n'aboutirait pas à une force unifiée, mais à une foule désorganisée de mécontents qui s'étriperaient avant d'avoir atteint Marseille.

Bertrand de Got se passa la langue sur les lèvres. Jetant un regard alentour pour trouver du soutien, il posa les yeux sur Édouard.

— Votre Majesté, vous vouliez cette conférence. Quelle est votre opinion ?

Bertrand retourna à sa place, l'air soulagé, tandis que le roi prenait la parole :

— Je défends le principe d'une nouvelle croisade.

Regardant Édouard, Will sentit le sang battre à ses tempes et se pencha en avant.

— Mais à l'heure actuelle, d'autres affaires me préoccupent.

Le roi se tourna vers Jacques de Molay. Bertrand de Got fronçait les sourcils.

— Comme vous le savez peut-être, les Écossais menés par John Balliol ont signé un traité avec le roi Philippe de France. J'avais espéré que nous pourrions régler le problème de manière raisonnable, en hommes civilisés. Mais je vois maintenant qu'avec ces gens, une telle chose est impossible. Le traité constitue une déclaration de guerre à laquelle je dois répondre rapidement, et avec résolution.

J'ai donné l'ordre hier qu'on arrête tous les Écossais d'Angleterre.

Will agrippa le banc.

— Sire, intervint Jacques de Molay, nous comptons des Écossais dans nos rangs.

— Les Templiers en seront exempts, le rassura Édouard. Vous devez en comprendre la nécessité. Les Écossais se sont mis d'accord avec Philippe pour mener des assauts contre moi. Je ne peux pas les laisser tranquillement œuvrer dans mon royaume, cela risquerait de se retourner contre moi.

Au bout d'un moment, le grand maître hocha la tête.

— Non. Certes...

Bertrand regardait Édouard l'air médusé, comme s'il ne s'était pas du tout attendu à cette déclaration de la part du roi.

— Sire, avec tout mon respect, vous parlez d'entrer en guerre avec une autre nation chrétienne, alors que nous nous sommes réunis pour décider du meilleur moyen de reprendre la Terre sainte aux Infidèles. C'est notre priorité !

— À la différence de l'Église, je n'ai pas le luxe de choisir mes ennemis. Philippe et les Écossais ont levé le bras contre moi. Je manquerais à mon peuple et à ma position si je ne répliquais pas.

Édouard regarda de nouveau Jacques de Molay.

— Je me prépare à marcher vers le nord pour contrer Balliol, mais avec les forces anglaises que dirige mon frère en Gascogne, et les autres régiments qui assurent la soumission des émeutes galloises, je suis diminué. À cette fin, je sollicite l'appui du Temple.

Will se sentit quelque peu soulagé de voir que le grand maître ne semblait pas le moins du monde impressionné.

— Si j'ai voyagé jusqu'ici, sire, c'est pour demander aux rois de m'aider à lever une armée. Je ne m'attendais pas à me voir imposer une telle requête. On a besoin de mes hommes en Orient.

Édouard haussa un sourcil. Avant qu'il ait pu reprendre la parole, Hugues intervint.

— Messeigneurs, puis-je suggérer que nous levions la séance ? Avec les points inattendus qui viennent d'être soulevés, il vaudrait mieux que chacun ait le temps de réfléchir plutôt que de prendre des décisions à la hâte. Nous pourrions nous réunir de nouveau demain.

— Très bien, l'approuva le grand maître. Sire ?

Édouard réfléchit un instant avant d'incliner la tête.

— J'y suis également favorable, dit froidement Bertrand en regardant le roi d'un air chagrin.

Tandis que l'assemblée se levait, les chevaliers commençant à discuter entre eux, Will resta assis, les yeux fixés sur Édouard, qui s'avança dans l'allée et sortit de la maison du chapitre, suivi d'une nuée de gardes et de conseillers.

Quelqu'un à Paris avait signé un parchemin. Désormais, l'Angleterre et l'Écosse étaient en guerre.

La Tour, Londres, 7 janvier 1296 après J.-C.

Parvenu en haut des escaliers qui s'enfonçaient dans l'obscurité, Hugues s'arrêta. Une odeur de pourriture lui emplit les narines. Il jeta un coup d'œil à l'homme qui l'accompagnait.

— Par ici, visiteur, insista le garde en indiquant l'escalier d'un signe de tête.

Hugues descendit prudemment. Il se retrouva un moment dans le noir complet et dut tâtonner du bout du pied sur les marches inégales et humides tout en se retenant des deux mains aux murs suintants. Puis il aperçut en bas la lueur des torches qui augmentait progressivement et il réussit de nouveau à voir clair. Il dévala les dernières marches et pénétra dans un passage voûté. Il y régnait une odeur puissante, épaisse, de puanteur animale. Hugues respirait à petits coups, la bouche ouverte. Au bout du passage, la lumière des torches se fit plus vive et il discerna des silhouettes. Cinq gardes patibulaires se tournèrent dans sa direction tandis qu'il débouchait dans un couloir plus large sur la droite duquel s'alignaient des portes massives.

— On m'a demandé de venir ici, dit Hugues en anglais.

Il entendit un cri étouffé quelque part.

— Je vais vous conduire à lui, visiteur, répondit l'un des gardes. Il vous attend.

Hugues commença à le suivre et le garde emprunta le couloir du côté gauche.

— Restez de ce côté et faites attention où vous marchez.

En regardant le sol, Hugues constata qu'il était en pente et qu'un canal creusé dans la pierre courait au beau milieu. Celui-ci était rempli d'un liquide visqueux, huileux.

— Vous ne voudriez pas marcher dans leur saleté, visiteur.

Connaître la source de cette pestilence était pis encore. Hugues résista à l'envie de se boucher le nez et le garde s'arrêta devant une porte, détacha un trousseau de clés de sa ceinture et en introduisit une dans la serrure. On entendit un autre cri, plus proche cette fois. Le garde ouvrit la porte.

Dans la cellule, à l'étroit, se trouvaient quatre hommes. Trois d'entre eux tournèrent la tête lorsque Hugues entra mais le quatrième, qui était attaché par les poignets au moyen d'une chaîne passée dans un crochet au plafond, ne leva pas la tête. L'odeur de viande grillée qui flottait dans la pièce confinée rappela à Hugues celle du porc grillé, ce qui le mit mal à l'aise.

— Visiteur Hughes de Pairaud.

Hugues salua. Ses yeux passaient du roi à l'homme suspendu comme une chiffe molle à la chaîne. Il ne portait qu'un pagne crasseux et sa peau dénudée était livide et trempée de sueur en raison de la chaleur caniculaire que dégageait un brasier. Dans le sable, à ses pieds, coagulait le sang épais qui dégoulinait de son torse entaillé en divers endroits et carbonisé à d'autres. Hugues supposa que ces brûlures lui avaient été infligées à l'aide du fer chauffé à blanc que brandissait l'un des deux gardes, et l'odeur abjecte provoqua chez lui une soudaine nausée.

— Voulez-vous que je revienne plus tard, sire ?

— Non, rétorqua sèchement Édouard. Parlons maintenant.

Le prisonnier cracha du sang et de la bave au sol, et Hugues détourna la tête.

— Qui est-ce ?

— Un espion écossais.

Édouard s'écarta sur le côté de la cellule et fit signe au garde, qui enfonça le fer au cœur des charbons incandescents. Des flammèches crépitèrent. En entendant ce son, le prisonnier fut pris d'un tremblement terrible.

— Il s'est faufilé dans ma maison comme un ver il y a quelques mois. Il m'espionnait avant de faire ses rapports à ses maîtres. Heureusement que mes hommes l'ont démasqué, ou les Écossais seraient au courant de ma stratégie avant même que l'avant-garde ne quitte Londres.

— C'est faux, émit faiblement le prisonnier. Je suis innocent !

Édouard claqua des doigts et le garde retira le fer, dont l'extrémité étincelait, rouge orange.

— Encore.

Le garde appliqua le fer sur la poitrine de l'homme et celui-ci poussa un hurlement. Ses jambes flanchèrent et il s'écroula en avant.

— Mon Dieu ! Ar... Arrêtez !

Il peinait à respirer. Édouard s'approcha de lui.

— Dis-moi ce que je veux savoir. As-tu transmis des informations à Balliol ? Est-il au courant de mes plans ?

— Non, répondit l'homme dans un souffle.

Durant un instant, le silence s'abattit sur la pièce. Puis, lentement, l'homme releva la tête.

— Mais ça ne fait rien. Il sera prêt à t'accueillir.

— Voilà, vous voyez bien…, murmura Édouard.
— Mon peuple vous égorgera, bâtards d'Anglais.
L'homme ferma les yeux et rejeta sa tête en arrière.
— Longue vie au roi John !
— Tuez-le.
L'un des gardes s'avança en dégainant son épée avec un bruit de râpe. Il plongea la lame dans l'estomac de l'homme, et d'une rotation cruelle de la main déchira muscles et boyaux.
— Ces gens sont venus me demander mon aide, dit Édouard tandis que l'homme râlait. Ils se sont présentés à moi après la mort de leur roi et de son unique héritier, et ils m'ont supplié de les aider. Sans épargner mes efforts, j'ai organisé un tribunal pour déterminer à qui revient le trône de plein droit.
Il se tourna vers Hugues.
— Une fois John Balliol choisi et intronisé, l'ordre est revenu dans leur royaume. Je pensais qu'ils m'en seraient reconnaissants. Je me trompais.
Comme le garde retirait l'épée en faisant jaillir une gerbe de sang, l'homme s'affaissa. Édouard alla vers la porte, que l'autre garde lui ouvrit.
— J'ai besoin de l'aide du Temple. Vous devez convaincre Jacques de Molay de me fournir des hommes pour mettre un terme à la rébellion de Balliol.
Détachant ses yeux du prisonnier à l'agonie, Hugues suivit Édouard dans le passage.
— Ce sera sans doute difficile, sire. Jacques ne s'intéresse qu'à sa croisade. Je doute qu'il affecte ses troupes à une autre cause.
Hugues plissa les yeux à cause de la lumière qui s'intensifiait à mesure qu'ils remontaient à la surface, où ils débouchèrent dans une cour balayée par le vent et dominée par un imposant abri qui accueillait la ménagerie royale.
Édouard se tourna brusquement vers lui, l'obligeant à s'immobiliser.

— Il le fera s'il a l'assurance que les discussions pour rapprocher le Temple des chevaliers de Saint-Jean s'arrêtent.

— Que conseillez-vous ?

— Je connais Bertrand de Got. Il peut passer pour un pédant et un faible, mais le pape l'écoute. Il pourrait dissuader Boniface si je l'encourageais dans ce sens. Par le passé, nous avons toujours entretenu de bonnes relations, vous et moi. Vous m'avez soutenu quand je vous ai demandé de l'aide. Ne m'abandonnez pas maintenant.

— Et la promesse que vous m'avez faite, Votre Majesté ? Maintenant que le Temple a perdu Acre, il nous faut un endroit sûr. Les Hospitaliers se sont établis à Chypre et les chevaliers Teutoniques tiennent maintenant la Prusse sous leur coupe. Nous devons suivre leur exemple et nous bâtir un empire à l'abri des autorités séculières et du caprice du pape. Nous avons toujours compté sur notre réputation pour obtenir des soutiens : des fonds, des recrues dans les rangs de la noblesse, des privilèges accordés par les rois. Notre prestige est diminué aujourd'hui, nous devons accomplir des choses dotées d'une certaine permanence si nous voulons que l'Ordre continue d'exister. Notre premier besoin, c'est une terre.

— Et je serai en bien meilleure position pour vous la donner lorsque ces rebelles écossais auront été matés. L'Écosse ne pourrait-elle pas fournir une base utile à votre Ordre ? Vous y avez déjà des commanderies. Je suis certain que nous parviendrons à un arrangement.

Hugues garda le silence un instant.

— Je ferai ce qui est mon pouvoir, dit-il finalement. Je vais essayer de convaincre Jacques de vous aider. Mais en retour, il faudra mettre un terme à cette fusion avec les Hospitaliers. Nous discuterons ultérieurement des détails concernant notre nouvelle terre.

Édouard sortit dans la cour, un animal y poussait des cris déchirants.

— Et Campbell ? Il est le chef de l'Anima Templi et a été l'élève d'Everard. Je ne crois pas qu'il sera d'accord avec tout cela. Il est Écossais, après tout.

— Campbell est peut-être à la tête de l'Anima Templi, mais je suis le visiteur. Je le ferai plier devant mon autorité.

5

Nouveau Temple, Londres

8 janvier 1296 après J.-C.

Lorsque Will pénétra dans la salle du chapitre avec les autres chevaliers, il scruta la pièce. Hugues avait pris la tête du cortège avec Jacques de Molay. S'asseyant sur l'un des bancs près de l'estrade, Will essaya de croiser le regard du visiteur.

Après l'assemblée de la veille, il avait convoqué d'urgence les membres de l'Anima Templi à une réunion mais seuls Robert et Thomas, leur frère anglais, y étaient venus. Will avait été distrait à la fois par les exigences d'Édouard et l'absence troublante de Hugues. Leur discussion s'était conclue de manière peu satisfaisante, rien n'ayant été décidé. Ensuite, il avait attendu Hugues dans la Grande Salle, pour le souper, mais celui-ci n'avait pas donné signe de vie et Will était rentré dans son dortoir après Complies, accablé d'inquiétude. Il était resté longtemps éveillé dans le noir, le couteau sous sa paillasse avait une présence tangible dans l'obscurité.

Quand Hugues s'approcha de Brian le Jay pour s'asseoir à ses côtés, son regard rencontra celui de Will, mais il ne sembla pas remarquer son air inquiet et il détourna les yeux tandis que le roi Édouard prenait place.

Jacques paraissait épuisé. Il s'adressa néanmoins à la foule d'une voix déterminée.

— J'ai passé de nombreuses heures à en débattre avec mes officiers. Mes conclusions restent les mêmes. Allier notre Ordre à celui des chevaliers de Saint-Jean ferait plus de mal que de bien à la lutte en cours pour la Terre sainte. Je ne peux pas l'accepter, dit-il en se tournant vers Bertrand de Got.

L'évêque se leva. Il était pâle et paraissait éreinté.

— J'ai moi aussi réfléchi à cette affaire, dit-il d'un air hésitant.

Will observa le regard furtif qu'il jeta à Édouard.

— J'ai pris le temps de réfléchir, répéta-t-il. Et je crois que vous avez raison.

Des murmures de surprise et d'approbation saluèrent ses paroles. Jacques fit revenir le silence.

— Pour le moment, maître Templier, poursuivit Bertrand en regardant le grand maître comme à regret, je préfère m'en remettre à votre expérience. Et je retournerai à Rome recommander à Sa Sainteté que le Temple et l'Hôpital demeurent des ordres séparés, chacun œuvrant à sa façon dans le but d'une nouvelle croisade.

Will était aussi abasourdi que les autres chevaliers face à ce revirement brutal de la part de l'évêque, mais au contraire des autres, il ne s'en félicitait pas. Il sentait le piège. Des objectifs inconnus étaient à l'œuvre dans ce qui se tramait. L'explication ne fut pas longue à venir.

Le grand maître resta debout tandis que Bertrand s'asseyait.

— Sur le point soulevé hier par le roi Édouard, j'ai également une réponse.

Le grand maître adressa un signe de déférence au roi :

— Le Temple vous donnera ce que vous avez demandé. Nous soutiendrons votre action contre l'Écosse.

Will bondit. Certains des hommes assis à côté de lui levèrent la tête mais il n'avait d'yeux que pour Édouard qui semblait calme, froid, et pas du tout surpris par la décision du grand maître.

— Maître le Jay collaborera avec vous et seuls les chevaliers des commanderies anglaises renforceront vos troupes. Je ne m'aliénerai pas les alliés du Temple en France et ailleurs.

Édouard acquiesça.

— C'est parfaitement compréhensible, bien que j'eusse avantage à faire une base de votre principale commanderie en Écosse. J'ai l'intention de traverser la Tweed à Berwick d'ici Pâques. Quand la ville aura capitulé, l'Écosse me sera ouverte et je progresserai vers le nord. Balantrodoch pourrait m'offrir un relais utile pour reposer mes troupes De là, je remonterais directement jusqu'à Édimbourg.

— Cela peut s'arranger.

— Je suppose que les chevaliers de Balantrodoch l'accepteront, quelles que soient leurs inclinations partisanes?

Tout en parlant, les yeux du roi s'étaient posés sur Will, toujours debout.

— Ils obéiront à tout ordre venant de moi, répondit Jacques de Molay. En plus des cinquante chevaliers de cette commanderie, nous enverrons cent sergents grossir votre infanterie. Vous mettrez au point les autres détails avec maître le Jay. Il commandera lui-même nos hommes.

— J'apprécie votre engagement, dit Édouard d'une voix onctueuse. Et avec votre promesse d'assistance, je pense que cette bataille est déjà gagnée.

Le grand maître ajouta quelques mots pour dire au roi à quel point il était impatient de discuter de sa croisade avec lui, une fois qu'il aurait mis fin aux troubles en Écosse. Mais Will n'écoutait plus.

Lorsque la conférence fut terminée, Édouard se leva pour parler à l'un de ses conseillers.

— Convoquez les seigneurs. Nous nous retrouverons à Newcastle le premier jour de mars. Puis nous partirons pour le nord.

Voyant Hugues traverser la nef en direction de la porte, Will poussa les hommes sur le banc et le suivit dans la cour.

— Hugues !

Celui-ci se retourna. Il semblait furieux.

— Adressez-vous à moi d'une manière convenable, commandeur !

— Qu'est-ce qui s'est passé ? Pourquoi Jacques a-t-il accepté cela ?

— Moins fort, le tança Hugues comme les chevaliers sortaient en file de la salle capitulaire.

Il fit un signe vers le bâtiment administratif :

— Là-bas.

Lorsqu'ils pénétrèrent dans les quartiers de Hugues, Will voulut parler mais le visiteur le rabroua.

— Il faut que tu arrêtes. On commence à remarquer ton comportement. Acre a eu lieu il y a quatre ans. C'était un désastre, certes, mais il est temps que tu cesses de te lamenter.

— Je sais que nous n'avons pas toujours été d'accord, Hugues, mais je te respecte, et je respecte ta position, c'est pourquoi je t'ai fait entrer dans l'Anima Templi. Tu dois parler à Jacques. Le dissuader de suivre cette voie.

— Je ne peux pas.

— Pourquoi ?

Will le fixa tandis qu'il allait vers la fenêtre. Hugues baissa les yeux, observant la cour. La haute silhouette d'Édouard se détachait parmi les chevaliers, la couronne posée sur sa tête l'auréolant d'un halo doré dans la lumière du soleil.

— J'ai essayé de te le dire à Paris mais tu ne m'écoutais pas, répondit-il en se retournant. Tout a changé ici. Jacques appartient à un ordre ancien, qui regarde toujours vers l'Orient et veut porter la Croix à Jérusalem.

Nous ne pouvons pas le laisser entraîner le Temple là-dedans.

— Je suis d'accord. Toi et moi, nous irons lui parler.

— Je le connais depuis moins d'un mois mais je vois que rien ne pourra le dissuader. Jacques est un militaire, un général. Tu as parcouru les routes pendant deux ans avec lui, à battre le tambour de la guerre. S'il était possible de le faire renoncer, tu y serais sans doute déjà parvenu, non ?

Will tressaillit.

— Écoute-moi. Nous ne pouvons pas l'arrêter, mais nous pouvons sauver l'Ordre. Le monde change, tout est affaire de territoire. Voilà pourquoi Philippe et Édouard s'affrontent avec tant d'âpreté. Du territoire naît le pouvoir, et du pouvoir naît l'autonomie. Pendant deux siècles, nous avons été au-dessus des lois des rois et des princes parce que nous ne nous soumettions qu'à l'autorité du pape. Mais aujourd'hui, le pouvoir papal décline. Le Vicaire de Dieu sur cette Terre n'est plus assez fort pour s'opposer à la puissance naissante de ces rois belliqueux. Si nous ne nous éloignons pas de la papauté, notre puissance pourrait s'en retrouver amoindrie. En assurant nos arrières, nous continuerons à prospérer et resterons l'un des ordres les plus influents sur terre.

Les yeux de Hugues brillaient.

— Nous pouvons contrôler les rois, abriter les trésors royaux, maintenir notre emprise sur mer et sur terre, que ce soit en vendant de la laine dans les foires ou en protégeant les vaisseaux marchands, comme nous le faisions à notre apogée. Mais avec la fin des croisades, nous n'avons plus rien à offrir au monde. Soit nous inventons nos propres perspectives, soit quelqu'un en décidera pour nous. Cela commence déjà : le pape désire que nous ne formions plus qu'un avec les Hospitaliers.

Will secouait la tête.

— Et que devient l'Anima Templi ? Que deviennent nos idéaux ?

— Le Cercle n'a plus de réel pouvoir, et plus vraiment de raison d'être, expliqua Hugues. Tu le sais, Will, sinon tu aurais cherché de nouvelles recrues dès la chute d'Acre. Qu'as-tu fait pour remettre l'Anima Templi sur pied?

Il leva la main dans un geste d'apaisement.

— Je ne te blâme pas. En vérité, qu'aurais-tu pu faire? Maintenant que la Terre sainte est perdue, comment l'Anima Templi pourrait-il poursuivre ses idéaux?

Will ne répondit pas. Les paroles de Hugues faisaient écho aux questions qu'il se posait depuis tout ce temps : quel était désormais le sens de l'Anima Templi? Il se souvenait du sénéchal, l'homme dont il avait toujours pensé qu'il succéderait à Everard, le chargeant de poursuivre leur œuvre par-delà les mers et de protéger le Temple de ses ennemis. Mais le sénéchal ne pouvait pas savoir à quel point cette tâche se révélait impossible. *Il s'est sacrifié*, murmura une petite voix que Will chassa aussitôt.

Hugues hochait la tête en silence, laissant à Will le temps d'accepter ce qu'il lui disait.

— En revanche, si l'avenir du Temple est assuré, nous pourrons restaurer l'Anima Templi et poursuivre nos buts. Tu l'as dit des milliers de fois : le Cercle ne peut exister en dehors du Temple, sans l'argent et les ressources que le Temple lui fournit, même s'il l'ignore. Si nous laissons l'Ordre être renversé par d'autres forces, nous serons pris au piège de l'ambition de quelqu'un d'autre.

Hugues s'interrompit une seconde avant d'ajouter :

— Édouard est en mesure de nous aider à obtenir ce que nous voulons, Will. En fait, il pourrait être notre plus grand allié.

Will sentit une boule se former au creux de son estomac.

— Mon Dieu, Hugues, qu'as-tu fait?

— Ce que je devais faire.

— Ce n'est pas Jacques qui a accepté de participer à la guerre d'Édouard. C'est toi. Tu as convaincu le grand maître de coopérer.

Hugues se redressa.

— Oui.

— Quelles que soient les promesses d'Édouard, ce sont des mensonges. Il te manipule.

— Il nous a déjà aidés. En échange de notre soutien militaire en Écosse, il s'est engagé à dissuader le pape de fondre les deux ordres en un seul. Et il a tenu promesse. Quand nous aurons remis de l'ordre en Écosse, il nous aidera à trouver une base permanente, un endroit d'où nous pourrons décider de notre avenir.

— Tu l'as dit toi-même, Hugues : Édouard veut des terres ! Crois-tu vraiment qu'il va créer un État pour une armée puissante et intouchable, un État qui permettra à cette armée de devenir de plus en plus puissante ? Édouard est un tyran, un dissimulateur et un ambitieux, mais ce n'est pas un idiot.

— Il verra les avantages d'une alliance avec notre fraternité, insista Hugues.

— Oui, une armée personnelle qu'il peut mander à volonté. Tu es à sa merci !

Will s'approcha de lui.

— Hugues, je te jure que tu précipites notre fin. Tu ne sauves pas le Temple avec cette alliance, tu le détruis !

Il tressaillit.

— Tu te souviens de Garin de Lyons ?

— Comment pourrais-je l'oublier ? Il a volé le *Livre du Graal* et a failli révéler l'existence de l'Anima Templi. Robert m'a tout raconté.

— Ce que Robert ne sait pas, ce que *personne* ne sait, c'est pourquoi il a agi comme il l'a fait. Lors de la chute d'Acre, Garin m'a avoué qu'il obéissait aux ordres d'Édouard. L'attaque sur la compagnie de Templiers qui escortaient les joyaux de la Couronne à Paris, c'était Édouard. Son plan pour récupérer les joyaux a échoué et quand Garin lui a parlé du *Livre*, Édouard s'est servi de lui pour mettre la main dessus. Le roi avait l'intention de faire chanter le Cercle pour que nous l'aidions à étendre son royaume. Il savait que nous contrôlions le Temple, sa puissance, ses finances, et il voulait s'emparer de ces ressources. Ses tentatives pour voler le *Livre* ont elles aussi échoué et ça aurait pu s'arrêter là si Everard n'avait pas commis l'erreur de le nommer Gardien de l'Anima Templi. Édouard a essayé d'exploiter cette position pour financer sa guerre contre les Gallois, mais entre-temps Everard et moi nourrissions des soupçons à son encontre et nous nous sommes efforcés de rester à l'écart de son influence.

Will parlait à toute vitesse.

— Édouard a envoyé Garin pour nous obliger à céder et tandis qu'il était en Terre sainte, à essayer de s'insinuer dans ma vie, Garin a découvert le plan du grand maître de Beaujeu pour dérober la Pierre noire de La Mecque.

Il voyait l'expression sur le visage de Hugues se modifier à mesure qu'il parlait : surprise, choc, incrédulité.

— Pour le compte d'Édouard, il a essayé de voler la Pierre. Il pensait que s'il arrivait à échanger la sainte relique des musulmans contre une rançon, Édouard aurait ce qu'il voulait : de l'argent pour sa future attaque contre l'Écosse et sa croisade.

Hugues s'écarta de lui.

— C'est Garin qui t'a raconté tout ça? demanda-t-il finalement.

— Oui.

— Où est-il maintenant? Que lui est-il arrivé?

— Il est mort en Acre.

— Tu en es sûr?

Will opina et Hugues soupira longuement.

— Alors rien de tout ça ne peut être prouvé, Will. Garin t'a peut-être menti. Y a-t-il d'autres preuves?

Will voulut dire quelque chose, mais parut soudain se résigner.

— Non, admit-il, mais…

— Sais-tu ce que j'en pense?

Hugues s'approcha de la table et il s'appuya dessus, bras croisés.

— Je crois que la cause de tout cela, c'est que tu détestes Édouard. C'est toi, et non Everard, qui en est venu à la conclusion qu'Édouard travaille contre nous. Everard n'allait pas jusque-là dans ses propres écrits. Il faisait attention à ce qu'il révélait, mais en lisant entre les lignes, une chose au moins était évidente : il parle de Garin comme d'une flèche perdue, il croyait travailler pour son propre compte en Terre sainte. En parlant avec Garin, il était évident qu'il impliquerait quelqu'un d'autre, pour qu'on ne le blâme pas, lui. Après tout ce qu'on m'a dit à son sujet, ça n'a rien de surprenant.

— Non, ce n'est pas…

— Selon moi, le coupa Hugues, une partie de toi était jalouse quand le prêtre, ton mentor, a nommé Édouard Gardien. Jusqu'alors, tu étais son plus proche confident. L'arrivée d'Édouard bouleversait tout. Bien entendu, il y a aussi tes liens avec l'Écosse. Je sais que tu as encore de la famille là-bas et je sais que la décision d'aller y perpétrer une guerre doit être dure à accepter pour toi, mais tu ne peux pas laisser des sentiments personnels obscurcir ton jugement. Les conséquences sont trop importantes. Je refuse de laisser quoi que ce soit tout compromettre. Je suis navré, Will. Je dois me fier à mon intuition qui me souffle que c'est Garin, et seulement Garin, qui nous a trahis.

Will sentit le poids du destin l'écraser.

— Tu ne peux pas faire ça !

— Ma décision est prise.

— C'est moi qui dirige ! cria Will en empoignant son épée.

Les yeux de Hugues s'arrondirent.

— Tu diriges une fraternité secrète dont personne ne connaît l'existence.

Il avança d'un pas vers Will, sa main se posant sur la poignée de sa propre épée.

— Je suis visiteur du Temple, second officier après le grand maître. Dis-moi qui a le plus de pouvoir ? Accepte ma décision ou je te ferai exclure de cet Ordre.

Son ton s'adoucit.

— Quand Édouard aura maté ces quelques rebelles en Écosse, le royaume s'en portera mieux et nous aurons ce dont nous avons besoin pour sauver le Temple.

— Édouard bâtit sa nation sur des cadavres.

— Quelle était l'expression d'Everard ? Ne disait-il pas que la paix s'obtient parfois par le sang ? Nous devons admettre que la liberté ne s'acquiert pas sans sacrifices.

Hugues lâcha son épée.

— Allez, Will. Soutiens-moi, cette fois. Ne m'oblige pas à faire preuve d'autorité envers toi.

Will pivota et alla jusqu'à la porte. Sans répondre aux appels de Hugues, il traversa le couloir à toute allure. Sortant du bâtiment des officiers, il poursuivit sa course dans la cour. On conduisait des chevaux aux écuries. Édouard était toujours là, il parlait avec Jacques de Molay. Pénétrant dans les quartiers des chevaliers, Will grimpa quatre à quatre les escaliers jusqu'à son dortoir. Il ouvrit la porte en coup de vent, se précipita vers sa paillasse et tira le sac de sa cachette. Il voyait le visage de son père, fier Écossais et Templier, mais par-dessus tout, homme de paix. Will renversa le contenu de son sac sur sa paillasse. En tombèrent des braies, un pendentif à la chaîne ternie, la lettre froissée de sa sœur, plusieurs plumes et son maillot. Will ramassa celui-ci et le secoua. Le couteau n'était plus là.

— C'est ça que tu cherches ?

Will fit volte-face et découvrit Robert sur le seuil, qui tenait le couteau. Il se leva.

— Tu ne sais pas ce qui se passe, Robert.

— Non ? Alors, tu n'as pas l'intention de tuer le roi ? Je t'ai vu, dit Robert devant le silence de Will. Je t'ai vu cacher ton sac là-dessous avec un air coupable, hier. Tu y songes depuis que Hugues nous a appris que nous venions ici, n'est-ce pas ?

Will hésita. Est-ce que ça pouvait être vrai ? Il ne connaissait plus ses propres pensées, désormais. Cet engourdissement de tout son être, traversé parfois d'élans douloureux et de souvenirs, était intolérable.

— Je sais que tu blâmes Édouard pour ce qu'a fait Garin, mais quel que soit le mal qu'il a occasionné, son intention de lancer une croisade ou ses tentatives pour utiliser l'Anima Templi à ses propres fins, c'est Garin, et non lui, qui est responsable de ce qui est arrivé à Elwen. C'est Garin, et non Édouard, qui a allumé l'incendie.

— Ne prononce pas son nom, pour l'amour de Dieu !

— Tu ne veux pas en parler, mais Simon et Rose ont un peu levé le voile pendant notre voyage vers Chypre. Je ne comprends pas tout ce qui s'est passé. Ce que je sais, c'est qu'il faut que ça cesse. Depuis que nous sommes partis d'Acre, Simon, moi, nous devons nous comporter avec toi comme si tu étais en verre, prêt à se briser. Mais ça va trop loin.

Robert secoua la tête.

— C'est en partie ma faute. J'aurais dû t'en parler, mais j'avais peur de ta réaction. Dieu de miséricorde, Will, ne vois-tu pas ce que tu es devenu ?

Il avança vers lui.

— Ce que tu veux faire a un nom : c'est un régicide. Tu iras brûler en enfer.

— J'y suis déjà à moitié.

— Le Cercle s'est formé pour maintenir la paix par la diplomatie, et non par la violence. Si tu descends dans la cour avec ce couteau, c'est terminé. Tu te détruiras, et tu emporteras l'Anima Templi avec toi. Ce que Robert de Sablé et les autres après lui – ton père, Hasan, Everard – ont créé vaut mieux que toi ou moi, c'est plus grand que la haine ou la vengeance.

Will arpentait la pièce de long en large, en se passant les mains dans les cheveux.

Robert l'observait.

— Si tu sors ce couteau, il peut se produire deux choses. Soit tu tues Édouard et tu te fais tuer, soit tu te fais massacrer avant d'y arriver. Dans les deux cas, tu meurs. Et peut-être qu'une partie de toi le souhaite, mais c'est nous tous que tu condamnes. Qui nous dirigera? Qui poursuivra notre œuvre?

Will cessa de marcher.

— L'Anima Templi est déjà condamné. C'est Hugues qui a promis de soutenir Édouard, pas Jacques.

Robert fronça les sourcils, mais il insista.

— Nous irons lui parler.

— Hugues ne connaît pas Édouard comme moi, et toi non plus.

Will s'assit lourdement sur sa paillasse, la tête dans ses mains. Il expliqua à Robert la confession de Garin.

— J'aurais dû te le dire, ajouta-t-il en voyant l'air stupéfait du chevalier. Mais je n'y arrivais pas.

Robert s'approcha de lui et s'accroupit.

— Laisse-moi parler à Hugues.

— C'est trop tard. Jacques et le Jay sont impliqués. Il est trop tard pour être diplomate. Je ne vais pas laisser Édouard manœuvrer et réduire à néant ce pourquoi mon père est mort et ce que Everard a passé sa vie à construire. La paix ne peut avoir un tel prix. Je préfère que c'en soit fini de l'Anima Templi plutôt que de devenir son pion. Il a brisé ma vie. Je ne lui donnerai plus rien.

Will regarda le couteau dans les mains de Robert.

— Si je ne le fais pas, il détruira l'Écosse avec notre aide.

Robert se releva.

— Tu n'es pas un assassin, Will.

Ce dernier détourna le regard. Il se revoyait sur cette digue et son épée tournoyait. Il sentait le pur transport de joie que lui procurait la lame en s'enfonçant entre les côtes de Garin. Elias lui avait dit de ne pas oublier de quoi il était capable, mais il n'en était que trop conscient. Duperie, égoïsme, faiblesse, meurtre : voilà le genre de choses dont il était capable. Il tira son fauchon. Peut-être cette lame était-elle plus adaptée; peut-être valait-il mieux qu'Édouard le voie arriver.

— Non, fit Robert. Le roi s'est entouré d'hommes qui partagent sa volonté d'expansion. Son fils est trop jeune pour régner sans eux. Ça n'empêcherait pas l'Écosse de tomber face à l'armée anglaise. La seule chose que tu puisses faire, c'est tenter de convaincre Hugues d'abandonner cette alliance.

Will fixait l'épée qu'il tenait dans ses mains. Il s'agissait d'une lame écossaise. Elle avait appartenu à son père et à son grand-père. Il regarda ses affaires en désordre sur son lit. Était-ce donc tout ce qu'il possédait après une vie de lutte ?

— Édouard partira en guerre même si nous ne lui donnons pas d'hommes. Il se contentera de chercher des soldats ailleurs, puis se dirigera vers le nord. Il est toujours...

La voix de Will s'éteignit... Robert reprit la parole, mais Will ne l'écoutait plus. Ce n'était pas vrai : il avait quelque chose. Il avait des informations. Il connaissait les plans d'Édouard, ou du moins il en savait assez pour offrir une chance aux forces écossaises.

Robert le regarda rengainer son épée et dégrafer son manteau.

— Qu'est-ce que tu fais ?

Will ôta de ses épaules le vêtement blanc blasonné d'une croix rouge et il le laissa choir sur le sol. Il ne s'était pas senti aussi léger depuis des années. Il enleva son surcot et le jeta par terre. Puis il se pencha et remit ses affaires dans son sac, après quoi il prit, à la tête de son lit, la cape de laine toute simple dont il se servait comme oreiller. Il en couvrit son haubert.

— Je rentre chez moi.

En pleine confusion, Robert le considéra avec incrédulité.

— Non, Will, pour l'amour de Dieu !

— Si je ne peux que le gêner dans cette guerre, lui rendre plus difficile d'obtenir ce qu'il veut, alors c'est ce que je ferai.

— Si tu passes cette porte, tu trahiras tes propres hommes ! Tu ne trouveras pas la justice là où tu vas, le morigéna Robert tandis que Will jetait son sac sur son épaule. Tu ne trouveras que la guerre.

— Il faut parfois payer la paix au prix du sang, Everard avait raison. Et c'est avec le sang d'Édouard que je l'achèterai.

— Et Rose ?

Will s'arrêta sur le seuil. Les paroles de sa fille résonnaient dans ses oreilles. *Mes parents sont morts. Tous les deux*. Elle ne croyait même pas qu'il était son père.

— Sa vie sera meilleure sans moi, murmura-t-il. Tu prendras de ses nouvelles ? Avec Simon ?

— Ton père s'est éloigné de sa famille, de toi. Cela te hante toujours. Ne lui fais pas la même chose.

— Mon père est parti pour accomplir le bien en ce monde. J'ai échoué à poursuivre son rêve. Peut-être aurions-nous dû en faire davantage en Terre sainte. Peut-être aurions-nous dû affronter nos ennemis avec plus d'ardeur, faire parler davantage nos épées que nos langues.

— Nous n'avons utilisé nos épées que lorsque la diplomatie était sans espoir.

— Nous y voilà.

Robert s'approcha de lui et lui agrippa le bras.

— Tu ne pourras pas revenir après cela, Will. Tu serais jeté en prison pour désertion. Est-ce que tu comprends ? Tu ne peux pas revenir.

— Je ne le souhaite pas.

Et il constata que prononcer ces mots donnait plus de sens à la voie nouvelle qu'il venait de choisir. S'éloignant de Robert, il franchit la porte.

6

Le palais royal, Paris

14 janvier 1296 après J.-C.

La porte de sa chambre à coucher s'ouvrit et Philippe leva les yeux. Sa femme entra, suivie de deux dames de compagnie qui portaient le nécessaire à broderie. Philippe se replongea dans l'étude du parchemin qu'il tenait, puis il releva la tête, et son regard tomba sur l'une des suivantes, qui déposait plusieurs bobines de soie sur une table près du lit à baldaquin au centre de la chambre. Il la fixa tandis qu'elle sortait en refermant doucement la porte derrière elle.

— Qu'y a-t-il? demanda Jeanne qui avait suivi le regard de Philippe.

Elle parlait d'une voix douce et grave.

— Qui était cette fille? demanda-t-il en posant le parchemin sur la table avant de se lever.

— Marguerite?

— Non, l'autre. Qui est-ce?

La reine parut perplexe devant le ton qu'il prenait pour l'interroger.

— Elle s'appelle Rose. Elle est domestique ici depuis quelque temps. Je viens de l'engager parmi mes suivantes.

— Je l'ai vue le mois dernier. Elle allait retrouver un homme à l'extérieur du palais. Le régisseur était censé la chasser.

Philippe se dirigea vers la porte.

— Attendez.

Jeanne le rejoignit et posa doucement sa main sur son bras.

— Il s'agit d'un malentendu. L'homme que vous avez vu n'était pas son amant, comme vous l'avez dit au régisseur. C'était son père.

— Pourquoi l'aurait-elle rencontré en secret, sur les berges, comme une prostituée ?

— C'est un Templier.

Philippe haussa des sourcils étonnés.

— Un chevalier du Temple avec une fille ?

— Sa mère était l'une des dames de compagnie de votre grand-mère ici même au palais. Andreas di Paolo, le mercier vénitien qui fournit mon tailleur, m'a écrit pour me demander de lui trouver du travail. Les rares fois où je l'ai reçu en audience, il m'a toujours paru un homme de bon sens.

Jeanne s'approcha de la table où Rose avait déposé les bobines. Elle en prit une d'un bleu brillant entre ses doigts.

— Elle parle rarement de sa famille. Je crois que sa mère est morte en Acre. Les autres filles disent qu'il lui arrive de pleurer la nuit.

La reine reposa la soie en soupirant.

— Je crois que j'ai pitié d'elle.

Le front de Philippe se creusa. Il vint jusqu'à elle, la prit par les épaules et observa ses yeux bruns toujours si expressifs et remplis d'émotion. Du doigt, il caressa sa joue, aussi douce que le reste de sa personne. Il n'y avait rien de dur chez Jeanne. Elle était tout en courbes et en rondeurs, avec des traits lourds et légers à la fois, et d'épais cheveux noirs hérités de la lignée de Navarre. Elle était devenue encore plus gironde depuis la naissance de leur sixième enfant, Isabelle, et, pour Philippe, elle était aussi belle que le jour où il l'avait rencontrée pour la première fois. Ils s'étaient fiancés douze ans plus tôt, elle avait alors onze ans et lui seize, mais auparavant ils avaient grandi ensemble au château royal de Vincennes. Jeanne, qui avait hérité, alors qu'elle n'était qu'un bébé, du trône de Navarre, avait été placée là par sa mère, veuve, et les deux enfants s'étaient rapprochés, Philippe s'arrogeant le rôle de frère aîné et de protecteur.

L'attirant à lui, il passa la main dans ses cheveux.

— Je déteste vous voir triste.

Il sentit les doigts de Jeanne remonter dans son dos et grimaça lorsqu'ils effleurèrent une récente lacération.

Jeanne se dégagea de sa poitrine.

— J'aimerais que vous ne vous mortifiiez plus, murmura-t-elle, et son regard trahissait son inquiétude.

Philippe s'écarta.

— Guillaume de Paris pense que c'est nécessaire.

— Votre nouveau confesseur semble un homme difficile à combler. Ne l'est-il pas plus que la foi ne l'exige ?

— Je suis roi, Jeanne. Dieu exige beaucoup d'un homme dans ma position. Comme le royaume. Mon grand-père n'a même pas été canonisé, et pourtant le peuple l'a proclamé saint. Comment mériter un tel respect ?

— Donnez-leur du temps. Quand ils vous connaîtront comme je vous connais, ils vous adoreront autant que Louis.

Philippe regarda du côté de la table, couverte des parchemins que Flote lui avait transmis dans la matinée. Il y avait des rouleaux du trésor, qui répertoriaient ses dépenses en Guyenne et les estimations de son trésorier des frais qu'engendrerait le maintien de son armée dans le duché au cours des prochains mois. Où qu'il se tournât, il y avait toujours un seigneur qui essayait de l'empêcher de consolider son royaume : Édouard, les ducs rapaces dans le Sud, des comtes obstinés dans la Flandre voisine. S'il ne parvenait pas à réunir les fonds nécessaires pour les contrôler, il pouvait aussi bien se faire appeler le roi de l'île de la Cité et voilà tout.

— Le peuple ne verra ma grandeur que par mes actes, Jeanne. Je dois agir comme un grand roi pour être considéré comme tel.

Il l'embrassa sur le front.

— Allons, ce n'est rien, dit-il en prenant la bobine de soie bleue et en la tendant à sa femme. Ne vous tourmentez pas avec mes soucis.

Laissant Jeanne à sa broderie, Philippe s'engagea d'un air pensif dans les larges couloirs qui traversaient les appartements royaux. Sur son passage, les serviteurs s'inclinaient. Il marcha jusqu'à un balcon couvert qui courait autour d'un portail richement orné et menait à l'étage supérieur de la Sainte-Chapelle. En bas, dans la cour, des courtisans et des clercs vaquaient à leurs occupations sans remarquer le roi qui faisait brusquement halte devant la chapelle, les yeux rivés sur le Christ qui en gardait le seuil. Son regard se porta sur le trumeau au-dessus, qui racontait une scène du Jugement dernier. Une masse grouillante d'hommes et de femmes était taillée dans la pierre, chaque coup de burin du sculpteur ayant découpé des formes tordues aux expressions d'horreur ou d'angoisse, pendant que, parmi eux, l'ange Michel examinait leur âme. En les fixant assez longtemps, il avait l'impression de les voir s'animer. Philippe ouvrit les portes, qui donnaient sur un grand espace vide, tout en verre et silence.

— Votre Majesté.

Philippe tressaillit. Il se retourna, furieux d'avoir été surpris, et vit Flote derrière lui. En découvrant l'homme qui se tenait à côté du chancelier, sa fureur retomba et fit place à l'impatience.

Guillaume de Nogaret s'inclina.

— J'apporte des nouvelles de Londres, sire.

Avec un soulagement plus vif que n'auraient pu l'imaginer les deux hommes, Philippe s'empressa de fermer les portes de la chapelle, obstruant ainsi l'espace caverneux au-delà. Puis il vint vers ses ministres en réajustant sa cape doublée de fourrure sur ses épaules.

— Alors ?

— Édouard s'est allié au Temple, comme vous le craigniez, annonça Guillaume. Mais contre l'Écosse, pas contre vous. D'après la reine mère, la conférence consistait avant tout à débattre de la proposition du pape de réunir les Templiers et les Hospitaliers, mais les desseins d'Édouard en Écosse ont prévalu. Elle envoie ses salutations à sa fille, ajouta Guillaume, devant le silence de Philippe.

— Je les transmettrai à Jeanne, répondit Philippe d'un air distrait. Qu'en pensez-vous ? demanda-t-il à Flote.

— Je dirais que ce sont de bonnes nouvelles, Votre Majesté. Nous n'avons plus à craindre que l'alliance d'Édouard et du Temple ne se retourne contre vous.

— Mais le fait que le Temple accepte de s'allier à lui m'inquiète néanmoins.

Philippe mordilla sa lèvre inférieure, qu'il fit ensuite rouler entre son pouce et son index.

— Avez-vous réussi à trouver quelque chose d'autre, Nogaret ? Les plans d'Édouard pour la Gascogne ? Ses mouvements de troupe ?

— Malheureusement, Blanche n'est pas tenue au courant des rapports que son mari envoie à Édouard. Il semble que le roi se méfie de sa présence et il la tient sous bonne garde depuis que son frère est parti en Gascogne. Une chose est sûre : aujourd'hui, Édouard est absorbé par ses préparatifs contre l'Écosse. D'après ce que j'ai pu constater, il a l'intention de mater la rébellion menée par le roi John avant de tenter quoi que ce soit sur votre territoire. Nous pourrions profiter de cette diversion pour accentuer nos efforts dans la région.

Philippe acquiesça, mais Flote intervint aussitôt :

— Sire, si vous aviez pu étudier les rouleaux que je vous ai fait parvenir ce matin, vous verriez que nous n'avons tout bonnement pas les moyens de renforcer nos troupes sur place. Nous avons déjà déployé autant d'hommes que possible. Une trêve temporaire avec Édouard est sans doute ce que nous pouvons faire de mieux, en tout cas pendant qu'il est occupé en Écosse. Cela nous permettrait de consolider nos ressources et…

— Non, le coupa Nogaret, le roi doit démontrer sa puissance. Au point où nous en sommes, tout aveu de faiblesse pourrait être fatal. Il ne faut pas que les Anglais se doutent de la précarité de notre situation.

— Que suggérez-vous ? demanda Flote, irrité. De mettre le royaume en faillite ?

— Sire, levez une nouvelle taxe sur le clergé, proposa Nogaret.

Flote secoua la tête.

— Nous ne pouvons nous mettre l'Église à dos. Les taxes levées l'année dernière ont déjà été très impopulaires. Nombre d'évêques ont purement et simplement refusé de s'en acquitter.

— Dans ce cas, utilisez la force cette fois, lança Nogaret d'une voix rogue. Le clergé est riche et cupide. Quand avez-vous vu pour la dernière fois un évêque pauvrement vêtu ? Ou un cardinal maigre ?

— Et les franciscains ? cracha Flote. Et les dominicains ?

— Des ordres fondés par des hommes qui abhorraient la fortune de l'Église !

— Assez, intervint Philippe. C'est une bonne idée. Chancelier, vous rédigerez une proclamation immédiatement.

Flote voulut protester, mais il l'en empêcha.

— Le clergé me remerciera plus tard, quand il verra que ses sacrifices ont renforcé le royaume. Maintenant, laissez-moi. Tous les deux.

Nogaret s'inclina et sortit, alors que Flote s'attardait.

— Qu'y a-t-il, chancelier ?

— Votre Majesté, commença Flote d'une voix calme, cette idée ne portera ses fruits qu'à court terme. Nous devons élaborer d'autres stratégies. Nogaret est jeune et ambitieux. Toutefois son manque de foi et même de respect pour l'Église me perturbe. Je vous recommande de ne pas trop écouter ses conseils. Nous savons tous les deux que c'est la haine qui le gouverne.

— Ce n'est pas la question. Nogaret a une perception aiguë des équilibres du pouvoir. L'Église est la mère : la perceptrice, la consolatrice. L'État est le père : il édicte la loi, il protège. Que les évêques s'occupent de l'âme du peuple, je m'occuperai de défendre le pays.

Philippe repartait en direction de ses appartements.

— Le monde change, Flote. Ce sont les hommes de loi qui prennent le contrôle. J'aurais pensé que cela vous plairait...

— Et c'est le cas, sire. Mais cela ne nous oblige pas à devenir athées.

Philippe s'arrêta, et Flote s'immobilisa lui aussi pour observer, perplexe, le roi qui fixait les portes fermées de la chapelle.

— Non, murmura Philippe en jetant un coup d'œil à Flote. Rédigez cette proclamation.

Puis il repartit vers la chapelle.

Midlothian, Écosse, 7 février 1296 après J.-C.

L'après-midi était avancé et la lumière déclinait rapidement. Dès que son allure commençait à se relâcher, il piquait les flancs du cheval. À chaque pas, les sabots de la bête s'enfonçaient dans le sol marécageux et s'en libéraient avec des projections de boue qui maculaient son corps et ses pattes. Une ou deux fois, le cheval traversa une couche de glace et plongea dans une poche de gadoue noirâtre en menaçant de le mettre à terre. Mais il ne ralentit pas. Il y était presque. Encore quelques lieues et il le verrait.

Cela faisait trente jours qu'il avait abandonné le manteau et volé le palefroi dans les écuries du Nouveau Temple. Trente jours qu'il avait déserté.

En quittant Londres par Ermine Street, Will avait cheminé à bonne vitesse dans les forêts tentaculaires du comté, voyageant la journée de hameau en hameau, restant sur ses gardes à cause des brigands et autres coupe-jarrets, conscient de constituer une cible parfaite ; un cavalier solitaire sur un cheval de prix, avec la cotte de mailles scintillant sous sa cape : un défi et une tentation. Les jours étaient courts et crépusculaires sous la canopée, et même quand les forêts cédaient la place à des lieues de champs cultivés, la lumière était rare, le ciel était toujours plus gris et lourd, jusqu'à ce qu'il finisse par se fendre et que les premières neiges recouvrent les dernières taches de couleur qui avaient subsisté dans le paysage. Malgré sa largeur, la route était traître en raison des ornières et des nids-de-poule que le manteau de neige ne tarda pas à cacher, et il ne couvrit plus que dix lieues par jour au lieu de vingt-cinq. S'ajoutaient aux mauvaises conditions les détours qu'il devait faire pour éviter les ponts et leurs taxes. En tant que Templier, il en était exempté et aurait pu trouver de quoi se loger gratuitement le long de la route, mais il n'était plus chevalier et n'avait aucune preuve de l'avoir jamais été. Il se maudissait de n'avoir pas eu la prévoyance d'emmener son manteau, son geste hardi lui semblait stupide à présent. Dès le deuxième jour, il fut forcé de vendre la seule chose de valeur qu'il possédait en dehors de son épée.

Il s'assit un temps sur les marches de l'église de St Albans, frottant de ses doigts engourdis par le froid le pendentif sans éclat. Sous les couches de crasse apparut progressivement la figure de saint George. Elwen avait dû se hisser sur la pointe des pieds pour le lui passer au cou. Il se souvenait encore de son souffle et de sa chaleur dans son cou tandis qu'elle accrochait la chaîne. Il avait cru que cela lui briserait le cœur de le vendre, pourtant en tendant le pendentif au marchand, il se sentit soulagé. C'était un fardeau de plus qu'il déposait. En retour, on lui avait donné assez de pièces pour se nourrir et dormir à l'abri jusqu'à Édimbourg.

Le paysage changeait lentement, les forêts et les terres cultivées cédant la place à des villes. Aux champs retournés par les charrues, au blé d'automne enfoui sous la neige, succédaient des granges, des moulins, tandis que la route se peuplait de marchands. Dans les auberges où il faisait halte, Will s'attendait à entendre sans cesse parler du conflit qui se préparait, mais en dehors de quelques allusions au détour de conversations, un homme disant que les Anglais présents en Écosse étaient arrêtés, l'autre que les Écossais se préparaient à une invasion, il n'en était pas question. La vie dans les villages et les bourgs d'Angleterre se poursuivait comme à l'accoutumée, et si les gens savaient qu'ils étaient en guerre, ils n'en montraient pas le moindre signe. Ce n'est qu'en franchissant le mur écroulé construit par les Romains pour tenir à distance les barbares du Nord que l'atmosphère commença à évoluer. Subtilement, d'abord; dans les tavernes, les hommes semblaient davantage sur leurs gardes et il était difficile d'écouter leurs discussions. Puis il remarqua des voyageurs qui se déplaçaient en caravanes, souvent accompagnés d'escortes armées. Dans les plateaux balayés par le vent du Northumberland, où les collines et le ciel se mariaient dans la même blancheur, l'hospitalité se fit plus rare et il fut contraint de dormir à flanc de colline, dans des abris en pierre qu'il partageait avec des moutons.

Une semaine plus tôt, la neige avait cessé et le soleil rouge d'hiver était apparu. Après quatre jours, il avait traversé la Tweed et la Teviot à Kelso et était entré dans les Borders. Là, la tension était palpable. Les villes, dont les entrées étaient gardées, et souvent barrées, abritaient une forte concentration de soldats. Malgré son appréhension, il reprit confiance. On l'arrêta à plusieurs reprises pour l'interroger, mais sa connaissance de la contrée suffit à lui garantir le passage. Les hommes avaient l'air prêts à la guerre, certains semblaient même la souhaiter. Réunis en petits groupes devant les palissades nouvellement érigées, ils plaisantaient sur les Anglais et leur mollesse. En les entendant rire, Will éperonna son cheval pour atteindre Édimbourg au plus vite. Leur assurance le gênait. Il savait ce qui arrivait.

Les comtes et les barons convoqués au service du roi allaient quitter leurs terres avec leurs chevaliers et marcher en ligne sur toutes les routes d'Angleterre pour converger à Newcastle, où ils se retrouveraient dans trois semaines. Ensemble, sous la bannière aux lions, cette foule de vassaux se dirigerait vers le nord, fondue en une seule grande armée comme l'Écosse n'en avait pas vu depuis cent ans.

Mais en dépit de l'urgence, Will n'arrivait pas à ignorer l'étrange familiarité des terres qui l'entouraient. Plus il approchait d'Édimbourg, en remontant le lit peu profond et pierreux des rivières, plus il se sentait attiré par sa maison. Jusqu'à ce matin où, à moins de deux lieues de la cité royale, il avait changé de direction en bifurquant vers l'ouest, par les collines.

Il pressa son cheval pour grimper une berge détrempée et rejoindre une piste défoncée par les sabots et protégée de l'eau par un fossé profond empli de neige. Une centaine de mètres plus loin, il y avait un virage. Quand il l'eut dépassé, il aperçut, au bout de la piste, la maison dans laquelle il était né. Une partie de lui s'était demandé si elle était toujours là, comme si, à l'instar de ceux qui y avaient vécu, elle pouvait ne plus exister que dans ses souvenirs. Ce fut un choc de voir se dresser devant lui le corps principal, les dépendances et un enclos entourés d'un muret. Will mit le cheval au pas. Les narines frémissantes de la bête exhalaient des nuages de fumée dans l'air. Le corps gelé par le froid, il descendit de sa monture et tira le cheval hors de la piste. Le domaine appartenait au Temple depuis que son père avait été fait chevalier, sa mère et ses sœurs s'étant réfugiées dans un couvent près d'Édimbourg. Il doutait que la nouvelle de sa désertion l'ait devancé, mais il préférait éviter de croiser quiconque s'il pouvait l'éviter.

Il gravit un talus qui menait au taillis où son père avait l'habitude de débiter du bois. Arrivé près des arbres, il attacha les rênes à une branche et courut à découvert pour aller s'accroupir derrière le muret. Deux chevaux arpentaient l'enclos, et dans la grange au-delà, il entrevit les silhouettes pesantes du bétail. Un homme passa, un seau à la main, et Will se recroquevilla le temps qu'il disparaisse derrière la maison. Puis il reprit sa marche. Le jardin que sa mère avait planté était envahi par les mauvaises herbes. Hormis ce détail, l'endroit n'avait pas changé. Il ferma les yeux un instant, assailli par les images de son enfance : sa mère, les mains remplies de sauge odorante, sa sœur cadette Mary, dans l'enclos, faisant des tours et des tours sur elle-même, son père le hissant sur son cheval, sa sœur aînée, Alycie, chantonnant le soir au coin du feu. Elle avait suivi les autres dans la tombe quelques années auparavant.

Au bout d'un moment, ses jambes commencèrent à lui faire mal et il voulut se redresser. Il entendit un bruit derrière lui, tourna la tête en pivotant. Il eut à peine le temps de voir un visage jeune, que la peur rendait farouche, une poignée de cheveux blonds et un poing levé qui serrait quelque chose, puis le poing s'abattit sur lui et l'objet qu'il tenait s'écrasa sur son front.

7

Midlothian, Écosse

7 février 1296 après J.-C.

Il entendait des voix proches, mais faibles et étouffées, comme à travers de l'eau. Il ouvrit les yeux, et lentement, parvint à retrouver une vision claire. Devant lui, par une porte ouverte, Will aperçut plusieurs paires de jambes. La perspective lui parut étrange jusqu'à ce qu'il comprenne qu'il était allongé par terre. On lui avait enlevé sa cape, qui pendait à un crochet près de l'âtre où crépitait un feu. Sa tête bourdonnait et il sentait sur le côté de son visage quelque chose de poisseux. Il essaya de bouger et s'aperçut qu'il avait les mains attachées dans le dos. Les voix se turent et quelqu'un entra dans la chambre. Will leva des yeux embrumés vers l'homme qui se penchait sur lui. Il avait la poitrine large comme un bœuf et des cheveux noirs. Derrière lui se tenait un jeune homme blond, les pouces enfoncés dans la boucle de sa ceinture en une attitude de défi.

— Il est réveillé, lança l'homme aux cheveux noirs par-dessus son épaule.

Il avait un fort accent écossais. Will le reconnut : c'était l'homme qui portait un seau dans le jardin. Et le jeune, celui qui l'avait attaqué. Presque au même instant, il comprit où il était. La cuisine de son ancienne maison. Quelques-uns des meubles étaient restés en place.

— Qui êtes-vous ?

Essayant de maîtriser le martèlement de ses tempes, Will parvint à se mettre debout. Les deux hommes reculèrent.

— Prends un couteau, David ! cria une voix de femme apeurée.

— Dites-moi, commença-t-il d'une voix pâteuse en avançant de quelques pas vers les hommes, traitez-vous tous vos invités de cette manière ?

— Seulement les espions anglais, répliqua le plus vieux tandis que le blond scrutait les étagères, sans doute à la recherche d'un couteau.

— Eh bien, comme je n'en suis pas un, peut-être pourriez-vous me détacher pour que je m'explique.

— Tu crois cela ?

Sentant ses jambes chanceler, Will s'appuya contre le mur.

— Je vivais ici. J'allais à Édimbourg et j'ai décidé de faire un détour. Je ne vous veux aucun mal, et je ne suis pas un voleur. Je souhaitais seulement revoir l'endroit où je suis né.

— Il ment.

C'était une autre voix, plus âgée, qui avait prononcé ces mots depuis le seuil. Une femme entra. Elle avait probablement près de quarante ans, elle était grande et mince, avec des cheveux fauves noués en deux tresses de chaque côté de son visage. Ses yeux étaient d'un vert sombre – presque comme les siens – et ses traits anguleux lui parurent familiers.

— N'approchez pas, maîtresse, lui conseilla l'homme aux cheveux noirs.

— Les Templiers possèdent cette propriété depuis trente ans, dit la femme en ignorant l'avertissement. Et avant, elle n'a appartenu qu'à une famille. Une famille que je connais. Tu n'as pas l'air d'avoir plus de quarante ans, alors dis-moi, comment pourrais-tu être né ici ?

— J'ai quarante-neuf ans, la corrigea Will. Et je connais la famille dont vous parlez, car j'en étais le fils aîné.

La femme garda le silence. Elle porta les mains à son visage, et Will vit ses yeux verts briller.

— Mon Dieu..., murmura-t-elle.

— Qui est-ce, maman ? demanda une jeune femme en entrant dans la pièce pour observer Will.

À sa suite, une autre fille, qui devait avoir un peu plus de dix ans, essaya d'avancer, mais la jeune femme l'en empêcha.

— C'est mon frère.

Will sentit sa poitrine se soulever en comprenant que la femme qui se tenait devant lui, dotée des mêmes yeux que lui, était la sœur qu'il n'avait pas vue depuis ses onze ans. Elle avait tout juste quatre mois alors, petite chose ridée et miaulante dans les bras de sa mère. La réalité bouleversante du temps qui avait passé, de la mort qui empiétait et des étés perdus, était là, face à lui. Son regard se porta ensuite vers les trois jeunes gens qui la couvaient d'un air protecteur. Ses enfants ? Il poussa un soupir. Ses neveux et nièces.

— Ysenda.

La femme fit un geste à l'intention de l'homme aux cheveux noirs.

— Détache-le, Tom, s'il te plaît.

Tom fronça les sourcils mais s'exécuta promptement. Lorsqu'il libéra ses mains, Will grimaça en roulant des épaules.

— Maman pensait que tu étais mort, dit la plus jeune à Will en se cachant derrière l'épaule de sa sœur.

— Espérait, rectifia la plus âgée des deux d'une voix mauvaise.

— Dehors ! lança soudain Ysenda. Tous !

— Mère !

— Dehors ! Toi aussi, Tom.

Lorsque tout le monde fut sorti, Ysenda ferma la porte. Comme elle revenait vers lui, Will crut qu'elle allait le serrer dans ses bras, mais elle s'arrêta près de la table et saisit un tabouret. Puis elle s'assit, les mains posées sur la table dans une attitude raide.

— Tu comptes rester debout ?

Il se pencha pour prendre un tabouret et s'installer face à elle. Il ne savait pas trop quoi dire et posa donc la première question qui lui vint à l'esprit.

— Comment se fait-il que tu vives ici ?

— Les Templiers de Balantrodoch ont loué le domaine à un éleveur de moutons. Il est mort il y a un an et ils ont préféré vendre plutôt que de louer à nouveau.

Ysenda semblait se détendre un peu, elle avait fait quelques gestes des mains en s'expliquant.

— Je suis restée en contact avec un prêtre à la commanderie qui a traité Mère en amie. Quand j'ai appris que le domaine allait être vendu, j'ai demandé à mon mari de l'acheter.

— Ton mari doit être riche.

— Duncan a pensé que ce serait un bon investissement, et comme il passe de plus en plus de temps à Édimbourg maintenant, ça s'est révélé plus pratique que nous ne l'espérions.

Elle se leva et s'approcha d'une étagère croulant sous la vaisselle. Ysenda s'empara d'un chiffon, qu'elle plongea dans un seau d'eau près de la porte. Puis elle l'essora et le tendit à Will.

— Tiens, fit-elle en indiquant sa tête du menton.

— Ton fils sait se servir de ses poings, dit Will en frottant le chiffon contre sa blessure pour se débarrasser du sang. Il ferait un bon chevalier.

— J'espère qu'il sera adoubé l'année prochaine, quand il aura dix-huit ans.

— Au Temple ? demanda Will en posant le chiffon.

— Non, répondit-elle d'une voix acerbe.

— J'ai toujours ta lettre. Celle… à propos de notre mère, balbutia Will. Est-elle morte en paix ?

— Elle est morte en paix, oui. Dommage qu'on ne puisse pas en dire autant de sa vie. Pourquoi n'es-tu pas revenu ?

— Je ne pouvais pas.

— Tu ne pouvais pas ou tu ne voulais pas ?

Will sentit la culpabilité poindre en lui, mais pour un abandon plus récent.

— J'avais onze ans quand je suis parti, Ysenda. Je n'ai pas eu mon mot à dire.

— Mère a toujours refusé de m'expliquer pourquoi père et toi nous avez quittées, mais quand j'ai grandi, Alycie et Ede m'ont raconté. Elles m'ont dit que tu avais tué leur sœur, Mary.

— C'était un accident. Elle était aussi ma sœur.

Il se passa la main dans les cheveux.

— Grand Dieu ! Si je pouvais faire en sorte que ça ne se soit jamais produit, je le ferais. Mais c'est impossible. J'ai dû vivre avec.

Ysenda resta silencieuse un instant.

— Mère me disait toujours que je ressemblais à Mary.

— C'est vrai, un peu.

— Ce n'était pas une ressemblance facile à porter.

Tous deux marquèrent un temps de silence.

— Ede est-elle…

Will s'interrompit. Il ne savait pas comment poser la question. Il se sentait comme un étranger, et il ne voulait pas s'immiscer comme un intrus dans la vie de quelqu'un d'autre, dans la famille de quelqu'un d'autre.

— Vivante ?

Ysenda hocha la tête.

— Elle est partie pour Elgin avec son mari il y a quelques années. Depuis que les troubles ont commencé, nous avons des difficultés à avoir de ses nouvelles. Mais je crois qu'elle va bien. Elle a trois garçons, ils sont grands maintenant.

Ysenda sembla réfléchir à quelque chose et prit une profonde inspiration.

— À quoi ressemblait-il ?

— Qui ?

— Notre père.

— Pour t'en parler comme il convient, il me faudrait plus de temps que j'en ai.

Elle se renfrogna et regarda la cape qui pendait près du feu.

— Où est ton manteau ? David a trouvé ton cheval dans le bosquet, mais il n'y avait pas d'habits de Templier dans ton sac.

— J'ai quitté le Temple, expliqua Will. Je vais à Édimbourg. Je dois donner des informations au roi John. L'armée du roi Édouard est derrière moi, elle arrivera d'ici un mois.

— Alors, ça commence ? Ils viennent nous chercher ?

Sa main se porta distraitement à son cou, où pendait une fine croix d'argent.

— Le roi John doit entendre ce que j'ai à lui dire. Ça pourrait l'aider.

— John Balliol ne dispose plus vraiment du pouvoir en ce royaume. Un conseil des nobles s'en est emparé lorsqu'il a refusé de s'opposer aux requêtes d'Édouard. À présent, il dit qu'il le fera, mais ce sont eux qui lui donnent des ordres.

— Ils sont à Édimbourg ?

— Ils inspectent nos défenses aux frontières. Le roi les accompagne. Ils recrutent des hommes pour la guerre. La croix de feu a été envoyée dans tout le royaume. Mais mon mari est à Édimbourg. Tu peux lui transmettre tes informations.

— Avec tout mon respect, Ysenda, je dois les confier à quelqu'un qui les utilisera à bon escient.

— Duncan est chevalier du sire Patrick Graham de Kincardine, un homme très puissant. Il s'assurera que son seigneur entende ce que tu as à dire. J'enverrai David avec toi demain, dès l'aube. Il est trop tard pour partir maintenant, trancha-t-elle en le voyant prêt à protester. Et je veux en savoir plus sur toi... mon frère.

Le château royal, Édimbourg, 3 mars 1296 après J.-C.

La lumière du soleil scintillait sur les toits trempés des bâtiments qui s'entassaient le long de la crête de la colline menant à Holyrood Abbey. La forme à peine distincte de l'abbaye se découpait contre la montagne escarpée qui se dressait au fond et surplombait la ville de façon menaçante. Debout sur les remparts, Will protégeait ses yeux de l'éclat éblouissant. Un vent violent remontait de l'estuaire du Firth of Forth, s'engouffrait par les meurtrières et faisait voleter la paille et la poussière.

— Messire William !

Will se retourna en retenant la capuche de sa cape que le vent tentait de lui arracher. Deux hommes marchaient vers lui le long du chemin boueux qui se glissait sous une arcade, avant de déboucher sur le promontoire rocheux où étaient regroupés les principaux bâtiments. David lui sourit en approchant, mais l'autre homme conservait un air froid.

— C'est juste William, maintenant, rappela-t-il à son neveu. Je ne suis plus chevalier.

— Tu étais un commandeur, un commandeur du *Temple*. Que tu portes l'uniforme ou non, tu devrais toujours te considérer comme un chevalier. En tout cas, c'est ce que je ferais.

Il avait haussé les épaules tout en lâchant ce dernier commentaire.

— Vous vouliez me voir, dit l'homme en posant une main sur l'épaule de David.

Will croisa le regard de son beau-frère, une version trapue et sévère de son neveu.

— Je voudrais connaître le délai, Duncan. J'attends depuis trois semaines. Vous savez ce que j'ai abandonné pour apporter cette information ici. Je détesterais avoir fait ces sacrifices en vain.

Duncan ne se montra pas ému.

— Comme je vous l'ai dit, jusqu'à ce que mon seigneur revienne, je ne peux rien faire.

— Et le shérif? Le constable? L'armée anglaise doit être à Newcastle. Édouard avait l'intention d'arriver à Berwick pour Pâques. C'est dans moins d'un mois.

— Le palais grouille de soldats, les réserves sont pleines, les défenses renforcées, et il y a des rapports d'inspection qui nous parviennent de tout le comté. Ils n'ont pas le temps pour des audiences.

— Même pour une audience susceptible de sauver leur royaume?

Voyant que Duncan ne répondait pas, Will insista.

— Vous me croyez?

— Ce n'est pas à moi de décider de la validité de votre information. Vous aurez votre audience dès que sire Patrick sera revenu. Je suis un homme de parole, ajouta Duncan d'un ton sec.

— Que suis-je censé faire entre-temps?

— Vous pouvez attendre. Nous autres avons du travail.

Will ravala sa colère et regarda Duncan repartir en tirant David par le bras. Il comprenait l'hostilité de cet homme, ses soupçons; il était un étranger ici, lié à l'ennemi de surcroît, et il avait abandonné la femme que Duncan aimait, sans même chercher à prendre de ses nouvelles jusqu'à maintenant. Il le comprenait, et pourtant il se sentait plus frustré qu'il ne l'aurait cru possible. Pendant des années, on l'avait respecté, et même craint, il savait commander des armées et négocier avec des rois. Et, aujourd'hui, simplement parce qu'il avait ôté son manteau, il n'était plus rien. Il n'avait ni uniforme ni fortune. Et plus aucun pouvoir. La seule chose dont il pouvait se réclamer, c'était d'être un Campbell, mais la famille que son grand-père avait quittée des années plus tôt s'était établie loin à l'ouest, et il n'avait jamais tissé des relations avec eux. Il se sentait floué.

Irrité, Will s'appuya contre le rempart. À l'extérieur des murailles, dans l'estuaire, quatre bateaux glissaient vers le port de Leith. L'eau s'étendait, noire à cause des nuages amoncelés dans le ciel, avec parfois des reflets d'or çà et là lorsque le soleil parvenait à trouer cette masse. Tout ici était vaste et sauvage. Il régnait une étrange énergie, une puissance primitive menaçante, visible dans ses roches volcaniques ténébreuses comme extirpées de la terre sur lesquelles les Écossais avaient construit leurs places fortes invincibles. Ce château, cette ville, avaient un air de défi; ils constituaient un geste d'audace des hommes face au terrain inhospitalier qui les entourait de toutes parts.

Son père l'avait amené dans ce château une fois, quand il était encore un garçon. Ils étaient venus avec une compagnie de Templiers de Balantrodoch voir le roi Alexandre III, une histoire de fermages, d'après ses souvenirs. À cette époque, les appartements royaux et les bâtiments administratifs – dans lesquels résidaient le constable du roi et le shérif d'Édimbourg avec leurs équipes – étaient conçus principalement en bois. Aujourd'hui, la plupart des constructions étaient plus grandes, et en pierre. Certaines étaient encore en travaux : le long des murs, des échafaudages branlaient à cause du vent.

Sentant quelqu'un bouger près de lui, Will tourna la tête et vit David.

— Il me faudrait un œil dans le dos. Tu es aussi furtif qu'un renard.

Il tapota son front barré d'une petite cicatrice.

David lui adressa un sourire désolé et s'appuya contre le mur mouillé.

— J'ai intérêt si je veux avoir quelque chose dans mon assiette.

— Chevalier et chasseur?

— Pas encore chevalier, répliqua David d'un ton désinvolte. Ne t'en fais pas pour mon père, ajouta-t-il en se penchant pour observer l'estuaire. Il essaie juste de protéger ma mère.

— Je suppose qu'elle a été longtemps en colère contre moi ?

David opina.

— Elle parlait rarement de toi, mais après la mort de grand-maman, elle a beaucoup pleuré et il m'est arrivé de l'entendre discuter avec père de grand-père et toi. Elle disait toujours que grand-maman était morte de chagrin.

Will détourna le regard.

David joua avec son ceinturon, puis il leva les yeux vers lui

— Est-ce que tu as vraiment sauvé la vie d'un grand maître ?

— C'était il y a longtemps.

— Parle-moi d'Acre.

Will sourit. C'était une sorte de pacte entre eux. Il parlait à David de la Terre sainte et, en retour, le garçon lui parlait de l'Écosse et de la lutte avec Édouard ; il comblait les lacunes qui étaient les siennes sur ce sujet.

Son neveu avait longuement évoqué pour lui ce jour, dix ans plus tôt, où le roi Alexandre était mort en se rompant le cou dans une chute de cheval. D'un ton grave, qui rappelait à Will la voix de Duncan, David lui avait expliqué comment la petite-fille du roi, Margaret de Norvège, était décédée peu après. Alors, les malheurs de l'Écosse avaient commencé. Plus de quatorze rivaux s'étaient présentés après sa mort, tous réclamant le trône. La guerre civile menaçant, on avait demandé à Édouard, le beau-frère d'Alexandre, d'intervenir. Il avait organisé un tribunal pour déterminer le candidat le plus légitime, mais Édouard avait d'autres motivations, des motivations qui étaient rapidement apparues quand il avait exigé que les Écossais le reconnaissent comme leur suzerain et lui livrent les villes et les châteaux royaux. Sans autre alternative que de se soumettre, les nobles écossais avaient accepté en lui faisant promettre que dès l'instant où un roi serait couronné, Édouard renoncerait à toute emprise sur le royaume.

Après le procès, qui avait duré un an, Édouard choisit John Balliol pour succéder à Alexandre III et l'Écosse retrouva un temps la paix. Lentement, adroitement, Édouard entreprit alors de saper le pouvoir de Balliol. En tant que roi, c'était le droit souverain de Balliol d'appliquer la justice dans son royaume, mais Édouard insista pour que des affaires qui auraient dû être jugées en Écosse le soient en Angleterre. Plusieurs années s'écouleraient ainsi durant lesquelles Balliol ne cessa de se faire humilier, et fut même obligé en une occasion d'aller se défendre lui-même à Westminster. Par cette action, Édouard montrait que le roi n'était qu'un vassal, un sujet de la couronne d'Angleterre soumis à son autorité. Et les événements s'étaient précipités l'année précédente, lorsque les nobles écossais, agacés par l'ingérence de Philippe et la faiblesse de Balliol, avaient formé un conseil chargé de gouverner à sa place et envoyé des émissaires à Philippe pour lui demander son aide.

Le récit de David n'avait fait qu'attiser la haine de Will pour Édouard. Déserter le Temple pour prévenir les Écossais de ses plans lui avait paru une initiative directe et satisfaisante contre l'homme qui avait ruiné sa vie, mais comme personne ne semblait décidé à l'écouter, il se sentait chaque jour un peu plus impuissant.

— J'irai, un jour.

Perdu dans ses pensées, Will fixa son neveu sans comprendre.

— Acre, dit David en éclatant de rire face à son air médusé. Est-ce que tu écoutais seulement ce que…

Une corne retentit tout en haut des murailles et David se pencha en se protégeant les yeux de l'éclat du soleil.

— Regarde !

Will se tourna vers l'endroit que son neveu pointait du doigt et il vit une colonne de cavaliers remonter la colline, les fanions accrochés derrière eux agitant leurs couleurs. Malgré le vent, il entendait le grondement des sabots.

— C'est le roi.

David prit Will par le bras et l'entraîna en bas.

— Viens, allons prévenir père. Tu auras ton audience.

Mais l'optimisme de son neveu se révéla prématuré, car tandis que Balliol et sa compagnie, parvenus au bout de la piste du château, s'engouffraient par les portes et pénétraient dans la cour, Will fut brutalement repoussé sur le côté par un garde. Il aperçut le roi, qu'un écuyer aidait à mettre pied à terre. Toutefois, le monarque ne le remarqua pas plus que les palefreniers qui s'avançaient pour s'occuper des chevaux épuisés. Puis, accompagnés des nobles, le roi se dirigea immédiatement vers les portes de la grande salle, qui se refermèrent derrière eux.

Près de cinq heures plus tard, Will faisait les cent pas dans la cour devant les écuries du château. Il y avait eu beaucoup d'allées et venues depuis l'arrivée du roi John : des domestiques, des messagers entraient et sortaient à la hâte de la grande salle, parfois suivis par des comtes ou des nobles entourés de chevaliers. Comme le temps passait, il avait dû refréner son envie de faire irruption dans la salle pour demander à parler au roi.

— Campbell.

Will se retourna. En voyant Duncan, son espoir se raviva, mais le visage de son beau-frère refroidit immédiatement ses espérances.

— Avez-vous pu parler à messire Patrick?

Duncan hocha la tête.

— Alors?

— Ils n'écoutent pas.

Duncan avait eu la délicatesse d'annoncer cette nouvelle dévastatrice avec une pointe de regret dans sa voix.

Refusant de croire qu'il avait agi en vain, que ces hommes étaient à ce point obtus, Will insista :

— Vous avez répété mon message mot pour mot ? Vous leur avez dit qu'Édouard a l'intention de s'emparer de Berwick, puis d'utiliser Balantrodoch comme point d'appui avant de prendre Édimbourg ?

— Messire Patrick a transmis l'information à Balliol, mais le roi et ses hommes ont déjà leur plan et ils s'y tiendront.

Will s'effondra sur l'un des abreuvoirs disposés à l'extérieur des écuries. Duncan poussa un long soupir.

— Pour ce que ça vaut, je crois qu'ils ont tort.

Will ne trouvait même pas l'énergie pour le remercier de son soutien, bien que ce fût inutile.

— Tout ça pour rien…

Duncan s'assit à côté de lui et croisa ses bras musclés.

— Ils y travaillent depuis des mois, Campbell. Tout est en place. Le traité avec la France est conclu, les défenses aux frontières ont été renforcées.

— Toutes leurs défenses ne serviront à rien si Édouard décide d'aller à Berwick.

— Berwick est défendu par messire William Douglas. C'est l'un des chevaliers les plus audacieux du royaume. Si vous dites vrai et qu'Édouard attaque là-bas en premier, il aura fort à faire.

— Si je dis vrai ? reprit Will. Ils m'ont cru, au moins ?

— Ils nourrissent quelques doutes, admit Duncan. Ils avaient un espion dans l'entourage d'Édouard censé découvrir sa stratégie, et ils craignent qu'il ait été percé à jour. Quelques-uns des nobles pensent qu'Édouard vous aurait envoyé pour semer la confusion et nous obliger à concentrer toutes nos forces dans une seule ville, au détriment des autres. Certains estiment que nous devrions vous arrêter.

Will le fixa, sidéré.

— Mais sur ma requête, messire Patrick s'est porté garant de vous, ajouta Duncan en secouant la tête. J'espère que vous ne nous décevrez pas.

Il se leva avant de poursuivre :

— Les nobles vont attaquer Carlisle. Depuis un an, la ville est défendue par la famille Bruce, qui a trahi son pays et s'est rangée du côté d'Édouard. Il semble qu'ils refusaient de perdre les domaines qu'ils possèdent en Angleterre. Sept comtes vont s'y rendre, et je pars moi-même avec mon seigneur, mais j'ai fait en sorte que David reste ici pour défendre le château. Il n'est pas prêt pour cette bataille, pas encore.

Il avait la mâchoire crispée.

— Je veux que vous ameniez ma femme et mes filles ici. Si Édouard attaque Berwick et si… Je tiens à m'assurer qu'elles seront en sécurité.

— Vous voulez que je sois leur garde ?

— Vous le devez bien à Ysenda.

Will acquiesça, lui signifiant qu'il acceptait ce rôle et Duncan le remercia d'un signe de tête avant de s'en aller.

Will s'apprêtait à se rendre aux baraquements, où il logeait avec quarante autres chevaliers dans un dortoir humide et parcouru de courants d'air, lorsqu'un homme, qui avait observé son échange avec Duncan, s'approcha de lui.

— William Campbell ?

Will le regarda d'un air circonspect et, en jetant un coup d'œil à la grande épée sanglée dans son dos, il se demanda si Duncan tiendrait sa promesse de ne pas l'arrêter.

L'homme, qui avait une épaisse tignasse rousse et des yeux bruns, parla d'une voix grave :

— Je suis Patrick Graham.

Surpris, Will le salua. Messire Patrick sourit.

— Si tout ce que j'entends à votre propos est vrai, c'est moi qui devrais vous saluer. Malheureusement, mes compatriotes ne partagent pas tous ma gratitude pour les sacrifices que vous avez consentis en venant. J'ai fait tout ce qui était en mon pouvoir pour les persuader, mais leurs décisions sont prises.

— Je vous remercie de m'avoir soutenu. Je sais que vous preniez un risque.

— Le risque est plus grand pour notre royaume, rétorqua Patrick en soupirant. Je crains que l'inimitié des nobles à l'égard d'Édouard ne les ait poussés à trop désirer la guerre. À l'heure actuelle, ils font preuve d'une confiance qui m'étonne. Certes, les hommes de ce royaume sont de valeureux combattants et les nobles ont accompli tout ce qu'ils pouvaient pour exciter leur ardeur ces dernières semaines, mais, au bout du compte, seul le nombre importe. C'est quelque chose que votre père devait comprendre, lui qui tenait les registres de la comptabilité, si je ne m'abuse ?

Son sourire s'élargit en voyant l'incrédulité se peindre sur le visage de Will.

— Vous le connaissiez ?

Will étudia le visage de Patrick. Il ne devait pas avoir plus de trente-cinq ans, et son père était mort depuis presque autant d'années.

— Non. Mon père a eu un différend avec les Templiers à cause d'un lopin de terre. C'est James Campbell qui a arrangé l'affaire pour le compte du maître d'Écosse. Mon père lui a toujours été reconnaissant pour son impartialité durant les négociations, et après l'accord final, il s'est toujours considéré comme le débiteur de James. Ils sont restés en relation pendant plusieurs années, jusqu'à ce que James quitte l'Écosse. Mon père n'en a plus jamais entendu parler par la suite, mais des années plus tard, il se souvenait de lui et se sentait toujours redevable, car quand il m'a déclaré son héritier, il m'a dit que je devais une partie de mon domaine à James. Votre père n'a jamais réclamé sa dette, et quand Duncan m'a révélé votre identité et les motifs de votre venue, je me suis dit qu'il me fallait l'honorer.

— Merci, murmura Will, sans bien savoir s'il le remerciait pour son soutien ou pour les souvenirs que ces mots avaient réveillés.

— J'ai bien peur que nous n'ayons pas assez d'hommes pour nous défendre contre l'armée d'Édouard. Malheureusement, aucun de nous deux n'y peut rien. Tout ce que nous pouvons faire, c'est nous battre et prier Dieu pour qu'il se range de notre côté. D'ailleurs, j'aimerais vous compter dans nos rangs, Campbell. Vous êtes un soldat expérimenté. Si l'on ajoute à cela le fait que vous connaissez Édouard et sa stratégie, je pense que vous pourriez vous montrer utile. Je vais veiller à ce qu'on vous attribue un poste qui vous convienne dans la défense d'Édimbourg, si vous souhaitez rester avec nous. Voulez-vous rester ?

Will se rappela soudain les paroles de Robert qui lui avait dit qu'il ne trouverait pas la justice, mais la guerre. Il s'efforça de les oublier.

— Je n'ai pas fait tout ce chemin pour repartir.

8

Berwick-sur-Tweed, Écosse

30 mars 1296 après J.-C.

Côte à côte, les quatre garçons montaient vers les remparts. La terre, dure et hérissée d'herbes, leur égratignait mains et genoux, qui étaient nus. La butte s'élevait sur la gauche, vers le château perché sur les rives de la Tweed, et, sur la droite, faisait un grand arc de cercle autour de la ville, jusqu'à la porte menant à la mer. Elle était surmontée d'une palissade de bois profondément enfoncée dans le sol, avec de minces ouvertures pratiquées régulièrement entre les poteaux permettant de voir de l'autre côté. Les garçons se regroupèrent autour de l'une d'elles, le souffle brumeux de leur respiration se mêlant à l'air. Devant eux, le terrain tombait à pic jusqu'à une fosse étroite qui encerclait toute la ville. Au-delà de cette tranchée, les champs s'étendaient langoureusement, parsemés de maisons et de fermes. C'était un matin humide et maussade, mais aucune brume n'obscurcissant le paysage, la vue était dégagée jusqu'à l'armée postée sur une petite colline, à un quart de lieue au nord-est. D'aussi loin, les garçons ne discernaient pas grand-chose. Ils ne voyaient qu'une masse de chevaux et d'hommes, interrompue çà et là par les couleurs vives d'une bannière ou l'éclat de l'acier.

— Combien sont-ils ? demanda le plus jeune qui portait un bonnet de feutrine rouge.

Un de ses camarades louchait, comme s'il essayait de compter. Le vent ayant arrêté de souffler, ils entendaient faiblement les échos des cris, des aboiements de chiens et le tumulte d'hommes en armes se mettant en position.

— Cent mille, dit-il au bout d'un moment.

La bouche du plus jeune s'arrondit de surprise, mais son frère, le plus vieux d'entre eux, donna une bourrade à celui qui avait parlé.

— Idiot. Ils ne sont pas plus de dix mille.

— Dix mille ? répéta le plus jeune.

La différence entre ces deux estimations ne semblait pas le consoler.

— Ils n'approcheront pas, affirma son frère d'un air dédaigneux en lui enfonçant son bonnet sur les yeux. Nos archers les en empêcheront.

Il extirpa du sol une pierre enfoncée à côté de ses genoux. Se hissant sur la pointe des pieds, il la jeta par-dessus la palissade en direction de l'armée.

— Chiens d'Anglais ! Chiens d'Anglais ! Venez par là, qu'on vous coupe la queue !

Le plus jeune rabattit sa capuche en arrière. Ils parlaient d'une voix suraiguë, un peu forcée. Même dans leur rire, il sentait la peur derrière la bravade. Soudain, le haut du poteau auquel s'agrippait son frère craqua. Il n'évita une chute dans le vide qu'en s'accrochant au garçon à côté de lui. Tandis qu'il se redressait, le silence tomba, chacun observant le bout de bois pourri qui lui était resté dans la main.

— Vous là-bas !

Les garçons firent volte-face et découvrirent une compagnie de soldats en contrebas. Ils portaient les couleurs de la garnison de la ville, sous le commandement de William Douglas.

— Descendez ! leur lança l'un des hommes.

Ils dévalèrent la butte en dérapant jusqu'à la rue.

— Peut-être qu'ils pourraient prendre notre place, suggéra l'un des hommes en gloussant.

— Rentrez chez vous, vos mères doivent vous chercher, les rabroua un autre en donnant une taloche sur la tête du plus âgé.

À l'extérieur de Berwick-sur-Tweed, Écosse,
30 mars 1296 après J.-C.

Édouard regardait les remparts en terre sans ciller. Il sentait une pression derrière ses yeux, une douleur enfouie, mais légère. Il renifla une fois. Le froid et l'humidité du nord ne lui convenaient pas et la maladie l'avait cloué au lit plusieurs jours durant la campagne. Il tombait rarement malade, et rester allongé avec ce maudit mal de tête l'avait rendu irritable. Il entendit des bruits de sabots derrière lui. C'était Anthony Bek, l'évêque de Durham, qui venait le rejoindre sur le tertre où il était posté, à cinq cents mètres de la ville. Remontée sur ses épaules puissantes, la robe violette de l'évêque révélait sa cotte de mailles splendide, ainsi que l'épée à large lame rangée dans son fourreau.

— Les bateaux sont dans l'estuaire, parés, Votre Majesté. Ils attendent votre signal.

Édouard lui jeta un coup d'œil. Aussi dévoué qu'il soit à Dieu, Bek semblait ici dans son élément. Il affichait toute la morgue et la pompe d'un général dans sa manière de commander l'armée qu'il avait fait venir depuis la contrée de Saint-Cuthbert. Bek était comme un roi dans son évêché, ses terres faisaient partie des défenses les plus au nord de l'Angleterre. Édouard l'avait nommé lieutenant d'Écosse six ans plus tôt, quand son fils devait se marier avec Margaret de Norvège. Depuis, Bek avait largement contribué à la préparation de cette guerre.

Édouard tourna son attention vers la ville et son dédale de maisons en bois entassées derrière la palissade, avec, de temps à autre, de petites églises en pierre. Au loin, la mer du Nord étalait son mince ruban d'argent pâle contre le ciel gris cendre. Difficile d'imaginer que ce simple bourg, bordé en son extrémité par la Tweed qui coulait nonchalante et la boue de l'estuaire, était la ville la plus riche d'Écosse. Les habitants, environ douze mille, étaient composés d'Écossais, mais il y avait aussi toute une communauté de commerçants étrangers, notamment des Pays-Bas, qui expédiaient le cuir et la laine de la région vers la Flandre et l'Allemagne, et faisaient venir des chargements de briques rouges flamandes.

— Nos hommes ont entendu des gens leur lancer des insultes.

Tout en observant la cité, Bek afficha une grimace de dégoût.

— Ce peuple n'a aucune idée de ce qu'est la chevalerie, reprit-il.

— Dans ce cas, nous allons le leur montrer, répondit Édouard.

Il leva sa main gantée et pointa son doigt en direction de Berwick :

— Là-bas.

L'évêque plissa les yeux pour voir ce que le roi lui indiquait.

— Les remparts sont moins hauts.

Édouard acquiesça.

— Les éclaireurs ont trouvé un chemin qui traverse la fosse, couvert de bouses. Je suppose que c'est par là qu'ils emmènent paître leurs animaux. Nous entrerons par là.

D'un coup sec des talons et en tirant violemment sur les rênes, le roi fit tourner son cheval, Bayard. La tête massive du destrier était entièrement prise dans son armure.

— Venez. Il est temps d'adouber les nouveaux.

Sous les huées lointaines des habitants de la ville, que le vent leur portait, les deux hommes revinrent sur la grande butte où l'armée anglaise s'était déployée.

Le gros de la cavalerie et de l'infanterie se composait de deux cents vassaux qui, selon les lois du système féodal, avaient mis chacun à disposition du roi une compagnie de chevaliers. À ces huit mille hommes s'ajoutaient encore les recrues des archers gallois et les Templiers sous l'autorité de Brian le Jay. Tous désiraient prouver leur valeur au roi et n'attendaient qu'une chose : charger pour se réchauffer et se dégourdir les jambes.

Ils avaient entamé leur marche sur Berwick trois jours après Pâques, un peu plus tard qu'Édouard ne l'avait prévu, à cause d'une escarmouche près de la ville de Wark. D'emblée, la campagne n'avait pas commencé sous les meilleurs auspices, un noble anglais ayant déserté avant de se rallier à l'ennemi. Puis les Écossais avaient les premiers fait couler le sang en attaquant à Wark, obligeant ainsi le roi à détourner son armée et à prendre la ville. Quand ce fut terminé, Édouard traversa la Tweed au village de Coldstream en jurant de mettre un terme à ce que les Écossais avaient déclenché. Le grand pont de Berwick avait été balayé lors d'une crue deux ans plus tôt et le gué le plus proche se trouvait dans ce village. Plus de quarante galères avaient vogué à la suite de l'armée le long de la côte anglaise. À ce moment précis, elles étaient dissimulées dans l'embouchure de la Tweed, invisibles de la ville.

La nuit précédente, des messagers leur avaient appris que l'armée écossaise se dirigeait vers Carlisle, loin au sud-ouest. Édouard n'y avait néanmoins envoyé aucune troupe. Carlisle était une ville bien défendue, sous le commandement de son vassal le plus loyal, Bruce d'Annandale. Il pensait qu'il tiendrait bon et dans le cas contraire, cela lui fournissait un bon moyen de diviser l'armée écossaise. Le chemin lui était grand ouvert jusqu'à Édimbourg. Le seul obstacle sur sa route était cette colonie d'Écossais et d'étrangers. Plus vite ils seraient écrasés, mieux cela vaudrait. La victoire ne pourrait plus lui échapper. Il haïssait ce Nord glacial et l'idée que rien de tout cela n'aurait été nécessaire si la petite-fille d'Alexandre III avait survécu, le contrariait beaucoup.

Six ans plus tôt, après que le pape l'eut approuvé et que les nobles écossais y eurent consenti du bout des lèvres, il avait arrangé le mariage entre son fils et héritier, Édouard de Caernarvon, et la reine infante, ce qui lui assurait à l'avenir de dominer le royaume. Mais sa mort inattendue avait réduit tous ses plans à néant et il avait dû dépenser des années d'effort, sans parler de l'argent, pour s'assurer de son emprise sur ce territoire. Il croyait qu'en choisissant Balliol – que ses espions lui avaient décrit comme le plus faible des prétendants – son contrôle sur le trône d'Écosse serait enfin établi. Il aurait eu raison si les nobles ne s'étaient pas soulevés contre lui. Puisque la ruse n'y pouvait plus rien, il les materait par la force, comme les Gallois, et il ne les en méprisait que davantage.

À l'image du roi Philippe, son cousin et rival, Édouard avait un appétit insatiable. En tant que roi d'Angleterre, il considérait comme son privilège d'assujettir ses voisins mal organisés et de les mettre sous sa coupe, afin de créer un puissant empire féodal sur lequel ses héritiers régneraient pendant des générations. Un vieux clerc royal, un homme acariâtre mais efficace dénommé Hugh Cressingham, en avait parlé comme de manches de manteaux à lisser, ou d'ourlets à égaliser. Édouard aimait cette comparaison. Et d'ici la fin de cette journée, le faux pli que constituait Berwick serait effacé.

Face à l'avant-garde commandée par le comte de Surrey, trente jeunes attendaient d'un air impatient, excité. Tandis que Bek et Édouard s'approchaient, ils gardaient le silence. Le roi mit pied à terre en ignorant les mains que les écuyers lui tendaient. Après avoir discuté des derniers détails de l'assaut avec le comte de Surrey et les autres commandants, le monarque se dirigea vers les jeunes hommes, tous des fils de nobles. Ils s'agenouillèrent, tête inclinée, tandis qu'il dégainait son épée. Le silence s'abattit brusquement sur l'armée, par égard pour ce moment solennel, et seuls les aboiements des chiens, le bruit des armes et les chevaux qui s'ébrouaient rompaient le calme. Édouard s'avança, l'épée à la main. Deux clercs l'entouraient, chargés de lui rappeler discrètement le nom des garçons. Édouard leva sa lame et la posa sur l'épaule du premier jeune homme, qui prêta serment de fidélité d'une voix claire qu'entendirent les hommes à l'arrière. Enfin adoubé, il se releva ; il était un chevalier, un homme qui n'avait pas encore versé le sang, mais tout disposé à prouver sa valeur. Depuis les rangs fusèrent des applaudissements et il afficha un large sourire. Lorsque les acclamations se turent, des chants s'élevèrent au-delà des remparts de Berwick. Le roi plissa le front tout en s'approchant du deuxième jeune homme. Il leva son épée mais fut distrait un instant en entendant son nom dans la chanson. Il tendit l'oreille. Son nom revint.

Édouard le roi, prends tes échasses et rentre chez toi ! Édouard aux échasses, fais demi-tour, bâtard d'Anglais !

Le jeune noble tourna la tête d'un air hésitant tandis que le visage d'Édouard s'empourprait.

L'évêque Bek fit un signe aux officiers derrière lui :

— Acclamez votre roi. Toi, lève ça plus haut, ordonna-t-il à l'homme qui portait la bannière royale, armoriée de trois lions d'or.

Le porteur de bannière le fixa, médusé, car il n'avait pas l'habitude de recevoir ses ordres d'un évêque. Bek fit quelques pas vers lui. Déjà, les acclamations s'élevaient dans le ciel.

— Lève ce drapeau ou je t'enfonce ce piquet dans le cul !

Le porteur hissa la bannière et se mit à l'agiter frénétiquement. Les vivats s'intensifièrent et noyèrent bientôt sous leur vacarme les chants de Berwick. Édouard se retourna vers le jeune chevalier et, la mâchoire serrée, posa sur son épaule le plat de son épée.

L'adoubement se poursuivit ainsi un moment, et chaque nouveau chevalier était fêté par des ovations plus ferventes encore que le précédent, jusqu'à ce que la plaine autour de Berwick résonne du rugissement de huit mille hommes. Le comte de Surrey fut le premier à remarquer les bateaux qui glissaient dans l'estuaire, derrière la ville. Il fronça les sourcils, se mit debout sur ses étriers pour mieux voir, puis il poussa un juron et lança son cheval en direction d'Édouard, qui adoubait le dernier garçon.

— Sire !

Le comte stoppa net sa monture et dès qu'il eut attiré l'attention du roi, lui montra les navires. Les yeux gris d'Édouard s'arrondirent à cette vue. Bek arrivait à la hâte, il les avait repérés lui aussi.

— Pourquoi attaquent-ils ? Nous ne leur avons pas donné le signal !

— Les vivats, fit soudain Édouard, les bannières... Ils pensent que nous avons commencé l'assaut.

Il se précipita vers Bayard en lançant des ordres aux commandants les plus proches.

Les consignes circulèrent en quelques secondes à peine et les hommes se dépêchèrent de monter à cheval et de sangler fermement les courroies de leurs boucliers. Les tout nouveaux chevaliers coururent vers leurs chargeurs, le cœur battant d'excitation. Tandis que les chevaliers mettaient en position les chevaux qui piaffaient et se bousculaient, les archers tirèrent des flèches de leurs carquois et les hommes d'infanterie brandirent leurs épées ou leurs grosses massues.

Au loin, près de la Tweed, le ciel s'embrasa. Une nuée de flèches enflammées venait de partir de la ville. Elle décrivit un arc de cercle silencieux en direction du bateau de tête. Édouard se pencha en avant sur sa selle. Même à cette distance, il voyait que quelque chose n'allait pas : le bateau était immobile. Il poussa un méchant juron quand il comprit que, trop près des rives, il s'était enlisé. Les projectiles incendiaires s'abattirent sur lui et la grand-voile blanche s'embrasa comme une torche.

— Avec moi ! rugit Édouard à ses commandants en enfonçant ses talons dans les flancs de Bayard.

La cavalerie anglaise dévala la pente au galop. Le comte de Surrey menait l'avant-garde avec le roi, tous deux filant à toute allure. Leur flanc droit était couvert par Brian le Jay et les Templiers, avec leurs capes blanches qui flottaient au vent et les sabots des chevaux qui labouraient la terre. Le flanc gauche était occupé par Bek et les guerriers de Saint-Cuthbert. La chape violette de l'évêque virevoltait autour de lui. Les archers couraient précipitamment à ses côtés, ils se rendaient à l'endroit précis, derrière la petite butte, d'où Édouard avait observé la ville. De ce poste, ils protégeraient les chevaliers et l'infanterie qui arrivaient maintenant au bas de la colline. Sur la Tweed, les ponts du bateau brûlaient et les flammes jaunes tourbillonnaient en tous sens à cause du vent venu de la mer. Des cris montaient dans l'air, mais Édouard et ses hommes ne pouvaient les entendre au milieu du vacarme de la charge.

Deux bateaux s'avancèrent pour secourir le premier, et les soldats de Berwick sortirent par une poterne et se jetèrent sur la rive pour réduire en pièces les hommes qui essayaient de s'enfuir. D'autres flèches traversèrent le ciel et vinrent s'abattre en sifflant tout autour des vaisseaux qui approchaient. Un autre bateau s'échoua et les défenseurs crièrent triomphalement. Après les flèches, les hommes sur la rive envoyèrent sur les vaisseaux des fagots de bois en feu. À peine tombèrent-ils sur le pont qu'ils commencèrent de le consumer. Les foyers se multipliaient à une vitesse telle qu'il était impossible pour les équipages de les éteindre tous. Les hommes se jetaient par-dessus bord pour échapper aux flammes puis s'embourbaient dans le fond vaseux sous le poids de leur cotte de mailles. Et la fumée noire et dense qui se dégageait du premier vaisseau empêchait les Anglais de voir leurs ennemis traverser l'eau avec de simples armures en cuir, plus légères.

Édouard menait Bayard droit devant, vers l'endroit où les remparts étaient moins hauts, et où un chemin comblé avec la terre et les pierres de la fosse ouvrait un passage dans les défenses. Afin de compenser cette faiblesse, la porte était plus grande et plus large qu'ailleurs, mais le bois ne résisterait pas longtemps à huit mille hommes dont l'honneur était en jeu. Le visage d'Édouard était rouge de la colère qu'il contenait à grand-peine. Les insultes des habitants de Berwick résonnaient encore à ses oreilles et la vue de ses bateaux en feu sur la rivière l'emplissait d'une rage que seul le sang versé pourrait apaiser. Tout espoir de pitié pour le peuple s'était évanoui. Il subirait son courroux.

Comme les hommes s'avançaient vers les remparts, des flèches les accueillirent. L'une d'elles frappa un chevalier en pleine poitrine. L'impact le renversa et les bêtes lancées derrière lui le piétinèrent sans pitié. D'autres flèches frappèrent les heaumes ou s'enfoncèrent dans les coiffes de mailles et les hauberts. Elles touchèrent aussi des chevaux, qui se cabrèrent et envoyèrent leur cavalier s'écraser violemment dans la boue. Édouard leva son bouclier, mais les projectiles lui passaient très au-dessus de la tête. Derrière la cavalerie, les archers gallois se mirent à viser à leur tour les remparts en briques de terre. Les flèches qu'ils envoyaient décrivaient une parabole au-dessus des murs pour atteindre les défenseurs cachés derrière. Près de la fosse, Édouard ralentit son cheval pour laisser deux de ses commandants passer en tête avec les nouveaux chevaliers. Cela lui était difficile : sa fureur était telle qu'il devait se retenir pour ne pas éperonner Bayard et se jeter lui-même contre la palissade, mais les trente jeunes chevaliers étaient aussi acharnés que des chiens qui sentent l'odeur du gibier. Mieux valait se servir de cette vigueur. Ces jeunes gens ne connaissaient que le frisson sans enjeu du terrain d'entraînement. Ils n'avaient pas encore fait l'expérience du chaos qui règne sur un champ de bataille. Ils allaient fracasser cette palissade puis fondre sur leurs proies à l'intérieur, où ils tueraient ou seraient tués.

Bek et un commandant vétéran qui avait participé à de nombreuses batailles avec Édouard – dont Lewes et la campagne de Galles – ordonnèrent à quatre de leurs hommes de traverser le chemin qui enjambait le fossé. Chacun tenait à la main un grappin. L'un d'eux reçut une flèche en plein visage et tomba de son cheval sans lâcher les rênes. Il dégringola le long du talus boueux en poussant un cri qui s'interrompit lorsque son cheval, terrorisé, s'écroula sur lui. Les trois autres chevaliers lancèrent leurs grappins au-dessus de la porte. Les flèches des archers gallois continuaient à siffler vers le haut des remparts et on entendait des hurlements de l'autre côté. Les chevaliers nouèrent les cordes autour du pommeau de leur selle puis firent pivoter leurs montures. Les cordes se tendirent. L'un des grappins de fer arracha la planche à laquelle il était accroché et s'en alla rebondir quelques mètres plus loin derrière le chevalier. Les deux autres tinrent encore une fraction de seconde, puis on entendit un craquement sonore et ils se libérèrent en emportant avec eux la moitié supérieure de la porte. On aperçut alors les expressions stupéfaites de plusieurs soldats.

— La porte est pourrie ! hurla un chevalier.

Derrière la barricade à moitié démolie régnait déjà la confusion. Si certains tenaient bons et se mettaient en position pour décocher des flèches, d'autres n'hésitaient pas à fuir en courant.

— En avant ! cria Bek en lançant son cheval.

Au dernier moment, la bête s'élança pour passer par-dessus les planches encore en place. L'un de ses sabots buta contre l'obstacle mais le bois rompit et le cheval retomba dans la rue. Puis les hommes de Bek suivirent, chargeant un à un, et les archers s'égaillèrent. Enfin vint le tour des nouveaux chevaliers, assoiffés de sang, qui rivalisèrent d'ardeur pour entrer en premier. Mais au lieu de sauter, l'un des chevaux s'immobilisa et, bien qu'il essayât de changer de direction, il s'écrasa contre les débris de la porte. Malgré l'ébranlement que ce choc provoqua, celle-ci ne céda pas, et le chevalier perdit le contrôle de sa monture, qui vacilla le long de la rive avant de plonger dans la rivière en l'y entraînant. Après lui, deux chevaux hésitèrent à sauter, mais leurs cavaliers réussirent à leur faire tourner bride.

Édouard explosait. Son impatience atteignait ses limites. Éperonnant les flancs de Bayard, il se rua sur la porte. D'un seul mouvement plein de grâce, le destrier franchit l'obstacle. Alors, voyant leur roi s'engager, les chevaliers se jetèrent sans réfléchir en avant et un cheval finit par aller s'écraser contre la porte, qu'il pulvérisa. Par la brèche ainsi ouverte, les hommes affluèrent dans la ville.

La confiance qu'avaient ressentie les jeunes soldats de Berwick tant qu'ils narguaient les Anglais depuis les remparts disparut à l'instant où ils virent les soldats se déverser dans les rues alentour, les visages dissimulés derrière le métal des casques, et gronder avec une joie sauvage en abattant leurs lames ou leurs haches sur les crânes et les nuques des défenseurs. Ils n'étaient pas habitués aux destriers géants dont les chevaliers se servaient contre eux comme d'une arme – pour les bousculer et les piétiner – et la plupart d'entre eux n'avaient que des armures en cuir ; seuls les commandants disposaient de cottes de mailles. Leur chair pâle était exposée, vulnérable aux pointes effilées des flèches et des lances. Submergés par les chevaliers, ils furent forcés de reculer et subirent bientôt une véritable déroute.

Un soldat qui soufflait de tous ses poumons dans une corne s'enfuit en courant. Il était poursuivi par deux jeunes chevaliers, que l'euphorie de la poursuite enivrait. Le premier essaya de lui enfoncer son épée dans le bas du dos, mais il pivota au dernier moment et s'engouffra dans une étroite ruelle. Le chevalier jura et entreprit de faire le tour du pâté de maisons pour le retrouver de l'autre côté, mais son camarade s'élança à sa suite et, comme dans une joute, cala sa lance dans le creux de son bras en se préparant à l'impact. Il frappa le soldat dans le dos, entre les deux omoplates, et la pointe de la lance perça le cuir, les muscles et les os sans difficulté, avant de ressortir à l'avant de son torse. L'élan souleva l'homme quelques secondes, pendant lesquelles le chevalier continua à tenir son arme, puis l'effort devint insurmontable et il le laissa retomber. Le soldat s'effondra à terre et au passage, le destrier appliqua son fer sur son crâne, qu'il écrasa tel un fruit. Un autre sabot pulvérisa la corne, qui explosa en morceaux. Tout en tirant son épée, le chevalier poursuivit son chemin à travers les rues avec ses camarades, à la recherche de nouvelles prouesses.

La corne avait sonné l'alarme générale, mais la garnison qui s'y rallia, sous le commandement de Willliam Douglas, arrivait trop tard pour empêcher quoi que ce soit. Certes, ces hommes étaient vaillants, mais ils n'étaient que deux cents contre huit mille. Un caillou qu'emporte la vague... En l'absence de soldats à combattre, les chevaliers anglais se répandirent dans la ville, pourchassant les défenseurs, dont bon nombre étaient pêcheurs ou fermiers, jusque dans les ruelles où ils firent un carnage. Dans leur sillage, les hommes d'infanterie défoncèrent les portes des maisons en se disputant pour entrer les premiers, dans l'effervescence du pillage, des meurtres et des viols. Les officiers vétérans ordonnèrent aux plus jeunes chevaliers de regrouper les habitants en fuite sur les places, pour permettre aux autres de les atteindre plus facilement. Par endroits, certains avaient érigé des barricades à l'abri desquelles ils décochaient des flèches ou lançaient des pierres sur leurs ennemis, mais pour un chevalier qui tombait, dix d'entre eux mouraient, tués à la lance ou à la hache. Sur la Tweed, des bateaux se préparaient à accoster, plus prudemment maintenant qu'ils savaient le fond boueux et traître, et les équipages débarquaient, mettant en pièces les combattants écossais.

Dans les rues de Berwick, jeunes ou vieux, hommes ou femmes, nul n'échappait à la mort. Un groupe de garçons courait dans un labyrinthe de ruelles, avec à leurs trousses des soldats anglais. Hurlant de terreur, ils finirent par se retrouver au fond d'une impasse, derrière une église. L'un d'eux s'accroupit contre le mur, cherchant à se faire le plus petit possible, tandis que les sept chevaliers qui les traquaient arrêtaient leurs chevaux écumant de sueur à l'entrée de l'impasse. L'un des chevaliers les appela en leur promettant de les épargner s'ils se rendaient. Les garçons s'agglutinèrent les uns contre les autres, les yeux écarquillés, le souffle court. L'un d'eux saisit une pierre au sol, mais n'osa pas la lancer. Le chevalier réitéra son appel. Tous les garçons avancèrent, hésitants, sauf le plus jeune, qui resta recroquevillé contre le mur. Il regarda ses camarades arriver au bout de l'impasse. Et il vit les chevaliers se séparer pour les encercler. Les épées se levèrent, retombèrent, et les façades des bâtiments furent maculées de sang tandis que les enfants s'écroulaient. De désespoir, le plus petit sauta sur ses pieds et tenta d'escalader le mur de l'église. La pierre lui faisait atrocement mal aux doigts mais il en avait déjà escaladé la moitié lorsqu'il entendit approcher le bruit des sabots. Puis il sentit quelque chose le frapper violemment dans le dos, y pénétrer. En tombant, son bonnet de feutrine rouge glissa sur son visage.

Le massacre se poursuivit toute la journée et toute la nuit. Avec le comte de Surrey et cinq autres chevaliers, Édouard en personne obligea Douglas et ses soldats à se retrancher dans le château. Douglas fut l'un des derniers à en franchir les portes, et ses hurlements de frustration couvrirent les cris de détresse dont le ciel de Berwick était empli. On sortit de l'église St Mary les cadavres des habitants qui y avaient cherché refuge et que les chevaliers avaient tués pour que le roi y établisse son campement à la nuit tombée. Dans toute la ville, les incendies qui faisaient rage repoussaient les ténèbres. La lumière pourpre et leurs visages couverts de sang donnaient aux soldats des airs maléfiques, presque surnaturels.

À l'aube, la Halle rouge, occupée par les marchands flamands, fut brûlée. À l'intérieur, plus de quarante hommes, en larmes à cause de la fumée, pressèrent la main sur leur bouche pour ne pas suffoquer. Ils avaient tenu ferme, accablé les troupes ennemies de volées de flèches depuis les fenêtres élevées de la Halle. Par chance plutôt que par intention, un homme avait même réussi à en envoyer une pile dans la fente du casque d'un soldat : la flèche s'était enfoncée dans son œil et il était mort instantanément. Les marchands avaient été d'autant plus satisfaits de cet exploit que la rumeur s'était répandue selon laquelle le chevalier en question n'était autre qu'un cousin du roi Édouard. Mais comme il ne leur était pas proposé de se rendre et qu'ils n'avaient nulle part où fuir, ils étaient purement et simplement prisonniers de la Halle. Et alors que les flammes crépitaient autour d'eux, les marchands entendirent les chevaliers qui avaient bloqué les portes et allumé les feux éclater de rire en leur lançant des injures.

Tandis que la matinée commençait, pâle et froide, Berwick était enveloppé dans un nuage de fumée. Les cadavres s'empilaient dans les rues étroites et la puanteur de ces corps était révoltante. Même les guerriers les plus endurcis ne voyaient pas sans dégoût leurs chevaux glisser et déraper dans des mares de sang si nombreuses qu'elles s'écoulaient jusque sur les rives de la Tweed où l'eau prenait une teinte rouge, à mesure que le jour progressait. Les soldats n'avaient plus d'ardeur pour le meurtre, ils le perpétraient presque pour la forme. Les chevaliers et leurs montures étaient épuisés ; le désir de se battre s'émoussait, la fureur était passée, les hommes retrouvaient leur humanité. Pourtant, Édouard refusait d'ordonner la fin de l'assaut.

Après avoir entendu la messe à l'église St Mary et brisé son jeûne, le roi sortit pour constater la tuerie. L'évêque Bek l'accompagna, ainsi que Brian le Jay, lequel, quelques heures plus tôt, avait demandé au roi de mettre un terme à la boucherie.

— Votre Majesté, avait tenté de raisonner le maître d'Angleterre, cette ville est à vos pieds. N'est-il pas temps d'en finir ?

— Nous devons faire un exemple ici, lui avait rétorqué le roi. Que tous les Écossais sachent ce qui les attend s'ils continuent à défier mon autorité.

Le Jay avait voulu protester, mais Bek le prévint qu'il valait mieux pour lui qu'il s'en aille, lui rappelant le tempérament violent d'Édouard et ce qu'il était advenu à certains hommes ayant cherché à discuter avec lui alors qu'il était d'aussi mauvaise humeur.

Maintenant, le maître d'Angleterre chevauchait aux côtés d'Édouard dans un silence tendu, avec ses chevaliers derrière lui. Les chevaux devaient faire des embardées pour éviter les cadavres qui jonchaient le sol.

Devant eux, un cri d'agonie déchira le ciel. Il était impossible de dire s'il provenait d'un homme ou d'une femme, mais quel qu'il soit, cet individu souffrait atrocement. La compagnie s'approcha de l'origine du hurlement, qui s'interrompit momentanément avant de reprendre de plus belle. C'était un cri terrible, presque animal. En passant le coin d'un bâtiment, les chevaliers en comprirent soudain la cause. Étendue à terre, une jeune femme se traînait dans la rue vers l'échoppe d'un cordonnier dont la porte entrouverte donnait sur une pièce plongée dans les ténèbres. Son ventre était énorme et, en rampant sur ses coudes et ses genoux, elle le faisait balancer d'un côté et de l'autre. Le dos de sa robe était noir de sang, sans qu'il fût possible de déterminer si celui-ci provenait de la blessure à ses côtes, là où sa robe avait été entaillée, ou de son accouchement. Derrière elle, un soldat, qui semblait avoir chuté, ou avoir été poussé au sol, se releva et ramassa son épée qui gisait à quelques mètres de là. Puis, avec un hurlement de colère, il se jeta sur la femme et la mit en pièces. Mais dès le premier coup d'épée, ses cris s'étaient tus.

Le Jay, que cette violence insensée rendait malade, se tourna vers Édouard.

— Ramenez l'ordre ici, Votre Majesté. Arrêtez l'assaut et dites à vos hommes de reprendre leurs esprits.

Le roi, qui avait envoyé deux de ses hommes calmer le soldat couvert de sang, toisa le maître d'Angleterre en fronçant les sourcils.

— Êtes-vous en train de me donner un ordre ?

— Non, je vous offre le choix, répliqua le Jay. Arrêtez l'assaut ou je ne vous soutiens plus. Vous devrez continuer cette guerre sans mes hommes et sans vous servir de Balantrodoch.

— Votre grand maître vous a ordonné de m'assister.

— Le grand maître de Molay m'a ordonné de vous aider à mater une rébellion, pas à tuer des femmes enceintes en pleine rue.

Il y eut un silence, rompu seulement par le bruit de l'épée du soldat qui tombait au sol et par ses haut-le-cœur lorsqu'il se pencha sur la femme et l'enfant avant de vomir.

— Votre Majesté, intervint Bek d'une voix calme et prudente, peut-être que cela a suffisamment duré. Ne nous appesantissons pas alors que d'autres batailles nous attendent.

Édouard lui jeta un coup d'œil, et dans le gris de ses yeux brilla, fugace, un éclair de raison. Au bout d'un long moment, il opina.

— Faites passer l'ordre que l'assaut est terminé, puis expliquez à Douglas que s'il se rend, j'épargnerai la vie de ses soldats. Fouillez les maisons. Les femmes et les enfants que vous y trouverez sont libres de partir, mais tuez les hommes qui ne rapporteront pas de rançon. Je ne laisserai pas ces gens faire des enfants qui viendront me défier.

Tournant son cheval, il fit face à Brian le Jay.

— Vous vous en tirez pour cette fois, murmura-t-il, mais soyez insolent encore une fois et j'aurai votre tête. (Puis, d'une voix plus forte, s'adressant à Bek et aux autres :) Quand les rues seront nettoyées, nous commencerons à fortifier les défenses. Berwick doit devenir une ville anglaise.

Plus tard dans la matinée, les troupes dispersées, épuisées, couvertes de sang, cessèrent finalement toute violence. Les hommes pansèrent leurs blessures et prononcèrent des prières pour leurs camarades tombés au combat. Ils allèrent trouver leurs capitaines avec des sacs remplis de bijoux et d'argent. Sur les berges, ils travaillaient à la file pour jeter les cadavres dans la Tweed. C'était une tâche harassante, car plus de huit mille habitants avaient péri. Lentement, le courant faisait rouler les uns au-dessus des autres les corps qui bouchaient l'estuaire comme des milliers d'énormes poissons morts sur lesquels mouettes et corbeaux fondaient en piqué pour festoyer.

9

Le Temple, Paris

23 avril 1296 après J.-C.

— Il faut encore nettoyer les auges, Étienne.

Ils sortaient en rang de la Grande Salle et Simon s'adressait à un sergent au visage couvert de boutons.

— Et cette fois, ajouta-t-il d'un air bougon, je veux voir ta tête se refléter dans l'eau, sinon je te barbouille de crottin.

— Oui, messire, marmonna Étienne en se traînant vers les écuries.

Simon gloussa intérieurement, il était toujours amusé que les plus jeunes l'appellent messire. Il était le fils d'un tanneur de Cheapside, et un sergent, comme eux. Mais en tant que doyen des palefreniers, il ne devait obéissance qu'au maître des écuries. Cette position lui valait presque autant de respect que celle de chevalier. Sa bonne humeur fut ternie par l'apparition d'un homme grand, aux cheveux blond argenté, qui s'apprêtait à entrer dans un bâtiment de l'autre côté de la cour.

— Robert ! lança-t-il en se précipitant vers le chevalier et en ignorant le prêtre qui lui jetait un regard désapprobateur à cause de son éclat de voix.

Robert disparut à l'intérieur, Simon le suivit. Il le rattrapa dans le cloître qui reliait les quartiers des chevaliers au palais du grand maître.

Cette fois, Robert se retourna en entendant son prénom. Le chevalier le salua brièvement. Il s'était arrêté entre deux arches, et les rayons du soleil projetaient son ombre raide contre le mur. Soudain, Simon lui trouva l'air vieux. Vieux et fatigué.

— On m'a dit que vous étiez tous rentrés ce matin, mais j'ai cherché Will et personne ne sait où il est.

Robert ne répondit pas.

— Je ne pensais pas que vous alliez partir si longtemps, reprit Simon.

— Le grand maître a voulu visiter plusieurs commanderies en Angleterre.

— L'ami de Will, le rabbin d'Acre, est venu le voir plusieurs fois. Il était peiné que Will ne lui ait pas annoncé son départ.

— Elias ?

Robert hocha la tête d'un air las.

— J'irai le voir quand j'aurai le temps. Lui expliquer ce qui s'est passé.

— Lui expliquer quoi ?

Robert détourna le regard, et Simon avança d'un pas.

— Qu'est-ce qui s'est passé ? Où est Will ?

— En Écosse, je crois, fit Robert à voix basse à cause de deux chevaliers qui passaient.

Il poussa un profond soupir.

— Il est parti, Simon. Je n'ai pas pu le retenir.

Simon garda le silence tandis que Robert lui racontait ce qui s'était produit à Londres.

— Il doit y avoir méprise, marmonna-t-il quand le chevalier eut terminé. Will n'a pas pu déserter l'Ordre.

Face au visage fermé de Robert, il fronça les sourcils.

— Il n'aurait pas fait ça, insista-t-il. Et il n'a pas pu abandonner Rose. Tu dois avoir mal compris. Peut-être voulait-il seulement s'assurer que sa sœur allait bien avant de revenir ?

— Je l'ai vu retirer son manteau, dit Robert. Il ne reviendra pas.

— C'est à cause d'Elwen. C'est pour ça qu'il est parti. Le chagrin l'a rendu fou. A-t-il dit autre chose ? T'a-t-il donné un message pour Rose ?

Sur son front, les rides de Simon se creusèrent encore un peu plus.

— Ou pour moi ?

— Seulement de prendre soin d'elle.

Simon s'assit sur le muret qui entourait le cloître.

— Le grand maître a-t-il envoyé quelqu'un le chercher ?

— Hugues a réussi à couvrir sa disparition en disant que Will était parti porter un message en Écosse. Il n'y a que nous deux à savoir qu'il a déserté, même si je doute que nous puissions garder cela secret très longtemps.

— Moi qui ai toujours pensé que le visiteur était à cheval sur les règles...

Robert hésita.

— Le visiteur croit que Will est parti pour mettre sa famille à l'abri. Pour les prévenir de l'arrivée des Anglais.

Il s'exprimait d'un ton calme, mais ferme.

— Je ne lui ai pas dit que Will avait l'intention d'informer les Écossais des plans d'Édouard, et j'espère que tu ne lui en parleras pas non plus. La désertion l'enverra en prison, mais la trahison le condamnera à mort. C'est la vie de nos hommes qu'il menace en agissant ainsi.

Sa mâchoire se contracta.

— Même si ça n'a pas l'air de compter pour lui.

— C'est ce que je t'ai dit, le chagrin l'a rendu fou. Il ne sait plus ce qu'il fait.

Il sembla réfléchir un instant.

— Je vais aller le chercher.

— Quoi ?

— Je vais me rendre en Écosse pour le raisonner.

— Ne sois pas idiot.

— En quoi est-ce idiot ? Tu ne veux pas qu'il revienne ?

— Qu'est-ce qui te fait croire que tu réussiras à le convaincre de revenir ?

— Est-ce que ça ne vaut pas la peine d'essayer ? s'énerva Simon en se dressant face au chevalier.

Robert observa un instant l'air buté de Simon. Il esquissa un léger sourire, qui disparut aussitôt.

— Comment pourrais-tu partir sans éveiller les soupçons ?

— Transfère-moi à Balantrodoch. Je n'ai même pas besoin d'aller à la commanderie. Contente-toi de m'envoyer avec les papiers, je trouverai Will et le persuaderai de revenir avec moi, ensuite tu t'occuperas de me ramener ici. Tu en as le pouvoir, Robert, le pressa Simon en voyant que le chevalier ne répondait pas. Je le sais.

— Oh oui, c'est tout simple ! rétorqua Robert.

Cependant, Simon était déterminé.

— Ce sera dangereux. Le pays est en guerre.

— Il en ferait autant pour nous.

— Et s'il refuse de revenir ?

— Ça n'arrivera pas si je lui dis que Rose a besoin de lui.

Au bout d'un long moment, le chevalier céda :

— Je vais y réfléchir.

Laissant Simon retourner aux écuries, Robert se dirigea vers les bâtiments administratifs. L'enthousiasme forcené du palefrenier l'avait ragaillardi l'espace d'un instant, mais son humeur s'assombrit de nouveau.

Ces derniers mois, il s'était rappelé encore et encore cette conversation au Nouveau Temple en se demandant s'il n'aurait pas pu faire davantage, dire quelque chose d'autre pour que Will change d'avis. Il en était venu à la conclusion qu'il n'avait rien à se reprocher, ce qui ne l'empêchait pas de se blâmer pour n'avoir pas agi avec plus de fermeté lorsque Will avait entamé sa descente aux enfers après Acre. S'il avait réagi plus tôt, peut-être ne serait-il jamais allé aussi loin. Will n'était pas seulement un camarade, un frère d'armes : il était le chef de l'Anima Templi. Sa désertion rendait absurde le serment et les sacrifices à la cause du Cercle. Will et Simon étaient proches depuis leur enfance au Nouveau Temple, et il connaissait la profondeur des sentiments du palefrenier. S'il y avait une chance pour que Simon réussisse là où lui avait échoué, ne devait-il pas l'aider à la saisir ?

— Tu es en retard, dit Hugues lorsque Robert entra dans la cellule.

Il se leva de son bureau en enroulant brusquement un parchemin.

— Ferme la porte.

Robert réprima une envie de lui répondre. Hugues ne prendrait pas une moquerie à la légère ces jours-ci.

— J'ai eu une audience avec le grand maître ce matin, commença Hugues. Il veut partir pour Chypre dans les prochaines semaines pour préparer sa croisade. Il espère que le soutien promis par les rois se concrétisera à temps pour qu'il puisse faire voile vers l'Orient au printemps de l'année prochaine.

— Tu n'as pas l'air convaincu.

— Tu as vu comme ils sont embourbés dans leurs propres conflits. Quand le roi Édouard aura soumis l'Écosse, il affrontera de nouveau Philippe en Gascogne, en exploitant le soutien qu'il a réussi à obtenir du comte de Flandre, lequel désespère d'empêcher Philippe d'annexer son territoire… Pendant ce temps, le roi Philippe semble avoir l'intention de se faire un ennemi de l'Église avec ces nouvelles taxes qu'il exige du clergé. J'ai entendu dire qu'un prêtre avait été tué dans une escarmouche avec des gardes royaux. Apparemment, ils essayaient de s'emparer de la sébile et il a refusé de la leur céder. La maison royale a fait circuler des crieurs pour dissiper la rumeur en expliquant que c'est le prêtre qui a attaqué les gardes, mais ça ne convaincra que les Parisiens les plus crédules.

Hugues posa le rouleau sur la table et s'approcha de lui.

— Voilà pourquoi je lui ai demandé de te donner l'autorisation de rester ici quand il repartira à Chypre.

Il posa une main sur l'épaule de Robert :

— Nous vivons dans une sombre époque, ajouta-t-il.

— Le grand maître a donné son accord.

— J'ai été éloquent. J'ai besoin d'une personne de confiance pour m'aider dans ma tâche à la tête de l'Anima Templi autant que dans les affaires quotidiennes de l'Ordre.

— Tu t'es proclamé chef de l'Anima Templi? marmonna Robert en fixant des yeux ronds sur son vieux camarade, qui paraissait de plus en plus différent de l'homme qu'il avait cru si bien connaître.

— Il fallait bien que quelqu'un reprenne ce fardeau.

— Et si Will revient?

Hugues se racla la gorge.

— En désertant, Campbell a perdu toute légitimité pour tenir ce rôle. Il a préféré sa famille au Cercle.

Il sembla hésiter, mais poursuivit :

— Mais s'il revient et qu'il s'amende, il pourra être mon second.

Hugues se détourna et à voir l'expression de son visage, Robert n'était pas sûr que Will serait réellement le bienvenu. Il songea aux commentaires de Simon à propos du visiteur et de sa rigueur formaliste. Il ne s'en était pas ouvert au palefrenier, qui n'était pas au courant de l'existence de l'Anima Templi, mais, en son for intérieur il pensait savoir pourquoi Hugues n'avait pas cherché à empêcher Will de déserter. Le visiteur n'était pas habitué à partager le pouvoir et il avait manifestement une vision bien à lui de ce que devait être l'avenir du Cercle et de l'Ordre; une vision qui allait à l'encontre de celle de Will. Les craintes de Robert étaient de plus en plus fondées lorsqu'il se rappelait les paroles de Will, persuadé qu'Édouard les avait trompés toutes ces années et inquiet de la facilité avec laquelle Hugues s'était acoquiné avec le roi.

— J'ai besoin d'hommes de confiance à mes côtés, Robert. Ensemble, nous devons faire notre possible pour nous assurer que l'Ordre conserve son autorité, expliqua Hugues en s'asseyant derrière son bureau. Quand Jacques sera parti, nous pourrons construire un nouvel avenir, un avenir dans lequel le Temple survivra au-delà de cette guerre dépassée.

Le palais du Latran, Rome, 14 mai 1296 après J.-C.

Bertrand de Got devait hâter son allure pour rester à la hauteur de l'ecclésiastique qui traversait la place vers le corps principal du palais, derrière l'entrée de la basilique du Latran. La lumière était éblouissante et, à l'ouest, Rome étincelait comme un joyau, flèches élégantes et dômes voluptueux s'élevant au-dessus de la confusion des toits. Au-delà, le ruban bleu du Tibre s'enroulait, langoureux, autour des palais nouvellement construits et des ruines de l'antique civilisation qui avait dominé le monde autrefois.

Bertrand était hors d'haleine, la sueur imprégnait sa cape de voyage, et l'ecclésiastique lui fit grimper un immense escalier de marbre qui donnait sur l'intérieur du palais, où régnaient l'ombre et la fraîcheur. Des membres de la curie papale y couraient en tous sens.

— Je dois vous prévenir, monseigneur, dit l'ecclésiastique d'un air las. Il se peut que vous trouviez l'esprit de Sa Sainteté quelque peu troublé. La mort de Célestin lui a créé des difficultés inattendues.

— Célestin est mort ?

— Vous n'êtes pas au courant ?

— J'arrive à l'instant.

L'ecclésiastique s'immobilisa et jeta un regard alentour. Bertrand fut heureux d'avoir l'occasion de reprendre son souffle.

— Célestin est mort dans la cellule de sa prison il y a une quinzaine de jours, expliqua l'ecclésiastique à voix basse. À peine son corps en était-il sorti que Giacomo et Pietro Colonna réclamaient une enquête. On a constaté que sa mort résultait de causes naturelles, comme c'était bien entendu le cas.

Puis, d'un ton encore plus bas :

— Mais ça n'a pas empêché les Colonna de répandre des rumeurs infamantes accusant Sa Sainteté d'avoir été l'instigateur de la mort de Célestin.

— Les cardinaux Colonna ont accusé le pape de meurtre ? s'exclama Bertrand, stupéfait.

— Pas ouvertement, bien sûr, mais beaucoup sont persuadés que ces rumeurs ont été lancées par le cardinal Giacomo. Il est l'ennemi du pape depuis que Sa Sainteté a emprisonné Célestin, juste après que celui-ci eut abdiqué. Il lui a même reproché une fois d'avoir poussé Célestin à se retirer pour s'adjuger la tiare. Mais Giacomo ne s'est jamais inquiété pour Célestin. Il ne s'intéresse qu'à lui-même. Il en a toujours voulu à Boniface d'avoir été élu à sa…

Deux officiers de la chancellerie en robe noire passèrent à ce moment-là et l'ecclésiastique s'interrompit brusquement.

— Venez, dit-il lorsqu'ils se furent éloignés, mais je vous conseille de ne rien dire qui pourrait offenser Sa Sainteté.

Bertrand pensa aux nouvelles qu'il apportait et c'est le cœur serré qu'il suivit le clerc dans plusieurs escaliers en spirale, puis le long d'un couloir majestueux vers des portes colossales. L'ecclésiastique frappa avec componction avant d'ouvrir.

La pièce, immense, était remplie de meubles somptueux, d'une opulence stupéfiante, et il fallut quelques moments à Bertrand pour distinguer le pape Boniface VIII, assis dans un grand fauteuil près d'une fenêtre cintrée. Un barbier lui passait un peigne en ivoire dans les cheveux. À soixante-deux ans, Boniface en avait toujours à foison, bien qu'ils fussent aussi blancs que les plumes d'une colombe et moins épais autour des bords nets de sa tonsure. Ses yeux noirs se posèrent sur Bertrand, qui regarda par-dessus son épaule en entendant l'ecclésiastique refermer la porte.

— Monseigneur, le salua Boniface d'une voix sûre de son importance. Ça suffit.

Bertrand se figea, ne comprenant pas tout de suite que cette deuxième phrase s'adressait au barbier. Celui-ci retira le linge des épaules de Boniface, s'inclina respectueusement et foula d'un pas léger les tapis jusqu'à une porte discrète de l'autre côté de la pièce. Le pape se leva, tendit la main, et Bertrand, le rouge aux joues, s'avança. Il avait oublié que le pape réussissait toujours à le faire se sentir comme un acolyte maladroit. S'armant de courage, il se pencha et effleura des lèvres la bague en or.

Boniface retira sa main et s'approcha d'une table en marbre, ses robes en soie vénitienne rouge incarnat bruissant délicatement sur le sol.

— Je pensais que vous seriez venu plus tôt, fit-il remarquer en saisissant des deux mains la tiare incrustée de joyaux et en la plaçant sur sa tête.

— Je vous prie de me pardonner, Votre Sainteté. J'ai été retenu loin de mon diocèse durant de longs mois et je désirais m'assurer que mon peuple allait bien avant de faire le voyage jusqu'ici.

— Et votre mission en Angleterre?

Face à un miroir surchargé de dorures, le pape ajustait sa tiare.

— Elle ne s'est pas aussi bien déroulée que je l'espérais, admit Bertrand. Après avoir écrit au roi Édouard pour lui suggérer la fusion des deux Ordres, je n'ai pas eu de nouvelles pendant un moment, puis j'ai reçu un message me demandant de me joindre à lui pour une conférence avec Jacques de Molay.

Bertrand avait conscience de parler sur un ton hargneux mais il ne pouvait s'en empêcher; il voulait que le pape soit aussi furieux que lui-même contre le roi d'Angleterre. Il était toujours en colère à cause du revirement brutal d'Édouard, qu'il n'avait pas vu venir.

— D'après son message, le roi semblait prêt à discuter de ma proposition, mais à peine la conférence avait-elle débuté qu'il l'a détournée à ses propres fins.

Le reflet de Boniface se renfrogna.

— Ses propres fins ?

— Il a demandé au Temple de lui porter assistance dans sa guerre contre les Écossais. Bien entendu, je l'ai averti que vous seriez fort mécontent d'apprendre qu'il préférait guerroyer contre une autre nation chrétienne plutôt que contre les Sarrasins, mais il n'a rien voulu savoir.

— Je suis heureux que vous vous soyez autorisé à donner mon opinion, fit Boniface en se retournant.

Son regard impérieux se posa sur l'évêque, qui baissa les yeux.

— Votre Sainteté, je...

Il s'interrompit ; le pape ne se calmerait pas de cette façon, et en outre Édouard lui avait promis une fonction plus avantageuse pour son neveu lorsqu'il retrouverait ses terres en Guyenne, s'il exauçait ses souhaits. Ravalant sa colère, il croisa le regard du pape.

— Néanmoins, Édouard m'a informé qu'il prendrait la tête d'une nouvelle croisade dès qu'il aurait mis un terme aux troubles en Écosse et Jacques de Molay est toujours déterminé à s'embarquer pour l'Orient. Nous pouvons garder l'espoir de reconquérir Jérusalem.

— Mais il semble que ces espoirs devront attendre. Passez-moi ma férule.

Le pape pointa du doigt un long coffre richement orné sous la fenêtre. Bertrand s'en approcha et souleva le couvercle. La croix papale reposait à l'intérieur, sur un tissu blanc. Tandis qu'il saisissait le bâton et le sortait, la lumière qui entrait par la fenêtre vint frapper l'or, qui scintilla.

— Attendre ? répéta-t-il en tendant la férule au pape.

— J'ai reçu des rapports perturbants du clergé de France, on me parle de taxes récentes demandées par le roi Philippe. Le roi et ses ministres emploient des méthodes de plus en plus violentes. Ils volent les prêtres qui protestent contre ces exigences intolérables, quand ils ne les battent pas. J'ai déjà prévenu Philippe de ne pas se mettre l'Église à dos l'année dernière. On dirait qu'il ne prend pas mes avertissements au sérieux. Cette fois, je ne le laisserai pas s'en tirer.

— Que comptez-vous faire ?

— J'ai déjà réagi. J'ai rédigé une bulle, *Clericis laicos*. J'y interdis aux laïcs de taxer le clergé sans permission papale. Celui qui s'engage dans cette voie sera excommunié.

Bertrand ne put réprimer sa surprise.

— Mais les rois de France et d'ailleurs ont toujours pris de l'argent à l'Église pour mener leurs actions militaires.

— Désormais, ils dépendront de ma volonté dans ce genre d'affaires, ils devront quémander mon soutien et je jugerai s'il convient de le leur accorder ou non.

— Les cardinaux sont-ils au courant ? s'enquit Bertrand en se demandant si les rivaux du pape au Sacré Collège l'avaient appris.

La famille Colonna, il le savait, soutenait la France, et Bertrand doutait qu'ils eussent gardé leur calme en apprenant la proclamation d'une bulle aussi provocante, en particulier à la lumière de ce que lui avait dit l'ecclésiastique.

— La plupart d'entre eux, oui, répliqua sèchement Boniface. Et les autres en seront informés d'ici une heure. Je vais faire une déclaration au consistoire.

Il scruta l'air inquiet de Bertrand.

— Ne craignez rien, monseigneur, dit-il d'un ton glacial. Ma volonté prévaudra. Je suis le successeur de saint Pierre, j'agis sous l'autorité directe de Dieu. Philippe le saura bien assez tôt.

Agrippant la crosse papale des deux mains, Boniface observa un instant son reflet imposant.

— Comme tous ceux qui s'opposent à moi.

10

Le château du roi, Édimbourg

15 mai 1296 après J.-C.

Will se réveilla en sursaut. Son neveu était penché sur lui.

— Que se passe-t-il ? grogna-t-il en repoussant le jeune homme.

Il avait été de garde sur les remparts du château pendant deux jours d'affilée et il s'était écroulé sur sa paillasse à peine une heure plus tôt, sans même ôter ses bottes. Il s'assit et se massa le visage.

David s'accroupit sur ses talons.

— C'est mon père. Il est revenu.

La fatigue de Will se dissipa en voyant l'expression de David. Se dépêtrant de la couverture, il se leva. Tandis qu'il enfilait son heaume et sa cape, David ramassa son fauchon. Sans un mot, il le lui tendit. Will serra fermement la ceinture autour de sa taille en suivant son neveu qui l'entraîna dehors, dans la cour.

Il ferait bientôt jour et le ciel constellé d'étoiles se teintait de turquoise vers l'orient. En dessous de la masse rocheuse, tout était baigné de brume, comme si le château était un bateau voguant sur une mer fantôme. L'air glacial était imprégné de l'odeur âcre des torches allumées. Il y avait déjà foule dans la cour et une trentaine de chevaux étaient regroupés près des écuries. Des écuyers se dépêchaient de retirer leur selle et de leur apporter de l'eau. Will aperçut plusieurs civières disposées sur le sol, des blessés dont l'un avait perdu la jambe y étaient allongés. La blessure ne semblait pas particulièrement récente, le garrot avait eu le temps de noircir après s'être gorgé de sang et de poussière. À la lumière des torches, le visage du soldat paraissait d'un vert luisant. Will identifia les signes d'une infection et supposa qu'il n'en avait plus pour longtemps. Puis il remarqua Duncan qui parlait avec le shérif d'Édimbourg. Tandis qu'il traversait l'assemblée, des bribes de conversations lui parvinrent aux oreilles.

— Tombé?

— ... ne sais pas combien on en a perdu, on était dispersés.

— ... plupart sont morts.

En s'approchant, Will vit que Duncan était lui aussi blessé : une méchante estafilade courait le long de son visage. La peau entaillée avait été grossièrement recousue avec du fil, mais le sang avait continué de perler quelque temps avant de coaguler et de former une croûte. La balafre ressemblait de manière absurde à une grosse chenille qui descendait sur sa joue, avec des points à la place des pattes. Sa cape et sa cotte de mailles couvertes de sang empestaient. Lorsque Duncan se tourna dans leur direction, Will croisa son regard. Son beau-frère n'était plus l'homme vaillant et inébranlable qu'il avait vu quitter la ville avec Patrick Graham et les autres vassaux d'Écosse deux mois plus tôt. Il était hagard, hanté. David se plaça à ses côtés, sans un mot. Ses yeux s'attardèrent sur le visage meurtri de son père.

Duncan observa Will, puis demanda à son fils :

— As-tu réveillé ta mère?

David secoua la tête.

— Bien, mon fils.

Duncan observa ses vêtements.

— Je veux me débarrasser de ça avant de la voir…

Il esquissa un sourire qui se mua en grimace.

— Que s'est-il passé ? l'interrogea Will d'une voix forte pour être entendu au milieu de la cohue.

De plus en plus de gens, éveillés par le vacarme, arrivaient dans la cour. On transportait les blessés vers l'infirmerie. Duncan hésita, comme s'il ne savait pas par où commencer.

— Nous étions à Dunbar depuis presque trois semaines, finit-il par dire. Nos troupes n'avaient pas réussi à s'emparer de Carlisle. La famille Bruce tenait bon contre nous, donc nous avons poussé vers le nord de l'Angleterre.

Duncan baissa la voix en jetant des coups d'œil alentour.

— Nos hommes se contentaient de brûler des villages, des monastères, de piller des domaines, de détruire les récoltes et de tuer le bétail. Ils ont passé le temps à des futilités de ce genre pendant qu'Édouard et son armée restaient à Berwick, comme des vautours sur une carcasse.

Il lui fallut un moment avant de pouvoir continuer. Will le comprenait. La population d'Édimbourg avait appris le sac de Berwick un mois plus tôt, mais la ville restait sous le choc.

— En quittant le Northumberland chargés de butin, nous avons contourné Dunbar. Le comte de Dunbar s'était rangé aux côtés d'Édouard. Ces bâtards, prononça Duncan avec hargne, ils se prétendent Écossais, pourtant leur sang a dû tourner comme du lait. Heureusement pour nous, sa femme a le cœur comme il faut et elle a ouvert son château à une compagnie de troupes loyalistes, mais sa trahison et l'information selon laquelle nous étions de retour ont réveillé les Anglais. Ils sont venus à notre rencontre, conduits par John de Warenne, le comte de Surrey. Il a envoyé quelques-uns de ses chevaliers devant le château pour empêcher les hommes qui s'y trouvaient de nous rejoindre, puis il s'est retourné contre nous. Nous étions en hauteur, nous avions l'avantage, expliqua Duncan en secouant la tête puis en levant les yeux au ciel. Nous étions tous atterrés par le mauvais sort de Berwick, nous voulions verser le sang anglais et venger nos morts. Au bas de la colline, les colonnes anglaises se sont enfoncées dans une vallée encaissée. Nous ne voyions rien depuis notre position, mais il y avait un feu tout au fond. Alors, les Anglais ont commencé à se séparer. Je suppose qu'ils se déployaient pour éviter le feu, mais je le jure devant Dieu, ils donnaient l'impression de se disperser et de fuir le champ de bataille. Quand nous les avons vus aussi désorganisés, nous avons dévalé la colline comme si les anges du Seigneur étaient avec nous et que le Christ lui-même nous l'ordonnait. Mais lorsque nous sommes arrivés en bas, les Anglais avaient formé une ligne : ils nous attendaient. Il était trop tard pour arrêter l'assaut. Nous nous sommes fracassés contre leurs armes comme une lame de fond sur les rochers. En quelques instants, nous avons perdu une grosse partie de notre cavalerie, les Anglais ont lancé leur charge et ont décimé par centaines nos soldats à pied.

Il porta distraitement sa main à sa blessure.

— Après cela, ajouta-t-il d'une voix tremblante, nous étions au beau milieu du chaos, il ne nous restait plus qu'à fuir ou à mourir sur place. Mais mon seigneur ne voulait pas abandonner le terrain. Il avait mis pied à terre et combattait trois chevaliers anglais. Il rugissait comme un lion. La dernière chose que j'ai vue, c'est leurs lames qui fondaient sur lui.

Will n'avait connu Patrick Graham que peu de temps, pourtant il éprouva un profond chagrin en apprenant la mort du chevalier.

— Tous ceux qui ont réussi à échapper à la mort se sont retrouvés dans la forêt de Selkirk, à l'abri. Je suis resté là plusieurs jours avec les survivants de ma compagnie, nous avons soigné les blessés et enterré les morts. Nous avons appris que beaucoup de nos chefs ont été faits prisonniers durant la bataille, dont trois comtes.

— Et le fils de messire Patrick? demanda soudain David.

— Messire David Graham a été capturé. Tous les prisonniers ont été envoyés dans des geôles à travers l'Angleterre. À moins que des rançons ne soient versées, je doute que nous les revoyions.

Duncan pressa l'épaule de son fils.

— Je suis désolé, je sais que vous étiez amis. Le shérif vient de me dire que nous n'avions aucune nouvelle de John depuis plusieurs semaines, dit-il soudain à l'intention de Will.

— On pense qu'il est peut-être à Stirling, ou plus au nord. Personne ne le sait vraiment.

Ils se regardèrent sans savoir quoi ajouter. Autour d'eux, l'incrédulité et l'angoisse cédaient la place à un silence pesant, chacun essayant d'interpréter les nouvelles que le groupe dépenaillé de Duncan apportait.

Après le massacre de Berwick, l'ambiance avait changé en Écosse. Ils l'avaient tous senti. La confiance s'était muée en une détermination farouche. Le massacre gratuit de milliers de leurs compatriotes avait eu un puissant effet sur l'état d'esprit des Écossais. Des hommes qui, auparavant, raillaient John Balliol et sa faiblesse face aux exigences d'Édouard, se regroupaient maintenant sous sa bannière. Le tocsin du ralliement, sonné par ceux qui avaient pu quitter Berwick en vie avec le souvenir des horreurs dont avaient été victimes leurs parents, les frères, leurs enfants, ce tocsin résonnait aujourd'hui dans tout le pays.

Mais en cet instant, dans la cour du château, avec la lumière rouge de l'aube qui saignait à l'est, prévalait le sentiment poignant de l'inéluctable. Comment pourraient-ils se battre sans leurs chefs? Cette question se lisait sur le visage de chaque homme présent.

Une porte s'ouvrit brusquement et le silence fut rompu. Ysenda entra à la hâte dans la cour, le regard fou, enroulant machinalement un châle autour de son cou. Ses cheveux défaits flottèrent au vent tandis qu'elle courait vers son époux, son visage exprimant d'abord le soulagement, puis le choc en apercevant sa blessure.

— Mon Dieu! Duncan?

— Je vais bien, dit-il d'une voix bourrue en l'attirant contre lui. Je vais bien.

Elle recula d'un pas, prit son visage ensanglanté entre ses mains et l'embrassa sur la bouche.

Will détourna les yeux. Cette marque d'amour, qui aurait dû le réjouir, le mettait mal à l'aise.

Tandis que Duncan serrait Ysenda contre lui, il croisa le regard de Will.

— D'après la rumeur, le château de Roxburgh est tombé, l'informa-t-il par-dessus son épaule. Ils vont venir ici.

Le château du roi, Édimbourg, 7 juin 1296 après J.-C.

Il y eut un bruit sourd. Du plafond tombèrent de la poussière, des pierres. Dans le noir, quelqu'un éternua. Un bébé pleurait, ses cris perçants résonnant dans la pièce caverneuse taillée à même la roche, à la base de la tour du château. Les voix passèrent du susurrement au murmure pour qu'on puisse échanger des paroles. Un autre bruit sourd se fit entendre, puis on perçut des vibrations à travers la pierre. Will saisit la gourde qu'Ysenda lui tendait. Il prit une lampée d'eau, qu'il fit tourner dans sa bouche avant de la recracher pour en chasser le goût de poussière.

— Comment ça se passe, là-haut? demanda-t-elle lorsqu'il lui rendit la gourde.

— Nous tenons.

Will observa les femmes et les enfants amassés dans la réserve. Quelques chandelles vacillaient capricieusement sans parvenir à vaincre les ténèbres, on ne voyait que des formes indistinctes et le scintillement de centaines d'yeux. L'atmosphère était étouffante, insupportable. Alors qu'il n'était ici que depuis quelques instants, Will éprouvait déjà le sentiment d'être enfermé, et il se demandait comment ils avaient pu supporter d'être entassés là sept jours et autant de nuits avec à peine assez d'espace pour s'allonger au milieu des sacs de graine et des barriques de bière, à respirer cet air malsain. Comme un autre grondement retentissait, il aperçut Alice, sa plus jeune nièce, qui tressaillait. Il se pencha vers elle et lui prit le menton.

— Ces murs sont aussi solides que la terre elle-même.

Alice esquissa un faible sourire, puis elle reposa sa tête sur l'épaule d'Ysenda. Sa sœur Margaret passa un bras protecteur autour d'elle en jetant un regard froid à Will.

— Est-ce que tu veux que je te panse?

Voyant Ysenda fixer sa main, Will baissa les yeux. Il avait les doigts presque entièrement égratignés, la peau tombait par petits lambeaux en saignant. Il ne se rappelait même pas comment il s'était fait ces blessures.

— Ce n'est rien.

— S'il te plaît, dis-moi que vous veillez tous les deux sur David.

À la lueur des chandelles, son visage était blême.

— Ne t'inquiète pas, la rassura Will avec un petit sourire. Il voulait être en haut, là où ça chauffe, mais Duncan a fait en sorte qu'il reste dans la cour. Il faut que j'y retourne.

Il s'apprêtait à se lever mais elle lui agrippa le poignet.

— Fais attention à toi aussi.

Il hocha la tête et pressa sa main. Dans le silence, il se fraya un chemin en veillant à ne pas marcher sur des doigts ou des jambes et rejoignit l'escalier. Il déboucha dans la cour où l'air, bien qu'empli de poussière, était tout de même plus respirable qu'en bas. Après le calme tendu de la réserve, la confusion de la cour avait quelque chose de perturbant.

Partout se trouvaient des soldats et des administrateurs du château, mais aussi les bergers, les fermiers, les marchands de la ville accourus au château. Les hommes sortaient de la grande salle en finissant d'ajuster leur armure. Des messagers se faufilaient entre les rangs pour porter les messages des commandants aux hommes en haut des remparts. Sous l'avant-toit des quartiers du constable, les blessés étaient étendus sur des paillasses. Deux médecins passaient de l'un à l'autre, le visage tiré, tout en ordonnant aux femmes qui les aidaient de rapporter davantage d'eau, ou de convoquer un prêtre. Devant la chapelle Sainte-Margaret, des cadavres étaient alignés sur le sol. Certains étaient recouverts d'une toile, d'autres exposaient au regard les blessures reçues, autour desquelles grouillaient des nuages de mouches. Les plus abîmés, les corps écrasés ou mutilés au point d'avoir perdu toute forme humaine, se trouvaient dans la chapelle. On les cachait.

Prenant une profonde inspiration, Will se lança dans le chaos tandis que les murs grondaient autour de lui avec un fracas épouvantable. Dehors, le bruit dû à la chute de pans entiers de maçonnerie et aux cris était encore plus impressionnant. Au pied des murailles, le sol était encombré de gravats. Des garçons couraient entre les jambes des soldats pour ramasser les flèches, qu'ils donnaient ensuite aux archers. Il y avait ici et là quelques cadavres récents que personne n'avait eu le temps de déplacer.

Will dévia de sa course pour éviter un énorme boulet qui s'écrasa en projetant des éclats de pierre alentour, puis il grimpa quatre à quatre les marches menant aux remparts. Par endroits, le chemin de ronde avait disparu, emporté par des boulets. Plus haut, des poutres s'entrechoquèrent avec leur bruit caractéristique : un des mangonneaux venait d'envoyer son projectile. En voyant Will arriver, quelques-uns des hommes qui manœuvraient l'engin tournèrent la tête. Au début du siège, on pouvait les différencier. Mais maintenant, avec leurs mines poussiéreuses, leurs cheveux et leurs barbes poudreuses, les visages, les traits étaient impossibles à distinguer.

Will s'approcha pour aider deux hommes à soulever une pierre dans la pile à côté du mangonneau. Ils la déposèrent dans le godet taillé à même le madrier pivotant de la machine. La pile diminuait... Cette pierre était salement ébréchée, et d'une couleur différente de celles qu'ils utilisaient au début de la semaine. Will supposa que c'était l'une des pierres projetées par l'ennemi dans l'enceinte. Ils allaient la lui renvoyer. Les trois hommes se mirent de côté et les autres, qui avaient saisi les cordes attachées à la plus courte extrémité du madrier, se calèrent. Leur commandant leva la main, puis la laissa tomber.

— Feu !

Comme un seul homme, ils tirèrent sur les cordes. Le madrier se balança vers eux tandis que la pierre nichée dans le godet à l'extrémité s'élançait à toute vitesse, allant buter contre une poutre latérale et envoyant le projectile dans les airs. Will courut vers les remparts et se posta devant une meurtrière en suivant le boulet des yeux. Mais son attente fut déçue car celui-ci retomba dans l'herbe au pied du château et rebondit, inoffensif, jusqu'au bas de la colline. Son regard se porta plus loin, sur les six gigantesques trébuchets installés sur le plat. L'un des madriers restait constamment en action, envoyant un boulet vers le château, soit contre les murailles, soit par-dessus. Sept jours plus tôt, les Écossais avaient regardé ces engins apparaître dans la vallée à la tête de l'armée anglaise, chacun tiré par une vingtaine de bœufs.

Les trébuchets utilisaient des frondes plutôt que des godets, ce que la garnison du château comprit bientôt : ce choix permettait une bien meilleure précision. Mais d'emblée, les Écossais avaient bien ri en les voyant, ils plaisantaient même entre eux, demandant ce que les

Anglais pouvaient bien espérer, hormis détruire le bas de l'enceinte. La réponse avait été rapidement connue, lorsque les Anglais s'étaient mis à construire de grandes plates-formes pour chacun des engins, faisant venir des chargements de poutres depuis leur flotte qui mouillait, à l'embouchure de la Forth. Autour des engins, des abris en bois avaient été érigés pour protéger les soldats à la manœuvre, puis les Anglais avaient recouvert ces panneaux de peaux enduites de vinaigre, ce qui rendait impossible aux archets d'y mettre le feu. Entre deux trébuchets, gisaient les restes de la seule victoire écossaise : une tour écroulée et un engin en ruine, frappé par trois boulets consécutifs. C'était le deuxième jour du siège, et ils n'avaient pas eu d'aussi bonne raison de se réjouir depuis lors.

Derrière le gros de l'armée, des centaines de tentes étaient déployées. Au faîte de la plus grande d'entre elles, un pavillon aux rayures bleu et blanc, flottait une bannière rouge. De cette distance, les emblèmes qui y étaient cousus se résumaient à des taches de couleurs, mais Will savait qu'il s'agissait de trois lions d'or. Bien que la tente royale fût inatteignable à cette distance, Will en avait fait sa cible toute la semaine. Un reste d'attitude puérile lui disait que peut-être sa volonté pourrait propulser un boulet jusque-là. Il suffisait d'un coup de chance, d'un miracle divin, et tout serait terminé.

Détournant ses yeux de l'armée adverse, Will retourna aider les autres à préparer une fois de plus l'engin. Une pierre fusa au-dessus de leurs têtes et s'écrasa sur le chemin de ronde à quelques mètres de là, emportant avec elle l'archer accroupi derrière le mur ainsi qu'un bout de l'enceinte qui se détacha dans un fracas assourdissant. Will serra les dents, le madrier de l'engin pivota et la pierre décolla. Quelques instants plus tard, un cri s'éleva. Deux soldats qui portaient les couleurs des hommes du shérif traversaient le chemin de ronde en courant.

— Cessez le feu ! hurlait l'un d'eux. Cessez le feu !

Les soldats s'immobilisèrent.
— Pardon? demanda, confus, le commandant de l'engin.
L'un des hommes du shérif s'arrêta près d'eux tandis que l'autre poursuivait sur sa lancée pour prévenir tous ceux qui s'occupaient des godets.
— Nous nous rendons.
Will avança d'un pas.
— Comment? C'est impossible!
— C'est déjà fait. Le shérif est sorti négocier les termes.
Les autres hommes s'éloignèrent de l'engin en échangeant des regards incrédules. Au loin, une trompette sonna. Les archers baissèrent leurs armes pour observer ce qui se passait par les meurtrières.
L'homme du shérif repartit et Will s'approcha du mur. Il vit une compagnie à cheval quitter le camp anglais en direction du château. Ils arboraient la bannière royale. Il aperçut alors l'homme qui chevauchait au milieu et qui ne portait pas un casque, mais un diadème en or. S'écartant du mur, il retourna vers la pile de pierres.
— Aidez-moi! cria-t-il aux autres qui le regardaient, stupéfaits, essayer d'en soulever une à lui seul.
Muscles raidis, veines saillantes, il tirait de toutes ses forces.
— Arrêtez, lui ordonna le commandant. Vous avez entendu les ordres.
Grognant sous son poids, Will hissa la pierre jusqu'à l'engin et la déposa en criant dans le godet. Puis il poussa les hommes et attrapa les cordes qui pendaient au sol.
Le commandant s'approcha de lui.
— Je vous ai dit d'arrêter!
Will le repoussa. Alors qu'il tirait sur les cordes, il sentit une main le prendre par l'épaule et le faire pivoter. Ensuite, un poing s'abattit sur son menton. Il tituba, buta contre les pierres et tomba.
Le commandant était au-dessus de lui.

— Si je vous donne un ordre, vous m'obéissez.

Will se releva, essuya le sang au coin de sa bouche et, pris de rage, fonça sur le commandant. Duncan intervint alors pour l'empêcher de le frapper.

— Qu'est-ce que tu fais ? l'admonesta son beau-frère en le plaquant contre le mur. Laissez-moi m'en occuper, ajouta-t-il en se tournant vers le commandant.

— Nous ne pouvons pas nous rendre, bouillait Will. Pas à lui.

— Le shérif et le constable sont d'accord. Nous avons perdu plus de cent hommes.

— Si nous nous rendons, il a gagné !

— Mais nous restons en vie, et nous pouvons peut-être garder nos terres.

— Père ?

Duncan tourna la tête vers son fils qui arrivait.

— N'approche pas !

Will se figea en percevant l'inquiétude dans la voix de Duncan. Son regard tomba sur son neveu, qui saignait au front.

— Je ne veux pas le laisser gagner, dit-il, le visage soudain tordu par la douleur. Je ne *peux* pas.

— Tu n'as pas le choix.

Duncan libéra la poitrine de Will.

— Pas aujourd'hui.

Il recula, laissant Will glisser contre le mur et s'écrouler parmi les décombres.

Hors de l'enceinte du château, Édimbourg,
8 juin 1296 après J.-C.

Édouard se mira dans l'eau, et son reflet lui rendit son regard. En vérité, il entrait dans l'hiver de sa vie. Ses cheveux blancs comme neige encadraient son visage, désormais émacié. Des rides creusaient son front et formaient des pattes-d'oie autour de ses yeux. Il en comptait une pour chaque année passée depuis la mort de sa femme bien-aimée, Eleanor. Il lui avait survécu, à elle et à la plupart de leurs enfants. Il ne te reste plus beaucoup de temps, lui dit doucement une petite voix. Il ne te reste plus beaucoup de temps pour accomplir ce que tu veux, soumettre ceux qui s'opposent à ta volonté, léguer un royaume puissant à ton fils. *Et laisser une trace derrière toi.* Son reflet se brouilla, le page qui tenait la bassine devant lui avait légèrement bougé.

— Reste tranquille, lui ordonna Édouard d'une voix irritée.

Il plongea le linge dans l'eau, l'en retira puis s'épongea le visage. L'humidité qui régnait dans la tente, à cause de la chaleur des derniers jours, était inconfortable. Il avait dit au page de brûler de l'encens pour masquer l'odeur de transpiration qui planait sur le campement, mais le pavillon puait malgré tout. Édouard jeta un coup d'œil à John de Warenne, qui s'était assis sur un tabouret rembourré et dévorait une cuisse de poulet. Sa tunique arborait deux énormes auréoles de sueur brunes aux aisselles. Édouard eut soudain l'envie impérieuse de demander au page de jeter la bassine d'eau sur le comte, qui devait être l'une des principales sources de l'odeur.

Les battants de l'entrée s'ouvrirent et un homme bedonnant en robe noire entra. Hugues Cressingham, le doyen des clercs.

— Votre Majesté, le salua-t-il de sa voix aiguë, les derniers sont en train de sortir.

Édouard laisssa tomber le linge dans la bassine et se leva. Puis il éloigna le page d'une bourrade et sortit. Au-delà des engins de siège, qu'on démontait, des gens se déversaient par la porte du château et descendaient la colline à la file. Même en se protégeant les yeux, Édouard distinguait à peine les couleurs criardes des uniformes des gardes des habits tristes des habitants. Il regarda les murailles du château, d'où s'élevaient des volutes de fumée.

— L'évêque Bek vérifie qu'il n'y a pas de réfractaires, l'informa Cressingham, tandis que John de Warenne venait les retrouver.

Le comte jeta la cuisse de poulet rongée jusqu'à l'os à un chien étendu au soleil avant d'essuyer ses doigts graisseux sur sa robe.

— Bek commence à se prendre pour un petit empereur, fit-il remarquer, puis il émit un rot sonore.

Cressingham, toujours très soucieux de paraître impeccable, fronça les sourcils d'un air méprisant. Inconscient du dégoût qu'il inspirait à Cressingham, Warenne chassa une mouche du revers de la main.

— Mais tant qu'il les hâte un peu... Plus vite nous déguerpirons de cette fosse à merde, mieux cela vaudra. Satanées mouches ! Pourquoi ne cessent-elles pas de me tourmenter ?

Cressingham sembla vouloir répondre, mais un regard en coin au roi suffit pour l'en empêcher.

— Allez-vous laisser les survivants en liberté, Votre Majesté ?

Édouard serra ses mains dans son dos tout en observant les hommes, les femmes et les enfants qui se traînaient sur la colline.

— Bien sûr. Sinon, qui labourera les champs ? Qui moudra le blé ? Et qui tondra la laine nécessaire pour remplir nos coffres ? Nous avons besoin de gens qui travaillent.

— Une bonne chose, dit Warenne.

Édouard ne quittait pas les survivants des yeux.

— D'ici, nous irons à Stirling. C'est le dernier obstacle.

— Le dernier ? s'étonna Cressingham.

— Stirling est la clé qui mène au nord, lui répondit Warenne. Son château protège le passage sur la Forth. Si nous tenons Stirling, nous tenons l'Écosse.

Il esquissa un sourire de contentement.

— Avant la Saint-Michel, je veux que ce pays soit à genoux devant moi.

Édouard se tourna vers ses interlocuteurs.

— Quand ce sera le cas, je défilerai triomphalement dans toutes les villes, une à une, afin que chaque homme voie son nouveau seigneur et puisse lui faire allégeance. Les hommes du Northumberland auront bientôt terminé d'ériger les fortifications de Berwick. Quand la ville sera reconstruite, elle nous servira de quartier général ici, dans le nord. Tous les deux, vous occuperez des postes importants.

Le sourire de John de Warenne s'évanouit. Mais Cressingham, de son côté, ressembla un court instant à un écolier consciencieux qui vient d'apprendre qu'il a réussi son examen.

— Nous en reparlerons quand…

Édouard ne finit pas sa phrase. Deux gardes royaux approchaient. Ils tenaient un homme entre eux, avec un sac en cuir sur l'épaule.

— Que se passe-t-il?

— Un messager, Votre Majesté, annonça l'un des gardes. Il dit qu'il vient du camp de Balliol.

Édouard scruta le messager, qui, en retour, lui décocha un regard sinistre.

— Quel est le message?

L'homme lui tendit un rouleau. Édouard fit un geste, auquel Cressingham répondit en s'avançant pour le prendre. Il lut le texte.

— Eh bien? s'impatienta Édouard.

— Balliol dit qu'il renoncera au traité qu'il a conclu avec Philippe, fit Cressingham en relevant la tête. Il offre de se rendre sans condition.

Un rictus étira le coin des lèvres d'Édouard.

— J'ai parlé de la Saint-Michel? dit-il en se tournant vers le comte. Ce pourrait bien être plus tôt. Écrivez une réponse sur-le-champ, ordonna-t-il à Cressingham. Dites-lui que nous acceptons sa reddition. Quand j'aurai débarrassé le royaume de ces rebelles, chaque homme de noblesse devra me rendre hommage.

— Et ensuite, Votre Majesté ?

— Ensuite, je retournerai en Angleterre, répliqua sèchement Édouard, comme s'il s'agissait d'une évidence.

Lorsque son regard se posa sur le messager, un large sourire barrait son visage.

— Vraiment, un homme se rend service en nettoyant sa propre merde.

11

Midlothian, Écosse

5 juillet 1297 après J.-C.

La forêt ombragée restait fraîche grâce à son épaisse canopée qui formait une barrière naturelle contre le soleil de la mi-journée. Les insectes vrombissaient dans l'air endormi et empli des douces fragrances de l'été. Dans une clairière, un cerf broutait. Tandis qu'il s'inclinait au-dessus de l'herbe, avec ses bois aussi lisses que des os, Will approcha son cheval à la lisière. Le limier, attaché à la croupière par une sangle, émit un léger couinement. La bête releva la tête, figée, en reniflant. Ses yeux noirs se posèrent sur Will, posté à une faible distance avec le vent de face, au milieu d'orties. Il demeura immobile sur sa selle, laissant le cheval brouter : sa tunique et ses chausses vertes le camouflaient au milieu des arbres, son visage était masqué par les feuillages et des ramilles enchevêtrées ornaient son crâne. Un vent léger traversa le sous-bois et les feuilles balayèrent son front. Le cerf retourna à son herbe, mais ses muscles tendus indiquaient qu'il était en état d'alerte. Le vent lui avait porté l'odeur de Will. Celui-ci donna de petits coups de talon à son cheval pour progresser, mètre par mètre, en veillant à ne pas être trahi par le vent. Le cerf était aux aguets mais pas apeuré : ce n'était qu'un animal à quatre pattes qui bougeait sans montrer de signe d'agressivité. Concentré sur le cerf, Will ne vit pas une branche dans son champ de vision. Il leva la main instinctivement pour se protéger, geste qui fit tomber les ramilles. Le cerf releva la tête et en un clin d'œil s'enfonça dans la forêt.

Will poussa un juron et lança son cheval à sa poursuite.

— Il se dirige droit vers toi ! hurla-t-il en évitant de justesse de s'écraser la rotule contre un tronc.

Le cheval filait au galop dans les bois, le limier surexcité à ses côtés. À quelque distance de là, David, le dos calé contre un arbre, entendit son appel et tourna sur sa gauche. Le cerf chargeait dans sa direction. Il serra les dents en tirant son arc, qui se courba sous la pression. La flèche était prête à partir mais l'animal vira brusquement sur la droite. David inspira et pivota, l'arc de près de deux mètres de long suivant son mouvement. Il plissa les yeux, visa un point juste au-dessus de la tête de la bête et lâcha la flèche. Celle-ci vola en direction du cerf. La pointe acérée plongea dans le flanc de l'animal et s'enfonça entre ses côtes. Le cerf brama, se cabra, et finalement s'écroula au sol. David se mit à courir en tirant une dague de sa main libre, afin de l'achever, mais il était mort, ses pattes arrière agitées de saccades convulsives.

— Un beau tir, dit-il en rengainant sa dague tandis que Will s'arrêtait à sa hauteur.

Mettant pied à terre, Will hocha la tête d'un air admiratif.

— Tu n'aurais même pas dû réussir à le toucher de la façon dont il est venu sur toi.

David haussa les épaules, mais la fierté le fit rougir.

— C'est ma faute, admit Will tandis qu'ils prenaient l'animal par les pattes et basculaient sa carcasse sur le dos de son cheval. J'ai bien peur de gêner plus que je n'aide.

David fouilla dans un sac en cuir accroché à sa ceinture et en tira un morceau de fromage jaune, qu'il donna au limier tout en lui caressant ses longues oreilles.

— Il faut du temps, l'encouragea-t-il.

— Du temps ? Ça fait un an que tu essaies de m'apprendre ! s'amusa Will.

David fit une grimace.

— Eh bien, il faut croire que tu es un peu lent. Normal, tu es un ancien...

Il poussa un cri et se baissa pour éviter la taloche qu'essayait de lui administrer Will.

— Mon vieux sac d'os pourrait toujours te battre à la loyale, mon garçon.

Le rire de David s'évanouit d'un coup et Will se maudit intérieurement.

— Nous devrions rentrer, murmura son neveu en prenant le chien par la laisse.

Menant le cheval sur lequel pendait le cadavre inerte du cerf, Will le suivit à travers les bois.

— T'ai-je raconté qu'on m'avait empêché d'être chevalier ?

David lui jeta un regard par-dessus son épaule.

— Quoi ?

— Quand j'avais ton âge, on me refusait l'adoubement.

David s'arrêta de marcher.

— Pourquoi ?

— J'avais mangé l'hostie et le vin de messe, expliqua Will avec un petit sourire.

Il revit Everard le réveiller d'une bourrade alors qu'il dormait dans la sacristie du Temple, à Paris. Le visage ridé du prêtre se penchait sur lui en observant le calice vide et les morceaux d'hostie éparpillés autour de lui.

David ne lui sourit pas en retour.

— Alors, c'était une punition ?

Il secoua la tête et une mèche de cheveux blonds tomba devant ses yeux.

— Ça n'a rien à voir, ajouta-t-il. Je n'ai rien fait de mal.

Il reprit sa marche en retenant le limier, qui voulait s'élancer à la poursuite d'un lapin qui filait entre les arbres.

— Ça va arriver, il faut juste que les choses changent.

— Quand exactement? s'emporta David. Quand est-ce qu'elles changeront?

Will n'avait pas de réponse à lui donner. Un silence tendu s'installa, rompu seulement par les brindilles qui craquaient sous leurs pas et les pépiements des oiseaux effarouchés.

Alors qu'ils sortaient de la forêt dans la chaleur languide de l'après-midi, Will fut une nouvelle fois frappé par l'étrange paix qui régnait autour d'eux : les collines baignées d'une lumière dorée, les herbes folles qui oscillaient, les fleurs dont le pollen s'accrochait à leurs vêtements. Tout était tellement en désaccord avec les événements de l'année précédente que la sérénité du paysage lui parut presque hostile. Pourtant, les saisons passaient, les jours s'écoulaient, et seul le peuple d'Écosse était victime des changements. Pour certains, il est vrai, la vie se poursuivait comme avant, même si elle était devenue un peu plus difficile. Pour d'autres, elle était beaucoup plus dure. Mais tous avaient le sentiment que leur sort était en suspens, comme s'ils attendaient quelque chose. Ils refusaient de croire ce qui s'était passé et ne parvenaient pas à l'accepter, bien que l'armée d'Édouard eût pris Édimbourg depuis un an. Et que l'Écosse, depuis lors, fût un fief anglais.

Pendant que Will fuyait Édimbourg avec la famille de sa sœur en direction du Midlothian, l'armée anglaise fondait sur Stirling. Ils apprirent plus tard que tout le monde avait abandonné le château, sauf son gardien, qui avait tendu les clefs au roi triomphant. Après avoir conquis le passage de la Forth et brisé les dernières résistances écossaises, celui-ci avait marché vers le nord, jusqu'à Elgin, s'assurant que, dans chaque ville et chaque château où il faisait halte, les seigneurs locaux viennent lui rendre hommage. On leur dit qu'Édouard avait reçu Balliol à Montrose et que, après sa reddition, on avait retiré au roi d'Écosse ses blasons. L'homme qu'Édouard avait choisi pour être sa marionnette, mais qui s'était rebellé et libéré de ses entraves, avait été envoyé, humilié et soumis, à la Tour de Londres. Avec lui disparut le sceau d'Écosse, brisé en quatre morceaux. En un dernier acte dévastateur, Édouard fit retirer la Pierre de la Destinée de l'abbaye de Scone, puis l'expédia à Westminster. Cette pierre antique, qui servait lors des couronnements des rois écossais depuis plus de quatre cents ans, était davantage qu'une simple relique : elle était le symbole d'une nation. En la rapportant en Angleterre, Édouard scellait sa conquête. Vers l'automne, les fortifications de Berwick furent achevées et la ville, reconstruite par-dessus les fosses communes, devint le centre du nouveau gouvernement. Laissant John de Warenne tenir le rôle de lieutenant du royaume et Hugh Cressingham celui de trésorier, ainsi qu'un grand nombre de bureaucrates et d'officiers anglais pour diriger le pays, Édouard retourna en Angleterre.

Il finit par accorder une grâce inespérée à une bonne partie des nobles écossais emprisonnés en Angleterre, dont David Graham, l'héritier de messire Patrick. Ces hommes, ainsi que mille cinq cents de leurs concitoyens, furent forcés de reconnaître Édouard comme leur souverain, et possédaient désormais leurs terres en son nom. Les propriétaires moins importants, tels que Duncan, avaient néanmoins été autorisés à diriger leurs domaines à peu près comme avant. La plupart du temps, Ysenda et les enfants restaient dans le domaine du Midlothian plutôt qu'à Kincardine avec Duncan. Ils préféraient être aussi éloignés que possible des mannes de la justice administrée par Cressingham, copieusement détesté.

Comme ils remontaient en ahanant la piste détrempée qui remontait jusqu'à la maison, Will et David virent un panache de fumée s'élever au-dessus du toit.

— On dirait que le dîner se prépare, fit remarquer Will en sentant son estomac crier devant cette promesse.

— Entre, dit David en prenant les rênes, je m'occupe du cheval et du cerf.

Will sentit que son neveu, qui n'avait pas prononcé un mot depuis qu'ils avaient quitté la forêt, avait besoin de solitude, et il le laissa emmener le cheval et son fardeau vers la grange, avec le limier qui aboyait à ses côtés. Dans l'enclos, Tom, le domestique qui avait gardé le domaine durant toute la guerre, nourrissait deux oies. Ils en avaient perdu trois durant l'hiver, qu'ils n'avaient pas encore remplacées. La nourriture se faisait rare, la plupart des récoltes ayant été soit détruites, soit délaissées par les hommes partis au combat.

Will contourna la maison en passant par le jardin d'herbes que sa mère avait planté, puis il ouvrit la porte.

Ysenda hachait de la sauge sur la table de la cuisine. Elle leva la tête en l'entendant.

— Vous avez pris quelque chose?

— Ton fils, oui. Un cerf.

Elle sourit.

— Ça devrait nous durer un petit bout de temps.

Will ôta ses bottes puis, tirant un tabouret, il s'installa à la table en essuyant son front en sueur.

— Duncan n'est pas revenu?

Ysenda secoua la tête tout en jetant la sauge dans la marmite où un brouet bouillonnait. À cause de la chaleur, ses cheveux grisonnants bouclaient sur son front.

L'odeur de l'épice rappela à Will sa mère et, l'espace d'un instant, il ferma les yeux et laissa le bruit du couteau contre le bois trouver un écho dans sa mémoire. Chacun ici avait des tâches qui le tenaient occupé, qui l'empêchaient de penser au passé, ou à l'avenir. David avait la chasse, Ysenda le domaine, Duncan son travail au service de messire Graham à Kincardine, Tom et les filles leurs corvées respectives. Ils avaient tous une place, quelque chose à faire. Will était le seul à ne pas s'intégrer. Il passait d'une besogne à l'autre, aidait chacun à son tour sans but propre. Il se sentait comme suspendu, à l'image de l'Écosse elle-même, dans l'attente d'un changement à venir. Dans l'attente que la corde casse.

— Le repas est prêt ?

Will leva les yeux. Cette voix chantante était celle d'Alice, qui venait d'entrer en sautillant dans la cuisine. Il sourit à sa nièce mais son sourire se figea quand il aperçut le petit pendentif en argent à son cou. Il se leva, en renversant le tabouret sur lequel il était assis. Alice s'immobilisa en voyant son visage blême, et son sourire s'évanouit. Ysenda se retourna.

— Frère…, commença-t-elle. Le reste se perdit. Will s'approchait d'Alice à grands pas.

— Où est-ce que tu l'as pris ? lui demanda-t-il d'un ton brusque.

— Quoi ? s'écria Alice, les yeux écarquillés.

— Le pendentif ! D'où vient-il ? Est-ce que tu as fouillé dans mes affaires, fillette ?

— Will ! s'exclama Ysenda en posant la pile d'écuelles qu'elle était en train de sortir d'un placard.

— Il appartenait à Margaret, dit Alice, terrifiée, tandis que Will se penchait sur elle et lui arrachait le pendentif du cou. Elle me l'a donné le mois dernier quand j'ai eu treize ans. Père le lui avait donné au même âge.

Margaret entrait justement dans la cuisine et Alice se tourna vers elle :

— Il était à toi, tu m'avais dit ! lui lança-t-elle.

Au même moment, Will retourna le pendentif entre ses mains et réalisa son erreur. Au lieu d'un homme écrasant un serpent sous son pied, il représentait une figure féminine couronnée d'une croix. Sainte Marguerite d'Écosse. Il se souvenait maintenant : sa sœur qui le lui offrait avec beaucoup de cérémonie, ce qui avait provoqué l'un des rares sourires de Duncan.

Margaret reprit à Will le pendentif. Tenant sa sœur par les épaules dans une attitude protectrice, elle lui jeta un regard noir.

— Qu'as-tu? demanda Ysenda d'une voix basse, contenue, en s'approchant de lui.

— Je suis désolé, marmonna Will, j'ai cru que c'était... Je suis désolé.

Il retourna vers la table, releva le tabouret et s'assit en se remémorant l'instant où il avait tendu le pendentif de Saint-Georges au marchand à Saint-Albans, le lendemain de sa désertion. Comment pouvait-il l'avoir oublié? Ysenda se remit à surveiller son bouillon, mais tout en remuant, elle ne cessait d'épier Will. Margaret prit la pile d'écuelles et les disposa autour de la table tandis qu'Alice se glissait sur un tabouret et manipulait le pendentif d'un air satisfait. Margaret posa violemment une écuelle devant Will. Ces derniers temps, il avait réussi à créer des liens ténus avec sa nièce la plus âgée, et voilà qu'il se la mettait à dos.

La porte s'ouvrit et David entra. Son abattement avait disparu, il arborait un large sourire.

— Regardez qui j'ai trouvé.

— Père! s'exclama Alice tandis que Duncan rejoignait son fils à l'intérieur.

Elle se jeta dans ses bras et il vacilla avec un grognement de surprise.

— On dirait que je suis parti depuis un mois!

— C'est ce qu'il nous a semblé! dit tendrement Ysenda en déposant un baiser sur sa joue.

La tension disparut petit à petit. Duncan ôta ses vêtements de voyage pendant qu'Ysenda servait le repas.

— Nous aurons bientôt de la venaison, annonça-t-elle avec un sourire à l'intention de David. Nous festoierons comme des rois.

— Nous sommes bien chanceux, dit Duncan d'une voix lasse. Dieu soit loué.

Ils penchèrent tous la tête le temps de murmurer une prière.

Will leva sa cuillère, puis la laissa retomber. Il avait perdu l'appétit.

— Ça doit aller mieux maintenant que les moissons rentrent ? demanda Ysenda en regardant son mari manger.

— Ce serait le cas si l'ogre du Trésor en laissait assez aux gens pour se nourrir.

David eut un sourire froid en entendant son père appeler le trésorier, Hugh Cressingham, par le surnom que lui donnaient les Écossais.

— À peine le blé est-il fauché qu'il repart vers le sud, avec les fermages et la laine. J'ai vu des familles complètement saignées à Kincardine, incapables de nourrir leurs enfants, et ça empire depuis qu'il y a des révoltes. À cause des rebelles, les shérifs anglais n'arrêtent pas de presser tout le monde.

Duncan avait les yeux plongés dans son écuelle.

— Ils devraient être dans les champs pour travailler comme nous autres au lieu de perturber la paix précaire dont nous bénéficions.

Le sourire de David s'effaça.

— Ce n'est pas la paix, Père, dit-il en posant sa cuillère. Pas avec les Anglais. Nous devrions nous *joindre* aux rebelles, pas les critiquer.

Ysenda lui lança un regard d'avertissement.

— Ne parle pas comme ça à ton père.

— Mais c'est vrai, se défendit David en cherchant Will des yeux. Tu es d'accord avec moi, oncle Will, je le sais. Tu ne veux pas rester ici à ne rien faire en prétendant que tout va bien, n'est-ce pas ?

Il se retourna vers son père, qui gardait le silence.

— Quand Tom était à Édimbourg, il a entendu dire que Wallace a tué le shérif de Lanark et renversé les officiers de justice de Scone. On dit que messire William Douglas l'a rejoint, d'autres aussi. Tu ne vas rien faire ? Tu n'as donc pas de fierté ?

Duncan sauta sur ses pieds, le visage écarlate. Il leva la main pour frapper David, mais le cri que poussa Alice l'arrêta.

La porte arrière de la maison s'ouvrit et Tom fit son apparition. Devant cette scène, il parut un instant surpris, puis se reprit et adressa un signe de tête à Duncan.

— Des hommes remontent la piste, messire. Ils sont cinq.

— J'arrive dans un instant, maugréa Duncan sans quitter son fils des yeux. Va les accueillir.

— Qui ça peut être ? demanda Ysenda tandis que Tom sortait.

Duncan prit une serviette et s'essuya les mains.

— Je ne sais pas, dit-il en allant vers la porte. J'y vais seul, ajouta-t-il d'un ton sec en voyant Will se lever. Je suis toujours le maître de ce domaine.

Duncan sortit dans l'air torride de la fin d'après-midi, le sang bouillonnant toujours de colère. Pourtant, au fond de lui, il éprouvait aussi de la honte. Son fils avait raison. Il n'aurait pas dû passer ces semaines avec messire David Graham à écumer de long en large les terres des jeunes seigneurs sous le joug des Anglais, qui volaient aux habitants de Kincardine leur pain et leur argent. Il aurait dû se dresser avec ses compatriotes contre la tyrannie. Mais il lui fallait ravaler sa fierté pour protéger sa famille.

Lorsqu'il arriva de l'autre côté de la maison, il vit Tom qui saluait les cavaliers. Le cœur de Duncan chavira en reconnaissant leur cotte de mailles. Des soldats anglais. L'un des cinq était habillé différemment, avec une grande cape de brocart vert et or. Il resta sur son cheval tandis que les soldats mettaient pied à terre.

— Bonne journée à vous ! les salua Duncan en s'armant de courage.

— Qui est le maître ici ? demanda l'homme à la cape en lui adressant un regard impérieux.

Il avait fort un accent, comme si les mots étaient collés les uns aux autres. Le cheval agita sa tête, mais il tira violemment sur les rênes pour l'empêcher de bouger.

Les yeux de Duncan se posèrent sur l'épée qui pendait à sa hanche, à côté d'une bourse en cuir.

— C'est moi.

— Je suis venu collecter le fermage de ce trimestre.

Duncan secoua la tête.

— Il doit y avoir erreur. J'ai déjà payé. Un collecteur est venu le mois dernier.

— Malheureusement, les fermages ont augmenté entre-temps.

— De combien? demanda Duncan en luttant pour garder son calme.

— Père?

Duncan tourna la tête, David était sorti de la maison.

— Combien? répéta-t-il, incrédule, en entendant le montant que lui annonçait le collecteur. C'est hors de question. Je ne peux pas payer.

— Nous acceptons d'autres formes de paiement, répondit le collecteur.

Il désigna l'enclos où la monture de Duncan, un cheval pie à la robe soyeuse, était attachée.

La mâchoire de Duncan se contracta.

— Il me faut un cheval pour me rendre sur les terres de mon seigneur. Je l'aide à saisir les biens de ses occupants pour votre roi.

Le collecteur fronça les sourcils.

— Édouard n'est-il pas *notre* roi?

Duncan jeta un coup d'œil aux soldats, ils observaient la maison comme s'ils l'évaluaient et cela ne lui plut pas. Soudain, il regretta d'être sorti sans son épée.

— Retourne à l'intérieur, David, ordonna-t-il à son fils, qu'il entendait approcher.

— C'est votre fils? demanda le collecteur. Un jeune homme en pleine forme. Bien nourri, aussi. Vous ne trouvez pas? demanda-t-il à l'un des soldats en se tournant vers lui.

L'homme sourit sans aménité.

— Oui.

Lançant des regards furieux au collecteur, Tom alla se placer devant le soldat qui venait de répondre.

— Les temps sont durs, poursuivit le collecteur d'un air faussement désolé. Si vous voulez rejeter la faute sur quelqu'un, blâmez vos compatriotes. S'ils ne se rebellaient pas contre le roi, nous n'aurions pas à augmenter les fermages. Il faut bien que les fonds pour écraser leur petite mutinerie viennent de quelque part. Ils se battent, et c'est vous et les vôtres qui payez les dégâts.

— On dirait pourtant qu'ils ont bien assez pour vaincre cette *petite* mutinerie, vu le butin que Wallace et ses hommes ont repris aux officiers de justice de Scone.

Duncan fit volte-face :

— Retourne à l'intérieur, je t'ai dit !

Le collecteur plissa les yeux.

— Si j'étais vous, je tiendrais mieux mon fils en laisse. Je peux toujours augmenter encore un peu les fermages, si je le juge approprié. Mais je suis un homme équitable, ajouta-t-il d'une voix soudain adoucie. Ordonnez à votre domestique de m'amener votre cheval et nous en resterons là pour aujourd'hui.

— Je vous le répète, c'est hors de question.

Duncan avança de quelques pas et baissa d'un ton :

— Je vous donnerai plus la prochaine fois. Je suis chevalier de messire Patrick Graham, il se portera garant de moi.

— C'est la dernière fois que je vous le demande.

— Mais écoutez-moi, bon sang ! s'indigna Duncan, frustré de ne pas se faire comprendre.

— Tuez-le, dit le collecteur en parlant de Tom.

Duncan et David crièrent de concert au moment où l'un des soldats tira son épée, se pencha et la plongea dans le ventre de Tom. Lorsque la lame s'enfonça, le domestique eut l'air plus surpris qu'autre chose. Puis le soldat tourna la lame et la retira en deux mouvements brutaux. Tom s'écroula, les mains sur le ventre, un sang épais jaillissant entre ses doigts. Il regarda Duncan et s'affaissa sur le côté, le visage tordu de douleur. Avant même qu'il ait touché le sol, Duncan se précipitait sur le soldat. En même temps, les autres sortirent leur arme et David courut vers Tom. On entendit un hurlement, Ysenda venait de sortir et elle regardait Tom au sol et son mari qui courait vers l'homme qui l'avait frappé.

Duncan se baissa pour éviter le coup d'épée du soldat, puis il courut vers lui avec un rugissement. Le soldat tomba de cheval, l'épée lui échappa des mains et la sangle de son casque cassa net lorsque Duncan lui sauta dessus. Sous l'impact de leurs deux corps, la poussière s'éleva du sol desséché. Le casque roula. Sourd aux cris de sa femme et de son fils, Duncan attrapa l'homme par les cheveux et frappa sa tête contre le sol de toutes ses forces avec l'intention de récupérer son épée avant lui. L'homme s'affaissa, assommé, et Duncan tendit le bras pour prendre l'arme. Puis il roula à même le sol. Les autres arrivaient. Toujours à terre, il bloqua le premier coup, puis se hissa et fit tournoyer son épée vers le deuxième soldat. La force de son coup poussa son adversaire à reculer de plusieurs pas. À cause du sol inégal, il perdit l'équilibre et baissa sa garde. Cela ne dura que quelques instants, mais il n'en fallait pas plus à Duncan pour l'embrocher. Entendant le bruit de sabots dans son dos et le cri de son fils qui l'avertissait du danger, il libéra l'épée. Puis il sentit quelque chose pénétrer dans son dos, entre les omoplates. Ses doigts relâchèrent l'arme, qui retomba sur le sol avec un bruit lourd. Duncan vit la bouche de sa femme s'arrondir, ses bras se lever, comme si elle allait se mettre à danser, ou à prier. Enfin une douleur inimaginable l'envahit, et il tomba à genoux, puis face contre terre.

Le collecteur, sur son cheval, dominait le cadavre de Duncan. Il retira son épée couverte de sang.

— Tuez-les ! hurlait-il. Tuez-les !

De terreur, David recula en voyant un soldat venir dans sa direction, mais comme il se retournait pour s'enfuir, il trébucha dans les jambes de l'homme que son père avait tué et il s'étala de tout son long. L'autre soldat avait pris pour cible Ysenda, qui courait vers son fils.

Un hurlement se fit entendre.

Will arrivait au coin de la maison, l'arc de David à la main. La flèche était pointée sur le collecteur, qui s'était tourné sur sa selle en entendant le hurlement. Il avait brandi son épée, le sang de Duncan dégoulinant jusque sur la poignée, et son cheval trépignait, agité. À côté de ses sabots, Duncan gisait, écrasé contre l'homme qu'il avait assommé. Les deux autres soldats s'arrêtèrent, regardant tour à tour Will et leur maître.

En poussant un grognement, le collecteur lança son cheval sur Will, qui relâcha la corde de l'arc.

Le collecteur se jeta sur le côté pour l'éviter, mais ce n'était pas lui que Will visait. Il toucha le cheval dans le cou et la pointe s'enfonça dans ses chairs tendres. La bête se cabra puis chuta, entraînant avec elle le collecteur dont elle brisa la jambe coincée dans l'étrier. La douleur lui arracha un cri. Le soldat qui allait se jeter sur Ysenda interrompit sa course et fit demi-tour pour porter secours à son maître. Will sortit une deuxième flèche du carquois qu'il portait dans le dos, arma et tira sur l'homme qui s'en prenait à David, toujours étendu par terre. La flèche manqua sa cible et atterrit à quelques mètres de là, sans dommage. Will jura et laissa tomber l'arc. Sortant son fauchon de son fourreau, il se précipita.

David se contorsionna pour éviter l'épée qui s'abattait sur lui. À quatre pattes, il se jeta en avant et s'empara de la flèche fichée dans le sol. Le soldat allongea. Ysenda cria. Il se retourna, vit la lame fondre sur lui et parvint à l'éviter tout en fichant la pointe de la flèche dans l'aine du soldat, juste au-dessus de la coque qui protégeait ses cuisses. Il poussa un grondement enragé. David sentait la chair céder et la pointe déchirer plus profond. Le soldat hurla sauvagement et tomba à genoux. Will arrivait au pas de charge dans son dos. Tandis que le soldat essayait de soulever son épée, il enfonça son fauchon dans sa nuque brûlée par le soleil et couverte de crasse sous le casque. David eut un mouvement de recul lorsque la pointe ressortit par la gorge de l'homme et que le sang jaillit de sa bouche. Will poussa le soldat du pied pour libérer son fauchon, puis il s'approcha du dernier soldat, qui essayait de tirer le collecteur de sous le cheval. Enserrant sa tête de son bras, il le plaqua contre lui et plaça sa lame contre son cou.

— Non ! cria le collecteur lorsque Will se pencha sur lui. S'il vous plaît ! Je...

Mais il ne put terminer, Will lui trancha la gorge. Après quoi, il ne lui restait plus que le soldat qui gisait sous Duncan. Il le dégagea et le tua. Enfin, il acheva le cheval dont les pattes s'agitaient frénétiquement. C'est la seule mort qu'il donna à regret.

Ysenda, qui avait accouru et serrait maintenant David contre elle, se tourna vers Will au moment où celui-ci essuyait son épée sur la tunique du soldat. Son visage se décomposa en voyant Duncan allongé sur l'herbe, bras en croix. Elle se précipita vers lui, s'accroupit en lui prenant le visage dans les mains et en prononçant son nom au milieu des sanglots. Mais il ne bougeait plus, et ses lamentations prirent bientôt la forme d'un torrent de cris qui montaient jusqu'au ciel. David, pâle comme un linge, couvert de sang, alla vers elle et l'attira contre lui.

Will rengaina son arme et passa sa main dans ses cheveux trempés de sueur. Elle dégoulinait sur tout son visage, imbibant sa barbe.

— Doux Jésus, murmura-t-il, le souffle court. Doux Jésus...

C'était tout ce qu'il trouvait à dire.

Il retourna vers la maison. Margaret se tenait sur le seuil, les mains appuyées de chaque côté de l'encadrement de la porte. Ses lèvres remuaient sans qu'aucun son n'en sorte. Will la prit par la taille, avec douceur mais fermement. Elle ne résista pas. Ses yeux ne quittaient pas sa mère et son frère accroupis près de son père.

— Margaret, écoute-moi, ramasse l'argent que Duncan avait ici, les couvertures aussi et des gourdes d'eau. Demande à Alice de t'aider. Ne la laisse pas sortir.

Elle n'écoutait rien.

Serrant les dents, Will la secoua.

— Margaret !

Ses yeux rencontrèrent les siens.

— Maintenant ! ordonna-t-il en la forçant à se retourner et à rentrer dans la maison.

Pendant qu'elle s'éloignait telle une somnambule, il ressortit et alla trouver Ysenda et David. Il prit son neveu par le bras.

David se débattit et lui donna un coup de poing dans le menton. Will para le coup.

— J'ai besoin que tu te comportes en chevalier, David. Est-ce que tu me comprends ?

David haletait, mais il avait cessé de se débattre.

— Va seller les deux chevaux, ton arc, l'épée et le bouclier de ton père. Ensuite, tu m'aideras à traîner les corps dans le bois, ajouta-t-il en désignant le taillis au bas de la colline. Est-ce que tu peux faire ça ?

David se dégagea vivement.

— Oui.

Will attendit que son neveu parte vers la maison en courant, puis il s'agenouilla près d'Ysenda, toujours penchée sur Duncan. Sa sœur pleurait toutes les larmes de son corps, la respiration hachée. Insupportable. Il ne connaissait que trop bien cette peine. Elle le transperçait. Il l'attira contre lui et serra ses bras autour d'elle.

— Nous devons partir, susurra-t-il. On s'apercevra de l'absence de ces hommes et d'autres viendront. Il n'y aura pas de procès après une telle action. Ils ne feront pas de quartier.

— Je ne peux pas laisser mon mari, sanglota Ysenda. *Je ne peux pas !*

— Il le faut, pour tes enfants.

— Et où irons-nous ? demanda-t-elle d'une voix perdue. Mon Dieu, où irons-nous ?

— Nous irons à Selkirk, répondit Will après un instant. Ce n'est pas loin. Nous pourrons nous mettre à l'abri le temps que cette histoire soit oubliée. Avec un peu de chance, les Anglais auront trop à faire pour s'embarrasser de la mort d'un bureaucrate.

Elle leva vers lui ses yeux gonflés.

— Kincardine. Messire Graham. Je veux aller chez lui.

— Ils nous trouveront là-bas. C'est le premier endroit où ils nous chercheront.

Will se leva et regarda vers le sud, là où la colline se perdait dans un océan vert.

— Nous allons dans la forêt.

La Tour, Londres, 6 juillet 1297 après J.-C.

— Faites porter le message au comte de Warenne immédiatement.

— Certainement, Votre Majesté, approuva le clerc en tentant de se maintenir à sa hauteur tandis qu'Édouard remontait le couloir.

— Il sera sans aucun doute dans son domaine du Yorkshire, dit Édouard d'une voix acerbe. S'il s'imagine qu'il peut jouer au lieutenant dans son confortable manoir, il devra y réfléchir à deux fois. Ordonnez-lui de rejoindre Cressingham à Berwick. Ils partiront de là avec les troupes.

Le visage du roi trahissait sa tension intérieure.

— Si ces rebelles veulent la guerre, par Dieu, je vais la leur donner. Dites au comte que je lui ordonne de mater leur révolte. À mon retour, les têtes des meneurs seront exposées à l'entrée du pont de Londres.

Renvoyant le clerc, qui détala, Édouard arriva au bout du couloir et descendit un long escalier en grimaçant à cause de ses articulations. La nouvelle de cette rébellion, à laquelle s'étaient joints des nobles qu'il avait libérés plus tôt dans l'année, l'avait vexé au plus haut point. Mais il avait des affaires plus urgentes à traiter. Pendant qu'il était occupé au nord de ses frontières, Philippe avait renforcé son emprise sur la Guyenne. Certains barons insolents refusaient de combattre à son service. Ils avaient des appuis à la cour royale et il savait à quel point des barons mutins pouvaient être dangereux. Simon de Montfort lui avait au moins appris ça.

Édouard sortit dans la chaleur suffocante de l'après-midi et fut rejoint dans la cour par deux de ses conseillers.

— Votre bateau est prêt, Majesté, l'informa le premier en marchant à ses côtés. Nous partons dès que vous le désirez.

— Je veux être en Flandre d'ici la fin de la semaine.

Édouard leva la tête vers la Tour blanche et impérieuse qui se dressait au-dessus d'eux.

— Allons voir ce que les ennemis de mon cher cousin sont prêts à faire pour mettre un terme à la domination française.

12

Forêt de Selkirk, Écosse

20 juillet 1297 après J.-C.

En arrivant en haut du talus, Will essuya la sueur sur son visage d'un revers de manche. Il se retourna et tendit la main à David qui grimpait derrière lui. Son neveu s'immobilisa, observant un instant sa main, puis l'agrippa pour permettre à Will de le hisser sur le dernier mètre. Avec leurs gourdes remplies d'eau qui ballottaient contre leurs jambes, ils repartirent à travers bois, le murmure du cours d'eau au fond du ravin s'amenuisant peu à peu derrière eux.

À mesure qu'ils approchaient de la clairière, Will sentit de nouveau sombrer son esprit, que la tâche pratique consistant à aller chercher de l'eau avait occupé un moment. Ils ne campaient là que depuis trois jours, mais il détestait déjà cet endroit étouffant, entouré de pins et de buissons épineux. Ysenda était aux petits soins pour Alice, laquelle était maussade depuis une chute quelques jours plus tôt. Elle était surtout bouleversée. Sa cheville était endolorie et enflammée, mais bien que la douleur se fût vite calmée – Will lui ayant fait une compresse avec son maillot de rechange – elle s'en était plainte de plus en plus, au point de finir en larmes, assise, et de refuser de faire un pas de plus.

Ysenda tourna la tête lorsqu'ils débouchèrent dans la clairière, puis elle reporta son attention sur sa fille. Jetant les gourdes près de leurs affaires, David s'affala à l'ombre d'un énorme pin au tronc rouge où son limier était déjà allongé, la langue pendante à cause de la chaleur. Non loin de là, le hongre de Duncan balançait sa queue pour éloigner les mouches qui infestaient les lieux. À califourchon sur une bûche près du feu pratiquement éteint, Margaret remuait les braises avec un bâton. Elle avait perdu sa coiffe et ses cheveux filasse pendaient sur ses épaules. Will remarqua avec une pointe d'agacement qu'elle n'avait pas ramassé de bois comme il le lui avait demandé.

— Il me faut de l'eau, dit Ysenda.

David ne bougeant pas, Will serra les dents et alla vers elle. Alice était assise dos à un arbre, le visage défait. Ysenda avait enlevé la compresse et lui tenait le pied avec précaution. En tendant la gourde à sa sœur, Will s'aperçut que la cheville de sa nièce ne portait aucune trace de contusion.

Ysenda versa un peu d'eau glacée sur son pied, et la fillette gémit.

— Tu as mal ? lui demanda Ysenda, l'air inquiet.

— C'est juste froid, laissa tomber Will d'une voix plus bourrue qu'il ne l'aurait voulu.

Alice leva les yeux vers lui et son masque de douleur se changea en détestation et en colère, qui lui en dirent plus qu'il n'avait besoin d'en apprendre.

— Comment tu peux savoir ? le défia la fillette. Ce n'est pas ton pied qui te fait mal.

— Ce n'est pas non plus le tien.

Il essayait de contenir sa fureur, bien qu'il eût envie de crier.

— Plus maintenant, ajouta-t-il. Ce n'était même pas une entorse.

Le visage déjà rougi de la jeune fille s'empourpra. Elle voulut répliquer, mais fondit en larmes.

— Comment oses-tu !

Ysenda s'était levée et lui faisait face. Son visage était barbouillé de crasse et de sueur. Will vit qu'elle avait comme un collier de morsures autour du cou. Certaines saignaient, parce qu'elle les avait grattées. Depuis qu'ils avaient pénétré dans la forêt de Selkirk, ils enduraient tous les souffrances que leur infligeaient tiques et moucherons, mais Ysenda en avait particulièrement pâti.

— Si elle dit que ça fait mal, c'est que ça fait mal ! Tu n'es pas médecin !

— Elle dit que ça fait mal parce qu'elle ne veut pas avancer, rétorqua Will en haussant le ton pour se faire entendre par-dessus les sanglots d'Alice. Et si tu n'avais pas cédé à ses jérémiades, on serait déjà à des lieues de là.

Il réprimait ces reproches depuis des jours. Ils avaient à peine parlé depuis leur départ du domaine et il avait préféré éviter de briser le silence de plomb en provoquant une dispute. Mais maintenant, c'était trop tard.

— Des lieues ! cria-t-elle d'une voix proche de l'hystérie. Des lieues vers où ?

Elle lança sa main en direction des bois épais qui les entouraient de toutes parts.

— Tu nous diriges sans savoir où tu vas depuis deux semaines. Où est-ce que nous allons, exactement ?

Will s'apprêtait à lui répondre, mais elle poursuivit :

— J'ai dit que nous devrions aller chercher de l'aide chez messire Graham, mais tu m'as obligée à abandonner tout ce que j'avais et à fuir dans la forêt comme un brigand !

Elle s'éloigna de lui et se mit à arpenter le campement. Margaret avait laissé tomber son bâton et elle se tenait la tête entre les mains. David sifflotait un air enjoué. Le limier s'était assis et aboyait.

— Tu m'as fait croire que je n'avais pas le choix, mais c'était faux !

Ysenda s'accroupit et entreprit de fourrer des couvertures dans l'une des sacoches des chevaux.

— Je te l'ai dit, Ysenda. Si les Anglais veulent se venger, ils iront d'abord nous chercher sur les terres de messire Graham.

— Nous irons au nord d'Elgin dans ce cas. Ede se fera un plaisir de nous accueillir. Par Dieu, tu débarques de nulle part après des années et je suis assez stupide pour t'écouter !

— Tu ne sais même pas si Ede est encore là, répondit doucement Will. Elle ne donne plus de nouvelles.

— Arrêtez ! hurla Margaret en sautant sur ses pieds. Arrêtez, tous les deux ! Je n'en peux plus !

Ysenda se tourna vers Will :

— À cause de toi, j'ai emmené mes enfants loin de chez eux ! De leur *père* !

Au moment où sa voix se brisait sur ce dernier mot, Ysenda se précipita dans la futaie.

— *Non !* cria Alice, qui s'était dressée, le dos toujours contre l'arbre, et regardait, terrifiée, le visage déformé de sa mère.

— Laisse-la filer, intervint David. Ça fera plus à manger pour les autres.

Ysenda se jeta sur lui. David cria en essayant de détourner la gifle. Le son de la paume grande ouverte sur sa joue se répercuta dans la clairière. L'aboiement du limier, qui tirait sur sa laisse, devint frénétique. David saisit sa mère par les poignets. Tous deux hurlaient.

Au moment où Will allait les séparer, un cri leur parvint d'un peu plus loin dans les bois. Ysenda se figea. Ses yeux se tournèrent vers Will, mais il courait déjà vers son épée posée sur une couverture, dans son fourreau.

Il la dégaina et partit au pas de charge à travers les arbres, dans la direction d'où venait le cri. Il se fraya un chemin dans la futaie, les branches lui égratignant le visage, lui déchirant ses vêtements, sans être certain d'aller dans le bon sens. Puis il perçut de nouveau le hurlement, plus près cette fois. Devant lui s'élevait une côte abrupte tapissée de pignes et d'aiguilles de pins.

Will aperçut quelqu'un tout en haut, une silhouette en contre-jour.

— Margaret !

Elle se retourna en poussant un bref sanglot de soulagement. Au même instant, son pied glissa et elle tomba en arrière, hurlant jusqu'à ce qu'elle heurte le sol et commence à dévaler la pente en projetant une pluie d'aiguilles et de ramilles. Lâchant son épée, Will monta la côte à toute vitesse. Puis il passa ses bras autour du tronc d'un arbre et la rattrapa par le dos de sa robe. Son poids faillit l'entraîner mais l'arbre les bloqua net. Sa robe se déchira avec un grand bruit, cependant elle s'immobilisa, dans un équilibre précaire. Will lâcha l'arbre en prenant appui sur ses genoux collés sur le tronc et il saisit la main de Margaret pour la maintenir. Il jeta un coup d'œil en contrebas, les arbres étaient alignés en rangs serrés. À la vitesse où elle dévalait la pente, la chute n'aurait pas été sans conséquences. Des os cassés. Pas de médecin. Il écarta ces pensées. Margaret avait les cheveux pleins d'aiguilles de pin et sa joue portait une trace de contusion, mais à ces exceptions près et la déchirure de sa robe, elle n'avait rien.

— Mon Dieu, heureusement que tu ne pèses pratiquement rien, sinon il ne me resterait plus que ta robe entre les mains.

Margaret n'écoutait pas. Ses yeux étaient fixés sur un point par-delà la côte à laquelle il tournait le dos.

Au moment où il suivit son regard, Will entendit qu'on donnait l'ordre de ne pas bouger. Il comprit pourquoi Margaret avait crié en voyant trois hommes descendre la pente, des gourdins à la main. Il y en avait aussi quatre en haut, des arcs pointés sur Margaret et lui. Deux autres se déplaçaient rapidement entre les arbres sur sa droite. L'un d'eux se dirigeait vers son fauchon.

Le palais royal, Paris, 20 juillet 1297 après J.-C.

— Voilà d'excellentes nouvelles, Votre Majesté. C'est un triomphe.

Philippe sourit et ses yeux bleu pâle brillèrent dans la lumière qui se répandait par la fenêtre.

— En effet, convint-il en posant le parchemin sur son bureau et en se rasseyant, le regard fixé sur Nogaret.

Puis son sourire se figea.

— Bien sûr, cela aurait dû être fait il y a des années. Mais tout de même, mieux vaut tard que jamais.

Il reporta ses yeux sur le parchemin et sur le sceau du pape apposé sur la peau, la marque de sa victoire. Il avait envie de l'afficher le plus vite possible sur le parvis de Notre-Dame, où les citoyens de Paris pourraient le voir. Ils y contempleraient la puissance de leur roi et répandraient cette grande nouvelle à travers le royaume. Le peuple de France considérait peut-être son grand-père comme un saint, mais c'était grâce à lui, Philippe, qu'il était finalement canonisé. Désormais, lorsqu'ils allumeraient les cierges pour Saint Louis dans les églises, ils penseraient à leur roi et chanteraient ses louanges. Il imaginait leurs prières comme autant de petits oisillons tournoyant dans les chœurs pour monter jusqu'à Dieu. Mais Philippe dut chasser ces pensées quand la porte de la pièce s'ouvrit et qu'entra Pierre Flote.

— Votre Majesté, le salua le chancelier.

Il était à bout de souffle. Philippe saisit le parchemin :

— Avez-vous entendu cela, Flote? dit-il en se levant. Le pape Boniface a accédé à mes demandes. Mon grand-père sera canonisé.

— Sire, je…

— Regardez.

Philippe alla vers lui et lui montra le document.

— Nogaret avait raison. Il a suffi que nous ne perdions pas nos nerfs face à ses proclamations et il a cédé.

Le roi tempéra son excitation et se tourna vers Nogaret :

— C'était une bonne idée d'interdire le transport d'or et d'argent hors de France.

Tout en félicitant le ministre, son ton se durcit, comme s'il ne voulait pas paraître trop content de lui.

— Lorsqu'il s'est aperçu qu'il ne pouvait pas récupérer les revenus du clergé, le pape a été obligé de faire machine arrière.

— Et, du coup, il a l'air d'un saint idiot, commenta Nogaret avec un petit sourire satisfait. Diffuser le *Clericis laicos* en telle abondance et avec toute la pompe possible, tout ça pour le retirer docilement quand il prend conscience que nous pouvons lui faire bien plus de mal… Maintenant, Votre Majesté, il connaît sa place. Boniface sait exactement ce qu'il représente.

— Sire !

Philippe pivota vers le chancelier en plissant le front.

— Ne criez pas devant moi, Flote !

— Pardonnez-moi, sire, mais je viens d'apprendre que le roi Édouard fait voile vers la Flandre.

— La Flandre ? s'enquit Nogaret, d'un air inquiet.

Flote ne regarda pas le ministre.

— On dit qu'il cherche à relancer l'alliance de Nuremberg en mariant son fils à la fille de Guy de Dampierre.

La main de Philippe retomba, le parchemin froissé dans sa paume. Il baissa les yeux, le jeta sur la table et s'approcha de la fenêtre où il leur tourna le dos sans dire un mot.

— Qu'il soit maudit…, marmonna Nogaret.

— La situation n'est pas sans espoir, ajouta Flote en s'adressant à la silhouette de Philippe, découpée dans la fenêtre baignée de soleil. Les barons d'Édouard se révoltent contre sa guerre en Gascogne, ils refusent de se battre pour lui, ce qui l'oblige à chercher ailleurs des appuis militaires. Cette tentative pour s'allier au comte de Flandre est peut-être plus désespérée qu'il n'y paraît.

— Non, rétorqua Philippe en se tournant. Mon cousin joue au même jeu que moi. Il veut que je mène une guerre sur deux fronts, que je divise mes troupes entre la Guyenne et la Flandre. C'étaient précisément mes intentions en signant le traité avec les Écossais.

— Mais Édouard n'a pas d'autre armée à faire entrer dans la partie, objecta Nogaret d'un air pensif. Lui aussi devrait diviser son armée. Et donc s'affaiblir.

Philippe n'écoutait pas.

— Pendant ce temps, la construction de ma flotte souffre de délais sans cesse repoussés et mes coffres se vident chaque jour davantage.

Il se rassit à son bureau, observa le parchemin qui portait le sceau du pape et semblait à présent se moquer de lui. Au bout du compte, sa dispute avec le pape faisait partie de ces entreprises sans fin qui l'avaient tenu occupé cette dernière année. Il se sentait comme un morceau de viande que se disputaient ses ennemis. Ils y plantaient tous leurs dents, tirant chacun de son côté, ce qui l'empêchait de se concentrer sur un seul d'entre eux.

Il croyait en avoir fini trois ans plus tôt avec l'alliance de Nuremberg, formée par Édouard et les dirigeants des Pays-Bas. Quand il avait été mis au courant, il avait immédiatement persuadé le comte de Hollande, moyennant compensations financières, de retirer son soutien, ce qui avait ruiné toute la coalition. Philippe savait que Guy de Dampierre était toujours un farouche opposant, qui résistait à ses tentatives pour ramener la Flandre dans le giron français. Il était soutenu par les puissantes guildes textiles dont les ouvriers représentaient un gros pourcentage de la population flamande. Mais il avait pensé traiter avec le comte dès qu'il aurait vaincu les Anglais en Guyenne. Que ses deux ennemis se liguent contre lui aujourd'hui était un coup inattendu.

— J'aurais dû le voir arriver, dit-il, puis il toisa ses deux conseillers : *Vous* auriez dû le voir arriver.

— Votre Majesté, protesta Nogaret, comment aurions-nous pu…

— Je suis d'accord, dit Flote en coupant le ministre, nous aurions dû l'anticiper, même sans le précédent de l'alliance de Nuremberg.

Il tourna les yeux vers Nogaret :

— La principale industrie de la Flandre est le tissage, l'Angleterre fait commerce de laine. Ils forment des alliés naturels depuis des années, alors que le comte de Flandre n'est vassal du roi de France que depuis peu de temps. En plus, leurs relations ont été consolidées par des mariages royaux. Qu'Édouard tente de renforcer les liens avec son plus proche allié par des moyens de ce genre était, disons… inévitable.

Il posa les yeux sur Philippe.

— La question, maintenant, c'est de savoir ce qui peut être entrepris pour l'en empêcher.

— Peut-être que si nous… commença Nogaret.

— Si je dispose de nouvelles troupes, demanda-t-il à Flote, pendant combien de temps pourront-elles être ravitaillées de façon convenable ?

Flote se mordit les lèvres.

— Il faudrait que je parle au trésorier, mais je dirais, avec l'argent tiré des taxes sur l'Église, quelques mois.

Philippe s'assit au bord du bureau, toute son attention fixée sur le chancelier.

— Si nous prenons cette décision maintenant, avant que l'alliance anglo-flamande n'ait le temps de produire ses effets, nous pourrions faire d'une pierre deux coups. Une victoire me permettrait de prendre le contrôle de la Flandre et de transformer ce riche voisin en un domaine français. Mais ça impliquerait aussi la destruction d'une partie de l'armée d'Édouard.

Philippe sourit, joignit ses deux mains sur lesquelles il posa son menton.

— Et avec elle, sa réputation déjà ternie…

— Et si vous abandonniez la construction de la flotte pour l'instant, sire, ajouta Flote, vous pourriez équiper une armée dans le nord-est pour le restant de l'année.

— Faisons-le, trancha Philippe. Nous enverrons une armée dès que possible, elle obligera les Anglais et les Flamands à réagir avant d'avoir eu le temps de consommer leur mariage. Avec un peu de chance, une seule bataille suffira à les vaincre.

Nogaret avança de quelques pas.

— Sire, je suis inquiet que nous abandonnions la flotte après y avoir investi tant de temps et d'argent.

— Nogaret, répondit Flote avant le roi, je dirais que le fait d'y avoir gaspillé tant de temps et d'argent suffit à lui seul à justifier son abandon.

Les yeux noirs de Nogaret étincelèrent et le teint cireux de ses joues se colora légèrement. Durant le silence qui s'ensuivit, le roi se dirigea vers les portes.

— Flote, organisez une rencontre avec mes gens pour demain après les nones. Nous mettrons ces plans en œuvre.

— Oui, sire.

Nogaret ne quittait pas Flote des yeux, qui sortit à la suite du roi. Une brise pénétra par la fenêtre et fit rouler le parchemin proclamant la canonisation de Saint Louis, qui était resté sur le bureau.

En se rendant à sa chambre à coucher, Philippe ressassa les mêmes pensées. Bien qu'il enrageât contre Édouard qui le mettait au pied du mur et l'obligeait à se battre, il ressentait aussi une étrange jubilation. Si le roi d'Angleterre croyait pouvoir lui faire perdre ses moyens par ses provocations, il se trompait. Lui, Philippe, ne venait-il pas de faire ployer le pape ? Un certain malaise le traversa à cette idée, ou plutôt à l'idée qu'il en retirait de la satisfaction. Il ne fallait pas qu'il fasse comme Nogaret : se réjouir trop ostensiblement d'avoir maté l'Église. Il devait éprouver des regrets pour ses actions, des actions qu'il avait été obligé de commettre à cause des défaillances du souverain pontife. Il serait le berger pénitent et non le conquérant qui se vante. Il irait voir son confesseur; se soumettre à la pénitence, se débarrasser de toutes ses souillures.

Philippe poussa les portes de sa chambre. Il vit une femme devant un miroir en pied, vêtue d'une des robes de son épouse, mais cette dernière n'était pas la reine.

Rose poussa un cri en faisant demi-tour sur elle-même, ses bras se croisant sur sa poitrine comme pour dissimuler sa nudité, car en effet les lacets de la robe, entièrement défaits, révélaient un triangle de peau jusqu'à la cambrure de ses reins, triangle que reflétait le miroir. Durant les quelques secondes qu'il fallut à Philippe pour appréhender la scène, Rose sautilla jusqu'au lit, où une robe blanche toute simple était roulée en boule.

— Votre Majesté, je…

Elle s'empara de sa robe et l'écrasa contre sa poitrine.

— Pardonne-moi, sire, je pensais…

— Où est la reine? demanda Philippe.

La robe rouge de sa femme était bien trop large pour la femme de chambre toute menue. Elle lui pendait de partout.

— Que faites-vous? Que faites-vous habillée ainsi?

— Une déchirure, répondit soudainement Rose. Madame croit avoir vu une déchirure dans sa robe. Je n'arrivais pas à la trouver. Je me suis… Je me suis dit que si je la mettais, j'y verrais mieux.

La mâchoire de Philippe se contracta en entendant ce mensonge. Il était à la fois furieux et troublé. Ce n'était pas son domaine. Il ne savait pas comment punir cette jeune femme vêtue des habits de son épouse, qui lui mentait comme une effrontée. Il le dirait à Jeanne, qu'elle s'en occupe elle-même. Une guerre l'attendait.

— Partez! lui ordonna-t-il en pointant un doigt vers la porte qui menait au dortoir des femmes de chambre.

Les joues enflammées, Rose s'enfuit, agrippant toujours sa robe d'une main, et essayant de l'autre de tenir la traîne de la toilette royale en passant devant lui. Avant que la porte ne se referme avec un bruit sourd, il vit encore son dos dénudé, la pâleur de sa peau faisant contraste avec la soie pourpre.

Forêt de Selkirk, Écosse, 20 juillet 1297 après J.-C.

— Que vont-ils faire de nous?

Cette question murmurée poussa Will à tourner la tête. Sa sœur avait les yeux écarquillés, mais elle marchait à ses côtés le buste droit, comme pour cacher sa peur, que ce soit à ses enfants ou aux neuf hommes qui les entouraient.

— Je ne crois pas que nous soyons en danger dans l'immédiat, répondit-il à voix basse en regardant leurs ravisseurs, qui formaient pour tout dire un groupe étrange.

Trois d'entre eux ouvraient la voie, dont un qui menait le cheval de Duncan sur lequel étaient sanglées leurs affaires et à la croupe duquel était attaché le limier. Cet homme râblé et débraillé, pieds nus, vêtu seulement de braies en cuir élimé, tenait un gourdin dans sa main libre et avait l'air d'avoir vécu l'essentiel de sa vie dans la forêt, sa poitrine et ses bras couverts de cicatrices en témoignaient. Les deux autres étaient moins imposants mais bien mieux habillés, avec de petites cottes de mailles et des surcots bien coupés. Ils disposaient d'arcs et de carquois effilés dans lesquels leurs flèches étaient rangées. Will et sa famille étaient encadrés par quatre autres hommes; l'un avait une grande lance mais les trois autres ressemblaient plus à des bergers qu'à des soldats. À l'arrière se trouvaient deux hommes vêtus de tuniques en laine descendant jusqu'à mi-cuisse, des habits des Highlands. Ces deux-là semblaient parfaitement à l'aise avec leurs haches à long manche et les épées de Will et de Duncan pendues à leur ceinture.

— Comment peux-tu être sûr que nous ne courons aucun danger?

Ysenda baissait la tête pour qu'on ne la voie pas parler, bien que le bruit des brindilles craquant sous leurs pieds fût suffisamment fort pour couvrir ses murmures. Alice et Margaret marchaient devant elle tandis que David cheminait aux côtés de Will. Margaret n'arrêtait pas de leur jeter des coups d'œil par-dessus son épaule, mais Alice regardait droit devant elle semblant ne pas souffrir de sa cheville. Elle n'avait pas dit un mot depuis que les hommes étaient arrivés au camp après que David eut surgi à la recherche de Will et Margaret.

— S'ils avaient l'intention de nous voler, ils nous auraient pris nos affaires et nous auraient laissés.

Will n'ajouta pas « pour mort ».

— Et s'ils voulaient nous faire du mal, ce serait déjà fait. D'après ce que j'ai entendu pendant qu'ils rassemblaient nos effets, ils nous emmènent à leur camp.

— Leur camp?

— Je pense qu'ils font partie de la résistance.

Ysenda le regarda en coin.

— Tu savais qu'ils seraient là.

— Tom m'a dit que les rebelles avaient une base dans la forêt, oui.

— C'est pour ça que tu nous as amenés ici? Pour les rejoindre!

— Taisez-vous, lança celui qui portait une lance.

Ysenda était livide. Lorsque l'homme eut détourné le regard, elle marmonna entre ses dents :

— Tu as conduit mes enfants, tes nièces, dans un repaire de voleurs, un coupe-gorge, alors que nos têtes sont mises à prix, tout ça parce que tu veux continuer à te battre!

Elle posa ses mains sur les épaules de Margaret et Alice.

— Tes enfants seront plus en sécurité ici que n'importe où ailleurs, chuchota Will. Si nous étions restés à découvert, tôt ou tard on nous aurait retrouvés. Tu as entendu les mêmes rumeurs que moi, tu sais comment les Anglais traitent ceux qui les défient, alors imagine pour ceux qui tuent un de leurs officiers. La chevalerie n'a pas tellement cours de ce côté de la frontière. Je ne suis même pas sûr que tes filles seraient à l'abri des représailles.

Mais Ysenda refusait de l'écouter. Elle accéléra le pas en poussant Alice et Margaret devant elle.

— David, appela-t-elle pour inviter son fils à la suivre.

David secoua la tête.

— Avancez, ordonna l'un des hommes en obligeant Ysenda à regarder devant elle.

Presque une heure plus tard, alors que la lumière dorée qui s'étalait au sol commençait à faiblir et que les pans de ciel au-dessus d'eux tournaient au pourpre et au brun, ils entendirent quelques bruits familiers au loin. L'homme râblé siffla trois fois dans ses doigts. Will entendit un sifflet en guise de réponse, puis il remarqua trois silhouettes à demi cachées par les buissons et les arbres. Des arcs et des couteaux scintillèrent, et il supposa qu'en l'absence d'avertissement, ils ne se seraient guère aventurés plus loin. Plus loin, des voix lui parvenaient, ponctuées de cris et de rires, du *toc* des haches qui tombaient lourdement, des aboiements de chiens et des hennissements des chevaux. À travers les bois, ils virent des gens, sentirent la nourriture cuisant au feu de bois. Ysenda ramena ses filles près d'elle tandis que leurs ravisseurs les escortaient au milieu d'un énorme campement qui s'étendait parmi les pins.

Regroupés autour de brasiers, ou assis sur des bûches et mangeant à même des écuelles en bois, se trouvaient des hommes habillés avec différentes sortes d'habits et portant des armes disparates. Certains prodiguaient des soins aux animaux : cochons, moutons, oies et vaches parqués dans des enclos. D'autres étaient étendus sur le sol moussu, sous des tissus étendus entre les cimes des arbres. Plus loin, on apercevait des constructions plus élaborées, réalisées à partir de branches liées les unes aux autres et couvertes d'herbe. Il y avait même quelques tentes. Tous les yeux se tournaient sur le passage de Will et de sa famille qu'on conduisait au cœur du camp. Un homme émit un sifflement obscène en voyant passer Margaret, ce qui souleva les rires de ses compagnons. Margaret baissa la tête et Ysenda décocha un regard glacial à Will par-dessus son épaule. Mais elle changea d'attitude lorsqu'une jeune femme sortit d'un abri, assena une gifle au siffleur et hocha la tête dans leur direction en signe d'excuse. Ysenda ne quitta pas la jeune femme des yeux pendant qu'ils s'éloignaient, faisant le tour d'un cercle de tentes montées au centre d'une clairière. Will jeta un coup d'œil en arrière et s'aperçut que certains de leurs ravisseurs avaient disparu.

Comme ils approchaient des tentes, l'homme râblé appela et un garçon émergea de l'une d'elles. L'homme lui tendit les rênes du cheval de Duncan puis il entra dans une grande tente rayée blanc et bleu tandis que Will et les autres restaient sous la surveillance des deux hommes des Highlands. Leur escorte réapparut quelques instants plus tard, suivi d'un homme petit et trapu. Il n'avait pas l'air d'avoir plus de trente ans, bien que ses cheveux coupés court fussent déjà gris. Son visage brun et tanné était aussi couvert de cicatrices que celui de ses camarades, il portait un jaque et un poignard qui semblait particulièrement effilé à sa ceinture. Son regard passa sans s'arrêter sur Ysenda et les filles, il observa brièvement David puis se concentra sur Will.

— Ils avaient ça avec eux, Gray, dit l'homme râblé en lui tendant la bourse qu'il avait récupérée en fouillant leurs sacs.

C'était la bourse que Will avait prise à la ceinture du collecteur d'impôts. Elle était remplie de pièces, l'argent de Duncan y ayant été ajouté avant de fuir le domaine.

L'homme qui s'appelait Gray la soupesa, appréciateur.

— Un bon poids.

— C'est à mon père, déclara David en avançant d'un pas.

L'homme râblé leva son gourdin et Ysenda fit taire son fils.

— Ton père devrait t'apprendre à réfléchir avant de parler, rétorqua Gray en reportant son regard sur Will.

David se racla la gorge :

— C'est mon oncle.

— Qu'est-ce qui nous vaut une compagnie si improbable au beau milieu de la forêt de Selkirk, avec des sacs pleins d'or, un cheval de guerre et une armure ? Ce n'est pas une époque très propice pour voyager sans protection.

Gray adressa un sourire entendu à son compagnon :

— On ne sait jamais sur qui on peut tomber, hein, Adam ?

— Nous avons des protections, rétorqua David avant que Will n'ait le temps de répondre.

— Et peut-on savoir lesquelles ? lança Gray d'un air ironique en regardant Will. Lui ? Il m'a tout l'air d'avoir un pied dans la tombe. Il est vrai qu'avec cette barbe, ce n'est pas facile à dire... T'as perdu ton rasoir, vieil homme ?

— Nous ne voulons pas de problème, dit Will en posant la main sur l'épaule de David.

Il sentait à quel point son neveu était tendu.

— Nous avons dû chercher refuge dans la forêt après une altercation avec un collecteur anglais.

— Ça a dû être une sacrée altercation pour que vous veniez ici avec vos femmes.

— Le collecteur est mort, et ses hommes aussi.

L'homme sourit, mais il paraissait un peu plus sur ses gardes à présent.

— C'est vous qui les avez tués ?

Will acquiesça et Adam renifla d'un air circonspect.

— Avec quelle armée ?

— Il n'en a pas besoin, répliqua David, il est Templier.

Le sourire de Gray disparut. Sans quitter Will des yeux, il s'approcha de son camarade.

— Surveille-les.

Puis il fit demi-tour et s'éloigna dans la forêt.

— Je suis désolé, marmonna David en voyant le regard noir que lui jetait Will.

Il haussa les épaules avec entêtement :

— De toute façon, ils auraient fini par le découvrir.

Leur attente qui ne dura probablement guère plus de quelques minutes leur sembla une éternité, jusqu'à ce que deux hommes émergent d'entre les arbres. L'un d'eux était Gray, qui semblait maintenant agité. L'autre était gigantesque, sans doute l'homme le plus grand que Will eût jamais vu.

Non seulement il bénéficiait d'une stature exceptionnelle, mais il était aussi très athlétique ; il avait des bras et des jambes musculeux, un cou épais, une tête carrée, et pour tout dire l'air brutal. Pourtant, malgré sa grande taille, sa démarche était souple et il se déplaçait avec une assurance féline. Il portait une tunique simple, bleu marine, sous laquelle Will remarqua les formes d'une armure, et ses cheveux bruns pendaient en bouclant sur ses tempes. Il devait avoir entre vingt et trente ans.

— Je crois que c'est lui, souffla David à Will, les yeux empreints à la fois de respect et d'appréhension.

Le géant s'arrêta face à eux. Il jaugea Will pendant un long moment avant de parler, ce qui le mit mal à l'aise.

— Quel est votre nom ?

— Campbell ? répéta l'homme râblé quand Will eut répondu. D'où ça ?

— Tais-toi, Gray, le calma le géant.

— Mon grand-père a quitté ses terres familiales à Argyll il y a longtemps, répondit Will. Et j'ai quitté l'Écosse quand j'étais enfant.

— Gray me dit que vous êtes Templier.

Le géant jeta un coup d'œil à Ysenda, qui serrait Alice contre elle et se mordait les lèvres.

— Où est votre manteau ?

Will ne voulait pas s'épancher devant un étranger. Il était las, affamé et méfiant, mais il n'avait pas le choix. En outre, n'était-ce pas pour cela qu'il était venu ici ? Ysenda avait raison : il avait souhaité rencontrer ces hommes.

D'une voix lente, il commença à parler, à leur raconter ses années de service en Terre sainte en tant que commandeur du Temple, son retour en Occident et sa désertion. Comme il était étrange d'expliquer tout cela à des hors-la-loi terrés dans la forêt de Selkirk que le crépuscule recouvrait peu à peu. De temps à autre, le géant l'interrompait et ses questions inquisitrices lui rappelaient son adoubement vingt-sept ans plus tôt. C'était une investigation plus directe, plus simple, mais ces rebelles la prenaient aussi au sérieux que s'ils étaient chevaliers d'un ordre : ils l'évaluaient avant de l'admettre. Le temps qu'il évoque le siège d'Édimbourg et l'épisode de la mort de Duncan, les ombres avaient gagné la forêt et les points lumineux des torches vacillaient telles des lucioles entre les arbres.

— Pourquoi êtes-vous venus ici ?

La voix du géant ne se départissait pas de sa rudesse. Will remarqua néanmoins quelque chose de nouveau dans les yeux du jeune homme : une forme de reconnaissance, ou peut-être de compréhension.

— Je ne peux pas vous accueillir, fit l'homme en montrant le camp d'un large geste du bras. Tout le monde travaille ici. Même ceux qui ne se battent pas ont une tâche.

— Cette force ne grandit-elle pas lorsque des hommes se joignent à la résistance ? Vous les accueillez sûrement, non ?

— J'accueille volontiers les soldats capables, dit le géant en désignant David.

Puis il jeta un rapide coup d'œil à Ysenda et aux filles.

— Mais je ne peux pas m'encombrer de poids morts.

Il n'y avait rien de méchant dans sa voix d'une franchise totale. Ysenda parut pourtant irritée. Et Will ne savait pas si c'était parce qu'il venait de recruter son fils ou d'abandonner ses filles.

— Ma sœur et mes nièces ne sont pas sans talents. Elles sont bien éduquées. Elles savent cuisiner et coudre, lire et écrire.

Le géant ne répondit pas. Le silence tomba et Gray intervint :

— Nous aurions besoin de gens pour la cuisine. La femme d'Adam n'arriverait même pas à faire bouillir de l'eau si tu lui allumais le feu.

L'homme râblé lui jeta un regard appuyé.

Après un autre long silence, le géant opina.

— Très bien. Mais vous avez intérêt à vous y mettre. Tous autant que vous êtes, ajouta-t-il en lançant un regard lourd à Alice, qui se cachait le visage dans le creux de l'épaule de sa mère. Gray, donne-leur un endroit où dormir. Pas vous, lança-t-il à Will. D'abord, vous allez me donner un coup de main. Venez.

Il repartit dans la direction opposée en se baissant pour ne pas se cogner la tête contre les branches les plus basses.

Après avoir jeté un regard qu'il voulait rassurant à David, Will le suivit. Adam leur emboîta le pas.

— Quand Gray m'a dit que vous étiez un Templier, j'ai pensé que vous étiez peut-être venu pour lui. Nous avons un homme de votre Ordre ici, expliqua le géant.

Will s'immobilisa.

— Dans ce cas, mieux vaut que je ne le rencontre pas. Comme je vous l'ai expliqué, je suis un déserteur.

— Il est notre prisonnier, pas notre invité. Nous avons l'intention de demander une rançon, mais j'aimerais savoir combien nous pouvons réclamer.

Le géant s'empara d'une torche au sol et se dirigea un peu à l'écart du campement. Ils passèrent devant quelques hommes, qui se levèrent sur leur passage pour les saluer, ce qui conforta Will sur la véracité des dires de David : le géant, qui n'avait toujours pas donné son nom, pouvait bien être William Wallace, le chef de la résistance écossaise. Un peu plus loin, Will avisa une cage faite de piquets en bois et construite autour de plusieurs arbres. À l'intérieur, éclairé par le rayon lumineux de la torche braquée dans leur direction, se trouvaient une douzaine d'hommes, dont certains étaient affalés sur le sol et d'autres assis dos aux arbres, et Will vit qu'ils y étaient ligotés.

L'un d'entre eux essaya de se lever, mais la longe autour de sa jambe était trop courte et il parvint tout juste à se mettre à genoux.

— J'exige de parler à votre chef ! Est-ce que vous savez qui je suis ?

— Ferme ton clapet, chien d'Anglais !

— Réveillez-le, ordonna le géant en désignant un homme recroquevillé sur le sol dans un coin.

L'un des gardes se pencha et glissa sa lance entre les piquets. Lorsque la pointe le toucha, le prisonnier se releva en sursaut et en poussant un cri.

Will aperçut une touche de rouge sur une tunique noire, des yeux bruns terrifiés sous une touffe de cheveux et un visage mangé par une barbe broussailleuse et sale. Il tendit le cou entre les piquets.

— Simon ?

— Vous vous connaissez ? s'étonna le géant, soudain alerté.

Will regarda derrière lui, il sentait Adam se rapprocher dans son dos, le gourdin à la main.

— Vous êtes là pour lui venir en aide ? Combien êtes-vous ?

— Non.

Will se tourna vers Simon, à genoux, qui le fixait d'un air stupéfait. Puis il se tourna vers l'homme qu'il pensait être Wallace.

— Je ne l'ai pas vu depuis que j'ai quitté Paris, il y a dix-huit mois. Vous avez ma parole.

Wallace le scruta un moment, les yeux scintillant dans la lumière des torches, puis il fit signe à Adam, qui baissa sa matraque.

— Où l'avez-vous trouvé ?

Will se rendit compte qu'il n'arrivait pas à soutenir le regard de Simon, qui l'appelait d'une voix où perçait le soulagement.

— Un groupe d'éclaireurs l'a attrapé il y a quelques mois. Il a refusé de nous dire ce qu'il faisait ici tout seul, nous l'avons pris pour un espion. Heureusement, mes hommes ont eu la bonne idée de lui bander les yeux en l'amenant au camp pour l'interroger. Malgré nos efforts, nous n'avons rien récolté d'autre que des cris, mais nous pouvons toujours l'échanger contre de l'or sans compromettre notre position. J'allais vous demander combien je pouvais obtenir pour un sergent, mais comme vous le connaissez, vous pouvez me dire quelle est sa place dans votre Ordre.

— C'est un palefrenier, pas un espion.

— Et que fait ici un palefrenier de Paris ?

Cette fois, Will jeta à Simon un regard dur.

— Je suppose qu'il me cherchait.

Simon était trop loin pour entendre leur échange, mais il se jeta en avant quand Will tourna les yeux de son côté.

— Will, dis-leur de me relâcher !

Les autres prisonniers commençaient à s'agiter, certains joignant leurs plaintes à celles de Simon.

— Je me porte garant de lui, dit Will à Wallace. Il ne vous posera pas de problème.

— Il est Anglais, grogna Adam, je ne vois pas ce qu'il pourrait poser à part des problèmes.

Wallace gardait le silence.

— Vous avez l'argent que j'ai amené, ainsi que le cheval et l'armure de mon beau-frère, plaida Will. Ça vaut au moins dix sergents.

— Comme vous dites, nous avons déjà tout cela, répondit Adam. Et avec lui, nous pouvons obtenir encore plus. Vous dites qu'il est palefrenier. Il vaut donc quelque chose.

— Exactement.

Will tendit la main vers Simon, le regard braqué sur Wallace.

— Personne ne connaît les chevaux mieux que lui. Vous m'avez appris que vous le déteniez depuis plusieurs mois, ça signifie que cette rançon ne vous est pas indispensable. Laissez-lui au moins l'opportunité de prouver sa valeur. Il vous sera utile. Et dans le cas contraire, vous pourrez garder l'argent et nous revendre tous les deux au Temple sans rien avoir perdu.

— Détachez le prisonnier, lança Wallace à l'un des gardiens.

— William, non, protesta Adam.

— Je fréquente des soldats anglais depuis assez longtemps pour reconnaître un traître, cousin, dit Wallace. Je crois qu'il dit la vérité.

Les autres prisonniers se révoltèrent en voyant qu'on libérait Simon, mais les lances des gardes les réduisirent rapidement au silence.

Simon sortit de la cage en boitant. Lorsqu'il s'approcha des torches, Will vit que son visage était marqué de nombreuses contusions visibles sous la crasse.

— Will, merci, mon Dieu !

Will le prit par le bras en tressaillant et l'éloigna autant qu'il put de Wallace et des autres, qui les observaient de près.

— Qu'est-ce que tu fiches ici ?

— Je suis venu à ta recherche. Robert m'a fait transférer à Balantrodoch.

Will serra les dents. Simon lui expliquait cela sur un ton d'évidence, comme s'il ne pouvait en être autrement.

— Pourquoi ?

Le soulagement de Simon fit place à l'étonnement.

— Tu as quitté le Temple, Will. Tu pensais que je ne voudrais pas savoir pourquoi ?

— J'avais espéré que tu respecterais ma décision.

— Que je respecterais quoi ? répéta Simon, en colère. Qu'y avait-il à respecter ? Tu as abandonné l'Ordre, tes frères, tes amis, ta *fille*. Je sais que tu ne te remettais pas de la mort d'Elwen, mais cela ne justifie pas de déserter et de fuir tes obligations comme un lâche et…

Simon fut coupé dans son élan par le coup de poing que lui assena Will. Le sang gicla sur la tunique qui pendait sur sa carcasse amaigrie par les mauvais traitements. La honte l'envahit et il desserra les poings.

— Simon, dit-il en avançant d'un pas.

Mais il s'arrêta. Présenter ses excuses reviendrait en quelque sorte à donner raison à Simon. Et il refusait de lui donner raison après tout ce temps, après les efforts immenses qu'il lui avait fallu déployer pour enterrer ce passé. Il ne lui avait pas demandé de venir le chercher comme un chien remonte une piste. Il ne voulait pas de lui ici. Laissant Simon écroulé contre un arbre, Will tourna les talons et s'éloigna.

13

Forêt de Selkirk, Écosse

25 août 1297 après J.-C.

Marchant d'un pas vif à travers le camp, Simon se dirigeait vers l'abri de Will. Mais avant même d'y arriver, il vit qu'il n'y avait personne car une couverture grossière était roulée en boule sous le toit de branches et de feuilles. Il s'arrêta à l'entrée et regarda alentour. Des hommes étaient assis en groupe ici et là, à alimenter des feux, ou ils allaient et venaient entre les rangées d'abris, les bras chargés de bois, de paille et de gourdes d'eau. Will n'était pas parmi eux. Au bout d'un moment, Simon s'assit sur un coin d'herbe humide et s'affala contre un arbre. Il était réveillé depuis des heures et se répétait sans cesse dans sa tête ce qu'il allait dire, il était prêt, il voulait parler. Maintenant, toutes ses belles paroles s'abîmaient au fond de lui.

Cela faisait plus d'un mois que Will avait intégré le camp des rebelles et qu'il l'avait fait libérer de la prison de Wallace. Dans les semaines qui avaient suivi, son ami lui avait à peine dit deux mots, évitant de croiser son regard pendant les repas et s'asseyant de l'autre côté du feu. En secret, Simon en avait conclu qu'il se sentait coupable. Le bleu sur son visage avait mis plusieurs semaines à disparaître et il avait espéré que Will cesserait d'être aussi indifférent. Mais en fait, celui-ci l'évitait encore davantage et Simon avait fini par comprendre que ses espoirs étaient sans fondement. Will ne voulait vraiment pas de lui ici et son coup de poing n'était pas le fruit d'un emportement irraisonné.

La nuit précédente, en réfléchissant à ce qu'il devait faire, il avait pensé brièvement à retourner à Paris, mais quoi qu'il souhaitât plus que tout retrouver ses écuries, leur confort et leur sécurité, il savait que ce n'était pas possible. S'il partait maintenant, il doutait de jamais revoir Will et il refusait de vivre avec ce poids. Il aimait Will comme un frère et de bien d'autres manières qu'il n'avait jamais vraiment bien comprises, et la vie sans lui était inimaginable. La seule chose qu'il pouvait faire, c'était persuader Will de revenir avec lui et pour y parvenir, il fallait d'abord regagner sa confiance.

Pendant les heures qui avait précédé, Simon s'était convaincu qu'il lui faudrait en premier lieu se soumettre aux choix de Will. Il le suivrait où il irait, même si ça signifiait participer à la bataille que tout le monde annonçait prochaine. Il avait déjà suivi Will dans une guerre et il avait survécu. Son expérience en Acre, ainsi que sa détention aux mains des Écossais, et la torture, l'avaient endurci. Bien sûr, il n'était pas un combattant aguerri, mais il avait plus de force que bien des hommes et il savait s'en servir. Il n'avait pas parcouru tout ce chemin pour faire demi-tour maintenant.

Une ombre passa devant lui et Simon leva les yeux.

C'était David. Le jeune homme tenait un arc.

— Tu veux venir à la chasse?

Simon jeta un coup d'œil à l'abri désert, puis il se leva et brossa ses chausses. Il reviendrait plus tard informer Will de sa décision.

L'eau lui éclaboussa le visage et le cou. Il la laissa dégouliner sur son torse nu tandis que dans la bassine, la surface de l'eau redevenait immobile et qu'il pouvait distinguer son reflet. D'un geste lent, il leva la lame et l'appliqua contre sa joue. L'acier était plus froid que l'eau. La larme coulait sur les angles saillants de sa mâchoire pour raser les derniers résidus de poils noirs, faisant naître des gouttes de sang lorsqu'il pressait trop fort.

Quand ce fut terminé, il nettoya son arme, avec l'étrange sensation d'être nu et exposé. Il ne s'était pas vu sans barbe depuis ses dix-huit ans. Mais seuls les vieillards en portaient, les vieillards et les Templiers, et il n'était ni l'un ni l'autre.

Ramassant son maillot, Will traversa la paisible clairière qui bordait la rivière. Avec l'aube s'était levé un brouillard ambré qui languissait entre les arbres, et que le soleil peinait à percer. L'air chargé d'humidité apportait une forte odeur d'herbe. Plus loin, il entendit des rires et de l'animation. Attroupées sur les rochers qui encerclaient les profonds bassins où la rivière bouillonnait, des femmes lavaient du linge. Il y avait bon nombre de femmes dans le camp, et pas moins d'enfants, dont la plupart étaient épouses ou filles de ces hommes qui se proclamaient hors la loi et craignaient pour la sécurité de leur famille dans les villes pleines de soldats anglais qu'ils avaient laissées derrière eux. Alice et Margaret, assises côte à côte, frottaient des maillots sur les pierres, leur mouvement de va-et-vient imprimant un rythme régulier : *floc... floc... floc...* Ysenda se trouvait un peu derrière une jeune rouquine dont les nattes épaisses lui descendaient dans le dos.

Pour qui ne la connaissait pas, Ysenda donnait le sentiment d'endurer courageusement le deuil de Duncan, mais Will devinait qu'elle protégeait les filles de son immense chagrin afin d'apaiser le leur. Pourtant, il avait l'impression qu'elle avait trouvé une sorte de consolation dans la forêt; dans ce monde entièrement différent de celui de son ancienne vie, dont la violence l'avait amenée ici, dans ce havre tutélaire de routine et de camaraderie.

Même Alice et Margaret étaient plus calmes dorénavant, elles se conformaient au rythme des journées.

Les femmes levèrent la tête lorsqu'il approcha. Ysenda ouvrit de grands yeux en constatant son changement d'apparence. La rouquine, qui s'appelait Christiane, sourit. Will leur fit un signe de la tête et s'écarta de la rivière afin de rejoindre une clairière, où l'on entendait les bruits des scies et des marteaux. Des formes imposantes émergeaient dans la brume : les charpentes des engins de siège en construction. L'odeur de la résine de pin flottait, entêtante. Il y eut un cri, puis un craquement, et un arbre oscilla avant de s'écraser dans la broussaille. Will poursuivit son chemin, dépassant une rangée d'hommes munis d'arcs courts qui visaient des cibles accrochées à des troncs au loin, et une poignée de jeunes à qui l'un des rebelles enseignait le maniement des longues lances.

Quand il atteignit ce qui lui faisait office d'abri, Will pendit son maillot à une branche. Voyant que ceux de Simon et de David étaient vides, il supposa qu'ils étaient partis chasser. Après avoir rendu la lame à l'homme qui la lui avait prêtée, il s'agenouilla sur le sol couvert de mousse et récita les *Pater Noster* qu'on lui avait appris lorsqu'il se trouvait sur le champ de bataille et qu'il ne pouvait assister aux sept offices quotidiens. Il restait des choses qu'il ne voulait pas abandonner.

Tandis qu'il murmurait sa dernière prière, Will sentit quelqu'un bouger derrière lui. Se retournant, il vit un homme maigre comme un clou dans une robe à cagoule.

— Bonjour, mon père.

Il se leva et domina d'une tête l'homme qu'on lui avait présenté quinze jours plus tôt comme étant John Blair, le chapelain de Wallace.

— Je suis désolé de vous déranger pendant vos prières, dit John d'une voix paisible.

— J'en ai terminé.

— Je me demandais, William, pourquoi vous ne vous joignez pas aux autres à la messe dans ma chapelle ? Vous seriez le bienvenu.

Will essaya de réprimer le sourire esquissé en entendant le mot « chapelle » : l'église du campement consistait en une clairière avec une souche d'arbre en guise d'autel.

— Je suis habitué à prier seul, merci.

— Mais peut-être pourriez-vous parler de la Terre sainte aux hommes, durant l'un de mes sermons ? proposa John en voyant Will partir. Vous pourriez les inspirer.

— Les inspirer ? fit Will en pivotant. La Terre sainte n'est pas le paradis auquel veulent croire les gens. Quand nous y étions avec nos croix et nos épées, nous n'avons fait que la profaner. Comment pourrais-je les inspirer alors que je ne parlerais que de morts et d'horreurs ? Si ce que disent les éclaireurs est vrai et que l'armée anglaise est en chemin, eh bien... ces hommes le comprendront bien assez tôt.

John plissa le front.

— Ces hommes ont résisté jusqu'ici à des forces bien plus puissantes qu'eux.

— Je ne déprécie pas leur bravoure, répondit Will, mais c'est grâce à la ruse qu'ils ont gagné des batailles. Des embuscades contre des garnisons mal préparées et des troupes de ravitaillement.

— Ils ont pris Perth et Glasgow, ajouta John d'une voix de basse profonde. Ils ont renversé la justice anglaise à Scone, renversé le shérif de Lanark, cette canaille, et occis cinquante de ses hommes.

Will avait entendu des récits de ces événements presque tous les soirs depuis qu'il était arrivé, et à chaque nouveau récit, chaque nouvelle barrique de vin ouverte, dont la plus grande partie avait été volée aux troupes anglaises, l'histoire devenait plus sanglante et exotique. Au début, cela l'avait impressionné. Au domaine, peu de nouvelles lui parvenaient et il n'avait aucune idée de l'étendue et de l'efficacité de la résistance.

Le soulèvement avait commencé au printemps, mené au sud par Wallace et au nord par un jeune noble, Andrew de Moray, dont le père avait été justicier d'Écosse. Rapidement, le royaume entier se révolta. Wallace et ses troupes lancèrent des assauts audacieux sur Perth, Glasgow et d'autres villes tenues par les Anglais, puis ils se replièrent avec leur butin dans les étendues sauvages de Selkirk. Et désormais, les nobles écossais comptaient sur eux, certains renonçant même à leurs biens assurés par les Anglais pour se joindre aux rebelles.

Will aurait voulu partager l'enthousiasme de Wallace et de ses hommes, il aurait aimé ressentir la même confiance. C'était ce qu'il recherchait en venant ici : un nouveau sens à sa vie, une nouvelle manière de combattre Édouard, et il aurait peut-être pu les trouver, s'il n'y avait eu Simon. Le palefrenier jetait sur cet environnement une ombre permanente, il lui rappelait tout ce qu'il avait essayé d'enfouir : la douleur, les souvenirs, les obligations dont il s'était défaussé, le fardeau des devoirs. Et en soutenant le regard inquisiteur de John Blair, Will sentit tout ce poids, dont il ne voulait plus, retomber sur ses épaules.

— Wallace et ses hommes ont pris des villes pleines d'hommes dont on abusait et qui désiraient plus que tout se débarrasser des Anglais. Ils n'étaient pas sur un champ de bataille contre mille chevaliers.

— Notre liberté n'aura rien de facile, répondit John après un silence. Chacun d'entre nous le sait. Nous avons déjà beaucoup donné pour elle, de corps et d'âme.

Les yeux de l'aumônier étaient pensifs, presque tristes.

— Mais tout le monde ici a quelque chose qui le soutient. Et je crois que vous avez perdu ce quelque chose.

— Et de quoi s'agit-il ?

— La foi.

Avant que Will puisse répondre, John conclut :

— Ma chapelle vous est toujours ouverte si vous changez d'avis. Bonne journée à vous.

Will le regarda partir en luttant contre ses doutes, une partie de lui voulait croire que le chapelain avait raison et que les Écossais pouvaient remporter la victoire, surtout après la défaite d'Édimbourg. Mais depuis qu'ils avaient appris que l'armée anglaise dirigée par Cressingham et Warenne avait quitté Berwick, il ressentait un malaise diffus. Il avait vu cette armée. À la différence de Wallace et de ses proches camarades, des fils de chevaliers préparés au combat, la plupart des hommes étaient des bergers, des forgerons, des marchands. Aussi valeureux que soient leurs chefs, cette troupe dépenaillée ne pouvait pas rivaliser avec la puissante Angleterre.

Passant un maillot sec par-dessus ses braies, Will se dirigea vers une des tentes disposées en cercle au centre du camp, résolu à parler à Wallace. Il trouva le jeune géant parmi ses généraux. Ils formaient un groupe bigarré, tout crasseux et balafrés, mais ils riaient, détendus, assis en rond autour d'un feu crépitant au-dessus duquel était suspendue une marmite en fonte. L'odeur de venaison et d'herbes lui emplit les narines et son estomac cria. Son neveu avait tué le cerf la semaine précédente. D'après ce que lui avait raconté un David transporté de joie, Wallace avait déclaré que c'était l'un des plus beaux tirs qu'il eût jamais vus de sa vie.

— Non, lançait Adam en secouant la tête. C'était la fois à Ayr. Le lutteur.

Gray gloussa. Wallace sourit sans rien dire. Will s'arrêta à une petite distance, rechignant à parler en présence des autres.

— Que s'est-il passé ?

La voix rauque qui avait posé cette question appartenait à un certain Stephen, un guerrier d'Irlande.

— Il y avait un soldat anglais en ville, raconta Adam, un lutteur qui se vantait de pouvoir battre n'importe qui. Il fallait le payer pour le combattre. Combien c'était, cousin ? demanda-t-il en se tournant vers Wallace. Trois pennies, je crois.

— Quatre, précisa Gray avant que le géant ne réponde.

— Bon, William en a payé huit, poursuivit Adam avec un petit sourire. Et il a brisé le dos de cet idiot.

— Mon Dieu, murmura Stephen.

— Puis les camarades du lutteur se sont jetés sur lui et William en a tué sept.

— J'en ai tué trois, rectifia Wallace d'une voix profonde qui les fit taire. Et tu as sauté le passage où ils m'ont jeté au cachot. Ils m'ont torturé pendant cinq semaines. Ils m'affamaient et me rouaient de coups. J'ai senti la vie s'échapper de moi goutte à goutte à mesure que les jours passaient, jusqu'à ce que pour finir… je m'évanouisse.

Les hommes étaient tout ouïe.

— On dit que tu es mort, risqua un camarade de Stephen.

— C'est vrai, répondit sobrement Adam.

— Que ce soit vrai ou non, c'est ce qu'ont cru les Anglais, expliqua Wallace en prenant la gourde d'eau qu'un des hommes lui tendait. Ils m'ont jeté sur un tas de fumier.

— Les bâtards, grogna un soldat.

— Et par bonheur, reprit Adam, une vieille amie de la mère de William entendit parler de sa mort, les Anglais n'arrêtant pas de s'en glorifier. Elle découvrit son corps et demanda à ses fils de le porter sur un chariot pour aller l'enterrer. Mais au moment où elle l'enveloppait dans un linceul, voilà qu'elle voit son œil bouger ! Elle le ramena chez elle et le soigna avec sa fille, une jeunesse.

Il fit un clin d'œil à Wallace.

— Raconte-leur, cousin.

Wallace prit une gorgée d'eau.

— La vieille essayait de me nourrir, mais j'étais trop faible pour me servir d'une cuillère, c'était sa fille qui la tenait.

Les coins de ses lèvres se soulevèrent légèrement.

— Elle venait d'avoir un bébé et allaitait encore.

Gray éclata de rire, ce qui entraîna les autres à sa suite, qui devinaient la situation comique qui s'annonçait.

— Disons que je me suis réveillé la bouche pleine, termina Wallace.

— Qu'est-ce qu'elle a fait?

— Elle m'a souri, puis elle m'a dit qu'elle n'avait presque plus de lait dans le premier sein avant de me fourrer l'autre dans la bouche.

— Mon Dieu, mais tu es un vrai aimant à femmes, Wallace, gémit Stephen. Comment se fait-il qu'une brute comme toi les attire autant?

— C'est à cause de la taille de son épée, insinua Adam en faisant un signe de la tête vers l'énorme claymore appuyée contre l'arbre derrière Wallace.

La lame, qui mesurait près de un mètre quatre-vingts du pommeau à la pointe, était plus haute que la plupart des hommes du camp.

Il y eut d'autres grands éclats de rire, mais Wallace ne répondit pas au commentaire de Stephen. Son sourire qui s'évanouissait était pareil au soleil qui se cache derrière un nuage, on eût dit que son visage se retirait en lui-même. Il se mit debout, saisit deux gourdes et partit en laissant les hommes poursuivre la conversation.

Après un moment, Will le suivit en louvoyant entre les tentes pour ne pas être aperçu. Accélérant le pas, il rattrapa Wallace qui descendait à la rivière. Celui-ci pivota prestement en portant la main à sa dague avant de le reconnaître et de se détendre.

— Qu'est-ce que vous voulez?

— Parler.

Wallace reprit sa marche, et Will l'accompagna.

— Vous racontez beaucoup d'histoires, vos hommes et vous, des histoires de bravoure et d'habileté.

— Ce ne sont pas des histoires.

— Oh, j'imagine que tout est bien arrivé. Mais peut-être vous reposez-vous un peu trop sur vos faits d'armes passés?

— Vous feriez mieux de vous entraîner, Campbell. L'armée anglaise sera bientôt là et ça fait quelque temps que vous n'avez pas connu de champ de bataille, d'après ce que m'a dit votre neveu.

— Écoutez-moi, le pria Will en lui faisant face pour l'obliger à s'arrêter. Battre des gardes dans une rixe n'a rien à voir avec commander une armée. Je ne crois pas que vos hommes se rendent bien compte de ce qui les attend dans cette guerre, ni des sacrifices qu'ils seront amenés à faire.

— Des sacrifices? répéta Wallace, la colère déformant son visage. C'est vous qui ne comprenez pas. Nous racontons les histoires qui nous donnent du cœur, qui nous réconfortent. Vous n'avez pas entendu les autres, celles qui nous tiennent éveillés la nuit, l'âme écrasée. J'avais une femme. J'avais l'habitude de me déguiser pour aller la voir à Lanark après qu'on m'a jugé pour le meurtre d'un Anglais qui essayait de voler le cheval de mon oncle. Marion comprenait. Son frère avait été tué par des soldats anglais, comme mon père. Elle avait dix-huit ans et devait hériter du domaine de son père, mais je l'ai épousée pour son esprit, et non pour la dot comme le disent les Anglais.

Il s'exprimait d'une voix glaciale.

— Après notre mariage secret, elle m'a donné une fille. Au cours d'une de nos rencontres, j'étais suivi par des soldats et Marion m'a aidé à m'enfuir. Elle a refusé de me dénoncer au shérif de Lanark, il les a exécutées toutes les deux, je suis entré chez lui et je l'ai égorgé dans son lit. Vous ne me connaissez pas, Templier, pas plus que vous ne connaissez mes hommes.

— Je ne suis plus chevalier, répondit calmement Will.

Les similitudes entre la vie de Wallace et la sienne ne le mettaient guère en joie.

— Vous croyez que le fait de vous raser suffira à vous changer? fit Wallace en secouant la tête. Vous êtes toujours un Templier qui s'est égaré et je suis toujours orphelin d'un père mort en essayant de libérer son pays. La forêt cache ce genre de choses, mais elle ne les altère en rien. Quand vous aurez été ici assez longtemps, vous l'apprendrez.

Comme il s'éloignait, Will lui courut après.

— Vos hommes et vous n'avez pas encore affronté l'armée anglaise dans toute sa puissance. Vous êtes trois mille. Ils seront vingt mille, au moins. Croyez-vous vraiment que vous pouvez les battre ? Ou cherchez-vous juste à vous venger ?

— Même avant que Balliol soit réduit à rien, avant qu'il se rebelle contre les Anglais, les hommes d'Édouard ravageaient nos terres. Pendant que vous combattiez pour Dieu en des terres lointaines, nous avons combattu sept ans ici.

Wallace s'emportait à présent, son débit se faisait plus passionné.

— Quand les nobles écossais ont prêté serment à Édouard de le traiter comme leur suzerain, ils ont introduit le loup chez nous. Un loup affamé et sauvage. Les soldats anglais ont peuplé nos villes et nos châteaux. Ils le traitaient en seigneur et nous en esclaves. Ils disaient que nous n'étions pas civilisés, que nous étions grossiers. Nous nous sommes plaints, ils nous ont fait taire, d'abord par des menaces, puis par les poings et enfin par l'épée. Tandis que la violence explosait, les nobles écossais détournaient le regard. Ils ne voulaient pas risquer leur fortune. Il y a six ans, près de la maison de ma famille à Ayrshire, des enfants jetaient des pierres sur un château où se trouvaient des troupes anglaises en garnison. Les chevaliers anglais sur les remparts les ont tués. Quatre garçons et une fillette. Le plus vieux n'avait pas douze ans. Cette nuit-là, un groupe d'hommes, dont mon père et mon frère, s'en est pris à une compagnie de chevaliers. Certains purent s'enfuir, mais ils en capturèrent cinq. On les pendit à un arbre au milieu de la ville. Après cela, les Anglais nous ont pourchassés sans relâche. Il y a eu une bataille à un endroit qui s'appelle Loudoun Hill. Lors de cette bataille, mon père est mort, les jambes sectionnées.

Wallace s'interrompit.

— Vous ne savez pas pourquoi nous nous battons. Comment le pourriez-vous ? Vous n'étiez pas là.

Derrière eux, ils entendirent le martèlement de sabots et des cris. Wallace fit demi-tour en se renfonçant dans le sous-bois, avec Will à sa suite. Plus loin, deux hommes descendaient de cheval, entourés de Gray et des autres.

— Que se passe-t-il ? demanda Wallace.

— Nous avons des nouvelles des Anglais, répondit Adam en s'avançant et en jetant un regard soupçonneux à Will. L'armée anglaise se dirige sur Stirling.

— C'est là qu'ils passeront la Forth, dit Wallace. Puis ils iront vers le nord pour essayer de récupérer ce que nous avons pris. J'imagine qu'ils essaieront de s'emparer de Perth en premier, avant de soumettre Dundee.

Il inspira profondément.

— Bien, c'est à Stirling que nous irons à leur rencontre.

— Les éclaireurs apportent d'autres nouvelles, ajouta Adam, son visage balafré empli d'une euphorie triomphale. Andrew de Morray et son armée veulent se joindre à nous pour les combattre.

Un sourire farouche traversa le visage de Wallace.

— Rassemble les hommes, cousin.

Il jeta un coup d'œil à Will.

— Nous partons.

14

Le camp anglais, Stirling, Écosse

11 septembre 1297 après J.-C.

Chevauchant son destrier, John de Warenne, comte de Surrey, regardait le paysage en plissant les yeux. Une douce lumière irradiait cette matinée. L'herbe scintillait devant les sabots de son cheval et les reflets du soleil qui jouaient sur les eaux de la Forth l'éblouissaient. La fraîcheur de l'air annonçait l'automne et le comte se félicitait de porter un lourd manteau de brocart bleu et or par-dessus son surcot et son armure. Il ressentait davantage le froid ces derniers jours, depuis qu'il était revenu d'une partie de chasse avec de la fièvre. Celle-ci avait dégénéré en affectant ses poumons et il ne s'en était pas complètement remis. Le dernier endroit où il voulait se trouver, c'était précisément sur son cheval, dans ce maudit pays, avec l'armée anglaise dans son dos impatiente d'en découdre.

— Les dominicains devraient être revenus, s'énerva quelqu'un. Nous ne pouvons pas continuer d'attendre.

Warenne arqua les sourcils tandis que Hugh Cressingham arrêtait son étalon bai à ses côtés. C'était une bête puissante, aux jambes suffisamment solides pour soutenir sa charge.

Clerc rondouillard et pompeux, Cressingham était devenu depuis sa nomination au poste de trésorier d'Écosse un potentat obèse et arrogant. Il avait fallu quatre hommes pour le hisser sur son cheval et les archers gallois avaient ricané en voyant les écuyers le soulever en ahanant. Posé là sur sa selle gigantesque et revêtu d'un haubert en mailles étincelant, Cressingham ressemblait à un énorme mollusque baveux et brillant. Malgré le froid, et bien que la sangle de son casque ait disparu quelque part dans son double menton, son visage était luisant de sueur. Warenne lui-même n'était plus l'homme noueux qu'il avait été jadis, mais sous sa bedaine, il restait un bloc de muscles. Le crapaud mou à ses côtés n'avait rien à faire dans un accoutrement de guerrier, sans parler de commander les milliers d'hommes répartis sur la plaine entre les rives de la Forth et le bourg royal de Stirling.

— Nous démarrerons quand j'en donnerai l'ordre, bougonna le comte.

Cressingham le regarda d'un air matois.

— Ah oui ? Quant à moi, j'avais l'impression que vous l'aviez déjà donné…

Warenne toussa, mais il ne pouvait rien répondre ; Cressingham avait raison, il avait donné l'ordre la nuit dernière et ce matin, à l'aube, les premières lignes avaient, comme convenu, franchi le pont en bois qui traversait la rivière. Trois cents archers gallois, puis cinq cents hommes d'infanterie, avaient marché sur l'étroite passerelle qui surplombait les eaux noires d'encre de la Forth. Le temps qu'ils l'empruntent, le soleil s'était levé, mais Warenne se reposait toujours dans sa tente. Voyant qu'elle n'était pas soutenue par le gros de l'armée, l'avant-garde avait fait demi-tour et était revenue à son point de départ. Irrités, les hommes marmonnaient entre eux.

Le comte avait mis sa torpeur sur le compte de la maladie, mais ce n'était qu'en partie vrai : un autre facteur, bien plus prédominant, l'avait poussé à retarder l'envoi du reste de l'armée. Ces deux derniers jours, depuis leur arrivée à Stirling, il y avait eu beaucoup de bruine et le paysage était noyé dans une brume qui s'enroulait, persistante, autour des collines. Grâce à cette matinée radieuse, Warenne disposait d'une vue plus claire du terrain qui les attendait, et sa résolution s'était émoussée.

Sur les plaines qui précédaient le château de Stirling, accroché en haut d'un rocher, le sol était ferme et praticable. Mais une fois passé le pont, qui lui-même présentait des difficultés puisque peu d'hommes pouvaient le franchir en même temps, le long des larges boucles de la rivière, le terrain devenait boueux, traître, et n'autorisait pas le passage de la cavalerie. Depuis le pont, une chaussée menait à travers ces champs bourbeux jusqu'à un affleurement rocheux baptisé Abbey Craig qu'on voyait au loin. Cette chaussée ne permettait pas à plus de quatre cavaliers de passer de front. Au-dessus de l'armée écossaise, la masse sombre des collines d'Ochil s'élevait avec ses pentes lisses et escarpées. Pour atteindre l'ennemi, l'armée de Warenne devrait engorger le pont puis remonter la chaussée exposée et cernée de prairies détrempées. La perspective n'avait rien de très tentant.

— Plus nous tergiversons, plus nous épuisons nos vivres, fit Cressingham en coupant court aux réflexions de Warenne. Édouard veut mater cette rébellion rapidement, afin de concentrer ses efforts sur la Flandre. Ce sont ses ordres. D'ailleurs, les hommes s'impatientent. Les jeunes ont soif de bataille. Lâchons-leur la bride.

Le comte n'avait qu'une envie, frapper le trésorier et le mettre à terre, mais il calma ses ardeurs. Cressingham remplissait ses fonctions avec enthousiasme, et malgré la rumeur selon laquelle il escamotait une partie des revenus collectés par ses shérifs, il était toujours en cour auprès d'Édouard. De son côté, bien qu'il fût lieutenant d'Écosse, Warenne avait passé la majeure partie de son temps dans ses domaines du Yorkshire à chasser et festoyer, sans trop se préoccuper du royaume qu'il gouvernait. À cause de son absence notable, Cressingham était devenu son bras droit en Écosse et, bien que Warenne le détestât, il n'avait d'autre choix que de tenir compte de ses conseils. Cressingham avait déjà renvoyé une compagnie de renforts à Berwick pour économiser de l'argent. S'il le poussait à bout, il avait suffisamment d'autorité pour provoquer d'autres dégâts.

— Nous allons encore leur laisser une heure. Si les dominicains ne sont pas revenus d'ici là, nous traversons.

Sans laisser le temps à Cressingham de répondre, John de Warenne fit pivoter son cheval et retourna vers l'endroit où attendaient ses chevaliers. Malgré sa tension, il ne faisait aucun doute pour lui que les deux moines qu'il avait envoyés parlementer avec les Écossais allaient revenir. La réponse qu'ils lui apporteraient ne l'inquiétait pas non plus, et elle clorait les débats. Les Écossais étaient inférieurs en nombre et en qualité. Ce n'étaient que des paysans, avec à leur tête des gredins et des voleurs. Quelle différence avec la crème de la noblesse anglaise ! Ils se rendraient.

Mais quand les dominicains revinrent, leurs robes élimées voletant autour d'eux comme des oiseaux de mauvais augure, ils ne rapportèrent pas les nouvelles auxquelles s'attendait le comte de Surrey.

Les généraux de l'armée mirent pied à terre devant la tente de Warenne pour entendre le résultat de la conciliation. L'herbe humide mouillait les ourlets de leurs surcots et faisait scintiller leurs bottes de mailles.

— Alors ? demanda Cressingham, alors que les moines approchaient. Qu'ont dit les brigands ?

— Les Écossais ne se rendront pas, répondit d'un air lugubre l'un des moines. Ils veulent se battre.

Une voix s'éleva par-dessus les exclamations de surprise et de colère.

— Ils *veulent* se battre ? s'étouffait Henry Percy, un jeune seigneur ambitieux de plus en plus en vue à la cour à mesure que sa fortune s'accroissait. Ces manants ont-ils la moindre idée de ce qui les attend ?

— Ils le savent, répondit l'autre moine. Mais leur chef, Wallace, soutient qu'ils préfèrent mourir plutôt que de vivre un jour de plus sous la férule des Anglais.

Cette fois, par-dessus les murmures, on entendit des ricanements moqueurs.

— Wallace dit qu'ils sont là pour venger leur pays et leurs morts, poursuivit gravement le dominicain, et non pour faire la paix avec des tyrans. Et il dit qu'ils nous enfonceront ça dans le crâne.

Les rires cessèrent net.

— Eh bien, dans ce cas, qu'on leur donne ce qu'ils veulent ! explosa un jeune seigneur.

— Nous l'enfoncer dans le crâne ? On le leur enfoncera dans le gosier ! renchérit un autre.

Warenne, dont le moral était tombé au plus bas en entendant ces nouvelles, se reprit soudain et sentit sa résolution revenir.

— Leur décision est prise, ils s'en repentiront. Il nous reste à choisir l'endroit où nous les enterrerons. À l'heure actuelle, leur position leur donne l'avantage.

Il se tourna vers l'un des moines.

— Notre estimation de leurs troupes est-elle exacte ?

— Ils ont beaucoup d'hommes. Mais seulement une poignée de cavaliers.

Deux ou trois généraux tentèrent de donner leur opinion mais la voix perçante de Cressingham les domina.

— Je ne vois pas quelle décision reste à prendre. Vous avez déjà donné l'ordre de passer le pont, lança-t-il à Warenne. Que les hommes exécutent cet ordre et s'y tiennent ! Votre indécision nous a déjà fait perdre assez de temps et d'argent.

Le visage de Warenne se rembrunit et avant qu'il puisse répondre, un officier de Percy intervint :

— Je comprends les réticences du comte de Warenne, commença-t-il en inclinant poliment la tête à l'intention du comte. Le pont est étroit et le terrain qui lui succède est traître. Mais il y a un gué un peu plus haut. À marée basse, beaucoup plus d'hommes pourraient y passer de front. Les bois y sont denses et nous permettraient d'approcher par le nord en toute discrétion. Pendant que notre infanterie traverse ici pour occuper les Écossais, nous pourrions les prendre à revers.

Warenne prit un air songeur, mais il avait du mal à réfléchir après une nuit presque sans sommeil et, de surcroît, avec tous ces généraux qui se criaient les uns sur les autres.

Une fois de plus, Cressingham parla plus fort.

— Non. Attendre la marée basse ne fera que rallonger inutilement ce délai déjà injustifié. Arrêtons de débattre et passons cette satanée rivière ! Quand les Écossais nous verront fondre sur eux, il y a des chances pour qu'ils prennent leurs jambes à leur cou. Et dans le cas contraire, nous les écraserons là où ils nous attendront. Ils avaient l'avantage à Dunbar, ajouta-t-il en regardant Warenne, et vous n'en avez fait qu'une bouchée. Pourtant, tous les seigneurs d'Écosse s'étaient joints à ce combat, alors que nous n'avons affaire qu'à des paysans sans discipline.

— Je suis d'accord, l'approuva Percy.

Personne n'osa contredire deux hommes de cette importance. Tous les yeux se tournaient maintenant vers Warenne, dont le regard passait du jeune seigneur à Cressingham. Non seulement Percy était en cour, mais il avait amené trois cents chevaliers et huit mille fantassins pour cette bataille. Se faire un ennemi de Cressingham, qui tenait les cordons de la bourse, était risqué ; se mettre à dos Percy dans le même temps, c'était de la folie. En outre, la veille, il avait donné à l'armée l'ordre de traverser le pont. Il estimait que c'était la meilleure solution. Le comte se frottait les sourcils d'un air contraint. Il aurait voulu se reposer quelques heures afin de pouvoir réfléchir. Il fallait pourtant qu'il prenne une décision.

— Très bien, maugréa-t-il. Nous traversons le pont.

Le camp écossais, près de Stirling, Écosse,
11 septembre 1297 après J.-C.

Son cheval, un hongre gris fumé, agita sa tête en tous sens et Will reprit les rênes plus bas. Toutes les montures étaient nerveuses, elles sentaient la tension des cavaliers alignés sur une légère pente, qui regardaient les Anglais franchir la rivière.

Le tableau suffisait à inspirer l'effroi.

Les premiers à traverser le pont étaient les archers gallois, avec leurs arcs longs dont la portée mortelle commençait à être connue, et crainte. Parmi eux, les porteurs de bannières hissaient haut les drapeaux et les fanions de leurs chefs. Les couleurs étaient vives : bleu et pourpre, jaune et rouge, avec des représentations de cerf, de lion, de griffon ou d'aigle. À leur suite avançaient les barons et les seigneurs, entourés de chevaliers, les sabots ferrés de leurs destriers martelant comme à la parade le pont de bois qui enjambait les eaux noires et tourbillonnantes de la Forth. Ensuite arrivaient les fantassins dont les casques et les épées formaient une mer écrasée de lumière, ils s'engouffraient dans le tunnel avant de se répandre dans les champs autour de la chaussée. Une fois le pont franchi, une compagnie forte de cinquante cavaliers se détacha du reste des troupes qui se dirigeaient vers Abbey Craig. Cette compagnie se regroupa le long de la rive pour couvrir la progression lente, régulière, de l'avant-garde. Derrière, du côté sud de la rivière surplombée par le château de Stirling, le gros de l'armée anglaise attendait en rang, prêt à déferler par vagues de milliers d'hommes dès que les premières lignes auraient suffisamment avancé. Par-dessus le roulement des sabots, le mugissement des cornes résonnait à travers toute la plaine jusqu'aux Écossais postés sur la colline.

Will plissa les yeux à cause de l'éclat du soleil. Même à cette distance, l'énorme masse d'hommes l'empêchait de discerner le bloc blanc qui signalerait la présence des

Templiers parmi les troupes anglaises. Leur absence le fit s'interroger brièvement sur la possibilité qu'Édouard soit moins soutenu dans cette guerre, mais il lui sembla plus probable que le roi se sentît assez confiant quant à l'issue de cette campagne pour ne pas faire appel à l'Ordre. Édouard n'avait même pas pris la peine de se déplacer. On disait qu'il était parti se battre avec les Français en Flandre.

— Doux Jésus...

Will tourna la tête. Un jeune Irlandais à ses côtés observait l'armée anglaise avec un air à la fois épouvanté et fasciné. C'était l'un des hommes de Stephen. L'homme s'aperçut que Will le regardait.

— Vous avez déjà vu une chose pareille?

Will pensa à Antioche et Acre. Il hocha la tête et l'Irlandais souffla un grand coup.

— Doux Jésus..., répéta-t-il.

Il n'était pas le seul à se sentir nerveux. Partout où Will posait le regard, ce n'était qu'yeux écarquillés et visages livides, veines saillant dans le cou, épaules rentrées et gouttes de sueur sur le visage. La peur était contagieuse. Elle passait des cent soixante cavaliers à leurs chevaux, et de là contaminait les dix mille fantassins déployés sur la colline sous le commandement de William Wallace et Andrew de Morray.

La nuit précédente avait été différente. En écoutant les hommes autour des feux de camp qui crépitaient, en entendant leurs rires et leurs chansons, Will avait senti leur confiance. Et au lieu de s'inquiéter, comme l'année précédente lorsqu'il était arrivé en Écosse et avait découvert une nation sur le pied de guerre, mais mal préparée, il s'était laissé porter par cette assurance. Ils avaient appris à la dure au cours de l'invasion d'Édouard, du sac brutal de Berwick à l'emprisonnement de leur roi et à leur propre persécution. Leur confiance d'aujourd'hui n'avait rien de surprenant, elle était née en partie des remarquables victoires obtenues par Wallace et Moray, mais aussi d'un patriotisme croissant qui les unifiait sous une cause commune, les liait dans la perte et le regret. Plus que tout, ce sentiment d'unité avait frappé Will la veille au soir en entendant ces hommes de basse naissance, originaires de tous les coins du royaume, parler de leur famille et de leur maison. À la différence des soldats anglais, dont beaucoup avaient été enrôlés de force, les paysans écossais étaient venus de leur plein gré jusqu'à ces collines ensoleillées. Ils n'étaient pas des chevaliers bien dotés ou des comtes puissants, peu d'entre eux portaient des cottes de mailles comme on en voyait sur les Anglais ; certains étaient même pieds et torse nus, armés de pieux, de haches, de poignards ou de gourdins. Mais, contre toutes probabilités et malgré leur peur, ils étaient là, face à l'une des plus formidables armées du monde.

Quelque part dans cette foule se trouvaient David et Simon. Will scruta les lignes d'infanterie, sans résultat. Il pria avec ferveur pour que, quoi qu'il lui arrive, son neveu survive au combat. Lorsque les troupes des rebelles écossais avaient quitté la forêt de Selkirk, leur départ avait durement ébranlé Ysenda et David avait dû s'arracher à son étreinte, la laissant en larmes dans les bras de Christiane.

Se retournant pour juger de l'avancée des Anglais, Will sentit son rythme cardiaque suivre celui des tambours. Alors que les hommes inexpérimentés s'agitaient et discutaient à voix basse, distraits par les armes ou par une soudaine envie de se soulager, sa nervosité s'envola et céda la place à un calme stoïque. L'approche du combat, la détermination qu'elle exigeait, amenait avec elle une forme de paix. C'était comme une pierre roulant jusqu'au centre de lui-même : une lourde résolution l'arrimant au sol. Il ne pouvait plus reculer. Bientôt, ce calme serait remplacé par l'effervescence. Son cœur battrait plus fort et le sang viendrait cogner à ses tempes. Puis il s'exciterait peu à peu et pousserait finalement un cri de guerre en choisissant une cible et en allongeant sa lance. Il aurait un but.

Le soleil continuait à monter dans le ciel. On était en milieu de matinée. Will estima à vue de nez qu'environ sept mille hommes avaient déjà traversé le pont. Le signal ne tarderait plus. Il leva les yeux vers le sommet rocheux de Abbey Craig où, il le savait, Wallace et Moray, ainsi que leurs généraux, observaient la progression des Anglais. La nuit dernière, ils avaient mis leur piège au point lors d'un conseil de guerre à huis clos. Lorsqu'on lui donna ses ordres au matin et qu'il découvrit ce plan audacieux, Will commença à comprendre comment Wallace, dont le père était un chevalier sans importance, avait pu accomplir tout ce qu'il avait fait ces dernières années. Même si le jeune géant n'avait que la moitié de son âge, il admit qu'il l'inspirait autant que des hommes comme son père, Owein et Everard.

— *Nous sommes ici pour nous battre au nom du roi John!* avait rugi Wallace à l'intention des troupes qui se mettaient en rang. *Nous sommes ici pour nous battre au nom des fils et des filles d'Écosse, que les tyrans écrasent sans pitié!*

Le son grave d'une corne explosa soudain en haut d'Abbey Craig et Will sentit son sang ne faire qu'un tour. La note se répercuta parmi les collines, noyant les trompettes anglaises et donnant le frisson à tous les Écossais. Will leva sa lance et la cala sous son bras tandis que les cris de guerre fusaient autour de lui.

— *Nous sommes ici pour nos terres et pour notre subsistance.*

Comme un seul homme, les Écossais chargèrent. D'abord la cavalerie, avec Will, dévala les collines vers le morceau de chaussée à l'ombre d'Abbey Craig.

— *Nous sommes ici pour défendre notre liberté.*

Ensuite l'infanterie, immense vague loqueteuse, déferla dans les champs. L'aile droite de cette force, composée de lanciers, se sépara du groupe principal sur l'ordre d'un des commandants. Ils se précipitèrent vers le sud, vers le pont de Stirling, où les cinquante cavaliers couvrant l'avancée des troupes anglaises étaient alignés.

Will cavalait, le corps violemment secoué par le galop du cheval, les mots de Wallace retentissaient toujours en lui, de plus en plus forts, jusqu'au moment où il les fit siens. C'était son combat. Les raisons de sa présence ici. Cette petite troupe écossaise face à la puissante Angleterre, comme David contre Goliath, incarnait sa bataille à lui contre Édouard ; un chevalier contre un roi. Édouard n'était pas là, mais son armée oui, et elle représentait sa *fierté*. C'était quelque chose. Ça suffisait. La haine gonfla en lui, enflamma son sang, éperonna les flancs de son cheval, et sous son casque, déforma son visage d'un rictus sauvage. La ligne de soldats devant lui s'approchait rapidement, boucliers levés, lances pointées. Chacun d'entre eux était le soldat qui avait renversé Tom comme s'il n'existait pas, ou le collecteur qui avait poignardé Duncan dans le dos. Ils n'avaient plus rien d'humain, ces pauvres pions d'Édouard à mettre en pièces.

Les archers gallois, depuis la chaussée, décochèrent une première salve. Des chevaux s'écroulèrent en hennissant, fous de douleur, des flèches plantés dans leurs flancs, et les suivants ruèrent et sautèrent par-dessus dans un désordre total. Les soldats basculaient et allaient s'écraser au sol. Certains, après avoir roulé, parvenaient à se remettre debout. D'autres, non. En bas des pentes d'Abbey Craig, les généraux menés par Wallace et Moray arrivaient dans la plaine pour se joindre au reste des hommes. Tout en chevauchant, Wallace rugissait et faisait tourbillonner une hache extraordinaire.

Dans un choc convulsif d'épées et de lances, d'armures et de boucliers, la cavalerie écossaise tamponna la soldatesque anglaise sur la chaussée. Leurs chevaux, plus légers et lestes, se débrouillaient mieux sur ce terrain boueux que les chargeurs de guerre anglais alourdis par leurs armures et leur apparat. Will visa un homme au casque anonyme et projeta sa lance en avant. Grâce à sa vitesse, la pointe écarta les anneaux de la cotte de mailles, et s'enfonça à travers le rembourrage jusqu'à sa poitrine.

L'homme tomba à la renverse, arrachant la lance des mains de Will. Tirant son fauchon, celui-ci poursuivit sur sa lancée et pénétra plus avant dans les lignes anglaises. La lame de son grand-père, plus courte qu'une épée de cavalerie, n'en demeurait pas moins redoutablement efficace dans ce genre de combat rapproché. Pressé de tous côtés par des hommes, il y avait peu de place pour manœuvrer, sans parler du périmètre nécessaire à l'utilisation d'une arme imposante. Avec le fauchon, il pouvait planter, poignarder tout ce qui l'entourait. Son cheval prit un coup, il se cabra, roulant des yeux, et retomba sur un autre animal. Une épée siffla près de Will, ratant son cou d'un cheveu, une autre s'écrasa sur son casque, qu'elle cabossa. Éperonnant sa monture pour la guider, il leva son bouclier pour se protéger des coups qui pleuvaient.

Pendant ce temps, Wallace avait massacré une demi-douzaine de chevaliers et s'attaquait aux lignes d'archers gallois qui continuaient à s'en prendre aux troupes d'infanterie en pleine course à travers champs. Lorsqu'il les chargea, les archers se dispersèrent, tombant tels des épis de blé sous la faux.

Tandis que cet âpre combat se déroulait du côté nord de la chaussée, l'infanterie écossaise fondit sur les soldats anglais déployés pour les accueillir. Parmi eux courait David, l'esprit dévoré par un feu brûlant où se mêlaient l'image de son père et le désir de revanche. Il tenait une longue lance qu'il pointa sur un homme qui se ruait sur lui, la tenant bien en équilibre comme Wallace le lui avait montré. À son côté se trouvait Simon, qui ne portait plus son costume de sergent. Lui aussi brandissait une lance.

Dix mille soldats s'abattirent sur l'avant-garde anglaise avec une force démente. Déchirés par les lances, les hommes hurlaient. Leurs pieds barattaient le sol spongieux en une épaisse boue noirâtre. Les visages grimaçants faisaient face à d'autres visages grimaçants. Mais les Anglais étaient en infériorité numérique et furent repoussés vers la Forth, dont les rives s'écroulèrent sous eux. L'eau était profonde et ceux qui y tombaient se noyèrent en essayant d'atteindre l'autre berge, attirés au fond par le poids de leur armure. Les chevaliers et les commandants anglais, trop éloignés les uns des autres sur la chaussée et trop pris par la bataille, n'arrivaient pas à regrouper efficacement leur infanterie en débâcle.

Tandis que le gros de la troupe écossaise s'attaquait à l'avant-garde anglaise, l'aile droite des lanciers qui s'était détachée dès le départ de l'assaut se frayait un chemin parmi les cinquante cavaliers qui protégeaient le pont. À cet endroit, le sol était encore plus marécageux et les chevaliers s'embourbaient, leurs chevaux glissaient et vacillaient, annihilant toute la portée de la charge qu'ils essayaient de mener contre les Écossais. Quelques-uns tentèrent de faire machine arrière et de repasser le pont en sens inverse pour échapper à l'ennemi. Ce sauve-qui-peut provoqua une panique générale car de l'autre côté, les hommes venaient au secours de leurs camarades. Les chevaux s'arrêtèrent et dans la mêlée, on vit des hommes basculer dans la rivière ou se faire écraser par les sabots. Quelques chevaux finirent aussi dans la rivière dans de grandes gerbes d'eau, les cavaliers sautant de selle pour achever leur course à leur tour dans les flots bouillonnants. Les hommes battirent des bras un moment, bouches ouvertes en quête d'air, avant de sombrer. D'autres s'agrippèrent aux piles du pont, mais les Écossais postés sur les rives les transpercèrent de leurs lances.

S'aidant de son bouclier, Will bloqua l'épée d'un chevalier et la dévia, puis lui trancha la gorge. Le chevalier tomba de son cheval, un pied toujours pris dans l'étrier, et son cheval s'emballa, le traînant derrière lui. Will remonta plus haut sur la chaussée, désormais recouverte d'un lit de cadavres. La sueur lui voilait les yeux tandis qu'il se dirigeait vers un groupe de soldats à pied. Il aperçut Wallace au loin. Le jeune géant avait été contraint de descendre de cheval et combattait au sol, tenant à deux mains sa claymore qu'il faisait tourbillonner autour de lui. La lame découpait quiconque s'approchait de lui, déchiquetant les armures comme la chair. Ses yeux étaient emplis d'une furie animale, son visage maculé de sang. Adam se battait à ses côtés, le corps en nage et couvert de boue. Il pulvérisait de sa massue les mâchoires et les crânes à sa portée. Ensemble, les deux cousins offraient un spectacle terrifiant. Éperonnant son cheval au milieu de la cohue, Will vit un archer se relever, l'arc à la main. Attrapant une flèche dans son carquois, l'homme visa Wallace.

Will tira brutalement sur les rênes tandis que l'archer armait. Cavalant à toute allure, il se pencha sur sa selle. Entendant le tonnerre des sabots, l'archer tourna la tête et Will le frappa à hauteur des épaules. La lame déchira l'armure et découpa la chair. Son ennemi poussa un hurlement de douleur et lâcha son arc. La flèche s'envola mais s'en alla retomber, inoffensive, dans la rivière. Une seconde plus tard, l'homme s'écroulait, frappé dans le dos par un autre cavalier. C'était Gray.

Il avait perdu son casque et ses cheveux blancs hirsutes étaient tachés de sang à cause d'une blessure au crâne, mais il adressait un sourire carnassier à Will.

— Sur eux ! hurla-t-il en brandissant son épée en direction des lignes anglaises en débandade. Sur eux ! Ils perdent !

Les lanciers écossais étaient en passe de reprendre le pont. Épouvanté, John de Warenne contemplait la scène de l'autre côté de la rivière. Son armée si puissante était coupée en deux, la tête était détachée du corps. Maintenant que les Écossais barraient l'entrée de la chaussée de leur mur de lances, il ne pouvait plus que regarder, impuissant, ses six mille hommes se faire massacrer sous ses yeux. Ses archers auraient peut-être réussi à contenir les Écossais assez longtemps pour lui permettre de dégager le pont et mener un assaut. Mais ils étaient à l'avant-garde avec Cressingham. Incapables d'utiliser leur arme à une aussi faible distance, ils mouraient par centaines.

Warenne ne distinguait même plus la bannière du trésorier. Il ouvrit la bouche pour crier un ordre à ses troupes, aucun mot n'en sortit. Le vacarme de la bataille aurait étouffé ses paroles.

— Seigneur, murmura un chevalier à côté de lui, le visage blême. Qu'allons-nous faire ?

John de Warenne, l'un des hommes les plus puissants d'Angleterre, qui avait commandé une douzaine de campagnes, secoua la tête.

— Je ne sais pas, je...

Il ne put continuer. Il ne voyait plus que des chevaliers en armures sautant dans la rivière, acculés et décimés par les Écossais. Les derniers hommes sur le pont revenaient de ce côté, certains en rampant à quatre pattes, d'autres en traînant des camarades. Plusieurs lanciers écossais progressaient lentement afin d'achever les mourants. Ils agissaient avec prudence et ne s'avançaient guère.

— Brûlez-le, tonna Warenne. Sonnez la retraite et brûlez ce pont.

Abandonnant les derniers hommes à leur sort, l'armée anglaise, menée par John de Warenne, mit le feu au pont, tourna le dos à la Forth et décampa.

En moins d'une heure, la bataille fut terminée. Le triomphe des Écossais était total. La macabre opération consistant à tuer les blessés se poursuivit un moment, mais il ne resta bientôt plus d'autres survivants dans les champs saccagés que les vainqueurs. Plus de cent chevaliers anglais avaient péri, ainsi qu'environ cinq mille fantassins et un important contingent d'archers gallois. On déroba aux morts leurs armes et leurs armures, avant de les jeter dans la rivière. Très peu d'Écossais avaient péri, bien qu'Andrew de Moray ait reçu une vilaine blessure à la poitrine, qui l'obligea à quitter le champ de bataille porté par ses hommes. Le corps bouffi de Hugh Cressingham fut retrouvé parmi les morts, une lance lui avait percé la panse. Avec une joie mauvaise, les Écossais déshabillèrent le trésorier haï dont les impôts les avaient pratiquement menés à la famine, se bousculant pour approcher du cadavre bedonnant. Un homme, s'emparant d'une épée, trancha avec un cri sauvage les parties génitales de Cressingham et les brandit devant ses camarades, qui l'acclamèrent. Ce geste marqua le début d'une boucherie frénétique car beaucoup d'entre eux, désireux de montrer à leurs compatriotes ce qu'ils avaient accompli ce jour, tirèrent des dagues et s'acharnèrent sur le corps inerte du trésorier, chaque bout de peau sanglant faisant office de trophée durement gagné.

Will retrouva David dans les champs, auprès de la rivière où se consumait le pont de Stirling. Un panache de fumée noire montait vers le ciel, faisant pleurer les yeux. Tous deux étaient trempés de sueur et de sang. Retirant son casque, Will étreignit son neveu de toutes ses forces, puis il s'écarta de lui et aperçut Simon qui se relevait faiblement en s'appuyant sur sa lance. Il était couvert de boue et avait une entaille à la cuisse. Will, qui n'avait pas dit plus de deux mots au palefrenier depuis qu'il était sorti de prison, lui tendit la main. Simon l'attrapa au moment où les acclamations des Écossais s'élevaient autour d'eux.

Après avoir trouvé quelqu'un pour s'occuper de la blessure de Simon, Will s'affala sur la chaussée, épuisé. Le bras et l'épaule qui tenaient le bouclier le brûlaient et une douleur lancinante parcourait son autre bras. Assis là, sous la lumière zénithale, l'odeur de la mort dans les narines, il ferma les yeux et imagina la tête d'Édouard quand il apprendrait que son armée, sa puissante armée, avait été vaincue par des paysans et des brigands. Il savoura l'image, s'en délecta. Une ombre passa devant lui. Il ouvrit les yeux et découvrit Wallace qui se tenait devant lui, maculé de sang.

— Gray me dit que je dois vous remercier. Vous avez couvert mes arrières.

— Inutile de me remercier.

Wallace sourit.

— Venez.

Il lui tendait la main. Will la prit et Wallace le tira pour le remettre sur pied.

— Ce n'est pas encore fini.

Comme la marée baissait, Wallace et ses généraux rameutèrent les hommes épuisés et dirigèrent la cavalerie vers le gué le plus praticable pour franchir la rivière. De là, ils poursuivirent sans relâche l'armée en déroute, capturant les soldats à la traîne et les chevaux jusqu'aux Borders.

On raconta plus tard que John de Warenne chevaucha avec une telle opiniâtreté pour leur échapper qu'il ne s'arrêta pas pour reposer sa monture avant d'avoir atteint Berwick.

15

Forêt de Selkirk, Écosse

21 juin 1298 après J.-C.

Will ôta son maillot, remonta ses braies et sauta d'un rocher à l'autre, tous également couverts de mousse, avant d'enfoncer ses pieds dans le ruisseau. Par rapport à la chaleur ambiante, l'eau était glaciale. Les oreilles emplies du murmure du cours d'eau, il s'inclina et immergea l'écuelle pour la dégraisser avec de l'herbe à savon.

— Bonjour.

Il leva le nez. Christiane approchait, les bras chargés d'une pile d'écuelles. Il la salua d'un signe de tête.

Elle sourit en remontant les manches de sa robe vert pâle puis, à son tour, plongea l'une des écuelles dans le courant. La lumière du soleil, qui filtrait à travers le feuillage des aulnes et des ormes sur la rivière, jouait sur son visage.

— Il va faire chaud aujourd'hui.

Elle regarda de nouveau Will, et son sourire se teinta de curiosité.

— Qui t'a fait ça ?

Elle désignait son dos sillonné de zébrures argentées causées par le fouet d'Everard, bien des années plus tôt.

— Un ancien maître.

Christiane posa l'écuelle sur l'herbe et s'assit en remontant ses genoux contre sa poitrine. Elle avait une petite trentaine d'années, mais assise de cette façon, ses cheveux roux encore ébouriffés par le sommeil, elle donnait l'impression d'avoir tout juste dix-huit ans. Will s'aperçut qu'il la fixait et il replongea l'écuelle dans l'eau, bien qu'elle fût propre.

— Et celle-là ?

Christiane regardait maintenant son genou, où ses braies remontées laissaient voir une cicatrice boursouflée.

— Je suis tombé dans un puits, répondit Will en se rappelant le visage brûlé d'Angelo Vitturi, son air de triomphe haineux tandis qu'il sombrait dans le néant.

Sa jambe s'était cassée à deux endroits et elle lui faisait encore mal, surtout l'hiver ; une douleur lancinante qui le réveillait parfois au beau milieu de la nuit.

— Celles-là, je sais.

Elle faisait référence cette fois aux marques sur son front, son épaule et son mollet, dues aux blessures plus récentes reçues un an plus tôt lors de la bataille de Stirling.

Elle le scruta un instant, détaillant chaque partie de son corps, puis secoua la tête.

— Et… je crois que c'est tout. Je n'en vois pas d'autre… Ah si, attends, il y en a une autre, sur ton bras.

Will observa le bout de chair rose sur le côté de son bras, sans faire plus attention à l'écuelle dans sa main. La cicatrice était à peine visible. Il était étonné qu'elle l'ait même remarquée. Il avait tendu son bras dans les flammes tourbillonnantes. Les brandons incandescents pleuvaient sur lui et un mur de feu féroce l'encerclait tandis qu'il essayait de grimper l'escalier. Ses poils avaient brûlé et la peau avait commencé à cloquer. Et pourtant la cicatrice était si petite, si insignifiante. Pathétique. S'il avait conservé une marque plus disgracieuse, il se serait peut-être senti mieux. Mais chaque fois qu'il voyait ce petit bout de peau rosée dépourvu du moindre poil, il avait l'impression qu'on se moquait de lui, qu'on lui rappelait ses maigres efforts pour sauver sa femme. *Tu voulais qu'elle brûle à cause de Garin, à cause de ce qu'elle a fait avec lui. Elle t'a trahi et tu voulais qu'elle souffre.*

— Non.

Voyant Christiane lui adresser un regard inquiet, Will comprit qu'il avait parlé à voix haute. Il se redressa et vida l'eau de l'écuelle. Mais quand il l'essuya sur ses braies, ses doigts tremblaient tellement qu'il la lâcha. L'écuelle retomba dans l'eau et partit à la dérive comme un minuscule esquif.

Christiane remonta sa jupe et mit le pied dans l'eau en grimaçant dès qu'une pierre lui lacérait la voûte plantaire.

— Je vais m'en occuper, dit Will tandis qu'elle pataugeait, un bras tendu pour conserver l'équilibre, l'autre tenant toujours sa jupe. Attention, c'est plus profond par là.

Il s'approcha d'elle d'un pas hésitant à cause des pierres glissantes.

— Voilà, lança-t-elle, grelottante, en saisissant l'écuelle.

Elle avait de l'eau presque jusqu'aux cuisses. Sa jupe était trempée et l'épais tissu s'assombrissait en s'imbibant. Au moment où elle tendait l'écuelle à Will, son pied glissa. L'écuelle vola dans les airs mais Will réussit à la rattraper par le poignet. Christiane retrouva son équilibre et émit un petit rire gai. Puis, levant les yeux vers lui, elle eut soudain le rouge aux joues.

Sous son pouce, Will sentit son pouls s'accélérer.

— Will, je...

— Tu as perdu ton écuelle.

Par-dessus son épaule, Will vit Simon et David qui se tenaient sur la rive. Le palefrenier les observait d'un air curieux. David souriait. Will lâcha le poignet de Christiane et repêcha l'écuelle.

— Messire William Wallace demande à te voir, l'informa David comme il sortait de la rivière, Christiane derrière lui. Si tu n'es pas trop occupé, ajouta-t-il.

— Est-ce que j'ai l'air trop occupé ?

Will jeta un coup d'œil à Christiane, qui avait essoré sa jupe et leur tournait le dos, penchée sur sa pile d'écuelles sales. Il ramassa son maillot et l'enfila.

Pendant qu'ils revenaient vers le camp, David se rapprocha de lui.

— Ne fais pas l'idiot, mon oncle. Nous t'avons vu.

Will s'arrêta et se tourna vers lui :

— Quoi que tu croies avoir vu, tu te trompes.

Le sourire de David s'évanouit.

— Je suis désolé, je…

— Retourne à ton entraînement, veux-tu ? Tu ne peux pas encore t'en dispenser.

David le regarda d'un air meurtri.

— Si je suis si incompétent, pourquoi Sir William m'a-t-il adoubé ?

À peine eut-il terminé sa phrase qu'il s'éloigna dans la broussaille. Will voulut l'appeler, mais il se contenta de secouer la tête.

— Tu te fais des amis ?

— Les mots m'ont échappé.

— Je ne parlais pas de ça, fit Simon avec un petit signe de tête vers la rivière.

Will leva les yeux au ciel.

— Toi aussi ?

— On vit les uns sur les autres, ce genre de choses se remarque, dit Simon en pressant le pas pour ne pas se faire distancer. Je ferais attention si j'étais à ta place. Il ne faudrait pas que son frère te considère comme son ennemi.

— Elle était mariée au frère de Gray, répondit vivement Will. Gray n'est que son beau-frère.

— Eh bien, en tout cas, il est très protecteur avec elle. Ysenda m'a dit qu'il avait juré à son frère sur son lit de mort de prendre soin d'elle.

— Seigneur… Simon, elle est venue laver de la vaisselle. Qu'est-ce que j'étais censé faire ? L'ignorer ?

— Qu'est-ce que tu fais ici, Will ? lui demanda soudain Simon. Ça fait plus d'un an. Combien de temps vas-tu te cacher dans cette forêt, comme si tu n'avais rien laissé derrière toi en ce monde ?

— Je me cache ? s'emporta Will en lui faisant face. J'ai mené une guerre !

— Une guerre qui n'est pas la tienne. C'est le combat de Wallace. Lui, Gray, les autres, et même David... ils sont ici chez eux.

— Comme moi.

— Tu as passé plus de temps en Terre sainte.

— C'est le nombre d'années qui décide où nous sommes chez nous ?

— Non, c'est *nous* qui le décidons. Nous le décidons en nous installant dans un endroit où nous trouvons le bonheur, le confort. Je te connais, Will. Je te connais depuis que tu as onze ans et je sais que tu n'es pas heureux, que tu ne te sens pas ici chez toi, que tu n'y es pas installé.

— Je n'ai pas envie de parler de ça. Combien de fois vais-je devoir te le répéter ?

Il reprit sa marche et Simon le suivit.

— J'arrêterai de te poser cette question quand tu me donneras une réponse honnête et que tu me diras quand nous partons.

— Je partirai quand Édouard sera vaincu.

— Et tu crois que c'est la raison de ta présence en Angleterre ? Tu crois que tu vas vaincre Édouard ? Que tu vas le faire payer pour ce qu'il a fait ?

Simon dardait sur lui, implacables, ses yeux bruns.

— Parce que j'avais l'impression que tu pillais et que tu tuais.

Will fit volte-face.

— Je n'ai jamais tué personne. Je ne suis pas comme...

Il s'arrêta.

— Comme qui ? Ces hommes que tu appelles camarades ?

— Wallace a essayé d'arrêter ceux qui vont trop loin. Tu

sais qu'il a essayé, insista Will en baissant la tête. Tu ne peux pas les blâmer, Simon. Ils voulaient se venger ; une vengeance à la hauteur de sept années de viols, de massacres, une revanche pour Berwick, Édimbourg. Et, plus que tout, ils voulaient survivre. L'Écosse était à genoux après Stirling. Pendant que nous tentions de sauver le royaume, les récoltes pourrissaient dans les champs. Ce n'est pas la victoire qui allait cultiver le blé ou nourrir le bétail, si ? Il fallait envahir l'Angleterre ou le pays serait mort de faim.

— Et les gens du Northumberland et de Cumbrie ? Qu'ont-ils mangé cet hiver ?

— Pour la plupart, ils ont trouvé refuge à Newcastle et à Carlisle, répondit Will d'une voix rogue.

Mais ses mots sonnaient creux.

Après la bataille de Stirling, la résistance s'était poursuivie. Elle s'était intensifiée. La nouvelle de cette incroyable victoire s'était répandue comme un feu de forêt, embrasant le cœur et l'esprit des Écossais. Les Anglais ne représentaient plus cette force terrifiante et imparable. Ce n'était que des hommes, et des hommes vulnérables de surcroît. Même après la mort d'Andrew de Moray, qui avait succombé à la blessure reçue sur le champ de bataille, les Écossais avaient continué à se rallier sous la bannière de Wallace jusqu'à ce que, quelques semaines plus tard, alors que l'odeur du sang ne s'était pas encore dissipée, le jeune géant décide de mener son armée en Angleterre.

Passant la Tweed pour entrer dans le Northumberland, ils avaient détruit moissons et bétail, brûlé des monastères, mis à sac les villes et égorgé leurs habitants. Les habitants du nord de l'Angleterre, qui, pour la plupart, n'avaient pas participé au pillage de leurs voisins, payèrent le prix de la brutalité de leur roi. Et cher. En revenant chez eux une fois la horde d'Écossais repartie, ceux qui avaient fui découvrirent qu'ils n'avaient plus rien à manger et plus d'abri pour l'hiver à venir. Les Écossais mirent le comté à feu et à sang et tout ce qu'ils purent amasser fut renvoyé dans leur royaume pour nourrir leurs familles affamées.

Personne ne s'opposant plus à eux, les Écossais firent déferler sur les villes et les villages la colère qu'ils contenaient depuis des années. Wallace et ses généraux tentèrent de restaurer l'ordre, n'hésitant pas à punir de pendaison les pires cas de violences gratuites, mais une digue s'était brisée à Stirling, libérant une force impossible à arrêter. Il fallait qu'elle s'épuise d'elle-même. Les hommes de Wallace le baptisèrent William le Conquérant et ce nom atteignit rapidement les rives sud de l'Angleterre, où la peur et la haine que ses hommes et lui inspiraient ne firent que s'accroître. Mais le roi était toujours en Flandre et ses sujets ne bénéficiaient d'aucune protection. Les habitants du nord ne connurent pas de répit jusqu'au milieu de l'hiver, quand les premières neiges forcèrent les Écossais à repasser de l'autre côté de la Tweed.

— Tu m'as promis que tu réfléchirais à ton retour avec moi en France, dit Simon en voyant le visage de Will exprimer des sentiments contradictoires. Robert pourra sans doute te réintégrer au Temple. Hugues ne t'en empêchera peut-être pas. Il était ton ami. Et de toute façon, tu dois t'amender pour avoir manqué à tes vœux. Tu ne peux pas rester ici et faire comme si tu n'avais jamais été chevalier. Tu n'as jamais rien voulu d'autre. Tu ne peux pas laisser ta douleur à cause de ce qui est arrivé à Elwen gâcher tout ce que tu as accompli. Et je sais que ta fille te manque. Je le vois dans tes yeux chaque fois que tu regardes Ysenda embrasser Alice, ou prendre Margaret dans ses bras, ou louer les mérites de David. Nom d'un chien, Rose me manque, *à moi*! Nos camarades me manquent, notre maison…

— Je ne crois pas qu'elle soit de moi, Simon.

Les mots étaient sortis naturellement et Will parut surpris de les avoir prononcés. Simon réfléchit un instant.

— Garin ? dit-il finalement.

Will détourna les yeux.

— Je me suis moi-même posé la question après le feu chez Andreas, après ce qu'il avait dit. Tu es sûr et certain qu'elle est de lui ?

Will voulut dire quelque chose, mais sembla se raviser.

— J'ai promis de réfléchir à un éventuel retour en France avant qu'on apprenne qu'Édouard et son armée étaient en marche. Je ne peux plus partir maintenant. On a besoin de moi ici.

— On a davantage besoin de toi ailleurs, lança le palefrenier en le voyant s'éloigner.

Cette fois pourtant, il ne le suivit pas.

L'esprit encore occupé par leur conversation, Will se rendit jusqu'à la tente de Wallace. Après leur réconciliation à Stirling, il avait été heureux que Simon fût là, leur amitié le soulageait après tout ce temps avec des étrangers. Mais après l'invasion de l'Angleterre, Simon avait recommencé à le harceler de questions sur leur retour à leur ancienne vie, comme si c'était inévitable. Simon ne comprenait pas. Il pensait qu'il avait quitté le Temple pour l'Écosse à cause de la mort d'Elwen et de sa famille. Will ne pouvait pas lui expliquer la vérité, parce que, alors, il devrait lui parler du Cercle et d'Édouard ; il devrait révéler à Simon qu'il lui mentait depuis des années et que, en réalité, il ne le connaissait pas si bien que ça. Il devrait lui dire que ce n'était pas une flèche mamelouke qui avait envoyé Garin en enfer, mais son épée.

— Campbell, le salua laconiquement Wallace tandis que Will approchait des tentes.

Il se tenait près d'un feu, une carte en lambeaux dans les mains. Adam et Gray étaient absorbés par les détails qu'ils y déchiffraient. Dans l'année qui avait suivi leur grande victoire, Wallace était devenu de plus en plus bourru. Les morts nombreuses – celles des camarades et des ennemis – étaient inscrites dans ses yeux, sur son visage et sur ses bras, elles avaient laissé des cicatrices.

— Nous avons des nouvelles.

— Ils se dirigent vers Roxburgh. L'avant-garde devrait y arriver bientôt, c'est une question de jours. Le roi ne sera pas loin derrière.

— Combien sont-ils ?

— Les éclaireurs estiment qu'il y a sept mille chevaux, dont l'essentiel est commandé par Bek et Warenne.

— Le comte essaie clairement de se rattraper après sa couardise à Stirling, souligna Adam avec mépris.

— Et plus de vingt mille fantassins, termina Wallace.

— Mon Dieu, murmura Will.

Gray opina.

— Le bâtard veut nous donner une leçon.

— D'après ce que nous savons, poursuivit Wallace sans quitter Will des yeux, le Temple autorisera l'armée à se reposer à sa commanderie de Liston. Les chevaliers d'Angleterre, sous le commandement de Brian le Jay, viennent avec lui.

Will sentit une boule dans son estomac.

— La loyauté de l'évêque de Durham et du comte de Surrey ne peut être remise en question. Mais quand nous nous sommes rencontrés la première fois, vous m'avez dit qu'Édouard obligeait les Templiers à soutenir son invasion. Combattront-ils pour lui de plein gré dans cette campagne ?

Will hocha la tête d'un air renfrogné.

— Si le grand maître l'a ordonné à Brian le Jay, alors, oui, les Templiers se battront.

— De la cavalerie lourde en abondance, marmonna Adam. Et nous avons moins de mille chevaux.

Wallace posa ses yeux bleus sur lui.

— Nous savions que ce jour viendrait. D'après toi, pourquoi avons-nous passé l'année à recruter des hommes et à entraîner nos lanciers ? Ça ne change rien. Nous nous en tenons au plan.

Il se tourna vers Will, les mâchoires contractées.

— Je veux qu'avec Gray vous poursuiviez la politique de terre brûlée au sud et à l'est. La plupart des habitants ont fui les villes qui s'y trouvent pour nous rejoindre dans la forêt. Nous leur avons donné assez d'avertissements. Ceux qui traînent des pieds finiront par partir en vous voyant transformer leurs champs et leurs maisons en friche. Je veux qu'on brûle le moindre grain de maïs, qu'on empoisonne chaque goutte d'eau et qu'on ramène les troupeaux dans les bois. Je veux qu'Édouard fasse venir son armée sur une terre calcinée et stérile. Quand vous aurez terminé, dirigez-vous vers le nord. Nous établirons le campement près de Stirling.

— Êtes-vous certain qu'Édouard conduira son armée par ce chemin ? demanda Gray.

Will répondit avant Wallace :

— La commanderie du Temple, à Liston, se trouve sur la route du nord. Si Édouard a l'intention de faire halte là-bas, cela signifie presque à coup sûr que son objectif est Stirling. Non seulement la ville représente un point stratégique vital, mais c'est là qu'il a subi sa pire défaite. Il voudra se venger.

— Nous laisserons la faim et la soif faire leur ouvrage, avec la chaleur, murmura Wallace en fixant le ciel bleu cobalt. Quand son armée sera affaiblie et démoralisée, nous frapperons.

— Et alors, la noblesse de notre royaume se jettera à tes pieds, ajouta Gray d'une voix féroce.

Wallace ne répondit pas.

En l'observant, Will douta que Wallace s'en réjouirait. Sa réputation semblait mettre le géant mal à l'aise. Pourtant, elle avait tellement grandi après Stirling que les puissants nobles écossais avaient été contraints de reconnaître son succès et de le récompenser en le faisant chevalier.

C'est Robert Bruce, le comte de Carrick, qui avait présidé la cérémonie. Ce jeune homme avait défié son père, lequel tenait Carlisle pour le compte d'Édouard, et avait changé de camp pour défendre la cause écossaise. Nombre de seigneurs et d'évêques, suivant l'exemple de Bruce, avaient clamé que Wallace était le gardien du royaume, mais malgré son nouveau rang, il était resté dans la forêt de Selkirk et vivait à la dure avec ses hommes. Will lui en avait demandé une fois la raison, et il lui avait répondu que les ornements de la noblesse étaient un piège dangereux, car c'était l'amour des richesses et des possessions qui avait poussé les nobles écossais à abandonner leur pays, et il ne tenait pas à commettre la même erreur. Sa juste méfiance ne le rendait pas particulièrement sympathique aux yeux des nobles. Ils étaient nombreux à lui vouer une certaine rancœur à l'idée qu'il ait accédé au même rang qu'eux. Ils craignaient en outre sa puissance, incarnée par l'armée de plus en plus importante sous son commandement.

— Nous ferions mieux d'y aller si nous voulons prendre de court les Anglais, dit Gray.

Ils partaient lorsque Wallace rappela Will.

— Serez-vous capable de combattre vos frères du Temple? lui demanda le géant.

Will se figea, étonné par la question et le ton sévère sur lequel Wallace s'était adressé à lui.

— Doutez-vous de ma loyauté?

— Je sais que vous m'êtes loyal, Campbell. Vous me l'avez prouvé plus d'une fois cette année. Mais vous avez été Templier bien plus longtemps dans votre vie que membre de cette armée. Je comprendrais que vous hésitiez à guerroyer contre des hommes à qui vous étiez liés.

Will songea à la bataille à venir. Mais la seule image qui lui venait à l'esprit, c'était le visage arrogant d'Édouard. Et tout ce qu'il ressentait, c'était l'excitation de le retrouver sur un champ de bataille. Il secoua la tête.

— Je sais où vont mes allégeances.

Le temple de Liston, Écosse, 21 juillet 1298 après J.-C.

Les yeux fermés, Édouard essayait de se reposer. La sueur lui dégoulinait dans le dos et les couvertures en soie collaient à sa peau. L'air qui entrait par les fenêtres lui donnait l'impression d'être dans un four. Par-delà les murs de la commanderie, le bruit que faisaient les hommes et les bêtes bourdonnait continuellement à ses oreilles. Plus proches, les notes cliquetantes d'une harpe descendaient et montaient les arpèges. La musique était censée l'apaiser, mais elle le dérangeait.

La musique s'arrêta.

— Souhaitez-vous du vin, Votre Majesté ?

Un page s'avançait avec une coupe de vin. Édouard prit une gorgée et grimaça.

— Il est chaud.

— Pardonnez-moi, Votre Majesté, mais les barriques sont restées trop longtemps au soleil.

Édouard jeta la coupe, éclaboussant de rouge le mur et un autre page.

— La ménagerie royale m'aurait été davantage utile ! Disparaissez ! Hors de ma vue !

Les domestiques, qui n'avaient pas besoin d'un tel encouragement, se hâtèrent de déguerpir et de laisser Édouard faire les cent pas dans la pièce étouffante. Il avait l'esprit tourmenté. Les sujets d'inquiétude étaient légion, ils l'empêchaient de penser. Il n'arrivait pas à comprendre le tour pris par les événements. Il y avait à peine un mois, il marchait à la tête d'une vaste armée, remplie de ferveur et de conviction.

Édouard avait rassemblé des troupes dans tout le pays pour cette guerre ; c'était pratiquement une guerre sainte, telle que l'avaient présentée les ecclésiastiques et les crieurs. Pendant qu'il recrutait des fantassins et des archers au pays de Galles et en Irlande, des cavaliers et des arbalétriers en Gascogne, ils infusaient une haine ardente dans le cœur de ses sujets. Les prêtres avaient évoqué dans le moindre recoin du royaume ce diable de Wallace et ses hommes. Les Écossais étaient des ogres. Ils mangeaient les bébés, molestaient les nonnes, assassinaient les prêtres. Quand Édouard et son armée furent sur le départ, les fidèles les accompagnèrent. Ils allaient écraser ces Écossais honnis, venger les atrocités du Northumberland et de Cumbrie. Tuer la Bête, Wallace, et le moindre de ses démons.

Une fois les frontières franchies, ils avaient avancé sur Édimbourg, l'un des rares châteaux à avoir résisté à l'insurrection écossaise. Mais au lieu d'une population terrifiée sur laquelle exercer leur soif de revanche et de villes à piller, ils n'avaient trouvé qu'une terre vide et désolée. D'abord, cela les surprit. Puis, à mesure que les jours passaient sous un soleil de plomb, que les longues marches apportaient leur lot de souffrances, cet état de fait commença à les perturber, à les rendre fous.

De Roxburgh à la commanderie de Liston, ils ne traversèrent que des villages déserts. Les petites maisons en bois ou recouvertes de badigeon étaient vides, portes grandes ouvertes. Les soldats anglais y faisaient irruption, défonçaient les meubles, renversaient les barriques, ouvraient les coffres, sans y trouver rien à prendre, ni à manger. Ils s'en allaient dans les champs brûlés où seuls des coquelicots épanouissaient leurs pétales rouge sang au milieu de la poussière soulevée par les bottes en mailles. Les hommes transpiraient, frappés par les rayons accablants du soleil. L'armure les gênait, leurs lèvres craquelées saignaient et les cloques éclataient sur leurs pieds. Les rations commencèrent à diminuer, puis il n'y en eut plus du tout. Ils passaient parfois devant les restes fumants d'une ferme, des champs de maïs noircis par le feu. Les archers visaient les corbeaux qui volaient en cercles au-dessus de quelque cadavre de bovin, leur viande dure s'était partagée parcimonieusement entre les chanceux. Mais pour la plupart des hommes, chaque marche épuisante s'achevait le ventre vide, avec des rêves de bonne chère pour seule pitance.

Aucun d'eux ne savait où se trouvait l'ennemi, et personne ne se proposait pour donner la situation de Wallace. On envoya des éclaireurs, ils revinrent sans information. Beaucoup d'hommes passaient des nuits sans dormir, à fixer les ténèbres au-dessus des feux de camp et à attendre les premiers rayons du soleil. Deux jours avant d'arriver à Édimbourg, un orage se forma au nord et un vent violent leur cingla le visage, les couvrant de poussière. Ce soir-là, des éclairs zébrèrent le ciel en se reflétant dans la mer lointaine. Édouard avait veillé à ce qu'une flotte de vaisseaux vogue à leurs côtés le long de la côte est, afin de les retrouver à Leith pour les approvisionner en vivres. Mais quand l'armée entra dans Édimbourg, au lieu de bateaux chargés de blé et de viande, ils trouvèrent les quais déserts. La nouvelle se répandit : l'orage les avait forcés à faire demi-tour. Le spectre de la famine s'abattit sur les soldats. Le lendemain, trois coques pénétrèrent dans le port, mais hormis quelques sacs de blé directement affectés à la garde royale et aux commandants, leurs soutes ne contenaient que des barriques de vin. Alors que les troupes prenaient la direction du Temple de Liston, les hommes commencèrent à tomber malades. Les Gallois et les Irlandais, qui avaient survécu sur des rations diminuées bien avant que celles-ci ne vinssent à manquer, durent manger de l'herbe et de l'écorce d'arbre. Le roi avait envoyé Anthony Bek assiéger deux châteaux qui menaçaient leurs flancs à proximité, mais cela faisait déjà une semaine et il n'avait pas de nouvelles.

Édouard arrêta de marcher en rond et s'affala sur le lit qu'on avait transporté depuis son quartier général de York et installé dans le manoir des Templiers. Tout le monde avait été stupéfait par la défaite de Stirling l'année précédente. Personne ne s'y attendait. Mais ce n'était que quelques mois plus tard qu'il avait considéré les événements en Flandre comme un cauchemar pur et simple.

En arrivant à Gand cet automne-là, Édouard avait retrouvé Guy de Dampierre, avec qui il avait noué une alliance contre les Français. Lorsqu'on annonça que les soldats du roi Philippe marchaient sur la Flandre, cette force anglo-flamande était allée à leur rencontre à

Vive-Saint-Bavon. En moins d'une heure, les Français les avaient mis en déroute. Peu après, alors que ceux qui avaient survécu revenaient en boitant à Gand, Édouard avait eu vent de la bataille de Stirling. Laissant Guy de Dampierre affronter seul les Français, après avoir renoncé à la proposition de mariage, il revint en Angleterre préparer sa revanche. Il avait bien conscience qu'on le jugeait incapable. Les barons s'étaient ralliés à lui pour cette campagne mais il craignait – à moins de leur offrir une victoire décisive – que ne s'élèvent les premiers murmures de mécontentement.

La perspective d'une guerre civile s'insinuait dans l'esprit d'Édouard comme un poison. Lors d'un discours autoritaire à York plusieurs mois plus tôt, il avait dit à ses généraux que sur sa tombe serait inscrit *Scottorum Malleus*. La Massue des Écossais.

Aujourd'hui, avec son armée affamée et au bord de la mutinerie, ces mots semblaient le railler.

— Sire ?

La porte s'ouvrit et le comte de Surrey entra.

La défaite de Stirling avait considérablement vieilli John de Warenne, qui paraissait plus âgé. Il semblait hagard, grisâtre, et marchait en boitant légèrement à cause de la goutte dont il était affligé. Derrière lui arrivait Brian le Jay. Le visage du maître du Temple était brûlé par le soleil et son nez commençait à peler. Édouard n'aimait aucun des deux hommes. En regardant Warenne, il ne voyait que la défaite ; et le Jay le gênait plus qu'il ne l'aidait, il rechignait à suivre ses ordres et remettait en cause presque toutes ses décisions.

— Les Templiers ont distribué le moindre grain de blé, sire, dit Warenne d'une voix rauque. Il n'y en a plus.

— Et leurs réserves personnelles ? demanda Édouard en braquant son regard sur le Jay.

— Nous devons garder suffisamment de provisions pour nous nourrir, Votre Majesté, répondit fermement le maître du Temple. Sinon, nous ne vous serons d'aucune utilité sur le champ de bataille.

— Quel champ ? s'irrita Édouard. Quelle bataille ? A-t-on des nouvelles ?

John de Warenne secoua la tête.

— Aucune.

— Dans ce cas, dites aux éclaireurs qu'ils ne se donnent pas la peine de revenir si c'est pour rentrer les mains vides !

— Sire, murmura Warenne, les hommes sont nerveux. Nous ne pouvons pas continuer ainsi. Ils vont commencer à déserter si nous ne leur remplissons pas le ventre et ne leur trouvons pas une cible à combattre. Nous devrions peut-être songer à nous replier, ne serait-ce que jusqu'à Édimbourg. Nous aurons davantage de chance de trouver de la nourriture là-bas.

— Non, rétorqua Édouard, nous restons jusqu'au retour de Bek. S'il réussit, il nous rapportera des vivres du château.

En tombant sur les barriques de vin, ses yeux s'illuminèrent. Il y en avait d'autres à l'extérieur de la commanderie, beaucoup d'autres, chargées sur des chariots.

— En attendant, distribuez le vin aux troupes. Ça leur donnera le cœur léger.

Warenne acquiesça, mais le Jay intervint.

— Du vin, sire ? La plupart des hommes n'ont pas fait un seul repas convenable depuis des jours. Si vous ajoutez à cela la chaleur, ils pourraient…

— Ne me défiez pas, le Jay, le coupa Édouard. Ou je jure que je tournerai mon armée contre votre commanderie. La promesse d'un peu de bière et de nourriture ne devrait pas avoir de mal à les motiver.

Le visage de Jay trahit sa surprise et sa colère. Mais il s'abstint de répondre, préférant opiner sèchement et sortir de la pièce.

Une heure plus tard, des ovations accueillaient les barriques de vin de Gascogne que l'on traînait vers le camp.

Les hommes, déjà à moitié délirants en raison du soleil et de la fatigue, le buvaient dans des écuelles. Certains poussaient leurs camarades de côté pour accéder au doux breuvage qui apaisait leur palais desséché et tachait leurs lèvres. Derrière les portes de la commanderie, Brian le Jay et le maître du Temple d'Écosse observaient en silence les soldats tituber et chanceler au milieu des champs, certains vomissant presque immédiatement le vin que leur estomac refusait. Les acclamations et les rires avinés se muèrent soudain en cris et en disputes. Une importante compagnie de fantassins gallois, en colère à cause de leurs maigres rations, essaya de s'emparer du chariot de vivres de la garde royale. Les soldats anglais leur barrèrent le chemin et une bagarre éclata. Un groupe de prêtres essaya d'y mettre un terme en se postant entre les deux camps et en suppliant les uns et les autres de reprendre leurs esprits. Mais dans la confusion, plusieurs se firent tuer.

La bagarre d'ivrognes tournant à l'émeute, les barons envoyèrent les chevaliers pour ramener le calme, mais l'apparition d'hommes en armure et à cheval ne les calma en rien. Les Gallois volèrent au secours de leurs camarades assiégés et les Anglais firent de même, de sorte que bientôt la moitié de l'infanterie fit la guerre à l'autre. Néanmoins, les Anglais étaient très supérieurs en nombre et les Gallois quittèrent le champ en débandade. Ils fuirent vers un bois tout proche, laissant derrière eux presque cent cadavres de leurs compatriotes au milieu des barriques.

Par-dessus les portes de la commanderie, Édouard contempla le camp dévasté. La nuit tombait, le soleil projetait une lumière rouge sur tout. On avait creusé un trou dans lequel on entassait les cadavres. Warenne était venu l'informer que les Gallois menaçaient de se rallier aux Écossais. Édouard affecta un air bravache, déclarant que ses ennemis pouvaient bien faire ce qu'ils voulaient car il les écraserait bientôt tous d'un seul coup. Le désespoir commençait néanmoins à poindre, et malgré la chaleur, il frissonna. À cause d'une décision stupide, il pouvait perdre ce qu'il restait de son autorité.

C'est alors qu'Anthony Bek revint. Il arriva à cheval, avec, à ses côtés, les guerriers des terres de Saint-Cuthbert et, dans son dos, les derniers feux du soleil.

Édouard avança d'un pas, la compagnie tirait des chariots derrière elle, remplis de caisses et de tonneaux. L'espoir revint, et même l'allégresse lorsque l'évêque de Durham le retrouva aux portes du Temple pour lui annoncer qu'il avait pris les deux châteaux. Il avait aussi reçu des nouvelles d'Édimbourg : les bateaux étaient arrivés à Leith et les ravitaillements s'y trouvaient. Mais le plus prometteur était que les éclaireurs de Bek avaient repéré l'ennemi. Wallace et ses hommes se trouvaient établis à une grosse dizaine de lieues de là, juste au sud de Stirling, près d'une ville qui s'appelait Falkirk.

Falkirk, Écosse, 22 juillet 1298 après J.-C.

La chaleur était suffocante, il n'y avait pas le moindre courant d'air tandis que l'armée anglaise se formait devant un étroit cours d'eau. En face, sur des parcelles en légère pente, Wallace déployait ses troupes. Il était dix heures passées et un gros soleil rond brillait au-dessus des soldats, dans le ciel étal et blanc.

Les lignes d'infanterie sortaient au pas de course des bois qui entouraient les parcelles, des lances de quatre mètres à la main. Suivant les ordres de Wallace et de ses généraux, ils descendirent la pente pour constituer quatre grands cercles. Dans chacun de ces cercles, les soldats du premier rang s'accroupirent, un genou dans l'herbe, l'autre maintenant la lance en place. Derrière eux, les hommes restèrent debout, les lances levées, jusqu'à ce que des anneaux défensifs connus sous le nom de *schiltrons* occupent toute la colline. Entre chaque cercle, des compagnies d'archers se tenaient prêtes et, derrière cette forêt de lances et de flèches, la cavalerie écossaise forma ses rangs. Avec Wallace et ses hommes se trouvaient des comtes, des nobles et des compagnies de chevaliers, mais ils ne représentaient qu'une petite force en comparaison de l'armée de gueux qui brandissaient les *schiltrons*.

Regarder l'ennemi au pied de la colline rendait les soldats nerveux, mais ils ne bougeaient pas d'un pouce. Le sort de l'Écosse était entre leurs mains. Aujourd'hui, ils avaient bien plus à perdre qu'un an plus tôt, en ce jour d'été sur les collines d'Ochil, et ils avaient aussi bien plus à gagner. S'ils réussissaient à vaincre les Anglais une fois de plus, sous les yeux de leur tyran, ce pourrait être la dernière bataille.

Wallace passa en trombe devant eux, géant à cheval dont la voix dominait le silence. Il leur donna de la force, les remplit d'ardeur et de fièvre. Puis, pour finir, avec férocité, il conclut sa harangue :

— *Je vous ai amenés sur la piste! Maintenant, voyons si vous savez danser!*

Une ovation retentissante lui répondit.

Édouard tourna les yeux en entendant le rugissement des Écossais déferler le long des pentes. Il serra les dents, mais ne fit aucun commentaire et continua à distribuer ses ordres aux généraux. Les Anglais avaient regroupé leurs compagnies tout en observant d'un air appréciateur le petit ruisseau et le terrain incliné. Wallace avait bien choisi l'endroit où il voulait se battre : il avait l'avantage de la hauteur et la couverture des bois à l'arrière. Ses ennemis devraient se battre en grimpant, avec un cours d'eau derrière eux. Malgré tout, les hommes d'Édouard avaient envie de se battre. Outre l'énorme masse des fantassins, le roi disposait de quatre régiments de cavalerie dirigés par les comtes de Lincoln, Norfolk et Hereford, ainsi que l'évêque de Durham. À ces hommes, il fallait ajouter les chevaliers de John de Warenne et les Templiers d'Angleterre sous le commandement de Brian le Jay. Il y avait aussi un corps de cavaliers de Gascogne et un grand nombre de compagnies plus réduites, conduites par des barons qui obéissaient à leur devoir féodal. Quant à Édouard, il dirigeait lui-même un millier de gardes royaux vêtus de surcots de la même couleur écarlate que sa bannière.

Après que Bek leur eut appris où se trouvaient les Écossais la nuit précédente, toute trace de dissension avait disparu dans les rangs anglais. Les Gallois étaient revenus au camp, certes en grommelant, mais la promesse de nourriture les avait attirés. Sa cible désormais repérée, l'armée quitta le Temple de Liston à la nuit tombée. L'été était à moitié écoulé, mais les nuits restaient lumineuses et l'armée parcourut tout le chemin jusqu'à Linlithgow avant qu'Édouard n'ordonne de dresser le camp, ce qui conduisit les hommes à s'endormir n'importe où dans l'herbe épaisse. L'excitation de la bataille à venir gagna les soldats. Toutefois, ils se préparèrent dans le calme : ils ajustèrent les armures, vérifièrent lames et arcs, récitèrent leurs prières. Juste avant l'aube, ils reprirent la route. En approchant de la ville de Falkirk, ils aperçurent une rangée de lances au sommet d'une colline.

Connaissant la position de l'ennemi, Édouard arrêta leur marche et demanda qu'on dise une messe. Après quoi, il voulut partager le reste des vivres entre les troupes. Mais les généraux étaient tellement désireux de se battre qu'ils refusèrent de briser leur jeûne et, en dépit de leurs estomacs vides, ils insistèrent pour reprendre la progression.

En cet instant, sur une note de trompette, les chevaux qui frappaient impatiemment le sol de leurs sabots se mirent en branle. La cavalerie anglaise approcha du cours d'eau, les chevaliers se penchant en arrière tandis que les chevaux descendaient les berges pour pénétrer dans l'eau brune. Puis ils traversèrent et, une fois de l'autre côté, lancèrent les chevaux au petit trot. Mais comme leur attention était entièrement tournée vers les Écossais en haut de la colline, les chevaliers ne virent pas le marais qui s'étendait devant eux avant que les premières lignes ne s'y enfoncent. Les chevaux plongèrent dans l'épaisse boue noirâtre que dissimulaient traîtreusement herbes, massettes et fleurs sauvages. De surprise et de colère, les chevaliers crièrent et leurs montures paniquées allongèrent le pas, à la recherche d'un appui solide, ce qui ne fit que les embourber davantage. Les hommes s'agrippaient aux selles tandis que leurs montures ruaient dans la vase pestilentielle. Pendant ce temps, en haut de la colline, les Écossais les injuriaient et riaient en constatant qu'ils étaient si facilement tombés dans le piège.

Voyant ses troupes livrées au désarroi, Édouard lança son destrier, Bayard, et traversa le cours d'eau pour aboyer ses ordres aux commandants. Peu à peu, les lignes à l'avant réussirent à reculer et à sortir du bourbier. L'évêque Bek, qui remontait avec ses hommes entre le cours d'eau et le marais, les informa en hurlant que le sol était plus sûr à l'est. Une autre compagnie, commandée par les comtes de Hereford et de Norfolk, trouva un autre chemin praticable à l'ouest. Les Écossais firent silence tandis que la cavalerie anglaise se réorganisait et que les ailes droite et gauche chargeaient. Ils pivotèrent pour recevoir la charge.

— Archers ! hurla Wallace, debout sur sa selle en haut de la colline.

Les archers écossais, positionnés entre les *schiltrons*, armèrent leurs arcs et décochèrent deux volées de flèches au point de convergence des deux compagnies. Laissant de côté les *schiltrons*, les Anglais se dirigeaient droit sur Wallace et la cavalerie. Contrairement aux arcs longs des Gallois, dont la puissance et la précision permettaient de transpercer une armure, les arcs plus courts des Écossais n'étaient pas assez puissants pour perforer les cuirasses métalliques des Anglais. Quelques flèches touchèrent des chevaux, mais pour un homme qui tombait, des milliers poursuivaient leur course et accéléraient leur galop pour venir balayer la cavalerie écossaise. Les hommes de Wallace devinrent livides en voyant cette horde d'acier déferler sur eux, lances en avant. Comme certains tournaient bride et s'en allaient vers les bois, Wallace leur cria de tenir bon, mais le courage de ceux qui restèrent n'eut pas le résultat escompté. Pour la première fois, les Écossais comprirent réellement le terrifiant pouvoir d'une charge de la cavalerie anglaise.

La meute anglaise s'abattit sur eux comme un mur de pierre, renversant leurs maigres lignes défensives, passant par l'épée ceux qui s'opposaient à eux, massacrant les autres. Ce fut rapidement la débâcle. Les paysans écossais qui formaient les *schiltrons* regardèrent avec stupéfaction leurs commandants abandonner le terrain pour gagner l'asile le plus sûr, où les arbres gêneraient les Anglais dans leur poursuite. Seuls Wallace et une poignée d'hommes ne bougèrent pas. Voyant que la bataille au sommet de la colline était perdue, ils partirent au galop retrouver leur infanterie. Mettant pied à terre, Wallace jeta sa hache, attrapa une lance et se glissa dans la ligne de front d'un des *schiltrons* en hurlant des ordres à s'en érailler la voix. Entre-temps, les chevaliers anglais faisaient demi-tour et se lançaient sur les archers gallois. Impuissants, les fantassins regardèrent les archers se faire isoler par la cavalerie avant d'être pourchassés comme des lapins effrayés à travers la colline. Les chevaliers hurlaient en leur donnant la chasse, les premiers frappant les hommes de leur épée ou de leur lance, les autres à leur suite leur passant sur le corps, enfonçant les cadavres dans la terre noire avec des bruits d'os et de colonne vertébrale brisés. En moins d'un quart d'heure, il ne resta plus de l'armée écossaise que les quatre *schiltrons* resserrés dans l'attente de l'impact pendant que les Anglais les encerclaient et fonçaient sur eux.

— Tenez ! mugit Wallace avant que les chevaliers ne les percutent. *Tenez !*

De l'abri des bois, renversé en arrière sur sa selle, Will regarda le souffle coupé les Anglais charger les *schiltrons*. Il y eut un instant de confusion quand les lignes se rencontrèrent; ce n'était plus qu'un entremêlement de métal, de couleurs et de mouvements. Puis il entendit les hurlements des hommes et des chevaux. Les Écossais n'avaient pas bougé et les Anglais s'étaient empalés sur les lances. Les lignes anglaises tournèrent sur elles-mêmes et battirent en retraite, laissant derrière elles les morts et les blessés. Les chevaux piqués s'étaient écroulés en écrasant sous leur poids leurs cavaliers ou en les projetant dans la forêt de lances. Alors que les blessés essayaient de se remettre sur pied, les Écossais des rangées arrière les achevaient sans pitié. Will perçut autour de lui des murmures de soulagement lorsque les hommes comprirent que les *schiltrons* avaient tenu.

— Oncle Will!

Il se retourna et vit David qui arrivait avec Adam. Tous deux étaient trempés de sueur.

— Tu es blessé, lâcha son neveu en regardant son avant-bras.

La tunique de Will était déchirée et, au-dessous, la cotte de mailles avait été lacérée, révélant la chair à vif. Un chevalier anglais lui avait infligé cette blessure durant la charge.

— Je survivrai, répondit Will avant de tourner les yeux vers Adam. Les comtes?

— Ils ont fui. Pour la plupart. Ils ont emmené leurs chevaliers avec eux. Ils retournent vers Stirling par les bois. Ils disent que ça n'a aucun sens que nous perdions tous nos vies.

Adam cracha au sol avant d'exprimer le fond de sa pensée :

— Les bâtards!

Will observa entre les arbres ce qui restait de la cavalerie de Wallace, disséminée dans les bois depuis la charge des Anglais. Ils regardaient tous leurs ennemis se jeter sur les défenses circulaires. Ils n'étaient sans doute pas cinq cents. La moitié d'entre eux étaient blessés, certains mortellement, et une trentaine avaient perdu leurs chevaux.

— Il faut espérer que les *schiltrons* vont résister. Avec cette chaleur, les charges anglaises ne vont pas tarder à faiblir. Si nos hommes tiennent bon, les chevaliers finiront par se rabattre.

— Et s'ils ne se rabattent pas ? grogna Adam.

Sans répondre, Will reporta son regard sur les *schiltrons*.

Avec une régularité de métronome, les Anglais se jetaient contre les anneaux hérissés de pointes, de plus en plus frustrés d'être repoussés et de perdre des chevaux et des hommes. Ils lançaient des haches et des piques dans les *schiltrons*, mais quand un homme tombait, les deux qui étaient à ses côtés, bien entraînés par Wallace, se rapprochaient. Il y eut bientôt une pile d'armes anglaises gisant, inoffensives, au centre de chaque *schiltron*.

Une trompette se fit entendre et les cavaliers, irrités, commencèrent à se retirer. Will, qui observait la scène depuis les frondaisons, vit les commandants se diriger vers la bannière écarlate d'Édouard hissée sur la droite du champ de bataille. Il devina la présence du roi au milieu des soldats et des drapeaux, et il sentit l'aiguillon de la frustration poindre en lui. Dans les bois, les Écossais firent silence tandis que les archers gallois remontaient la colline pour se poster en face de la cavalerie défaite. Comme un seul homme, ils armèrent et tirèrent.

Les flèches s'abattirent sur les *schiltrons* à une vitesse foudroyante, traversant les habits, les armures, perforant les cous et les bras levés, les crânes, les torses, et abattant nombre d'hommes. Lentement mais sûrement, des trous apparurent dans les rangs des *schiltrons*. Une seconde trompette retentit et la cavalerie anglaise reprit sa charge.

— *Oh non!* murmura Will en remarquant que les hommes paniquaient et brisaient les lignes pour courir.

Wallace se trouvait dans ces lignes, ainsi que Gray et une centaine d'hommes qui étaient devenus ses frères d'armes au cours de cette année. Pis encore, il y avait Simon. Sans réfléchir, Will éperonna son cheval et sortit du bois.

Il n'était pas le seul. Quelques cavaliers, voyant leurs camarades en danger, suivirent son exemple. Parmi eux, se trouvaient David et Adam. Devant cette bande désordonnée qui surgissait sur la colline, une poignée de chevaliers anglais se détacha pour l'affronter, mais la plupart restèrent concentrés sur les *schiltrons*. Le massacre commença sérieusement, les Anglais accomplissant leur travail macabre sur des Écossais en déroute, dont beaucoup dévalaient aveuglément la colline, se précipitant dans le marais où ils avaient cherché à empêtrer leur ennemi plus tôt. Les hommes se débattaient dans la boue, pris au piège comme des mouches dans du miel.

Brian le Jay pourchassait d'un air exalté quatre Écossais, l'épée tourbillonnant dans sa main. Il jugea mal le terrain, son cheval plongea dans la fange et l'épée lui échappa. L'un des Écossais, rampant à quatre pattes dans la vase, se saisit de l'arme tombée près de lui. Voyant le maître du Temple lutter vainement avec son cheval pris jusqu'au poitrail dans la boue, l'Écossais pataugea dans sa direction, l'épée brandie. Le Jay l'aperçut. Il sortit son pied de l'étrier, sa botte en maille s'extirpant de la boue avec un bruit de succion, et il lui assena un coup de pied. Mais son geste déséquilibra un peu plus sa monture, qui vacilla en l'entraînant. Au même moment, l'Écossais se jeta sur lui avec l'épée et l'embrocha par le cou.

Will cavalait furieusement vers le *schiltron* sur le côté gauche de la colline, où il savait que se trouvait Simon. Il avait le souffle court. Les yeux rivés sur les hommes devant lui, il ne vit pas qu'un cavalier lui fonçait droit dessus. Il n'en prit conscience qu'au moment où l'homme planta sa lance dans le flanc de son cheval. La bête sauta et se cabra dans un même mouvement et s'écrasa en l'éjectant de la selle. Il retomba durement au sol et roula sur lui-même pendant ce qui lui sembla un temps infini. Son casque fut arraché dans sa chute.

Lorsqu'il s'immobilisa, sonné, Will était sur le dos, pantelant, le soleil dans les yeux. Il bascula sur le côté en grognant, puis se redressa en prenant appui sur ses mains, juste à temps pour voir son assaillant faire demi-tour pour venir l'achever. Titubant, il tira son épée et aperçut une tache rouge sur la cape blanche du cavalier. Tout en s'accroupissant pour sauter, il comprit alors que c'était un Templier. L'instant d'après, il se jetait de côté en donnant à son fauchon une trajectoire violente en arc de cercle qui frappa les pattes avant du cheval. Celui-ci bascula en projetant son cavalier par-dessus sa tête. Le chevalier s'écrasa sur le sol avec un bruit sourd et y resta étendu, inerte. Sans lui laisser une chance de se relever, Will courut jusqu'à lui et plongea sa lame d'un geste vif comme l'éclair dans la visière. Le sang jaillit et le corps de l'homme se convulsa durant plusieurs secondes, jusqu'à ce que Will retire son épée et s'effondre par terre.

Les bruits de la bataille semblèrent refluer tandis que Will contemplait le chevalier, son manteau blanc couvert du sang qui dégoulinait par-dessous son casque. Soudain, Will se remit debout. Il voulait voir à l'intérieur, s'assurer que, sous ce casque anonyme, ne se cachaient pas les traits de quelqu'un qu'il connaissait. Son cœur lui remonta dans la gorge pendant que son esprit passait en revue les visages de Robert et de Jacques, même Hugues, bien qu'il sût qu'aucun chevalier français, sans parler du grand maître, ne se trouvait ici. Avant d'atteindre le cadavre, il entendit son nom, lancé par quelqu'un. Puis un galop. Il tourna la tête et vit une immense lame fondre sur lui, brandie par un autre Templier venu venger son frère. Will leva son fauchon pour parer le coup. Il fut légèrement ébloui par le reflet du soleil puis les armes se percutèrent, et il crut qu'on lui arrachait le bras. Enfin, il éprouva un profond sentiment de délivrance. En tombant, il vit le fauchon dans sa main. Il était cassé. Le sol vint rapidement à sa rencontre et son crâne se fracassa dessus.

16

Champ de bataille de Falkirk, Écosse

22 juillet 1298 après J.-C.

Le ciel, la terre, sens dessus dessous : tout était distordu. Sa bouche était pleine de sang et de terre. Il essaya de cracher, mais n'avait pas de salive. Son corps était une loque et sa tête subissait un pilonnage.

Se hissant sur ses mains, les gants de mailles labourant le sol, Will essaya de se relever mais retomba, sonné et nauséeux. Une odeur épouvantable empuantissait l'air et l'empêchait de bien respirer. Sa vision redevint claire et il en comprit la cause. La colline était jonchée de cadavres. Les hommes gisaient, recroquevillés, brisés, réduits à des amas de membres épars. Des côtes auxquelles s'accrochaient toujours des bouts de vêtements saillaient des poitrines. Des têtes tranchées fixaient le ciel. Un homme, à côté de lui, était à demi enfoui sous ses propres entrailles qui sortaient de son estomac béant. Will sentit la bile remonter dans sa gorge et il se pencha faiblement pour vomir. S'essuyant la bouche de sa manche déchirée, il entendit de nouveau le pilonnage dans sa tête. Au bout d'une seconde, il comprit que le son existait bel et bien. Mais il venait d'ailleurs.

Sur les collines, les soldats anglais pataugeaient d'un corps à l'autre, débitant les cadavres avec des haches ou des épées comme s'il se fût agi de petit-bois. La cavalerie poursuivait les survivants qui tentaient de rejoindre le couvert des bois. Will se souvint d'avoir lancé son cheval vers les *schiltrons* qui se dissolvaient, incohérents désormais, puis du Templier qui l'avait attaqué et l'avait fait tomber de cheval. Ensuite… Il pivota, cherchant à tâtons son fauchon dans l'herbe. Il le retrouva sous lui. S'en emparant, il regarda comme à travers un brouillard sa lame cassée à environ trente centimètres du manche. Tandis qu'il le retournait dans ses mains, il se rappela que quelqu'un avait crié son nom juste avant que le deuxième Templier ne le percute. Le souvenir de cette voix le frappa. David. Rengainant le fauchon dans son fourreau, il se traîna à quatre pattes, malgré son corps perclus de douleur. La puanteur l'agressait mais il rampa au milieu des tas de cadavres. De temps en temps, un homme remuait sous lui dans son agonie. Il appuya à plusieurs reprises ses mains dans quelque chose de poisseux et le rembourrage de ses gants de mailles fut bientôt teinté de rouge. Soudain, quelqu'un lui attrapa le poignet, ce qui le fit sursauter.

Le regard perdu du soldat se posa sur lui.

— S'il te plaît, aide-moi. Je ne sens plus mes jambes.

Les yeux de Will passèrent de son visage à l'endroit où auraient dû se trouver ses jambes. Il n'avait plus que le tronc.

— Je suis navré, dit-il d'une voix pâteuse en dégageant sa main.

Il continua de ramper, n'entendant autour de lui que plaintes et gémissements. Les lignes de soldats anglais qui remontaient la colline se rapprochaient de lui.

À la limite de la folie, il commença à tirer les hommes par les cheveux pour voir leur visage. Certains d'entre eux n'étaient plus qu'une bouillie sanguinolente. Le soleil lui dévorait la nuque et partout les mouches bourdonnaient autour des morts et des mourants. Will s'arrêta. À plusieurs pas de là, il repéra un cheval dont l'énorme tête était mollement étendue sur le sol. Sur sa croupe était vautré un homme râblé aux cheveux ébouriffés et maculés de sang. C'était Adam. En s'approchant de lui, Will vit qu'il avait le crâne défoncé. Il s'assit sur ses talons, sentant ses dernières forces l'abandonner. Puis quelqu'un tira sur sa tunique. Il fit volte-face et tomba nez à nez avec son neveu. Il était couvert de sang, mais en un seul morceau.

David claquait des dents.

— J'ai essayé de le réveiller, dit-il, le regard fixé sur Adam. Il m'a sauvé la vie.

— Il faut qu'on parte, émit Will dans un râle.

Avec effort, il parvint à se relever.

— Je veux qu'on trouve le grand maître. Qui l'a vu en dernier?

En entendant cette voix impérieuse, Will tourna la tête et aperçut un homme montant un destrier à quelque distance de là. Même si sa cotte de mailles cachait son visage, Will aurait reconnu cette voix entre mille. C'était Édouard. Plusieurs hommes accompagnaient le roi, dont un Templier.

David le tirait par le bras.

— Will, viens!

Le Templier s'approchait du chevalier que Will avait tué et dont la cape blanche ressortait au milieu des guenilles des Écossais.

L'espace d'un instant, Will resta figé, son regard passant du Templier au roi.

David ne le lâchait pas.

Le Templier allait droit vers son frère tombé au combat et ne leur prêtait aucune attention, mais l'un des hommes du roi remarqua les deux Écossais et il lança son cheval dans leur direction en tirant son épée.

Will se mit en branle en poussant David devant lui.

— Cours! cria-t-il en entendant les sabots marteler le sol derrière lui.

— *Attendez !*

Au moment où cet ordre lui parvint, Will trébucha sur le cadavre d'un lancier et tomba à genoux. Le cavalier se signa et passa à côté de lui en trombe.

— Je les veux vivants ! Amenez-les-moi.

Levant la tête, Will vit les hommes mettre pied à terre. Ils avançaient vers lui, l'épée à la main. Le cavalier avait fait un arc de cercle pour barrer le chemin à David. Il sentit des mains le prendre sous les aisselles, le traîner vers le roi et entendit David crier et se débattre.

Édouard le toisait du haut de son destrier. Dans ses yeux gris légèrement voilés par l'âge, Will décela la surprise.

— Votre Majesté !

Édouard tourna la tête en jetant un regard noir à celui qui venait de l'interrompre.

— Nous avons trouvé le maître du Temple. Il semble qu'il se soit noyé dans le marais.

— Très bien. Arrêtez les recherches !

Édouard reporta son regard sur Will, puis il fit signe aux hommes qui les tenaient, David et lui.

— Ces deux-là sont mes prisonniers.

Le couvent dominicain, Stirling, Écosse,
28 juillet 1298 après J.-C.

La porte s'ouvrit et une écuelle en bois atterrit sur le sol. La moitié de son contenu se répandit à terre et une voix lança :

— Tu peux lécher le sol comme un chien.

La porte se referma en claquant et Will rampa jusqu'à l'écuelle. Dans l'eau ne flottaient plus que quelques cuillerées de graines. Une par une, il les ramassa et les remit dans l'écuelle. Puis, l'agrippant, il s'adossa au mur de pierres grises qu'un carré de soleil réchauffait. Les graines avaient un goût amer, mais c'était le premier repas qu'il avalait depuis des jours et chaque bouchée lui redonnait des forces. Quand il eut fini de manger, il porta l'écuelle à ses lèvres et fit glisser l'eau dans sa gorge desséchée avec une délectation inimaginable. Alors qu'il léchait les dernières gouttes, sa langue rencontra une rainure au fond. Il regarda plus attentivement et vit que l'écuelle était ébréchée. La prenant alors à deux mains, il la cassa en deux. C'était toujours mieux que rien.

Après avoir placé les deux morceaux de l'écuelle dans le seau qu'on lui avait donné pour sa toilette, il s'affala contre le mur. Le contact froid des pierres le fit frissonner. Ils ne lui avaient laissé que ses braies. Sa cotte de mailles, sa tunique, ses bottes, son fauchon brisé : tout lui avait été pris à Falkirk. Quand Édouard était parti, deux gardes royaux en livrée écarlate l'avaient roué de coups de poing tandis qu'un troisième le tenait pour l'empêcher de se protéger. Ensuite, ils l'avaient jeté dans un chariot. Il avait vu David inanimé devant lui, ainsi que d'autres hommes dans le même état, puis il était resté à demi inconscient jusqu'à ce que l'armée anglaise arrive à Stirling.

Will avait senti la fumée avant qu'ils n'atteignent la ville, son odeur âcre l'avait sorti de sa torpeur. Ses oreilles, dans lesquelles du sang avait coagulé, s'emplirent des sons environnants et l'éclat du soleil le fit ciller tandis que le chariot cahotait le long de la route. Stirling avait été rasé. Les maisons au bas du piton où était accroché le château n'étaient plus que des cendres dont s'échappaient, tels des fantômes, des écheveaux de fumée. Le feu avait noirci les murs du château ravagé. En entendant les murmures de colère des soldats, Will sentit l'espoir renaître en lui. Si cette dévastation n'était pas l'œuvre des Anglais, alors c'est que les Écossais en étaient les auteurs. Cela ressemblait bien à la stratégie de Wallace, il pria pour que ce dernier ait pu réchapper du champ de bataille. Wallace ne faisait sûrement pas partie des prisonniers dans le chariot, dont deux étaient morts. On les avait jetés sur le bas-côté.

David n'était pas inconscient, mais endormi. Will n'avait pas osé aller le retrouver. Il était resté sans bouger pendant que les troupes marchaient sur Stirling.

Tandis que le reste de l'armée épuisée montait le camp dans les plaines autour de la ville, Édouard et ses généraux investirent le seul bâtiment que le feu n'avait pas dévoré : un couvent appartenant aux dominicains. On tira Will du chariot pour l'emmener à l'intérieur. L'endroit était désert, malgré les signes d'une présence récente : un sac de grain à l'abandon dans le couloir, éventré, un casque au sol dans un corridor vide, l'éclat terne d'une pièce de monnaie par terre. On le poussa jusqu'à une chambre au deuxième étage, qu'il devina être une cellule de moine. Une fenêtre grillagée donnait sur un cloître. Les soldats enlevèrent les seuls meubles : une paillasse en bois, un coffre et un tabouret. Une fois de plus, ils le rouèrent de coups et le laissèrent pelotonné dans une mare de sang, les yeux rivés sur un crucifix fixé au mur.

Il estimait que deux jours s'étaient écoulés, mais n'en était pas certain. La douleur l'empêchait de garder conscience de quelque chose d'extérieur comme le temps. Le monde était intériorisé. Dans les étranges mers où il dérivait, en proie au délire, se trouvaient des îles de souffrance. Il les connaissait toutes, mais elles semblaient très loin les unes des autres, le martèlement dans sa tête étant à des lieues et des lieues de ses doigts fracturés et des côtes brisées qui le lançaient. Le repas, quoique maigre, lui apporta une lucidité dérangeante qui réveilla à la fois ses blessures et ses pensées. Dans son esprit, il y avait d'abord David. La nuit précédente, agrippé aux barres de la fenêtre, il l'avait appelé doucement dans les ténèbres en espérant que son neveu soit dans une cellule adjacente. Aucune réponse n'était venue le rassurer. Will vivait en vase clos depuis si longtemps avec Wallace et les autres hommes que le silence lui était insupportable. Livré à lui-même, sans rien pour le distraire, ses pensées l'habitaient et le tourmentaient.

Sans lui, son neveu n'aurait pas été là. C'était lui qui avait emmené sa famille dans la forêt de Selkirk, sur la trace des rebelles. Lui qui avait déserté le Temple sans en parler à Simon, son fidèle camarade depuis tant d'années, venu à sa recherche parce qu'il s'inquiétait, et qu'il avait traité comme un moins que rien. Simon gisait-il sur le champ de bataille de Falkirk, le corps bouffé par les vers ? Et qui était ce Templier dont le visage lui était resté caché pour toujours derrière le casque ? Était-il encore là-bas, ou l'avait-on enterré avec ses frères ? Ç'aurait pu être Thomas, un des derniers membres de l'Anima Templi. Il avait peut-être tué un membre du Cercle. Les visages de son père et d'Everard se dressèrent devant lui avec un regard accusateur. Il les avait trahis. Il avait renié ses serments et abandonné ses devoirs, ses frères. Sa fille.

La porte s'ouvrit avec fracas. Will eut à peine le temps de lever les yeux que des hommes l'agrippaient et le mettaient brutalement sur ses pieds.

Le roi Édouard entra. Il ne portait plus sa cotte de mailles et sa coiffe, mais une robe et une couronne en or. Les soldats tirèrent Will jusqu'au centre de la pièce. L'un d'eux lui donna un méchant coup à l'arrière des jambes pour l'obliger à se mettre à genoux. Puis, sur un geste du roi, ils s'écartèrent.

— Laissez-moi.

— Votre Majesté, le prisonnier...

— Ne tient même pas debout. Laissez-moi.

Les soldats s'inclinèrent et quittèrent la cellule. Édouard baissa les yeux sur Will, puis il alla vers la fenêtre en le laissant agenouillé sur le sol.

Malgré sa douleur, Will sentit ses muscles retrouver leur fermeté. Après toutes ces années à être hanté, *obsédé* par cette attente, voilà qu'il était seul avec son ennemi. Ses yeux se posèrent sur le seau, où les deux morceaux de l'écuelle étaient à peu près dissimulés sous une couche d'urine.

— Est-ce que vous avez regardé dehors aujourd'hui ?

Will ne répondit pas, et Édouard se tourna.

— Vous devriez regarder ce qu'on y construit.

Will se rappela les coups de marteaux du matin. Comme il essayait de rassembler ses forces, il ne s'était pas levé.

— Savez-vous de quoi il s'agit?

Will était submergé par une émotion primitive, mais il réussit à n'en rien laisser paraître.

— Une potence, je pense.

Après plusieurs jours de silence, il parlait d'une voix éraillée.

Édouard revint se placer devant lui.

— Avez-vous déjà vu un homme pendu, Campbell? Ce n'est pas une vision très plaisante. Le visage tourne au rouge, puis au pourpre. Il enfle horriblement. La langue gonfle et sort de la bouche. Les yeux sont si exorbités que vous avez l'impression qu'ils vont sauter de leur cavité. Le cou se distend à peu près de ça.

Édouard écarta les mains pour lui montrer.

— Ça peut durer près d'une heure. Dans ce laps de temps, la vessie se vide, puis les intestins. L'indignité finale, pour les hommes, c'est l'érection du pénis et l'inévitable projection. Et pendant tout ce temps, la foule regarde.

Il scruta le visage de Will.

— Je peux vous éviter un destin aussi fâcheux.

Will lui jeta un coup d'œil, puis grogna.

— Vous ne me laisserez pas la vie sauve.

— Non, mais je peux vous offrir une mort plus noble : une exécution rapide au fil de l'épée plutôt que la lente torture du gibet. Je serais *prêt* à vous l'offrir si vous me disiez pourquoi vous êtes ici, en Écosse.

Will baissa les yeux pour dissimuler sa surprise. Il avait imaginé qu'Édouard ferait partie des personnes au courant de sa désertion. La raison de l'ignorance du roi était probablement qu'il n'avait pas revu Hugues depuis la conférence à Londres. C'était tout à fait possible;

depuis, Édouard avait été occupé par la Flandre puis par l'Écosse. Restait à savoir comment jouer de cet avantage. Il essaya de réfléchir à travers la brume qui opacifiait son cerveau, mais Édouard reprit la parole.

— Pourquoi êtes-vous ici ? Répondez-moi ! Le Temple vous a-t-il envoyé prendre contact avec Wallace ? L'Ordre travaille-t-il contre moi ?

Soudain, Will sut avec clarté ce qu'il devait faire. Édouard ignorait qu'il avait quitté le Temple mais surtout, il doutait de la loyauté de l'Ordre. Il se demanda ce qui avait pu se passer pour éveiller ses soupçons. Hugues avait-il repris ses esprits et mis fin à leur alliance ? Ou y avait-il autre chose ? Il repensa à la réponse impitoyable du roi lorsqu'il avait appris la mort de Brian le Jay. Peut-être tous les maîtres n'approuvaient-ils pas que l'Ordre soutienne cette guerre.

— Je vous dirai tout ce que vous voulez savoir, dit-il lentement, si vous libérez l'homme qui était avec moi.

— Qui est-ce ? Un autre chevalier ? s'étonna Édouard, méfiant. Que je le libère et il ira faire son rapport à ses maîtres. Je ne suis pas stupide. Vous mourrez tous les deux ici. Votre seul choix, c'est de décider comment.

— Alors, vous ne saurez jamais pourquoi je suis venu.

Will leva la tête, réconforté de savoir que David était toujours en vie.

— Je suis au courant pour Honfleur, Édouard.

Les yeux du roi se fermèrent presque, telles des fentes, mais Will ne savait pas si c'était à cause de cette révélation ou de l'usage familier de son prénom. Quoi qu'il en soit, l'irritation palpable d'Édouard le satisfit.

— Je sais que vous avez essayé de voler les joyaux de la couronne que votre père avait mis en gage. Que vous avez obligé Garin à chercher coûte que coûte le *Livre du Graal*. Que vous avez manipulé Everard comme vous avez manipulé Hugues. Je connais toute l'étendue de votre traîtrise.

Édouard se pencha sur lui.

— Tout cela n'a plus d'importance. Grâce à votre visiteur, Jacques de Molay m'a donné ce que je voulais, quand je le voulais.

Sa voix était celle d'un serpent venimeux prêt à mordre.

— Mes hommes estiment que dix mille Écossais sont morts sur les collines de Falkirk. Ce que vous avez dit à Hugues de Pairaud, ce qu'il sait, ne change rien. Je peux écraser les Écossais tout seul. Je viens de le prouver. Les barons me soutiendront pleinement, désormais.

— Et quand vous en aurez terminé avec votre guerre ici, croyez-vous que l'Ordre sera heureux que vous l'ayez dupé ? Croyez-vous que vos actions n'auront aucune répercussion ?

Édouard éclata de rire.

— Des répercussions ? Le Temple est fini. Cet idiot de Pairaud s'est pratiquement mis à genoux pour me supplier de l'aider à le rebâtir ! L'ère des chevaliers est révolue. Voici venir l'heure des rois ! Des empires !

Édouard s'enflammait à mesure qu'il parlait.

— Même le plus grand des rois peut être victime d'un homme déterminé. Vous êtes toujours de chair et de sang.

Édouard s'immobilisa.

— Vraiment ? murmura-t-il. C'est pour cela que vous êtes là ?

Rassemblant ses dernières forces, Will se jeta sur le seau. Au moment où il plongeait la main à l'intérieur, Édouard appelait ses gardes. Will se précipita sur le roi, la porte s'ouvrit et deux soldats entrèrent les yeux arrondis. Serrant le morceau d'écuelle dans sa main, il essaya de frapper le roi, mais celui-ci fit un pas en arrière et le bord tranchant le manqua d'un cheveu. Les deux gardes sautèrent sur Will et le plaquèrent contre le mur.

Il hurla lorsque ses côtes meurtries furent compressées et le morceau d'écuelle lui tomba des mains. Mais bientôt, cette douleur se mêla aux autres, les soldats le rouant de coups de poing.

— *Assez !*

À travers ses larmes, Will vit Édouard s'approcher de lui.

— Je le veux vivant, dit-il, le souffle court. Quand il mourra, je veux qu'il passe par toutes les souffrances imaginables. Pas simplement le gibet, c'est encore trop bon.

Il colla son visage contre le sien.

— Avant que tu meures sur l'échafaud, je te ferai souffrir comme jamais tu n'as souffert. Je te ferai attacher par les poignets et les chevilles et écarteler par des chevaux jusqu'à ce que tes bras et tes jambes se disloquent. Mais tu ne seras toujours pas mort.

L'un des soldats maintenait la tête de Will en le tirant par les cheveux.

— On t'étendra sur une table, afin que tous mes soldats te voient. Un spectacle. On t'ouvrira, du nez à l'aine, et on sortira tes organes les uns après les autres, qu'on brandira devant tes yeux. Alors, et pas avant, la hache mettra fin à tes tourments dans cette vie. Dans la prochaine, ils te poursuivront.

Will vit des gouttes brunâtres sur les joues d'Édouard. Confusément, il finit par comprendre qu'en attaquant le roi avec l'écuelle, il l'avait éclaboussé de sa propre urine. Ses lèvres, révélant des gencives ensanglantées, dessinèrent un sourire obtus.

Quand il revint à lui, quelque temps plus tard, il faisait nuit. Le coin de ciel visible par la fenêtre était parsemé d'une poussière d'étoiles. Will resta étendu à attendre que les sensations reviennent dans ses membres. Ils avaient pris le seau et les fragments de l'écuelle. La seule chose qui lui restait : quatre murs nus et un crucifix. La bravade avec laquelle il avait répondu à Édouard n'avait servi à rien. Désormais, il se sentait profondément désespéré. Il mourrait sûrement le lendemain, avec une âme tourmentée et aucune opportunité de se repentir et de se voir accorder le pardon. Il avait brisé les vœux prononcés devant Dieu et les derniers mots d'Édouard résonnaient dans son esprit comme un jugement. Son seul espoir, aussi vain fût-il, c'était que le roi soit trop occupé à lui infliger des souffrances pour prêter attention au procès de David.

Will rampa jusqu'au mur. S'y agrippant avec ses ongles pleins de sang, il se hissa et saisit le crucifix. Puis il se laissa glisser contre le sol en le serrant contre lui.

— Ô Seigneur, aie pitié de moi car je...

Mais alors que ses lèvres remuaient, aucun autre mot ne put sortir. Il n'était pas prêt à les dire. Il y en avait tant d'autres à dire avant ; tant de choses à expier.

Il fixait la porte. Ils le nourriraient une dernière fois avant d'en finir. Édouard voudrait qu'il soit en forme et conscient des tortures. Son esprit se moquait de lui, lui demandait comment il comptait maîtriser des gardes armés alors qu'il était à peine capable de marcher, mais il repoussait cette question. Il prit la décision de ne pas laisser à Édouard la satisfaction d'une mort lente, puis il progressa pas à pas à travers la chambre avant de s'affaisser derrière la porte. Il mourrait en essayant de regagner sa liberté. Ses yeux n'arrêtaient pas de se fermer, sa tête tombait sur sa poitrine et se redressait brusquement dans son combat contre le sommeil. Malgré tous ses efforts, il finit par s'endormir.

Will se réveilla en sursaut. Ses yeux ensommeillés se tournèrent vers la porte fermée, puis il reprit véritablement ses esprits en entendant plusieurs bruits sourds. Ensuite, il entendit un coup sur la porte même. Will se releva. Plaqué contre le mur, il leva le crucifix qu'il tenait à la main. La porte s'ouvrit et une tête apparut. Il abattit la croix de bois aussi fort qu'il le pouvait et la silhouette s'effondra en criant et en levant un bras pour se protéger des éventuels autres coups. Will l'enjamba et se faufila dans le couloir. Mais il n'eut pas le temps de franchir le seuil qu'une main le saisissait à la gorge en lui coupant la respiration. Tandis qu'on le repoussait dans la cellule, il aperçut fugacement un menton, le reste du visage étant dissimulé par une cagoule, et il essaya de frapper l'homme avec le crucifix mais ce dernier lui attrapa le poignet et le serra. En quelques secondes, Will ne sentit plus ses doigts. La croix tomba par terre. Au même moment, il entendit que l'homme chuchotait son nom. Il enleva sa cagoule, et dans la pénombre Will reconnut William Wallace. L'homme près de la porte, qui se relevait en se frottant le crâne, n'était autre que Gray. Il discerna vaguement plusieurs hommes en arrière dans le couloir, ainsi que l'éclat bref d'une lame.

— Comment..., commença Will.

Wallace secoua la tête.

— Plus tard. Adam est ici?

— Adam?

— Ils savent qu'il est mon cousin, s'impatienta Wallace. Ils doivent l'avoir amené avec les autres prisonniers. Gray dit qu'il t'a vu avec lui pendant la bataille.

Will se sentit défaillir.

— Adam est mort, répondit-il au bout d'un moment.

Wallace le fixa sans mot dire.

— Allons-y, le pressa Gray depuis le seuil.

Passant le bras autour de la taille de Will pour le soulever, Wallace l'entraîna dans le couloir.

Parmi ses sauveteurs, Will reconnut Stephen d'Irlande. Il y avait aussi deux autres prisonniers qui étaient avec lui dans le chariot. Ils étaient en meilleure forme que lui et on leur avait donné des armes. Les corps des soldats anglais qui gardaient les cellules étaient étendus par terre, inertes.

— Attendez, souffla Will. Ils ont David. Je dois...

Il se tut en voyant deux hommes apparaître à l'autre bout du couloir. L'un d'eux était David, salement amoché, mais il marchait tout seul. L'autre était Simon. Tandis qu'il passait son manteau autour des épaules de David, le palefrenier croisa son regard. Avant d'avoir rien pu ajouter, Will fut porté à travers le couloir. Il remarqua un homme en habits de moine qui guidait la compagnie.

Gray ouvrit la marche pour descendre un escalier en spirale. En bas, il enjamba le corps d'un autre soldat. Puis ils franchirent une porte qui menait à un cloître et coururent au clair de lune en passant devant la potence érigée au centre. Les nœuds pendaient lugubrement dans la pâle clarté du ciel. Derrière eux, un cri retentit. Trois gardes royaux les avaient aperçus. Deux d'entre eux les prirent en chasse tandis que l'autre rentrait pour donner l'alarme. Wallace lâcha Will, qui vacilla et faillit tomber, mais Simon le redressa. Tirant l'énorme claymore du fourreau attaché dans son dos, Wallace chargea les soldats. Le combat s'engagea, rompant le silence des lieux, tandis que d'autres cris retentissaient.

— Vite ! cria Gray en les guidant à travers un passage en pierre de voûte qui s'enfonçait sous terre.

Will huma l'odeur de nourriture avariée et il devina qu'ils allaient vers les cuisines du couvent. Il se raccrocha au bras de Simon et serra les dents. Wallace courait derrière eux, l'épée couverte de sang. Il s'empara d'une torche fixée au mur au moment où une cloche se mettait à sonner.

La troupe s'engouffra dans la cuisine et Stephen s'arrêta un instant, le temps de pousser des sacs de grain contre la porte. Le moine les dirigea vers une réserve. Gray se précipita sur une trappe dissimulée dans le sol et la souleva. Will aperçut un puits noir, des barriques entassées, un sol en pierre, puis les hommes sautèrent au fond et des bras le portèrent en le secouant en tous sens. La douleur le submergea, il haleta et se sentit happer par les ténèbres.

Près de Perth, Écosse, 5 août 1298 après J.-C.

— Pouvons-nous parler ?

Wallace regarda alentour, puis il continua de tisonner le feu avec le bâton qu'il tenait à la main. Une bûche carbonisée se désintégra.

— Je croyais que vous ne seriez pas en état de parler avant un moment.

— C'est moins grave que ça en a l'air.

Will s'assit sur une bûche en grimaçant et Wallace haussa les sourcils. Des murmures leur parvenaient depuis les bois, mais il était tôt et les hommes dormaient presque tous.

— Est-ce que tout le monde a été libéré ?

— Vous ne vous rappelez pas ?

— Pas tout. J'ai entendu dire que les dominicains nous ont aidés.

Wallace hocha la tête.

— Juste après avoir appris que les prisonniers avaient été emmenés au couvent, les moines sont venus nous parler du tunnel. Le rocher sur lequel se trouve le château de Stirling en cache de nombreux. La plupart sont naturels, mais certains ont été creusés pour servir d'issues de secours. L'un d'eux mène à leur couvent.

— C'était courageux de leur part, ils risquent leur vie.

Wallace fit la moue.

— Ils nous le doivent. Le couvent est le seul bâtiment que nous n'avons pas détruit lorsque nous avons rasé la ville. Heureusement pour vous. S'il n'était pas resté debout, vous auriez été dehors, au milieu d'un champ, entouré d'Anglais, et nous n'aurions jamais pu arriver jusqu'à vous.

— Je regrette pour Adam.

Wallace opina, sans répondre.

— Je voulais tous vous remercier. Pas seulement pour moi, pour David aussi.

— Je pensais pouvoir sauver mon cousin.

À la lueur du feu, le visage de Wallace semblait plus dur que jamais. Il remua les braises.

— Mais je vous dois la vie, Campbell. Vous n'avez pas à me remercier.

— Simon m'a dit que vous aviez rasé Perth.

— Après Stirling, les Anglais iront sûrement là-bas. La seule chose que nous pouvons faire maintenant, c'est de tout brûler avant qu'ils n'arrivent quelque part. Nos éclaireurs nous tiennent au courant de leurs mouvements, c'est ainsi que nous avons su qu'ils avaient fait des prisonniers à Falkirk. Nous savons aussi que les rations qu'ils ont reçues par la mer sont épuisées. Si nous pouvons les priver de nourriture et d'abri, tôt ou tard ils devront repartir.

Wallace avait les yeux rivés sur le feu.

— La victoire d'Édouard n'a fait que remonter le moral de ses troupes.

— Il pense avoir gagné.

Wallace leva les yeux.

— Il se trompe. Il a peut-être détruit mon infanterie, mais j'ai toujours ma cavalerie.

— Et les comtes ?

— Aussi lâches qu'ils aient été à Falkirk, au moins ils ne sont pas retournés dans le camp des Anglais. Surtout, j'ai appris à Perth que le comte Robert Bruce attaque Carlisle.

Wallace posa ses coudes sur ses genoux. Ses mains étaient encore couvertes de contusions reçues dans le *schiltron*. Il haussa les épaules.

— Qui sait ? Peut-il y en a-t-il d'autres qui mènent leurs propres batailles à travers toute l'Écosse.

Will gardait le silence. Il n'arrêtait pas de ressasser tout cela depuis qu'il était revenu à lui, la veille, mais il ne voyait pas trop comment aborder le sujet avec Wallace.

— Vous savez que vous ne pourrez pas gagner de cette façon, dit-il en optant pour la franchise.

— Qu'est-ce que vous insinuez ? Que je devrais abandonner ?

— Je dis qu'il faudrait les attaquer d'une autre manière. L'alliance avec la France..., expliqua Will avant que Wallace ne l'interrompe. Le traité qui date du temps où le roi John était au pouvoir, est-il toujours en vigueur ?

Wallace acquiesça.

— Quand je suis devenu gardien du royaume, j'ai écrit au roi Philippe pour lui dire que je souhaitais que l'amitié entre nos deux royaumes se poursuive.

— Alors, servez-vous-en. Allez voir Philippe et le pape. Trouvez de l'appui auprès des hommes qui menacent Édouard, qui peuvent le forcer à cesser cette guerre. C'est sa seule faiblesse.

Will se passa la main dans les cheveux.

— Tout ça était tellement clair quand il m'a rendu visite dans la cellule. Je connais Édouard depuis des années et je sais de quoi il est capable. Mais je ne l'avais jamais vu avoir peur, jusqu'au moment où il a paru craindre que le Temple ne se retourne contre lui.

Wallace plissa le front.

— C'est le cas ?

— Je ne crois pas, pas si Brian le Jay et les autres étaient à Falkirk, mais il semble qu'Édouard n'était pas dans les meilleurs termes avec le maître d'Angleterre. Il me pensait toujours chevalier et ça l'inquiétait. Mais quelles que soient ses relations avec l'Ordre, il est clair qu'il craint les menaces contre son autorité. Nous savons que les barons ne sont guère ravis par la guerre en Gascogne, et sa défaite face à Philippe en Flandre signifie qu'il doit s'efforcer de regagner leur confiance. La victoire le remonterait dans leur estime pour un temps. En revanche, si Philippe et le pape se mettaient en travers de son chemin, les barons ne tarderaient pas à réagir. Il n'y a pas plus puissant que la menace d'une excommunication.

Will écarta les mains.

— Une nation exclue, seule et vulnérable aux attaques, tous les traités suspendus, tous les accords de négoce annulés, c'est la paralysie assurée.

Wallace, imperturbable, ne quittait pas Will des yeux. Ils entendirent tousser dans leur dos. Gray s'approchait d'eux. Il cracha dans le feu, puis salua Will d'un signe de tête.

— Alors, vous êtes en vie?

Il ramassa une gourde d'eau et s'assit.

— Le frère de Stephen est mort cette nuit, ajouta-t-il en regardant Wallace. Combien d'enfants d'Écosse Dieu va-t-il encore emporter, d'après toi?

Wallace ne répondit pas. Les trois hommes sombrèrent dans le silence, que seule la toux de Gray rompait de temps en temps.

Voyant que Wallace ne parlerait pas tant que Gray serait là, Will se leva doucement.

— Au fait, je suis désolé, dit-il en se tapant le front, là où Gray avait une bosse.

— Ça veut juste dire que tu valais le coup d'être sauvé…, frère.

En partant, Will se demanda si c'était en quelque sorte une allusion à Christiane.

— Je vais réfléchir à ce que vous m'avez dit, lui lança Wallace alors qu'il s'éloignait.

Will marcha lentement à travers les arbres, s'arrêtant à plusieurs reprises pour reprendre son souffle. Il croisa deux hommes qui le saluèrent, mais les autres, encore sous le coup de la défaite et de l'étendue du massacre, gardaient le silence. Chacun avait perdu quelqu'un qu'il connaissait, un camarade ou un proche.

Comme il se dirigeait vers une clairière en bordure du camp, il vit Simon venir vers lui, un sac dans les bras.

— Je me suis réveillé et j'ai vu que tu étais parti, dit le palefrenier, l'air soulagé. Un moment, j'ai cru… Enfin, peu importe.

— Qu'est-ce que c'est?

Simon lui tendit le sac.

— Je voulais te le donner quand tu aurais récupéré, mais puisque tu es debout…

Will fronça les sourcils en s'en emparant. En l'ouvrant, il découvrit une ceinture enroulée à l'intérieur avec un fourreau en cuir. Son cœur s'emballa. Il prit le fauchon par le manche, le tira et laissa le sac tomber.

— Où l'as-tu trouvé ? murmura-t-il en étudiant la lame cassée.

— Une des cellules que nous avons fouillées au couvent était vide, en dehors d'un tas de vêtements et d'armes. J'ai reconnu le fourreau. J'ignore s'il peut être réparé.

— Moi non plus. Je te remercie, ajouta-t-il en croisant le regard de Simon. Je me suis comporté comme un idiot, Simon, comme un véritable idiot. Mais j'ai l'intention de m'amender. Je vais repartir à Paris. J'ai parlé à Wallace d'une idée que j'ai eue. Il viendra peut-être avec moi, mais je pars de toute façon, le plus vite possible. Je crois pouvoir faire des choses là-bas.

— Rose ?

— L'abandonner a été ma pire erreur. Ainsi que la façon dont je t'ai traité.

Simon passa ses pouces dans sa ceinture et détourna le regard. Ses yeux brillaient.

— Tu veux que je t'accompagne ?

— Oui.

— Et David ? Ysenda ?

— Ils restent. Il est possible que ma sœur, Ede, soit toujours dans le Nord. S'ils réussissent à la retrouver, ils auront un endroit où habiter.

— Ça ne fera pas plaisir à David.

— Je lui parlerai aujourd'hui, mais je dois d'abord faire quelque chose.

Will lui tendit le fauchon.

— Garde-le pour l'instant.

Laissant Simon derrière lui, Will repartit vers la clairière où il avait entendu un groupe d'hommes marmonner le *Pater Noster* la veille au soir. Il était presque l'heure de la messe du matin. De fait, John Blair s'y trouvait. Il se lavait les mains dans le petit ruisseau qui traversait le bois et coulait juste à côté de la clairière.

Le prêtre se retourna en l'entendant approcher. En reconnaissant Will, il parut surpris, mais se contenta de le saluer d'un signe de tête.

— Bonjour, dit-il en marchant vers l'endroit où une bible reliée en cuir et un encensoir étaient posés.

— Voulez-vous entendre ma confession, mon père ?

John le scruta un instant.

— Bien sûr.

Là, au cœur de la forêt, Will s'agenouilla dans l'herbe face au chapelain. John ne prononça pas un mot, il l'écouta parler, d'abord de façon hachée, puis plus vite, d'une voix mieux assurée. De temps à autre, elle se brisait tandis qu'il racontait au prêtre son amour pour Elwen, comment il avait rompu ses vœux de chevalier, leur mariage secret et la naissance de leur fille. Il parla de la trahison de Garin, de sa tentative pour la sauver de la maison en feu, de la chute d'Acre. Enfin, incapable de s'arrêter, les mots sortant de lui comme de la bile, il évoqua le meurtre de Garin, son ancien camarade, et celui du Templier à Falkirk. Au moment où John apposa ses mains sur sa tête penchée et lui donna l'absolution, tous ses péchés, vieux ou récents, ceux qu'il gardait en lui depuis longtemps et qui l'empoisonnaient, comme ceux qui étaient encore des plaies à vif, semblèrent se dissiper tel un panache de fumée dans la lumière mordorée qui les baignait.

17

Les quais, Paris

17 septembre 1299 après J.-C.

C'était un après-midi ensoleillé mais venteux. Les oiseaux autour de Notre-Dame luttaient contre les bourrasques. Sur les rives de la Seine, les arbres agitaient leurs branches dont le feuillage commençait à se parer des couleurs de l'automne. Dans quelques mois, l'année se terminerait et un nouveau siècle s'ouvrirait.

Will se tourna vers Simon.

— C'est là que nous nous séparons.

Il lui sourit.

— Pour le moment, ajouta-t-il.

Par-dessus son épaule, Simon regarda dans la direction du Temple.

— C'est étrange de revenir après tout ce qui s'est passé.

— Va trouver Robert. Il sait pourquoi tu es parti en Écosse, tu peux tout lui raconter. Si quelqu'un d'autre pose des questions, dis que tu t'es fait transférer à Balantrodoch et que tu t'es retrouvé pris dans la guerre.

Simon poussa un profond soupir.

— Je suppose que c'est presque vrai.

— Peu importe. Personne ne vérifiera. Et même s'ils le faisaient, le Temple en Angleterre est sans doute en pleine confusion depuis la mort de Brian le Jay. Ils ont pu égarer les registres, commettre des erreurs.

Will posa la main sur l'épaule de son ami.

— Ne t'inquiète pas.

— Et toi ? Tu verras Robert ?

Will tourna la tête, Wallace le hélait. Le reste du groupe avait rassemblé les affaires et attendait sur les quais.

— Le moment venu.

Laissant Simon remonter les rives boueuses, Will alla retrouver Wallace, qui jetait son sac sur son épaule.

Après que les six gardes du Grand Châtelet les eurent interrogés, les six hommes traversèrent le Grand Pont vers l'île de la Cité. Quelques personnes les observèrent tandis qu'ils passaient. La taille de Wallace attirait toujours l'attention, et malgré sa tunique et sa cape de laine bien ajustées, ainsi que ses bottes cirées, il n'arrivait jamais à se débarrasser complètement de son allure de hors-la-loi. Sa longue chevelure était attachée en une queue-de-cheval qui laissait apparaître les cicatrices de son visage. Tandis qu'il allongeait le pas sans voir les marchands de fleurs et les boutiquiers en pleine conversation, Will pensa à l'absence de Gray. Le général était resté en Écosse pour commander l'armée et sans lui, Wallace semblait complètement seul. Mais, au lieu de le diminuer, cet isolement lui conférait une aura puissante qui augmentait à mesure qu'il approchait du palais royal.

Will les guida vers l'entrée, entre les murs imposants de la tour d'Argent et la tour de César. Les sentinelles scrutèrent le groupe d'un air soupçonneux mais acceptèrent le parchemin que leur tendit Wallace, marqué du sceau du roi de France. Pendant qu'ils l'étudiaient, Will leva les yeux sur les meurtrières des tours et se frotta le menton. Il s'était mis la peau à vif en se rasant le matin même sur le bateau. Il doutait qu'il y ait des Templiers au palais royal, néanmoins il se sentait exposé et il se recouvrit de sa capuche tandis que les gardes les introduisaient dans la salle des Gardes ; il n'était pas aussi certain que Simon qu'on lui pardonnerait sa désertion. Pourtant, en dépit de ses craintes, il éprouva un certain soulagement en franchissant ces portes.

Ayant pris la décision de revenir en France l'année précédente, Will était impatient de prendre la route, tandis que Wallace s'était montré plus circonspect. Il voulait préparer les choses convenablement. Pour commencer, il renonça à son titre de gardien du royaume. De toute façon, cette lourde charge et les conséquences politiques qu'elle engendrait ne lui avaient jamais vraiment convenu. Il était toujours plus à l'aise dans la nature, à vivre selon ses propres règles. Quelque temps plus tard, ils apprirent que Robert Bruce et un homme du nom de John Comyn avaient repris conjointement ce rôle de gardien.

Pendant ce temps, Édouard avait mené son armée à travers toute l'Écosse, s'emparant des châteaux et envahissant les villes. Il y eut bien quelques escarmouches, mais rien de décisif et, à la fin de l'été, ses hommes étant au bord de la mutinerie, il dut battre en retraite et retourner de l'autre côté de la frontière. Il avait obtenu une victoire sanglante à Falkirk, mais elle lui coûtait cher. Les Écossais furent ravis d'apprendre par leurs éclaireurs que les Anglais avaient dû manger leurs chevaux morts pour survivre durant le voyage de retour. La guerre était suspendue. Pour l'instant.

L'automne venu, Wallace écrivit au pape Boniface et au roi Philippe pour demander une audience. Au printemps suivant, tous deux lui répondirent pour l'inviter à discuter de l'avenir de la nation, car John Balliol était toujours dans les geôles d'Édouard et l'Écosse n'avait toujours pas de roi. Wallace acheva les derniers préparatifs durant l'été, alors que courait une rumeur persistante concernant une trêve conclue entre Philippe et Édouard.

Ce furent des jours étranges pour Will, qui était assailli

par des sentiments mêlés de bonheur et de tristesse, bien que la douleur qu'il s'attendait à vivre en se séparant de sa famille fût atténuée par la lettre de sa sœur aînée, qu'ils reçurent juste avant son départ. Une des lettres qu'Ysenda avait confiées aux éclaireurs avait fini par arriver entre les mains d'un ancien voisin d'Ede, à Elgin, qui savait où elle demeurait désormais. L'un d'eux rapporta une réponse dans laquelle Ede lui faisait part de son immense joie et Ysenda partit aussitôt pour le Nord avec ses enfants. David accepta de l'accompagner, mais le jour de leur départ, il jura solennellement à Wallace de se battre à ses côtés lorsqu'il reviendrait. Après quoi, il serra longuement la main de Will, sans lui dire un mot. À leur tour, Alice et Margaret l'embrassèrent, mais c'est Ysenda qui l'étreignit le plus longtemps. Ensuite, il ne lui resta plus qu'un adieu à faire. Il eut lieu une fin d'après-midi, près de la rivière de la forêt de Selkirk, sous les ormes et leurs branches dorées. Les paroles qu'ils échangèrent, Christiane et lui, il ne les répéta à personne. Il les garda pour lui, comme un trésor.

Alors que les gardes les introduisaient dans la grande salle de réception, envoyant un domestique prévenir le roi de leur arrivée, Will observa autour de lui les piliers de marbre et les draperies de soie. Des pages et des clercs traversaient la pièce à la hâte en jetant des coups d'œil curieux à Wallace et à ses hommes. Cette salle n'existait pas lorsqu'il était venu pour la dernière fois dans ce palais. Il était alors un jeune homme à peu près de l'âge de David. Le même âge, prit-il conscience, choqué, que sa fille aujourd'hui. Dix minutes plus tard, la porte par laquelle était entré le domestique s'ouvrit et un homme maigre au teint cireux vint les saluer en les toisant d'un regard méprisant.

— Sir William Wallace, le roi va vous recevoir dans ses quartiers privés.

Rose était à genoux devant la porte, les doigts à plat sur le bois. Son cœur tambourinait dans sa poitrine. L'œil collé à la serrure, elle observait les mouvements de l'autre côté. Philippe traversait la chambre en délaçant son cilice. Elle tressaillit en le voyant l'ôter et révéler ainsi les cicatrices qui couvraient tout son dos. Elle avait entendu Jeanne dire une fois à une dame de compagnie que, quand elle le touchait, elle avait l'impression de frôler ses veines saillantes. Tandis qu'il prenait une robe de soie sur le lit et l'enfilait, elle s'imagina suivre ces traces du bout des doigts. Philippe le Bel. Elle prononça ce nom sans émettre un son, ses lèvres dessinant silencieusement les syllabes. C'est le nom que lui avait donné son peuple. Ou plutôt les ministres, mais la maison royale avait appris à le dire et à le répéter si souvent que désormais toute la France le connaissait. Ces mots sonnaient mieux en langue d'oïl. En italien, la langue qu'elle avait le plus parlé pendant son enfance, cela faisait prétentieux. En français, c'était subtil. Charmant. Vous pouviez susurrer les mots, les faire rouler dans votre bouche comme des galets d'une grande douceur.

Philippe le Bel.

Rose se raidit en entendant des bruits de pas dans le couloir à l'extérieur de la pièce où elle se trouvait. Elle tourna la tête, prête à bondir dès que la poignée du dortoir commencerait à bouger. Elle entendit frapper à une porte, recolla son œil contre la serrure et vit Philippe poser sa couronne sur ses cheveux bruns. Il se tint immobile un instant, le regard rivé sur la porte.

— Entrez.

Rose regarda un groupe d'hommes pénétrer dans les quartiers privés du roi. Le premier était Guillaume de Nogaret. En voyant son visage pincé, elle afficha une expression de dégoût. Puis elle observa les nouveaux venus. Celui qui marchait en tête était stupéfiant : c'était un vrai colosse, en comparaison duquel même Philippe avait l'air petit. Il portait une tunique en laine et une épée à la lame dangereusement large dans un fourreau attaché dans le dos. Elle se demanda s'il s'agissait de Wallace. Depuis des semaines, des rumeurs sur l'éventuelle arrivée de cet ogre du Nord circulaient dans tout le palais. Elle le vit s'incliner devant Philippe, puis tendre la main avec un sourire comme si le roi était un vieil ami.

Philippe fixa la paume de la taille d'une assiette qu'on lui présentait, et toussa poliment.

— Voudriez-vous quelque chose à boire pour vous-même et vos hommes, messire Wallace? demanda Nogaret en s'avançant.

Il claqua des doigts à l'intention d'un domestique près de la porte.

— Avec plaisir, dit le géant en laissant sa main retomber.

Un moment de gêne passa, le temps que le domestique serve le vin dans les coupes.

— Prenez place, fit Philippe en désignant la table à côté du lit, où se trouvaient deux tabourets. Vous devez être fatigué après ce voyage.

Acceptant la coupe que le domestique lui offrait, Wallace s'assit. Rose regarda le tabouret en se demandant s'il allait soutenir le poids. Elle poussa un soupir irrité à cause des autres hommes qui entouraient la table et l'empêchaient de voir. Trois d'entre eux, habillés comme Wallace, lui tournaient le dos. Seul restait visible Nogaret.

Ils commencèrent à parler; les formalités d'usage dont les hommes croient nécessaires de s'encombrer avant d'en venir au fait. Elle trouvait que ça ressemblait à un échauffement : chacun étudiait les réactions de son adversaire à des questions ou des déclarations toutes simples afin de déceler les points faibles, dont il se servirait pendant le vrai duel. Philippe, qu'elle avait déjà observé, était très doué à ce jeu. Mais son habileté ne lui servit pas à grand-chose dans le cas présent, car le géant coupa court d'emblée.

— Votre Majesté, qu'en est-il de ce traité avec l'Angleterre?

Wallace termina sa coupe.

— Les rumeurs sont-elles vraies ? Avez-vous conclu la paix avec Édouard ?

L'un des hommes se dandina sur ses pieds et elle vit Philippe jeter un rapide coup d'œil à Nogaret avant que l'Écossais ne lui bouche de nouveau la vue.

— Les nouvelles voyagent plus vite que je ne m'y serais attendu jusqu'à vos frontières, l'entendit-elle dire. Les rumeurs sont vraies, mais je peux vous assurer que c'est par pure commodité. Je n'ai aucune intention de rester en paix avec mon cousin. La guerre en Gascogne est interrompue momentanément le temps que je me concentre sur le problème plus immédiat que pose la Flandre. Malheureusement, Guy de Dampierre continue de résister à nos tentatives pour négocier le rattachement de nos territoires.

Le regard de Rose se posa sur Nogaret, qui avait l'air sombre. Elle avait entendu bien des conversations sur *le problème de la Flandre* cette dernière année : lors de dîners dans la Grande Salle, en sortant de la Sainte-Chapelle ou à travers cette serrure. Elle savait que le plan pour annexer le territoire du comte était de Pierre Flote. Nogaret ne voulait pas abandonner la Gascogne après tous les efforts déployés dans la région, mais le chancelier avait fini par convaincre le roi. Il y avait toujours des troupes royales en garnison dans et autour de la Guyenne, même si le conflit était arrêté.

C'était Wallace qui parlait maintenant. Il paraissait soulagé.

— Dans ce cas, j'aimerais évoquer l'avenir de ma nation plus en détail, Votre Majesté.

— Vous pouvez rester aussi longtemps que vous le désirez. Nos amis écossais sont toujours les bienvenus ici.

— Je vous remercie de votre proposition mais je ne peux accepter votre gracieuse hospitalité que pour une nuit. J'ai prévu de partir dès demain à Rome pour parler à Sa Sainteté le pape. Je reviendrai le plus vite possible.

En attendant, un de mes hommes restera ici pour entamer les discussions avec vous.

Wallace désigna un des Écossais qui tournaient le dos à Rose.

— Si cela vous convient, bien entendu.

— Nous pouvons organiser cela, mais nous en reparlerons pendant le dîner.

Philippe se leva en faisant grincer son tabouret.

— J'insiste pour que vous partagiez ma table.

La rencontre s'achevait. Rose s'apprêtait à partir quand elle crut entendre son nom. Elle remit l'œil contre la serrure, pensant s'être trompée, et recula car un domestique se dirigeait vers sa porte. Elle se jeta sur son lit et enleva ses chaussures. Quand le domestique entra, elle feignit d'être en train de les mettre, puis se leva et inclina la tête, en partie par respect et aussi pour dissimuler son visage empourpré.

— Rose.

Elle leva les yeux et vit Philippe dans l'embrasure de la porte, avec un homme derrière lui. Lorsque son regard tomba sur celui-ci, le sang déserta son visage. Il était rasé de près et avait l'air plus jeune sans barbe. Mais il n'avait pas changé. Des sentiments contradictoires affluèrent brutalement en elle : la tristesse, la joie, la haine…

Des appartements du roi parvint la voix de Nogaret.

— Votre Majesté ?

Philippe se tourna vers Will.

— Je vous verrai au dîner, dit-il en retournant dans sa chambre.

Le domestique ferma la porte.

Rose se plaça contre le mur tandis que son père s'approchait d'elle.

— Qu'est-ce que tu fais ici ? demanda-t-elle.

Il voulut parler, elle agita la main pour l'en empêcher, comme si ses mots étaient des guêpes menaçant de la piquer.

— Non. Je ne veux rien entendre. Non !

Il s'approcha d'elle et elle roula sur le lit pour passer de l'autre côté.

— Rose, s'il te plaît !

Arrivée près de la porte, elle s'arrêta et fit volte-face en crachant sa haine en français. Cela aurait aussi bien pu être une langue faite exclusivement d'injures et de condamnations. Elle déversa ainsi tout son chapelet d'insultes sur lui, après quoi elle partit en laissant la porte grande ouverte.

DEUXIÈME PARTIE

18

Notre-Dame, Paris

10 avril 1302 après J.-C.

Tandis que résonnait la voix de Nogaret, Philippe serra plus fort les bras du trône, apporté depuis le palais dans la matinée et installé sur l'estrade. La pluie qui frappait les fenêtres arquées donnait l'impression qu'on bombardait les vitraux à coups de pierre. De temps à autre, le tonnerre rendait inaudible le discours du ministre. L'après-midi était loin d'être terminé, mais le ciel chargé de nuages était aussi noir qu'en pleine nuit. Des torches bordaient la longue allée centrale de Notre-Dame, mais leur lumière n'éclairait pas au-delà de la première galerie et les anges qui planaient sur les piliers semblaient voler vers des espaces impénétrables.

Philippe se souvint de la première fois où il était entré dans la cathédrale. Son père l'avait fait venir du domaine royal de Vincennes. Il ne devait pas avoir plus de six ans. En franchissant les portes, il avait eu le souffle coupé par la hauteur et la grandeur du lieu. Il avait levé la tête en s'émerveillant de ne pas voir des nuages dériver sous le plafond, qui lui semblait si proche du paradis. Il se souvint aussi de s'être senti mal à l'aise dans la maison de Dieu, si petit et insignifiant; un insecte sur le sol d'une caverne. Il éprouvait encore le même sentiment aujourd'hui, magnifié par la gravité de l'occasion, tandis que Nogaret s'adressait à la foule.

— ... ainsi nous faisons appel à vous, peuple de France, pour que vous nous veniez en aide. Car l'avenir et la liberté de notre royaume sont en jeu.

Nogaret s'interrompit, laissant la foule murmurer quelques instants. Il fit un signe vers le banc situé à la droite du trône.

— Pierre Flote, chancelier et garde des Sceaux, va maintenant vous expliquer le sens de la bulle papale, *Ausculta fili*, afin que vous compreniez pleinement la sévérité de l'action du Vatican à votre encontre et à l'encontre de votre roi.

Il y eut un moment d'hésitation avant que Pierre Flote ne se lève, un rouleau de parchemin dans ses mains couvertes de taches de vieillesse. Son regard passa sur Nogaret, qui s'asseyait près du roi. Puis, d'une voix émue, le chancelier commença à parler au milieu des éclairs.

— Le pape Boniface a écrit à notre seigneur bien-aimé, le roi Philippe le Bel, petit-fils de Saint Louis, pour déclarer qu'il est au-dessus de notre monarque aussi bien dans les domaines temporel que spirituel, étant établi qu'un roi est souverain en son royaume. Il demande la libération de l'hérétique Bernard Saisset, évêque de Pamiers, un homme convaincu de trahison envers la Couronne. Par cette demande, le pape ignore le fait que notre roi demeure, par la loi, le maître des politiques menées au sein de son royaume.

Flote se racla la gorge et sembla s'efforcer de parler plus fort afin d'être entendu au milieu du vacarme.

— En outre, il a convoqué un synode à Rome auquel doivent assister tous les évêques de France. Il a l'intention d'y accuser notre roi d'abus odieux et infondés tels que la dépréciation de la monnaie du royaume, l'étouffement des sujets par des mesures violentes et l'imposition irraisonnée du clergé.

Flote baissa les yeux sur son parchemin.

— Mais que dire des abus de Boniface ? Que dire des lourdes dîmes dont s'acquittent nos églises en vidant leurs coffres pour remplir ceux du Vatican sans que rien de bénéfique n'en ressorte ? Que dire d'un pape qui étouffe lui-même ses sujets, comme on le voit ici par ces diffamations sans fondement à l'encontre de notre noble roi et par son ingérence dans des affaires séculières ?

Pendant que, de sa voix chevrotante, Flote dressait la liste des accusations contre le pape, Philippe crispa ses mains sur les bras du trône. Il avait l'impression que son corps menaçait d'exploser sous la pression de l'espace qui l'entourait, et où il voyait des milliers d'images de Dieu et du Christ, des anges et des saints, qu'il s'agisse des statues, des vitraux, des peintures murales ou des tentures, et toutes lui lançaient des regards mauvais. Il transpirait, la gorge serrée. Il aurait dû se sentir fier et puissant, car la scène qui se jouait devant lui était sans précédent dans l'histoire de France. C'était la première fois que les trois ordres – l'Église, la noblesse et le tiers état – s'assemblaient de cette façon, et les bancs de Notre-Dame étaient occupés par des prélats, évêques, comtes, ducs, seigneurs et responsables des corporations. Mais Philippe éprouvait un certain malaise.

Depuis l'arrestation de l'évêque Bernard Saisset, les événements s'étaient succédé si rapidement qu'il n'avait pas réussi à en garder le contrôle, surtout avec Flote et Nogaret qui le tiraient chacun dans un sens différent. Il regretta brièvement de ne pas avoir tenu ce conseil au palais. Le choix de ce lieu pour agir ouvertement à l'encontre du Vatican ne valait pas cette terrible sensation d'écrasement. En dépit de son inconfort, il savait pourtant que c'était la bonne décision. Le clergé, dont on pouvait s'attendre à davantage de résistance, devait comprendre en le voyant ainsi, assis sous le dais de cette cathédrale gigantesque, qu'il n'était pas seulement investi du pouvoir de l'État, mais aussi de Dieu. Il avait déjà reçu secrètement l'assurance du soutien des nobles et des bourgeois des principales villes. Cependant, bien qu'il eût déjà fait savoir aux ecclésiastiques qu'ils deviendraient les ennemis de la Couronne s'ils s'opposaient à lui, il n'était toujours pas certain d'obtenir leur aval.

— En conclusion, termina Flote, nous vous implorons de nous aider à défendre nos libertés. Nobles et bourgeois de la ville, nous vous demandons de nous fournir des lettres signées par vos représentants, lettres que nous donnerons au pape et aux cardinaux en déclarant que la France ne deviendra en aucun cas la marionnette de Rome. Quant aux évêques et aux prêtres, nous exigeons de vous la promesse de ne pas vous rendre au synode auquel vous a convoqués Boniface, en guise de protestation contre les accusations injustes proférées contre votre bon roi. Le roi Philippe prendra acte de votre décision d'ici une heure.

Philippe se leva. Tous les yeux se tournèrent vers lui tandis qu'il descendait de l'estrade balayée par la traîne de sa robe. Il disparut dans les ombres derrière le chœur, et Nogaret l'y suivit, laissant Flote et les autres ministres s'occuper de la foule, qui revenait à la vie et s'agitait déjà.

Philippe essuya son front trempé de sueur tandis qu'un chanoine l'accompagnait dans les dépendances privées de la cathédrale. Nogaret, le visage blême, attendit que le chanoine se soit retiré avant de s'adresser à Philippe.

— Sire, je me sens dans l'obligation de protester contre le chancelier Flote. Il a délibérément tenté de saper notre argumentaire avec son… discours monocorde.

— Ai-je fait le bon choix?

Nogaret parut surpris.

— Sire? Est-ce que tout va bien? Vous êtes pâle.

Philippe croisa son regard.

— Répondez-moi, Nogaret. Ai-je fait le bon choix? Fallait-il arrêter Saisset?

— Sans aucun doute. Il complotait sans cesse contre vous, il s'opposait à vos décisions et ridiculisait la loi. Cet homme vous a diffamé, traité de stupide hibou, de...

— Certes, le coupa Philippe en inspirant profondément. Mais il n'y avait aucune preuve d'hérésie. Mon confesseur, Guillaume de Paris, croit l'évêque innocent d'un crime aussi inqualifiable.

Pensif, Nogaret s'humecta les lèvres.

— Nous en avons parlé, sire, commença-t-il. Le peuple est toujours dirigé par l'Église, selon la tradition. Ils ont besoin d'un motif suffisamment fort pour comprendre que vous arrêtiez un ecclésiastique. Et ils comprennent très bien l'hérésie.

— Comme vous, rétorqua Philippe.

Nogaret se figea, encore plus livide à la lueur des torches. Dehors, la pluie continuait à battre contre les fenêtres. Quand le ministre reprit la parole, ce fut d'une voix grave.

— Je fais de mon mieux pour vous servir, sire, et pour servir le royaume. Mes conseils n'ont jamais d'autre but. Si vous voulez régner sans que votre suprématie soit discutée, vous devez vous élever au-dessus des prêtres et des évêques, au-dessus du pape même, ou votre pouvoir sera toujours limité à ce que l'Église vous consentira. Ne voulez-vous pas que le peuple fasse de vous un saint? Qu'il révère votre nom et votre règne comme ceux de votre grand-père?

Le regard de Philippe s'arrêta, derrière Nogaret, sur une tapisserie de la Vierge à l'Enfant. À l'abri maternel des bras de Marie, le Christ tendait un doigt. Ses yeux étaient deux billes noires.

— Oui, soupira Philippe. Oui, je le veux.

— Alors tenez bon, sire, et je vous jure que je vous y aiderai.

L'assemblée se réunit avant que l'heure ne soit passée. Les nobles et les bourgeois firent des discours élaborés dans lesquels ils exprimaient leur soutien plein et entier, et ils lurent les lettres qui seraient envoyées à Rome. Philippe se raidit un peu lorsque l'évêque de Paris se leva pour délivrer son discours. L'évêque s'interrompit à de nombreuses reprises, comme s'il choisissait ses mots avec d'extrêmes précautions, mais il apparut rapidement que le clergé se rangeait du côté du roi et, assis dans son trône, Philippe put se détendre.

Observant les hommes du clergé, il perçut de la colère et du mécontentement en eux, mais aussi de la résignation. Ils lui obéissaient sous peine de perdre leurs avantages. Ses yeux tombèrent sur Bertrand de Got, qui se trouvait dans les premiers rangs. Le petit homme, que diminuait encore sa robe d'ecclésiastique, paraissait triste et las, mais ne montrait pas de signe de fureur. Cela ravit Philippe. Got avait été élu archevêque de Guyenne deux ans plus tôt et il était désormais un homme puissant dans cette région toujours disputée par Édouard, malgré la trêve. Bien qu'il détestât l'archevêque, il ne pouvait pas se permettre de se l'aliéner.

L'évêque de Paris termina son discours et, après une déclaration impérieuse de Nogaret qui remerciait chacun pour son soutien, la première assemblée des états généraux se conclut.

— Qu'étiez-vous en train de faire, chancelier? l'admonesta à voix basse Nogaret.

Dans la file des hommes qui sortaient de Notre-Dame, il avait rattrapé Flote et l'agrippait par le bras.

Celui-ci toisa le ministre et se dégagea.

— J'ai fait ce que j'avais à faire.

— C'était ce que le roi vous avait *ordonné* de faire. Vous deviez faire valoir son importance et présenter le réquisitoire avec tous vos talents d'orateur. Au lieu de cela, vous aviez l'air d'un enfant de chœur timide!

— Comment osez-vous...

— La seule chose dont nous puissions nous féliciter, c'est que ça n'ait pas eu d'incidence sur les résultats.

Flote faillit s'étouffer.

— Les résultats ? Nous savions ce que nous obtiendrions avant même que la réunion commence !

— Le clergé représentait tout de même un danger. Vous pouviez mettre en péril tout ce pour quoi nous avons travaillé.

Cette fois, Flote s'emporta.

— Vous voulez parler de périls ? Vous êtes en train de détruire la *France* !

Il entraîna Nogaret dans une allée latérale.

— Pourquoi menez-vous cette parodie de procès contre Saisset ? Est-ce une sotte démonstration de votre pouvoir parce que j'ai convaincu le roi de se concentrer sur la Flandre alors que vous souhaitiez qu'il reste en Guyenne ?

— Je l'admets, je pense que nous aurions dû poursuivre la guerre pour reprendre possession du duché, mais ce n'est pas pour...

— Je n'arrive pas à croire que vous ne voyiez pas l'intérêt de notre action ! La Flandre est tout aussi riche, mais bien plus facile à contrôler. Elle est aux mains d'un vassal de la France, et non d'un roi étranger, et alors que nous ne parvenons pas à gagner sur les Anglais en Gascogne, nous avons déjà remporté des victoires en Flandre. Maintenant que nos troupes sont postées à Bruges et à Gand, nous avons de fortes chances de ramener ce territoire dans notre giron.

Nogaret voulut l'interrompre mais Flote ne se laissa pas démonter.

— En contrôlant la Flandre, nous pourrons infléchir le roi Édouard. L'Angleterre a besoin de ce pays pour le commerce de la laine. Grâce à cela, nous aurons une influence qui nous permettra peut-être de parvenir à un accord concernant la Guyenne. Ne voyez-vous vraiment aucune sagesse là-dedans, Guillaume ?

Imperturbable, Nogaret ne cilla pas.

— Ça n'a rien à voir avec la Flandre, ni avec la Gascogne. Il s'agit de punir ceux qui sont passibles de trahison. Saisset traînait notre roi dans la boue. Il fallait l'arrêter.

— Avez-vous oublié tout ce que vous avez appris ? Par cette action, vous violez les lois de l'Église ! Un évêque ne peut être jugé que par la curie à Rome. Le pape Boniface a tout à fait raison de demander la libération de Saisset.

Flote baissa encore un peu plus la voix.

— Et tous les hommes dans cette cathédrale le savent parfaitement, quoi qu'ils aient dit pour apaiser notre seigneur. Tout ce qui se passe actuellement ne va faire qu'agrandir le schisme qui sépare déjà la cour du roi et celle du pape.

— Et plus il sera grand, mieux ce sera, répliqua, acerbe, Nogaret. Vous avez entendu les rapports concernant le jubilé du pape Boniface. Deux cent cinquante mille pèlerins ont fait le déplacement à Saint-Pierre parce qu'on leur promettait d'être lavés de tout péché, et ils ont eu droit au spectacle du pape rivé sur son trône, tenant son sceptre et son épée et criant : *Je suis César* ! Et maintenant qu'il a exilé ou jeté en prison tous les membres de la famille Colonna sur lesquels il a pu mettre la main, Boniface n'a plus personne qui s'oppose à sa terrible arrogance. S'il vivait assez longtemps pour connaître un autre siècle de plus, nul doute qu'il s'écrierait : *Je suis Dieu* !

Flote grimaça.

— Ce n'est pas un jeu, Nogaret. Vos actions menacent sérieusement la France.

Il leva la bulle qu'il tenait dans ses mains pendant son discours.

— L'avez-vous lue, au moins ? Le pape menace de retirer tous les privilèges alloués à notre royaume par le Vatican si Saisset n'est pas relâché.

Il déroula le parchemin :

— *Mon cher enfant*, lut-il à voix haute, *revenez dans le chemin du Seigneur, dont vous vous êtes écarté par votre propre faute, ou à cause de conseils pernicieux. Ne vous croyez pas sans supérieur ou libre de la tutelle du vicaire du Christ.*

Cela serait pure folie, car quiconque entretiendrait une telle croyance serait un infidèle, une brebis égarée.

Flote leva les yeux.

— Une brebis égarée. Ne comprenez-vous pas ? Il menace d'excommunication.

— Il n'osera pas. Boniface a besoin de l'argent des églises de France. Nous nous en sommes bien rendu compte lorsque nous l'avons privé de ces fonds, ce qui l'a forcé à retirer le *Clericis laicos*. Il a fait machine arrière. Si nous gardons notre sang-froid, il agira de la même façon. Maintenant, conclut Nogaret, je crois que nous avons chacun nos ordres.

Il commença à s'éloigner. Les yeux de Flote étaient emplis d'une rage telle qu'il oublia où il se trouvait.

— Vous êtes une bête impie, Nogaret. Un fils d'hérétiques ! Et je ferai tout ce qui est en mon pouvoir pour délivrer le roi de votre influence maléfique.

Nogaret se retourna, son regard noir braqué sur le visage écarlate de Flote.

— À votre place, chancelier, je veillerais à ne pas m'exciter de cette façon. Vous n'êtes plus un jeune homme.

Église Saint-Gervais-Saint-Protais, Paris,
25 mai 1302 après J.-C.

Will prit un cierge et approcha sa mèche d'une chandelle allumée jusqu'à ce qu'elle s'enflamme. Il la déposa parmi les autres, devant l'autel, et récita une prière face aux têtes tristement baissées de saint Gervais et saint Protais, les deux frères jumeaux martyrisés sous le règne de Néron. Il sentit quelqu'un s'installer près de lui. L'homme en manteau blanc tendit la main pour prendre une bougie.

— Allons nous asseoir.

Will croisa le regard de Robert, puis il alla vers les bancs.

Tandis qu'ils prenaient place, un sacristain se rendit devant l'autel avec un couteau et un plateau. Il sourit d'un air incertain aux deux hommes, dont l'un était Templier et l'autre vêtu d'une cape de laine toute simple, puis s'assit au pied des cierges et gratta la cire qui avait coulé sur le sol. L'après-midi s'achevait, ce serait bientôt l'heure des vêpres. À l'exception de deux personnes assises au premier rang, têtes inclinées, l'église était vide. Le seul bruit qu'on entendait était celui du sacristain occupé à gratter la cire.

— Je n'étais pas sûr que tu sois encore en ville, commença tranquillement Robert. Je pensais que tu étais peut-être reparti en Écosse.

— Simon te l'aurait signalé.

— Simon ne me parle que pour me dire quand tu souhaites me voir. Le reste du temps, il m'évite. Je pense qu'il a peur que je lui pose des questions et que ses réponses tombent dans les mauvaises oreilles.

Robert se passa la main dans les cheveux, désormais blancs et plus clairsemés.

— Ou alors, c'est qu'il ne me fait pas confiance pour garder ton secret.

— Je suis sûr que tu te trompes, dit Will avec un geste de dénégation. Mais il fait bien d'être prudent.

— Il n'y a pas lieu de s'inquiéter. Hugues te croit parti depuis longtemps, et comme la plupart des chevaliers qui te connaissaient sont retournés à Chypre avec le grand maître, il ne reste pas beaucoup d'hommes susceptibles de te reconnaître. Tant que tu te tiens à l'écart de la commanderie, je doute qu'on te repère.

— Je dois quand même faire attention.

— Tu ne voudrais pas mettre en danger ton travail, qui est tellement important.

Will soupira.

— Je croyais que tu comprenais.

— Non, répondit vivement Robert. Tu espérais que je comprenais parce que ça t'évite de te sentir trop coupable.

Le sacristain leur jeta un coup d'œil, mais Robert croisa son regard et il retourna à sa besogne.

— De quoi s'agit-il, Robert? Je pensais que nous étions…

— Quoi? le coupa Robert. Amis?

— Oui.

— Je ne sais pas si nous le sommes. Tu réapparais au bout de trois ans sans avoir donné de nouvelles et tu espères que les choses redeviennent comme avant. Mais ce n'est pas possible. Tu as abandonné le Temple, tu as laissé aux autres le soin de porter un fardeau qui n'était pas le leur. Tu étais le successeur d'Everard. Tu avais prêté serment au Cercle.

— Et toi aussi.

— Parce que tu m'y avais entraîné.

Robert se tut un instant en voyant l'expression de douleur stupéfaite de Will.

— À quoi t'attends-tu? Tu me réclames tous les six mois comme si j'étais ton domestique pour savoir si le Temple est au courant de ceci ou de cela. Tu ne me poses même pas de questions sur l'Anima Templi. J'ai failli ne pas venir aujourd'hui. J'ai commencé à me demander pour qui tu arrangeais ces rendez-vous et j'ai compris que je n'en avais pas la moindre idée. C'est pour William Wallace? Ou pour le roi Philippe? Ou est-ce que tu travailles pour quelqu'un d'autre en ce moment – comme un mercenaire?

— Tu sais parfaitement que c'est faux.

— Ah? Simon ne m'a pas tout raconté en revenant d'Écosse, mais je sais que vous vous êtes tous les deux battus à Falkirk. Des Templiers sont morts là-bas. Le maître d'Angleterre y a laissé sa vie.

Will détourna les yeux.

— Peut-être que tu as choisi le mauvais camp.

— Je n'ai jamais changé, Robert. C'est le Temple qui a changé. Je travaille toujours contre l'homme qui a trahi nos idéaux, qui les a utilisés pour servir ses propres intérêts.

— Et comment cela est-il compatible avec le fait d'être au service de Philippe ?

— Le roi et le pape sont les seuls capables d'exercer une autorité sur Édouard. Leur intervention a déjà suspendu l'une de ses campagnes. Wallace doit continuer à les avoir de son côté s'il veut mettre un terme à la guerre contre l'Écosse.

— Je croyais que tu faisais tout ça pour le Temple, fit Robert.

— Tant qu'Édouard sera pris par ses problèmes militaires et politiques, il laissera probablement le Temple en paix. Et j'ai toujours de la famille en Écosse, il est donc bien évident que si je peux les protéger par mon travail ici, je le ferai.

— Si tu es ici pour Wallace, comment se fait-il que tu sois devenu le serviteur de Philippe ?

— Pour le moment, le sort du duché de Guyenne n'est pas fixé, et le roi a toujours besoin des Écossais. Il peut les utiliser pour mener des offensives afin d'occuper les troupes anglaises. C'est pour cette raison qu'il envoie encore de l'argent aux Écossais, même si c'est loin d'être suffisant. Mais est-ce que l'équilibre bougera un jour ?

Will haussa les épaules d'un air las.

— Disons que pour l'instant, je veille à ce que Philippe juge utiles les services que peut lui rendre un ancien Templier. C'est l'une des raisons pour lesquelles Wallace m'a demandé de rester quand il est reparti en Écosse : pour être en relation avec le roi.

— Une des raisons ?

— J'ai demandé à rester, expliqua Will. Rose. Pour l'essentiel, je m'arrange pour que les messages et le peu d'argent que Philippe peut donner arrivent bien entre les mains de Wallace.

— J'ai entendu une rumeur qui le proclame mort.

— Non. Mais il est au plus mal. Édouard le pourchasse sans répit. Des nobles écossais retournent le royaume dans tous les sens pour le débusquer. Certains d'entre eux le font de leur plein gré, et Édouard a menacé les autres de s'en prendre à leurs familles s'ils ne lui obéissaient pas.

— Est-ce que tu as parlé à Philippe de l'Anima Templi ?

— Non. Il sait que j'ai déserté parce que le Temple a soutenu Édouard et que j'étais commandeur. Rien de plus.

Will se tut car le sacristain passait près d'eux avec son plateau chargé de morceaux de cire durcie.

— Comment ça se passe pour le Cercle ? Hugues est-il toujours en contact avec Édouard ?

— Il y a des messages qui circulent, mais d'après ce que j'en sais, c'est plutôt irrégulier et ils ne contiennent rien d'autre que les habituels serments d'allégeance. De la politique... À dire vrai, le Cercle ne fait pratiquement plus rien aujourd'hui.

D'abord surpris, Will eut ensuite un mouvement de colère.

— Plus rien ?

— Maintenant, il ne reste plus que Hugues et moi à Paris, et Thomas à Londres. Que pourrions-nous bien faire à trois ? Réconcilier les religions lors de notre rencontre annuelle ?

— Recruter de nouveaux membres ? suggéra Will, irrité par sa résignation.

— Hugues est très occupé avec le quotidien de l'Ordre : étendre le commerce de la laine, trouver de nouveaux chevaliers, construire des bateaux, collecter des dons. Et moi, je dois l'aider. Entre autres choses.

Will devina qu'il lui cachait quelque chose.

— Entre autres choses ?

— Ce n'est rien, juste des rumeurs que j'ai tenté de vérifier.

— Des rumeurs ?

Robert secoua la tête.

— Je suis sûr qu'il n'y a pas de raison de s'inquiéter. Tu sais comment sont les jeunes sergents, ils essaient toujours de s'effrayer les uns les autres à propos de leur initiation.

Il tourna la tête pour regarder sortir de la sacristie un prêtre, accompagné de deux acolytes portant un bréviaire.

— Si tu as des questions auxquelles le roi voudrait des réponses, tu ferais mieux de les poser. Ce sera bientôt l'heure des vêpres.

Will se rassit.

— Je ne suis pas venu pour Philippe, mais pour moi. C'est Rose. Je n'arrive pas à l'atteindre.

— Est-ce que tu peux l'en blâmer?

— Cela fait plus de deux ans et elle agit toujours comme si je n'existais pas. Quand nous nous croisons dans les couloirs du palais, elle fait semblant de ne pas me voir. Si je lui pose une question, elle m'ignore. Je ne sais pas combien de fois je devrai encore m'excuser. Elle est tellement distante. Et pas seulement avec moi, mais avec tout le monde. Je m'inquiète.

— Je ne vois pas comment je peux t'aider.

— Tu l'as connue bébé et elle a toujours eu du respect pour toi. J'ai besoin qu'elle comprenne pourquoi j'ai fait ce que j'ai fait.

— Je ne suis pas certain de le comprendre moi-même.

— S'il te plaît, insista Will en voyant Robert partir.

Le chevalier baissa la tête, puis poussa un soupir.

— Très bien, je lui parlerai. Fais passer un message à Simon pour me dire où et quand. Mais je ne peux pas te promettre qu'elle écoutera.

19

La Sainte-Chapelle, Paris

30 mai 1302 après J.-C.

— Car je suis la Résurrection et la Vie. Celui qui croit en Moi, même s'il meurt, vivra ; et tout homme qui vit et qui croit en Moi ne mourra jamais.

Rose releva les yeux mais garda la tête inclinée tandis que le prêtre lisait l'Évangile. Par les rayons matinaux du soleil qui filtraient à travers les vitraux, la chapelle haute de la Sainte-Chapelle était nimbée de couleurs extraordinaires. C'était comme se trouver au centre d'un énorme bijou.

Rose adorait la chapelle, non pour la splendeur de son architecture, ou l'importance des reliques qu'elle abritait, mais parce qu'elle lui permettait chaque jour d'épier, sans être vue, l'objet de sa dévotion. Le dortoir était en général occupé par d'autres dames de compagnie, ce qui ne lui offrait pas souvent l'occasion de l'y espionner, et au cours des repas dans la Grande Salle, trop de regards erraient pour qu'elle puisse observer sans se faire remarquer. Mais ici, avec toute la cour royale inclinée en signe de révérence, elle était libre de s'adonner à son adoration. Être la seule à le voir dans des moments aussi intimes lui procurait un sentiment de puissance excitant. Elle se balança sur ses pieds, il faisait chaud comme dans une étuve.

Aujourd'hui, le roi portait une cape de velours noir qui flottait dans son dos comme de l'encre et formait une tache sur le sol, où il se tenait debout devant le prêtre. Dans la lumière du soleil, ses cheveux avaient la couleur du miel et tombaient sur ses épaules en dévoilant un triangle de peau à la base du cou. Rose se concentra sur ce triangle et laissa son imagination dériver, ressentant sa chaleur, la pulsation du sang, la douceur sous ses doigts, ses lèvres. Parfois, ses pensées devenaient intolérables. Son cœur battait la chamade, son visage s'enflammait et son corps souffrait comme s'il abritait des centaines d'abeilles. Elle sentait la piqûre de leurs dards dans sa peau et dans des lieux inexplorés.

Il y eut un mouvement à côté de Philippe et son regard se reporta sur le dos ample de Jeanne, étroitement engoncée dans une robe bleu saphir. L'épaisse crinière noire de la reine était coiffée en nattes que Rose avait elle-même tressées et épinglées ce matin. L'épaule charnue de Jeanne touchait maintenant le bras de Philippe, mettant un terme à sa rêverie. Près de Jeanne se tenaient leurs cinq enfants : l'héritier de treize ans, Louis, puis Philippe, Charles, Robert et la plus jeune, Isabelle, sept ans, à la beauté sombre, et la seule fille à avoir survécu. Le regard de Rose négligea leur profil sans s'y intéresser avant de revenir au roi. À ce moment, son regard croisa celui de Guillaume de Nogaret, qui se trouvait à sa droite, juste derrière Philippe. Il ne la quitta plus des yeux. Apeurée, Rose baissa la tête et contempla le sol tandis que le prêtre terminait sa lecture.

Philippe partit le premier, suivi par sa famille, puis les conseillers les plus proches. Les dames de compagnie et les autres domestiques sortirent par le balcon en dernier. Quand elle était une servante anonyme, Rose assistait aux services quotidiens dans la chapelle basse et mangeait dans la pièce sous la Grande Salle, avec sa forêt de piliers de marbre. Ces lieux étaient plus dépouillés, les plafonds plus bas, engendrant un sentiment d'emprisonnement, alors que les salles du haut étaient vastes et lumineuses. Elle revoyait avec horreur cette époque où elle était méprisée.

En sortant, la lumière lui fit mal aux yeux. La reine, sa suivante et les enfants pénétrèrent dans les appartements royaux, tandis que le roi discutait sur le balcon avec Flote et Nogaret. Il y avait aussi un autre homme, vêtu de rouge et de noir : un messager royal. Au passage, Rose jeta un coup d'œil à Philippe en espérant qu'il lui rendrait son regard, mais il semblait troublé et écoutait trop attentivement le messager pour lui prêter attention.

— Massacrés ?

Philippe secouait la tête.

— Combien de temps pour envoyer des hommes prêter main-forte aux survivants ?

Le messager royal semblait mal à l'aise.

— Je crains que vous ne m'ayez mal compris, sire. Il n'y a qu'un seul survivant. Le reste de la garnison est mort. Il s'est enfui à Courtrai et a alerté nos hommes sur place. On m'a aussitôt envoyé vous informer.

Philippe s'approcha de la balustrade et s'y appuya à deux mains.

— Comment cela a-t-il pu arriver ?

Ses yeux passaient de Nogaret à Flote, qui gardaient tous deux le silence.

— Comment ? répéta-t-il en se tournant vers le messager. C'étaient des soldats, bon sang ! Ils avaient des épées, des armures, des chevaux. Comment des tisserands et des bouchers ont-ils pu massacrer quatre mille soldats français ?

— Les corporations du textile ont formé leurs propres milices il y a quelque temps pour protéger leurs intérêts des nobles, répondit le messager. Elles sont composées d'hommes capables équipés par les responsables des corporations. Ce sont ces hommes qui ont combattu nos soldats. L'attaque de Bruges a été minutieusement préparée. Elle a eu lieu juste avant matines, quand toute la garnison était regroupée dans les logements réquisitionnés. Ils ont défoncé les portes et demandé à chaque homme de dire une phrase : « Ami des Guildes ». Il est difficile de prononcer leur langue. Ceux qui n'y parvenaient pas étaient considérés comme Français et exécutés sur-le-champ. La plupart de nos hommes n'étaient même pas habillés.

— Quatre mille ? soupira Philippe. *Quatre mille...*

Il se tourna vers Flote.

— Mon règne va en pâtir, chancelier, s'emporta-t-il en abattant son poing sur la balustrade. J'ai eu le plus grand mal à convaincre mon peuple que je suis assez puissant pour défier le pape. Cette fois, ma légitimité est en jeu. Et par des paysans !

— Sire, nous devons envoyer des troupes, dit Flote en se rapprochant.

— Je crains que les troubles en Flandre ne fassent que commencer.

Flote se tourna vers le messager.

— Les matines de Bruges, comme les appellent les Flamands, ont initié une révolte dans toute la région. Les milices sont en marche et elles recrutent à tour de bras. Quand j'ai quitté Courtrai, la rumeur disait qu'ils marchaient vers le château que nos hommes ont récemment pris. Nous pensons qu'ils veulent le mettre à sac.

— Ne peut-on raisonner Guy de Dampierre ? intervint Nogaret. Trouver une compensation qui l'incite à contrôler ces hommes.

— Nous avons pris le comte en otage lorsque nous avons occupé Bruges, répondit Flote d'un ton caustique. Je doute qu'il soit enclin à donner une suite favorable à nos requêtes.

Le chancelier croisa le regard de Philippe.

— Les ouvriers des guildes ont décidé pour nous, sire.

Philippe hocha la tête.

— Prélevez d'autres troupes en Guyenne, ordonna-t-il d'une voix blanche. Envoyez-les en Flandre avec les hommes du comte Robert d'Artois. Flote, je veux que vous…

— Sire, commença Nogaret.

— Notre roi donne ses ordres, monsieur le ministre, le coupa Flote. Tenez votre langue.

— Je veux que vous alliez sur place, dit Philippe sans s'arrêter à cet échange. Je veux que vous vous rendiez en Flandre et voyiez ce qui peut être fait. Vous serez mes yeux. Ma voix.

Pierre Flote s'inclina.

— Comme vous voudrez, sire.

— Ces paysans ont dû trouver facile de tuer des soldats désarmés, murmura Philippe. Mais nous allons voir comment ils se comportent contre la fine fleur de la chevalerie française. Qu'ils goûtent le lys.

Paris, 4 juin 1302 après J.-C.

Alors que Rose replaçait sa coiffe, des mèches de cheveux se libérèrent des épingles. Elle les brossa en arrière et s'éventa avec le bonnet. L'air poisseux semblait chargé de toutes les odeurs du marché, et les relents de fumier et de nourriture lui soulevaient le cœur. Un groupe d'hommes passa en la jaugeant d'un air lubrique. Rose les ignora et continua à aérer son visage pour se rafraîchir.

— Que faites-vous ? Couvrez votre tête !

Rose se retourna. C'était Marguerite, la doyenne des dames de compagnie de la reine.

— J'avais besoin d'un peu d'air.

— Quand vous êtes au service de la reine, vous devez vous comporter comme une vraie dame.

Rose replaça la coiffe sur ses cheveux sans remettre en place les quelques mèches qui débordaient. Marguerite lança un coup d'œil à une petite femme aux cheveux noirs à ses côtés.

— J'ai toujours dit qu'on ne transforme pas la paille en or.

Elle termina sa phrase en fixant Rose d'un air critique.

Blanche mit sa main devant sa bouche pour étouffer un petit rire et Marguerite passa le bras autour de ses épaules.

— Venez, nous devons encore acheter le pain d'épice. Le prince Louis ne sera pas content si nous revenons les mains vides. Et si le prince n'est pas content, madame ne le sera pas non plus.

Ensemble, les deux femmes s'enfoncèrent dans le marché, Rose dans leur sillage. Tandis qu'elles passaient devant des marchands de fleurs qui hélèrent, pleins d'espoir, les trois femmes dans leurs robes finement ouvragées, deux enfants au visage crasseux fondirent sur elles en courant, les mains tendues. Marguerite les éconduisit et accéléra le pas, Blanche à ses côtés.

— S'il vous plaît, implora l'un des gamins en se plantant devant Rose. Donnez-moi une pièce.

Rose baissa les yeux sur lui. Nombre d'enfants des rues qu'elle connaissait étaient envoyés dehors par leurs parents pour apitoyer les riches. Il manquait deux doigts au garçon, qui n'avait pas plus de huit ans. À leur place se trouvaient deux moignons osseux. Elle avait entendu des histoires à propos des mendiants qui se mutilaient pour attirer davantage la sympathie et se demanda s'il avait perdu ses deux doigts dans un accident. Elle secoua la tête, soudain étourdie par la chaleur.

— Je suis désolée, je n'ai rien.

Elle leva les mains pour le prouver et ses longues manches glissèrent sur ses bras. Le visage du garçon se durcit. Ses yeux tombèrent sur sa main brûlée.

— *C'est sale*, se moqua-t-il avant de courir rejoindre ses camarades.

Rose resta immobile, comme si le garçon venait de lui flanquer un coup de pied. Elle aperçut un des marchands de fleurs se pencher pour voir et elle remonta sa manche pour dissimuler les cicatrices avant de se hâter. Le marché était bondé et elle avait perdu les autres dames de compagnie. Sentant des larmes perler au coin de ses yeux, elle fit un tour sur elle-même pour essayer de les repérer. Au même moment, elle aperçut un Templier qui venait droit sur elle. C'était Robert. Elle ne l'avait pas vu depuis plus d'un an.

— Rose, la salua-t-il en souriant. Est-ce que je peux te parler ?

Elle commença par secouer la tête :

— Il faut que je...

— S'il te plaît, ça ne sera pas long.

Désorientée, elle se laissa emmener à l'écart du marché, dans une rue tranquille.

— Comment savais-tu que je...

Elle s'arrêta.

— Il t'a dit où me trouver, c'est ça ? C'est lui qui t'envoie, dit-elle, furieuse. Je ne veux rien entendre, quel que soit le message qu'il te fait porter.

— Il veut juste avoir une chance de t'expliquer pourquoi il est parti comme il l'a fait.

Elle voulut s'enfuir, mais Robert l'attrapa par le bras.

— C'est ton père, Rose. Il mérite au moins ça.

Elle se dégagea violemment.

— Ce n'est pas lui, mon père ! Je ne lui dois rien. C'est *Garin*, lui lança-t-elle en voyant son air stupéfait. Garin de Lyons. Mon père, c'était lui. Ma mère était avec lui et...

Rose s'interrompit, la gorge nouée. Robert était éberlué. Il posa ses mains sur ses épaules en la scrutant.

— En es-tu certaine ? Est-ce qu'Elwen... Est-ce ta mère qui t'en a parlé ?

— Le jour où elle est morte, répondit-elle en croisant son regard, Garin et ma mère se sont disputés dans la maison d'Andreas, avant l'incendie. Elle a dit qu'elle ne savait pas... qu'elle ne savait pas lequel des deux était mon père.

— Alors, tu ne le sais pas non plus, dit doucement Robert.

— Et tu sais ce qui est le pire? Le pire, c'est de se souvenir comment c'était de se sentir aimée. Si j'avais le choix, je préférerais encore être une orpheline à la merci des rues plutôt que de me réveiller chaque matin en me rappelant qu'autrefois j'avais une famille qui m'aimait. Que j'avais une maison.

Elle leva sa main brûlée.

— J'étais entière. Maintenant, ma mère est morte, je n'ai plus de maison et chaque fois que je pose les yeux sur celui qui est peut-être mon père, ça me rappelle tout ce que j'ai perdu.

Elle éclata en sanglots et Robert leva les mains pour cacher son visage. Puis il l'attira contre lui jusqu'à ce que ses larmes se tarissent.

Rose ferma les yeux et s'abandonna entre les bras puissants de Robert qui l'étreignaient. Elle sentait contre sa joue la chaleur de son manteau et une odeur de fumée et de paille. Il fit un mouvement pour s'écarter et elle s'agrippa à son surcot pour le garder contre elle. Il lui parlait de son père, il lui disait qu'il l'aimait et qu'il désespérait d'obtenir un jour son pardon. Rose ferma ses paupières encore plus fort. Elle ne voulait pas entendre ses paroles, elle se concentrait sur la main qui lui caressait le dos de manière apaisante. Elle se sentait entourée, plus en sécurité qu'elle ne l'avait été depuis des années. Les yeux toujours clos, elle passa les bras dans son dos en sentant ses muscles rouler sous son manteau tout en remontant ses mains le long de son cou. Robert avait cessé de parler. Sa main reposait, immobile, dans son dos. Elle sentait son cœur. Il tambourinait dans sa poitrine. Lorsque les doigts de Rose effleurèrent la peau brûlante de sa nuque, un frisson traversa le chevalier. Se dressant sur la pointe des pieds, des larmes séchées sur les joues, Rose pressa sa bouche contre la sienne. Elle sentit la chaleur de son haleine, le contact rude de sa barbe, puis une légère moiteur lorsque ses lèvres s'écartèrent en lui procurant un plaisir inconnu jusque-là.

Un instant plus tard, c'était terminé.

Robert recula.

— Rose...

Elle le fixa, sentant toute sa colère et sa douleur revenir d'un coup. Puis elle pivota et s'enfuit dans la rue en courant, bientôt avalée par l'agitation du marché, tandis que Robert restait là, le souffle coupé.

À l'extérieur de Notre-Dame, Paris,
4 juin 1302 après J.-C.

— Assurez-vous que ce soit fait exactement comme je vous l'ai demandé.

Le soldat tendit la main.

— Ne vous inquiétez pas, répondit-il en voyant l'homme devant lui hésiter.

Il esquissa un sourire dénué d'humour.

— Croyez-moi, quand les arcs et les épées commenceront à s'activer, personne ne remarquera une flèche perdue.

— Il ne sera peut-être pas engagé directement dans le combat.

Le soldat haussa les épaules d'un air désinvolte.

— Si ce que vous me dites est vrai, il sera sur le champ de bataille. Et alors, tout peut arriver...

Il eut un sourire de satisfaction en empochant la bourse.

— Je vous donnerai le reste quand j'aurai reçu la nouvelle de sa mort.

Guillaume de Nogaret regarda le soldat disparaître dans le chaos de bâtiments disséminés autour de la cathédrale.

Il se sentait soulagé, comme s'il venait de déloger quelque chose qui le gênait depuis quelque temps et qu'il retrouvait toute sa capacité d'action. Il avait la solution pour apporter à Philippe toutes les richesses dont il avait besoin afin d'asseoir sa domination en France et, en même temps, contrôler l'Église. Il la connaissait depuis un moment. Mais il était persuadé que le chancelier ne lui laisserait pas la mettre en œuvre. Nogaret était légèrement surpris de la facilité avec laquelle il avait exécuté ce plan. Il est vrai que ce n'était pas la première fois que ses actes provoquaient une mort.

Un chariot passa en soulevant un nuage de poussière et en laissant une traînée jaunâtre en suspension dans l'air. Nogaret plissa les yeux, de la sueur coulait sur ses tempes. Il ne s'habituerait jamais à cette humidité. Dans le Sud, les étés étaient plus chauds, et plus secs aussi. L'air, plus pur, était rafraîchi par les brises venues de la côte et des montagnes. Quand il était parti de chez lui, c'était l'été. Il se rappelait encore l'odeur du sol cuisant au soleil, les grappes de raisin gonflé sur les rangs de vigne et le chant des grillons. L'odeur de fumée. De la chair brûlée. Nogaret ferma les yeux. Sa sœur poussait des cris perçants, elle appelait sa mère tandis que les flammes crépitaient à ses pieds en dévorant le bois. Mais sa mère était déjà entourée par les flammes. Soudain, sa robe avait pris feu et le tissu s'était envolé par morceaux incandescents, offrant un court instant à la foule la vision obscène de son sexe avant que son corps ne s'embrase à son tour.

— Dieu est reconnaissant à ses fidèles, Guillaume, lui avait dit le dominicain en posant une main sur son épaule. Le sacrifice que tu as fait aujourd'hui sera récompensé. L'hérésie doit être éradiquée, où qu'elle se trouve. C'est pour notre bien que nous agissons.

20

Près de Bordeaux, royaume de France

18 juillet 1302 après J.-C.

— Restez avec les chevaux, Gaillard.

Bertrand de Got mit pied à terre en grimaçant et tendit les rênes à un écuyer.

— Je ne serai pas long.

Prenant dans ses mains moites le paquet qu'il avait transporté depuis Bordeaux, il se dirigea vers la petite maison blanche au sommet de la colline. Le ciel d'azur paraissait infini et aucune brise n'agitait sa cape tandis qu'il remontait en ahanant la piste poussiéreuse. Avant d'atteindre la maison, il se retourna et fut récompensé de ses efforts par une vue prodigieuse sur les pâturages et les vignobles qui s'étendaient jusqu'à Bordeaux. Il discernait encore la flèche de la cathédrale et, un instant, il se demanda si quelqu'un dans la tour pouvait l'apercevoir debout tout au fond de la vallée. Cette pensée l'étourdissait et il était content d'avoir de solides appuis sous lui.

Une jeune femme qu'il ne reconnut pas vint lui ouvrir.

— Oui, messire? fit-elle d'un ton interrogateur tout en observant les somptueux vêtements de l'homme d'Église.

— Est-ce vous, monseigneur? lança une voix à l'intérieur.

Une femme obèse aux traits grossiers écarta la fille.

— Retourne à la cuisine, Marie.

— Oui, madame.

La femme regarda la fille repartir puis se tourna vers Bertrand.

— Je suis confuse, monseigneur, je lui ai ordonné de ne pas ouvrir la porte.

Bertrand attendit que la servante l'ait introduit dans une pièce petite mais bien meublée avant de déchaîner sa colère.

— Que fait-elle ici, Yolande? dit-il, fulminant, en refermant la porte derrière lui. Qui est-ce?

— Une domestique, c'est tout.

— C'est tout? s'emporta Bertrand, qui sentait sa tête tourner après l'ascension. Elle m'a vu! Est-ce que vous comprenez ce que ça signifierait si elle en parlait à quelqu'un?

Il laissa tomber le paquet au papier froissé.

— Elle ignore qui vous êtes, se contenta de répondre Yolande, placide. Et de toute façon, elle vit ici maintenant. À qui le dirait-elle?

La femme croisa les bras et regarda calmement Bertrand s'effondrer sur un tabouret près de la fenêtre.

— J'ai besoin d'aide, les garçons commencent à vieillir.

— J'ai dit que je vous trouverai quelqu'un, marmonna-t-il en s'épongeant le front.

Une douleur le lança à l'estomac et il grimaça.

— Vous me l'avez dit il y a des mois.

— Vous avez une maison, femme. Qu'attendez-vous de plus?

— Ce n'est pas la vie que j'aurais choisie, répondit froidement Yolande. Si on avait demandé mon avis, mon mari serait encore en vie et je vivrais encore avec lui. Au lieu de ça, je suis toute seule ici et j'élève mon enfant et le vôtre.

Yolande passa la langue sur ses lèvres.

— Je pourrais toujours partir, ajouta-t-elle.

Bertrand releva vivement les yeux.

— Non, fit-il en secouant la tête. Non, Yolande. Mais vous devez me promettre que cette fille ne dira rien. Je voulais vous trouver quelqu'un de bien moi-même, mais ça n'a pas été tous les jours facile depuis mon élection.

Yolande sembla se détendre en constatant qu'elle avait gagné, et elle remplit une coupe de vin.

— Malgré la trêve qu'il a signée avec Édouard d'Angleterre, le roi Philippe n'a pas retiré toutes ses troupes de Guyenne.

Bertrand soupira, puis grimaça de nouveau à cause de son estomac. Il prit la coupe en argile qu'elle lui tendait.

— Mais la moitié de la garnison de Bordeaux a été envoyée en Flandre, reprit-il, peut-être pouvons-nous nous attendre à une pause dans le conflit maintenant que le roi est occupé ailleurs.

Yolande opina, elle ne s'intéressait pas du tout à la politique.

— Raoul était impatient de vous voir. Voulez-vous que j'aille le chercher ?

— Oui.

Bertrand se rassit plus confortablement, soulagé par la brise apportée par la fenêtre ouverte. Il songea que ce n'était peut-être pas une si mauvaise idée d'avoir une jeune femme dans les parages. Yolande avait eu son enfant très tard et elle avait été en mesure de l'allaiter, mais l'âge commençait à la rattraper maintenant et le lait ne coulait plus. Raoul aurait dû avoir une mère jeune pour s'occuper de lui. Et c'eût été le cas si elle n'était pas morte en couches.

Bertrand avait rencontré Héloïse cinq ans plus tôt, lors d'une visite à l'église de son neveu près de Bordeaux. Elle avait dix-sept ans, était la fille d'un seigneur local, simple mais aussi douce que du miel, et c'était la première et la seule femme qu'il eût aimée. Après le premier moment de passion, Bertrand avait juré que ça ne se reproduirait pas. Mais ça s'était reproduit, souvent, jusqu'à ce qu'Héloïse vienne le trouver un après-midi pour lui annoncer, en larmes, qu'elle était enceinte. Concevoir un enfant en dehors des liens du mariage était un péché. Et on devient un anathème quand on a un enfant en portant la robe sacerdotale. Depuis que le pape Grégoire VII avait réformé l'Église, prêtres et évêques avaient vu leurs unions conjugales annulées, leurs femmes condamnées comme concubines et leurs enfants déclarés bâtards. Dès lors, le mariage avait été prohibé au sein du clergé.

L'ironie d'être tombé amoureux d'une femme qui portait ce prénom n'avait pas échappé à Bertrand. Deux siècles plus tôt, Héloïse avait été la jeune amante d'Abélard, un brillant étudiant en théologie à Paris. Pour ses péchés, Abélard avait fini castré et Bertrand, qui craignait davantage que la simple perte de ses attributs, avait persuadé Héloïse de quitter sa famille avant que sa grossesse ne soit visible. Il avait acheté la petite ferme sur la colline avec les fonds de son diocèse et c'était là, à des kilomètres de tout, que Héloïse avait donné naissance à leur fils prématuré. Yolande, veuve depuis peu, s'était occupée de la maison et de la fin de la grossesse. Elle n'avait aucune expérience d'accoucheuse. En arrivant un soir, tard, Bertrand avait découvert son amante froide comme de la pierre, dans un bain de sang, et Yolande berçant un nouveau-né.

Il avait enterré Héloïse dans les bois en se maudissant. En maudissant Dieu. À l'époque, il pensa qu'il s'agissait d'une punition, mais au fil des mois, il vit son enfant grandir et en vint à considérer que Dieu lui avait fait un cadeau en lui offrant Raoul. Après son élection à l'archevêché, fonction pour laquelle il s'était battu sans relâche, il lui devint plus facile de prélever des fonds pour financer la garde de l'enfant. Il savait comment falsifier les comptes et, comme il s'était entouré de membres de sa propre famille, il ne risquait pas de voir son administration remise en question. Il songeait à Héloïse avec tristesse, mais de moins en moins souvent, bien qu'il considérât parfois Raoul comme un miracle, un enfant né sans parents et qui, en grandissant, changerait le monde. Par son fils, ses péchés seraient lavés.

La porte s'ouvrit et Yolande rentra en tenant par la main un petit garçon aux cheveux bruns et aux grands yeux, pareils à ceux de sa mère, et ayant un nez crochu comme le sien. Raoul serrait contre lui une balle en cuir usée. Lorsque Yolande la lui enleva et lui désigna Bertrand, il s'énerva.

— C'est ton papa qui vient te voir, mon petit.

En voyant Raoul s'agripper à la jambe de Yolande, Bertrand fronça les sourcils.

— Que lui arrive-t-il?

— Il est juste timide, répondit-elle en prenant le garçon dans ses bras et en le déposant sur les genoux de Bertrand. Vous devriez lui rendre visite plus souvent, le tança-t-elle, il vous reconnaîtrait davantage.

— J'ai un cadeau pour toi, Raoul, le cajola Bertrand tandis que l'enfant se débattait et essayait de descendre. Tiens.

Il prit le paquet posé sur la table. Le tissu dans lequel il était enroulé était trempé. Raoul arrêta de se tortiller et se jeta dessus.

— Laisse-moi te l'ouvrir.

Bertrand défit le paquet, dont il sortit une broderie sur laquelle s'étalaient sous un ciel bleu une église et son dôme en haut d'un rocher, entourés de petites maisons blanches.

— Un de mes jeunes acolytes l'a fait pour moi.

Raoul le contempla d'un air méfiant.

— Image, dit-il en pointant du doigt vers la broderie.

— Ce n'est pas n'importe quelle image. C'est Jérusalem.

Bertrand prononça ce nom d'une voix si douce, si pleine de révérence, que Raoul se calma, soudain intéressé. Ni le père ni l'enfant ne remarquèrent Yolande sortir de la pièce.

— C'est la ville où notre Sauveur, Jésus-Christ, a vécu. Un jour, je t'y emmènerai, Raoul, murmura-t-il dans le creux de l'oreille à son fils. Un jour, je te le promets, nous verrons cette ville ensemble.

Une heure plus tard, Bertrand sortit de la maison et redescendit la piste au bas de laquelle son écuyer l'attendait avec les chevaux, à l'abri d'un bosquet. La descente était rendue plus facile par l'énergie que lui avait procurée cette visite, et même son estomac, qui le faisait souffrir depuis plusieurs semaines, semblait en meilleur état. Gaillard, la seule personne en dehors de Yolande à connaître son secret, ne dit pas un mot et se mit en devoir de lui faire la courte échelle pour l'aider à monter à cheval.

Tandis qu'il chevauchait dans la chaleur de l'après-midi pour retourner à Bordeaux, la joie de Bertrand fut bientôt ternie par le souvenir de la promesse faite au garçon. Les rapports avaient commencé à arriver de Terre sainte, où Jacques de Molay menait une croisade. Après les premiers espoirs qu'avait suscités, l'année dernière, l'alliance des croisés avec les Mongols face aux Mamelouks, des nouvelles plus récentes révélaient que la campagne s'était soldée par un échec désastreux. On disait que la dernière forteresse du Temple sur l'île de Ruad avait été prise par les forces musulmanes et que le grand maître et ses commandeurs étaient retournés à Chypre. Les Hospitaliers étant peu désireux de coopérer avec leurs rivaux, les chevaliers Teutoniques occupés par leur conquête de la Prusse païenne et le roi Édouard oublieux de ses promesses à cause des récentes guerres, un nombre dérisoire de combattants semblaient prêts à continuer la lutte.

Bertrand n'avait jamais posé le pied en Terre sainte, mais elle l'appelait comme une prière à laquelle il aspirait à répondre. Marcher dans les traces de Dieu, voir les lieux mêmes où le Sauveur de l'humanité avait vécu et respiré :

il désirait cela plus que tout. Il aurait pu y aller en pèlerinage dans sa jeunesse, il y avait sérieusement réfléchi, mais la pensée des troubles auxquels étaient livrés ces rivages lointains l'avait dissuadé d'entreprendre le voyage. Il avait entendu les histoires des premières croisades, les rues jonchées de cadavres, couvertes de sang. Il ne voulait pas découvrir Jérusalem ainsi. Il voulait entrer dans cette cité d'or, humer le parfum des oliviers et entendre les oiseaux chanter tandis qu'il gravirait la colline jusqu'à l'église du Saint-Sépulcre, l'endroit le plus sacré sur cette terre. C'était le devoir des chefs de conquérir et des soldats de combattre. Mais son devoir à lui serait de conduire les fidèles dans une Jérusalem libérée.

— Qu'est-ce qu'ils font?

La question de Gaillard tira Bertrand de ses pensées. L'écuyer regardait en direction d'un immense chêne qui s'élevait telle une tour végétale au milieu d'un champ de blé. Bertrand vit un groupe d'hommes se diriger vers lui. Il prit conscience de cris. On aurait dit qu'ils tiraient quelque chose. Était-ce... Bertrand allongea le cou. Deux personnes.

— Devons-nous intervenir, monseigneur?

Bertrand commença à secouer la tête, mais s'arrêta en voyant que les hommes se débattaient et luttaient contre d'autres qui les traînaient vers le chêne. Il y eut une lueur métallique et il comprit que les hommes étaient armés.

— Des soldats royaux, dit soudain Gaillard. Monseigneur, ces hommes sont des soldats royaux.

— Mon Dieu, murmura Bertrand lorsqu'il découvrit que les deux hommes qui se démenaient portaient les surcots rouge et bleu vif des troupes stationnées à Bordeaux.

Un de leurs agresseurs jeta une corde par-dessus une branche. L'archevêque porta la main à la croix pendue à son cou lorsqu'il comprit qu'il était sur le point d'assister à un meurtre.

— Nous devons les en empêcher, monseigneur.

— Je ne peux pas ! Ils pourraient me demander ce que je fais ici.

Bertrand jeta un coup d'œil par-dessus son épaule à la maison, toujours visible sur la crête.

— Mon fils…, dit-il, impuissant. Allez-y, Gaillard. Allez voir ce qui se passe. Et arrêtez-les.

Malgré sa peur apparente, Gaillard lança son cheval sur la piste qui traversait le champ de blé. Bertrand vit deux hommes se détacher du groupe pour affronter l'écuyer qui galopait dans leur direction. Des épées se levèrent. Une deuxième corde avait été jetée sur la branche et on hissait les soldats vers les nœuds. Leurs cris de terreur lui parvinrent. Gaillard avait mis pied à terre et faisait face à l'un des hommes. Bertrand fut pétrifié en voyant celui-ci pointer l'épée sur sa poitrine. Gaillard fit demi-tour et remonta sur son cheval.

Consterné, Bertrand regarda les deux hommes se faire passer la corde au cou et leurs bourreaux les lever.

— Monseigneur…, fit Gaillard, pantelant, en arrêtant son cheval à sa hauteur. J'ai essayé mais ils…

Il secouait la tête et regardait derrière lui.

— … je ne peux rien faire.

Bertrand ne dit pas un mot, ses yeux étaient rivés sur les deux corps secoués de convulsions.

— Ils disent qu'il y a un soulèvement contre l'occupation du roi Philippe, expliqua Gaillard, qu'ils n'acceptent pas la trêve qu'Édouard d'Angleterre a conclue avec lui. Ils disent qu'ils se débarrasseront des forces royales eux-mêmes, comme les Flamands à Bruges. Dans tout le duché, tout le monde se révolte.

Le Louvre, Paris, 10 août 1302 après J.-C.

— Le roi est au courant de votre situation, mais comme vous êtes l'un des principaux prêteurs sur gages de Paris, votre incapacité à payer votre tribut annuel le surprend beaucoup.

— Votre Majesté, qu'y puis-je? implora le vieux Juif en passant devant le trésorier royal et en tendant ses paumes vides à Philippe, qui était assis dans une chaise à haut dossier derrière une table couverte de rouleaux de parchemin. J'ai fait tout ce qui est en mon pouvoir pour récupérer l'argent qu'on me doit, mais j'ai encore beaucoup de dettes en souffrance. Comme vous pouvez le constater, ajouta-t-il en déroulant plusieurs parchemins et en montrant des listes de chiffres. Si j'avais plus de temps...

— Vous avez déjà eu cinq mois, dit Philippe avant que le trésorier réponde.

Il s'avança et posa les coudes sur la table.

— Je suis déçu, Samuel. Il va sans doute falloir prendre des mesures.

— Votre Majesté, les lois imposées par votre grand-père, le roi Louis, à mon peuple ont rendu de plus en plus difficile de collecter les impayés de nos débiteurs chrétiens. Ils ne sont pas incités à payer leurs dettes. Même s'ils refusent, ils ne vont pas en prison!

— Vous devriez faire très attention, dit Philippe d'une voix sourde, à ne pas dénigrer *Saint* Louis.

— Votre Majesté, je suis certain que Samuel ne voulait pas vous offenser.

Philippe leva les yeux vers l'homme qui venait de parler. Il observa un instant le frêle Juif aux cheveux blancs, avec son accent étranger.

— Je ne connais toujours pas votre rôle dans tout cela. Que faites-vous ici?

— Le rabbin Elias est là pour se porter garant de moi, plaida Samuel.

— Je peux vous assurer, Votre Majesté, dit Elias en croisant tranquillement le regard hostile du roi, que Samuel paiera son tribut aussi vite que...

Il se tut, on venait de frapper à la porte. Philippe tourna la tête.

— J'ai dit que je ne voulais pas être dérangé.

— Je vais m'en occuper, sire, proposa Nogaret, qui jusque-là avait gardé le silence.

Il passa à côté du trésorier et ouvrit la porte. Entendant une discussion à voix basse, Philippe sembla s'en irriter.

— Qui est-ce, Nogaret ?

— Un messager et un clerc du palais, sire. Ils disent que c'est urgent.

— Faites vite, leur ordonna sèchement Philippe lorsque les deux hommes eurent pénétré dans la pièce. J'ai beaucoup à faire aujourd'hui, je n'ai pas besoin qu'on m'interrompe.

— J'apporte des nouvelles de Flandre, sire.

Sans rien ajouter, le messager tendit un rouleau à Philippe, qui le décacheta. Puis il commença à le lire et son visage se décomposa, passant de l'impatience à l'incrédulité. Quand il eut terminé, sa main retomba. Le parchemin glissa entre ses doigts et retomba sur les dalles.

— Sire ? s'enquit Nogaret.

Mais le roi ne répondit pas et le ministre s'approcha pour ramasser le rouleau.

— Lorsque nos hommes sont arrivés à Courtrai, nous avons vu que les Flamands assiégeaient le château, expliqua le messager. Des fantassins, mais ils étaient beaucoup plus nombreux. À leur tête se trouvaient les chefs des corporations et les fils de Guy de Dampierre.

Nogaret lisait encore. Philippe avait posé ses mains à plat sur la table en écrasant les parchemins qu'avait apportés Samuel.

— Nos hommes ont lancé un assaut mais ils se sont embourbés dans le terrain marécageux avant d'être décimés par les archers flamands. Ceux qui ont réussi à approcher de leurs lignes ont été jetés à terre et massacrés par l'ennemi à coups de massue.

— Détruit ? marmonnait Nogaret en poursuivant sa lecture.

— D'après notre estimation, plus d'un millier de

chevaliers ont été tués. Nous saurons bientôt combien d'hommes sont morts au combat, mais on m'a demandé de vous annoncer personnellement deux décès. Le comte Robert d'Artois s'est fait cerner, nos soldats n'ont pas pu le secourir. L'autre…

Le messager baissa les yeux pour ne pas croiser le regard du roi.

— … l'autre est le chancelier Flote. Nous l'avons retrouvé la gorge tranchée, un peu à l'écart du champ de bataille.

Le messager releva des yeux emplis de colère.

— Sire, ils ont tranché les parties génitales de nos chevaliers pour s'en faire des trophées. On dit qu'ils les ont accrochées dans une église de Courtrai.

Immobile, Philippe ne disait rien. Elias et Samuel regardaient d'un air perplexe le trésorier qui se tordait les mains.

— J'ai bien peur que ce ne soit pas les seules mauvaises nouvelles, sire, ajouta le fonctionnaire royal en s'avançant. Le palais a reçu il y a une heure un rapport concernant une rébellion contre les forces royales dans la région de la Guyenne. Nous ne connaissons pas pour l'instant l'étendue de l'insurrection, mais nous savons que des soldats sont morts et…

— Dehors ! tonna Philippe en se levant, les mains appuyées sur la table.

— Votre Majesté ?

— Dehors !

Philippe pointa la porte du doigt.

— Tous autant que vous êtes ! Sortez d'ici !

— S'il vous plaît, fit Samuel d'une voix hésitante, je…

— *Sortez !*

Le messager et le fonctionnaire quittèrent la pièce et Nogaret poussa les deux Juifs, ainsi que le trésorier, vers la porte. Il saisissait la poignée pour fermer derrière lui, mais le roi l'arrêta dans son élan.

— Pas vous, Nogaret.

Laissant la porte entrebâillée, le ministre revint dans la pièce. Il inspira et croisa ses bras devant sa poitrine.

— Sire, ce sont des nouvelles épouvantables, je ne prétends pas le contraire, mais nous pouvons reprendre la main. Nous avons seulement besoin d'un peu de temps pour rassembler des troupes.

— Du temps? murmura Philippe. Du temps, j'en ai. Ce que je n'ai pas, ce sont des fonds. Comment pouvons-nous reprendre la main? Et de surcroît, Flote n'est plus...

Il balaya tous les parchemins de la table d'une main indifférente.

— Vous avez entendu ce qu'a dit le trésorier. Les coffres royaux sont au plus bas. Comment combattre sur deux fronts, mater ces rébellions, venger la mort de chevaliers, quand je n'ai pas de quoi envoyer une armée sur un champ de bataille?

Philippe se leva et commença à faire les cent pas.

— Et pourtant, il le faut. D'une manière ou d'une autre. Si je n'entreprends rien, mon peuple me croira faible. Le pouvoir obtenu grâce à la tenue des états généraux commence à m'échapper. Quand la nouvelle se répandra, si je reste assis sans rien faire, je le perdrai complètement. Qui sait, Nogaret, combien d'autres ennemis sont en embuscade, prêts à m'attaquer à la moindre faiblesse? Les ducs, les comtes, les évêques...

Il se tourna vers le ministre.

— Mon grand-père n'aurait jamais toléré que de telles choses se produisent. Il aurait trouvé l'argent; il aurait envoyé une armée pour soumettre la Flandre et venger Courtrai, et il aurait envoyé ces Gascons rebelles au gibet. Je suis vaincu.

Frissonnant, Philippe porta la main au col de sa cape noire.

— Il n'y a point de salut.

— Sire, il en existe un.

— Je dois réfléchir, Nogaret, continua Philippe en se passant la main dans les cheveux. Je ne peux pas taxer le clergé. Cela prendrait trop de temps et je ne dois pas donner au pape Boniface une autre occasion de trouver des alliés contre moi.

Nogaret avança d'un pas pour tirer Philippe des pensées qui s'agitaient en lui.

— Les Juifs ! s'exclama Philippe en ramassant un parchemin au sol et en le brandissant à la face de Nogaret. Voilà ce que mon grand-père a fait quand il a eu besoin de fonds.

— Qu'a-t-il fait, sire ?

— Il a exilé les Juifs. Il leur a confisqué leur argent et leurs propriétés et les a bannis du royaume.

Le regard de Philippe se perdit au loin.

— Je me rappelle que mon père m'en parlait : les chariots remplis de trésors qui entraient dans la cour du palais, les pièces d'or qui débordaient. C'est ce que nous allons faire, Nogaret. Nous enverrons des gardes royaux les expulser, puis nous vendrons leurs maisons et leurs possessions aux enchères. L'or, je le garderai. Nous contacterons aussi leurs débiteurs qui ont encore des prêts.

Philippe tenait toujours le parchemin à la main.

— Et nous ferons en sorte qu'ils remboursent.

Nogaret hochait pensivement la tête.

— Ce plan a du mérite, il produira de gros revenus rapidement, assez, je le parierais, pour engager une campagne en Flandre, admit-il. Mais seulement à court terme. Les fonds s'épuiseraient vite et nous devrions renoncer aux tributs annuels que versent les Juifs. Au bout du compte, nous y perdrions davantage que nous y gagnerions. Mettez ce plan à exécution, sire, puis souciez-vous de stratégies à plus long terme. Les Juifs sont certes riches, mais ils forment une petite communauté. Comment amasser une fortune suffisante pour entretenir les domaines royaux qui sont déjà les vôtres et étendre vos territoires dans les années à venir ?

Cette perspective semblait complètement impossible à Philippe, qui le regardait d'un air circonspect, et Nogaret sourit.

— Les Templiers.

Philippe fronça les sourcils. Nogaret poursuivit tout de même.

— En dehors de l'Église, le Temple est l'organisation la plus grande et la plus riche de la Chrétienté. L'Ordre possède des biens dans toute l'Europe, des centaines de manoirs et de domaines, dont beaucoup produisent leurs propres revenus grâce au fermage. Ils gouvernent même plusieurs petites villes.

Nogaret s'animait, et c'était lui maintenant qui arpentait la pièce.

— Leurs propres moulins, leurs propres boulangeries, des boutiques, des vignobles. Ce sont aussi des prêteurs sur gages, et le pape leur a donné des dérogations spéciales pour collecter des intérêts sur ces dettes, à l'instar des Juifs. Votre flotte n'a jamais été terminée, sire? Eh bien, dans ce cas, prenez la leur!

— Nogaret..., murmura Philippe.

Sans l'écouter, le ministre continua.

— Ils ont une grande influence dans le commerce de la laine, ils prennent une commission pour le transport en bateau et agissent comme protecteurs des marchands. Il ne fait aucun doute qu'ils possèdent des caves pleines de trésors et de saintes reliques que les pèlerins s'arracheraient. Votre Majesté, ils détiennent les trésors des rois!

— Nogaret! répéta Philippe avec fermeté. C'est inutile. Je ne peux pas toucher au Temple. Les Juifs, oui, car personne dans le royaume ne les regrettera. Mais les guerriers du Christ? fit-il en secouant la tête. Il y aurait du grabuge.

— Vous croyez? répondit Nogaret, tenace. Vous savez comme moi que beaucoup de gens ont blâmé les chevaliers pour la perte de la Terre sainte au moment de la chute d'Acre.

— C'est bien possible, mais le grand maître est le seul dans toute la Chrétienté à s'efforcer de regagner ce territoire.

— Et nous savons qu'une fois de plus, les chevaliers ont échoué dans leur tâche. Sire, le peuple n'a plus envie de croisades, ni des chevaliers et de leurs quêtes sacrées. Ils sont avides de commerce et d'argent, de pouvoir et de terre. Ils veulent que leur royaume soit fort et à l'abri des attaques.

— Vous avez raison.

Lorsque Philippe prononça cette phrase, Nogaret lui lança un regard perçant, mais son air de triomphe le quitta en entendant le roi poursuivre.

— Le Temple est une organisation puissante et riche. Pourquoi? Parce que, depuis deux siècles qu'ils existent, les chevaliers n'ont connu aucun heurt. Ils sont restés en dehors de l'influence des rois. On peut même dire que ce sont les chevaliers qui ont contrôlé les monarques au fil des ans. Le pape est le seul sur cette terre à exercer de l'autorité sur eux.

Nogaret opina en s'éloignant du roi.

— J'en suis conscient, dit-il en jetant un coup d'œil à Philippe. Mais si l'homme occupant le trône papal partageait nos vues, cela ne poserait pas nécessairement problème.

Philippe se figea, les yeux rivés sur le ministre.

— Nous pourrions faire d'une pierre deux coups, dit Nogaret. Renflouer nos caisses et écarter Boniface.

— Je ne veux même pas y penser, répondit Philippe en se détournant. C'est impossible.

— Tout est possible, sire. Ce n'est qu'un homme, et un homme corrompu. Vous avez vu comment il abuse de sa position. Par cette action, vous ne feriez pas de mal à la Chrétienté, vous la sauveriez.

Nogaret s'approcha du roi.

— J'y ai beaucoup réfléchi. Réquisitionner la fortune de l'Ordre vous procurera assez de fonds pour continuer votre expansion et maintenir la sécurité dans votre royaume. Le pape sera votre cognée. Un coup au bon endroit et au bon moment, et le Temple chutera.

Elias traversait à grandes enjambées la cour de la forteresse royale pour rejoindre Samuel qui l'attendait. Le vieux Juif l'accueillit par une question, mais le rabbin était tellement plongé dans ses pensées qu'il n'entendit pas de quoi il s'agissait.

— Désolé, Samuel, marmonna-t-il distraitement. De quoi me parlais-tu ?

Samuel regardait les mains vides d'Elias d'un air inquiet.

— Je disais qu'il ne voulait pas te les donner. Mes comptes ? ajouta-t-il en voyant qu'Elias ne lui répondait pas. Il a refusé de te les rendre ?

Il tourna le dos pour s'en aller.

— Dans ce cas, j'irai lui demander moi-même.

Tiré de ses réflexions, Elias attrapa le vieillard par la manche.

— Je n'ai pas eu l'occasion de les réclamer. Viens, insista-t-il face à ses protestations, nous allons parler au trésorier. Je suis sûr qu'il pourra les récupérer. Le roi avait une audience avec un de ses ministres. Je ne voulais pas les interrompre.

21

Le palais royal, Paris

21 août 1302 après J.-C.

Quelqu'un vint se placer en travers de son chemin et Will ralentit son cheval.

— Simon ? dit-il, surpris.

Sa voix était à peine audible à cause de la pluie qui tombait à grandes eaux et transformait la rue en bourbier. De la brume s'élevait au-dessus des toits que le soleil écrasait de chaleur une heure plus tôt. Le palefrenier ne portait pas de manteau et son épaisse tignasse était plaquée sur son crâne. Enjambant la selle, Will mit pied à terre. Sa chevauchée du matin l'avait ankylosé.

— Qu'est-ce que tu fais ici ?

— Je t'attendais. Un domestique du palais m'a dit que ton retour était attendu pour aujourd'hui.

Simon jeta un regard aux sacoches accrochées à la selle.

— Où étais-tu passé ?

— Je portais un message pour le roi.

Will s'étonna de l'air sombre de son ami.

— Qu'y a-t-il ? Qu'est-ce qui se passe ?

Il tourna la tête vers le palais qui bouchait la vue un peu plus loin.

— C'est Rose ?

— Non. Ton ami, le rabbin.

— Elias ?

— Il te cherchait. Il était… disons qu'il semblait plus qu'inquiet. Quand je lui ai dit que si tu n'étais pas au palais, c'est que tu étais probablement en déplacement pour le roi, il a demandé à parler à sire Robert, mais il est parti avec le visiteur la semaine dernière. Le rabbin m'a fait promettre de venir te trouver dès ton retour pour te donner un message.

— Quel message ?

Simon regarda autour de lui. Deux hommes passaient en pataugeant dans les flaques.

— Il a dit : *Tu es dans la tanière d'un loup.*

— C'est tout ?

— Et tu dois aller le voir. Mais, ajouta-t-il en saisissant le bras de Will qui mettait déjà le pied à l'étrier, ça risque d'être difficile. Will, toute la ville ne parle que de ça depuis ce matin. En venant, j'ai entendu une douzaine de personnes qui en discutaient.

— De quoi ?

— Les gardes royaux ont retourné le quartier juif de fond en comble. Le roi les a bannis.

— De Paris ? demanda Will, incrédule.

— De France.

— Je n'en savais rien, murmura Will. Depuis quand ?

— Ce matin, à l'aube, d'après ce qu'on raconte.

Will se hissa sur la selle et le cheval piétina le sol détrempé. Le palefrenier s'avança plus près.

— Veux-tu que je t'accompagne ?

— J'irai plus vite tout seul.

Éperonnant sa monture, Will se lança au petit galop. Le déluge avait pratiquement vidé les rues. En cavalant, il repensa au message sibyllin d'Elias et, dès qu'il eut passé le Grand Pont, il accéléra le rythme dans le dédale de rues qui menait au quartier juif.

Avant même d'y être entré, il vit les premiers signes de l'opération : des files de gens remontaient face à lui, tous marqués d'une roue rouge. Il vit un homme qui portait un enfant dans ses bras. Un autre ballottait sur ses épaules, le visage bouffi par les pleurs. Derrière lui, une femme traînait difficilement un sac dans la boue. Deux fillettes, agrippées l'une à l'autre, avançaient en titubant, leurs longs cheveux tombant dans leur dos. À cet endroit, la rue était défoncée, beaucoup de gens avaient dû y passer récemment. Des chaussures traînaient par terre, que la boue avait dû arracher à leurs propriétaires. Ces derniers, trop pressés, n'avaient pas pris la peine de les ramasser. Quelques personnes, penchées au rebord de leur fenêtre, regardaient l'exode. Will vit un homme applaudir sans enthousiasme, mais le tumulte de la pluie engloutissait tout et il battait silencieusement des mains tandis que Will entrait dans le quartier.

L'endroit grouillait de gardes royaux. Malgré les signes de nervosité de son cheval, Will continua d'avancer. Une femme s'égosillait contre un soldat qui avait mis son homme à terre et lui donnait un coup de pied. L'homme essaya de se relever et de se défendre mais deux autres soldats accoururent pour aider leur camarade et l'homme disparut bientôt sous les bottes de mailles. Un autre homme serrait un sac contre sa poitrine en s'en prenant au soldat qui essayait de l'en dépouiller. Des hurlements et des bruits d'objets brisés lui parvenaient de l'intérieur de maisons dont les portes avaient pour la plupart été enfoncées. Dans la boue, frappés par la pluie, les biens des gens étaient éparpillés : une cape rouge, un candélabre doré, un bol en argent… Plus loin dans la rue, Will crut voir un tas de vêtements avant de se rendre compte qu'il s'agissait d'un corps. Homme, femme, conscient ou inconscient, il n'aurait su dire. Il y avait des chariots surchargés de butin dont les bœufs harnachés beuglaient sous la pluie. Il tourna la tête et vit un garde royal l'interpeller. Ignorant le soldat qui lui demandait de s'arrêter,

Will engagea son cheval dans la petite ruelle latérale qui menait à la maison d'Elias, derrière une synagogue d'où s'élevaient à travers les volets fracassés des volutes de fumée.

En s'approchant, il remarqua que la porte de la maison couleur orange était sortie de ses gonds et grande ouverte. La peur le gagna. La rue était plus calme, mais de tous côtés l'entouraient les signes de la désolation et des monceaux de cadavres. Will attacha le cheval à un poteau devant une librairie avant de pénétrer dans le vestibule plongé dans l'obscurité. En entendant des bruits derrière la porte de la cuisine, il tira son épée. La tenir en main était toujours étrange. C'est Wallace qui la lui avait donnée, après que son fauchon se fut brisé à la bataille de Falkirk. Depuis, il avait rarement eu l'occasion de s'en servir et n'y était pas habitué. Une porte était close avec un tabouret renversé devant. Tout à sa concentration, il trébucha dedans, le tabouret dérapa et les bruits cessèrent immédiatement dans la cuisine. En lançant un juron, il ouvrit la porte d'un coup sec et entra.

La première chose qu'il vit, ce fut une vieille femme aux yeux ronds écrasée contre un mur par un homme qui n'avait pas l'air moins terrifié, mais se tenait devant elle dans une attitude protectrice, un couteau de cuisine à la main. Accroupis près de l'âtre se trouvaient trois autres hommes. Ils entouraient un quatrième étendu au sol. Will eut le temps de repérer les taches de sang sur le sol et sur la robe du gisant avant de le reconnaître.

— Mon Dieu, dit-il en rengainant son épée. Elias ?

— Partez ! lui lança l'un des Juifs en se levant.

— William ? fit une voix flétrie.

— Essayez de ne pas bouger, dit l'un des hommes en posant une main sur la poitrine du rabbin.

Le Juif qui lui barrait le passage le laissa passer de mauvais gré. Will sentit l'angoisse l'envahir en découvrant la cause de la prostration du rabbin. Le vieillard avait été aveuglé. On lui avait crevé les deux yeux, ou plutôt on les lui avait ôtés ; ne restaient plus que deux orbites crevassées d'où le sang s'écoulait sur ses joues. Il s'agenouilla et prit le vieil homme par la main.

— Qui vous a fait ça, Elias ? Qu'est-ce qui se passe ici ?

— Les soldats du roi, répondit l'un des hommes avant le rabbin.

Will se rappelait l'avoir déjà croisé. Il avait les deux poings serrés contre ses cuisses.

— Ils sont venus avant l'aube. Nous n'étions pas prévenus. Ils nous ont annoncé que nous étions bannis sur ordre du roi Philippe, que toutes nos possessions et nos propriétés appartenaient désormais à la Couronne. Tous ceux qui ont protesté ont été frappés. Certains sont morts. Elias a essayé de discuter avec eux.

— Je dois parler.

Les hommes baissèrent les yeux sur Elias. Il essayait de se lever.

— Rabbin, s'il vous plaît !

— Non, Isaac. Je dois parler à William. Seul à seul.

Sa voix, aussi frêle soit-elle, restait impérieuse. Les quatre hommes et la femme commencèrent à sortir. Isaac toucha l'épaule de Will. Puis, dans le creux de l'oreille, il lui glissa :

— Nous sommes revenus pour lui quand les soldats sont partis. Mais je ne pense pas qu'il en ait pour longtemps et nous devons quitter la ville.

— Je vais rester avec lui.

Tandis qu'il se retirait, Will ne quittait pas le vieux libraire des yeux. Il avait peine à croir que le rabbin, toujours débordant de vie, ait pu être réduit à cela. Il avait vu beaucoup de morts au cours de sa vie, mais il y avait quelque chose de tellement insensé dans cette débauche de violence qu'elle le frappait au cœur, et l'interrogeait. Le jour viendrait où justice devait être rendue.

— Je suis tellement navré, murmura-t-il. Simon m'a donné ton message. Si j'avais été au courant de cette attaque contre ton peuple, j'aurais...

— Ce n'est pas de ça qu'il s'agit, fit Elias d'une voix rauque.

Il tourna la tête vers Will, et le filet de sang sur ses joues redoubla.

— Je ne m'y attendais pas. Mon message concernait le Temple. Je voulais te prévenir.

Will se cramponnait à la main d'Elias, dont la tête retomba contre le carrelage avec un petit bruit sourd. Au bout d'un moment, sa poitrine recommença à se soulever.

— J'étais au palais et j'ai entendu un des ministres s'entretenir avec le roi. Un juriste qui s'appelle Nogaret.

La voix d'Elias était si basse que Will devait coller son oreille à la bouche du rabbin pour distinguer les mots.

— Il a dit que le pape serait leur cognée.

— Leur cognée? répéta William, mais Elias ne semblait pas en mesure de l'expliquer. Qu'est-ce que ça signifie?

— Un coup, murmura le rabbin. Un coup au bon moment et le Temple chutera.

Sa tête fut prise d'une convulsion.

— Ses coffres sont vides. C'est la raison de ce qu'il fait aujourd'hui.

— Il a l'intention de s'en prendre à l'Ordre? demanda Will, alarmé.

— Je ne sais pas, lâcha Elias dans un souffle. C'est tout ce que j'ai compris de leur conversation. C'est le juriste qui parlait.

— Ça n'arrivera pas, dit Will au bout d'un moment. C'est impossible. Le pape est loin d'être l'allié du roi.

— Peut-être ont-ils un moyen de pression... Ou pire?

La question restait suspendue dans le silence. Will y répondit rapidement.

— D'accord, le roi se querelle avec le pape, mais c'est purement politique. Il ne tenterait jamais rien contre Rome.

— Tu peux me regarder, constater ce qu'ils m'ont infligé sur ses ordres, et ne pas éprouver le moindre doute?

Cette accusation fit tressaillir Will. Il détourna le regard du visage ravagé d'Elias.

— Philippe n'est pas la réponse à tes prières, William.

Son visage se tordait comme si chaque mot le faisait souffrir.

— Il y a un démon derrière ce trône. Mais tu ne le vois pas. Tu refuses de le voir parce que le roi a promis d'être ton allié, l'instrument de ta vengeance. D'où viendra l'argent pour la cause écossaise, la prochaine fois ?

Elias leva faiblement la main, qu'il porta à son visage.

— Il viendra de moi. Du sang versé par mon peuple.

Will ferma les yeux.

— Honte à toi, William ! Honte à toi qui refuses de voir la vérité. Tu te laisses mener par ta soif de revanche, par sa promesse creuse et égoïste. Tu as abandonné tout ce que tu avais juré de servir, tous ceux que tu t'étais engagé à protéger. Pendant plus d'un siècle, des hommes ont donné leur vie au nom des idéaux de l'Anima Templi. Ceux qui travaillaient directement pour le Cercle comme ceux qui le soutenaient. Et pour une vengeance personnelle, tu mets tout cela au rebut.

Elias respirait bruyamment, tout en serrant la main de Will avec une force surprenante.

— Tu aurais dû rester au Temple et diriger l'Anima Templi. Au lieu de quoi tu es parti sans rien faire pour empêcher le grand maître de lancer sa croisade, et le Cercle de perdre jusqu'à son existence. Mais ce n'était pas à toi d'abandonner cette cause. Elle appartient à la centaine d'hommes qui t'ont précédé. C'était la cause d'Everard et celle de ton père. Celle de *Kalawun*. La mienne. Comment oses-tu gâcher nos espoirs, notre sang, par haine et par faiblesse ! Comment oses-tu, William !

Elias lâcha la main de Will et se tourna, les dents serrées. Will se sentait mortifié.

— Ne dis pas ça, Elias. Je n'ai pas...

Mais il ne put terminer. Toutes les excuses qu'il se donnait pour avoir déserté le Temple et abandonné le Cercle lui restaient en travers de la gorge.

— Tu étais un commandeur du Temple, un homme d'honneur. Everard m'a toujours dit que tu étais le fils de ton père. Tu as été élu à la tête d'une fraternité d'hommes que leurs idéaux hissaient au-dessus des préjugés de leur âge et qui œuvraient pour le bien de tous les peuples, qu'importât leur foi. Voilà ce que tu étais. Qu'es-tu devenu? Un homme amer. Un mercenaire. Le serviteur d'un tyran qui exploite son peuple, qui vole et qui ment.

— Elias. S'il te plaît.

— En utilisant Philippe contre Édouard, tu as essayé de combattre des ténèbres au moyen d'autres ténèbres. Que peut-il en ressortir? Pas de la lumière en tout cas.

Will baissa la tête. Il repensa à son état d'esprit lorsqu'il était arrivé à Paris avec Wallace à son côté, plein d'une résolution calme et claire. Depuis, les mois s'étaient transformés en années, avec Philippe qui promettait toujours davantage d'aide pour l'Écosse et insistait, malgré la trêve, sur la querelle qui continuait de l'opposer à Édouard. Il songea aux aumônes que le roi leur avait données; des gages destinés à conserver l'amitié des Écossais, au cas où il aurait besoin d'eux pour occuper les forces d'Édouard au nord. Il le savait, mais ne voulait pas y penser sérieusement. Il se laissait aller au gré du courant depuis plus de deux ans, incapable d'avoir prise sur les flots qui l'emportaient de-ci de-là. Elias venait de lui mettre la tête sous l'eau.

— Je...

Sa mâchoire contractée l'élançait.

— Je ne sais pas quoi faire. Hugues de Pairaud a repris en main l'Anima Templi et s'est allié avec Édouard. En dehors de mon aversion personnelle pour l'homme, je sais qu'il a corrompu le Cercle et l'a manipulé pour ses propres fins. Hugues ne me laisserait jamais y revenir, j'en suis certain. Le seul allié qu'il me reste au Temple, c'est

Robert de Paris et il arrive à peine à me regarder en face ces temps-ci. À cause de ce que j'ai fait.

Will fixait ses mains, s'attendant presque à voir le sang en couler.

— Ma fille ne me parle plus. Et la guerre dans laquelle j'ai combattu, pour laquelle j'ai saigné, est au point mort, Wallace et ses hommes sont à terre.

Il secoua lentement la tête.

— En chemin, j'ai perdu le fil.

— Alors, il faut que tu le retrouves.

Elias chercha à tâtons les mains de Will, puis les prit dans les siennes, faiblement.

— Jure-moi que tu le feras. Jure-le sur la vie de ceux qui sont partis avant toi, pour ces hommes et leurs espérances. Ne les laisse pas mourir avec toi. Fais en sorte qu'elles perdurent.

— Mais comment?

Elias lui lâcha les mains et Will s'accroupit encore plus près de lui.

— Elias?

Il saisit le rabbin par les épaules.

— Je le jure. Est-ce que tu m'entends, Elias? Je le jure!

Mais le rabbin était mort et il n'y avait que le silence pour lui répondre.

Le Temple, Paris, 28 août 1302 après J.-C.

— Au bout de quarante jours, Perceval arriva sur une terre brûlée par le soleil. Et au loin, il aperçut une tour en ruine.

Martin de Floyran suivait avec attention l'homme qui tendait les bras dans sa cape d'écaille scintillante. À la lueur des chandelles, les ombres s'agitaient sur les murs et le jeune homme avait presque l'impression de voir une tour sombre s'élever derrière l'un des hommes masqués alignés dans la chambre. La chaleur était étouffante mais il frissonnait en se retenant de protéger de ses bras sa poitrine nue. Malgré la tunique qu'il portait, il se sentait tout entier exposé aux regards des hommes encagoulés. Son estomac était complètement noué. Ça l'avait pris durant sa nuit de veille : la peur et l'excitation bouillonnaient en lui tandis qu'il se tenait seul dans les ténèbres, à genoux. Il attendait depuis si longtemps ce moment, il constituait l'aboutissement d'années d'espoirs et de patience. Mais la réalité ne correspondait pas du tout à ce qu'il avait imaginé. Son oncle lui avait dit combien il serait fier de ce jour. Cependant, Martin ne ressentait aucune fierté, il était submergé par une peur croissante et par cette sensation presque nauséeuse.

— Perceval pénétra dans la tour et grimpa un escalier battu par le vent qui déboucha sur une chambre tout en haut. Il était seul dans la pièce vide au sol et aux murs nus et fissurés. Il y avait une estrade effondrée, et sur cette estrade un trône brisé. Les fenêtres donnaient sur le désert calciné. Autour de l'estrade, le sol était couvert d'os et de crânes humains.

L'homme vêtu d'une cape fit un pas de côté et Martin retint sa respiration en voyant que le sol devant lui était effectivement jonché de squelettes. Les bougies jetaient sur eux une lueur lugubre et sacrée.

— Sur le trône se trouvait un homme. Sa tête était penchée, son corps décharné par la famine.

Deux hommes en cagoule s'écartèrent et tirèrent ce que Martin avait pris pour un mur et qui était en fait un rideau noir dissimulant un réduit. Il abritait une estrade en bois sur laquelle était installé un trône cabossé et occupé par un homme tassé sur lui-même portant un manteau à capuche. Martin le regardait en retenant son souffle. L'homme se leva, descendit de l'estrade, mains tendues, paumes tournées vers le ciel.

— Joins-toi à moi, murmura-t-il d'une voix funèbre. Mes hommes sont morts, mon armée vaincue. Joins-toi à moi.

Martin regarda autour de lui les hommes en cagoule, cherchant du réconfort. Mais quarante hommes à têtes de cerf blanc lui renvoyaient un regard impénétrable. L'homme s'avança vers lui en titubant et il sentit une odeur déplaisante qui émanait de lui.

— Joins-toi à moi !

L'homme fit glisser le manteau de ses épaules.

Martin eut beaucoup de peine à réprimer un cri. Sous le manteau, l'homme était pratiquement nu à l'exception d'une tunique en haillons. Sa peau luisait : des pieds à la tête, il était maculé de sang. Il dégoulinait de son crâne et de ses cheveux poisseux le long de ses joues. Déjà, une flaque se formait sur le sol autour de lui. Martin vit la traîne de sang qu'il avait laissée derrière lui depuis qu'il s'était levé du trône.

— Qu'en dis-tu, Perceval ? demanda l'homme à la cape d'écaille. Vas-tu te joindre à lui ? Combattre pour lui ?

— Non, répondit Martin en secouant la tête. Non !

Le corps ensanglanté s'effondra au sol et disparut soudain de sa vue tandis que l'homme à la cape venait se placer devant lui.

— Et au moment où Perceval se refusait au roi, le jour plongea dans les ténèbres.

Martin ne parvenait pas à empêcher son corps de trembler. Autour de lui, les hommes en cagoule soufflaient sur les bougies pour les éteindre. Dans l'obscurité, les seuls bruits audibles désormais étaient le bruissement des robes sur le sol et la respiration hachée de Martin. Celui-ci, à genoux devant l'inconnu, désespérait de voir l'épreuve se terminer.

— Et tout à coup, l'aube arriva. Douce et belle.

L'homme à la cape parlait d'une voix frémissante, pleine de révérence. Une lueur infime éclaira sa cagoule. Puis elle monta, à mesure qu'il retirait la main placée en coupe devant la flamme.

— La tour avait disparu et Perceval se trouvait dans une forêt verdoyante. Un noble cerf blanc, aux bois lisses et élancés, broutait un buisson. Entre les arbres, Perceval discernait une forteresse aux flèches et aux tourelles orgueilleuses. Des drapeaux de toutes les couleurs flottaient dans la lumière du matin et il entendait, à peine perceptible pourtant, l'appel des trompettes. Perceval languissait de pouvoir y répondre, car il sentait qu'il trouverait un abri et des camarades. Mais la forteresse était entourée d'une large douve et le pont-levis était hissé. Sur la berge se tenait un chevalier dont le surcot blanc n'était souillé ni par le sang, ni par la terre.

Un autre homme rejoignit l'homme à la cape, une bougie à la main. Grâce à la flamme vacillante, Martin vit que c'était un chevalier de grande taille, habillé d'un surcot blanc et que sa cagoule rendait anonyme. Dans cette atmosphère moins tendue, plus lumineuse, le cœur de Martin ralentit.

— Veux-tu te joindre à moi, Perceval? s'enquit le chevalier. Ensemble, nous passerons cette rivière et nous rendrons au château. À l'intérieur, nous serons enfin en sécurité. Veux-tu te joindre à moi?

Incertain, Martin hocha la tête.

— Oui, marmonna-t-il finalement en voyant que le chevalier attendait une réponse plus définitive. Je veux me joindre à toi.

Il avait parlé d'une voix plus forte et relevé la tête, car il commençait à se demander s'il avait été terrifié pour rien. Il s'inquiétait de savoir quelle impression il avait donnée. Quelqu'un l'avait-il entendu crier? L'avait-on vu trembler?

— Tu as choisi ta voie, dit l'homme à la cape scintillante. Et ton choix est sage. Tu as prononcé tes vœux, tu as résisté à la tentation et à l'effroi. Il est maintenant l'heure de l'épreuve ultime, la plus périlleuse. Mais si tu m'obéis, tout ira bien. M'obéiras-tu, Perceval?

— Je vous obéirai.

— Alors, prouve-le!

Soudain, l'homme s'accroupit et retira sa capuche, révélant un squelette grimaçant. Martin recula de terreur tandis que l'homme brandissait une petite croix dorée.

— Crache. Prouve que tu n'es fidèle qu'à moi. Prouve que tu ne fais qu'un avec tes frères. Fais-le maintenant! Ou tu souffriras des conséquences de ta lâcheté.

Martin se pencha et il laissa un filet de bave tomber de ses lèvres sur la croix. Tout en obéissant, il ferma les yeux, le *Pater Noster* s'élevait encore et encore dans son esprit. L'homme rangea la croix sous sa cape d'écaille. Puis il posa la bougie sur le sol et saisit le masque du squelette par le menton. Un instant, Martin pensa qu'il allait l'enlever. Mais l'homme tourna le masque et apparut un visage doux et pâle, aux pommettes rebondies – peut-être sculptées dans le bois –, et le menton saillant d'un jeune homme. Des cheveux bruns bouclés, attachés en haut du masque, encadraient cette figure. Martin crut discerner un troisième visage, derrière les cheveux, mais la voix lui fit perdre le fil de ses pensées.

— Tu as passé l'épreuve. Lève-toi, sire Martin de Floyran, car tu es maintenant chevalier et parmi tes frères.

L'homme recula et Martin se releva dans un mouvement mal assuré. Les hommes en rangs au fond de la pièce vinrent le féliciter et lui baiser les joues. Mais tout ce que Martin voyait, c'était sa salive qui profanait le symbole du Christ.

22

Près du château de Vincennes, royaume de France

20 juin 1303 après J.-C.

Sur les rives vaseuses, au milieu de pâles roseaux, un héron aux aguets attendait le poisson. Le vent faisait danser le cours d'eau. Des canards s'ébrouaient sur la surface bouillonnante, tout en lançant leurs cris rauques semblables à des rires moqueurs. Au-dessus, des oisillons luttaient contre les bourrasques sous les nuages de plumes blanches qui couraient dans le ciel.

À quelque distance de la rivière, la compagnie, forte de près d'une centaine d'hommes, occupait un terrain plus stable. Les valets tenaient la bride aux chiens et leur frappaient le postérieur avec des bâtons pour faire taire leurs grognements sourds. Les oreilles des molosses étaient rabattues, ils sentaient les proies à venir. Derrière les chiens et les veneurs, les chasseurs, conviés par le roi, étaient juchés sur des chevaux qui piaffaient : ministres et hauts fonctionnaires, seigneurs, princes, tous arborant des accoutrements tape-à-l'œil, capes et chapeaux pourpres, souvent ornés de plumes de paon ou de cygne. Entre les montures, pages et écuyers s'activaient, ajustant les étriers ou apportant des outres de vin et d'eau à leur maître.

Messire Henri, le maître fauconnier, conduisait son cheval à l'avant pour disposer les deux volières au bord du champ. À l'intérieur des cages, portées à dos d'hommes, une douzaine d'oiseaux étaient attachés à des perchoirs capitonnés. Ils portaient un chaperon et agitaient leurs petites têtes de gauche à droite. Il y avait là des gerfauts, un couple d'éperviers, un élégant faucon sacre et plusieurs faucons pèlerins à robe grisée. Les oiseliers attendirent patiemment que la partie de chasse décide quels oiseaux voleraient ensemble. Cela faisait quatre heures qu'ils étaient dehors et ils avaient déjà fait voler les gerfauts et quatre faucons. Trois colverts, deux lièvres et un faisan emplissaient les gibecières.

— Messire Henri ? s'enquit le roi Philippe, monté sur sa jument noire aux flancs luisants. Mettrons-nous à l'épreuve l'habileté de votre dernière acquisition ?

Henri inclina respectueusement la tête et l'on entendit des murmures parmi les courtisans lorsqu'un de ses assistants s'approcha d'une volière. Ouvrant la cage, il libéra le faucon sacre et le déposa délicatement sur sa main gantée avant de le porter à messire Henri en le tenant fermement par le jet. On ne passa pas d'oiseau à Philippe, qui avait déjà Mademoiselle au poignet. Le pèlerin arborait un chaperon en peau de vachette orné d'une évanescente plume de colombe, trophée gagné la semaine précédente. Philippe fit avancer sa jument pour rejoindre Henri. Il jeta un rapide regard à la rivière. Les canards étaient repartis un peu plus loin mais le héron restait au bord, dans la vase.

Messire Henri récita une prière pour que la chasse soit réussie et qu'il n'arrive rien à ses rapaces.

— *In nomine Domini, volatilia celi erunt sub pedibus tui.* (Au nom du Seigneur, que les oiseaux du ciel tombent à tes pieds.)

— À trois, lança Philippe avec un sourire confiant.

Au même moment, les deux hommes retirèrent les chaperons des rapaces puis les firent décoller. Les clochettes d'argent attachées aux jets tintinnabulèrent, effrayant les petits oiseaux qui se dispersèrent dans le ciel. Le faucon sacre monta en flèche avant de s'éloigner de la rivière, ailes déployées, porté par le vent. Henri poussa un juron entre ses dents. Mademoiselle avait volé jusqu'à un arbre voisin et s'était posée sur une branche. Philippe la regarda patiemment battre des ailes et s'apprêter avant de s'élancer de nouveau. Quelques instants plus tard, elle grimpait dans les airs. Toute la chasse la regarda planer en s'appuyant sur les courants d'air et en décrivant des cercles paresseux, de plus en plus haut, presque jusqu'à la couche nuageuse. Le faucon sacre, qui luttait pour prendre les courants, finit par la suivre dans son ascension. Sentant le danger, les canards se tenaient tranquilles. En revanche, le héron n'avait pas vu les deux prédateurs qui formaient maintenant deux taches minuscules dans le ciel immense.

— C'est un vrai plaisir pour les yeux, Votre Majesté, dit Will en s'approchant de Philippe.

Celui-ci sourit sans répondre, les yeux rivés sur le faucon pèlerin au loin.

— Combien de temps a-t-il fallu à messire Henri pour l'entraîner?

Philippe lui jeta un coup d'œil.

— Je l'ai entraînée moi-même. Il m'a fallu vingt-cinq jours.

— C'est la durée la plus courte que j'aie jamais vue pour domestiquer un rapace, commenta messire Henri, qui se tenait à portée de voix.

— Sire, je voulais vous remercier, continua Will, de m'avoir permis de découvrir cette activité. Je n'aurais jamais pensé que ce fût aussi exaltant. Le Temple nous interdit toutes les formes de chasse. Il n'y a qu'un seul animal que nous soyons autorisés à chasser, le lion.

— Une brimade contre l'orgueil et la fierté, observa sèchement Philippe.

— Juste une de leurs règles dépassées.

Philippe détacha ses yeux de Mademoiselle et les reporta sur Will.

— Je me demande, Campbell, puisque vous dénigrez sans cesse l'Ordre, pourquoi vous y êtes resté si longtemps.

Will soutint le regard inquisiteur du roi, mais il ne pouvait s'empêcher de s'inquiéter. Depuis quelque temps, il essayait d'entrer dans le cercle du roi, mais celui-ci ayant passé la moitié de l'année en campagne en Flandre, il n'avait pas trouvé assez d'occasions de l'approcher.

Grâce à la vente aux enchères des biens des Juifs, le roi avait accumulé assez de fonds pour équiper une armée et avait entrepris de se venger de sa défaite de Courtrai. Finalement, il avait vaincu les Flamands. Sous la contrainte, ses ennemis, contre leurs intentions belliqueuses, avaient dû signer un traité et se soumettre à la Couronne française. Philippe, sans entrer lui-même dans la bataille, était revenu auréolé d'une victoire à Paris, avant de transférer la cour à Vincennes, où il avait grandi.

— Le devoir, répondit enfin Will. Des obligations familiales. C'est le Temple qui m'a élevé. Je ne connaissais rien d'autre. Voir la vérité sur ce qui nous est si proche peut parfois prendre du temps, réussir à le regarder d'un autre œil... Et quand j'ai pris conscience que je n'étais plus d'accord avec ses idéaux ni avec ses règles, que l'Ordre se dévoyait, qu'il s'affaiblissait à cause de la mesquinerie de ses chefs qui regardent derrière eux le chemin de gloire au lieu de le chercher devant, j'ai eu peur. Il a fallu qu'ils s'allient avec Édouard contre mon pays d'origine pour me donner le courage de sauter le pas.

Philippe hocha la tête et détourna le regard, apparemment satisfait.

— J'ai appris que vous aviez reçu des nouvelles d'Écosse la semaine dernière. J'imagine que votre ami, messire William, va bien ?

Ce fut au tour de Will de scruter Philippe. Le roi le faisait-il surveiller ?

— Ça ne venait pas de Wallace, mais de ma sœur.

Il regarda du côté de la rivière, il ne voulait pas aborder ce sujet.

La lettre d'Ysenda, la première depuis des années, lui avait laissé un sentiment mitigé. Sa sœur en consacrait l'essentiel au mariage de Margaret avec l'un des neveux du mari d'Ede. En lisant qu'elle était enceinte, il s'était rendu compte que la lettre était vieille de cinq mois et s'était demandé si elle avait accouché. David était parti un moment retrouver Wallace à Selkirk, mais le guerrier étant redevenu un hors-la-loi, son neveu était retourné à Elgin, où il était entré au service d'un important seigneur de la région. Il avait remporté deux tournois et Alice était courtisée par l'un de ses amis. À la fin, Will lut avec un serrement au cœur que Gray avait envoyé Christiane vivre avec eux car il craignait pour sa sécurité, les rebelles étant toujours traqués par Édouard.

Depuis la mort d'Elias, il se sentait plus seul que jamais. La culpabilité, la colère et l'indécision le tourmentaient. L'arrivée de cette lettre lui avait donné envie de quitter la France et de rejoindre sa famille. Il avait déjà perdu ses proches une fois, et les années avaient passé. Il ne voulait pas que cela se reproduise, et cette volonté était amplifiée par l'attitude de Rose à son égard, qui n'avait pas évolué le moins du monde. Elle était un pur esprit, une silhouette insaisissable qui passait en l'effleurant dans les couloirs sans jamais se retourner quand il l'appelait. Progressivement, il avait cessé de l'interpeller, s'était contenté de sourires pleins d'espoir, puis s'était résolu à la saluer laconiquement de la tête ; aujourd'hui, leurs regards ne se croisaient même plus.

Malgré son tumulte intérieur, une chose demeurait constante en lui, et devenait même plus forte à mesure que les jours passaient : la fidélité à la promesse faite à Elias. Les derniers mots du rabbin avaient éveillé un sentiment d'inattendu en lui, puissant et saisissant. Il avait compris qu'en dépit des vœux qu'il avait bafoués et de sa désertion, il croyait toujours aux idéaux de l'Anima Templi. Et il se considérait toujours à la tête du Cercle. Personne ne lui avait enlevé ce titre, sinon lui ; et, peu à peu, il s'habituait à l'idée de porter à nouveau ce fardeau. Il passait des nuits les yeux ouverts, étendu, à se demander ce qu'Everard, son père et les autres auraient fait. Au bout d'un long moment de silence, leurs fantômes s'assemblaient autour de lui et lui soufflaient des conseils. Il savait que la première chose à faire, c'était de vérifier la véracité des soupçons d'Elias.

— Préparez les appâts, ordonna Philippe aux écuyers. Si besoin est.

— Néanmoins, j'ai eu des nouvelles de messire William en votre absence, risqua Will. Il se dit qu'Édouard va entreprendre une nouvelle campagne en Écosse cet été. Wallace souhaitait s'assurer que nous pouvions continuer à compter sur le pape Boniface et sur vos fonds pour nous défendre et mettre la pression sur Édouard.

En entendant le nom de Boniface, le visage du roi se ferma et Will se maudit. La querelle entre le roi et le pape s'était envenimée, ils étaient désormais engagés dans une lutte sans merci. Il réfléchissait à un moyen d'engager de nouveau la conversation avec le roi et de parler du Temple lorsqu'un écuyer cria.

Il y eut un mouvement dans le ciel. Mademoiselle plongea en une courbe véloce, aussi rapide que l'éclair, visant l'insouciant héron. Elle tomba comme une pierre sur la tête de sa proie qu'elle écrasa de ses griffes acérées, et les hommes se mirent à applaudir. Philippe aboya un ordre aux pages tandis que l'oiseau se débattait en agitant frénétiquement ses ailes. Ils lâchèrent deux chiens, qui partirent ventre à terre dans l'herbe pour aider le faucon à clouer la proie au sol. Les animaux vivaient et chassaient ensemble depuis des années et ils se comportaient comme un instrument bien réglé, les chiens mordant les pattes du héron tandis que le faucon l'achevait. Le faucon sacre fondait en piqué pour les rejoindre mais le vainqueur était le pèlerin, et c'est à lui que serait offert le cœur de la victime.

Will se détourna du héron, qui en était maintenant aux dernières convulsions de l'agonie, pour observer Philippe. Son visage affichait une expression de joie intense et féroce. Will fut frappé par son regard ; il y lisait l'admiration pour une passion et un talent communs. L'habileté de Mademoiselle à s'attaquer à une proie avec une sauvagerie sans limites, même si elle était plus grosse qu'elle, et à ne la lâcher que morte, Philippe la respectait. Le roi s'en était pris au pape Boniface avec le même état d'esprit, de même qu'à la Flandre et à la Gascogne, où l'insurrection avait été brutalement réprimée afin de cimenter la trêve avec Édouard. Pour la première fois depuis qu'Elias lui avait fait part de la conversation qu'il avait entendue entre Nogaret et le roi, Will éprouva un frisson de peur. Si Philippe désirait effectivement s'attaquer au Temple, il le ferait sans concession.

Comme s'il avait lu dans ses pensées, Nogaret rejoignit le roi au trot. Le ministre portait la même robe noire que d'habitude, mais le bras et le col de sa robe arboraient désormais une fourrure de la même couleur que le sceau royal dont il était devenu le gardien après la mort de Flote.

— Sire, l'interpella Nogaret en jetant un regard méfiant à Will, les éclaireurs pensent avoir trouvé la piste d'un sanglier dans les bois.

— Ah ! s'exclama Philippe en se tournant vers les courtisans qui conversaient à l'arrière. Qu'en pensez-vous ? Une dernière traque avant la fin de la journée et les festivités ?

Des acclamations nourries accueillirent cette proposition. Philippe sourit, planta les talons dans les flancs de sa monture et s'élança aux côtés de Nogaret, laissant un Will contrarié et troublé sur place.

Château de Vincennes, royaume de France,
20 juin 1303 après J.-C.

Rose peignait les épais cheveux noirs de la reine. De temps à autre, les dents accrochaient de petits nœuds et elle ralentissait son geste afin de les démêler, jusqu'à ce que le peigne puisse continuer sa besogne. Le visage de Jeanne flottait dans le miroir comme la lune dans un bassin. Elle avait les yeux clos, ce qui donnait à Rose une occasion de l'observer. La reine était inhabituellement morne depuis leur arrivée au château, deux semaines plus tôt. Rose avait senti une tension entre elle et le roi, parti en campagne en refusant qu'elle l'accompagne. Malgré la lumière tombant de la fenêtre, elle avait la peau très pâle et Rose discernait le duvet noir au-dessus de sa lèvre supérieure. Marguerite avait délicatement proposé de l'ôter à l'aide d'une pince, mais la reine avait balayé d'une main cette suggestion.

Jeanne s'était toujours davantage intéressée aux livres qu'à l'entretien de sa beauté, contrairement aux courtisanes qui semblaient y passer leur vie, achetant des savons parfumés, des peignes en ivoire et des colliers étincelants aux Vénitiens sur les marchés, chacune admirant la robe de l'autre lorsqu'elles se croisaient dans les couloirs avant de les railler sournoisement lors des dîners dans la Grande Salle. En tant que dame de compagnie, Rose était assez importante pour se trouver dans les mêmes pièces que ces dames mais pas assez pour qu'on la remarque, et elle entendait tout. Marguerite et les autres dames de compagnie se servaient de leur position pour subtiliser des babioles à Jeanne et jouer aux princesses, voletant comme d'adorables petits papillons cherchant à attirer l'attention des seigneurs et des fonctionnaires. Plus invisible que les autres, Rose avait surpris Blanche avec l'un des assistants du régisseur dans un couloir mal éclairé du palais. Elle était plaquée dos au mur, écrasée par l'homme qui l'embrassait dans le cou et passait la main sous sa jupe tandis que sa tête se renversait, une expression d'embarras et d'extase mêlés sur le visage.

— Je me demande ce qu'ils auront ramené de la chasse ?

Rose tressaillit en s'apercevant que la reine avait ouvert les yeux et la fixait.

— J'ai entendu messire Henri dire qu'il pourrait y avoir du sanglier, répondit Marguerite les bras chargés de vêtements qu'elle passait à Blanche pour qu'elle les dépose délicatement sur le lit. Que voudrez-vous porter pour la fête de ce soir, madame ?

— Choisissez.

Dans le miroir, Rose vit Marguerite sourire.

— La rouge et or, je crois. Oui. Ce sera magnifique.

Le sourire de Marguerite s'agrandit.

— Le roi ne pourra pas détacher ses yeux de vous.

Rose remarqua que Marguerite tournait la tête vers elle et lui lançait un regard plein d'hostilité. Elle se demanda ce que cela pouvait signifier mais la reine reprit :

— Laissez-moi un moment. J'aimerais parler à Rose.

L'étonnement de Rose se mua en crainte.

— Bien sûr, madame, dit Marguerite.

Jetant un nouveau coup d'œil à Rose, triomphant cette fois, elle partit en poussant Blanche et les trois autres dames de compagnie devant elle.

Rose s'obligea à poursuivre sa tâche, essayant de ne pas trembler tandis qu'elle démêlait les cheveux de la reine.

— J'ai grandi dans ce château, Rose, commença Jeanne d'une voix douce, comme dans un rêve.

Elle avait refermé les yeux.

— Je n'étais qu'une enfant lorsque je suis arrivée ici, après la mort de mon père. Philippe était avec moi quand j'ai appris à lire et à monter à cheval, il était avec moi quand ma mère s'est remariée avant de partir pour l'Angleterre. Il était toujours avec moi, si bien qu'il a cessé d'être un frère et qu'il est devenu mon mari. Je l'ai aimé dès le premier jour.

Les yeux de Jeanne s'ouvrirent. Elle posa sa main sur le poignet de Rose, arrêtant le mouvement du peigne.

— Je sais que mon mari est bel homme. Mais je crains que votre béguin ne tourne à l'obsession. Cela doit cesser.

Rose voulut nier, mais sa culpabilité éclatait dans le miroir où se reflétait son visage rouge écarlate ; un soleil brûlant derrière la lune pâle de Jeanne.

La reine lui lâcha le poignet.

— Vous pouvez aller. Envoyez Marguerite. Elle finira de me coiffer.

Rose posa le peigne sur la commode et alla d'un pas mal assuré jusqu'à la porte. En pénétrant dans le dortoir, elle vit que son arrivée dispersait le petit cercle que formaient les dames de compagnie. Au regard que lui adressa Marguerite, elle comprit que celle-ci était au courant de ce dont Jeanne voulait s'entretenir avec elle. Elle avait l'impression que la reine l'avait fait se déshabiller et qu'elle se tenait nue et honteuse devant tout le monde. Elle pria Dieu pour que Philippe n'en sache rien. Cette idée lui tordait l'estomac.

— Tu croyais vraiment qu'il baisserait les yeux sur toi ? lui lança Marguerite en fixant ostensiblement sa main brûlée avant de passer dans la chambre de la reine.

Observée par les autres filles, Rose alla se mettre à la fenêtre et feignit de regarder dehors. Elle entendit quelqu'un s'approcher d'elle.

— Tu devrais faire attention, Rose, lui dit Blanche d'une voix qu'elle voulait apaisante. La reine est très mécontente. À ta place, je reporterais mon affection sur quelqu'un d'autre. Il y a plein de beaux hommes à la cour. Même si tu ne veux pas d'eux, fais semblant. Madame pensera que tu as oublié ton amour.

Rose se retourna brusquement.

— Et après ? Faudra-t-il que je laisse quelqu'un me tripoter dans les couloirs pour faire semblant jusqu'au bout ?

Blanche blêmit. Puis elle se détourna et sortit. Comme la porte se refermait en claquant, Rose se jeta sur son petit lit. La colère irradiait en elle, inextinguible. Elle était furieuse contre elle-même d'avoir laissé paraître son désir, contre Marguerite et ses manières de vipère, contre Blanche qui croyait la connaître. Et surtout, elle en voulait à la reine, avec son teint de plâtre sépulcral. Fermant les yeux, elle imagina Jeanne tombant de cheval dans un terrible accident. Elle se brisait le cou en heurtant le sol. Une mort rapide, sans douleur, tragique. Philippe à ses funérailles, silencieux et fort. Sa main à elle, plus tard, toucherait son bras dans un geste de réconfort. Lui enfouirait son visage contre sa poitrine, se laissant submerger par les larmes. Lentement, tendrement, une fois la période de deuil observée, qui rendrait leur passion encore plus intense, ils finiraient par s'avouer leur amour réciproque.

Château de Vincennes, royaume de France,
21 juin 1303 après J.-C.

— Cela ne peut pas être notre seul choix?

L'air impatient, Nogaret écouta Pierre Dubois, l'un des cinq autres hommes présents dans la pièce, leur faire part une fois de plus de ses doutes.

— Nous avons déjà discuté de tout cela, monsieur le ministre.

— Oui, mais nous ne sommes toujours pas tous d'accord, répondit vivement Dubois en rendant son regard à Nogaret.

— Que pouvons-nous faire d'autre? Le pape a laissé transparaître ses intentions dans sa dernière bulle : il faut se soumettre ou risquer l'excommunication. Si nous ne réagissons pas, autant laisser Rome nous passer la laisse au cou et la France devenir un obéissant petit chien.

— Sommes-nous certains que la proclamation du pape brandisse la menace de l'excommunication ?

L'homme qui avait parlé d'une voix calme était un ministre austère, aux cheveux prématurément gris, Guillaume de Plaisans. Il s'empara de la bulle posée sur la table, qui portait le sceau du pape. Elle commençait à se déchirer, ayant souvent été étudiée ces six derniers mois, depuis son arrivée à la cour royale.

— C'est une lettre étrange, certes, pleine d'allusions bibliques, mais elle contient peu d'indications claires. Boniface n'y fait nulle part mention de la France.

Nogaret se pencha par-dessus l'épaule du ministre.

— Ici, dit-il en pointant un passage du doigt : *Quand les Grecs et les autres affirment qu'ils ne sont pas les sujets de Pierre et de ses successeurs, par cette affirmation ils s'excluent du troupeau du Christ. Car il n'y a qu'un bercail et il n'y a qu'un berger.* Et les autres ? répéta Nogaret. Je crois que c'est assez clair. Si nous ne faisons pas partie du troupeau, nous ne sommes plus sous l'autorité ni la protection de l'Église. Nous sommes seuls.

— Pierre Flote craignait l'éventualité de cette menace, commenta sombrement Dubois. Nous aurions dû davantage écouter ses conseils.

— Flote est mort, répliqua Nogaret. Ses spéculations n'ont plus aucune pertinence.

— Il suffit, messire de Nogaret, dit Philippe en voyant Dubois et deux autres ministres s'emporter. Traitez votre prédécesseur avec le respect qu'il mérite.

— Sire…, s'inclina Nogaret d'un air soumis.

— Cependant, le chancelier a raison, reprit Philippe en dévisageant tous les hommes regroupés autour de la table. Nous devons camper sur notre position ou la France en souffrira.

Les yeux du roi se posèrent sur la bulle que tenait Plaisans entre ses mains.

— *Unam sanctam* est son édit le plus pompeux jusqu'alors. Vous avez raison, messire de Plaisans, elle n'est pas transparente quant à ses intentions, mais le pape n'a jamais paru aussi sûr de sa propre supériorité.

Philippe se tut un instant pour se souvenir des mots exacts. Il les avait lus si souvent qu'il les connaissait par cœur.

— *Dès lors, nous déclarons, disons, définissons et prononçons qu'il est absolument nécessaire au salut, pour toute créature humaine, d'être soumise au pontife romain.* Il ne me laisse pas le choix, termina le roi en soupirant, sans plus les regarder.

— Nous devons agir rapidement, insista Nogaret en se tournant vers les ministres. Le mois prochain, à Paris, nous réunirons les deuxièmes états généraux pour obtenir le soutien de nos sujets. Lors de cette assemblée, nous dénoncerons l'*Unam sanctam* et déclarerons le pape Boniface coupable d'hérésie. En outre, poursuivit-il sèchement en voyant Dubois secouer la tête et détourner les yeux, vous n'appellerez plus le pape par le nom qu'il s'est donné, ni dans vos conversations, ni dans vos écrits. Vous l'appellerez par son nom séculier, Benedetto Caetani. Nous ne le reconnaissons plus comme notre chef spirituel sur cette terre. Nous allons rétablir l'interdiction d'exporter de l'or vers Rome, et nous étendrons cette interdiction au clergé lui-même. Pour un temps, aucun homme du clergé ne sera autorisé à quitter la France. Cela empêchera le pape de récupérer des fonds ou des informations des évêques qui lui sont toujours fidèles.

— Votre Majesté, tout cela a-t-il votre bénédiction? demanda Dubois en passant devant Nogaret et en posant les mains à plat sur la table du roi.

Philippe leva les yeux.

— Oui, répondit-il au bout d'un moment. (Puis il fit un geste de la main.) Laissez-nous. J'aimerais parler en privé à Nogaret. Tout de suite! tonna-t-il en voyant que Dubois rechignait à partir.

Lorsque la porte se referma, le roi se leva et alla se planter devant la fenêtre. Il contempla la forêt qui s'étendait devant lui. Le sentiment de liberté qu'il avait éprouvé la veille, durant la partie de chasse, n'était plus qu'un souvenir. Il se sentait dans la prison de son esprit, harcelé par mille démons.

— Nous allons exécuter votre plan.

— Sire?

— Dès que nous l'aurons accusé, le pape m'excommuniera. Ce conflit ne peut se terminer autrement. Vous avez raison, nous pouvons peut-être nuire à la réputation de Boniface en le déclarant hérétique, mais au bout du compte, c'est tout de même lui qui détient le pouvoir. Si la France est excommuniée, tous les traités que nous avons conclus avec Édouard, la Flandre, l'Écosse ou d'autres, seront invalidés. Les contrats pour les territoires que j'ai achetés seront cassés. Le négoce de et vers notre royaume cessera. Les sujets du royaume de France à l'étranger seront arrêtés ou réduits à néant, les chargements des bateaux saisis…

Philippe se tourna vers Nogaret.

— Je ne laisserai pas mon règne être souillé par le pape. Oui, Nogaret, nous allons suivre votre plan.

Les yeux du garde des Sceaux s'emplirent d'une lueur triomphale.

— C'est la bonne décision. Une fois que Boniface sera parti et qu'un pape acquis à notre cause sera sur le trône, nous pourrons agir contre le Temple. Cela fait sept ans que vous êtes obligé de freiner vos projets d'expansion, Votre Majesté. Vous pourrez enfin donner à votre règne la même grandeur que celui de votre grand-père et rendre à la France l'aura qu'elle avait lors des règnes de vos aïeux capétiens.

Il sourit.

— Les rois guerriers d'un puissant empire.

Philippe revint s'asseoir à la table.

— Quand l'assemblée des états généraux aura eu lieu, vous vous rendrez en Italie. Boniface réside presque tout le temps à Anagni, il ne se déplace à Rome que pour les conciles et les cérémonies. Il sera plus facile de l'attaquer là, mais vous aurez besoin d'aide, car il a beaucoup d'alliés dans la ville où il est né.

— J'y ai déjà pensé. Nous allons contacter les Colonna. La plupart d'entre eux ont fui en France lorsque le pape les a bannis, mais ils ont toujours de puissants soutiens en Italie.

Philippe opina.

— C'est un bon plan. Vous emmènerez une petite troupe avec vous, qui vous aidera à arrêter le pape et à le ramener en France.

— L'arrêter ? s'exclama Nogaret. Sire, pardonnez-moi, mais peut-être m'avez-vous mal compris. Je ne pensais pas lui infliger un procès. Je parlais de le supprimer.

— Le tuer ne nous mènera à rien. Mais l'arrêter pour hérésie, le ramener en France et le juger ? Cela nuira irrévocablement à sa réputation à travers les royaumes d'Occident. Après cela, la papauté et le pape lui-même seront faillibles, et en étant celui qui le révèle, je conférerai à mon trône une position dominante. L'Église sera sous la coupe de l'État, sous la coupe de la France.

Philippe fit claquer ses mains.

— Comme cela devrait être le cas, n'est-ce pas ? fit-il en levant les yeux vers Nogaret. L'Église devrait s'occuper de l'âme du peuple, pas de ses besoins temporels. Elle ne devrait pas se permettre de déterminer la politique royale.

— Certes, répondit fermement Nogaret, ce n'est pas tolérable.

Il sembla hésiter et poursuivit néanmoins :

— Cependant, un procès pourrait durer, des complications peuvent survenir, et nous risquons de perdre le soutien de…

— Boniface n'atteindra jamais Paris. Vous veillerez à ce que ça ait l'air d'un accident. Mais agissez vite. Je ne veux pas qu'il souffre.

Un petit sourire se dessina sur les lèvres de Nogaret. Philippe se leva vivement.

— Je ne veux pas savoir quelle méthode vous emploierez. Le fait que Boniface soit arrêté et en chemin pour son procès devrait suffire à nous élever au-dessus de l'Église. Nous dirons que son cœur a lâché ; que le diable l'avait empoisonné, que la corruption de son esprit avait gagné son corps. Ensuite, vous irez à Rome et entrerez en contact avec les cardinaux sur lesquels nous pouvons compter dans le Sacré Collège. En convoquant la première assemblée des états généraux l'année dernière contre le pape, nous avons gagné de nouveaux alliés. Vous vous assurerez que grâce à eux, j'ai mon mot à dire dans l'élection du nouveau pape.

— La perte de Boniface sera votre œuvre, sire, dit Nogaret d'une voix tranquille maintenant que sa victoire était scellée.

Sans répondre, Philippe roula la bulle papale et la plaça sous une pile de parchemins.

— Vous emmènerez une compagnie de gardes royaux à Anagni.

Il énuméra six noms.

— Et William Campbell.

Nogaret eut l'air perplexe.

— Pourquoi l'Écossais ?

— Il a eu une position élevée au sein du Temple, autrefois. Il pourrait nous être utile.

— Nous le connaissons à peine.

— Il a accompli toutes les missions que je lui ai assignées.

— Porter des messages, collecter des fonds, de simples courses, rien de plus. Comment être sûr que nous pouvons nous fier à lui ? En particulier avec les liens qui l'unissent à l'Ordre ?

— Il n'aime plus le Temple, c'est évident. Et je ne sais pas si je peux lui faire confiance, c'est pour cela que je l'envoie avec vous. Apprenez à le connaître, mais ne lui parlez pas de nos projets, ni aux autres gardes d'ailleurs.

Ils ne doivent être au courant que de l'arrestation. Vous passerez à l'acte seul.

— Sire…

— Lorsque je m'attaquerai au Temple, je ne veux pas de surprise. Si l'on peut lui faire confiance, Campbell nous procurera des informations de la plus haute importance. Il sait comment travaille l'Ordre, il connaît le détail de leurs domaines et de leurs biens.

Comme Nogaret ouvrait la bouche, Philippe leva la main.

— C'est ma décision.

— Oui, sire.

— Maintenant, laissez-moi. J'aimerais prier.

La porte se ferma et Philippe traversa la pièce. Il avait du mal à respirer. Il tira le lourd rideau noir aux armoiries de la France et entra dans sa chapelle privée. La pièce étroite contenait un petit autel et un crucifix fixé au mur. Il s'agenouilla sur les dalles et joignit les deux mains. Ses paumes étaient moites.

— Seigneur mon Dieu, pardonnez-moi le péché mortel qui va être perpétré sur mes ordres. Mais l'homme assis sur le trône de saint Pierre ne cherche la domination que pour lui-même, il a corrompu cet office sacré par ses actions à l'encontre de vos fils et de vos filles très fidèles. Je dois arrêter le pape, pour le bien de tous mes sujets et pour celui de toute la Chrétienté. Le monde évolue, Seigneur. Nous devons évoluer avec lui.

Philippe serra ses mains un peu plus fort l'une contre l'autre.

— Je sais que telle doit être Votre Volonté. Sinon, pourquoi m'auriez-vous envoyé Nogaret? Pourquoi permettriez-vous que cela arrive?

Il ouvrit les yeux, fixa le crucifix.

— Si cette action est contre Votre Volonté, envoyez-moi un signe. Montrez-moi que j'ai tort. Commandez et j'obéirai.

Philippe se releva et appliqua ses mains sur le mur, de part et d'autre du crucifix.

— Dirigez ma main, Seigneur, implora-t-il. Comme… comme vous l'avez fait avec Abraham. Envoyez-moi un signe. N'importe lequel !

Mais aucune voix ne retentit en lui, aucun ange ne descendit, aucune larme ne coula sur les joues du Christ en bois. Il n'y avait rien d'autre qu'un silence dur et froid dont l'écho abyssal se répercutait dans le désert éternel. Il n'entendait jamais rien d'autre.

23

Ferentino, Italie

4 septembre 1303 après J.-C.

Posté devant la fenêtre, Will regardait une compagnie de cavaliers remonter le chemin poussiéreux vers la grille du château. Des groupes affluaient depuis deux jours et la cour grouillait d'hommes et de chevaux. Affalés à l'ombre, les soldats buvaient de l'eau à même les outres et discutaient sans relâche, leurs maîtres chevaliers s'étant retirés dans leurs quartiers. Par-dessus l'odeur du crottin de cheval qui imprégnait l'air, c'était un soulagement de sentir le doux parfum des oliviers et des eucalyptus qui recouvraient les massifs rocheux autour de Ferentino ainsi que celui des herbes sauvages, plus proches. Will perçut un mouvement furtif à côté de lui : un lézard noir traversait à la hâte le rebord de la fenêtre. Le soleil commençait à tomber derrière les montagnes tandis que s'élevait le chant des cigales.

Une cloche se mit à sonner dans la ville en contrebas et le regard de Will s'arrêta sur la tour de l'église avant de suivre la ligne de cyprès qui remontait la côte jusqu'à la porte du château. Il scruta les branches en se disant qu'il l'avait peut-être raté. Mais il n'y voyait toujours pas ce qu'il espérait. Son impatience, qu'il parvenait à dissimuler jusque-là sous le calme apparent de ses pensées, le submergea tout d'un coup. Cela faisait quatre jours et il n'avait toujours pas de nouvelles. Vu le nombre de compagnies qui gravissait la colline pour augmenter la garnison du château, le temps pressait.

Derrière lui, la porte s'ouvrit en grand. Will se retourna et vit Gautier, l'un des gardes royaux avec qui il avait voyagé depuis Paris.

— Le ministre Nogaret veut que nous le retrouvions dans la Grande Salle. Colonna est arrivé.

Abandonnant le dortoir où il était cantonné, Will suivit Gautier à travers les étages du château, l'appréhension dominant désormais son impatience. Les dernières pièces du plan de Nogaret se mettaient en place. En empruntant un étroit passage, il entendit des voix d'hommes par les portes ouvertes de la Grande Salle. À l'intérieur, une soixantaine d'hommes formaient des groupes et discutaient avec animation. Un dernier rayon de soleil dardait par les fenêtres arquées, projetant une lumière rouge sur les murs, pendant que les domestiques s'affairaient à allumer des torches. Apercevant la toque de soie blanche et la robe noire de Nogaret, Will se fraya un chemin jusqu'à lui à travers la foule.

Depuis leur départ de Paris en juillet, plus ils avaient progressé vers le sud, plus le visage du ministre s'était hâlé. Étrangement, en même temps que ses joues reprenaient de la couleur, une subtile trace de son ancien accent resurgit dans son parler lisse du Nord. Nogaret avait l'air plus jeune, plus en forme et plus à l'aise que Will ne l'avait jamais vu et il semblait ne pas nourrir le moindre doute quant à ce qu'il s'apprêtait à faire. S'il n'avait pas connu sa haine pour l'Église, Will l'aurait cru en mission sacrée tant il mettait de zèle à accomplir ce plan perfide.

Avec Nogaret se trouvaient les cinq autres gardes français avec qui ils avaient voyagé, le capitaine de Ferentino et plusieurs chevaliers et seigneurs locaux. Il y avait aussi un homme grand et de belle carrure, en cape lie-de-vin, que Will ne reconnut pas, mais qui attirait suffisamment l'attention pour que Will en conclût qu'il s'agissait du très attendu Sciarra Colonna. Il avait un visage tanné, les traits marqués, des yeux noirs, charbonneux, qui balayaient la foule avec une intensité perçante, et un sourire insaisissable suspendu aux lèvres. Il ressemblait à un homme sur le point de s'engager dans une petite escarmouche qu'il pense jouée d'avance.

— Il reste encore quelques compagnies qui doivent arriver, disait Rainald, le capitaine de Ferentino. Mais nous devrions être prêts à partir demain, ou dans deux jours au plus.

— C'est bon de vous avoir avec nous, Sciarra, dit Nogaret en jetant un regard à Will et Gautier qui les rejoignaient. Sa Majesté le roi Philippe souhaite que je vous fasse part de sa gratitude pour votre assistance dans cette affaire délicate. Il sait quels risques vous prenez en retournant là-bas. Bien entendu, je sais que votre aide est des plus précieuses pour la tâche qui nous attend.

Nogaret lui adressa un sourire complaisant tout en survolant du regard la salle bondée.

— Je dois dire d'ailleurs que je ne m'attendais pas à ce que vous soyez en mesure de rassembler une telle force en aussi peu de temps.

— Cela fait longtemps que j'attends ce moment, monsieur le ministre.

Sciarra parlait d'une voix forte et sombre et s'exprimait dans un français chargé d'un lourd accent.

— Et je m'y suis préparé. Si vous ne m'aviez pas contacté, j'aurais fini par agir de mon propre chef. Ma famille a plus de raisons que n'importe laquelle de vouloir renverser ce persécuteur du trône.

— Tout le monde a souffert de l'autorité de Boniface, Sciarra, dit Rainald avec une pointe de ressentiment dans la voix.

— C'est bien vrai, intervint un noble bedonnant à côté de lui.

Les yeux noirs de Sciarra se posèrent sur eux.

— Et chacun a-t-il souffert de la même façon? Votre sœur a divorcé d'un Caetani, Rainald. Et vous, Niccolo, lança-t-il à l'homme corpulent, votre famille a été dépossédée de sa ville. Ce sont des doléances légitimes. Mais elles sont négligeables par rapport à ce qu'a subi ma famille.

En cet instant, son visage était consumé par la haine; elle brillait dans ses yeux et gonflait sa voix.

— Mon oncle Giacomo et mon frère, Pietro, étaient des cardinaux prééminents au sein du Sacré Collège. Ils avaient reçu du pape Célestin des privilèges considérables et s'étaient vus récompenser de leur dévouement à la papauté. Quand le pape a commencé à douter de sa capacité à remplir convenablement les fonctions pour lesquelles il avait été élu, ma famille l'a soutenu. C'est Boniface qui l'a persuadé qu'il n'était pas de taille à occuper le trône papal et qui l'a convaincu d'abdiquer avant de se faire élire. C'est Boniface qui a jeté en prison Célestin pour ce qu'il l'avait lui-même convaincu de faire, avant d'ordonner son assassinat dans sa cellule.

Le silence gagnait la Grande Salle, chacun se taisant pour écouter le discours de Sciarra.

— Lorsque ma famille s'est élevée contre cet outrage, Boniface a déposé mon oncle et mon frère et les a dépouillés de leurs privilèges. Ensuite, il a confisqué tous les biens et toutes les propriétés de la famille Colonna et nous a tous excommuniés. Toute notre fortune, gagnée par nos aïeux, fut perdue. Loin de s'en contenter, le pape a lancé une croisade contre ma famille et tous ceux qui nous soutenaient, offrant les mêmes indulgences à ceux qui nous attaquaient qu'à ceux qui prenaient la Croix contre les Sarrasins. Et pour finir, il y a cinq ans, alors que ma famille était pratiquement détruite et que ceux qui n'étaient pas morts ou en prison avaient dû fuir en

France, les troupes du pape ont mis à sac Palestrina, notre dernière forteresse, à moins de quinze lieues d'ici.

Il se tourna vers Nogaret.

— Quand nous irons à Anagni, vous le constaterez par vous-même, monsieur le ministre. Ce qui était autrefois une ville noble et fière est aujourd'hui une ruine au sommet d'une colline. Boniface a rasé tous les bâtiments à l'exception d'une église, laissée là en souvenir de ceux qui nous avaient infligé cela. La terre a été salée pour que rien n'y pousse. Chaque matin, Boniface ouvre les volets de son palais et contemple le spectacle de notre défaite, et chaque matin depuis cinq ans, je me suis réveillé en terre étrangère. Le jour du jugement est passé depuis longtemps.

Autour de lui, Will ne voyait que hochements de têtes et regards emplis de la même haine que celle de Sciarra. Nogaret observait lui aussi la foule, le front légèrement plissé, avec un air prudent, et peut-être même inquiet. Will comprenait pourquoi. Il avait demandé un soutien militaire. Il avait une foule en sédition.

— Nous devons agir promptement, dit Nogaret en se tournant vers Sciarra. En arrivant, nous avons appris que le pape est sur le point d'excommunier le roi Philippe. Avec les chevaliers que vous avez amenés, nous sommes plus de mille hommes, même si la plupart sont des fantassins. Une tâche ardue nous attend. Non seulement le pape a le soutien de sa famille à Anagni, mais beaucoup de cardinaux s'y trouvent également. On m'a dit que la ville est bien défendue, qu'elle est située sur une hauteur, entourée de murailles romaines. Sans engins de siège, il nous faudra peut-être du temps pour entrer. Tout dépendra si la garnison de la ville est bien organisée.

Will se dandinait sans cesse en se demandant si son espoir était vain. Mais Sciarra ne semblait pas le moins du monde inquiet.

— Ne vous inquiétez pas pour ça, Monsieur le ministre. Nous n'aurons pas besoin de monter un siège.

Nous avons un homme à Anagni qui s'assurera que les portes nous soient ouvertes.

— Qui est cet homme? s'enquit Nogaret avec étonnement. Comment est-il en mesure d'organiser cela?

— Il s'appelle Godfrey Bussa, répondit Sciarra. C'est le commandeur de la garde papale.

Will arriva à peine à contenir sa stupeur. Quant à Nogaret, sa surprise passée, un sourire s'épanouit sur son visage.

— Dans ce cas, nous en aurons sans doute fini plus vite que prévu.

— Boniface et sa famille se sont fait beaucoup d'ennemis ces dernières années, expliqua Rainald. Les communes locales sont prêtes à se soulever contre les Caetani. Même à Anagni, parmi ceux qui leur sont le plus proches, beaucoup souhaitent la perte de Boniface.

— Et leur soutien sera grandement apprécié, répondit Nogaret. Mais nous devons veiller à ce qu'il ne soit fait aucun mal au pape. Il faut que ce soit clair : nous sommes là afin de l'arrêter pour hérésie au nom de la France.

Sciarra s'inclina sans répondre. Sa réticence mit Will encore plus mal à l'aise. Sur les visages de Colonna et des autres hommes, il ne lisait pas le besoin de justice, mais le désir de vengeance. Il connaissait bien ces regards : il y reconnaissait le sien, des années auparavant.

Les hommes restèrent quelque temps dans la Grande Salle pour discuter du détail de l'attaque sur Anagni. Tout à son sombre pressentiment, Will se tint en silence près de Nogaret jusqu'à ce que la réunion se termine. Quand on fit entrer les domestiques pour qu'ils préparent la salle pour le festin, il put enfin s'échapper.

Préoccupé, il faillit ne pas trouver son dortoir. En passant une des fenêtres arquées qui donnaient sur l'enceinte illuminée, Will jeta un rapide coup d'œil à la rangée de cyprès au-delà des remparts. Il fallut quelques secondes à son cerveau pour enregistrer la tache rouge et il dut redescendre trois marches pour vérifier. Il crut que ses yeux lui jouaient un tour. Mais non. Là, dans les halos des torches, accroché aux branches basses d'un arbre derrière les grilles, un morceau de tissu rouge flottait, aussi visible qu'une cerise sur un tas d'herbe.

Will rebroussa chemin et dévala les escaliers pour déboucher au bas de la tour, dans la cour du château. La chaleur de la nuit était étouffante et il se retrouva pris au milieu des conversations. Il traversa la foule et, se baissant pour emprunter un passage voûté, il passa dans l'enceinte extérieure où des sentinelles gardaient les grilles. Une forme sombre lui frôla la tête, c'était une chauve-souris. Des papillons de nuit folâtraient autour des torches, dont la lumière ambrée se mouvait sur les murs chauffés à blanc par le soleil intense. Quand l'un d'eux s'approchait trop près des flammes, il grillait en produisant une étincelle.

— Campbell, l'appela une voix sèche.

Will se retourna. Nogaret était derrière lui, dans le passage voûté.

— Où allez-vous ?

Will lui sourit d'un air détendu.

— Envie de pisser. Les latrines sont occupées.

— Ne vous éloignez pas. Je vous veux à ma table avec les autres, ce soir.

Nogaret regarda avec suspicion derrière lui et ajouta à voix basse :

— Nous devons être certains que tout se passera comme nous le voulons.

— Je n'en ai pas pour longtemps.

Will attendit que le ministre ait disparu, puis il s'avança vers les grilles.

Il n'avait toujours pas la moindre idée de ce qui avait poussé le roi à l'envoyer dans une *mission critique*, comme Philippe la lui avait décrite en lui ordonnant d'accompagner Nogaret. C'était au début juillet, juste après la deuxième assemblée des états généraux où les hommes du royaume avaient soutenu la décision de Philippe de dénoncer Boniface comme un hérétique. Will l'avait appris le lendemain, mais il n'avait pas fait le rapprochement entre cette proclamation et sa mission avant de partir de Paris et de se diriger vers le sud. À la sortie de la ville, à l'abri des espions, Nogaret avait informé Will et les gardes du palais de leur tâche et de leur destination. D'après l'attitude du ministre, il était évident pour Will qu'il n'avait pas décidé lui-même de sa participation au voyage. Mais les raisons de son implication lui étaient restées d'autant plus obscures qu'il avait soudain compris que l'arrestation du pape pouvait fort bien être une première étape pour le roi et Nogaret avant de s'en prendre au Temple. Peut-être son arrestation et son procès étaient-ils un moyen de l'obliger à se soumettre à leurs souhaits? Peut-être allaient-ils lui proposer de le libérer et de mettre fin au procès s'il leur octroyait le pouvoir sur le Temple? Quelles que fussent les raisons, Will savait qu'il devait faire son possible pour empêcher Boniface d'être emmené à Paris. C'était la raison pour laquelle, dès leur arrivée à Ferentino, sous prétexte de vouloir repérer les environs, il s'était rendu dans l'église la plus proche pour chercher de l'aide.

Saluant les gardes d'un signe de tête, il sortit et suivit le chemin poussiéreux jusqu'aux cyprès, là où la colline s'inclinait et disparaissait dans une confusion de buissons animés par le chant des insectes. Il jeta un coup d'œil par-dessus son épaule, puis s'enfonça dans les broussailles en scrutant les ténèbres. Au bout d'un moment, après avoir déchiré ses vêtements et s'être écorché le visage à cause des épines, il commença à se demander s'il y avait vraiment quelqu'un. Puis il entendit siffler sur sa gauche et le visage d'un jeune homme apparut dans l'obscurité. Il paraissait effrayé.

— Vous êtes en retard, murmura Will à l'acolyte.

Celui-ci eut du mal à le rejoindre à cause des ronces qui s'accrochaient à sa robe.

— Je suis désolé, répondit l'homme en latin. Je ne pouvais pas partir avant plusieurs jours.

— Avez-vous fait passer le message?

L'acolyte acquiesça nerveusement.

— Mon frère l'a porté à Rome.

— Quand?

— Le soir où vous êtes venu me trouver.

Will réfléchit. Rome était à deux jours de cheval. C'était juste, et même s'ils parvenaient à Anagni avant Nogaret et Sciarra, maintenant qu'il savait que ceux-ci seraient aidés de l'intérieur, il semblait hautement improbable qu'il puisse empêcher l'arrestation du pape. Son seul espoir était qu'ils décident d'emmener le pape à Rome avant que l'attaque n'ait lieu.

— Vous avez bien fait, dit-il à l'homme en hochant la tête.

— Est-ce qu'ils seront là à temps? lui demanda l'acolyte dans un souffle alors qu'il s'apprêtait à remonter vers le château. Le Temple pourra-t-il sauver Sa Sainteté?

— Dans leur intérêt, je l'espère.

Le Temple, Paris, 4 septembre 1303 après J.-C.

Esquin de Floyran traversait le cloître à la hâte en direction du bâtiment de l'administration. Il salua distraitement de la main un homme qui l'appelait mais ne s'arrêta pas pour lui parler. Des centaines de maîtres et de chevaliers s'entassaient dans la commanderie de Paris, venus de tous les coins du royaume pour assister au chapitre général annuel et discuter des affaires du Temple en France. La session, ouverte depuis prime, n'avait été interrompue que pour réciter les *Pater Noster* aux offices de tierce, de sexte et de none.

Pendant cette brève pause, les hommes s'étaient retrouvés dehors, au soleil, pour débattre des divers sujets soulevés. Toutes les bribes de conversations que Esquin picorait çà et là, en passant, évoquaient l'échec de la croisade du grand maître. Les officiers de l'Ordre étaient inquiets, mais comme Jacques de Molay s'était retiré à Chypre et que la croisade était au point mort, ils ne pouvaient guère faire autre chose que se pencher sur les affaires locales : procédures légales à l'encontre de frères chevaliers, requêtes pour des fonds destinés à la rénovation de commanderies, querelles de territoire, acquisitions de nouveaux domaines. Au cours des discussions, les hommes réprimaient des bâillements et spéculaient sur les délicatesses qu'on leur proposerait au grand festin du soir. Un vieux maître se souvenait de l'année où le roi Louis IX avait fait cadeau de sept cygnes à la commanderie pour le chapitre général.

Esquin se faufila dans le bâtiment et grimpa quatre à quatre l'escalier, ses jambes courtes rendues douloureuses par l'effort, l'ourlet de son manteau traînant derrière lui. Au bout d'un couloir, il frappa à une porte et entendit une voix courroucée lui répondre :

— Entrez.

S'armant de courage, Esquin ouvrit la porte.

Debout à côté d'une table, entre deux clercs qui farfouillaient dans un tas de parchemins, Hugues de Pairaud leva des yeux irrités sur lui.

— Oui ?

— Visiteur de Pairaud, commença rondement Esquin, j'ai conscience que le moment n'est pas très opportun pour solliciter une audience, mais comme je dois repartir demain pour Montfaucon en raison d'une affaire pressante, j'ai pensé que ce serait peut-être ma seule opportunité de vous parler.

Le visiteur secouait la tête.

— Qui êtes-vous ?

— Esquin de Floyran, prieur de la commanderie de Montfaucon, répondit Esquin, quelque peu stupéfait.

— Bien entendu, fit Hugues d'un air absent tandis qu'un des clercs lui tendait un document.

Bien que le visiteur semblât se plonger dans la lecture du document, Esquin poursuivit :

— C'est une histoire de famille qui m'amène, visiteur de Pairaud. Mon neveu a été admis au Temple, ici à Paris, l'année dernière. Son père et moi pensions qu'il reviendrait à ma commanderie servir sous mon autorité, mais on lui a dit après son initiation qu'il resterait à Paris. Je suis fier qu'on juge sa présence nécessaire dans notre principale commanderie, mais j'ai vu décliner ces dernières années le nombre de seigneurs désireux de rejoindre l'Ordre, si bien que je n'ai plus qu'une compagnie réduite, composée pour l'essentiel de profanes. En outre, mon neveu m'a envoyé plusieurs lettres en quelques mois pour me supplier de requérir son transfert. Je suis donc venu solliciter votre accord pour que Martin revienne avec moi à Montfaucon.

Esquin secoua la tête d'un air soucieux.

— Je crois qu'il ne va pas bien. Quelque chose semble le tourmenter, mais il refuse de m'en dire davantage.

Hugues avait cessé de lire. Le second clerc lui remettait un autre parchemin, auquel le visiteur ne jeta pas même un œil.

— Martin?

— Martin de Floyran. Comme je vous l'ai dit, c'est mon neveu et…

— Je suis désolé, je ne peux donner une suite favorable à votre requête. Floyran est devenu une recrue d'une valeur inestimable dans cette commanderie. En tant que chevalier, il doit servir où qu'on l'affecte, comme cela lui a été expliqué durant son initiation… Quel que soit le *mal du pays* dont il se croit victime, ajouta-t-il d'un ton acariâtre.

— Mais, visiteur de Pairaud, protesta Esquin en voyant Hugues arracher le parchemin des mains du clerc et se diriger vers la porte. Je n'ai tout simplement pas assez de chevaliers pour défendre Montfaucon comme il convient. Mon neveu servirait sans aucun doute admirablement l'Ordre s'il…

Arrivé à la porte, Hugues se retourna brutalement.

— Ce n'est pas sujet à discussion. Ma décision est irrévocable. Il reste.

Esquin le fixa tandis qu'il partait avec les clercs. Dehors, une cloche fit entendre son carillon qui convoquait les hommes au chapitre. Plissant le front d'un air pensif, Esquin redescendit l'escalier et arriva dans la cour. Les hommes entraient à la file dans la salle capitulaire. Il faudrait un petit moment avant que tout le monde fût installé. S'éloignant de la foule, Esquin se précipita dans les quartiers des chevaliers.

Le temps d'arriver au dortoir, il était en sueur. Son neveu était seul, debout près de la fenêtre. Il pivota en sursautant.

Le visage de Martin exprimait un tel espoir que Esquin sentit son ventre se nouer. Son neveu l'observa un long moment, puis reprit sa contemplation.

— Il a refusé, n'est-ce pas?

Esquin s'approcha de lui.

— Je suis désolé, Martin, mais il est clair que le visiteur de Pairaud a besoin de toi ici, ce dont tu devrais être fier. C'est un honneur de le servir.

Martin ne disait rien et Esquin soupira.

— Je sais que c'est difficile d'être loin de sa famille et de son entourage, mais je te promets que l'heure venue, tu...

— S'il vous plaît, mon oncle. Emmenez-moi avec vous quand vous partirez demain. Il faut que je rentre à la maison. Je ne peux pas rester ici.

Esquin vit le jeune homme désespéré se prendre la tête à deux mains.

— Je ne peux pas aller à l'encontre de la décision de Hugues de Pairaud, à moins d'en appeler au grand maître lui-même.

Il saisit son neveu par les épaules.

— Tout ce tapage, toutes ces lettres, et tu ne veux toujours pas me dire ce qui ne va pas? Peut-être que si tu m'expliquais ce qui te...

— Non, le coupa Martin en s'écartant de lui, les dents serrées. Non. Je ne peux pas.

Il jeta un coup d'œil par-dessus son épaule, comme si quelqu'un pouvait l'entendre.

— Non. Pas ici.

Esquin tourna la tête en entendant le carillon s'arrêter.

— Je dois retourner au chapitre et ensuite, j'ai des affaires à traiter à la commanderie.

Il planta son regard dans celui de son neveu.

— Mais dès que je le pourrai, je reviendrai. Si je le fais, est-ce que tu voudras me voir? Martin? insista-t-il en voyant que le jeune homme ne lui répondait pas.

Au bout d'un moment, il finit par opiner. Esquin sourit d'un air encourageant et lui tapa affectueusement l'épaule.

— Alors, nous saurons de quoi il retourne.

Anagni, Italie, 7 septembre 1303 après J.-C.

On était au milieu de la nuit et un ciel d'un noir bleuté surplombait la scène. À quatre pattes, les soldats, gênés par les épées et les dagues, gravissaient les rochers qui bordaient le chemin. La lune n'était pas visible mais les étoiles brillaient dans leur écrin de velours. La rumeur des trois cents chevaux était assourdie par le sol poudreux. Toutefois, le cliquetis des armures s'entendait inévitablement dans le silence et les commandants de la compagnie craignaient à tout instant que l'alarme ne soit donnée dans la ville endormie perchée au sommet de la colline. Ils n'avaient pourtant pas de raison de s'inquiéter car les murailles romaines qui entouraient Anagni protégeaient ses habitants des bruits nocturnes autant que d'éventuels assaillants, et personne ne remarqua leur arrivée comme ils grimpaient en direction de la Porta Tufoli.

Sciarra Colonna, à l'avant, envoya deux hommes en éclaireurs lorsque la compagnie approcha de la porte.

Nogaret tendit le cou pour regarder les chevaliers s'avancer au trot vers l'entrée de la ville. Deux torches disposées de part et d'autre de l'arche projetaient de longues ombres sur les murs. L'un des chevaliers se retourna et donna le signal. Sciarra sourit avant d'enfiler son casque et de lancer son cheval. Les hommes échangèrent des regards de soulagement et de jubilation en constatant que non seulement la porte était entrebâillée, mais qu'aucune sentinelle ne la gardait. Au passage, Sciarra s'empara d'une des torches. Sortant son pied de l'étrier, il repoussa la porte en bois, qui s'ouvrit en grand avec un couinement. À sa suite, la cavalerie s'engouffra dans la ville.

Une fois à l'intérieur de l'enceinte, ils abandonnèrent toute discrétion. Sciarra souhaitait que les habitants sachent qui était venu et pourquoi. Sa voix résonna dans le silence des ruelles étroites, au-dessus du piétinement des sabots.

— Bon peuple d'Anagni ! Réveillez-vous ! Levez-vous ! Sur l'ordre du roi de France, le pape Boniface est en état d'arrestation pour hérésie et sera jugé !

Quelques secondes après que sa proclamation se fut répercutée sur les murs des grands palais qui entouraient la Porta Tufoli, dont bon nombre étaient des résidences de cardinaux du Sacré Collège, volets et portes commencèrent à s'ouvrir dans la ville basse. Tirés du sommeil, les habitants enfilaient des manteaux. Les chevaux provoquaient un fracas terrible dans la nuit, les mères de famille se précipitaient dans les chambres pour vérifier que les enfants allaient bien et ceux-ci regardaient les yeux écarquillés passer les ombres des chevaliers devant leurs fenêtres. Les soldats couraient à côté des cavaliers, torches à la main, illuminant avant l'aube les rues qui menaient à la cathédrale et au palais du pape. Des oiseaux prenaient leur envol et se dispersaient dans le ciel.

— Réveillez-vous ! Levez-vous ! Nous sommes ici pour arrêter le pape hérétique !

La peur qui se lisait sur les visages des hommes et des

femmes se mua bientôt en curiosité, à mesure qu'ils comprenaient que cette armée n'était pas venue pour eux. Si certains se barricadaient et cachaient or et bijoux dans les caves, d'autres erraient dans les rues en regardant d'un air éberlué cette procession de chevaliers, comme si ces hommes étaient à la parade pour fêter un saint et promener une relique sacrée. Très vite, toute une foule encore en maillot de nuit suivit la compagnie de Sciarra. Certains tenaient encore les armes dont ils s'étaient munis en sortant de chez eux en pensant avoir à se défendre. La compagnie dépassa une église et Sciarra donna un ordre à ses troupes. Un groupe de soldats se détacha et, poussant sans ménagement le prêtre qui se tenait sur le seuil, entra dans l'édifice. Le prêtre les suivit à l'intérieur en protestant. Quelques instants plus tard, la cloche de la tour se mit à sonner.

Will leva les yeux vers l'église et regarda la cloche se balancer d'avant en arrière pour réveiller les derniers endormis. À l'est, derrière la masse sombre des collines, le ciel commençait à s'éclaircir. À côté de lui, Nogaret avait l'air tendu. La foule les encerclait de toutes parts, chacun voulant participer d'une manière ou d'une autre à l'événement. Rainald avait raison : Boniface s'était fait de nombreux ennemis, et son propre peuple se retournait contre lui à cause de tout ce dont il le tenait pour responsable : les dîmes levées, les demandes d'aumône qu'il n'avait pas honorées, ou pour le tracas causé par le neveu du pontife à un de leurs enfants. À cheval au milieu des habitants, écoutant leurs doléances, Will ne pouvait rien faire d'autre que se laisser porter par le courant, comme un bouchon de liège sur l'océan. Au cours de la nuit, après leur départ de Ferentino, Nogaret lui avait brièvement parlé, ainsi qu'aux gardes français, pour leur donner ses ordres à voix basse.

— Gardez le pape en vie. Éloignez-le de Sciarra.

Maintenant qu'ils étaient entrés dans Anagni, et avec quelle facilité, le seul espoir de Will résidait dans le fait que le pape survive à leur intervention et qu'il puisse l'aider à s'évader au cours de leur retour à Paris.

Comme ils approchaient de la cathédrale, Will vit se dresser devant eux les murs du palais papal et il pria pour qu'une armée s'y trouve, tout de blanc vêtue, mais les volets étaient tirés devant les fenêtres du palais, plongé dans le noir. Sciarra emmena la foule sur la place du village. En y arrivant, ils s'aperçurent qu'il y avait déjà beaucoup de monde. Ils étaient peut-être cinq ou six mille. Personne à Anagni ne voulait manquer cela, semblait-il; se réveiller le lendemain et découvrir que l'histoire s'était écrite sans eux.

Au centre de la place, à côté d'une grande fontaine, un homme grand et musclé, avec une barbe en forme de trident et une cotte de mailles scintillante recouverte d'une cape pourpre, attendait avec une douzaine d'hommes qui tous arboraient le même uniforme.

Rainald fut le premier à mettre pied à terre.

— Messire Godfrey, dit-il en saluant l'homme à la barbe.

Devinant qu'il s'agissait de Godfrey Bussa, le commandant de la garde papale, Will descendit de cheval. Nogaret avait déjà glissé au sol et il marchait entre Niccolo et d'autres seigneurs locaux derrière Sciarra et Rainald. Will se pressa pour venir se placer dans leur sillage.

Autour d'eux, c'était la cohue. Les gens parlaient avec excitation et Sciarra dut élever la voix.

— Nous n'avons pas vu de lumière aux fenêtres du palais. Je suppose que le pape est toujours là.

Le visage de Godfrey exprimait la gravité.

— Je le crois, mais nous ne pouvons pas en être certains. Il y a deux jours, mes hommes et moi avons trouvé les portes barrées quand nous sommes revenus au palais. J'étais dehors à organiser les détails de l'assaut. J'ai appelé les gardes que j'y avais laissés mais je n'ai pas reçu de réponse.

— Qu'est-ce qui vous fait penser que Boniface est toujours à l'intérieur ? s'interposa Rainald.

— Nous avons vu des ombres bouger derrière les volets. Il y a du monde là-dedans, expliqua Godfrey. Le pape a dû entendre parler de l'attaque et il s'est barricadé. Peut-être est-ce un de mes hommes qui l'a informé ?

Il haussa les épaules.

— On ne peut pas savoir, conclut Godfrey.

— Qui le défend ? demanda Nogaret avant que Sciarra ne réplique.

— Probablement des gardes royaux qui lui sont toujours fidèles, son équipe, sa famille et deux cardinaux. L'essentiel du Sacré Collège est à Rome et nous avons averti trois cardinaux qui nous soutiennent de quitter Anagni avant l'attaque.

Les hommes continuèrent à interroger Godfrey et Sciarra se mura dans le silence. Soudain, il poussa ceux qui le gênaient et grimpa sur le rebord de la fontaine en agrippant un poteau pour garder l'équilibre.

— Mon nom est Sciarra Colonna, frère de Pietro et neveu de Giacomo, déposés de manière injustifiée par l'usurpateur qui se fait appeler pape Boniface. Cet homme, qui a vécu parmi vous et s'est enrichi grâce à votre générosité, est un hérétique et un blasphémateur !

Des murmures de crainte et d'assentiment s'élevèrent dans la foule. On hissait les enfants sur les épaules pour qu'ils puissent regarder.

— Nous sommes ici au nom du roi de France, afin de l'arrêter pour ses crimes. Mais au lieu de nous faire face, au lieu de se défendre contre nos accusations, le pape se réfugie dans son palais comme l'homme coupable qu'il est. Bonnes gens, si vous nous aidez à libérer votre ville, je vous promets de distribuer les richesses que recèle ce palais. L'or et les reliques, le trésor papal ! En échange de votre contribution pour que cette engeance du démon soit traînée devant la justice, vous serez riches comme vous n'avez jamais rêvé de l'être !

Ses mots restèrent suspendus en l'air. Le silence était complet. Puis des acclamations se firent entendre. Will poussa un juron en voyant les hommes se jeter sur le palais papal, prêts à arracher les portes à mains nues. Sciarra sauta de la margelle du puits et se remit en selle en criant un ordre à ses hommes.

L'après-midi traînait en longueur sous un soleil éblouissant. Plus loin, de l'autre côté de la rue, les portes du palais papal étaient toujours fermées et barricadées. Par endroits, le bois était fendillé et bosselé, mais ces dégâts avaient été occasionnés lors du premier assaut, et depuis il n'y avait pas eu d'autre tentative pour les défoncer. Autour des portes, le sol était jonché de cadavres. La robe de nuit d'une jeune femme gisant au pied des murs flottait au vent comme un drapeau, tachée de sang, la flèche qui l'avait tuée était fichée tel un point d'exclamation au milieu de sa poitrine.

L'assaut avait tourné au chaos. La foule avait couru à travers les rues escarpées de la ville pour converger devant les bâtiments où se trouvaient à la fois la résidence du pape, les maisons de sa famille et la cathédrale, le tout entouré d'une grosse muraille avec la colline en pente abrupte à l'arrière. Chevaliers, soldats et habitants rivalisaient pour être les premiers à entrer, de peur que la fortune et la gloire aillent aux autres. Malgré les commandements autoritaires de Sciarra Colonna et Godfrey Bussa, ainsi que la discipline de leurs propres troupes, cette masse déchaînée s'était avancée dans le désordre. Quand les premiers assaillants arrivèrent à proximité des portes et commencèrent à les marteler de leurs poings, le ciel s'anima. Des cris retentirent. Mais il fallut encore quelques instants à la foule pour comprendre que des volées de flèches étaient décochées depuis le palais.

Les gens se mirent à fuir et ce fut rapidement la débandade. Les chevaliers en selle furent les premiers à s'éloigner, suivis par les soldats aux boucliers levés.

Et le peuple d'Anagni, ni entraîné ni armé, subit de plein fouet la vindicte du palais. Ceux qui ne tombèrent pas détalèrent dans les ruelles par lesquelles ils étaient venus ou retournèrent chez eux se mettre à l'abri. Remarquablement efficace en dépit de la confusion, Sciarra remit de l'ordre dans ses troupes et les rassembla dans les rues écartées.

Peu après, tandis que le ciel prenait une teinte bleu perlé, une voix forte se fit entendre au-delà des murailles, demandant à connaître le sens de cette attaque. Sciarra voulut lui répondre, mais Nogaret, désireux de reprendre le contrôle de la situation, l'en empêcha et s'avança dans la rue jonchée de dépouilles, sans arme ni bouclier.

— Sur ordre de Sa Majesté Philippe IV le Bel, roi de France, s'époumona Nogaret, Boniface est en état d'arrestation pour le crime d'hérésie. Qu'il se soumette et nous l'emmènerons à Paris pour qu'il y soit jugé.

— Nous voulons négocier une trêve, répondit la voix anonyme.

— Vous avez jusqu'à une heure après none pour répondre aux exigences suivantes, répliqua Sciarra en venant aux côtés de Nogaret. La dernière action du pape Boniface consistera à rétablir Giacomo et Pietro Colonna au sein du Sacré Collège. Après quoi il confiera le trésor papal aux cardinaux encore sur place et se rendra au roi de France.

La trêve conclue, les chevaliers de Sciarra se mirent à attendre. On dépêcha des hommes pour repérer les alentours du palais, tandis que Colonna et Bussa occupaient une chapelle afin d'organiser un éventuel assaut. Négligés par les chevaliers, les habitants du village traînaient dans les rues, ulcérés. Ils avaient perdu une douzaine des leurs dans l'assaut et ces intrus semblaient ignorer leur sacrifice. La promesse du partage du trésor devint caduque à mesure que le jour avançait, et si la plupart retournèrent chez eux, déboussolés, une frange rebelle forte de plusieurs milliers d'hommes se livra à des exactions pour obtenir les richesses qu'on leur avait fait miroiter. Ils ravagèrent les grands palais des cardinaux. Plus tard dans la journée, alors que le pillage se poursuivait, Sciarra et ses hommes perçurent des hurlements et virent de la fumée s'élever dans la ville basse.

À l'heure où la trêve était censée prendre fin, ils reçurent la réponse du pape. Boniface refusait de se soumettre. En colère, mais pas étonné, Sciarra acheva les derniers préparatifs du deuxième assaut.

Will regarda un groupe de soldats soulever un tronc d'arbre. Au moment où ils sortaient à découvert dans la rue, levant de leur main libre des boucliers au-dessus de leur tête, il surprit un des gardes français demander à Nogaret :

— Sommes-nous sûrs que le pape se trouve à l'intérieur ? Pour ce que nous en savons, il peut s'agir d'une diversion. Si le pape était au courant de l'attaque, peut-être s'est-il échappé avant qu'elle ait lieu ?

Le regard de Nogaret ne se détacha pas des soldats qui avançaient lentement vers les portes du palais avec leur lourd fardeau.

— Non, nous n'en sommes pas sûrs, mais d'après ce que Bussa nous a dit, Boniface n'a pas eu beaucoup d'occasions de partir en toute discrétion. Nous ne pouvons qu'espérer qu'il soit encore là. Quoi qu'il arrive, nous devons entrer en premier.

Le garde opina sèchement et Will se retourna pour regarder la progression des soldats. Des flèches commencèrent à pleuvoir depuis les murs. L'une d'elles se ficha dans le pied d'un homme, qui poussa un cri de douleur horrible. Lâchant le tronc et son bouclier, il s'effondra dans la rue en agrippant l'empennage. Une autre flèche le frappa dans l'épaule, le clouant au sol, et une troisième s'abattit sur lui pour l'achever. Les archers à l'intérieur n'étaient pas des amateurs. À l'abri derrière une barricade improvisée, un homme jaillit sur l'ordre de Sciarra pour prendre la place du mort. D'autres flèches furent décochées, mais elles étaient trop sporadiques et ne venaient que de cinq à six points des murailles, révélant ainsi la capacité limitée des défenseurs, aussi précis soient-ils. Les soldats atteignirent leur cible et firent s'écraser le tronc contre les portes en bois, que chaque coup faisait trembler.

— Monsieur le ministre !

Nogaret se retourna. Un de ses hommes arrivait en courant, hors d'haleine.

— J'utilisais les latrines, dit-il, pantelant, en désignant un bâtiment plus haut dans la rue. Les fenêtres donnent sur le palais et j'ai vu un groupe de soldats faire le tour du côté de la colline, au pied des murs. Ils portaient les couleurs des chevaliers de Sciarra.

— Combien d'hommes ?

— Une quarantaine.

Nogaret se précipita vers Sciarra, qui aboyait des ordres depuis la barricade.

— Colonna ! Avez-vous envoyé une compagnie faire le tour des murailles ?

Sciarra parut surpris, mais il acquiesça.

— Oui. Ils vont essayer de pénétrer par l'arrière. Bussa pense que la porte à côté de la cathédrale sera moins défendue.

— Pourquoi ne m'en avez-vous pas informé ?

Sciarra faillit s'étouffer d'indignation.

— Vous m'avez sollicité parce que vous aviez besoin de mon soutien militaire. C'est ce que je fais. Laissez-moi travailler.

— Je vous avais dit que je voulais être le premier à entrer !

— Je vous en prie, faites comme chez vous, répondit Sciarra sur un ton ironique en désignant la rue où deux autres hommes étaient tombés sous les flèches.

Les autres continuaient à pilonner farouchement les portes. Une petite brèche apparaissait au milieu.

Nogaret rejoignit Will et les gardes français.

— Prenez vos chevaux, leur lança-t-il d'un air résolu. Et tenez-vous prêts.

Il regardait du côté de Sciarra avec une énergie froide.

— Je ne le laisserai pas détruire Boniface avant moi.

Les gardes se hâtaient déjà vers l'endroit où leurs chevaux étaient attachés. Will s'apprêtait à suivre leur exemple, mais les dernières paroles de Nogaret le retinrent. Le voyant hésiter, Nogaret se tourna vers lui.

— Qu'est-ce que vous attendez, Campbell? le tança-t-il sans paraître s'apercevoir qu'il avait dit quelque chose d'inhabituel.

Mais les questions que Will aurait pu formuler pour savoir ce que Nogaret voulait dire par là furent oubliées car, soudain, pendant un bref silence entre deux coups de bélier, on entendit des cris d'alarme par-delà les murailles du palais.

Les chevaliers de Sciarra avaient franchi l'enceinte. L'instant d'après, la confusion régna. Des ordres fusèrent dans tous les sens, les commandants se mettant en action. Les hommes montèrent en selle, saisissant les armes et les boucliers que leur tendaient les écuyers. Les soldats qui attendaient à l'ombre se remirent d'aplomb et dégainèrent leurs épées. Et par-dessus ce tapage, le bélier continuait à frapper la porte, qui s'affaissait sous les chocs. Les flèches avaient cessé de pleuvoir depuis les murailles et quelques soldats avaient jeté leur bouclier par terre pour pouvoir peser de tout leur poids. Will grimpa en selle et cavala jusqu'à la barricade avec les gardes français, laissant Nogaret rejoindre son cheval en courant. Soudain, les portes s'ouvrirent en grinçant et les chevaliers de Sciarra apparurent derrière. Abandonnant le tronc d'arbre, les soldats s'engouffrèrent, suivis de près par Sciarra qui lança ses hommes dans une charge violente.

De l'autre côté des murs, quelques archers étaient allongés sur les remparts, mais les autres, tués par les chevaliers de Sciarra, gisaient au sol dans des poses désarticulées. Certains, même morts, tenaient toujours fermement leur arc. Il y eut du mouvement sur les balcons du palais, les derniers défenseurs allant se barricader dans la bâtisse. Dans la cour intérieure que dominait la cathédrale, le combat se poursuivait. Les portes de la cathédrale étaient grandes ouvertes et des bruits d'épée y résonnaient. La première vague de soldats s'en prit directement à la maison qui abritait la famille du pape. Ceux qui brandissaient des haches entreprirent de démolir les volets du rez-de-chaussée. D'autres défonçaient les portes d'un coup de pied ou d'épaule. Des cris retentirent à l'intérieur.

Will entra dans le bâtiment avec le gros de la cavalerie. Il avait laissé Nogaret et les gardes français derrière lui. Son champ de vision se limitait à la fente de son heaume. Il voyait le dos des hommes qui chevauchaient devant lui, le reflet aveuglant du soleil dans les lames, les boucliers levés. Il voyait aussi Sciarra qui fonçait vers un grand palais de l'autre côté de la cour. Dirigeant son cheval avec habileté au milieu de la cohue, Will le poursuivit avec l'intention de protéger le pape. Sciarra descendit de cheval et ordonna aux hommes de mettre le feu aux portes, il fit de même et tapa les flancs de son cheval pour qu'il s'éloigne des combats. Les portes s'enflammèrent. Will serra son épée, il sentait le souffle lourd des hommes à côté de lui. Se protégeant le visage, plusieurs hommes s'approchèrent de la porte et lui donnèrent des coups de pied. Pour finir, un homme réussit à la défoncer et elle s'écroula à moitié en projetant des tisons rougeoyants dans les airs. Des coudes et des épaules, Will se fraya un chemin en tête du groupe qui faisait irruption dans un grand corridor. La fumée rendait la respiration difficile. Les hommes coururent dans différentes directions, chacun voulant être le premier à trouver le pape et ses trésors.

Sciarra se rua vers une volée de marches au bout du corridor. Il semblait savoir où il allait. Espérant qu'aucun des hommes de Sciarra n'oserait un geste malencontreux hors de la vue de son chef, Will décida de le suivre. Il se précipita vers l'escalier derrière Sciarra, lequel, bien plus jeune que lui, avait déjà disparu. La cage d'escalier résonnait du cliquetis des armures. Will grimpa un escalier en colimaçon, son épée heurtant parfois le mur. Les poumons en feu, les cuisses endolories, il commençait à ralentir lorsqu'il arriva en haut. Rassemblant ses dernières forces, il courut le long d'un couloir de marbre. Sciarra était loin devant désormais, avec ses chevaliers, et il s'arrêtait devant une porte.

— Seigneur, aide-moi, fit Will à bout de souffle tout en se démenant pour rattraper les autres.

La porte s'ouvrit et la meute s'engouffra dans la pièce sur laquelle elle donnait. Là, les chevaliers s'immobilisèrent.

Sur un trône était assis le pape Boniface, lequel portait une tiare incrustée de joyaux et les vêtements de sa fonction. Dans une main, il tenait une croix en or, dans l'autre une épée au pommeau de cristal. Son visage replet et grisâtre exprimait l'épuisement et la peur, mais aussi une détermination et une obstination bien concevables, car, devant lui, vêtus de blanc, lames pointées sur les assaillants, se tenaient vingt-sept Templiers.

24

Anagni, Italie

7 septembre 1303 après J.-C.

En pénétrant dans la salle du trône, Will éprouva un profond sentiment de joie à la vue des chevaliers qui formaient un cercle protecteur autour du pape.

Ils étaient venus.

Un instant, il fut tenté de se glisser dans leurs rangs et de faire front avec eux contre Sciarra et ses hommes. Mais il n'était pas question qu'il cède à ses désirs et il resta de l'autre côté de la pièce, avec les autres, l'épée tournée vers les chevaliers, malgré son exaltation intérieure. Les bruits des combats qui n'étaient toujours pas terminés dans la cour leur parvenaient par la fenêtre, chocs d'épées entrecoupés de cris, de craquements de bois, de bris de verre.

Sciarra retira son heaume et le laissa tomber pesamment sur le sol, comme s'il voulait que le pape voie le visage de son ennemi.

Boniface se leva.

— Qu'attendez-vous, Colonna? Ma tête est ici, et mon cou!

Sciarra avança d'un pas et sa main se recourba sur la poignée de son épée. Mais les chevaliers, au comble de la tension, ne le quittaient pas des yeux.

— Qu'est-ce qui se passe? Où est le pape?

C'était la voix de Nogaret, essoufflé, bloqué par la foule qui s'entassait devant la porte.

— Laissez-moi passer!

Les soldats s'écartèrent de mauvaise grâce et le chancelier apparut. Lui aussi ôta son heaume, afin de mieux voir. Le visage défait, il contempla la scène : les Templiers protégeaient le pape.

— Mais...

— Restez en dehors de ça, Nogaret, grogna Sciarra. Ce n'est plus votre bataille.

Dehors, les cris redoublaient. L'air était imprégné d'une forte odeur de fumée.

— Guillaume de Nogaret? s'exclama le pape d'une voix glaciale. Ainsi, c'est vous le serpent qui a répandu son venin dans l'oreille du roi? L'homme qui ose défier l'Église?

Les yeux de Boniface étincelaient.

— On aurait dû vous jeter au feu avec votre père et votre mère, vous n'êtes qu'un mécréant et un blasphémateur!

Le visage déformé par la haine, Nogaret fit une sorte de mouvement vers l'avant. Deux des hommes de Sciarra, déterminés à se battre, prirent cela pour un signal d'attaque et se ruèrent sur les chevaliers. Sciarra leur cria de s'arrêter, mais c'était trop tard. Deux Templiers sortirent du rang pour les affronter. Le premier esquiva la botte de son assaillant puis allongea la pointe de son épée dans le flanc de l'homme. L'autre balaya d'une parade la lame de son adversaire avant de l'embrocher. Laissant les corps ensanglantés s'effondrer au sol, ils reprirent leur place. Choqué par cette tuerie, Boniface s'enfonça dans son siège. Lorsque Godfrey Bussa pénétra dans la pièce, il parut encore plus étonné.

Le commandant avait le visage pâle et il se tenait le

bras. Du sang coulait entre ses doigts. Il alla droit sur Sciarra.

— Les habitants de la ville se révoltent, lui dit-il à voix basse. Ils nous ont suivis à l'intérieur. Ils sont partout dans le palais.

— Godfrey ? marmonna le pape.

Il se leva, son épée lui tombant presque des mains.

— Les Templiers m'ont dit que des hommes de mon entourage étaient impliqués, mais je n'aurais pas cru que tu…

Son visage se referma.

— Et dire que je m'inquiétais pour toi quand ils m'ont obligé à barricader les portes et à ne plus laisser entrer personne. Combien y en a-t-il encore contre moi ? s'emporta-t-il en rejetant sa tête en arrière.

Un tumulte général emplit soudain le corridor. Les soldats aux portes se retournèrent, ajoutant leurs propres cris au vacarme tandis qu'une marée humaine déferlait sur eux. Le peuple d'Anagni réclamait sa récompense.

Ragaillardis par leur pillage des palais des cardinaux, ivres du vin volé et étourdis par la promesse d'un butin encore plus important, les villageois couraient vers les hommes entassés au seuil de la salle du trône. Certains portaient les épées récupérées sur les soldats croisés dehors, d'autres brandissaient des pierres ou de simples bâtons. Les hommes de Sciarra levèrent leurs épées, mais la foule, emportée par son élan, ne pouvait pas s'arrêter et la première vague vint s'empaler sur les lames, poussée par ceux de derrière. Les hommes donnaient des coups de pied, de poignard, de coude et de poing. Le bruit des épées fut bientôt remplacé par des ahanements et des cris dont l'origine était impossible à discerner dans la mêlée.

Sciarra, qui s'était retourné pour donner des ordres à ses soldats, cria de rage en voyant que les Templiers avaient profité de son inattention pour faire descendre le pape de son trône et le pousser vers une porte tout au fond de la pièce. Sans perdre un instant, Sciarra courut dans leur direction, Nogaret à ses trousses. Une poignée de Templiers resta à l'arrière pour les affronter. Will voulut rejoindre le chancelier, auquel s'attaquait déjà un chevalier, mais le peuple d'Anagni avait finalement réussi à briser le rempart des soldats et faisait irruption dans la salle du trône. De la fumée entrait par les immenses fenêtres et rendait l'air irrespirable. En face, un bâtiment était en feu. Will aperçut un visage suspendu dans les nuages de fumée noire avant qu'un homme ne fonde sur lui, prêt à lui fracasser le crâne avec un bâton.

Le pape et son escorte de chevaliers étaient partis. Sciarra avait tué un Templier et se battait contre un autre. Il avait l'air au bord de l'apoplexie. Nogaret poussa un hurlement, le Templier qu'il combattait avait percé sa défense et enfoncé la pointe de son épée dans son épaule. Libérant sa lame, le chevalier saisit la poignée à deux mains et fit un moulinet qui aurait tranché la tête du ministre si deux habitants ne lui avaient foncé dessus, le faisant trébucher. Le Templier maugréa, frustré, mais de plus en plus de gens arrivaient dans la salle et chacun essayait d'atteindre le trône où Boniface avait abandonné son épée au pommeau de cristal et sa croix en or.

Will se baissa pour éviter un coup de coude de l'homme au bâton et en para un autre, mais la foule devenait trop compacte.

— Retraite ! hurla quelqu'un. Retraite !

Les chevaliers de Sciarra, inférieurs en nombre aux habitants, commencèrent à refluer hors de la salle en s'éloignant autant que possible des Templiers, qui embrochaient sans distinction tous ceux qui se trouvaient à portée de lame. Blessé, Nogaret avait perdu son épée. Il essayait d'échapper au chevalier qui ne le lâchait pas et d'atteindre les portes. N'hésitant pas à donner des coups de poing ou à frapper avec la poignée de son arme pour se dégager un chemin, Will tentait de le rejoindre.

Le signal général de la retraite fut donné : les villageois étaient impossibles à arrêter. Incapables de dégager le pape de ce chaos, les Templiers s'enfermèrent avec lui dans une tour du palais tandis que l'armée de Sciarra s'enfuyait dans le soleil couchant, laissant le peuple d'Anagni s'arracher les inestimables tapisseries, l'argenterie, les reliques du trésor tout en vidant le vin de messe jusque tard dans la nuit.

Palestrina, Italie, 8 septembre 1303 après J.-C.

Hors d'haleine, les hommes se jetaient dans les broussailles. Leurs visages luisaient de sueur dans la lumière matinale et les bandages fabriqués à partir de vêtements déchirés regorgeaient de sang. Certains buvaient avidement, la bouche collée aux outres, avant de s'asperger d'eau en fermant les yeux. Les chevaux assoiffés s'énervaient contre leurs mors, la bouche pleine d'écume. Cette nuit, en fuyant Anagni, quelques-uns avaient été blessés et ils hennissaient misérablement lorsque les soldats les débarrassaient de leur harnais.

Will s'adossa à un muret éboulé et regarda les derniers arrivants remonter d'un pas lourd l'abrupt sentier envahi par la végétation. Il se sentait toujours épuisé, mais il avait au moins eu la chance de se reposer, étant parvenu dans la ville en ruine de Palestrina plusieurs heures auparavant, avec les cavaliers qui avaient réussi à sortir du palais papal. Selon lui, il manquait probablement une grosse moitié des troupes. Personne ne savait où se trouvaient Rainald et les hommes de Ferentino. On ne les avait pas revus depuis qu'ils étaient entrés dans le palais au cours du premier assaut. Sciarra, Godfrey Bussa et Nogaret étaient tous là, mais le ministre avait perdu deux des gardes qui avaient voyagé avec lui depuis la France et Bussa était étendu à l'ombre, le visage livide, parce qu'il avait perdu beaucoup de sang.

Un cri aigu déchira le ciel. Un aigle déployait ses ailes d'or étincelantes en décrivant des cercles au-dessus d'eux. Plusieurs autres le suivirent en tournoyant prudemment, comme si les intrus les dérangeaient. Depuis que Boniface avait fait raser la forteresse, elle était abandonnée et la nature y reprenait ses droits. Il restait peu de traces des bâtiments qui occupaient autrefois la crête de la colline; les pierres et les poutres que n'avaient pas récupérées les paysans étaient dissimulées sous des vignes rampantes et des herbes folles. Aujourd'hui, tout ce qu'il en restait, c'étaient les moignons et les bouts de murs qui saillaient par endroits au milieu de la broussaille. La chapelle était le seul édifice encore debout, balise mélancolique rappelant l'humanité évanouie au milieu de ce vaste espace. Le sol y était défoncé par des racines d'arbre, jalonné de crottes de chauves-souris, et des toiles d'araignée flottaient dans la nef comme des rideaux de dentelle tachetés de mouches.

Will trouvait étrange que Sciarra les ait amenés ici, dans le lieu même de l'ultime défaite infligée par le pape à sa famille. Mais Colonna avait voulu regrouper les troupes loin des alliés de Boniface, et Palestrina avait dû lui sembler l'endroit le plus sûr. Sciarra espérait même peut-être trouver un peu de réconfort dans cet environnement familier, pouvoir y panser ses blessures et pleurer sur ce qu'il avait perdu. Quoi qu'il en soit, rien n'était fini. C'était la seule chose réelle.

Une ombre passa devant lui, Will leva la main pour se protéger les yeux et vit Nogaret se tenir face à lui.

Les vêtements du ministre étaient maculés de sang à cause de sa blessure à l'épaule, grossièrement bandée.

— Vous n'êtes pas blessé.

Comme il avait parlé d'une voix sans relief, cela ne ressemblait pas à une question, mais Will y répondit malgré tout.

— Pas trop.

Il lui montra sa main. Les articulations de ses doigts étaient à vif, couvertes de contusions, en raison des coups de poing qu'il avait dû donner pour se frayer un passage dans la cohue.

— C'était un désastre, fit Nogaret.

Will se releva en grimaçant. Il dépassait Nogaret d'une tête, mais celui-ci ne cessait de le fusiller du regard.

— Les habitants d'Agnani n'auraient pas dû être impliqués, répondit Will.

Il jeta un coup d'œil du côté de Sciarra, assis à l'ombre sous un arbre, près de la chapelle.

— J'ai déjà vu des foules, reprit-il. Il ne faut pas grand-chose pour qu'elles se transforment en meutes assoiffées d'or et de massacres. C'est une arme dangereuse. Imprévisible.

— Je vais vous dire ce qui était imprévisible, Campbell.

En entendant le ton menaçant du ministre, il se tourna vers lui.

— Les sauveteurs en blanc du pape, dit Nogaret, qui laissait éclater sa colère. Je me suis demandé comment Boniface avait eu vent de l'attaque. Ça ne pouvait pas venir d'un des hommes de Bussa, car il avait l'air très surpris de la participation du commandant. Oui, le pape a même précisé que c'étaient les Templiers qui l'avaient prévenu que des hommes de son entourage pouvaient être impliqués. Dans ce cas, comment les chevaliers l'ont-ils su ?

— Comme l'a dit Bussa, il est possible que le pape l'ait appris par l'un des gardes qui lui est resté fidèle.

Nogaret ne le quittait pas des yeux, il le scrutait, cherchant à confirmer ses soupçons, mais Will ne baissa pas le regard.

— Le pape en a peut-être parlé aux Templiers en leur demandant de le protéger.

— Ça n'a aucun sens. S'il avait su qu'il allait être attaqué, il aurait quitté Anagni.

— Peut-être qu'il n'a pas pris cette menace très au sérieux et que les chevaliers n'étaient qu'une mesure de précaution, suggéra Will. Il est même possible que le

Temple l'ait découvert de son côté et ait participé de son propre chef.

Il haussa les épaules.

— Je doute que nous le sachions jamais.

— Peut-être, murmura Nogaret.

Il semblait sur le point d'ajouter autre chose, mais l'arrivée d'une troupe de cavaliers au milieu des ruines l'en empêcha. C'était Rainald et les hommes de Ferentino.

Sciarra se leva et alla à leur rencontre.

— Je croyais que vous n'aviez pas réussi à sortir d'Anagni, dit Colonna en serrant les mains du capitaine.

— Nous avons dû nous séparer. Nous sommes venus le plus vite possible.

Sciarra hochait la tête.

— Et Boniface ? Est-ce que vous savez ce qui lui est arrivé ? Aucun de mes éclaireurs n'a réapparu.

— L'un d'entre eux m'a donné un message pour vous. Il a appris que les Templiers veulent escorter le pape à Rome. Ils ont prévu de partir dès l'aube.

Rainald leva les yeux vers le soleil.

— Je pense qu'ils sont déjà en chemin.

Un sourire s'étira lentement sur le visage de Sciarra.

— Comme je l'espérais, commenta-t-il.

Will comprit soudain pourquoi les Italiens s'étaient repliés dans cette ville en ruine. Palestrina se trouvait sur la route de Rome. Il y avait une certaine poésie tragique dans tout cela : Sciarra sortant de son ancienne ville pour assouvir sa soif de revanche contre l'homme qui l'avait détruit.

Pendant que Rainald s'emparait d'une outre qu'on lui tendait et se désaltérait, Nogaret attrapa Sciarra par le bras.

— Il faut que je vous parle.

Sciarra se dégagea, mais il parut déceler l'intransigeance dans le regard de Nogaret et il finit par suivre le ministre dans la chapelle.

Deux hommes les regardèrent avec curiosité disparaître à l'intérieur, puis ils s'en désintéressèrent et rejoignirent les nouveaux venus pour les aider à mener les chevaux vers un terrain herbeux, leur donner un peu de nourriture et partager des récits de bataille.

Will s'allongea, l'esprit rempli de questions et d'incertitudes. Les paroles de Nogaret, que l'agitation d'Anagni lui avait fait oublier, lui revinrent en mémoire, accompagnées d'un mauvais pressentiment. *Je ne le laisserai pas détruire Boniface avant moi.* Jusqu'à présent, il s'était fixé pour objectif de sauver le pape de Sciarra. Mais peut-être que le danger ne venait pas seulement de ce dernier... Ramassant une outre vide, il fit le tour de la chapelle.

— Je vais chercher de l'eau, dit-il à l'un des gardes, qui ne lui prêta guère attention.

Il s'assura qu'il n'était pas observé et se glissa le long du mur à l'arrière du bâtiment. Il était plein de fissures et de crevasses, mais des fleurs ou des branches lui bouchaient la vue. Il se dépêcha de trouver ce qu'il cherchait : une lézarde effilée qui permettait de voir à l'intérieur.

Nogaret marchait d'un pas raide vers le chœur en écartant de la main les toiles d'araignée.

— Qu'est-ce que vous voulez ? demanda impatiemment Sciarra en le suivant.

Nogaret pivota et dans le même mouvement lui envoya une gifle du revers de la main.

— *Espèce d'idiot !*

Sciarra tituba. Il leva sa main vers sa joue, puis se ravisa et la porta à son épée, qu'il dégaina. Nogaret ne bougea pas lorsqu'il la pointa sur lui, à quelques centimètres de sa gorge.

— Vous pensez que votre famille a eu la vie dure quand le pape lui a déclaré la guerre ? Ce n'est rien en comparaison de ce que le roi Philippe, mon maître, pourrait lui infliger. Ils habitent en France maintenant, n'est-ce pas ? C'est là qu'ils se sont réfugiés ? Nous pourrions faire en sorte qu'ils y trouvent leur tombe !

La pointe de l'épée trembla, mais Sciarra ne baissa pas l'arme. Il était écarlate.

— Je ne suis pas homme à me laisser émouvoir par les menaces.

— Ce n'est pas une menace.

Sciarra hésita. Puis, lentement, son bras retomba.

— Vous avez gâché cette mission, s'énerva Nogaret en arpentant la chapelle. Boniface était censé être en route pour Paris. Cela devait démontrer la puissance de la France : un pape vaincu, enchaîné, s'apprêtant à faire face à ses accusateurs et à ses juges !

— Je ne pouvais pas le laisser partir vivant, répliqua Sciarra d'une voix sourde. Vous n'avez aucune idée de l'étendue de ses crimes contre ma famille.

Il se frappa la poitrine.

— Vous ne savez pas à quel point nous le haïssons. Je refuse qu'il se prélasse dans la tour luxueuse d'un palais pendant que des juristes le défendront. Je veux lui interdire tout avenir ! Je le veux mort !

— Et nous aussi ! s'emporta Nogaret en se retournant.

Il se figea en voyant l'épée de Sciarra se relever, mais ne recula pas.

— Le pape ne devait pas arriver à Paris. J'étais censé l'empoisonner en chemin.

Sciarra parut étonné.

— Pourquoi ne pas me l'avoir dit ?

— J'ai juré au roi de n'en parler à personne. Même mes hommes n'en savent rien. Nous devions dire que le pape était mort écrasé par le fardeau de ses crimes. Il n'y aurait eu aucune preuve de meurtre.

Nogaret s'appuya contre un pilier encore debout.

— Maintenant, à cause de votre impétuosité, tout est terminé. Quand le pape arrivera à Rome, il nous excommuniera tous, y compris le roi Philippe, s'il ne l'a pas déjà fait.

— Il nous reste encore une chance, dit Sciarra après un silence. Nous savons qu'il va passer par ce chemin.

Nogaret secoua la tête.

— Si nous le tuons sur la route, tout le monde saura que c'est un meurtre, et qui sont les assassins.

— Sauf si nous ne laissons aucun témoin. Malgré nos pertes, nous sommes supérieurs en nombre aux Templiers. Nous ferons diversion pour que vous puissiez vous emparer du pape.

— Il n'y aura pas de preuve, pas de cadavre. Personne ne saura rien si ce n'est que le pape n'est jamais arrivé à Rome…

— La violence des événements à Anagni ajoutera à la confusion. Vous pourrez toujours dire ce que chacun sait, à savoir que vous êtes venu arrêter le pape, soupçonné d'hérésie, et qu'il vous a échappé. Et aussi qu'il est mort sous le poids de ses crimes, ou comme il vous plaira de le formuler, en se rendant à Rome.

Pendant qu'il réfléchissait ainsi à voix haute, Sciarra plissait le front.

— Quelques-uns des hommes de Bussa nous ont rejoints ici. Et s'ils amenaient le cadavre du pape à Rome avec une histoire appropriée? Personne ne se douterait que ses propres gardes se sont retournés contre lui. On les croirait.

— Et les Templiers? Même si nous réussissons à tous les tuer, l'Ordre cherchera à savoir ce qui leur est arrivé. Il enverra d'autres chevaliers découvrir pourquoi ils ne sont pas revenus.

— Et alors? demanda cyniquement Sciarra. Ils ne trouveront rien au milieu de ces collines. Les hommes de Bussa prétendront que la compagnie a été interceptée, mais qu'ils ont pu s'enfuir. Et que les Templiers se sont sacrifiés pour le pape hérétique.

Il haussa les épaules d'un air indifférent.

— Excepté l'Ordre, personne ne les pleurera, conclut-il.

La route de Rome, Italie, 8 septembre 1303 après J.-C.

Confortablement installé sur des coussins et des fourrures, Boniface s'agrippait à une poignée car la voiture bringuebalait sur la route pleine d'ornières. L'après-midi touchait à sa fin et un soleil rond frappait les tentures rouges du véhicule, les rendant presque transparentes. Boniface avait la sensation inquiétante d'être dans le ventre de quelque bête galopant vers Rome. Les montures des Templiers imprimaient avec constance la marque de leurs sabots sur le sol déjà tassé. Le bruit résonnait dans sa tête, accentuant son mal de tête. Il se frotta le front avec un mouchoir en soie. La colère justifiée qui avait explosé en lui en apprenant qu'une attaque allait avoir lieu, puis la rage de voir son peuple aux côtés de cette vipère de Colonna, tout cela s'était dissipé. Il n'était plus maintenant qu'un vieillard apeuré. Blessé et trahi.

Ils avaient presque tout détruit. Quel carnage si, après le départ de Sciarra, les villageois ne s'étaient dégrisés et n'avaient repris leurs esprits ! Il avait prononcé une harangue passionnée depuis le balcon du palais et en le voyant ainsi entouré de Templiers, nombre d'entre eux avaient fini par déposer les armes. Certains avaient même ramené une partie du butin volé. Miraculeusement, personne de sa famille n'était mort, bien que plusieurs domestiques et gardes eussent péri durant l'assaut. Les chevaliers lui avaient rappelé à quel point il avait eu de la chance ; s'ils n'avaient pas été là, il aurait probablement été tué, ou sous la férule de Nogaret l'hérétique.

Boniface s'aperçut que la main avec laquelle il tenait le mouchoir tremblait. Il la laissa retomber sur ses genoux, et, au même moment, un cri retentit à l'extérieur. D'autres suivirent, sonnant l'alarme, tandis que les chevaux se mettaient à hennir. Boniface entendit des épées qu'on sortait de leurs fourreaux, puis la voiture fut prise d'une violente secousse. Perdant l'équilibre, il fut renversé en arrière. Il se reçut sans mal grâce aux fourrures, mais le véhicule cahotait à tel point qu'il n'arrivait à se maintenir qu'en agrippant désespérément les poignées. Il resta là un moment, suspendu, impuissant, rebondissant comme un sac de pommes, avec les bruits de plus en plus proches de chevaux lancés au galop. Il perçut d'autres cris, les chocs d'un combat. Hommes et chevaux semblaient terrifiés.

Rampant à quatre pattes, Boniface réussit à rejoindre l'ouverture à l'arrière de la voiture. Au moment où il écartait le voile, elle passa sur un nid-de-poule et il faillit tomber sur la route. Il se rejeta sur le côté en arrachant le rideau et martela les parois en bois de ses poings nus, ce qui lui fit mal aux articulations. Puis, relevant la tête, il regarda par l'ouverture. Derrière lui, la route était envahie d'hommes. Ils étaient des centaines à charger en hurlant le long des pentes broussailleuses de la colline pour tomber sur les Templiers. Boniface discerna à plusieurs reprises le nom de Colonna. Il y avait encore au moins quatre Templiers qui chevauchaient furieusement à ses côtés, mais il voyait qu'ils étaient bien moins nombreux que leurs agresseurs. Un trait noir fusa dans sa direction. Il se jeta en arrière, mais la flèche ne lui était pas destinée. Elle toucha la croupe d'un cheval, qui vint s'effondrer sur le côté de la voiture. Le cocher, frappé par une autre flèche, tomba de son siège. La voiture lui passa sur le corps avec des soubresauts, puis sa trajectoire dévia, les chevaux quittant la route, et elle alla finir sa course contre un talus. Le crâne de Boniface heurta l'un des coffres empilés dans l'habitacle et il demeura étendu là, assommé, tandis que la voiture s'immobilisait et que les chevaux épuisés piétinaient le sol en s'ébrouant.

Les bruits du combat ne cessaient pas. Boniface se traîna vers l'ouverture avant que les chevaux ne s'emballent de nouveau. Au moment où il l'atteignait, une tête apparut, transpirante et triomphale. Il poussa un cri suraigu en reculant tandis que Nogaret montait. Dans sa main, le ministre tenait une dague.

— Éloignez-vous de moi ! Laissez-moi tranquille, par Dieu !

Nogaret s'approcha. Ses yeux sombres étincelaient.

— Comment osez-vous m'attaquer ! hurlait Boniface. Je suis le Vicaire de Dieu ! Le successeur de saint Pierre !

— Vous êtes un vieil idiot, debout au sommet d'un édifice branlant, qui essaie de l'empêcher de s'écrouler par la seule force de sa volonté. L'Église est en déclin. La foi du peuple se portera bientôt sur le temporel, et le spirituel ne sera plus qu'une fantasmagorie.

— Pourquoi ? dit Boniface, dans un souffle. Pourquoi voudriez-vous qu'une chose pareille arrive ?

— Vous baignez dans la corruption, cracha Nogaret. Tous autant que vous êtes. Vous n'êtes que des hypocrites ! Vous tuez au nom de Dieu, mais c'est votre main qui châtie vos ennemis, pas la Sienne ! Vous vous servez de votre foi comme d'une excuse pour détruire ceux qui s'opposent à vous et à vos croyances. Ce que je fais aujourd'hui débarrassera le monde de votre influence néfaste.

— Ce n'est pas moi qui ai envoyé votre famille sur le bûcher, Nogaret, rétorqua Boniface, désormais acculé au fond de la voiture.

Il luttait pour se mettre à genoux.

— Si vous me laissez faire, je peux les absoudre, redonner du lustre à leur nom et au vôtre.

Nogaret secouait la tête.

— Je peux lever l'ordre d'excommunication contre vous et la France, dit Boniface en levant la main d'un geste implorant. Si vous me laissez la vie, je le ferai dès ce soir.

Plié en deux, Nogaret se tenait au-dessus du pape, ses robes noires cachant la lumière du soleil. On n'entendait plus guère de cris et de bruits de combat dehors.

— Le prochain pape s'en chargera, j'en suis sûr, déclara-t-il d'une voix impitoyable tout en pointant sa dague sur le cou du pape.

Boniface cria mais Nogaret enfonça la fiole qu'il tenait de sa main libre dans la bouche du pape. Le vieil homme écarquilla les yeux en sentant le liquide amer couler dans sa gorge. Levant la main, il saisit le poignet de Nogaret. Il étouffait, essayait de tourner la tête mais c'était trop tard ; il en avait déjà avalé la moitié. Les cavaliers sortirent du chemin à ce moment précis, ce qui redonna de l'énergie aux chevaux attelés à la voiture. Alors qu'ils se propulsaient vers l'avant, Boniface frappa Nogaret à l'estomac. Le ministre tituba et tomba à la renverse dans l'herbe, éjecté de la voiture qui filait à travers champs.

Will poussa un hurlement de frustration en voyant Nogaret monter seul dans la voiture arrêtée au milieu des herbes jaunies. Il croisait le fer avec un Templier qu'il essayait de désarmer. Mais le chevalier, qui ne devait pas avoir plus de vingt ans, maniait l'épée avec dextérité, et bien qu'il grimaçât en parant les bottes puissantes de Will, il ne lâchait pas prise et parvenait à se protéger. Les cadavres de chevaliers s'amoncelaient sur le bord de la route, ils n'étaient plus que quelques-uns, comme ce vaillant jeune homme, à poursuivre le combat avec détermination. Will entendit un cri de désespoir à l'intérieur de la voiture, il eut une seconde de distraction et perdit l'équilibre. Aussi bref que ce fût, cela suffit au chevalier pour allonger, le désarmer et lui adresser un coup qui eût pu être fatal. Tombé sur ses genoux, Will vit une flèche se ficher dans le cou de son adversaire. Celui-ci lâcha son épée, qui tomba dans la poussière avec un bruit sourd. Le chevalier s'écroula tandis qu'un garde français arrivait au galop, un arc à la main.

Hébété, Will se releva et regarda Nogaret dégringoler de la voiture qui filait en cahotant dans le champ. Elle n'alla pas bien loin avant que les hommes de Sciarra ne l'arrêtent. En voyant Nogaret se relever et se diriger sans hâte vers le véhicule, Will comprit que c'était terminé. Pendant qu'il contemplait le jeune homme dont les yeux vitreux reflétaient le ciel assombri, les fantômes en lui s'agitèrent en murmurant, saisis de craintes.

Saint-Julien-le-Pauvre, Paris, 20 novembre 1303 après J.-C.

Les portes de l'église s'ouvrirent en grinçant et Esquin de Floyran se retourna. Il fut soulagé de découvrir son neveu. Mais son soulagement fut de courte durée : le jeune homme portait une robe brune de domestique et un balluchon dans le dos. Comme il remontait l'allée vers Esquin, les chandelles alignées devant l'autel éclairèrent son visage. Dans cette lumière blafarde, Martin paraissait malade de peur.

Esquin referma sa cape qui s'était ouverte et laissait voir son manteau blanc. Le prêtre s'intéressait un peu trop à cet étranger et il n'y avait aucune raison de l'intriguer davantage en révélant son appartenance à l'Ordre.

— Martin ? fit-il au jeune homme lorsqu'il fut arrivé à sa hauteur. Que se passe-t-il ?

Il regardait le balluchon.

— Je quitte le Temple. Je rentre à Montfaucon avec toi. Ce soir.

L'inquiétude d'Esquin vira à la colère.

— C'est hors de question ! Ton père et moi n'avons pas passé des années à t'entraîner pour que tu désertes à la première difficulté. Je suis venu te retrouver ce soir pour essayer de t'aider. Pas pour que tu fuies tes problèmes, mais pour que tu les affrontes.

Martin s'affala sur le sol, le balluchon glissant de ses épaules et retombant sur ses genoux. Esquin poussa un soupir et s'accroupit à côté de lui.

— Martin, s'il te plaît. Tu dois me dire ce qui ne va pas. Est-ce que...

Il hésita un peu. Il lui fallait rassembler son courage car il ne voulait pas voir se confirmer ses pires craintes. Il avait appris que cela arrivait dans certaines commanderies : des maîtres abusant de leur position de la manière la plus méprisable. Il craignait que ce ne fût la cause du désespoir de son neveu.

— C'est un maître qui ne te traite pas comme il faut? Ou qui fait des choses… incorrectes?

Martin lui jeta un coup d'œil angoissé, craintif, qui semblait le confirmer. Esquin se sentit révolté. Il ne savait pas trop quoi dire, mais avant qu'il ait eu le temps d'y réfléchir plus avant, son neveu commença à parler.

— Je ne voulais pas le faire. Je le jure. Mais j'ai pensé… j'ai pensé que c'était cela, l'initiation. Je croyais que tout le monde s'y soumettait, que Père et vous aussi l'aviez fait. Mais comme je voulais m'en assurer, j'ai commencé à poser des questions à des chevaliers.

Le visage de Martin était décomposé.

— Ils m'ont dit qu'ils n'avaient jamais fait ça.

— Quoi? le pressa Esquin. Jamais fait quoi?

— Ils m'ont dit que je devais participer à quelque chose de grandiose, quelque chose qui allait changer l'Ordre. Ils ont dit que c'était… bien.

La voix de Martin se chargeait de colère.

— Mais comment est-ce que ça pourrait être bien? Ils m'ont obligé à boire du sang et à choisir un chemin, et je pensais qu'ils cherchaient juste à m'effrayer, à évaluer ma résistance, mon sang-froid, mais alors…

Il baissa la tête. Dans son esprit, l'épisode se répétait encore et encore.

— Alors ils m'ont forcé à cracher sur la croix.

Esquin regardait fixement son neveu, incapable de croire ce qu'il entendait. Les hommes dont il parlait étaient des Templiers, des guerriers du Christ. *Des chrétiens.* Mais il ne lisait aucun mensonge dans les yeux du jeune homme, seulement de la peur et du désespoir.

— Qui t'a fait faire ça? Qui t'a initié? Qui était ce maître?

— Il portait un masque, dit Martin d'une voix éraillée en serrant son balluchon dans ses mains. Un masque de squelette. Il avait d'autres masques.

Il leva soudain les yeux vers son oncle.
— Ils portaient tous des masques. Quand nous avons initié d'autres chevaliers, je portais un masque moi aussi. Je n'arrête pas de revoir ces cérémonies.
Il pressa les poings contre ses yeux.
— J'en rêve tout le temps. J'entends la voix de Dieu qui me dit que je suis damné. Que mon âme est dévolue au diable, que je me suis associé à des adorateurs de Satan en prêtant serment et en buvant leur sang !
Tout à coup, il agrippa son oncle et se serra contre lui.
— S'il vous plaît, mon oncle. Dites-moi quoi faire.
Esquin le saisit par les épaules.
— Qui t'a fait ça, Martin ? Réponds-moi. Qui sont ces hommes ?
— Puis-je vous aider ?
Esquin tourna la tête, le prêtre se tenait derrière eux.
— Merci. Nous avons juste besoin d'un moment de tranquillité.
Un courant d'air fit vaciller les flammes des bougies. Le prêtre leva les yeux vers la porte d'un air interrogateur. Esquin, tourné dans sa direction, vit son visage changer. La mâchoire du prêtre se relâcha et il porta la main à la croix en bois autour de son cou.
— Seigneur…
Esquin pivota. Des hommes, peut-être une vingtaine, s'engouffraient dans l'église. Tous portaient des masques peints en rouge avec une tête de cerf blanche, ainsi qu'une cape blanche. Le dernier d'entre eux referma la porte derrière lui avant d'ajuster son masque, si bien qu'Esquin entrevit une partie de son visage : un bout de menton avec une courte barbe noire. Puis son attention se reporta sur ceux à l'avant, qui avaient dégainé leur épée.
Martin s'était remis sur pied et adossé à un pilier.
— S'il vous plaît, non, murmura-t-il, non.
Esquin entendit des pas s'éloigner dans son dos. Le prêtre s'enfuyait. Il saisit son épée et la tira avant de se placer devant son neveu.

— N'avancez pas, lança-t-il aux hommes. N'avancez pas !

— Notre maître craignait que tu ne nous trahisses, Martin, dit l'un des hommes. Mais j'avais une meilleure opinion de toi. Je pensais que tu honorerais le serment que tu as prêté.

— Qu'il l'honorerait ? répliqua Esquin. Comment osez-vous parler d'honneur ! Je sais ce que vous lui avez fait. À quelles perversités vous l'avez amené, sans craindre de mettre son âme en danger ! Où en est notre Ordre s'il est infecté par des hommes comme vous ? On devrait tous vous envoyer à Merlan.

— Vous ne comprenez pas, répondit l'homme d'une voix morne et légèrement assourdie par le masque. Mais ça va venir.

Il pointa son épée sur Martin :

— Emparez-vous de lui.

— Cours, Martin ! cria Esquin en poussant son neveu et se dirigeant vers celui qui avait l'air d'être le chef.

Leurs deux épées s'entrechoquèrent, il serra les dents en appuyant son coup mais l'homme masqué dévia sa lame sans aucune difficulté.

— Ne fais pas l'idiot, Floyran. Pose ton arme.

Esquin allongea. L'homme se jeta sur le côté, attrapa son bras et, tout en le bloquant, lui envoya un coup de genou dans l'estomac. Esquin en perdit son arme et tomba à genoux, le souffle coupé. À travers les larmes qui lui montaient aux yeux, il vit des hommes l'entourer. L'un d'eux avait une cagoule noire.

— Ne le blessez pas, ordonna le chef. Notre maître voudra l'interroger. Le traître, vous pouvez le tuer.

Martin entra dans la sacristie et claqua la porte dans son dos avant de refermer le verrou. Haletant, il tira une chaise pour la bloquer puis il regarda partout autour de lui, les yeux fous. Derrière une perche à vêtements à laquelle pendaient plusieurs robes, il avisa une petite porte noire au bois rongé par les ans. Elle semblait ne pas avoir été ouverte depuis bien longtemps. Il entendit son oncle crier, puis des bruits de pas qui s'approchaient à toute allure. Un instant après, les hommes commençaient à donner des coups d'épaule. Martin se jeta sur la perche, qu'il fit tomber. La porte était verrouillée et il n'y avait de clé nulle part. Il entendit le battant craquer dans son dos, puis il s'élança de tout son poids contre le bois. Il ébranla la petite porte, mais sans l'ouvrir. Au comble de la paniquc, il fit une nouvelle tentative et un cri de désespoir lui échappa. Dehors, les hommes s'étaient visiblement emparés d'un banc avec lequel ils essayaient de forcer le passage. Il recula de plusieurs pas et se rua de toutes ses forces. Cette fois, le choc fit éclater le bois vermoulu et Martin, emporté par son élan, se retrouva à quatre pattes dans une coursive au moment même où la porte de la sacristie sortait de ses gonds. Il se jeta vers l'avant, ses mains glissant dans la boue, la pourriture, où les rats couraient dans toutes les directions. Puis il se releva et prit ses jambes à son cou.

Martin eut le temps de parcourir la moitié de l'allée avant de voir des torches apparaître à l'autre extrémité. Les chevaliers avaient fait le tour de l'église pour lui couper toute retraite. Il regarda derrière lui, mais les hommes l'avaient suivi depuis la sacristie et le rejoignaient. Il tomba à genoux, toute volonté abolie. Levant la tête, il distingua, dans le coin de ciel bleuté du soir déclinant, une étoile unique briller de mille éclats. Martin joignit ses deux mains.

— Je vous salue Marie, pleine de grâce, le Seigneur est avec vous, murmura-t-il, les yeux clos, avant qu'une épée ne s'abatte sur lui.

25

Le palais royal, Paris

20 novembre 1303 après J.-C.

— Vous n'auriez jamais dû faire appel à Colonna.

— Je l'ai compris, répondit Nogaret.

Ils marchaient dans les jardins. Des domestiques rassemblaient les feuilles mortes avec un râteau, et deux feux de joie projetaient leurs flammes insaisissables en crépitant. L'étoile polaire scintillait dans l'air glacial et chargé de fumée.

— Mais, sire, tout s'est passé comme prévu : Boniface a été accusé d'hérésie et est mort sous le choc, du moins pour ce qui nous intéresse. Sa dépouille a été convoyée jusqu'à Rome, où les cardinaux qui sont dans notre camp ont dressé la liste de ses crimes. Et le Sacré Collège a élu Niccolo Boccasini.

— J'aurais préféré choisir moi-même le candidat, dit Philippe en longeant les pelouses menant à la fauconnerie.

— C'était impossible. Le Sacré Collège voulait remplacer Boniface rapidement, ce qui était compréhensible. Il n'y avait pas moyen de retarder l'élection pour que j'aie le temps de revenir ici prendre votre avis.

— Sommes-nous certains que ce nouveau pape ne travaillera pas contre nous? s'enquit Philippe en s'arrêtant et en se tournant vers Nogaret. Ce fut une épreuve pour moi, Nogaret. Je veux que les choses reprennent leur cours habituel. Avoir de bonnes relations avec Rome.

Il reprit sa marche.

— Il nous faut panser ces plaies, ajouta-t-il en joignant ses deux mains comme pour prier. Une bien sale affaire, mais indispensable à l'avenir du royaume.

— Benoît XI, comme ils l'ont baptisé, est faible et maladif. Parmi tous les candidats, nos alliés du Sacré Collège ont considéré qu'il serait le plus facile à manipuler. D'ailleurs, il s'est empressé de lever l'ordre d'excommunication prononcé contre vous par Boniface. La France est sauve, sire.

— Mais il a refusé de le lever contre Sciarra Colonna et vous-même.

Un léger sourire ourla les lèvres de Nogaret.

— Malheureusement, Boccasini était l'un des rares cardinaux sur place à Anagni pendant l'émeute. Il nous tient, Colonna et moi, pour responsables de ce qui s'est passé ce jour-là. Mais, ajouta-t-il, je suis certain qu'il s'adoucira avec le temps.

— Et Campbell? demanda Philippe en baissant la tête pour traverser un passage voûté qui débouchait dans la fauconnerie. Comment s'est-il comporté?

Tandis qu'ils s'enfonçaient parmi les chambres de mue, le visage de Nogaret s'assombrit. La plupart des oiseaux étaient à l'intérieur, les perchoirs étaient vides. Des torches brûlaient au fond, à côté des quartiers de messire Henri.

— Il a obéi aux ordres, si c'est ce que vous demandez, mais je ne lui fais pas confiance.

— Les Templiers?

— Je n'arrive pas à croire à une coïncidence. Nous arrivons pour arrêter le pape et il est entouré de chevaliers.

— Si Boniface était au courant qu'une attaque se préparait, il semble très probable qu'il ait demandé la protection du Temple ou de l'Hôpital. Y a-t-il une quelconque preuve de l'implication de Campbell dans leur arrivée? Quelque chose vous pousse-t-il à le suspecter?

— Non, sire, admit Nogaret.

— Il a donc fait ce qu'on lui ordonnait? Il s'est battu à vos côtés contre les chevaliers?

— Sire, même si vous le jugez utile dans l'exécution de notre plan contre les Templiers, cela ne suffit pas à déterminer s'il est digne de notre confiance. Nous n'avons pas besoin de prendre un tel risque. Je vous conseillerais plutôt de le renvoyer en Écosse, ainsi que sa fille. J'ai parlé à la reine avant de partir pour l'Italie. La fille s'est visiblement amourachée de vous depuis un bon moment. La reine semblait troublée et...

— Répondez à ma question.

— Oui, laissa tomber le ministre. Il s'est battu à nos côtés, mais même là je...

— Je veux que vous m'ameniez Campbell, dit Philippe.

— Maintenant?

— Oui, maintenant, Nogaret. Messire Henri! appela Philippe d'une voix plus légère. Mademoiselle est-elle endormie?

— Non, Votre Majesté. Voulez-vous que j'aille lui chercher à manger?

— Inutile, répondit Philippe en lui montrant un linge de cuisine plié. J'ai demandé aux cuisiniers du palais de lui préparer un morceau de viande à part.

Nogaret hésita, il aurait voulu que Philippe revienne sur sa décision, mais le roi suivait déjà le fauconnier vers la chambre de Mademoiselle et ses ordres étaient clairs.

*
* *

Will était devant la porte du dortoir, prêt à toquer de son poing fermé. Deux domestiques arrivèrent dans le couloir et il suspendit son geste. Il attendit qu'ils fussent passés. Après quoi il resta là, hésitant. Pour finir, furieux contre lui-même, il rassembla son courage mais ne put aller au bout car une voix l'appelait sèchement. Guillaume de Nogaret avait surgi.

— Le roi veut vous voir.

Jetant un dernier regard à la porte de Rose, Will se dirigea vers le ministre, tous ses sens en éveil. Ils étaient arrivés l'après-midi même à Paris et il s'attendait que le roi souhaite lui poser des questions sur le déroulement de la mission, mais quelque chose dans l'attitude de Nogaret lui disait qu'il ne s'agissait pas d'un simple rapport.

Il suivit le ministre à travers le palais, puis dans les jardins où le vent attisait les feux. Philippe était dans la fauconnerie et Mademoiselle, sur son poignet, dépeçait une cuisse de poulet. Lorsque Will et Nogaret entrèrent, il leva brièvement les yeux vers eux.

— Votre Majesté, le salua Will en s'inclinant.

Philippe ne lui répondit pas tout de suite, il regardait Mademoiselle tailler la viande en pièces. Will sentait la tension de Nogaret, debout immobile à côté de lui.

— Je pense que vous devez avoir des questions sur ce qui s'est passé en Italie, Campbell, commença finalement le roi. Des questions, peut-être, sur la moralité des événements et sur leur raison d'être ?

— J'en ai quelques-unes, en effet, Votre Majesté, répondit lentement Will.

— Croyez-vous que la fin justifie les moyens ? lui demanda Philippe d'un ton pensif, comme s'il se le demandait lui-même. Que parfois nous pouvons être amenés à faire des choses inimaginables pour le bien de tous ?

— Je dirais que tout dépend des circonstances, mais ayant participé aux croisades, j'ai conscience qu'il faut savoir faire des sacrifices.

Philippe hocha la tête. Le silence n'était troublé que par les bruits de Mademoiselle qui broyait l'os pour atteindre la moelle.

— Boniface était un homme dangereux, et même fou. Il cherchait à nuire à ma réputation et, partant, à détruire la France. C'est en partie pour cela que je vous ai envoyé l'arrêter, même si vous savez maintenant que son arrestation n'était qu'une couverture pour l'assassiner.

Il leva la tête et fixa le ciel un instant.

— Je ne voulais pas en arriver là, mais Boniface ne m'a pas laissé le choix. Il a été sacrifié au nom de la France, et cela bénéficiera aussi à toute la Chrétienté. Y compris votre pays, ajouta-t-il en regardant Will à la dérobée. Vous n'en avez peut-être pas entendu parler, mais le roi Édouard est reparti pour une nouvelle campagne au nord. Sa guerre perpétuelle sape l'effet des victoires remportées par Wallace et ses hommes.

Will se crispa. Il se sentait plus loin que jamais de son pays natal et de son combat, son vieil ennemi était inatteignable, et la justice semblait impossible.

— Je souhaite aider votre royaume, mais encore faut-il que j'en aie le pouvoir. Et le pouvoir aujourd'hui n'est plus entre les mains de l'Église, comme c'était le cas autrefois, il repose sur l'argent et le territoire. Tous les rois de la Chrétienté vous le diront. En aidant votre pays, en guerroyant contre Édouard et ses alliés en Flandre, j'ai mis à mal ma capacité à préserver mes territoires et j'ai dû piocher dans les caisses. Malgré les récentes victoires sur mes ennemis et la confiscation des biens des Juifs, elles sont presque vides. Je dois les remplir, sinon mes possibilités d'aider l'Écosse, et même mon propre peuple, en souffriront. Maintenant que le trône papal est occupé, nous l'espérons, par un homme plus raisonnable, poursuivit Philippe, j'ai l'intention de mettre en œuvre un projet que Nogaret et moi-même avons échafaudé ces derniers mois.

Il marqua une pause. Mademoiselle avalait les derniers os.

— J'ai l'intention de disqualifier le Temple et de m'emparer de sa fortune. C'est le seul moyen d'assurer l'avenir de la France et de redonner à ce royaume le lustre d'antan. Celui qu'il avait du temps de Saint Louis.

Will sentait les yeux de Nogaret posés sur lui. Il savait que le ministre ne lui faisait pas confiance, mais le regard scrutateur de Philippe montrait aussi une certaine incertitude, et même de la suspicion. Peut-être le roi se méfiait-il également de lui et le mettait-il à l'épreuve. Il devina que s'il échouait, il mourrait. Il pouvait presque voir Nogaret porter la main à la poignée de son épée, prêt à lui ôter la vie. Il ressentit la même détermination qui l'envahissait avant de plonger au cœur d'une bataille. Depuis des années, il passait d'un endroit à l'autre, changeant de maître ou de cause au gré de ses déplacements. Désormais, le chemin lui paraissait évident.

À Selkirk, Simon avait raison de le lui répéter : la guerre en Écosse n'était pas la sienne; elle incombait à Wallace, à Gray ou à son neveu. Sur ses épaules reposaient le combat pour le Temple, pour l'Anima Templi, la lutte contre les ennemis à la fois à l'intérieur et à l'extérieur de l'Ordre, comme il s'y était engagé en prononçant ses vœux. Les fantômes en lui s'apaisèrent, attendant en silence la suite, tandis qu'il revenait sur la route dont il avait dévié depuis si longtemps.

— Il vous faudra le soutien du pape pour y arriver, répondit-il à Philippe. Sans lui, il sera impossible de prendre au Temple ses richesses.

— Vous ne trouvez rien à y redire? demanda vivement Nogaret. Peu importe que vous ayez quitté l'Ordre, vous avez été un Templier durant des années, ils vous ont formé. Vous devez toujours avoir des amis dans leurs rangs.

Will se tourna vers lui.

— Ma loyauté envers le Temple est morte le jour où l'Ordre s'est allié à Édouard. C'est pour cela que j'ai déserté.

— Vous pourrez nous aider, dit Philippe. En tant qu'ancien membre, vous connaissez les détails de leur organisation : leurs moyens de défense, leurs ressources, leurs biens. Êtes-vous disposé à nous prêter main-forte?

Will détacha son regard de Nogaret et se concentra sur le roi.

— À condition que vous mettiez fin à la trêve avec Édouard. En échange de mon aide, je veux que vous protégiez l'Écosse.

Philippe se départit de ses derniers soupçons et Will sut qu'il avait gagné la confiance du roi.

— Comme j'ai déjà eu l'occasion de vous le dire, Campbell, la paix avec Édouard n'a jamais été que temporaire. Vous avez ma parole. Quand le Temple aura chuté, l'Écosse sera libérée.

Le Temple, Paris, 20 novembre 1303 après J.-C.

Robert frappa une deuxième fois et attendit. Aucune réponse ne se fit entendre de l'intérieur. Il baissa les yeux sur le mince rai de lumière qui filtrait sous la porte. Peut-être Hugues avait-il oublié d'éteindre ses chandelles ? Les laisser allumées était dangereux. Soulevant le loquet, il entra.

Dans l'âtre, le feu couvait sous les cendres, mais la seule lumière dans la pièce provenait du bureau de Hugues, sur lequel trois bougies brûlaient, les flammes vacillant à cause du léger courant d'air qui s'insinuait par les fenêtres malgré les rideaux. La table du visiteur croulait sous un chaos de rouleaux et de parchemins, certains avaient même glissé et s'étaient éparpillés sur le sol. Robert fit quelques pas dans la pièce, puis s'arrêta. À moitié cachée derrière les piles de documents, une tête reposait sur le bureau, un bras étendu devant elle. Aux cheveux grisonnants, Robert reconnut Hugues. L'espace d'un instant, sous le choc, il crut que le visiteur était mort et ne s'aperçut de sa méprise qu'en l'entendant grogner dans son sommeil. Alors, il vit son dos monter et s'abaisser régulièrement.

Soulagé, Robert traversa la chambre. Parmi les papiers

étalés, il vit des cartes. L'une, partiellement déroulée, montrait la Prusse. Juste à côté se trouvait un parchemin orné d'une croix blanche sur fond noir : l'emblème des chevaliers Teutoniques. Un autre portait celui des Hospitaliers, mais la majeure partie des documents arboraient le grand sceau du Temple, deux chevaliers montant le même cheval. Robert releva une allusion à l'île de Rhodes et quelque chose à propos d'intentions futures, mais il marcha sur un parchemin et Hugues se réveilla en sursaut.

— Seigneur, ronchonna Hugues en commençant immédiatement à remettre de l'ordre sur son bureau.

— Désolé, lâcha Robert, je ne voulais pas t'effrayer.

Hugues jeta un coup d'œil aux cartes et regarda Robert.

— Que fais-tu ici ?

— Il faut que je te parle, répondit Robert, surpris du ton sur lequel son camarade s'adressait à lui.

— Il est tard.

— Je le sais, mais j'ai vu de la lumière à ta fenêtre et je me suis dit que tu étais réveillé.

Robert observa Hugues qui empilait les papiers en prenant soin de dissimuler ce qui y était écrit.

— J'espérais avoir l'opportunité de discuter avec toi, pour une fois que tu n'es pas en conférence ou en voyage.

Hugues laissa Robert ramasser une pile de parchemins ornés du sceau du Temple.

— Parfois, j'ai l'impression de gérer l'Ordre tout seul.

— Tu as des nouvelles du grand maître ? lui demanda Robert sans détacher les yeux des documents.

— Quand Ruad est tombé, j'ai prié pour que cela signe la fin de cette croisade insensée, répondit Hugues d'une voix amère. Mais il ne quitte pas Chypre et, chaque mois, il me demande d'envoyer plus de chevaliers, plus de chevaux, plus d'argent. Je lui ai dit et répété que j'ai besoin d'hommes ici. Ne peut-il pas s'en rendre compte par lui-même ? L'Angleterre et l'Écosse sont encore en guerre et la France est de plus en plus instable, entre les émeutes, les échauffourées aux frontières et les problèmes avec Rome. Je lui ai déjà expliqué tout cela, et il persiste à saigner notre Ordre à blanc et à le dépouiller de ce qui pourrait l'aider à se maintenir en ces temps incertains. J'ai besoin d'hommes. De ressources. Pourquoi ne le comprend-il pas ?

Hugues sembla s'apercevoir qu'il en avait trop dit car il s'interrompit brusquement avant de jeter les papiers sur la table.

— Il est tard, frère, dit-il en se reprenant. Que veux-tu ?

Robert hésita. Il ne voulait pas insister. Mais il attendait ce moment depuis des mois.

— Je me demandais si tu avais approfondi l'affaire que j'ai portée à ton attention il y a quelque temps. Les rumeurs à propos des initiations ?

Hugues poussa un profond soupir.

— Je te l'ai dit à l'époque, ce ne sont probablement que des ragots colportés par les sergents.

— Tout de même, je crois que ça mérite notre attention. Les rumeurs étaient très inquiétantes, et même si elles ne sont pas fondées, il vaudrait mieux qu'elles cessent. Il y a toujours eu des polémiques dues au caractère secret de la cérémonie, cela pourrait nuire à la réputation de l'Ordre si des étrangers avaient l'impression qu'il s'y passe quelque chose de mauvais.

— Eh bien, je te remercie pour ta vigilance, mais j'ai mené des investigations sans rien trouver.

— Rien du tout ? Aucun indice sur l'origine des rumeurs ?

— Frère, j'ai déjà plus que mon lot de soucis, je n'ai aucune raison de perdre mon temps à cause de sergents à l'imagination trop fertile.

Robert voulut lui répondre mais Hugues leva la main pour l'en empêcher.

— Peut-être que si je…

— Je n'ai rien à ajouter ! s'emporta Hugues en frappant du poing sur la table. Maintenant, laisse-moi !

Frustré et énervé, Robert le salua d'un signe de tête et quitta la pièce. Si Hugues refusait d'enquêter sérieusement, il ne pouvait pas faire grand-chose de plus. Le temps qu'il sorte dans la nuit glaciale, il s'était convaincu que le visiteur avait probablement raison. Les rumeurs n'étaient rien de plus que des histoires de sergents.

26

À l'extérieur de Bordeaux, royaume de France

11 février 1305 après J.-C.

À cause du vent qui cinglait en agitant la broussaille, le soldat commençait à avoir les larmes aux yeux. La brise lui apportait aussi l'odeur de la Garonne, salée et aigre.

— Encore combien de temps, Gilles ?

— Baisse-toi, ronchonna le soldat en frappant son camarade à la cuisse, ce qui le fit s'agenouiller. Tu veux qu'on te voie ?

— Ils ne peuvent sûrement pas nous repérer à cette distance.

— Pas eux, Ponsard, espèce d'idiot.

Gilles arbora une moue irritée en faisant un signe vers le bosquet au loin où deux chevaux broutaient la terre gelée et pratiquement dénuée d'herbe. Il y avait un homme avec eux. Il marchait en rond, probablement pour se réchauffer.

— Lui.

Le regard de Ponsard passa de l'homme à la petite maison blanche au sommet.

— Les autres commencent à s'impatienter. Cela fait des heures que nous sommes ici. Peut-être qu'il rend visite à un proche? suggéra-t-il en haussant les épaules. Il en a quelques-uns dans le coin.

— Alors pourquoi toutes ces précautions? Les comptes trafiqués? Pourquoi tous ceux que nous avons interrogé ignorent où il va?

Gilles se retourna vers la maison d'un air résolu.

— Il se trame quelque chose ici et il veut que personne ne soit au courant.

Ponsard étudia Gilles et un sourire s'épanouit sur son visage.

— Tu as une idée derrière la tête, n'est-ce pas?

— J'ai des soupçons.

— Là, dit Ponsard en poussant Gilles du coude. C'est lui?

Gilles plissa les yeux.

— Je crois, murmura-t-il en regardant sortir par la porte de la maison un homme dont le vent faisait s'envoler les robes.

Ce dernier parla un moment sur le seuil avec quelqu'un que Gilles n'arrivait pas à distinguer puis, courbé contre le vent, il redescendit le sentier jusqu'aux arbres.

— Va chercher les autres, ordonna Gilles.

L'écuyer aidait l'homme à monter en selle.

— Allons voir par nous-mêmes ce que l'archevêque cherche à ce point à dissimuler.

Les cinq soldats attendirent que Bertrand de Got, rebroussant chemin, vers Bordeaux, soit hors de vue. Puis ils rampèrent jusqu'au sommet de la colline.

En arrivant près de la maison, Gilles tira son épée et s'accroupit en dessous d'une fenêtre.

— Restez ici, dit-il à voix basse à deux de ses hommes. Surveillez les alentours.

Ils hochèrent la tête et se rencognèrent contre les murs blanchis à la chaux dont les fissures éparses abritaient une mousse verte. Will alla vers la porte de devant avec Ponsard et un autre soldat. Il attendit un instant, le temps de vérifier qu'ils étaient tous en position, puis il toqua à l'huis.

Il y eut des bruits de pas à l'intérieur. Le verrou tourna et la porte s'ouvrit sur une jolie jeune femme. Gilles sourit, ses soupçons étaient confirmés. Elle posa les yeux sur la tunique rouge et bleu visible sous sa cape de voyage, et sur l'épée qu'il tenait à la main. Profitant de sa surprise et de son premier mouvement de peur, Gilles se jeta sur elle et la repoussa. Elle tomba à la renverse en poussant un cri. Gilles se baissa et, la tirant par le corsage de sa robe, la remit debout en la faisant pivoter, avant de la serrer contre lui en appliquant sa lame contre sa gorge.

— Je parie qu'il connaît un nouveau paradis grâce à toi, lui glissa-t-il à l'oreille d'une voix mauvaise.

Mais il n'alla pas plus loin car une autre femme était apparue, grosse et vilaine celle-là.

— Qui êtes-vous?

La femme s'était postée dans le couloir, mais elle semblait terrifiée.

— Qu'est-ce que vous voulez?

— C'est vous qui allez répondre à mes questions, la rabroua Gilles. Par exemple, pourquoi l'archevêque fait si souvent le chemin pour venir dans cette maison au milieu de nulle part? Avec laquelle d'entre vous fornique-t-il?

Le visage de la grosse dame s'empourpra.

— Comment osez-vous! Monseigneur de Got est un homme honorable! Il est un proche ami de ma famille depuis des années. Je suis malade et j'ai du mal à aller à l'église. Il vient me confesser dès qu'il le peut.

Gilles éclata d'un rire cruel.

— Ça fait longtemps que tu débites ce mensonge, souillon?

Il serra un peu plus fort la gorge de la jeune femme.

— Dis-moi ce qu'il vient faire ici. La vérité! Ou je lui brise le cou.

— Madame Héloïse! s'écria sa prisonnière. C'était Madame Héloïse!

— Tais-toi, Marie !
— Non, Marie, continue, le pressa Gilles. Où est cette Héloïse ?
— Elle est morte. Depuis des années !
Gilles plissa le front. Il allait poser d'autres questions mais Ponsard s'écria :
— Il y a autre chose !
Tournant la tête, Gilles vit un des gardes entrer en traînant deux garçons, un de chaque côté.
— J'ai trouvé ces deux-là qui essayaient de s'enfuir, messire.
— Non !
La grosse dame, horrifiée, s'était élancée vers les enfants.
— Pourquoi l'archevêque vient-il ici ? Réponds-moi ! hurla Gilles au milieu des cris des deux garçons.
— Pour voir son fils, finit par lâcher la femme en se jetant à genoux. S'il vous plaît ! Ne leur faites pas de mal.
Gilles scruta les enfants en pleurs. Il passa rapidement sur le plus grand, un garçon trapu qui était le portrait de la vilaine, et se concentra sur l'autre, qui avait des cheveux noirs, un menton fuyant et, maintenant qu'il y regardait de plus près, des traits similaires à ceux de Bertrand de Got. Cette découverte l'enthousiasma.
— Partez pour Paris immédiatement, ordonna-t-il aux deux gardes. Nous ne devons pas perdre une minute. Dites au ministre Nogaret que nous avons trouvé ce qu'il cherche.

Le palais royal, Paris, 2 mars 1303 après J.-C.

Nogaret traversait le palais à grandes enjambées, ignorant les hochements de tête et les saluts respectueux des domestiques ou des clercs. Il avait envie de sourire ; le résultat avait été long, mais il n'aurait jamais pensé pêcher un tel poisson si l'espoir ne l'avait jamais quitté.

Cependant, aussi satisfait fût-il, il conserva une allure solennelle en arrivant dans les appartements du roi.

Assis à une table, Philippe faisait tourner un bol de soupe fumant entre ses mains. Il avait le nez rouge à force de se moucher et des yeux injectés de sang. Une fièvre l'affaiblissait depuis plusieurs semaines, gâtant son humeur. Lorsque Nogaret ferma la porte, il leva la tête.

— Nous avons trouvé, sire. Nous avons enfin trouvé ! La clé qui va nous ouvrir le Temple.

Philippe reposa sa cuillère.

— Que dites-vous ?

— Les hommes que nous avons envoyés chercher des preuves de corruption. Des faits qui nous permettront d'initier notre plan. Ils ont découvert quelque chose sur un candidat potentiel.

— De qui s'agit-il ?

Nogaret dut se faire violence pour réprimer un sourire.

— Bertrand de Got.

— L'archevêque de Bordeaux ?

Philippe se leva en repoussant la soupe qu'il n'avait pratiquement pas touchée et il s'approcha de l'âtre où un feu crépitait. Il frissonna.

— Qu'a-t-il fait ?

— Il a conçu un enfant.

Philippe se retourna.

— En est-on sûr ?

— Nos soldats gardent le garçon prisonnier dans sa maison. Apparemment, Bertrand de Got a eu une liaison avec une jeune fille de la noblesse il y a sept ans. Elle est morte en couches mais depuis, il finance l'éducation de l'enfant. Avec les fonds de l'Église, précisa Nogaret avec délectation.

Philippe se perdit un instant dans ses réflexions.

— L'archevêque ne tient pas à ce que ça se sache, c'est certain. Sa carrière en serait irrémédiablement entachée, l'Église pourrait le faire jeter au cachot, ou pis encore. Dans un premier temps, la crainte que son secret soit divulgué pourrait le rendre obéissant. Mais ultérieurement ? Comment pourrions-nous nous en servir ?

Philippe leva les yeux vers Nogaret, tout espoir dissipé.

— C'est impossible, poursuivit-il d'une voix morne. Le Sacré Collège le révoquerait pour une offense pareille. Et alors, où nous retrouverions-nous ? Au point de départ.

— Je ne parle pas de divulguer son secret. Je pensais plutôt utiliser l'enfant, argumenta Nogaret en se rapprochant de Philippe. Tant que nous gardons le garçon, Got remplira ses obligations. Il s'occupe vraiment de son fils. Sinon, pourquoi irait-il lui rendre visite aussi souvent ? Pourquoi risquerait-il sa position, et même sa vie ? Menacer son fils le rendra docile, j'en suis sûr.

Philippe secouait la tête.

— Non, je n'autoriserai pas cela. Un enfant innocent ? dit-il avec un frisson. Il y a déjà eu trop de sang répandu, Nogaret. Beaucoup trop. Où cela finira-t-il ? Mon Dieu...

Il se massa le front d'une main tremblante.

— Où cela finira-t-il ?

— Ces morts étaient nécessaires, sire, murmura Nogaret. Et ne craignez rien. Vous n'y avez pas pris part.

— L'arc n'a-t-il aucune responsabilité quand la flèche atteint sa cible ?

— Boniface aurait détruit la France. Il était fou, s'exclama Nogaret en faisant les cent pas. C'était un hérétique. Corrompu et meurtrier. Il méritait la mort. Nous avons rendu service à ce monde.

— Commencez-vous à croire votre propre doctrine, Monsieur le ministre ? laissa tomber Philippe d'une voix lasse. Et le pape Benoît ? Allez-vous me dire que ce faible vieillard méritait la mort alors que son seul crime était de ne pas accéder à mes requêtes ?

Il se renfonça dans son fauteuil, croisant les bras sur sa poitrine, les yeux clos.

— Je n'arrive pas à détacher mes pensées de l'âme de Benoît qui vole vers le Ciel, et entre ses lèvres couvertes de traces de poison, c'est mon nom qu'il prononce en franchissant les portes du paradis.

Philippe rouvrit les yeux.

— Pourquoi avoir fait cela, Nogaret? Pourquoi? Vous deviez seulement le contraindre à obéir.

— S'il prononce un nom, sire, c'est le mien. Vous n'avez rien à voir là-dedans.

Philippe se leva.

— Seigneur, soupira-t-il, j'aurais dû vous faire exécuter pour une telle insubordination.

— Vous avez demandé au pape Benoît de lever l'ordre d'excommunication me concernant, il a refusé. Vous lui avez demandé de condamner Boniface comme un hérétique et de le juger à titre posthume, il a refusé. Ce vieillard avait plus de nerfs que nos alliés du Sacré Collège le croyaient. Aucun d'entre eux ne nous aurait permis d'obtenir de lui ce que nous attendions, et surtout pas le Temple. Je l'ai compris dès ma première rencontre avec lui. Je n'ai agi que dans vos intérêts et dans ceux du royaume, sire. Il n'y avait aucune preuve qu'il s'agissait d'un meurtre. Il m'a laissé seul un instant, et j'en ai profité pour verser le poison dans les figues qu'il mangeait. On a conclu à une mort naturelle. Seules deux personnes savent que ce n'était pas le cas, vous et moi.

— Trois, rétorqua Philippe. Nous sommes trois à savoir. Vous. Moi. Et Dieu.

Il allait et venait autour du ministre.

— Et qu'auriez-vous fait si le Sacré Collège avait élu un nouveau pape? Vous seriez resté à Pérouse pour les empoisonner les uns après les autres jusqu'à ce qu'ils élisent quelqu'un qui nous soit favorable?

— Une perspective improbable tant ils sont nombreux à nous soutenir au sein du Collège. Grâce au travail entrepris depuis un an pour élever les archevêques de notre choix à la pourpre cardinalice, le Collège est divisé. Une moitié soutient la France, l'autre Rome. Aucun de nos cardinaux n'aurait élu un de vos opposants.

Nogaret sembla hésiter à continuer. Quand il reprit la parole, une pointe de colère était perceptible dans sa voix.

— Vous avez pris une décision, sire. La décision de redonner sa grandeur à la France. Croyez-vous que votre grand-père n'ait jamais versé de sang ni violé une loi pour arriver à ses fins? Vous êtes un roi de droit divin. Vous êtes au-dessus des lois! Louis n'est pas devenu un saint en se montrant faible. Il a pris la Croix, précipité dans la mort des centaines d'hommes, exilé les Juifs, levé des taxes. Il se battait pour son royaume, pour son peuple. Plus vite vous agirez, plus vous lui ressemblerez.

Philippe fixait le ministre en silence. Au bout d'un moment, il s'assit.

— Je n'autoriserai pas d'autres meurtres, dit-il sans cesser de regarder Nogaret. Si vous me désobéissez encore, je n'hésiterai pas à vous condamner à mort. Nous allons garder l'enfant pour le moment et annoncer à nos alliés du Sacré Collège que nous avons trouvé un candidat qui nous convient.

— N'oubliez pas que Bertrand de Got entretient des liens avec Édouard qui pourraient aussi se révéler intéressants, ajouta Nogaret, soulagé de voir le roi reprendre le dessus.

— Et si les autres cardinaux votent contre lui?

Nogaret secoua la tête.

— Personne n'a intérêt à ce que le trône reste vacant trop longtemps. Tout le monde se réjouira de voir cette période de trouble prendre fin. Le fait que Bertrand soit extérieur à toutes leurs luttes d'influence devrait y contribuer, je pense. C'est pour cela que nous devions chercher ailleurs que dans le Sacré Collège un candidat approprié : aucune des deux factions n'acceptera la nomination d'un cardinal de l'autre camp.

— Oui, et ils étaient tous trop proches de Boniface ou de Benoît pour être utiles, ou alors ils avaient une trop forte personnalité, ajouta sombrement Philippe. Si Bertrand de Got est accepté par les autres, il faudra qu'il réponde à nos souhaits sans nouveau bain de sang. Nous utiliserons l'enfant, mais comme un moyen de pression. Il ne doit être fait aucun mal au garçon. Est-ce que c'est compris ?

— Bien entendu, sire.

— Arrangez-vous pour que nous rencontrions l'archevêque le plus vite possible. Je veux être sûr qu'il obéira. Que nous pourrons vraiment tourner cette clé.

27

Château de Vincennes, royaume de France

4 mars 1305 après J.-C.

Rose gravissait lentement les marches. L'odeur des herbes qu'elle portait se répandait autour d'elle, enivrante. Le soleil sortit des nuages et un rayon de lumière illumina la cage d'escalier. Elle s'arrêta dans sa tiédeur bienvenue qui évoquait des jours plus chauds, printaniers. D'en haut, un gémissement lui parvint. Elle se ressaisit, rouvrit les yeux et continua à monter.

La chambre royale était plongée dans le noir, les rideaux de velours étaient tirés. Une odeur âcre flottait dans l'air, dont l'origine se trouvait dans la bassine de toilette posée à côté du grand lit. Rose posa les fleurs sur la table, avec les peignes et les onguents de la reine, puis elle alla vers la fenêtre écarta les rideaux pour éclairer un peu la pièce. Un autre gémissement s'éleva. Le couvre-lit frémit et Jeanne se retourna, les yeux plissés à cause de la lumière.

— D'où provient cette odeur? geignit-elle.

— Romarin, rue et achillée millefeuille, madame. Pour votre bain.

La reine ouvrit des yeux alourdis de sommeil et regarda Rose.

— Où est Marguerite ?

Rose hésita.

— À Paris, madame. Vous ne vous souvenez pas ? Elle était malade, elle y est restée quand nous sommes partis hier.

La reine essayait de s'asseoir et Rose se précipita pour lui installer les oreillers dans le dos. Jeanne était livide.

— Peut-être devrais-je appeler un médecin ? lui proposa Rose, inquiète de cette perte de mémoire qui indiquait peut-être une aggravation de sa maladie.

— Non, je vais bien. Je suis simplement fatiguée.

Rose s'écarta du lit et attendit ses ordres. Entre elles, le silence sembla s'épaissir, enfler. Entendant des bruits dans l'escalier, elle tourna la tête, soulagée de voir un groupe de domestiques arriver en portant des seaux. Elles s'avancèrent vers la cuve posée près du feu et y versèrent l'eau.

Quand elles furent parties, Jeanne sortit du lit avec mille difficultés.

— Où est Blanche ? demanda-t-elle tout en relevant sa robe de nuit et en s'accroupissant sur la bassine de toilette.

Rose évita son regard. Elle entendit le filet d'urine contre la paroi et le soupir douloureux de la reine qui soulageait sa vessie.

— Sa Majesté Philippe l'a envoyée chercher d'autres herbes pour vous soigner. Il voulait être sûr que vous en ayez assez durant son absence.

— Je veux Blanche, murmura la reine.

Elle alla vers la cuve en se tenant le dos d'une main.

— C'est toujours Blanche qui me baigne.

— Elle ne sera pas de retour avant un bon moment.

Rose se baissa pour ramasser la bassine et une odeur infecte l'assaillit. En se dirigeant vers la fenêtre pour la vider, elle remarqua que le liquide avait une teinte rougeâtre alors que ces derniers jours il était d'un jaune foncé. Elle réfléchit, se dit que le médecin souhaiterait peut-être l'examiner et déposa finalement la bassine sur la table.

— Vous ne voulez pas que l'eau refroidisse, madame, insista-t-elle en prenant les herbes.

Elle les frotta entre ses paumes pour en libérer les arômes, puis les plongea dans l'eau, comme le médecin l'avait expliqué à Blanche la veille. L'eau avait déjà tiédi le temps que les domestiques la ramènent des cuisines, mais elles avaient ranimé le feu et il faisait bon dans la pièce. Remontant ses manches, Rose mélangea les herbes.

— Vous baigner vous fera du bien, dit-elle d'une voix douce, caressante, comme si elle parlait à un enfant.

Pourtant, elle n'avait que vingt-sept ans, soit cinq de moins que Jeanne.

— Et après votre bain, j'irai vous chercher des drogues et du vin coupé à l'eau pour vous aider à vous reposer.

Morose, mais résignée, Jeanne laissa Rose lui ôter sa robe de nuit et l'aider à se glisser dans la cuve. Rose avait déjà vu la reine nue, mais jamais d'aussi près, Marguerite et Blanche lui ayant toujours été préférées pour le bain et l'habillage. Elle ne pouvait s'empêcher d'observer le corps de Jeanne, si différent du sien : ses cuisses et ses hanches arrondies, couvertes d'un fin duvet noir, son ventre à la peau grumeleuse et parcourue de veines pourpres à cause des sept enfants qu'elle avait mis au monde, ses énormes seins aux tétons foncés et plats, qui pendaient tandis qu'elle immergeait dans l'eau le triangle de broussaille noire qui dissimulait son sexe. La reine s'allongea avec un frémissement, laissant l'eau lui remonter jusqu'aux épaules.

Rose saisit un linge suspendu au rebord. Elle s'accroupit à la tête du bain puis, après l'avoir trempé, tamponna le front de Jeanne. De petites gouttes de sueur s'étaient formées sur sa peau, à cause de la fièvre peut-être, ou de la chaleur dégagée par le feu. La reine soupira. Puis elle grimaça en descendant sa main le long de son abdomen, qu'elle caressa d'un air tourmenté.

— Pourquoi est-ce que ça ne veut pas s'arrêter? Les drogues n'y font rien. Je sens une brûlure à l'intérieur. Il faut que cela cesse.

— Je suis sûre que ça va bientôt guérir.

Rose se pencha pour humecter le visage de la reine, mais celle-ci se redressa soudain en projetant des gerbes d'eau et d'herbes.

— Ne me touchez pas!

Rose s'assit sur ses talons.

— Madame?

Jeanne s'était retournée et la fixait de ses yeux fiévreux.

— C'est votre faute. Je ne sais pas comment, mais ça vient de vous. La sorcellerie, c'est cela?

Elle se leva en éclaboussant le sol alentour. Un brin de romarin s'accrochait à l'intérieur d'une de ses cuisses. Rose resta interdite.

— Vous me charmez avec vos sourires, vous m'avez dupée pour que je vous garde. J'aurais dû vous jeter dehors quand j'ai appris que vous aimiez mon mari.

Jeanne sortit du bain et vint se planter devant Rose, toujours accroupie.

— Espèce de petite sorcière! Qu'est-ce que vous m'avez fait?

— Madame, je vous en prie! Je ne... Je...

— Que se passe-t-il?

Jeanne et Rose se retournèrent. Philippe venait d'entrer dans la chambre. Il se précipita vers la reine, qui se jeta dans ses bras.

— Donnez-moi sa robe, ordonna le roi en désignant la robe de chambre de velours rouge posée sur le lit.

Rose se redressa et alla chercher le vêtement. Elle le tendit à Philippe, et lorsque celui-ci le prit, leurs doigts s'effleurèrent. Le roi ne sembla pas le remarquer, occupé qu'il était à habiller sa femme et à la soutenir jusqu'au lit.

— Que s'est-il passé? répéta-t-il.

Rose les suivait.

— Elle a dit qu'elle sentait comme une brûlure à l'intérieur. Et puis elle a commencé à dire… à me dire des choses…

Rose se tut, incapable de répéter les paroles de Jeanne devant lui et terrifiée à l'idée que la reine, en larmes, s'en charge.

Philippe hocha la tête tout en aidant sa femme à se mettre au lit. Puis il tira les couvertures.

— Le médecin a dit que la fièvre pourrait la faire délirer. Je vais la faire examiner aujourd'hui.

— Non! s'écria Jeanne en s'accrochant à lui. Ça fait mal. Je ne veux pas qu'il me touche. S'il vous plaît, Philippe, restez avec moi.

Il la serra contre lui en caressant ses cheveux et en la berçant.

— Ça va passer, ma mie. Bientôt ce sera fini.

— Dites-moi que vous allez rester, murmura Jeanne, agrippée à sa tunique. Ne m'abandonnez pas.

— Il le faut, répondit doucement Philippe. J'ai une tâche à accomplir. Mais ce ne sera pas long.

Il se pencha sur elle et l'embrassa.

— Et quand je reviendrai, vous irez mieux.

Jeanne renifla en levant ses yeux rougis.

— Vous me le promettez?

— Je vous le promets.

On entendit du bruit dans l'escalier, Blanche et les autres dames de compagnie revenaient avec les herbes. La fille de Jeanne et de Philippe, Isabelle, se trouvait avec elles, un bouquet de fleurs à la main. En les prenant, le visage de Jeanne s'adoucit. Philippe assit la fillette sur le lit en riant du poids que la petite avait pris. Tandis que les dames de compagnie s'affairaient autour du couple royal, Rose recula jusqu'au mur le plus éloigné.

Après que Jeanne lui avait révélé qu'elle était au courant de son secret, Rose l'avait enfoui si profondément en elle que personne, pas même la reine, ne lui en avait jamais reparlé. Elle s'adressait rarement au roi, hormis pour répondre à ses questions, et elle gardait toujours la tête basse en sa présence, de peur de se trahir en le regardant. Elle suivait les ordres et accomplissait ses tâches avec une méticulosité et une obéissance qui en faisaient l'une des dames de compagnie les plus zélées. Il n'y avait que la nuit, ou lorsqu'elle était seule, qu'elle laissait libre cours à ses sentiments. Ils s'épanouissaient dans le noir, comme des plantes résistantes, faites pour l'ombre. Là, dans cette chambre triste remplie d'odeurs de transpiration et de fleurs, ses illusions s'échappaient d'elle, tels des spectres pointés d'un doigt accusateur par Jeanne. Combien de fois avait-elle rêvé que la reine tombait malade et mourait, pour permettre à ses désirs de vivre ?

Les portes du Temple, Paris, 5 mars 1305 après J.-C.

— Mon Dieu, mais pourquoi m'avoir caché tout cela ?

Le regard de Will se perdait par-dessus les champs. Robert, furieux, vint se planter devant lui.

— D'ailleurs, pourquoi me le dire maintenant ? Pourquoi ne pas continuer tes combats personnels ? Après tout, tu es un mercenaire à présent.

— Je pensais que c'était terminé. Quand Nogaret a tué Boniface et que Benoît s'est retrouvé pape, j'ai attendu en rongeant mon frein, je voulais m'assurer que le pape soutiendrait leur plan. Lorsque j'ai compris que Benoît les défiait, j'ai cru que leur intrigue allait tomber à l'eau. Je n'imaginais pas que le juriste irait aussi loin, fit Will en secouant la tête. Boniface était l'ennemi personnel du roi. Sans parler du fait qu'ils ne pouvaient pas espérer le voir approuver leur plan, il voulait détruire Philippe. Il mettait la France en danger. Mais Benoît…

— Tu es sûr et certain que c'est le ministre du roi qui l'a tué ? demanda Robert.

— Non. Mais étant donné ce que je sais de la mort de Boniface, je trouve que c'est une coïncidence plus que surprenante que le pape soit mort lors de la visite de Nogaret.

Un chariot passa les portes en cahotant. Ils s'écartèrent pour le laisser entrer. Robert contemplait le Temple qui s'élevait au milieu des champs nus.

— Je n'arrive pas à croire que le roi ferait une chose pareille.

— Philippe a pris toutes les mesures possibles pour renflouer les caisses durant son règne. Le clergé. Les Juifs. La Gascogne et la Flandre. Malgré tout, ses coffres sont toujours vides et ses projets d'expansion n'avancent pas. Quant à ses sujets, ils sont irrités des méthodes agressives du roi et de la levée de nouvelles taxes, d'autant que les récoltes des dernières années ont été mauvaises. Ils remettent en question sa capacité à gouverner. Il tient la Guyenne et la Flandre, mais celles-ci restent politiquement instables. Philippe doit donner quelque chose de tangible à son peuple, sinon sa popularité s'en ressentira. Et pour ça, il lui faut de l'argent. Robert, ce roi n'a pas peur de piétiner qui se dresse sur son chemin vers la sainteté.

— Nous devons aller voir Hugues. Tout lui raconter.

— Non. Je ne veux en parler à personne d'autre que toi.

— Tu n'es pas sérieux? C'est beaucoup trop gros pour que nous suffisions à la tâche. Si le roi de France a l'intention de ruiner le Temple, nous devons immédiatement en informer tous les membres de l'Ordre.

Robert réfléchit un instant avant de poursuivre :

— Le grand maître va devoir revenir de Chypre. Et la plupart des officiers qui sont là-bas avec lui. Il faut qu'ils reviennent tous.

— Et ensuite? Que feront Jacques de Molay, Hugues et les autres? Prendre le palais d'assaut? Tuer le roi?

— Ils iront le voir. Le raisonner. Tu l'as dit toi-même : le roi est de moins en moins populaire auprès de ses sujets. Peux-tu imaginer les conséquences s'il s'en prend au Temple? Il y aura des émeutes.

— Tu crois ? fit Will d'un air dubitatif. Tu fais toujours partie du Temple, Robert. Tu appréhendes la situation d'un point de vue de chevalier. Dans la rue, les gens regardent l'Ordre d'un autre œil. Ils voient une fraternité bouffie d'orgueil, avide. Ils voient des hommes riches et puissants, au-dessus de la loi, arrogants et intouchables. Des hommes soupçonneux qui œuvrent en secret, sans qu'on ne sache rien de leurs objectifs.

— C'est ce que tu penses ?

— Je te parle de ce que pensent les gens. Le Temple se retranche dans ses murs depuis des années, il ne se mêle pas des affaires des autres, à moins qu'elles interfèrent avec les siennes. Et avec le grand maître parti dans une croisade dont le peuple de la Chrétienté ne veut plus, les choses empirent. Tu le sais bien, le Temple s'est perdu en chemin. (Will soupira.) Depuis la guerre qui a failli coûter aux chrétiens leur empire en Orient, guerre initiée par un grand maître du Temple, l'Anima Templi se bat pour que l'Ordre suive le chemin de la paix. Les grands maîtres Armand de Périgord et Guillaume de Beaujeu nous ont fait trembler, mais grâce aux efforts d'Everard, de Hasan, de mon père, grâce à nos efforts, Robert, nous ne sommes pas tombés.

— Nous n'avons pas décidé la chute d'Acre, commenta Robert d'une voix grave tout en s'écartant pour laisser passer un groupe de moines de Saint-Martin-des-Champs, suivi d'une bande tapageuse de jeunes gens.

— Acre devait chuter. C'est Elias qui me l'a fait comprendre. Comment une trêve durable entre chrétiens et musulmans aurait-elle pu naître des croisades ? Nous y sommes allés en conquérants. Ce n'est pas le meilleur moyen d'instaurer la paix. Nos chances d'œuvrer pour la réconciliation sont bien meilleures maintenant que nos armées se sont retirées de la Terre sainte. Nous devons envoyer des diplomates, pas des soldats. Jacques de Molay a tort. Nous devons le lui montrer.

— Nous? dit Robert en se redressant. Tu as quitté le Temple, Will.

— Mais pas son Âme, rétorqua Will en soutenant son regard. J'avoue que j'ai quitté le Temple pour des raisons égoïstes. Je voulais me venger d'Édouard. Et je le veux encore. Mais ce désir est surpassé par le besoin de reconstruire l'Anima Templi et de mettre le Temple sur le droit chemin. J'ai fait allégeance au Cercle, j'y ai rejoint des hommes que je respectais et en lesquels je croyais. J'ai maintenant l'obligation de sauver l'Anima Templi de lui-même.

— Ce qui signifie?

— Hugues de Pairaud a été élu au Cercle, mais personne ne l'a jamais élu maître. Il s'est approprié cette place quand je suis parti. Aucun d'entre vous n'a voté pour qu'il occupe cette position. Je n'aurais rien à y redire s'il avait eu la vision pour vous guider, mais qu'a-t-il fait depuis toutes ces années pour mener à bien quoi que ce soit? Tu me l'as dit toi-même : l'Anima Templi ne fait rien. Hugues est trop pris par les affaires du Temple pour s'en occuper. Il ne croit pas au Cercle. Sinon, il ne l'aurait pas laissé s'éteindre peu à peu. Il n'aurait pas noué une alliance avec l'homme qui l'a trahi. Il n'aurait pas sacrifié l'Écosse et en aurait fait davantage, lui qui était peut-être le mieux placé pour ça, pour empêcher Jacques de Molay de poursuivre aveuglément sa croisade. Hugues n'est pas mon ennemi, Robert. Mais il n'est pas non plus mon allié. Aujourd'hui, le Temple est trop éclaté pour être dirigé de l'intérieur. Nous devons rebâtir l'Anima Templi à l'abri de ces influences conflictuelles si nous voulons le protéger des ambitions du roi.

— Je ne vois toujours pas comment nous pourrions y parvenir à deux.

— Pas à deux, Robert. Philippe ne m'a pas tout dit; Nogaret ne me fait pas complètement confiance, mais je sais qui ils veulent installer sur le trône papal si le Sacré Collège entérine leur choix. Le roi et le garde des Sceaux ont quitté Vincennes hier pour aller le rencontrer. Ils connaissent un secret qui le concerne, j'ignore lequel, mais ils vont s'en servir pour l'obliger à obéir. Cela fait des mois que Nogaret a envoyé ses hommes chercher un candidat qu'ils pourront manipuler. Il l'a trouvé, c'est l'archevêque Bertrand de Got.

— Qu'est-ce que tu suggères ?

— J'ai déjà rencontré Bertrand de Got. Il m'a semblé être un homme raisonnable. Comme archevêque, il a déjà beaucoup de pouvoir ; s'il devient pape, son pouvoir sera pratiquement absolu. Nous devons le rallier à nous et l'amener à saper l'autorité de Philippe. Sans le soutien du pape, nous ne pourrons plus défendre l'Ordre et, à l'inverse, le roi ne pourra pas toucher à l'Ordre si le pape ne le suit pas. Et si nous nous faisons un allié du futur pape, nous réussirons peut-être à arrêter une fois pour toutes la guerre d'Édouard contre l'Écosse.

— Et l'Écosse, d'ailleurs ? Qu'est-ce qui me dit qu'à la prochaine campagne anglaise, tu ne vas pas repartir pour aller la sauver et te venger ? Tu viens de l'admettre, tu veux encore te venger.

— L'Écosse n'est plus mon combat. Elle est entre les mains de Wallace et des rebelles. En revanche, l'Anima Templi est entre nos mains. J'ai besoin de toi à mes côtés, Robert, mais sans toi j'agirai de la même façon. Je ne laisserai pas Philippe et Nogaret abattre le Temple. Il faut que tu décides si tu veux t'engager dans cette voie. Il faut que tu décides pour qui tu travailles. Hugues. Ou moi.

28

Bordeaux, royaume de France

20 mars 1305 après J.-C.

Bertrand de Got déambulait entre les rangs silencieux avec un sourire satisfait. Les jeunes gens du chapitre de la cathédrale étaient studieusement penchés sur leurs pupitres et le grattement régulier des plumes d'oie sur les parchemins ainsi que l'odeur de l'encre emplissaient le scriptorium.

— Ils progressent rapidement, monseigneur, lui murmura le chanoine. Je pense que la plupart d'entre eux pourront vous assister pour les sermons.

— Quel passage leur faites-vous copier ?

L'archevêque regarda un instant par-dessus l'épaule d'un des hommes.

— L'un de vos préférés, monseigneur.

— Ah, oui, dit Bertrand d'un air pénétré en reconnaissant le texte.

Il ferma les yeux et récita de mémoire :

— *Réjouis-toi, fille de Sion ! Crie de joie, Jérusalem !*

Comme sa voix s'élevait dans le silence feutré, les élèves tournèrent la tête vers lui.

— *Voici que ton roi vient à toi : il est juste et victorieux, humble, monté sur un âne, sur un ânon, le petit d'une ânesse.*

Les portes du scriptorium s'ouvrirent en grand. Un chanoine entra et s'approcha à grandes enjambées de Bertrand.

— Monseigneur !

— Plus bas ! fit Bertrand en mettant un doigt sur ses lèvres.

Le chanoine baissa d'un ton :

— Pardonnez mon intrusion, monseigneur, mais des hommes veulent vous rencontrer. Je leur ai demandé d'attendre mais…

Il se retourna d'un air épouvanté vers le couloir où résonnait le bruit des bottes. Un groupe de dix gardes royaux en cotte de mailles et tunique rouge écarlate entra dans le scriptorium. À leur tête se trouvait un petit homme maigre en robe noire.

— Nogaret, murmura l'archevêque en déglutissant avec difficulté.

Autour de lui, les plumes cessèrent de s'animer, les jeunes gens intrigués levant le nez de leurs copies.

— Poursuivez la leçon, lança Bertrand au chanoine.

Il se dépêcha d'aller accueillir Nogaret.

— Monsieur le ministre, lui dit-il en s'efforçant d'afficher un sourire naturel. Quelle surprise ! Que puis-je faire pour vous ?

— J'aimerais que vous me suiviez, répondit Nogaret sans s'embarrasser de formalités.

Le sourire de Bertrand s'effaça.

— Y a-t-il une difficulté ?

— Il n'y en aura pas si vous me suivez.

Bertrand fronça les sourcils.

— Beaucoup de choses requièrent ma présence aujourd'hui. J'ai des audiences importantes avec les évêques de ma province, ils ont voyagé pendant des jours pour venir me voir. Je ne peux pas m'absenter sans une bonne raison.

— La raison, monseigneur de Got, c'est que le roi souhaite vous entretenir d'une affaire urgente.

— Le roi ?

— Sa Majesté se trouve aux portes de la ville. Elle vous attend.

Nogaret désigna la porte :

— Nous y allons ?

Bertrand de Got posa son regard sur les soldats qui s'écartaient pour le laisser passer. Finalement, il emboîta le pas au ministre hors du scriptorium. Une demi-heure plus tard, après une course éreintante sur une chaussée défoncée, seul dans une voiture couverte avec deux gardes muets, Bertrand se retrouva au milieu d'un champ d'où l'on voyait les murs de la ville se découper sur le ciel. Au centre du champ, saugrenu en ce lieu, était dressé un pavillon rouge sang. Les gardes aidèrent Bertrand à descendre, ce qu'il fit en maugréant. La douleur chronique qu'il ressentait à l'estomac depuis des années empirait toujours lorsqu'une vive inquiétude l'étreignait. Sans dire un mot, il laissa Nogaret le guider dans le pavillon, où l'attendait le roi Philippe.

Cathédrale de Bordeaux, royaume de France,
23 mars 1305 après J.-C.

— Non. Absolument pas. Monseigneur ne doit être dérangé sous aucun prétexte.

— Nous devons impérativement lui parler.

— Revenez demain demander une audience.

La porte se referma et Will recula de quelques pas. Il jeta un regard noir à l'homme resté dans l'obscurité, adossé au mur du porche, qui mangeait une pomme.

— Tu aurais pu dire quelque chose. Me soutenir.

S'essuyant la bouche, Robert s'avança vers lui en jetant le trognon sur la place déserte.

— Eh bien, je t'avais dit qu'ils ne nous laisseraient pas entrer, mais tu n'as rien voulu savoir. Il est tard. Qu'est-ce que tu espérais ? Il est probablement en train de dormir.

— Les complies viennent juste de se terminer, rétorqua Will.

Il descendit les marches et se retourna pour contempler la cathédrale qui s'élevait dans son dos, avec ses grands murs, ses gargouilles et ses anges perchés comme des fantômes sous le clair de lune. Des lambeaux de nuages dérivaient dans le ciel.

— Essayons un autre moyen.

Robert le suivit en se tournant de tous côtés pour vérifier que personne ne les observait tandis qu'ils longeaient le mur latéral de la cathédrale. Ils portaient tous les deux des capes et des tuniques en laine qui cachaient leurs armures. À intervalles réguliers, ils passaient devant des portes, mais Will les ignora et se dirigea vers un porche imposant. Il semblait donner sur un endroit découvert, peut-être des jardins ou une cour.

— L'entrée de service, expliqua-t-il à Robert en s'approchant.

Il tourna la poignée mais le battant ne bougea pas.

— C'est verrouillé.

— Même si tu arrives à rentrer, comment espères-tu trouver l'archevêque ? Et d'ailleurs, es-tu sûr qu'il habite ici ? De plus en plus d'évêques ont un logis en dehors de leur église, de nos jours.

— Notre ami a dit qu'il ne fallait pas le déranger.

Will s'était éloigné de quelques pas et inspectait attentivement les murs de pierre.

— Il est là, j'en mettrais ma main au feu.

— Pourquoi ne pas attendre demain matin ? Quelques heures n'y changeront rien.

Robert suivit son regard par-dessus les murs.

— Seigneur, Will, nous n'avons plus quinze ans.

— Tu recules ?

Will lui sourit d'un air espiègle. Tout à coup, il prit son élan et se jeta contre la porte. Robert poussa un juron. Effarouchées, des colombes postées à proximité s'envolèrent. Will tenta de nouveau sa chance en grognant. Au troisième essai, le verrou sauta et la porte s'ouvrit. Will se précipita pour l'empêcher de cogner contre le mur. Puis, se frottant l'épaule, il s'avança dans une cour et sortit son épée. Une allée pavée menait à un grand bâtiment jouxtant l'arrière de la cathédrale. Quelques dépendances et une citerne occupaient la cour.

Robert referma la porte derrière lui et suivit Will en dégainant lui aussi son épée.

— Tu ne l'as jamais fait réparer?

Suivant l'allée, Will se dirigeait vers un passage donnant sur le bâtiment.

— Quoi? demanda-t-il, distraitement.

— Ta vieille épée.

Ils s'engouffrèrent dans le passage. Plissant les yeux, Robert essayait d'y voir clair dans la pénombre tandis que Will fixait l'épée qu'il tenait. Son fauchon cassé était dans sa chambre au palais royal, enroulé dans un maillot, à l'intérieur d'un coffre fermé à clé. Il avait longtemps pensé à le déposer chez un armurier, dans l'espoir qu'il puisse être réparé. Mais il ne l'avait jamais fait. Quelque chose le retenait. Il n'avait pas compris jusqu'à une date récente : en le sortant, il avait remarqué de petites taches de sang séché sur la lame et sur le manche. Il les avait grattées avec ses ongles, troublé par l'idée qu'il appartenait à la dernière personne qu'il avait tuée. Le Templier à Falkirk. Finalement, que l'épée reste cassée semblait le plus approprié. Il croisa le regard de Robert, éprouvant le besoin de s'expliquer, mais des bruits de pas retentirent dans le passage.

Un homme vêtu d'une robe grise à capuche apparut. Il portait une torche et se dirigeait visiblement vers la porte ouverte. Sa capuche l'empêchait de voir de côté et il ne distingua pas les deux intrus avant que Will ne fonde sur lui.

L'homme poussa un cri et lâcha la torche, qui s'éteignit dans un chuintement en tombant sur le sol humide.

— Emmenez-nous voir l'archevêque Bertrand de Got, ordonna Will en posant sa lame sur le cou de l'homme avec assez de poigne pour qu'il le prenne au sérieux. Maintenant !

Il fit pivoter l'homme, qui repartit d'un pas mal assuré d'où il était venu. Will le suivit en maintenant la pointe de son épée appuyée dans son dos. Ils traversèrent des cloîtres baignés par le clair de lune, des pelouses et entrèrent finalement dans un bâtiment imposant. Il était tard et la plupart des gens du chapitre dormaient. Ils se lèveraient avant l'aube pour prendre part à l'office des matines. Ils aperçurent un homme dans un couloir, mais lorsque leur prisonnier sembla hésiter, Will lui rappela la présence de l'épée dans son dos, ce qui le fit se tenir tranquille. Pour finir, ils arrivèrent sans encombre à l'étage supérieur devant des doubles portes ouvragées.

— S'il vous plaît, supplia l'homme, ne faites pas ça.

— Allez-y.

D'une main tremblante, l'homme saisit la poignée et fit jouer la clenche avant d'ouvrir la porte. L'intérieur était plongé dans la pénombre. Une odeur d'oliban leur sauta au nez. Will distingua des meubles, un lit avec des draps bouchonnés, de grands chandeliers, enfin de grands rideaux noirs brodés de centaines de croix d'or. Laissant Robert avec leur prisonnier, il s'approcha. Il entendait marmonner. D'un geste brusque, il tira les rideaux.

Un cri alarmé retentit et l'homme fit volte-face. C'était Bertrand de Got. Il était agenouillé devant un petit autel sur lequel était disposé un drap blanc, un encensoir fumant et une bible noire. Par une fenêtre en ogive, la lumière de la lune entrait dans le réduit et tombait sur le crâne tonsuré de l'archevêque. Son regard étonné passait de Will à Robert.

— Pardonnez-moi, monseigneur, se lamenta le prisonnier en se jetant à genoux. Ces gredins m'ont obligé à les amener ici.

Bertrand se redressa. Il était habillé d'une robe de nuit blanche. À son cou pendait une grande croix incrustée de pierres précieuses qui scintillaient dans la semi-obscurité.

— Prenez ça, dit-il en la tendant à Will. Elle vaut une fortune. Prenez ce que vous voulez !

— Nous ne sommes pas des voleurs, l'apaisa Will. Nous avons à vous parler. Nous ne vous voulons aucun mal.

Comme Bertrand paraissait toujours aussi terrifié, Will rengaina son épée.

— Avez-vous reçu la visite du roi Philippe récemment ?

L'archevêque haussa les sourcils.

— Qu'est-ce que c'est ? Qui êtes-vous ?

— Des amis qui refusent de voir le roi se servir de vous.

Bertrand déglutit. Pour finir, il s'adressa au prisonnier.

— Laissez-nous, Pierre.

L'homme se remit debout.

— Monseigneur ?

— Tout va bien.

Comme pour confirmer ses paroles, Robert rengaina lui aussi son épée. N'ayant pas besoin d'autres encouragements, le domestique s'enfuit. Ils l'entendirent s'éloigner à toute vitesse dans le couloir.

— Je pense qu'il va sonner l'alarme, dit Bertrand en allant jusqu'à son lit enfiler une robe de chambre en velours. Expliquez-vous. Comment êtes-vous au courant de la visite du roi ?

Il scruta le visage de Will.

— Nous sommes-nous déjà rencontrés ?

— J'étais à la conférence à laquelle vous avez participé au Temple de Londres il y a une décennie et je vous ai revu à plusieurs reprises au palais royal, où je suis invité par le roi depuis plusieurs années.

— Êtes-vous l'un des hommes de Philippe ? demanda Bertrand d'une voix éraillée en serrant sa robe de chambre. Quelle ruse est-ce là ? Qu'est-ce que le roi me veut encore ?

— Vous m'avez mal compris, monseigneur. Je ne suis pas un homme du roi, ni un de ses alliés. Je suis ici pour vous aider, si vous m'y autorisez.

Les lèvres pincées, Bertrand se détourna.

— Je ne sais pas quoi faire, murmura-t-il. Je ne sais plus.

— Répondez simplement à cette question : le roi vous a-t-il dit ce qu'il attendait de vous ? Quels étaient ses projets ?

Au bout d'un long moment, Bertrand baissa la tête. Puis il s'assit pesamment sur le lit.

— Il m'a annoncé que j'allais devenir pape, soupira-t-il. Qu'il a des agents à Pérouse et qu'ils organisent en ce moment mon élection.

— Vous a-t-il dit pourquoi ?

— Il m'a précisé que lorsque j'occuperai le trône papal, il me fera remplir cinq obligations.

— Quelles sont-elles ? lui demanda Will.

— Je devrai lever l'ordre d'excommunication à l'encontre de Guillaume de Nogaret, nommer des cardinaux au Sacré Collège qui soutiennent Philippe et la France, l'aider à financer la guerre contre Édouard d'Angleterre et les guildes de Flandre, et enfin dénoncer le pape Boniface comme un hérétique.

— Monseigneur, il en manque une, lui signala Robert en voyant l'archevêque se réfugier dans le mutisme.

Bertrand leva les yeux.

— Je devrai aussi dissoudre l'Ordre du Temple et livrer ses richesses à Philippe et à ses héritiers.

— Mon Dieu, murmura Robert.

En constatant à quel point il était bouleversé, Will comprit que le chevalier ne l'avait pas vraiment cru jusque-là.

— Qu'avez-vous répondu ? demanda-t-il à Bertrand.

— J'ai refusé, rétorqua Bertrand, soudain en colère. J'ai dit que je ne salirai pas le trône papal de cette façon. Que les chevaliers du Temple étaient les seuls hommes qui continuaient à se battre pour Jérusalem et que je ne dissoudrai pas l'Ordre !

Il secoua la tête.

— Mais ils m'ont menacé de le tuer si je n'acceptais pas, dit-il, le visage décomposé. Dieu Tout-Puissant, ils détiennent mon fils ! Ces bâtards détiennent Raoul !

Will échangea un regard stupéfait avec Robert, puis il s'approcha de l'archevêque, qui tenait son visage à deux mains.

— Où l'ont-ils enfermé, monseigneur ?

— À moins de dix lieues d'ici, dans la maison que j'ai achetée pour lui.

Au désespoir, Bertrand ne quittait pas Will des yeux.

— Je ne peux pas le perdre, geignit-il en serrant la main de Will. Mon garçon… Je vous en prie… Je ne peux pas !

— Que s'est-il passé ensuite ?

— Ils m'ont fait signer un accord m'assurant que, une fois couronné et ces cinq obligations remplies, mon fils me serait rendu.

— Nous allons vous aider, dit Will, qui réfléchissait à toute allure. Mais en échange, vous nous aiderez. L'heure venue, vous ne céderez pas aux exigences du roi. Vous ne dissoudrez pas le Temple. Vous protégerez l'Ordre. En tant que pape, vous serez le seul homme en mesure de le protéger.

— Non !

La terreur rendait Bertrand contradictoire, il balbutia le nom de son fils à plusieurs reprises. Dehors, une cloche se mit à sonner. Ce n'était pas encore les matines.

— Écoutez-moi, monseigneur, l'apaisa Will en s'agenouillant devant lui pour planter son regard dans le sien, il n'arrivera rien de mal à Raoul. Vous allez suivre les ordres de Philippe. Puis, quand vous serez sur le trône de saint Pierre, nous libérerons votre fils. Ainsi, le roi ne pourra plus se servir de vous.

— Vous le libérerez?

Le visage de Bertrand s'était empli d'espoir.

— Alors faites-le. Maintenant.

— Non. Il faut que Philippe croie que vous le soutenez. Nous irons secourir Raoul quand ce sera trop tard, que vous serez devenu pape.

Will se leva. Bertrand ne le quittait pas des yeux.

— C'est la seule chance que vous ayez de sauver votre fils.

— Et Nogaret? fit Bertrand, dans un souffle en se relevant.

On entendait des bruits de course et des voix qui appelaient l'archevêque dans le couloir. Robert alla tourner le verrou. Un instant plus tard, des poings commençaient à marteler la porte. Bertrand reporta son attention sur Will.

— J'ai entendu dire que le pape Boniface est mort à cause du choc de ce qui s'est passé à Anagni et de la manière dont le ministre l'a traité. Et des rumeurs plus noires encore me sont revenues aux oreilles, des rumeurs à propos du pape Benoît, qui ne serait pas mort de cause naturelle. Nogaret pourrait très bien me réserver le même sort.

— Vous devez me faire confiance, monseigneur. Faites-moi confiance et je sauverai votre fils.

— Sauvez-le, répondit Bertrand au moment où la porte s'ouvrait. Sauvez-le!

29

Château de Vincennes, royaume de France

9 avril 1305 après J.-C.

En pénétrant dans la forêt, Philippe lança son cheval au galop. Les gardes royaux et ses conseillers se démenaient pour suivre son rythme infernal. La lumière du soleil trouait la canopée, couvrant d'or la piste soigneusement entretenue. Philippe connaissait bien ces bois. Il avait grandi ici, grimpé aux chênes et aux châtaigniers avec ses frères, appris à monter à cheval, à chasser. Il avait fait voler son premier faucon ici, bien avant Mademoiselle. Ces souvenirs étaient empreints de liberté, loin des fardeaux de sa vie d'homme et de roi, de ceux des jeux politiques sans fin et des stratégies compliquées. Chaque fois qu'il empruntait cette piste vers le château en laissant derrière lui le chaos et la puanteur de la ville, il avait le sentiment de se débarrasser de ses entraves et de retrouver sa jeunesse.

Aujourd'hui, n'eût été sa haire qui le faisait souffrir, sa joie eût été complète. Il n'avait pas porté de cilice depuis une quinzaine de jours et sa peau commençait à cicatriser. Ragaillardi par son voyage à Bordeaux, il s'était autorisé un bref répit dans ses repentances quotidiennes, lesquelles, avant sa rencontre avant Bertrand de Got, avaient été rigoureuses. À présent, libéré du malaise et des soucis, il se réjouissait simplement de son retour. Il appréciait la chaleur du soleil sur son visage et le doux parfum des arbres qui étiraient autour de lui leurs ombres verdoyantes, grosses d'aventure. C'étaient les arbres au milieu desquels ses frères et lui avaient traqué cerfs et sangliers, les arbres qui les avaient abrités, Jeanne et lui, lorsqu'ils s'étendaient à terre, un peu gauches, explorateurs timides. Ces mêmes arbres qui avaient regardé ses enfants grandir, et dont les branches hautes avaient supporté leur peur et leur excitation.

Apercevant le coin d'une tourelle d'un gris morne, Philippe ramena son cheval au petit galop. Il n'était pas pressé de mettre fin à sa béatitude. Il y avait une lumière dans l'air qui rendait le temps idéal pour la chasse. Il décida d'en organiser une dès le lendemain, juste pour messire Henri, quelques courtisans choisis et lui. Il avait besoin de ressentir les sentiments qu'éveillait en lui la chasse ; ce frisson quand il décochait la flèche ou lorsque l'oiseau capturait sa proie, scellant sa victoire. La politique lui offrait tellement peu d'occasions d'éprouver la même chose. Tout était si lent et compliqué. En tant que roi, il estimait que les choses auraient dû se faire à l'allure où il voulait qu'elles se fassent : les gens devaient s'incliner respectueusement et obéir, soumis à sa volonté et à sa lubie. Ces affaires alambiquées avec Rome, l'attitude belliqueuse de Boniface ou celle, insolente, de Benoît, tout cela l'avait épuisé au-delà du possible. Mais il avait enfin l'impression de toucher au but. Nogaret était parti s'assurer que les cardinaux, à Pérouse, élisent Bertrand de Got ; sauf imprévu, il allait pouvoir protéger définitivement son royaume et, ce qui était encore plus important, assurer son propre salut.

Philippe sourit en remontant vers le château, sans remarquer les regards troublés qu'échangèrent les gardes sur son passage, ni les manières obséquieuses des écuyers qui se hâtèrent d'emmener son cheval vers les écuries. Mais quand l'intendant du château et ses plus proches conseillers vinrent le saluer, son sourire s'évanouit. En voyant leurs mines solennelles, compassées, son sang se glaça.

Le roi pensa d'abord à Isabelle et à Louis : sa favorite et son héritier. Il dut prononcer leur nom à haute voix car l'intendant secoua la tête en s'approchant.

— Votre Majesté, dit-il. Votre Majesté, je suis tellement navré. La reine…

Mais l'intendant ne put pas terminer sa phrase, car Philippe partit en trombe dans les couloirs. Sans s'arrêter, pris de folie, il courut à perdre haleine vers la chambre de sa femme.

Le palais royal, Paris, 12 avril 1305 après J.-C.

L'eau tombait des toits, emportant la crasse des rues dans un déluge boueux. Dans le ciel délavé, de lourds nuages menaçants dérivaient, chargés de pluie. Les tours de Notre-Dame se perdaient dans l'obscurité, et en bas la ville était comme prise au piège, les gens baissaient la tête sous cette chape qui couvrait tout, les traits tirés par le froid. Les portes et les volets des échoppes étaient fermés à cause du temps, et seule une poignée de négociants, encore sous les auvents de leurs étals, essayaient sans conviction d'arrêter les rares passants. Les ciels bleus et la chaleur bourgeonnante des semaines précédentes semblaient appartenir à des temps immémoriaux. L'hiver, apparemment, était de retour.

Will mit pied à terre dans la cour du palais et chercha un écuyer disponible pour s'occuper de son cheval, mais à l'exception de quelques gardes, la cour était vide et il l'emmena lui-même aux écuries. Il était trempé des pieds à la tête, couvert de boue, et c'était le cadet de ses soucis. Il avait passé les dernières journées à mettre au point l'excuse qu'il donnerait au roi pour expliquer son absence. Cependant, chaque fois qu'il se la répétait, elle ressemblait de plus en plus à un mensonge. Avant de partir pour Bordeaux avec Robert, il avait expliqué à Pierre Dubois qu'il avait reçu un message de William Wallace qui lui ordonnait de se rendre à Lyon pour y rencontrer un homme susceptible de financer la guerre en Écosse. Dubois n'avait prêté aucun intérêt à cette information, mais Will savait que Philippe lui poserait davantage de questions. Il avait donc espéré revenir en ville avant le roi. Et il y serait parvenu s'il n'avait pas subi de contretemps à Bordeaux.

Lorsque les chanoines de la cathédrale avaient fait irruption dans les quartiers de Bertrand de Got, ils l'avaient capturé, ainsi que Robert, et enfermés dans une cellule où ils étaient restés détenus plusieurs jours. Le chapitre avait persuadé l'archevêque, choqué, qu'il convenait de les châtier et ce n'est qu'en reprenant ses esprits que celui-ci avait pu faire preuve de suffisamment d'autorité pour qu'ils soient libérés sans autre forme de procès. Mais entre ce temps perdu et la pluie qui les avait gênés pendant tout le trajet, Will était certain que le roi avait atteint Paris avant eux et qu'il lui faudrait de bonnes raisons pour justifier son absence.

En arrivant aux écuries, Will tomba sur des palefreniers qui s'y étaient abrités. Juchés sur des balles de foin, ils discutaient tranquillement. Deux d'entre eux se mirent debout en le voyant traverser le rideau de pluie.

— Navré, messire, dit l'un en prenant les rênes de son cheval. Nous n'avions pas vu que vous étiez là.

Will regarda alentour, frappé par le vide et le silence en l'absence du maître des lieux. Il contempla la cour elle aussi déserte. Qu'il vente ou qu'il neige, la cour fourmillait toujours de gens qui s'affairaient en tous sens.

— Où sont les gens ?

Le palefrenier jeta un regard hésitant à ses camarades. L'un d'eux, le plus âgé, lui répondit :

— Aux funérailles, messire.

— Aux funérailles ?

Le jeune homme eut l'air surpris.

— De la reine, messire.

Will en eut le souffle coupé. Et dans le même instant, une lueur d'espoir malintentionnée s'insinua en lui. Cette tragédie allait sans doute retarder les desseins de Philippe à l'encontre de Bertrand et du Temple, ce qui lui donnerait davantage de temps pour parfaire son propre plan. Il savait à quel point le roi était proche de la reine. Puis une pensée le traversa et refraîchit quelque peu ses espoirs. Après tout, l'histoire avait montré qu'un drame de cet ordre pouvait détourner un homme de son action aussi bien que l'affermir dans ses résolutions. Il repensa à Édouard, que le deuil de sa bien-aimée avait rendu encore plus impitoyable. Will n'ignorait pas qu'il considérait la chose de son propre point de vue, par rapport aux années de tourment qu'il avait connues après la mort d'Elwen. Non. Il ne pouvait pas en tenir compte et prévoir une réaction identique de la part de Philippe.

— Ils reviennent !

Un garçon venait d'arriver en courant dans les écuries. Soudain, les palefreniers s'excitèrent et se mirent au travail. Dehors, Will entendit le bruit de sabots sur le sol détrempé. Il sortit et regarda le cortège funéraire rentrer au palais.

En premier, se présentèrent les gardes, les yeux pleins de pluie et les uniformes trempés. Puis vint le roi, seul et à pied, blafard, visiblement à mi-chemin entre angoisse et incrédulité. Ses robes noires traînaient derrière lui dans la boue. À sa suite se trouvaient ses principaux conseillers, Pierre Dubois et Guillaume de Plaisans, l'intendant royal et son confesseur, Guillaume de Paris. Will remarqua l'absence notable de Nogaret. Ensuite entrèrent dans la cour les enfants, Isabelle, petite et perdue, serrant la main de sa gouvernante et tenant une rose rouge dans l'autre. Les dames de compagnie marchaient derrière, Marguerite en sanglots, soutenue par Blanche. Puis le cortège ne fut plus composé que de divers dignitaires : évêques, prêtres, ducs, seigneurs, qui envahissaient la cour, raides et solennels.

Au sein du cortège, Will aperçut une petite silhouette en robe noire. Son cœur se serra en voyant sa fille qui avait l'air si seule au milieu de cette vaste foule. En un sens, sa résolution d'empêcher le roi d'assujettir le Temple l'avait plus ou moins soulagé, car elle lui avait permis d'ignorer le fossé qui continuait de s'agrandir entre Rose et lui. Il s'était dit qu'une fois le Temple à l'abri, il se préoccuperait d'elle. Mais il savait qu'il s'agissait d'une autre forme de fuite, qui avait été le cas trop souvent ces dernières années. Il était son père, même si elle n'était peut-être pas de son sang, et il l'aimait : il n'avait jamais changé sur ce point. Seul le courage lui avait manqué.

Prenant conscience de tout cela, il s'avança au milieu des flaques et alla vers elle. Lorsqu'il la prit par le bras, elle tressaillit mais se laissa entraîner hors du cortège. Paralysée, elle le suivit sans protester dans les jardins, jusqu'à un banc en pierre isolé et abrité par un if.

— Tu es complètement trempée, murmura-t-il en la faisant asseoir à ses côtés.

Il n'avait rien pour la sécher, lui-même n'était pas dans un meilleur état, et il commença à rabattre en arrière les cheveux qui lui collaient au front et que l'eau fonçait. Sa main retomba en l'observant plus avant : ses yeux vides, son teint livide à l'exception de ses pommettes fiévreuses. Il ne l'avait pas vue d'aussi près depuis des mois, peut-être même plus longtemps. Il se rappelait que lorsqu'elle n'était qu'une enfant, il était toujours frappé de sa ressemblance avec Elwen, mais ce n'était plus qu'un souvenir. Elle avait désormais des traits qui lui étaient propres. Et son visage exprimait une tristesse et une solitude si profondes qu'il en fut bouleversé. Il saisit sa main gelée.

— Rose, je sais que tu ne me crois pas et que je ne l'ai pas montré comme j'aurais dû le faire, mais je n'ai jamais cessé de t'aimer. Si tu refuses de croire le reste, crois-moi au moins sur ce point. J'avais peur.

Il secoua la tête.

— Non, reprit-il, j'ai été égoïste. Je n'aurais pas dû laisser ma peine m'empêcher de t'aimer. À cause de ce qui est arrivé à Elwen – à ta mère –, j'ai négligé mes sentiments pour toi et mes devoirs en tant que père. Je ne m'attends pas à ce que tu me pardonnes. Mais j'espère…

— C'est moi.

Elle avait parlé d'une voix calme, presque absente, et il lui fallut un moment pour comprendre ce qu'elle avait dit. Son cœur s'emballa. Elle n'avait pas dit non.

— C'est moi qui ai tué la reine.

La surprise, totale, le prit au dépourvu, avec ses espoirs de pardon.

— Quoi ?

Le regard de Rose se perdait dans le jardin sinistre. Will la prit par les épaules et la tourna vers lui.

— Rose, parle-moi. Qu'est-ce que tu racontes ?

Elle posa les yeux sur lui.

— J'ai tellement désiré qu'elle meure. Mais pas comme ça, ce n'est pas ce que je voulais, fit Rose en secouant la tête comme un automate. Je l'ai regardée mourir. Mon Dieu…

Elle eut soudain l'air dégoûtée.

— Cette odeur, dans la chambre. L'odeur de la mort tandis que la fièvre montait et que le poison se répandait dans son sang. Elle avait mal et tout était tellement lent. Nous ne pouvions rien faire. Nous ne pouvions que regarder.

— Alors, elle est morte de maladie ? insista Will, n'osant pas encore se sentir soulagé. Une fièvre ?

— Là, précisa Rose en posant une main sur son bas-ventre.

Will respira et se décontracta légèrement.

— Au nom du Christ, pourquoi dis-tu que tu l'as tuée?

— Tu ne m'as pas entendu? s'énerva Rose, le visage dur. Je t'ai dit que j'ai souhaité sa mort.

— Pourquoi? Elle était cruelle avec toi?

Rose voulut s'en aller mais Will la rattrapa et la prit par le bras.

— Pourquoi voulais-tu que la reine trépasse?

— Parce que je suis amoureuse de lui.

— De qui? De Philippe? demanda-t-il au bout d'un long silence.

Elle acquiesça et Will se demanda sombrement s'il ne pouvait pas être à l'origine de tout cela; peut-être le fait d'avoir été abandonnée l'avait-il menée à porter son affection sur quelqu'un d'inaccessible... À dire vrai, l'idée que sa fille avait souhaité la mort d'une femme parce qu'elle désirait un homme aussi dangereux et versatile était pour le moins dérangeante. Il essaya de ne pas porter attention à ses réflexions et préféra se concentrer sur quelque chose qu'il comprenait.

— Écoute-moi, Rose, dit-il en l'obligeant à se rasseoir. Tu n'as pas tué la reine seulement parce que tu le souhaites.

— Tu n'en sais rien.

— Si. J'ai longtemps cru que j'avais tué ma sœur de cette façon.

Elle leva les yeux vers lui.

— Je ne t'en ai jamais parlé. Mais c'est pour cela que mon père m'a fait quitter l'Écosse quand je n'étais encore qu'un enfant, c'est pour cette raison qu'il a rejoint l'Ordre comme chevalier et que j'ai passé tant d'années à essayer de l'imiter.

Elle l'écoutait très attentivement à présent.

— Ma sœur Mary et moi étions rivaux. Nous avions pratiquement le même âge, contrairement à nos autres sœurs plus âgées. Et elle était la préférée de mon père, ce qui ne m'aidait pas beaucoup. Longtemps, j'ai souhaité qu'elle disparaisse, qu'elle s'enfuie, qu'elle se perde. Je ne me rappelle pas si je souhaitais sa mort, mais mes sentiments étaient limpides : je ne voulais pas partager ma maison ou mon père avec elle. Je t'ai dit un jour qu'elle était morte noyée. J'ai omis de préciser que c'était ma faute.

Will détourna les yeux, toujours incapable, après toutes ces années, de confesser cet épisode en affrontant le regard de quelqu'un.

— C'était un accident. Nous nous disputions près du loch à côté de notre domaine et je l'ai poussée. Un peu trop fort. Elle est tombée en se cognant la tête. J'ai essayé de la tirer de là mais je n'ai pas réussi. Ça a déchiré ma famille. Mon père est parti pour la Terre sainte l'année suivante et je ne l'ai jamais revu. Ma mère non plus.

Will crut déceler de la compréhension dans le regard de Rose, et même une certaine sympathie, mais il n'en était pas sûr.

— J'ai porté ma culpabilité pendant des années, je la porterai sans doute toujours. Mais pendant longtemps, elle a affecté pratiquement tous mes choix. Elle m'a amené à commettre des actes déplorables, insensés, tout cela dans le but illusoire d'expier. Je n'ai pas provoqué sa mort en la souhaitant, je l'ai provoquée par accident. Je le sais aujourd'hui. Mais Rose, j'ai perdu tellement de temps à être convaincu du contraire. Je ne supporterais pas de te voir faire la même erreur.

Will prit ses mains et les serra contre son visage.

— Ne te charge pas d'un fardeau aussi lourd, fit-il, d'une voix tremblante. Ta culpabilité, ta peur, ce... cet amour impossible.

Le visage de Rose changea du tout au tout, un mur sembla se dresser entre eux.

— Impossible ? Tu crois qu'il ne peut pas m'aimer ?

— Rose...

— Je suis trop laide pour qu'on m'aime ?

Elle remonta la manche de sa robe pour montrer les cicatrices de ses brûlures.

— Trop laide ? Mon Dieu, non. Tu es magnifique.

— Parce que c'est toi qui m'as fait ça, père.

Elle le montrait du doigt et n'avait plus de larmes dans les yeux. Au contraire, son regard était glacial.

— Comme tu as tué ta sœur !

Elle partit en courant. Il essaya de la rattraper mais sa main se referma sur son voile, qu'il arracha. Et il resta là, le bout de tissu entre les doigts, à regarder sa fille disparaître sous la pluie. Une nouvelle blessure venait de s'ouvrir en lui.

Le palais royal, Paris, 30 juin 1305 après J.-C.

L'oreille collée à la porte, Rose écoutait les sons provenant de la chambre du roi : un sifflement rapide, suivi d'un bruit de claquement et un grognement. Son dos lui faisait mal à force de rester debout, la main tirant sur la poignée pour éviter que la porte batte, mais elle ne voulait pas bouger. Si elle n'avait aucune envie de partir, elle n'osait pas non plus franchir le seuil. De temps à autre, elle entendait des bruits de pas dans le couloir et elle tendait le cou pour savoir s'ils se rapprochaient. Ce n'était jamais le cas. Le calme régnait dans les appartements royaux ces derniers jours.

Depuis la mort de leur mère, les princes et Isabelle passaient l'essentiel de leur temps avec la gouvernante. Le chancelier Nogaret était à l'étranger et les autres conseillers étaient rarement admis auprès du roi pour une audience. Chacun marchait sur la pointe des pieds, on n'entendait plus ni rires ni éclats de voix. La seule personne avec laquelle Philippe avait passé plus de quelques heures était son confesseur, Guillaume de Paris. Le dortoir semblait particulièrement tranquille maintenant que Marguerite et deux autres dames de compagnie étaient parties au service des belles-sœurs du roi. Il ne restait plus que Blanche, Rose et une autre dame de compagnie pour s'occuper des enfants. On parlait déjà à mots couverts d'un éventuel remariage du roi, mais Rose savait que Philippe était encore loin de l'envisager.

Ces derniers mois, elle était restée aussi proche de lui que possible. Elle sortait discrètement du dortoir pour ramasser ses vêtements lorsqu'il les jetait par terre avec indifférence, elle reprisait sa cape favorite lorsque les coutures se défaisaient et disposait des bouquets de fleurs près de son lit. D'autres personnes auraient pu s'en charger, mais elle voulait – non, elle avait besoin de s'en occuper elle-même.

Bien qu'elle en eût rêvé de nombreuses fois, la mort de la reine l'avait rendue malade. Le désir qu'elle avait nourri pendant si longtemps s'était retourné contre elle ; la culpabilité et la honte avaient enflé, enflé, jusqu'à l'empoisonner. Lors des messes à la Sainte-Chapelle, elle priait avec plus de ferveur que jamais, les yeux clos pour la première fois depuis des années, non pour dissimuler ses rêveries, mais en signe de sincère pénitence. Les petites tâches qu'elle accomplissait pour le roi n'avaient pas pour but de provoquer son affection. C'était son pardon qu'elle espérait, aussi absurde que cela soit, puisque le roi ignorait tout de ses pensées ou de ses sentiments.

Rose grimaça en entendant un autre grognement, plus fort, à travers les rideaux de la chapelle privée. Le roi respirait fort, en rythme avec le fouet. Chaque nouveau coup la faisait tressaillir, comme si c'était elle qui le recevait. N'y tenant plus, elle ouvrit la porte et avança de quelques pas dans la pièce. Elle s'arrêta en voyant son reflet dans le miroir, pétrifiée, le visage dans les mains, les doigts pressant ses lèvres. Un autre claquement retentit et son regard fut attiré par les rideaux noirs qui portaient les armes de la France. Sans se laisser le temps de réfléchir ou de faire demi-tour, elle franchit les derniers mètres et écarta les rideaux.

Philippe était à genoux devant l'autel. À la lumière du jour qui inondait le réduit, son dos dénudé luisait à cause du sang dont il était maculé. Il tenait à la main un fouet en crin de cheval. Des taches de sang parsemaient le sol autour de lui, de même que le tissu blanc qui recouvrait l'autel. Il tourna violemment la tête en arrière, cilla en découvrant des yeux enfiévrés, lointains.

Rose se jeta à genoux face à lui, ses yeux bleu sombre grands ouverts.

— S'il vous plaît, sire, dit-elle dans un souffle en tendant la main pour lui prendre le fouet. Arrêtez, je vous en prie.

Philippe la laissa refermer ses doigts sur son poing, sans lâcher l'instrument.

— Est-ce que vous priez pour moi, Rose ? demanda-t-il d'une voix tordue par la douleur.

— Tous les jours, sire.

— Est-ce que vous croyez que cela suffira ? Les prières de mes sujets ?

Rose ne comprenait pas. Philippe posa un regard vide sur l'autel.

— Mon confesseur me dit que si je me repens et que je prie assez, je l'entendrai.

— Qu'entendrez-vous, sire ?

Rose n'avait pas retiré sa main de la sienne. Tous deux restaient figés dans une posture raide et peu naturelle, elle le bras tendu vers lui, sa brûlure aussi douloureuse que ses blessures à lui qui scintillaient dans la lumière pâle éclairant la chapelle. L'odeur de son sang était entêtante.

— La voix de Dieu, expliqua Philippe en se tournant vers elle. Tant de grands hommes en ont parlé : les papes, les rois, les érudits ; cette union merveilleuse, l'extase de se sentir envahi par l'amour de Dieu, Sa voix qui résonne comme une cloche dans votre âme. Mon grand-père en parlait souvent, selon mon père. Il disait que Dieu s'adressait à lui, qu'Il coulait en lui comme une rivière et le guidait. Moi, je n'ai jamais entendu Sa voix.

Son front se plissa.

— Et si je ne peux pas L'entendre, ça veut sûrement dire qu'Il ne peut pas m'entendre non plus ? Qu'aucune de mes prières n'a été assez forte pour L'atteindre ?

Rose aurait voulu lui dire qu'il n'avait pas besoin de s'inquiéter. Elle n'entendait jamais Dieu non plus même si elle Le sentait souvent au-dessus d'elle, qui la regardait et la jugeait. Mais avant qu'elle ait prononcé le moindre mot, il lui sembla que ses paroles se réduiraient toujours à des murmures inaudibles face aux voix imposantes d'hommes aussi illustres.

De toute façon, Philippe n'attendait pas de réponse.

— Voilà pourquoi la reine est morte. J'ai demandé à Dieu de prendre soin de la reine pendant mon absence, je Lui ai demandé de lui rendre la santé, mais Il ne doit pas m'avoir entendu. Ou alors Il a décidé de m'ignorer, de me punir.

— Non, sire, je…

— On a fait des choses en mon nom. Du sang a été versé et mon confesseur me dit que le seul moyen de m'amender, c'est de verser le mien.

Philippe retira la main de Rose et se cravacha une nouvelle fois dans le dos. La mèche en crin de cheval s'abattit sur ses plaies à vif.

— S'il vous plaît, Seigneur ! s'écria Rose en posant la main sur son bras. Je prierai pour vous. Dieu m'entendra chanter votre nom. Grâce à moi, il saura que vous vous repentez !

Il avait du mal à respirer, son visage était couvert de transpiration, mais lorsqu'elle saisit le fouet, il le lâcha et la laissa le déposer sur le sol. Puis elle s'installa devant lui, joignit ses deux mains et se mit à prier.

Au début, des mots insignifiants lui traversèrent l'esprit, mais peu à peu elle trouva son rythme et monta alors une prière fluide, à défaut d'être cohérente, et composée de promesses, de serments, d'adulations, de lignes des Psaumes et de *Pater Noster*. Elle pria avec ferveur et sincérité, à peine consciente de la présence du roi agenouillé derrière elle, dont la respiration plus lente et régulière emplissait la pièce en même temps que les murmures qui franchissaient ses lèvres. *Pardonnez-lui ses péchés, Ô Seigneur, comme Vous nous les pardonnez tous.*

— Un jour, Jeanne m'a dit qu'elle voulait vous chasser.

Rose s'interrompit, elle était tellement envahie par sa prière que l'espace d'un instant elle crut que Dieu en personne lui avait parlé. Ses yeux se rouvrirent quand elle sentit le roi bouger dans son dos.

— Elle m'a dit que vous éprouviez de l'amour pour moi. Que votre affection devenait dangereuse.

Rose pressait ses deux paumes l'une contre l'autre avec une telle force que ses mains commencèrent à trembler.

— J'ai ri et je lui ai dit que c'était idiot, que ce serait dommage de se priver d'une domestique aussi consciencieuse pour des caprices de jeune fille. Je l'ai convaincue de vous garder pour son propre bien, mais en vérité j'aime que vous m'aduliez.

Il s'était rapproché et lui parlait dans le creux de la nuque.

— Un sujet doit aimer son roi, quelle que soit la forme sous laquelle s'exprime cet amour. Je suis ravi que vous priiez pour moi, Rose. J'ai besoin que vous priiez pour moi.

Rose sentait la main de Philippe sur son poignet. Elle ne respirait plus.

— Ne vous arrêtez pas, murmura-t-il.

Ses yeux se refermèrent et elle essaya de prier mais aucun mot ne lui venait plus, elle se sentait étourdie, comme ensevelie sous un voile noir.

— Votre Majesté.

Tous deux sursautèrent en entendant la voix.

Guillaume de Nogaret se tenait derrière eux, dans la chambre, il avait passé le visage dans l'ouverture entre le rideau et le mur. Le roi se releva et retourna dans sa chambre.

— Avez-vous oublié vos manières durant votre absence,

Nogaret? lança-t-il, irrité. Pourquoi n'avez-vous pas frappé?

— J'ai essayé, Votre Majesté. Mais visiblement, vous n'entendiez pas.

Rose se remit debout. Elle sentait le regard glacial de Nogaret sur elle. Le rouge lui monta aux joues.

— Seigneur, marmonna-t-elle en inclinant la tête pour le saluer avant de quitter la pièce.

Avant de refermer la porte, elle entendit les premières phrases de la conversation.

— J'ai appris la mort de la reine lors de mon retour en France, sire. Je suis tellement…

— Je ne veux pas de votre pitié, Nogaret. J'espère que vous me rapportez de bonnes nouvelles

— Ce que j'ai à vous dire, j'espère, vous apportera du réconfort. Nous avons deux votes sur trois. Bertrand de Got est sur le point d'être élu. Il sera le nouveau pape. Le chemin qui mène à la destination du Temple est ouvert.

30

Près de Bordeaux, royaume de France

14 novembre 1305 après J.-C.

— Tu es sûr que c'est le bon chemin ?

Debout sur ses étriers, Robert observait les champs balayés par le vent. Les vignes jaunes avaient perdu leurs grappes, vendangées depuis plusieurs semaines.

— Peut-être que nous aurions dû prendre à gauche à la fourche ? dit-il d'un air pensif à Will.

Légèrement derrière lui, celui-ci regardait par-dessus son épaule.

— Est-ce que tu m'écoutes ?

Will s'avança à sa hauteur.

— Quoi ?

Robert regarda à son tour le sentier par lequel ils étaient arrivés.

— Tu n'es toujours pas inquiet ? demanda-t-il en voyant les quatre hommes qui trottaient dans leur direction.

Les hommes portaient tous des manteaux de voyage de couleur sombre qui dissimulaient les cottes de mailles. Will ne répondit pas, ce qui eut le don d'agacer Robert.

— Qu'est-ce qu'il faut que je te dise pour te convaincre ?

— Je serai convaincu quand nous aurons fait ce que nous sommes venus faire.

— Ce sont de braves types. Je les connais depuis des années. Ils suivront nos ordres, ne t'inquiète pas.

— J'ai moins confiance dans leur silence.

Les hommes se rapprochaient et Will fit repartir son cheval au trot. Il entendait deux des chevaliers qui discutaient calmement. Tous étaient plus jeunes que Robert et lui d'une vingtaine d'années environ. Cela le rendait nostalgique. C'était étrange d'être accompagné par des Templiers après toutes ces années. Aucun d'entre eux n'avait revêtu l'uniforme, mais ils avaient cette conduite et ces habitudes reconnaissables entre toutes, comme de s'agenouiller sur le bord du chemin pour réciter le *Pater Noster* à chaque office, de partager le pain lors du souper ou de désigner une sentinelle pendant que les autres dormaient. Il avait oublié ce que signifiait appartenir à un groupe. Il comprit que cela lui avait manqué.

— Ils ont juré de ne rien dire, le rassura Robert.

— Tu leur as dit que le maître de France t'avait envoyé en mission. Ils peuvent très bien lui en parler lorsqu'ils retourneront à Paris.

— Ils suivent mes ordres, pas les siens. Mais puisque tu t'inquiètes tant, peut-être que nous ferions mieux de leur révéler la vérité ? Ils savent que nous sommes venus secourir le fils d'un seigneur de la province. Quelle différence cela peut-il faire de savoir de qui il s'agit et pourquoi l'enfant est retenu prisonnier par la couronne de France ? Au moins, ils connaîtront la gravité de la situation et prendront conscience que nous n'avons pas le droit d'échouer.

— Moins ils en savent, mieux cela vaudra, rétorqua Will. Je refuse de courir le risque que l'un d'entre eux fasse remonter tout ça jusqu'à Hugues, sans parler de mon implication.

— Nous y voilà.

— Qu'est-ce que tu veux dire par là ?

Robert se retourna pour s'assurer que les chevaliers ne pouvaient pas les entendre.

— Ce n'est pas vraiment par rapport à Hugues que tu tiens à ce que personne ne soit au courant des plans du roi, n'est-ce pas ? Ce que je n'arrive pas à m'expliquer, c'est si tu as peur qu'il te punisse pour ta désertion quand il apprendra que tu es de retour à Paris. Ou si, secrètement, tu ne cherches pas à le punir en m'entraînant dans son dos avec d'autres chevaliers. Quoi qu'il en soit, je crois que tu mets l'Ordre en danger.

— Je t'ai expliqué pourquoi je veux laisser Hugues en dehors de tout ça.

— Nous n'aurons pas le choix si ça ne marche pas aujourd'hui, marmonna Robert. Bertrand de Got est en train d'être couronné à l'heure où nous parlons. Si nous n'arrivons pas à libérer l'enfant, l'archevêque remplira toutes les exigences du roi, y compris lui servir le Temple sur un plateau d'argent.

Will garda le silence et Robert jeta un coup d'œil aux chevaliers.

— Et quelles que soient tes raisons pour garder le silence, nous n'aurions aucune chance de réussir sans leur aide. Je t'ai proposé d'emmener Simon avec nous, mais tu n'as rien voulu savoir.

— Et je m'en tiens à cette décision.

— Il n'est pas stupide, Will. Il nous connaît depuis assez longtemps pour se douter que nous ne suivons pas les mêmes voies que les autres chevaliers. Pour l'amour de Dieu, il vous a aidés, Everard et toi, à remettre la main sur le *Livre du Graal.*

— Il a sans doute des soupçons, mais ce n'est pas la même chose que de savoir.

— Tu m'as dit que tu voulais reconstruire l'Anima Templi, recruter de nouveaux membres. Il y a toujours eu un sergent dans le Cercle.

— Je refuse qu'il en fasse partie. Point final.

— Dans ce cas, qu'est-ce que tu…

— Écoute-moi bien, le coupa Will d'une voix irritée en se tournant sur sa selle pour le fixer. Tu sais aussi bien que moi le danger qu'encourt celui qui entre dans le Cercle. Non seulement le danger, mais la solitude, les sacrifices qu'il faut faire. Les membres du Cercle ont passé ces derniers siècles à travailler dans l'ombre contre nos maîtres, en utilisant les ressources du Temple pour atteindre leurs objectifs. Et ces objectifs relèvent de l'anathème pour l'Église et pour le Temple, et pour la plupart des gens au sein de la Chrétienté. Ces objectifs peuvent très bien nous mener au gibet. Cette cause a fait couler du sang, le nôtre et celui de nos ennemis. Simon nous rejoindrait volontiers, je le sais très bien, mais pas pour la cause. Il le ferait pour moi. Il a failli mourir en Écosse et je ne tiens pas à avoir sa mort sur la conscience. Il est assuré de devenir un jour maître d'écurie et je veux qu'il y arrive, qu'il vieillisse au Temple. C'est sa maison. C'est en partie pour cela que nous sommes ici aujourd'hui, pour faire en sorte que les gens comme Simon aient encore une maison à l'avenir.

Ils reprirent leur route en silence, parmi les vignobles agités par un vent léger.

— Tu as toujours l'intention de te rendre à Lyon si nous réussissons aujourd'hui? finit par demander Robert.

— Oui. Il faudra dire à Bertrand de Got que son fils est en sécurité. Tant qu'il l'ignore, il est à la merci de Philippe. Je devrai faire vite. Il me faudra au moins une quinzaine de jours pour arriver là-bas.

— Peut-être que je pourrais y aller, ou l'un des chevaliers? Le roi, les ministres, Rose, tout le monde pense que tu es parti rejoindre Wallace pour des pourparlers. Ils seront tous à Lyon pour l'intronisation. Quelqu'un pourrait t'apercevoir et te reconnaître.

— Rose ne sera pas là, répondit Will tranquillement. J'ai prié Philippe de la laisser à Vincennes. J'ai prétendu que je m'inquiétais pour sa santé.

Il jeta un coup d'œil à Robert.

— Je sais que c'était il y a longtemps. Mais quand tu es allé lui parler cette fois-là, est-ce qu'elle a…

Robert détourna les yeux.

— Est-ce qu'elle a quoi ? demanda-t-il, sur la défensive.

— Est-ce qu'elle t'a confié les sentiments qu'elle éprouve pour le roi ?

— Elle est amoureuse du roi ?

— Là, s'exclama soudain Will en désignant un grand chêne au milieu d'un champ de terre brune, avec deux collines derrière. Exactement comme Bertrand de Got l'a décrit.

Il arrêta son cheval et mit pied à terre.

— Il faudrait trouver un endroit où cacher les chevaux. Nous allons continuer à pied.

Robert fit signe aux chevaliers à l'arrière de descendre de selle.

— Je suis toujours étonné qu'ils aient gardé l'enfant chez lui.

— C'est isolé de tout. Une prison parfaite. Le seul qui connaisse l'existence de cette maison, c'est Bertrand. À qui irait-il en parler ? En le faisant, il dévoile son secret et se met en danger, ainsi que l'enfant. S'il nous en a parlé, c'est uniquement parce que nous savions que le roi voulait le manipuler.

Robert glissa de selle au moment où les chevaliers arrivaient.

— Nous sommes d'accord ? Les geôliers du garçon ne doivent pas en ressortir vivants.

— Sinon, ils pourraient nous identifier. Nous n'avons pas le choix.

— Je pensais que nous avions assez vu de morts pendant les croisades.

Will regardait le sentier qu'ils allaient emprunter.

— Je crains que ce ne soit pas le seul sang que nous soyons obligés de verser avant que cette histoire ne soit finie.

Lyon, Saint Empire romain, 14 novembre 1305 après J.-C.

Au milieu de la cohue, les porteurs avaient du mal à conserver un équilibre parfait et Bertrand, agrippé d'une main à un bras du trône, tentait, de l'autre, de ne pas lâcher la croix papale. Le bruit était insupportable. Bertrand se réjouissait d'être abrité par les tentures en soie brodée qui fermaient le trône sur trois côtés. La foule en liesse lui jetait des fleurs et des pétales, mais à en juger par le bruit qu'ils faisaient en tombant sur les tentures, il y avait aussi des offrandes moins agréables. Son estomac le brûlait comme jamais, la bile lui remontait dans la gorge. Il affichait néanmoins un sourire serein en saluant de la main le peuple amassé le long de la route qui menait à la cathédrale. Les rives de la Saône étaient recouvertes de gens qui tendaient le cou pour apercevoir le nouveau vicaire de Dieu dans ses habits de cérémonie, couvert de bijoux, impérieux. Ils étaient venus par milliers voir leur fils, un Français comme eux, être couronné de la tiare papale. Ils avaient fait le chemin depuis la Gascogne ou Bordeaux et ils poussaient, se donnaient des coups d'épaule pour avoir une meilleure vue, aussi agités qu'une mer en pleine tempête. Ils scandaient son nom, celui qu'il avait pris après son élection. Il n'y était pas encore habitué.

Clément V.

C'était un rugissement profane qui sortait de toutes les bouches.

Des nuages noirs défilaient à toute allure au-dessus de Lyon, contrastant avec un ciel par ailleurs bleu. Lors de ses apparitions, le soleil transformait la rivière en un ruban d'argent étincelant, puis il disparaissait en laissant derrière lui des eaux noires comme de l'encre. Bertrand serrait la férule dans son poing ganté de soie et trempé de sueur. Sous les robes flottantes, en dépit du vent glacial de ce mois de novembre, il avait chaud et se sentait mal à l'aise. Au loin, il voyait les tours blanches de la cathédrale se détachant sur un fond de collines qu'escaladaient les ombres des nuages. Le roi de France et les cardinaux du Sacré Collège l'y attendaient. Mais malgré la pompe de cette grande occasion, la cérémonie, la lignée formidable d'hommes, depuis saint Pierre, qu'il était sur le point de rejoindre, Bertrand ne pouvait s'empêcher de penser à son fils.

Cela faisait dix-neuf mois qu'il n'avait pas vu Raoul. Dix-neuf mois que le roi l'avait accueilli dans sa tente rouge plantée juste à l'entrée de Bordeaux. Il n'avait pas beaucoup dormi depuis, passant chaque journée entre rage, détresse et espoir. Aujourd'hui, le sentiment prédominant était l'espoir. Il allait être fait pape, et soit Campbell honorerait ses promesses, soit il donnerait au roi et à ce ministre impie ce qu'ils voulaient. Il avait pris cette décision le jour même où ils étaient venus le chercher pour le soumettre à leur chantage. Quoi qu'il arrive, il ne sacrifierait pas Raoul, même si le prix à payer était d'abandonner les seuls hommes capables de donner corps à son rêve, la libération de Jérusalem. D'autres soldats pourraient prendre la Croix, mais il n'aurait jamais d'autre fils. Il n'y aurait pas d'autre miracle.

La foule était de plus en plus dense. Prise entre les rives et le mur d'un couvent, la route se resserrait. La garde royale avait les plus grandes difficultés à contenir les gens qui s'entassaient. Beaucoup avaient grimpé en haut du mur ; de là-haut, les pieds ballottant, ils regardaient le cortège passer en l'acclamant. Mais leurs ovations… elles étaient plus fortes que tout à l'heure et ne scandaient plus son nom. Bertrand rouvrit les yeux. C'étaient des cris de protestation, chargés d'une violence qu'il ne percevait pas un peu plus tôt. Au début, il crut qu'ils s'adressaient aux gardes qui leur barraient le chemin et dégageaient la route pour le convoi. Puis, à mesure qu'il avançait, il comprit que les hommes et les femmes le conspuaient. Le poing levé, ils étaient des centaines.

— Imposteur ! lançaient-ils. Imposteur !

Ils hurlaient en français, mais même au milieu de la cacophonie, Bertrand entendait qu'il ne s'agissait pas de leur langue natale. De temps à autre, il percevait des bribes d'une autre langue. Au bout d'un moment, il reconnut l'accent italien. Il savait que son élection avait suscité des remous en Italie, ses habitants étant convaincus que les cardinaux l'avaient élu sous la contrainte. Là-bas, les gens connaissaient le rôle de la France dans l'arrestation de Boniface et les demandes répétées du roi pour qu'il soit condamné à titre posthume comme hérétique, ce qui impliquait qu'on exhume sa dépouille et qu'on la brûle. En outre, les rumeurs concernant la mort de Benoît ne cessaient pas de grandir. Les gens disaient que le roi Philippe tenait le Vatican en otage. Bertrand ne leur en voulait pas : il savait à quel point les rumeurs disaient vrai. Dans le même temps, être la cible de toute cette rage le frappait au cœur. Il en tremblait.

Alors que la colère s'engageait dans l'espace dégagé par la garde royale, un ou deux projectiles s'abattirent sur les tentures. Le trône pencha d'un côté. L'un des porteurs s'écroula, touché à la tête par une pierre. Les autres porteurs accélérèrent le pas, la foule se soulevait. Bertrand vit un garde royal fracasser le menton d'un homme avec le pommeau de son épée. Le sang gicla, d'un rouge saisissant, et l'homme tomba aux pieds de ceux qui le poussaient. Un autre s'effondra en portant les mains à son visage, puis un autre encore, les gardes fonçaient sans ménagement sur les premières lignes avec leurs boucliers.

La violence produisit une onde de choc dans la foule. Les gens essayaient de reculer, de s'éloigner des gardes, et n'hésitaient pas à donner des coups de coude à leurs voisins ou à jouer des épaules. Quand quelqu'un s'écroulait, il était immédiatement piétiné par ses voisins. Les hommes et les femmes acculés contre le mur, complètement écrasés, hurlaient leur peur et leur souffrance. Ceux qui étaient montés en haut du mur tendirent les bras pour mettre à l'abri leurs proches et leurs amis, mais le mur n'était pas assez résistant pour supporter un tel poids. Un peu partout, des pierres commencèrent à se détacher. Un homme glissa du mur et tomba dans la mêlée. Au milieu des cris qui se multipliaient, il y eut un énorme ébranlement et le mur tout entier finit par s'affaisser dans un nuage de poussière. Les hurlements déchirèrent le ciel même après que les gravats furent retombés. Bertrand fermait les yeux et essayait de ne plus rien entendre tandis que les porteurs l'extirpaient de ce chaos. Bouleversé à l'extrême, il n'arrivait pas à chasser l'image de son fils de son esprit.

Près de Bordeaux, royaume de France,
14 novembre 1305 après J.-C.

Ponsard traversa la cour en maudissant ses bottes qui glissaient dans la boue. Arrivé près de la grange, tout en observant les alentours, il se fourra un bout de pain dans la bouche et essuya les miettes sur son menton. L'après-midi se terminait et la lumière déclinait. Les volets de la maison étaient fermés. Ponsard s'arrêta à l'entrée de la grange en plissant les yeux à cause de l'obscurité. Il y avait une forte odeur de paille humide et de fumier. Son regard tomba sur quelqu'un assis sur un tabouret au fond de la grange et occupé à traire une chèvre.

Lorsqu'il entra, la paysanne sursauta.

— Non, Marie, la rassura Ponsard en la voyant prête à se lever.

Il lui fit signe de ne pas bouger et alla au fond de la grange de son pas pesant qu'amortissait la paille au sol. Des chèvres parquées dans un enclos, sous le grenier, bêlèrent nerveusement.

— Ne faites pas attention à moi, insista-t-il en s'accotant à un poteau où une bride pendait à un crochet.

Marie se raidit, et passa les mains sous l'animal.

Ponsard la regarda presser et tirer les pis, un large sourire aux lèvres. Le lait giclait dans le seau. Sa robe était mince et le lin en était presque transparent sous les bras. Il aurait quasiment pu compter les vertèbres de son épine dorsale. Yolande avait supplié qu'on la laisse se rendre à Bordeaux pour acheter de la nourriture, mais Gilles n'était pas un idiot. Il était le seul d'entre eux à s'être rendu en ville ces neuf derniers mois, et encore rarement, pour se ravitailler, sauf une fois où il avait dû retrouver des renforts envoyés par le roi.

Ponsard se détacha du poteau pour mieux voir. Elle était extrêmement tendue, il s'en rendait compte. Lui-même durcissait. Il s'approcha d'elle.

— S'il vous plaît, messire, murmura-t-elle.

— Ne fais pas d'histoires, ma fille, dit-il pour la calmer lorsqu'il posa les mains sur ses épaules et qu'il la sentit se crisper. Tu sais que je n'aime pas ça.

Ponsard fit glisser ses énormes mains vers ses seins. Il les agrippa et les pétrit fermement.

— Tourne-toi, lui ordonna-t-il, la gorge sèche.

Il sentait venir son érection. Elle geignit, mais se laissa faire. Il releva fébrilement sa tunique et délaça ses braies. De sa main libre, il lui saisit la tête pour la mettre en position. Soudain, un bruit l'arrêta. Il se retourna, s'attendant à découvrir Gilles ou l'un de ses camarades sur le seuil mais ne vit personne.

Ponsard se renfroqua comme il pouvait. Faisant signe à Marie de garder le silence, il alla vers l'entrée en retenant sa respiration. Il n'avait pas été prudent de s'approcher de la fille en plein jour. Si Gilles apprenait qu'il avait quitté son poste, il le crucifierait sur place. Ponsard jeta un coup d'œil circonspect sur la cour et la maison. La lumière des bougies filtrait par les fenêtres, mais la cour était vide. L'espace d'un instant, il hésita en se disant qu'il ferait mieux de retourner à son poste. Il reviendrait voir la fille plus tard, quand elle serait endormie. Mais son hésitation fut de courte durée et sa faim inassouvie le poussa à regagner la grange plongée dans le noir.

Ponsard s'approcha de Marie à pas lents, laissant son désir monter et ouvrant ses braies d'une main. Les bêlements grêles des chèvres recouvrirent le bruit des pas qui se rapprochaient de lui dans son dos. La fille ouvrit de grands yeux. Ponsard crut qu'elle avait peur. Il n'eut pas conscience du danger avant que la dague ne fende l'air et ne lui tranche la gorge.

Will courut jusqu'à la fille figée sur son tabouret. Alors qu'elle ouvrait la bouche pour crier, il plaqua sa main dessus et s'accroupit devant elle.

— Tout va bien. Nous ne sommes pas là pour vous faire du mal.

Elle regardait par-dessus son épaule le corps du garde étendu dans un bain de sang. Robert rengaina sa dague et prit l'homme sous les bras. Les quatre autres chevaliers se précipitèrent pour l'aider à tirer le cadavre sous le grenier, l'un d'eux restant en arrière et recouvrant le sol de paille.

— Comment vous appelez-vous ? lui demanda Will en desserrant sa pression sur la bouche de la fille.

— Marie.

Will lui adressa un sourire d'encouragement.

— L'archevêque nous a parlé de vous. Écoutez-moi, Marie. Nous sommes venus libérer le garçon, Raoul. J'ai besoin de votre aide.

Elle secouait la tête, pinçait ses lèvres entre ses doigts pris de tremblements. Son regard ne pouvait se détacher du garde. Robert et les autres le dépouillaient de son arme ainsi que de sa tunique rouge et bleu dont la fleur de lys dorée brodée sur la poitrine était désormais tachée de sang. La fille se leva et Will la laissa se diriger d'un pas mal assuré vers le mort.

Les mains serrées contre sa poitrine, Marie contempla sa gorge tranchée. Puis elle se pencha et lui cracha dessus. S'essuyant les lèvres, elle se retourna vers Will, le visage blême, mais déterminé.

— Qu'est-ce que vous attendez de moi?

— Combien de gardes y a-t-il?

— Sept. Gilles est le capitaine.

— Ils sont tous dans la maison?

Marie acquiesça.

— Ponsard était censé être de garde, mais...

Ses yeux se posèrent sur lui en étouffant un sanglot.

— Gilles et les autres sont au rez-de-chaussée, ils attendent que Yolande leur apporte le souper. La plupart du temps, Raoul reste dans sa chambre. Ils n'aiment pas qu'il sorte de la maison.

— Très bien, lança Will en jetant un coup d'œil à Robert et aux chevaliers pour s'assurer qu'ils avaient entendu. Vous avez bien fait, Marie. J'ai juste besoin d'une dernière chose.

Désignant la cour gagnée par les ténèbres, il lui dit rapidement ce qu'il attendait d'elle. Marie l'écouta avec un air terrifié, mais quand il eut terminé, elle se redressa, résolue.

Une fois qu'elle eut quitté la grange, Will abandonna son sourire et alla vers Robert et les chevaliers.

— Jean, dit-il en faisant signe à l'un des Templiers, va te cacher dans la cour. Quand les gardes sortiront, je veux que tu entres dans la maison. Trouve Raoul. Quoi qu'il arrive, je veux que tu fasses sortir le garçon et qu'il sorte vivant. Compris?

Jean tourna les yeux vers Robert, qui opina.

— Exécute les ordres.

— Vous trois, cachez-vous, commanda Will aux autres tandis que Jean s'éloignait. Robert, tu viens avec moi.

En allant vers l'entrée de la grange, il croisa le regard de Robert.

— Nous avons eu de la chance que le garde quitte son poste. Espérons avoir autant de chance pour la suite.

De l'intérieur de la maison leur parvinrent des cris alarmés. C'était la voix de Marie.

— *Il y a quelqu'un dans la grange! Il y a quelqu'un dans la grange!*

Robert brandit son épée.

— Nous n'avons pas besoin de chance.

Les deux hommes se recroquevillèrent l'un en face de l'autre juste derrière l'entrée et se fondirent dans les ténèbres en s'emmitouflant dans leur cape. Leurs visages de vieux combattants, avec les cicatrices reçues lors de leurs nombreuses batailles, réflétaient les mêmes pensées.

Les cris de Marie furent suivis de bruits de course dans la cour.

— Qui est là? appela sèchement quelqu'un. Montrez-vous!

La voix s'éloigna.

— Toi. Va chercher Ponsard. Demande-lui s'il a vu quelqu'un.

La main de Will serra un peu plus fort son épée en entendant quelqu'un s'approcher. Un instant plus tard, un individu apparut sur le seuil de la grange dans une cape rouge et bleu.

— La fille s'est peut-être trompée, Gilles, hasarda un autre, derrière. C'était peut-être un loup?

— Elle dit qu'elle a aperçu un homme, marmonna Gilles sans bouger. Saleté de nuit, je n'y vois rien.

Il fit un pas en avant, s'immobilisa, jeta des regards tout autour de lui. Les chèvres bêlaient sans discontinuer.

— Si vous vous montrez, il ne vous sera fait aucun mal.

Gilles avança d'un autre pas. Il était en position de combat, prêt à tout. Deux gardes le suivirent. Puis un troisième. Ils se dispersèrent.

L'un d'eux progressa vers la droite. Son pied buta contre une balle de foin, puis il poussa un cri en voyant quelque chose fondre sur lui.

— Bon sang! s'écria-t-il.

Puis il éclata de rire, soulagé, et regarda la chèvre s'enfuir de la grange.

— Tu vas bien?

Un quatrième garde entra. Son camarade se retourna.

— Je...

Mais il ne poursuivit pas car une ombre géante émergea des ténèbres et se jeta sur lui. Il leva son épée juste à temps pour contrer son assaillant.

L'impact se répercuta dans le bras de Will et lui fit serrer les dents. L'homme parvint à parer son coup avant de se ramasser dans une position défensive. Au même moment, des cris retentirent et un cinquième garde se précipita à la rescousse de ses camarades.

— Non! lui hurla Gilles en se démenant face à un Templier. Occupe-toi de l'enfant!

L'homme disparut. Will se concentrait sur son adversaire, mais la présence dans son champ de vision des hommes armés le gênait. Comme lui, le garde avait un heaume en mailles sous son surcot et des gants de mailles pour protéger ses mains. Il avait sans doute aussi une sorte d'armure sur les jambes. Aucun des chevaliers n'était équipé de bouclier. Will leur avait ordonné de les laisser près des chevaux. Les boucliers du Temple étaient trop encombrants et trop lourds pour progresser discrètement, en silence. Lui-même avait appris à s'en passer lorsqu'il était en Écosse et à compter davantage sur la targe de bois utilisée par l'infanterie.

Soudain, le garde allongea sur la droite. Parce que sa posture était étrange, Will sut d'emblée que c'était une feinte. Comme il l'avait prévu, la lame se rabattit sur la gauche à la dernière seconde. Réagissant promptement, Will écarta la lame de son opposant et lui donna un violent coup de pied dans le ventre. L'homme se plia en deux et Will lui planta la pointe dans le cou. Il enfonça la moitié de la lame, jusqu'à ce qu'elle fût arrêtée. Il la retira alors et l'homme s'écroula à genoux en lâchant son arme avec un gargouillement d'agonie. Il leva les mains à sa gorge mais Will l'acheva d'un coup porté à deux mains.

Il se retourna juste à temps pour accueillir Gilles, qui fonçait sur lui. Le capitaine lui adressa une allonge vicieuse. Après quelques rapides passes d'arme, Will comprit qu'il avait affaire à un combattant expérimenté. Il maniait son épée avec dextérité et Will avait l'impression qu'elle fondait sur lui de tous les côtés à la fois. D'abord son torse, puis ses cuisses, ensuite une botte surprenante à l'aine avant d'attaquer au cou. Will oublia tout ce qui se passait autour d'eux, les hommes qui se battaient et grognaient sous les efforts, il fixa toute son attention sur sa défense, pour éviter de se faire tuer. Gilles portait des coups puissants. Il ne fallut pas plus de quelques secondes à Will pour que la sueur perle à son front et que la douleur s'installe dans ses muscles crispés.

Le visage de Gilles n'exprimait rien d'autre qu'une extrême concentration, mais au cours de leur combat, alors qu'ils se rapprochaient de l'entrée, une vague clarté lui permit d'apercevoir les traits de Will et ses yeux s'arrondirent.

— Je vous ai déjà vu, dit-il, haletant. Au palais. Avec le roi !

Son inattention ne dura qu'un instant, mais elle suffit à Will pour placer une botte. Il décrivit un arc de cercle au-dessus de sa tête avant de rabattre le bras, ce qui aurait fendu le crâne de son adversaire s'il l'avait atteint. Mais Gilles ne se laissa pas prendre et il leva prestement son arme pour contrer. Les épées s'entrechoquèrent et les deux hommes se firent face un moment, enfermés dans un corps à corps, avant que Gilles n'attrape la pointe de son épée de sa main libre, protégée par un gant de mailles. Alors, avec une vocifération farouche, il fit glisser sa lame contre celle de Will pour la bloquer contre son quillon, après quoi il tira violemment vers le bas. Déséquilibré, Will fit un pas de côté et Gilles lui envoya son pommeau en plein visage.

Son nez éclata instantanément et des larmes lui emplirent les yeux. Momentanément aveuglé, il attendit le coup final qui n'allait pas tarder. Il entendit le bruit de l'acier contre les mailles, le son des anneaux qui se déchiraient, puis un râle. Un instant, il crut que la douleur était si intense qu'il n'avait pas senti la lame le perforer. Toutefois, après s'être frotté les paupières, il vit Gilles à genoux devant lui, l'épée de Robert fichée dans le dos. Ce dernier retira son arme et le capitaine s'écroula dans la paille.

Jetant des regards troubles autour de lui, Will comprit que tous les gardes royaux étaient à terre, ainsi qu'un Templier adossé contre un mur de la grange, le visage blanc, agrippant d'une main son épaule.

— Suivez-moi, dit-il aux autres. Il reste encore deux gardes.

Tandis qu'ils sortaient de la grange, Will adressa un petit signe de tête à Robert.

— Merci.

— De rien. Tu ne croyais quand même pas que tu allais me laisser faire tout le vilain travail ?

— Certes, bougonna Will en appuyant sur une narine et en soufflant par l'autre pour se débarrasser du sang qui l'obstruait. Chacun son destin.

Ils eurent un mouvement de recul en voyant la porte de la maison s'ouvrir. Mais l'homme qui portait une torche en plus de son épée n'était autre que Jean. Le Templier était suivi de Marie et d'un petit garçon terrifié.

— Vous vous êtes occupé des gardes ? demanda Will en allant à leur rencontre.

— Quels gardes ? demanda Jean. Il n'y en avait qu'un. Il est venu chercher le garçon.

Ils entendirent des pas et tournèrent la tête. Une femme forte, pantelante, armée d'un couteau à dépecer, apparut au coin de la maison.

— Dieu merci ! Dieu merci, vous êtes venus !

Elle jeta un coup d'œil à la grange.

— Ils sont…

Will hocha la tête et la femme se voûta, posant ses deux mains sur ses genoux, pour reprendre sa respiration.

— J'ai essayé d'arrêter l'autre, mais il s'est enfui à cheval.

Robert s'approcha d'elle.

— Il y en a un qui s'est échappé ?

Il regarda Will avec inquiétude.

— Tu crois qu'il nous a vus ?

— Je ne pense pas. Mais va savoir…

Agacé, Will jura en silence tout en rengainant son épée.

— J'espérais avoir davantage de temps pour couvrir nos traces.

Cathédrale de Lyon, Saint-Empire romain,
30 novembre 1305 après J.-C.

Philippe entra dans la chambre et ôta ses gants.

— Partez, ordonna-t-il aux domestiques qui patientaient sur le seuil.

Ses yeux ne quittaient pas l'homme qui lui tournait le dos, assis sur un banc près de la fenêtre. La colère était répandue sur son visage, mais il attendit que la porte se referme doucement.

— Vous me faites attendre deux semaines et c'est ainsi que vous m'accueillez ? Sans me saluer ? Pourquoi n'avez-vous pas donné suite à mes demandes d'audience ?

L'homme ne se retourna pas et Philippe s'approcha.

— Les cardinaux m'ont dit que vous étiez malade et que vous ne receviez personne. Vous n'avez pas l'air fiévreux. Répondez-moi, de Got ! Pourquoi refusez-vous de me voir ?

L'homme se leva lentement dans la lumière du soleil couchant. Puis il se retourna et croisa le regard du roi.

— Je ne suis plus Bertrand de Got. Je suis pape, adressez-vous à moi avec respect.

Les yeux du roi jetaient des éclairs, mais le pape poursuivit :

— Les cardinaux vous ont dit la vérité. Je vous prie de m'excuser si vos projets en ont été perturbés.

Philippe hésita, désorienté par les manières de son interlocuteur. Il avait l'impression de parler à quelqu'un de différent. Ce n'était plus le petit homme faible qu'on avait mené, terrorisé et geignard, jusqu'à sa tente à Bordeaux, l'homme qui avait fondu en larmes en apprenant que son fils était prisonnier et qu'il mourrait s'il n'obéissait pas. Certes, l'individu qui se tenait devant lui n'était pas dénué d'inquiétude ; il le voyait à sa posture droite, rigide, les mains collées au corps. Mais, malgré sa tension, Bertrand de Got semblait plus fort et plus résolu que Philippe ne l'avait jamais vu. Ce qui le rendit nerveux. L'accession au trône papal conférait-elle à ces hommes une sorte de lien direct avec Dieu ? Un pouvoir sacré, une force divine ?

Il se racla la gorge et s'écarta soudain, refusant de soutenir ce regard sombre et imperturbable, de peur d'y déceler quelque chose de plus grand et d'infiniment plus terrible. Il se maudit d'avoir renvoyé Nogaret à Paris après la cérémonie, mais ses dernières taxes avaient provoqué des troubles là-bas et il fallait que le ministre rétablisse l'ordre.

— J'accepte vos excuses, dit-il, crispé. Maintenant que vous allez mieux, je souhaite que vous commenciez à tenir les promesses faites avant votre élection.

Philippe s'interrompit pour se remémorer les conseils que Nogaret lui avait dispensés.

— D'abord, et c'est le plus important, vous allez faire revenir le grand maître Jacques de Molay de Chypre. Nous allons devoir couper la tête du Temple si nous voulons que le reste s'écroule. Lorsque Molay sera en France, nous tiendrons à Paris des états généraux. Les trois états auront été prévenus de ce qui les attend. Vous y annoncerez que la survie du Temple n'a plus d'utilité, que l'Ordre est devenu un fardeau pour le peuple et pour la papauté avec ses vaines tentatives de reconquête de la Terre sainte. Vous expliquerez qu'il vaudrait mieux employer la fortune considérable du Temple à faire la paix dans la Chrétienté que la guerre sur des rivages lointains, que le peuple de France en bénéficiera grandement car les taxes diminueront et nos frontières s'en trouveront renforcées. Et comme votre position vous en donne le droit, vous annoncerez la dissolution de l'ordre du Temple, dont les fonds, les possessions et les richesses seront transférés à la couronne de France.

Le silence tomba entre eux. Philippe se demanda si Clément l'avait seulement entendu et était sur le point de le lui demander lorsque le pape répondit.

— En avez-vous terminé, sire?

Le ton hautain du pape inquiétait Philippe.

— Oui, mais...

— Tant mieux, sire, car j'en ai moi aussi terminé. Je n'ai plus à me laisser tourmenter par vous et par votre serpent, Guillaume de Nogaret, vous ne me manipulerez plus, vous ne me menacerez plus. Je suis pape. Je suis le Vicaire du Christ, je représente Dieu sur terre. Je ne suis pas un pion. Je ne remplirai pas vos obligations et je conteste la validité de notre arrangement, obtenu sous la contrainte.

Clément ne cachait pas sa colère, perceptible dans sa manière de s'exprimer.

— Je ne rappellerai en aucun cas Jacques de Molay alors qu'il est le seul à se battre pour réaliser le rêve de la Chrétienté. Votre grand-père, ce saint, est-il mort pour rien dans ces lointaines contrées? Allons-nous abandonner ce rêve?

Le pape secouait la tête.

— Je considère qu'il est de mon devoir d'aider autant que possible, spirituellement et financièrement, les Templiers à Chypre afin qu'ils poursuivent leur lutte sacrée.

Stupéfait, Philippe le foudroyait du regard.

— Vous vous méprenez du tout au tout si vous pensez que je ne mettrai pas mes menaces à exécution.

Sa main se porta au pommeau de son épée.

— Avez-vous oublié, Clément ? Je détiens votre fils ! Par Dieu, je jure que je le tuerai si vous n'exécutez pas mes ordres !

— C'est impossible, rétorqua Clément en dardant des yeux rageurs sur le roi. Mon fils n'est plus votre prisonnier. J'ai appris ce matin qu'il a été mis à l'abri. Vous ne le retrouverez pas et dans le cas contraire, je ferai ce que mon prédécesseur, Boniface, n'a pas eu le temps de faire : je vous excommunierai.

Il s'approcha du roi en donnant l'impression de grandir à chaque pas, et Philippe dut reculer.

— Vous pouvez déclarer que j'ai un fils pour provoquer un scandale mais je le nierai. Et je crains que votre parole n'ait guère de valeur ces temps-ci, sire. Le peuple, *votre* peuple, se lasse de votre règne et de votre accointance avec Nogaret l'assassin. Ils se retournent déjà contre vous. Croyez-vous que les hommes et les femmes de Guyenne ont aussi rapidement oublié votre brutalité ? Les nobles arrêtés, les domaines confisqués ? Je sais que vous n'avez ni l'argent ni les hommes pour écraser un nouveau soulèvement, sire. Si vous vous en prenez à moi, vous le regretterez.

Philippe hochait mécaniquement la tête, éperdu, sans savoir que répondre. À force de reculer, il fut dos au mur. Les yeux du pape, chargés de colère et de réprobation, le clouaient sur place. Il avait toutes les peines du monde à ne pas se mettre les mains devant le visage pour se protéger de ce regard noir.

— Vous vous êtes laissé corrompre par votre entourage. Vous êtes devenu aussi impie et hérétique que vos ministres ! Vous qui avez tué deux papes !

— Non, marmonna Philippe. Non.

Il se jeta à genoux en levant les mains dans un geste de supplication.

— C'est pour vous que je l'ai fait ! Pour notre peuple !

Clément tressaillit.

— Pour moi ?

Mais Philippe n'écoutait plus. Il avait fermé les yeux et se lançait dans une litanie :

— Seigneur, pardonnez-moi ! Pardonnez-moi mes péchés !

Cathédrale de Lyon, Saint Empire romain,
1er décembre 1305 après J.-C.

— C'est fait.

— Pensez-vous que le roi l'acceptera ?

Will regarda le pape s'asseoir sur le banc placé près de la fenêtre. Il paraissait épuisé, il avait beaucoup vieilli depuis la première fois que Will l'avait rencontré, à Bordeaux. Perdu dans ses robes de soie rouge, il posa ses mains sur ses cuisses.

— Je ne crois pas qu'il ait le choix. Si je refuse de dissoudre l'Ordre, il n'obtiendra pas ce qu'il veut.

Soudain, le pape releva les yeux.

— Il n'est rien arrivé à mon fils ?

Exaspéré, Will secoua la tête. Clément lui avait déjà posé la question à plusieurs reprises la veille.

— Mes hommes l'ont emmené dans le Sud avec Yolande et Marie, comme vous nous l'avez demandé. Philippe ne les retrouvera pas.

— Bien, fit Clément avec une ébauche de sourire. Ma sœur s'occupera d'eux.

— Alors c'est terminé ? Le Temple est à l'abri des manigances du roi ?

Le front du pape se plissa.

— Non. Ce n'est pas fini. Pas tant que Nogaret continue d'empoisonner l'esprit du roi et de le tourner contre l'Église.

— Le roi sait ce qu'il fait, Votre Sainteté. Nogaret a peut-être une vision plus précise de ce qu'il veut, mais Philippe n'est pas un idiot ni un homme sans volonté propre.

— Peut-être, peut-être, admit Clément avec un geste de la main comme s'il jugeait cette question sans importance. Néanmoins, je pense que le roi serait beaucoup moins agressif sans l'influence de ce serpent.

Il se leva.

— Je ne peux m'attaquer à Philippe. Mes pouvoirs, aussi considérables soient-ils, ne vont pas jusque-là. Cela provoquerait un conflit sans précédent dans le royaume. Guillaume de Nogaret, c'est une autre histoire. Je pourrais le traîner en justice pour les crimes qu'il a commis contre mes prédécesseurs, mais des rumeurs ne suffisent pas. J'ai besoin de preuves.

— Je sais que le roi et Nogaret ont organisé le meurtre du pape Boniface. Le roi m'en a parlé ouvertement lors d'une conversation, en même temps qu'il m'a fait part de son intention d'abattre le Temple.

Clément ne semblait pas particulièrement s'en réjouir.

— Votre parole ne suffira pas contre ces hommes. Un Templier devenu mercenaire? Le roi est entouré de juristes dont la rouerie n'est plus à démontrer. Il nous faudra plus que le témoignage d'un déserteur pour le confronter à ses crimes.

Il faisait les cent pas dans la pièce.

— En outre, c'est l'assassinat du pape Benoît que je dois prouver. Aussi méprisable que soit son meurtre, Boniface n'avait pas que des amis au sein du Sacré Collège. Je ne crois pas que ses ennemis seraient bouleversés si j'obtenais des preuves de son homicide. N'oubliez pas que la moitié de ce collège se compose de Français qui sont derrière Philippe. Mais pour Benoît, c'est différent. Il était apprécié et les rumeurs autour de son heure dernière nourrissent une vraie colère et un désir de justice.

Clément posa ses yeux sur Will.

— Trouvez une preuve irréfutable que Guillaume de Nogaret a tué le pape Benoît et je m'attaquerai à lui. Si je peux le faire disparaître de l'entourage du roi, je pense que nous nous en porterions tous beaucoup mieux.

— Je vais devoir être prudent. Comme je vous l'ai dit, l'un des gardes royaux s'est échappé de la maison.

— Vous m'avez dit qu'il ne vous avait pas vu.

— Je ne crois pas, mais le jeu pourrait devenir dangereux. Nogaret ne m'a jamais accordé sa confiance. Je ferai ce que je peux pour vous le livrer, si Votre Sainteté continue à prendre soin du Temple.

— Vous avez ma parole.

Clément s'approcha d'une table où étaient posées une carafe de vin et deux coupes.

— Maintenant, parlons de l'Ordre. Vous m'avez signalé qu'il y avait des Templiers avec vous pour libérer mon fils. Est-ce que l'un d'entre eux vous a parlé du grand maître ? D'une nouvelle campagne en Terre sainte ?

Will secoua la tête.

— La dernière fois que nous avons eu des nouvelles de Jacques de Molay, il s'efforçait de rassembler les hommes et les fonds pour une croisade, mais sans grand succès.

Clément, qui servait le vin, parut déçu.

— Eh bien, j'espère que les nouvelles seront meilleures d'ici quelque temps.

31

Le palais royal, Paris

21 décembre 1305 apres J.-C.

— Je n'arrive pas à comprendre ce qui est arrivé, Majesté.

Le roi ouvrit une porte basse à moitié cachée par du lierre. Le ministre se baissa pour entrer. Il ne connaissait pas cet endroit. Ils étaient à la pointe de l'île de la Cité et dans leur dos s'élevaient les murs des jardins. Devant eux, les rives boueuses s'inclinaient vers la Seine dont le niveau avait monté à cause des récentes tempêtes. Trois petits îlots sortaient de l'eau l'un derrière l'autre, comme le dos de quelque énorme monstre bossu immergé au milieu de la rivière. Un vieux pont de bois permettait d'accéder au plus proche d'entre eux. Nogaret l'avait déjà aperçu depuis les bords de Seine, mais il n'avait jamais entendu parler de cette porte.

— C'est mon père qui l'a fait construire. dit Philippe en regardant le pont.

Il désigna l'île la plus proche. Balayée par le vent, elle était à peu près vierge de végétation, en dehors de quelques arbres rachitiques. Deux oiseaux barbotaient au bord de l'eau.

— Il voulait pêcher depuis l'Île-aux-Juifs.

— Sire…, commença Nogaret afin de ramener le roi sur le sujet qui le préoccupait.

— Je ne crois pas qu'il l'ait jamais fait. Les conflits perpétuels l'en ont empêché. Mon père était un homme faible. Sa famille, ses conseillers, tous le menaient par le bout du nez. Il ne pensait jamais par lui-même, ne faisait jamais ce qu'il voulait. Le peuple se souvient à peine de lui. Il n'est jamais devenu autre chose que le fils d'un saint. (Philippe se tourna vers Nogaret. Le vent glacial lui ébouriffait les cheveux.) Est-ce l'image qu'ils garderont de moi après ma mort ? Celle d'un monarque ayant laissé ses ministres le manœuvrer comme un idiot ? Qui n'a rien accompli de grand ? Serai-je simplement le petit-fils d'un grand homme ?

— On se rappellera de vous comme de l'homme qui a unifié la France, répondit fermement Nogaret. Celui qui a offert à son royaume une nouvelle ère de prospérité où l'ordre règne, une ère de raison, et non le temps de fidèles aveugles.

— J'ai sous-estimé notre nouveau pape, lâcha Philippe d'une voix sourde en laissant ses yeux dériver vers l'île mélancolique. Le soldat encore en vie peut-il nous dire qui a mené l'assaut ?

Le visage de Nogaret se ferma.

— Il ne les a pas vus. Quand il a compris que Gilles et les autres se faisaient décimer, il s'est enfui. S'il avait été moins stupide, il se serait caché à côté de la maison pour observer ceux qui les attaquaient. À cause de lui, j'ai bien peur que nous ne connaissions jamais leur identité.

— Je suppose que Clément a recruté des mercenaires pour sauver son enfant.

Philippe fit quelques pas en direction du pont. Le bas de ses robes traînait dans la boue.

— Il a plus de nerf que je ne m'y attendais.

Le roi agrippa le garde-corps en bois mais sans poser le pied sur le pont couvert de mousse.

— Nous pourrions peut-être faire rechercher l'enfant ? proposa Nogaret en se frottant pensivement le menton. Je suis pratiquement sûr que nous mettrons la main sur quelqu'un dans l'entourage de Clément qui saura où le trouver.

Philippe secoua la tête.

— Non. C'est fini. Sans le soutien du pape, nous ne pouvons pas attaquer le Temple. Mes projets de conquête de nouveaux territoires vont rester en l'état. De simples projets. Sans argent, je ne peux rien faire de plus. Nous pourrions peut-être augmenter les taxes ?

— Ce serait risqué. L'ambiance est mauvaise à Paris et dans tout le royaume, sire. Nous venons de mettre un terme aux émeutes. La situation reste fragile, expliqua Nogaret en soupirant. Le Temple est…

— Le Temple est protégé, le coupa Philippe en se dirigeant vers la porte. Il n'y a rien à faire.

— Il doit y avoir un autre moyen, sire, j'en suis sûr.

Nogaret dut accélérer le pas pour suivre Philippe.

— Il faut simplement y réfléchir.

— J'en ai assez de réfléchir. Ma tête est tellement pleine de réflexions que j'ai l'impression qu'elle va éclater. Laissez-moi.

Nogaret s'apprêtait à répliquer, mais il se ravisa et regarda le roi partir devant lui et traverser seul les jardins. Le moment n'était pas bien choisi pour insister. Il devait attendre que la poussière retombe. C'était un désastre. Bertrand de Got avait pourtant l'air d'un fruit mûr, il semblait n'y avoir plus qu'à le cueillir et à le presser. Une fois de plus, ils avaient élu le mauvais homme. Nogaret retourna vers le palais en ruminant sa frustration et sa colère contre l'incompétence des gardes royaux et le brusque revirement du pape. Le Temple restait leur meilleure chance de renforcer le royaume, mais Philippe avait raison : sans le soutien du pape, ils ne pourraient pas toucher à l'Ordre.

Tandis qu'il enfilait des couloirs pour se rendre à ses quartiers, le ministre était tellement plongé dans ses pensées qu'il ne remarqua pas Will avant qu'ils ne se croisent. Il s'arrêta net et se retourna.

— Campbell ?

— Messire Nogaret, le salua Will en s'inclinant.

— Vous êtes revenu plus vite que je ne m'y attendais. J'ai toujours cru que le voyage en Écosse était ardu.

— Je ne suis pas allé jusque-là. J'ai retrouvé l'un des généraux de Wallace en Angleterre.

Les yeux de Nogaret tombèrent sur un parchemin que Will tenait à la main.

— Un message ?

— De ma sœur, répondit Will en levant la lettre pour que Nogaret puisse voir son nom écrit en haut. Il m'attendait lorsque je suis arrivé.

Il esquissa un petit sourire.

— Je suppose qu'il contiendra une longue description des mots que la fille de ma nièce arrive à prononcer et du nombre de dents du petit dernier. Je doute que tout cela vous intéresse. Comment s'est déroulée la cérémonie à Lyon ?

— Il y a eu quelques troubles, dit Nogaret en scrutant le visage de Will.

Il se sentait très soupçonneux à son égard. Sans savoir pourquoi.

— Douze personnes sont mortes à cause de l'effondrement d'un mur, mais le pape n'a rien.

— Je suppose que maintenant le roi va continuer à mettre en œuvre son plan ?

— Des développements inattendus sont survenus, fit Nogaret après un instant d'hésitation. Mais ce n'est ni le lieu ni le moment d'en discuter. Je pense que le roi vous convoquera quand il y sera disposé. Je suis sûr qu'il voudra savoir quelles nouvelles vous rapportez d'Écosse. Nous n'en avons pas eu beaucoup de notre voisin ces derniers temps.

— Je serais heureux de vous en donner.

Nogaret regarda Will s'éloigner avant de partir dans la direction opposée. L'insatisfaction montait en lui, le privant du moindre répit.

Philippe arpentait d'un pas lourd les couloirs des appartements royaux. Il entendit le rire d'une petite fille dans une chambre contiguë et supposa que c'était sa fille. Sa gaieté lui transperça le cœur. Il se pressa de retrouver sa chambre et sa solitude. Les couloirs lugubres étaient envahis d'un froid mordant mais il le sentait à peine. Trop d'émotions l'encombraient : il était une fournaise où se mélangeaient la rage, le désespoir, l'humiliation. La main sur la poignée, il s'immobilisa un instant, l'esprit assailli par le souvenir de Lyon. Il se revoyait à genoux devant le pape, en train de le supplier. Il savait qu'à ce moment-là, la terreur était maître de lui, et juste après avoir quitté Clément et être reparti, défait, vers Paris, la honte l'avait accablé. Comment avait-il pu se laisser si facilement effrayer ? Il ouvrit brusquement la porte et entra avant de se figer aussitôt : une femme était étendue sur son lit.

Rose se leva sans dire un mot. La colère s'empara du roi et durcit ses traits. Rose s'apprêtait à quitter la pièce, certaine qu'il allait lui ordonner de partir, mais il n'en fit rien et elle demeura immobile. Le roi referma la porte et se retourna vers elle. Il était revenu de Lyon la veille, et avait passé tout son temps en audiences.

— Que faites-vous ici, Rose ? demanda Philippe, le regard ailleurs, tandis qu'il enlevait son manteau.

Il le jeta sur le lit. Voyant la boue sur le bas du vêtement, Rose se demanda d'où il arrivait.

— Je voulais vous voir.

Elle aurait souhaité paraître forte, mais seul un mince filet de voix était sorti de sa bouche. Philippe avait le regard vitreux. Elle secoua la tête, prenant soudain conscience du danger.

— Pardonnez-moi, sire, balbutia-t-elle en traversant la pièce pour en sortir.

— Attendez.

Elle tressaillit.

— Restez.

Philippe s'assit sur le lit pour retirer ses bottes.

— Asseyez-vous avec moi.

Rose fit lentement demi-tour, les yeux baissés afin de dissimuler son émotion. Mal à l'aise, elle s'assit au bout du lit. Elle remarqua que la boue de son manteau se répandait sur le sol. Les yeux clos, Philippe avait la tête rejetée en arrière, appuyée contre le mur. Contrairement à elle, sa respiration était lente, régulière. De la main, il tapota à côté de lui.

— Approchez-vous.

Rose se pencha pour enlever ses chaussures. Lorsqu'elle s'étendit à ses côtés, il retira sa main. Elle sentait la moindre parcelle de son corps : ses joues enflammées, ses mains tremblantes, son pouls qui s'emballait. Allongée contre l'oreiller, raide comme une planche, elle ne s'était jamais sentie aussi vivante ni aussi terrifiée. Elle sursauta en sentant quelque chose toucher sa main. C'était un doigt. Les yeux toujours fermés, sans se presser, Philippe remonta légèrement vers son poignet, puis glissa son doigt dans la manche de sa robe noire. Elle essaya de fermer ses yeux, mais cette sensation d'effleurement, si elle en ignorait l'origine, l'étourdissait. Le roi lui aussi respirait plus fort. Soudain, il se redressa. Retirant la couronne posée sur sa tête, il la posa sur une table avant de se tourner vers Rose. Il se pencha sur elle en appuyant ses deux mains de part et d'autre de son corps. Sa bouche se colla à la sienne et elle ferma les yeux. Il portait sur lui l'odeur du fleuve. Au bout d'un moment, il s'écarta. Ils se fixèrent en silence tandis qu'il défaisait les nœuds de sa robe. Lorsqu'il la lui ôta, Rose frissonna. Il faisait froid et elle cacha timidement sa poitrine de ses deux bras en faisant attention de ne pas montrer ses marques de brûlure.

Philippe enleva sa tunique de velours et délaça les lanières de son cilice. Lorsqu'il l'ôta, Rose put voir la peau rougie et, à vif, les sillons laissés par le fouet, les motifs et les contours de ses flagellations. Elle ouvrit maladroitement les bras pour lui montrer ses propres cicatrices. Elle avait envie de toucher ses blessures. La voix de la reine résonnait dans sa tête.

Comme si ses veines saillaient.

Il agissait plus brusquement à présent, avec impatience. Il lui écarta les cuisses de ses mains aux doigts toujours glacés. Rose aurait voulu lui demander de ralentir, d'être doux. Elle aurait voulu lui faire part de ses pensées, de ses peurs et de ses désirs, lui dire qu'elle attendait cela depuis si longtemps. Elle aurait voulu qu'il l'embrasse encore. Mais elle ne savait pas comment parler à un roi et elle resta étendue en silence tandis qu'il grimpait sur elle, le visage enfiévré. Il avait les yeux fermés. Il ne la vit pas tourner la tête pour masquer la douleur du déchirement, il ne vit pas ses mains se crisper et agripper le couvre-lit. Arrachée à elle-même, Rose l'entendit à peine murmurer quelque chose. Elle rapprocha sa tête de la sienne pour mieux l'entendre. Au bout d'un moment, il répéta ce qu'il venait de dire.

— Jeanne, marmonnait-il tout en s'excitant aveuglément. *Jeanne.*

En reprenant son chemin, Will sentit le regard de Nogaret planté dans son dos. Parvenu au bout du couloir, avant de tourner, il réussit à ne pas regarder en arrière. Puis il se rendit dans ses quartiers, le parchemin toujours à la main.

Lorsqu'il atteignit la petite pièce qui lui tenait lieu de maison depuis si longtemps, il referma la porte avec un sentiment de soulagement. Un des carreaux de la fenêtre qui donnait sur la cour était brisé, il faisait très froid. Le seul mobilier, en dehors du coffre verrouillé sur lequel étaient posés son épée, son heaume et sa cape de voyage, consistait en un tabouret et une table avec une carafe d'eau et quelques bougies. Quand il était revenu le matin, il avait vu qu'une fine couche de poussière s'était déposée partout, mais en passant le doigt sur la table, il s'aperçut que les domestiques s'en étaient occupés entre-temps. Il se demanda qui d'autre avait remarqué son arrivée et se sentit soudain mal à l'aise, comme si le palais était un repaire d'yeux fureteurs qui n'attendaient qu'une chose : le voir trébucher et se trahir. Repoussant ces pensées, Will s'affala sur sa paillasse. Il était l'invité du roi ; rien de plus normal que les gens observent ses allées et venues. Il était juste sous le coup de l'accueil peu amène de Nogaret, mais les manières soupçonneuses du ministre n'avaient rien d'inhabituel. Personne ne se faisait d'idées à son sujet.

Il préféra se concentrer sur la lettre. Il avait rarement des nouvelles de sa famille, c'était un plaisir qu'il ne voulait pas gâcher. Souriant à l'avance, il brisa la cire. À mesure que ses yeux parcouraient le parchemin froissé, son sourire s'évanouit.

Mon cher frère,

J'espère que cette lettre te trouvera en bonne santé. Hélas, je ne peux pas dire que tout aille pour le mieux ici, et je ne crois pas que ça s'améliorera. Je suis désolée de ne pas t'avoir écrit depuis aussi longtemps, mais les temps sont durs et nous n'avons guère l'occasion de faire autre chose qu'assurer notre survie. Les moissons n'ont pas été bonnes et cela aurait déjà suffi à nous mettre dans la difficulté, mais les guerres d'Édouard ajoutent à notre malheur. Nous sommes plus pauvres et le cellier est plus vide que nous n'aurions jamais pu l'imaginer. John Balliol est toujours en exil en France et nous avons perdu tout espoir d'avoir de nouveau un roi sur le trône, à moins de laisser Édouard s'y asseoir. Nous avons au moins la chance de nous trouver suffisamment au nord pour ne pas trop souffrir de ses violentes campagnes, même si depuis la chute du château de Stirling l'année dernière, les combats se sont raréfiés. Tu as peut-être appris qu'à cette époque, les nobles écossais ont été forcés de s'incliner devant le roi et d'accepter une trêve. Mais ce qu'on sait peu en dehors de nos frontières, c'est qu'ils n'ont obtenu leur liberté qu'à la condition de traquer le seul homme qui défie toujours l'Angleterre, messire William Wallace. Même messire David Graham doit prendre part à cette chasse, bien qu'il n'ait pas réellement entrepris quoi que ce soit.

On ne peut pas en dire autant des autres. Là où tous les hommes envoyés par Édouard pour capturer messire William ont échoué, messire John Menteith a réussi. Il a découvert que messire William se cachait avec Gray dans une maison au cœur d'un bois, près de Glasgow. Nous savons qu'il leur est tombé dessus en pleine nuit, avec ses hommes. J'ai le regret de t'apprendre que Gray est mort au cours de cette attaque. Christiane n'arrive pas à se remettre du deuil. Apparemment, messire William s'est battu et il a tué beaucoup de ses agresseurs, mais ils étaient trop nombreux, même pour lui, et ils ont fini par s'emparer de lui. Il a été emmené en toute hâte à Carlisle, attaché à son propre cheval, et livré aux Anglais qui l'ont envoyé au sud, à Londres. Tout s'est déroulé tellement vite que nous ne l'avons pas su tout de suite, à Elgin. À ce moment-là, David était près de la frontière avec son seigneur et ils ont pris la décision de se rendre sur place. Je ne sais pas très bien ce qu'ils avaient l'intention de faire. Je pense que mon fils, dans sa bravoure, espérait pouvoir sauver messire William. Mais dès leur arrivée à Londres, ils ont compris que c'était impossible. David dit que la ville regorgeait de gens venus voir le phénomène. Les rues autour de la prison étaient si noires de monde qu'ils n'ont même pas pu s'en approcher.

Le vingt-trois août, messire William Wallace a été amené à Westminster, soi-disant pour passer devant un tribunal, mais tu imagines autant que nous la parodie de procès qui s'est déroulée. Alors qu'il n'avait jamais juré fidélité à la couronne d'Angleterre, messire William a été jugé pour trahison. Il a été condamné et la sentence exécutée le jour même.

David m'a plus ou moins parlé de ce qui a suivi, mais sans entrer dans les détails. J'imagine qu'il voulait m'épargner l'horreur qui semble le hanter depuis, malgré tout ce qu'il a vu. Quand j'y pense – la foule, la chaleur, l'angoisse –, ça me rend malade. Nous avons tous vu du sang versé inutilement, beaucoup trop, mais ça n'est en rien comparable à ce qui a été fait ce jour-là à cet homme magnifique et admirable. J'avais l'intention de t'en parler, mais je m'aperçois que les mots me manquent. Je n'arrive pas à les coucher par écrit…

La lettre lui glissa des mains et tomba à terre. Le texte avait perdu tout sens, comme si sa sœur n'était pas parvenue à articuler tout cela dans des phrases cohérentes.

Il se représentait les huées de la foule agglutinée dans les rues entre Westminster et la place de l'exécution. Il pouvait voir leurs poings brandis, leurs gueules rouges grandes ouvertes. Il entendait la clameur, les sifflets, les quolibets qui fusaient tandis qu'on traînait devant eux l'ogre du Nord, nu et enchaîné. Il recevait leurs crachats sur son visage, les coups de pied. Leur odeur, la puanteur de la sueur à cause de la chaleur et de l'excitation, de leurs corps pressés les uns contre les autres pour tenter d'apercevoir l'ennemi tant haï. Ses tripes se nouaient en voyant un peu plus loin la potence, la corde, le nœud vide dont l'ovale se découpait sur le ciel : pas encore la fin, non, seulement le début d'une agonie. Il sentait une grande solitude l'envahir au moment de monter sur cette plate-forme et de poser les yeux sur cette multitude bouillonnante. Tant de visages, si peu d'humanité. On lui attachait les mains dans le dos, les liens lui faisaient mal au moindre mouvement, et la sensation râpeuse de la corde contre ses joues, juste avant qu'elle ne lui tombe autour du cou. Il entendait les vivats de la foule tandis que ses bourreaux encagoulés accomplissaient leur sinistre ouvrage et que ses pieds décollaient du sol, la respiration interdite, bouche ouverte, langue pendante.

Will devait lutter contre les images qui l'assaillaient les unes après les autres et auxquelles se mêlaient les paroles d'Édouard prononcées des années plus tôt dans sa cellule à Stirling.

À cet instant, la vessie se vide, puis les intestins.

Il essaya de repenser à William Wallace tel qu'il l'avait vu pour la dernière fois, quatre ans plus tôt, quand ils s'étaient dit au revoir sur les quais de Paris. Il tenta de se remémorer sa poignée de main franche, le sourire rare qui avait éclairé ses yeux bleus. Mais tout ce qu'il voyait, c'était ce corps gigantesque désarticulé qu'on descendait de la corde, pas encore mort, luttant pour son dernier souffle auquel il s'agrippait comme il s'était cramponné jusqu'au bout à son espoir de liberté.

Vous serez étendu sur une table pour que tout le monde puisse vous voir. Ce sera un spectacle.

Il éprouvait la solidité du banc sur lequel on l'étendait, la douleur d'airain quand on lui arrachait les testicules, sa virilité et sa force exhibées. Il était conscient des instruments du tortionnaire qui fourrageaient dans sa poitrine et son estomac. Mon Dieu, laissez-le mourir maintenant.

Et on vous arrachera les organes les uns après les autres avant de les brûler devant vos yeux.

Will se leva. S'approchant de la fenêtre, il planta ses mains à plat sur le rebord. Puis il ferma les yeux et se concentra sur le vent glacé qui entrait par le carreau brisé. Il ressentait l'ultime déchirure lorsque le bourreau plongeait sa main dans sa poitrine pour en ressortir son cœur encore frémissant, ses oreilles bourdonnaient des hurlements apoplectiques de la foule tandis qu'on le brandissait devant elle. Il serra les dents et bannit les images de son esprit, préférant rappeler à son souvenir celle de Wallace montant sur le bateau, les rames qui s'enfonçaient en rythme dans l'eau comme il s'éloignait sur la Seine. Il avait levé la main une dernière fois puis s'était retourné, le regard fixé sur sa destination, vers son pays.

Maintenant que Wallace n'était plus, quel espoir restait-il? Édouard avait gagné.

Will sentit sa vieille haine, qu'il avait réussi à tenir à distance tant qu'il luttait pour sauver le Temple, resurgir en lui avec une force sauvage. La rage l'inondait, noire et amère. Il poussa un cri et s'étala sur la table en faisant tomber la carafe d'eau et les bougies. Le sourire arrogant d'Édouard l'habitait. Will donna un coup de poing dans le mur puis s'y adossa et glissa au sol, le souffle court, la main en sang. Mais dans sa colère et sa consternation, une pensée le sauva. C'était le visage du pape Clément qui lui apparaissait. S'il trouvait le moyen de lui livrer Nogaret, peut-être pourrait-il négocier un accord : le ministre contre une bulle forçant Édouard à mettre un terme à la guerre? Cette pensée, il le comprit, contenait un germe d'espoir.

Oui, il y avait encore des raisons d'espérer.

Prison de Merlan, royaume de France,
25 décembre 1305 après J.-C.

Recroquevillé sur lui-même dans les ténèbres, l'homme écoutait les bruits sourds qui se répercutaient jusqu'à lui : au loin le son de chaînes traînant sur le sol, une porte qui claque, un verrou qu'on tourne, un cri de douleur qui le faisait tressaillir. Tout en écoutant, il se balançait d'avant en arrière en heurtant le mur dans son dos. Il avait l'habitude de compter ces mouvements : chaque fois qu'il sentait le mur froid dans son dos, un de plus. Un. Deux. Cent. Deux mille. Une façon de mesurer le temps dans ce lieu où n'existaient ni saisons, ni jours. Le sol ne se lève pas sous terre. Il n'y avait que des lueurs dans le noir, causées par les torches des gardes qui passaient. Mais au bout d'un moment, il finissait par perdre le compte au-delà de plusieurs centaines et son esprit s'égarait dans l'évocation vaine d'un souvenir.

Les lieux, les gens, tout se mélangeait dans ses rêves éveillés mais ils avaient tendance à se confondre les uns dans les autres. Des arbres noirs se dressaient sous un ciel de cendre. Le bleu semblait impossible. Ici, tout était gris, ses cheveux, sa peau, ses haillons, les murs, le sol, même ce qu'il mangeait, tout était gris et crasseux à l'exception d'une couleur. C'était une couleur mauvaise, la couleur du sang et des péchés. La couleur des croix qui ornaient les manteaux blancs de ses gardes. Elle lui brûlait les yeux quand ils se penchaient sur lui, qu'ils faisaient claquer leur fouet, elle lui dévastait l'esprit en dégoulinant de ses bras levés pour se protéger des coups. Il avait appris à la craindre, il avait appris les mots qu'il ne devait pas prononcer sous peine de la voir apparaître. Des mots qui appelaient la douleur, comme coupable ou innocent, punition ou blâme. Hérésie. Meurtre.

Un nouveau bruit se fit entendre au milieu des murmures, des soupirs, des grognements et des gémissements qui ne cessaient jamais. Le bruit de pas qui s'approchaient doucement. Tirant sur ses chaînes, l'homme se pencha en avant. Il tendit le cou dans l'obscurité, avide de discerner quelque chose. Les pas s'arrêtèrent devant sa porte, par-dessous laquelle filtrait une faible lumière. Le verrou tourna et la porte s'ouvrit. La lumière de la torche, sa chaleur, fondirent aussitôt sur lui. Il leva les mains, incapable de la regarder autrement qu'entre ses doigts. Un jeune homme se tenait sur le seuil. Dans sa main libre, il tenait une écuelle qu'il déposa par terre sans même se donner la peine d'entrer, tant la cellule était petite.

L'homme jeta un coup d'œil hésitant à son contenu. Des bouts de viande nageaient dans une épaisse mélasse.

— Qu'est-ce que c'est, Gérard ?

Sa voix était si rauque qu'elle en était à peine compréhensible.

— Je vous ai apporté des restes des cuisines, soupira le jeune homme. Les gardes ont fini leur souper. Ça ne leur manquera pas.

— De la viande ?

Gérard acquiesça.

— On nous a envoyé un cerf pour Noël.

— C'est déjà Noël ?

— Oui. Aujourd'hui.

L'homme se rejeta en arrière, dos au mur, sans plus oser regarder l'écuelle.

— Tu ferais mieux de la rapporter, Gérard. S'ils l'apprennent, tu seras puni.

À la lueur des flammes vacillantes, le visage du jeune homme oscillait entre excitation et inquiétude.

— Ça n'a aucune importance, dit-il au bout d'un moment. C'est mon dernier jour dans cet endroit. Demain je pars pour Paris. Pour finir, mon père a réussi à me trouver une place aux écuries. Mais peut-être qu'un jour, si je travaille assez dur, j'aurai le droit d'être initié.

L'homme sentit une boule se former dans son estomac en voyant l'exaltation de son jeune geôlier, si semblable à celle qu'il avait connue lui-même.

— N'y va pas, Gérard, le pria-t-il en tendant les mains vers le jeune homme. Ne va pas à Paris. Les hommes ne sont pas bons là-bas. Ce sont des hérétiques.

Il criait presque.

— Des meurtriers !

Gérard regarda derrière lui d'un air nerveux.

— Ne dites pas ça. Vous ne voudriez pas que les chevaliers vous entendent. Vous savez ce qui vous arriverait.

Mais l'homme n'écoutait plus. Il attrapa le jeune homme par le bras.

— Alors dis-leur que je suis ici. Je t'en supplie. Dis-leur que je suis innocent. Que je n'ai rien à faire ici.

Le jeune homme se libéra brusquement de son emprise, et le regarda en secouant la tête.

— Taisez-vous. Il ne faut pas qu'ils vous entendent. Mangez avant que ça refroidisse.

Il ferma la porte à la hâte et l'obscurité reprit ses droits. Tandis que les pas du jeune homme s'éloignaient dans le couloir, Esquin de Floyran se mit à quatre pattes, les bras étendus devant lui, et pleura.

TROISIÈME PARTIE

32

Le Temple, Paris

7 novembre 1306 après J.-C.

Tout en faisant les cent pas, le jeune homme tirait nerveusement sur un fil défait de sa tunique. Dans la sellerie, l'odcur de paille, de fumier et de cuir tanné était oppressante. Il n'avait jamais réussi à s'y accoutumer. Aux crochets fixés aux murs pendaient des rênes, et des selles s'entassaient sur les étagères. Le plafond en forme de voûte était recouvert de toiles d'araignée. Il n'avait jamais remarqué qu'il y en avait autant, alors même que, cette année, il avait passé le plus clair de son temps dans cette pièce. Il frissonna et s'éloigna de l'une d'elles particulièrement imposante qui pendait juste au-dessus de lui et où plusieurs mouches étaient prises au piège. Il se rappelait avoir rencontré une toile d'araignée à cause de l'obscurité qui régnait dans les couloirs de la prison, et il se souvenait de sa surprise lorsqu'il avait passé sa main sur son visage. La sensation de picotement sur sa joue.

La porte s'ouvrit et deux hommes entrèrent, ce qui le fit sursauter. L'un était le maître d'écurie, dont le visage affable et le sourire accueillant avaient le pouvoir de le rassurer. L'autre le mettait moins à l'aise. Le jeune homme avait déjà vu ce grand chevalier dans la commanderie, mais il n'avait jamais eu l'occasion de lui parler, sauf une fois où il lui avait tendu les rênes de son cheval. Le chevalier avait les cheveux gris et un visage anguleux mangé par une courte barbe blanche. Avec son long manteau et la grande épée à sa hanche, il paraissait impérieux et austère.

— Gérard, fit le maître d'écurie. Je te présente messire Robert de Paris.

Le jeune homme s'inclina et tira encore plus fort sur le fil de sa tunique tandis que le chevalier le scrutait.

— Frère Simon dit que tu veux me parler de quelque chose ?

Gérard jeta un regard hésitant à Simon.

— Tout va bien, Gérard. N'aie pas peur, tu peux dire la vérité. Raconte à messire Robert ce que tu m'as dit hier.

Gérard lutta contre la voix qui, en son for intérieur, lui ordonnait de se taire, lui murmurant qu'il avait raison d'avoir peur. Mais la voix appartenait à un homme dont le visage le hantait toujours, et Gérard savait qu'il ne connaîtrait pas le repos tant qu'il n'aurait pas répondu aux suppliques de cet homme. Il le savait depuis longtemps, il avait attendu avant de partager son secret. Quelques semaines plus tôt, il avait fini par se confier à un autre palefrenier en espérant que cela atténuerait son malaise, mais son camarade l'avait persuadé d'en parler à quelqu'un de plus haut rang. Après s'être raclé la gorge, Gérard répondit.

— J'ai été transféré à cette commanderie il y a an, messire. Avant, je me trouvais à la prison de Merlan, où mon père était gardien. Il y avait un prisonnier là-bas qui s'appelait Esquin de Floyran.

— Floyran ? reprit vivement Robert. Le prieur de Montfaucon ?

— Oui, messire, c'est cela. Il m'a dit qu'il était prieur.

Robert se tourna vers Simon.

— Floyran a disparu il y a trois ans, à peu près au

moment où on a retrouvé son neveu assassiné. À l'époque, nous avons pensé qu'il avait quelque chose à voir avec le meurtre et qu'il avait dû s'enfuir par crainte de représailles.

Gérard secoua la tête.

— Non. Esquin adorait son neveu. Il m'a dit que Martin avait été…

Il s'arrêta un instant devant l'énormité de ce qu'il allait ajouter.

— Il m'a dit que Martin avait été tué par des chevaliers, lâcha-t-il d'une traite.

— Des Templiers ?

Gérard jeta un coup d'œil à Simon, qui lui fit signe de continuer.

— Oui, messire. Des chevaliers de cette commanderie.

— Pourquoi Floyran s'est-il mis cette idée en tête ?

— Il était là quand c'est arrivé. Il avait retrouvé son neveu dans une église et celui-ci a avoué s'être laissé ensorceler par des Templiers hérétiques qui l'ont fait participer à des rituels impies et obscènes. Mais son neveu avait été suivi, et il est mort. Esquin pense que seul son rang l'a sauvé. Comme il est officier, les chevaliers ont dû avoir peur de le mettre à mort et ont préféré l'envoyer à Merlan. Ils espéraient peut-être qu'il mourrait en prison.

Gérard baissa les yeux sur ses mains en se rappelant les horreurs qu'il avait vues là-bas.

— Cela arrive souvent. C'est un endroit lugubre, messire.

— Parle-moi de ces chevaliers. Tu dis que le neveu de Floyran les a accusés d'hérésie ?

— C'est ce qu'Esquin disait. Mais il ne les connaissait pas. Les hommes qui l'ont fait prisonnier et ont tué Martin étaient masqués. Esquin a été emmené pour subir un interrogatoire, il pensait que c'était à la commanderie de Paris sans en être sûr parce qu'on lui avait bandé les yeux.

Gérard se tut car Robert venait de pousser un juron et se passait la main dans les cheveux. Puis il reprit.

— À Merlan, il a longtemps clamé son innocence, messire. Les gardes le battaient et le torturaient chaque fois qu'il déclarait à qui voulait l'entendre qu'il y avait des hérétiques dans l'Ordre et qu'ils devaient être punis pour leurs crimes. À force d'être roué de coups, il a fini par se taire. Le seul à qui il en a parlé, c'est moi. Je crois qu'il pensait pouvoir me faire confiance. Quand il a su que je partais, il m'a supplié de prévenir quelqu'un.

— Pourquoi t'a-t-il fallu une année pour le faire ?

Gérard détourna le regard.

— J'avais peur qu'il m'arrive la même chose si j'en parlais.

Il jeta un bref coup d'œil au chevalier.

— Je ne supporterais pas d'être envoyé là-bas, messire. Je préférerais mourir. Mais je n'y tenais plus. Je n'arrête pas de le revoir dans sa petite cellule, tout recroquevillé dans le noir.

— Tu as fait le bon choix, Gérard, le rassura Simon.

— Frère Simon a raison, dit Robert. Mais tu dois me promettre de n'en parler à personne d'autre. Il faut que ça reste entre nous.

— Bien entendu, messire.

— Tu peux partir.

Après avoir salué, Gérard quitta la sellerie, tout heureux de ressortir à la lumière du jour. Déjà il se sentait plus léger de s'être déchargé de son fardeau.

Quand le sergent fut parti, Simon se tourna vers Robert.

— J'ai pensé que tu voudrais savoir. Dès qu'il m'a raconté cette histoire, ça m'a rappelé les rumeurs dont tu m'avais parlé et auxquelles tu voulais que je prête attention. Je dois admettre qu'à l'époque, je me suis dit que ça n'avait sans doute aucun fondement.

— Eh bien, pour être honnête, j'en étais venu à la même conclusion. Il n'y avait pas le moindre indice.

— Ou alors il menait à Merlan, fit Simon avec une moue. Tu m'as dit que le visiteur de Pairaud avait lancé une enquête. Pourquoi n'était-il pas au courant de l'emprisonnement de Floyran ?

— Beaucoup d'officiers de cette commanderie, à commencer par le maître de France et le maréchal pour n'en nommer que deux, ont l'autorité suffisante pour faire incarcérer un chevalier. Hugues n'en est pas nécessairement informé, surtout si ceux qui sont impliqués travaillent secrètement.

Robert semblait contrarié.

— De toute façon, je ne peux pas lui poser la question. Il ne reviendra pas d'Angleterre avant un bon moment.

— De toute évidence, Gérard croit ce que ce prisonnier lui a raconté. Et ça ressemble trop aux rumeurs pour qu'il s'agisse d'une coïncidence, murmura Simon en jetant un coup d'œil à la porte.

De l'autre côté leur parvenaient des hennissements de chevaux et des rires de sergents.

— Mais des Templiers hérétiques ? Ça n'est pas possible.

Il étudia le visage de Robert, d'une gravité exceptionnelle.

— Tu y crois ?

*
* *

Prison de Merlan, royaume de France,
19 décembre 1306 après J.-C.

En débouchant dans la cour, Robert observa la forteresse grisâtre. Les sabots de son cheval résonnaient bruyamment sur le pavage tandis qu'on abaissait la herse dans son dos, les gardes qui l'avaient laissé entrer reprenant leur poste. L'aspect lugubre de l'endroit était encore accentué par la tristesse du paysage. Autour des murailles, ne s'étendaient que champs de terre brune inculte sous un ciel d'hiver, avec pour seule présence vivante celle des corbeaux qui croassaient en tournoyant autour de la prison.

Robert connaissait l'existence de Merlan depuis son enfance et sa première impression correspondait bien aux descriptions qu'il en avait entendues au fil des ans, la plupart d'entre elles murmurées à voix basse dans les dortoirs des sergents. Alors qu'il mettait pied à terre dans la cour venteuse et tendait ses rênes a un écuyer habillé en noir, il se rappela les sombres histoires de tortures infligées aux prisonniers, des hommes du Temple qui avaient violé leurs vœux ou désobéi à leurs maîtres. Après être entré dans l'Anima Templi, il avait parfois écouté ces commérages avec un certain malaise, son esprit ayant du mal à accepter l'existence des célèbres cellules de la mort : des trous dans le sol à peine assez grands pour qu'un homme s'y tienne accroupi, où on laissait le prisonnier dans les ténèbres les plus complètes, sans eau ni nourriture, jusqu'à ce qu'il meure.

Jetant son sac sur son épaule, Robert grimpa les marches du perron. Les deux chevaliers qui montaient la garde devant l'entrée le regardèrent en silence, les mains sur le pommeau de leur épée.

Robert les salua d'un signe de tête.

— Je suis venu voir un prisonnier.

— Allez voir l'intendant, répondit un Templier en désignant une porte. Deuxième porte à gauche.

Robert pénétra dans le couloir glacial, s'arrêta devant la porte et frappa deux coups. Une voix impatiente lui répondit d'entrer et il s'exécuta en baissant la tête à cause du linteau, qui était très bas. La pièce était petite et remplie de meubles. Assis derrière une table, un homme empâté dévorait une cuisse de poulet en déchiffrant avec difficulté un parchemin qu'il lisait en suivant le texte du doigt. Son manteau était plus gris que blanc, comme s'il n'avait pas été lavé depuis des mois. Il leva les yeux en plissant le front.

— Oui ?

— Bonjour à vous ! Je suis le chevalier Robert de Paris. Je viens de la commanderie de Paris pour parler à l'un des prisonniers.

— Avez-vous un ordre ?

Robert fouilla dans sa poche et en sortit un parchemin roulé. Le front toujours plissé, l'intendant se lécha bruyamment les doigts et regarda derrière Robert comme s'il s'attendait à découvrir quelqu'un d'autre.

— Le visiteur de Pairaud est ici ?

— Non, je suis seul.

— De quel prisonnier s'agit-il ?

Quand Robert lui répondit, l'intendant parut immédiatement sur ses gardes.

— Esquin de Floyran ? On m'a donné des instructions très strictes concernant ce détenu. À part les gardes des cellules au sous-sol, personne n'est autorisé à le voir.

— Cet ordre vient du visiteur lui-même.

Robert lui montrait le parchemin en faisant glisser son doigt sur le sceau rouge apposé en bas. Il s'exprimait avec assurance, mais se sentait de plus en plus mal à l'aise en constatant la réticence de l'intendant. Des voix lui chuchotaient à l'oreille que les cellules de la mort se trouvaient juste sous ses pieds et lui rappelaient que pénétrer dans le bureau de Hugues pour utiliser son sceau était un délit extrêmement grave. Il n'allait pas tarder à être pris, le sol allait s'ouvrir sous ses pieds et il serait aspiré dans l'oubli avant que les ténèbres ne se referment sur lui. Il n'aurait pas dû se mêler de cette histoire. Il n'aurait pas dû…

— Très bien.

L'intendant se leva.

— Je vais vous conduire en bas.

Robert le suivit hors de la pièce, conscient des gouttes de sueur qui coulaient sur ses tempes. Ils empruntèrent un dédale de corridors et d'escaliers qui les menait toujours plus bas sous la prison. Les couloirs devenaient de plus en plus étroits et glacés à mesure qu'ils avançaient et, après s'être cogné deux fois la tête contre le plafond,

Robert fut obligé de se pencher en avant et de tenir le pommeau de son épée pour l'empêcher de cogner contre les murs. L'intendant ne semblait pas avoir de problème ; malgré sa carrure imposante, il se déplaçait presque gracieusement dans ces méandres.

Ils arrivèrent enfin dans un réduit où s'entassaient plusieurs paillasses, des couvertures, une table et un banc. Un groupe d'hommes vêtus de tuniques de sergent y jouait aux dames à la lumière orangée des bougies. Ils se levèrent tous lorsque l'intendant entra.

— Ouvrez la cellule de Floyran.

L'un des sergents prit une torche et un trousseau de clés rouillées pendu à un crochet. Leur ouvrant la voie, il se dirigea vers une grande porte noire, souleva la barre et l'ouvrit d'un coup d'épaule. Un tunnel s'enfonçait dans l'obscurité. Robert suivit le sergent et l'intendant à l'intérieur. Des portes se succédaient à intervalles réguliers. Une odeur rance imprégnait l'atmosphère et il marchait régulièrement dans des matières spongieuses dont son pied s'extirpait avec un bruit de succion. Il crut entendre un faible gémissement derrière l'une des portes au moment où ils passaient, mais à cette exception près, l'endroit semblait d'un calme inquiétant. Au bout du couloir, le sergent et l'intendant s'immobilisèrent. Le sergent fit tourner un verrou et ouvrit une cellule minuscule.

Robert aperçut une ombre repliée sur elle-même qui se protégeait le visage. Ses bras étaient aussi minces que des branches d'arbrisseau. Ses vêtements n'étaient plus que des haillons dont les trous révélaient des cicatrices plus ou moins récentes. Certaines de ses blessures présentaient des signes d'infection et son corps était parsemé de bubons jaunâtres. Robert constata que ni le sergent ni l'intendant ne se retiraient.

— J'ai besoin de lui parler seul à seul, leur dit-il d'une voix dégoûtée.

La puanteur environnante l'écœurait.

L'intendant secoua la tête.

— Non, c'est impossible.

— Je suis ici sur ordre du visiteur de Pairaud, rétorqua vivement Robert en désignant son parchemin. Faites ce que je vous demande ou le visiteur viendra en personne vous demander pourquoi j'ai dû remettre ma visite.

L'intendant lui jeta un regard mauvais, mais, après un instant, il fit signe au garde.

— Laissez-lui la torche.

Robert s'écarta pour laisser le sergent allumer l'une des torches fixées dans le couloir. Au même moment, il se rappela un détail que sa crainte de n'être pas autorisé à voir Floyran lui avait fait oublier.

— Une dernière chose, lança-t-il à l'intendant qui repartait. Vous m'avez dit que vous aviez reçu des instructions très strictes à propos de ce prisonnier. D'où venaient-elles ?

— Je ne sais pas d'où elles venaient, mais elles étaient estampillées du sceau du visiteur, répondit l'intendant.

Robert eut du mal à ne pas montrer sa surprise. Il se baissa pour entrer dans l'étroite cellule et tira la porte derrière lui. Le prisonnier se recroquevilla contre le mur. Entre-temps, il avait baissé ses mains et, à la lumière blafarde de la torche qui filtrait par la porte, il avait l'air d'un fantôme. Sa peau, ses yeux, son corps émacié : tout en lui était pâle, sans substance. Ses lèvres grises et gercées saignaient, ses cheveux entremêlés lui recouvraient le visage. Tandis que Robert l'observait, une forme noire en sortit et sauta sur la joue d'Esquin avant de disparaître de nouveau dans cette masse crasseuse. L'homme était probablement infesté de poux. Alors qu'il se demandait comment s'adresser à ce cadavre ambulant, il entendit un marmonnement rauque et comprit que le prisonnier essayait de lui parler.

— Vais-je mourir maintenant ?

La question semblait désespérée.

Robert s'accroupit face à lui.

— Non, Esquin. Je suis venu pour vous parler.

Il s'exprimait à voix basse, presque un murmure, craignant que l'intendant ne se soit pas beaucoup éloigné.

— J'ai besoin de savoir ce qui vous est arrivé. La raison pour laquelle vous êtes en prison.

Esquin sembla soudain effrayé.

— Je ne vous veux aucun mal. Vous avez ma parole.

Esquin commença à se balancer d'avant en arrière et Robert poussa un soupir de frustration.

— Nous n'avons pas beaucoup de temps.

Esquin émit un rire enroué. Robert grimaça en jetant un regard à la porte close.

— Gérard m'a raconté votre histoire. Mais je veux l'entendre de votre bouche.

Esquin se pencha vers lui.

— Gérard. Il va bien?

Un sourire édenté éclaira son visage.

— C'est un bon garçon. Il fera la fierté de son père.

Son sourire s'évanouit.

— Mais non, il est mort!

— Gérard n'est pas mort, Esquin.

— Pas lui, espèce d'idiot!

Esquin serrait ses genoux écorchés contre lui.

— Martin.

— Martin? Vous parlez de votre neveu?

— Je ne dirai rien, cracha rageusement Esquin. Vous ne l'aurez pas. Il va bien maintenant. Il est entre les mains de Dieu.

— S'il vous plaît, Esquin, il faut que je sache.

— Il faut? répéta Esquin en plissant les yeux. Et moi? Il faut que je sorte de ce trou.

— Ce n'est pas possible.

— Alors vous n'aurez pas ce que vous attendez de moi. Sortez-moi d'ici ou vous n'aurez rien.

Esquin se rassit dos au mur, l'air épuisé mais inflexible. Robert se demanda si le menacer servirait à quelque chose, car il ne voyait pas comment il pourrait faire plus de mal à cet homme qu'il n'en avait déjà subi.

— Je ne peux pas. Pas encore. Si votre histoire est vraie, alors…

— Garde! appela Esquin. Garde, je veux que cet homme s'en aille!

En entendant des bruits de pas dans le couloir, Robert poussa un juron et regarda Esquin, qui lui rendit son regard. Le chevalier se leva, plié en deux pour ne pas se cogner la tête. Il tenait dans sa main la lettre portant le sceau de Hugues. Cette missive lui conférait le pouvoir d'accéder à la requête d'Esquin. Mais il ne pourrait plus faire marche arrière. S'il n'y avait eu que les rumeurs ou le témoignage de Gérard, il aurait quitté cet endroit pour n'y plus jamais revenir. Cependant, l'ordre de garder Esquin en isolement émanait de la même autorité qui avait tiré un trait sur ses propres investigations dans cette affaire d'hérésie présumée. Il ne pouvait pas revenir au Temple sans réponses à ses questions. S'il voulait découvrir la vérité dans cette conspiration du silence, le seul chemin passait par l'homme qui se trouvait devant lui.

L'intendant apparut avec le sergent. Robert sortit en baissant la tête.

— Libérez le prisonnier. Je le prends sous ma garde.

— Venez.

Robert guida l'homme à la démarche hésitante dans la grange. Tous deux étaient trempés jusqu'aux os. Le tonnerre retentissait régulièrement en se répercutant contre les collines qui les entouraient.

A chaque éclair, Esquin tressaillait en voyant le ciel s'illuminer. Il se tenait là, serrant sa poitrine dans ses bras décharnés, avec l'eau qui se déversait sur lui par l'un des trous dans le toit. Robert était à l'autre bout de la grange en ruine et observait l'endroit grâce aux éclairs. Le sol était couvert de poutres écroulées. Le chevalier donna un léger coup de pied à l'une d'entre elles, qui roula en se décomposant.

— Vous serez plus à l'abri par ici, dit-il en se tournant vers Esquin.

Celui-ci ne bougea pas et Robert s'approcha de lui pour le tirer par le bras. Esquin sursauta mais se laissa conduire à travers les flaques d'eau. Robert retira son manteau et le jeta sur une poutre saillante. Il défit sa ceinture et ôta également son surcot. Il le tendit à Esquin. Celui-ci recula de plusieurs pas en regardant le chevalier comme un être malfaisant.

— C'est sec, insista Robert. Vous allez attraper la mort dans ces haillons.

— Non, marmonna Esquin.

C'était le premier mot que Robert lui entendait prononcer depuis qu'il était sorti de sa cellule de Merlan. Au-dessus de leur tête, le tonnerre grondait.

— Je ne porterai pas ça.

Robert jeta un coup d'œil au manteau avec sa croix rouge.

— Très bien, soupira-t-il en renfilant le surcot par-dessus son haubert. Je vais vous trouver autre chose. Il va nous falloir un feu.

Après une légère hésitation, il ramassa sa ceinture et dénoua le fourreau qui y était attaché.

— Passez vos bras autour de cette poutre.

Esquin le dévisageait.

Pendant un moment, Robert crut qu'il n'allait pas bouger, puis, l'air aussi misérable qu'un enfant maltraité, il s'approcha de la poutre et s'assit en levant ses bras osseux. Avec le sentiment d'être une brute, Robert passa la bande de cuir sous les mains d'Esquin et l'enroula autour de la poutre. L'homme ainsi lié, il retourna vers l'entrée de la grange, où son cheval était attaché, et il prit une couverture dans ses affaires. Après en avoir couvert les épaules d'Esquin, il commença à ramasser ce qu'il trouvait de bois sec, de paille et d'herbe pour faire du petit-bois. Esquin le regarda en silence allumer le feu, ses yeux pâles scintillant dans les ténèbres entre deux éclairs.

Quand les premières flammes s'élevèrent en crépitant, Robert alla sortir un bout de pain rassis de sa sacoche et en jeta la moitié à Esquin. S'apercevant que l'homme ne pourrait pas manger attaché de cette façon, il défit la ceinture et libéra une de ses mains.

— Très bien, dit-il tandis qu'Esquin se mettait à mâchouiller comme un affamé. Je vous ai sorti de Merlan, ce qui me vaudra probablement d'y croupir moi-même. Maintenant, c'est votre tour. Racontez-moi ce qui vous a conduit en prison.

Esquin sortit le bout de pain de sa bouche. Ses gencives commençaient à saigner.

— Je veux la justice, rétorqua-t-il d'une voix rauque. Je veux que les hommes qui ont assassiné mon neveu et m'ont envoyé à Merlan paient pour ce qu'ils ont fait. M'aiderez-vous ?

Il attendit d'un air soupçonneux que Robert hoche la tête, puis il se mit à parler.

Robert écouta sans mot dire l'histoire d'Esquin. Comment Hugues de Pairaud avait refusé sans explication que son neveu revienne chez lui, comment ils s'étaient donné un rendez-vous discret à l'église Saint-Julien-le-Pauvre, et comment des hommes masqués avaient fait irruption avant de tuer son neveu. Son récit terminé, Esquin resta assis, épuisé, le pain toujours dans la main.

— Vous ne connaissiez aucun des hommes qui s'en sont pris à vous ?

— Je vous l'ai dit, frère, ils portaient des masques.

— Mais leurs voix ? Leurs noms ? Leurs accents ?

— Je venais de les voir traîner le cadavre de mon neveu. J'étais terrifié. Dévasté. Vous me demandez l'impossible !

Robert leva une main apaisante.

— Et les reconnaîtriez-vous si vous les recroisiez ?

Le front d'Esquin se plissa.

— Peut-être.

Puis il s'emporta.

— Mais… non. Cela m'obligerait à y retourner, fit-il en secouant la tête, épouvanté. Je ne reviendrai pas à la commanderie ! Il n'y a que des hérétiques et des buveurs de sang. Des hommes qui crachent sur la Croix ! Des suppôts du diable !

— Vous m'avez dit que vous vouliez la justice.

À la lumière jaunâtre du feu, Esquin semblait fiévreux.

— Je l'obtiendrai d'une autre façon. Je n'y retournerai pas. Jamais !

Robert se rassit, troublé. Ignorant qui était impliqué, il ne savait comment continuer ni même ce qu'il devait faire d'Esquin. Il se demandait s'il n'y aurait pas un endroit où le cacher en attendant d'en découvrir plus ; peut-être devrait-il parler à Hugues lorsqu'il reviendrait d'Angleterre ?

— Reposez-vous un peu pour le moment, finit-il par décréter. Quand la tempête sera passée, nous repartirons. Il faut nous éloigner de Merlan autant que possible. L'intendant n'avait pas le choix, mais il n'était pas vraiment très heureux de nous laisser partir. Je ne veux pas qu'il pense avoir pris la mauvaise décision et qu'il envoie des hommes à nos trousses.

Esquin obéit, posa sa tête contre la poutre et ferma les yeux. Après avoir entouré le feu de pierres pour l'empêcher de se propager, Robert s'enroula dans son manteau trempé et s'allongea. Il resta longtemps à écouter les grondements du tonnerre dans les collines et la respiration irrégulière du prisonnier.

Esquin ouvrit les yeux. Le feu s'était éteint. Il faisait froid mais il n'y avait pas de vent. Face à lui, le chevalier avait laissé son menton tomber sur sa poitrine. Il semblait dormir profondément. Par le toit défoncé, il aperçut un coin de ciel pâle et translucide. Esquin frissonna à cette vue. Depuis combien de temps n'avait-il pas pu contempler le ciel ? Il voulut se lever et s'aperçut soudain que ses deux mains étaient liées à la poutre. Le chevalier avait dû les lui rattacher pendant son sommeil. Ouvrant ses lèvres gercées, il voulut réveiller le chevalier en se rappelant son inquiétude à propos de l'intendant de Merlan. Mais il ne prononça pas un mot.

Pourquoi devrait-il se fier à cet homme plus qu'à ses tortionnaires de la prison ou aux hommes qui l'y avaient envoyé ? Ils portaient tous le même vêtement. Esquin posa des yeux haineux sur la croix rouge du manteau. Et si le chevalier le trahissait ? Peut-être que ses geôliers voulaient savoir ce dont il se souvenait avant de finalement le tuer ? Au fil des ans, il avait pensé qu'il accueillerait la mort, si elle devait survenir, comme un soulagement. Mais à présent, avec ce ciel là dehors et cette matinée au froid revigorant, ces promesses de liberté, ces promesses de vie, il s'aperçut qu'il ne désirait plus mourir. Il souhaitait vivre.

Avec précaution, Esquin tendit le pied vers le feu et trouva un brandon encore légèrement fumant. L'agrippant avec les orteils, il le ramena jusqu'à lui. Il s'arrêta en entendant le feu crépiter et le chevalier grogner. Mais l'homme ne se réveilla pas et Esquin tira sur la ceinture pour la faire glisser de quelques centimètres le long de la poutre. Pour finir, et bien que l'effort lui coûtât, il réussit à placer la ceinture au-dessus du brandon. La tête pratiquement collée au sol, il regarda le cuir noircir lentement. Il ferma les yeux en sentant la chaleur lui brûler les poils des avant-bras et sa peau autour des poignets. L'odeur de cuir carbonisé lui emplissait les narines. Puis, au bout de ce qui lui sembla une éternité, son lien finit par céder.

Libéré, Esquin traversa la grange à pas légers. Près de l'entrée, il s'arrêta, pétrifié à la vue des champs brumeux.

33

La Sainte-Chapelle, Paris

21 février 1307 après J.-C.

— Mes prières ne suffisent pas.

La voix de Philippe était assourdie par ses mains jointes devant sa bouche. Il était agenouillé par terre.

— Elles ne suffisent pas, répéta-t-il.

— Sur cette terre, tout homme, quelle que soit l'étendue ou la gravité de ses péchés, a le droit au pardon. S'il se repent vraiment.

Philippe leva les yeux sur l'homme debout devant lui, que ses robes traînant jusqu'au sol faisaient paraître démesurément grand. Son visage allongé et blanc comme de la craie était encadré par des cheveux gris coupés en une austère tonsure, et l'odeur d'encens lui donnait l'air d'un saint, comme s'il était l'Église en personne venue là pour juger et châtier Philippe. À cette pensée, les yeux du roi se détournèrent de Guillaume de Paris et se posèrent sur les chérubins ailés qui voletaient au-dessus de l'autel. Il s'attendait presque à les voir descendre de leur piédestal pour se planter devant lui, leurs petits yeux dorés posés sur lui.

— Vous repentez-vous, sire ?

Le roi reposa les yeux sur le dominicain.

— Vous savez que oui.

— Et Dieu?

— Que puis-je faire de plus? murmura Philippe en fermant les paupières, incapable de supporter le regard sans concession de son confesseur. Je prie tous les jours, et je me flagelle tous les jours. Et pourtant, je ne L'entends toujours pas. Il ne me parle pas.

— Peut-être que vos prières ne sont pas assez sincères? Ou vos pénitences pas assez scrupuleuses?

Philippe ouvrit de grands yeux ronds.

— Pas assez scrupuleuses? s'exclama-t-il en se levant. Je me suis mis en lambeaux pour Lui. Pour Son amour. Qu'attend-il de plus de moi?

Le roi ouvrit sa robe et tira nerveusement sur les nœuds de son cilice.

— Je le porte constamment depuis des semaines! Je ne l'enlève même pas pour dormir!

Sa voix résonnait dans la chapelle plongée dans le noir, à l'exception du halo lumineux diffusé par les quelques bougies. Philippe défit le vêtement.

— Dois-je aller plus loin? s'écria-t-il en levant les bras au ciel et en se jetant à genoux devant l'autel, où les chérubins contemplaient d'un air indifférent son torse parcouru de cicatrices.

— Vous le portez constamment, sire? demanda Guillaume d'une voix cassante. Et le portiez-vous quand vous étiez avec votre catin?

Philippe se figea. Le dominicain s'approcha et s'accroupit devant lui en lui jetant un regard implacable.

— Vous pouvez choisir de me dissimuler vos péchés, de les dissimuler à Dieu. Mais vous ne pouvez pas les dissimuler à votre entourage. Les rumeurs vont bon train. Vous forniquez avec une servante, n'est-ce pas?

Philippe baissa la tête et Guillaume se releva abruptement.

— Comment puis-je vous absoudre si vous ne vous confessez pas à moi ? Comment Dieu peut-Il vous pardonner si vous ne vous repentez pas ?

— Ma femme me manque. Elle me manque tellement que je supporte à peine la présence de mes enfants à cause de la douleur que leur vue provoque en moi. La servante est…

Philippe, honteux, hésitait :

— … une consolation.

— Jeanne est avec Dieu, Votre Majesté. Elle est en paix. Vous devez faire la paix avec vous-même, ici sur terre, avant de la rejoindre. Vous devez vous efforcer de soutenir la foi chrétienne. Votre peuple attend de vous que vous le guidiez.

— Mon peuple ? J'ai toujours agi pour mon peuple et ça ne l'empêche pas de me haïr. Quand ils allument des cierges à l'église, c'est toujours pour Saint Louis, jamais pour moi. Les moissons sont mauvaises, c'est à moi que le blâme en revient. Je lève des impôts pour renforcer nos frontières, ils se rebellent. Vous connaissez comme moi l'agitation qui règne en ville.

Philippe se rassit. Il déversait toute son amertume.

— Il semble que chaque fois que je fais une déclaration, une émeute éclate dans les rues. Mais si Dieu ne m'entend pas, comment irai-je au Ciel dans les prières de mes sujets ? J'ai besoin qu'ils m'aiment, Guillaume.

— Vous ne devez pas compter sur les autres pour votre propre salut, sire. Il faut vous soumettre pleinement et honnêtement à Dieu, vous abandonner à Lui si vous voulez être pardonné. Quand vos prières et votre repentance seront vraiment sincères, Il vous entendra. Cela ne fait aucun doute.

— J'ai encore le temps, alors ? questionna Philippe. Encore le temps d'obtenir le pardon ? De sentir l'amour de Dieu malgré ce que j'ai fait ?

— Bien entendu.

Guillaume parlait maintenant d'une voix douce, mais son regard restait ferme.

— Nous vivons une époque trouble, sire. Aujourd'hui plus que jamais, vous devez être un exemple pour le peuple. Vous savez ce que je pense de votre ministre, mais ce n'est pas à moi de décider du sort de Nogaret. Son amour pour la loi n'empêchera pas, le jour venu, qu'il ait à se soumettre à une plus haute instance. Mais maintenant que l'Église et la France ne sont plus en guerre, pour le bien de vos sujets, je vous conjure de maintenir une relation de bon aloi avec le pape Clément. Grâce à ce que vous entreprendrez, eux aussi verront les efforts que nous attendons d'eux.

Le dominicain alla vers l'autel.

— Il faut leur montrer le véritable chemin ; le chemin des justes. La vulgarité et l'irrévérence gagnent du terrain dans ce royaume. Dieu merci, mon ordre a mis un terme à l'influence maléfique des cathares dans le Sud et leurs sacrilèges méprisables se sont consumés dans le feu sacré. Mais la chute d'Acre nous a montré combien faible est la foi, avec tous ceux qui se sont convertis à la croyance des Infidèles. Nous devons tous veiller à ce que ce genre d'hérésies monstrueuses ne se répande pas.

— Elles ne se répandront pas, répondit platement le roi, toujours à genoux, d'un air las. Les cathares qui n'ont pas péri durant la croisade de l'Église contre eux ont été obligés de se cacher. Ils ne sont plus assez nombreux pour faire du mal.

Il lança un regard obstiné au dominicain.

— Je suis sûr que le ministre Nogaret vous dirait la même chose.

— Et pourtant, on attire mon attention, en tant qu'inquisiteur, sur de nouvelles offenses, fit Guillaume en lui tournant le dos. La semaine dernière encore, j'ai été placé devant l'une de ces affaires qui m'inquiètent grandement. Il y a un homme dans notre collège en ville qui va partout clamant que l'ordre des chevaliers du Temple est un repaire d'hérétiques.

— Quoi ?

— Il est arrivé il y a dix jours, délirant, à demi affamé, et a supplié qu'on le recueille. Il a parlé avec l'un de mes frères, mais quand le sérieux de ses accusations fut avéré, celui-ci m'en a informé. J'ai eu plusieurs conversations avec cet homme, qui prétend avoir été jeté en prison par des membres de l'Ordre lorsqu'il a découvert leur implication dans des cérémonies impies. Apparemment, son propre neveu est tombé sous l'emprise de ces hommes et son refus d'obéir lui a valu la mort.

Philippe était debout, son cilice et sa robe par terre à ses pieds. Il ne quittait plus le confesseur des yeux. Celui-ci redressa une chandelle dont la cire coulait sur le sol.

— L'homme présente des signes tout à fait évidents de torture et sa longue incarcération l'a empli d'une rage vengeresse. Je me méfie toujours des hommes et des femmes qui viennent dénoncer des hérétiques par vengeance. J'ai peur que certains, par le passé, n'aient pas toujours brûlé pour de bonnes raisons.

Guillaume de Paris poussa un soupir.

— Mais comme l'a établi l'ordre des Dominicains, poursuivit-il en se retournant vers Philippe, mieux vaut brûler cent innocents que de laisser un hérétique corrompre les fidèles. Qu'il s'agisse simplement d'un mécontent cherchant à nuire à ses geôliers ou d'un homme honnête, son récit est convaincant, et extrêmement dérangeant. Il ne peut être ignoré. Comme le Temple n'est pas de mon ressort, j'ai l'intention de porter cette affaire devant le pape, mais je voulais solliciter d'autres conseils avant d'inquiéter Sa Sainteté avec une affaire qui pourrait se révéler fausse. Connaissant votre relation amicale avec le pape Clément, j'espérais que vous pourriez m'aider, sire.

Philippe se rapprocha du confesseur, l'air exalté.

— Je veux parler à cet homme.

De surprise, le dominicain haussa un sourcil.

— Bien entendu, j'apprécierais votre opinion sur la recevabilité de ses accusations, mais je dois vous prévenir qu'il est plein de haine, et sans doute partiellement fou.

— Nous allons le faire venir ici immédiatement.

Guillaume de Paris leva la main.

— Non, sire. D'abord, nous allons terminer d'entendre votre confession.

Après un moment d'hésitation, Philippe se remit à genoux et commença à énumérer ses péchés, dissimulant derrière ses mains jointes son excitation.

Les rives de la Seine, Paris, 2 mars 1307 après J.-C.

— Écoute, je peux encore le trouver si tu m'en laisses le temps.

Robert alla vers Will, qui s'était assis sur l'une des nasses à anguille disposées çà et là sur les rives boueuses.

— Au moins, nous savons qu'il se trame quelque chose au Temple de Paris sur lequel nous devons enquêter. Esquin de Floyran m'a dit qu'il n'arriverait pas à identifier les hommes, donc son témoignage ne nous aurait pas été d'une grande utilité et…

Robert s'arrêta en voyant l'expression de Will.

— Qu'est-ce qu'il y a ?

— Je sais où se trouve Esquin de Floyran.

— Quoi ? Comment ça ?

— Il y a un peu plus d'une semaine, un homme a été amené du collège dominicain au palais. Sous bonne garde. Le roi et Nogaret ont passé plusieurs jours à converser avec lui, ainsi qu'avec Guillaume de Paris, le confesseur de Sa Majesté. Je l'ai appris parce que le roi a annulé un festin et une chasse afin de passer du temps avec cet homme. On ne m'a pas donné les raisons de sa présence, mais j'ai entendu son nom.

Le visage de Robert se décomposa en comprenant ce que Will lui expliquait.

— Mon Dieu. Pourquoi Floyran serait-il revenu à Paris ? Il était terrorisé quand je le lui ai proposé.

— Tu disais qu'il voulait la justice. Pour accuser quelqu'un d'hérésie, le collège dominicain est le premier endroit où je me rendrais. Où trouver ce dont il a besoin ailleurs que là-bas ? De la nourriture, un abri, une protection. Et la vengeance.

Robert passa la main dans ses cheveux en arpentant la rive. Plus loin, deux enfants mimaient un combat à l'épée avec des bâtons. Leurs cris d'excitation se mêlaient à ceux des oiseaux qui tournoyaient au-dessus de l'Île-aux-Juifs

— Est-ce que tu peux le faire sortir ?

— Il est reparti il y a cinq jours sous escorte, avec Nogaret. Ils se rendaient à Poitiers.

— Pourquoi Poitiers ?

— Le pape Clément voyage à travers le royaume, il visite les provinces. Cela fait plusieurs mois qu'il est à Poitiers. Je pense qu'on emmène Esquin le voir.

— Alors nous y sommes, hein ? lança Robert après un long silence rempli des clameurs des enfants. C'est le levier que le roi cherchait pour obtenir ce qu'il veut. Dès que le pape aura entendu le témoignage de Floyran, il sera obligé d'enquêter sur le Temple. Contre n'importe qui, une accusation d'hérésie est déjà assez sérieuse, mais contre l'Ordre religieux le plus puissant de la Chrétienté ? Le pape devra agir.

Le chevalier avait le regard perdu au-dessus des eaux turquoise de la Seine sous le soleil éblouissant du printemps.

— Je n'aurais jamais dû faire sortir Floyran de Merlan, soupira-t-il.

Will ne lui répondit pas tout de suite.

— J'aurais aimé que tu viennes me voir dès que Simon t'a raconté cette histoire, finit-il par dire.

— Je pensais que tu étais accaparé par d'autres choses, répondit Robert, sur la défensive.

— Quelles autres choses? rétorqua Will. J'essaie de sauver ma fille et mon pays.

Le chevalier détourna le regard et Will se leva, furieux.

— Tu fais comme si j'étais à blâmer dans cette affaire. Comment puis-je être au courant si tu ne m'en informes pas?

Robert ne cilla pas.

— Quand nous sommes rentrés à Paris après avoir sauvé le fils de Clément, tu as de nouveau disparu au palais. Tu dis que tu fais toujours partie de l'Anima Templi, mais je t'ai à peine vu de l'année.

— Le pape Clément m'a chargé de découvrir des preuves du meurtre de Benoît par Nogaret. Si j'y arrive, il continuera d'exercer une pression sur Édouard et sauvera le Temple des griffes de Philippe. Je fais tout ce qui est mon pouvoir. J'ai déjà persuadé Clément d'envoyer des lettres papales en Angleterre pour demander à Édouard de cesser sa guerre contre l'Écosse. Après l'exécution de Wallace, c'était la meilleure chance pour mon pays, *ma famille*, de survivre. Me le reprocherais-tu?

Il n'attendit pas que Robert lui réponde.

— Je suis sur le fil. Depuis que leur plan contre le Temple a été arrêté, Nogaret et le roi n'ont plus besoin de moi. Ma présence au palais n'a plus de raison d'être et, de surcroît, je ne suis pas assez intime pour avoir accès aux éventuelles preuves contre Nogaret.

— Tu crois vraiment pouvoir trouver une preuve de l'implication de Nogaret dans la mort de Benoît?

Will garda le silence. Il avait su dès le départ que la tâche serait presque insurmontable. Ce n'était pas comme si Nogaret avait laissé une trace écrite quelque part.

— Il faut que j'essaie, dit-il aussi bien pour lui-même que pour Robert. Il faut que je fasse en sorte de garder le pape de notre côté. Mais le roi lui aussi me fait de moins en moins confiance.

Il poussa un profond soupir.

— Je crois que la principale raison de mon éviction, c'est que ce bâtard couche avec ma fille.

— Quoi? s'exclama Robert en le fixant, incrédule.

Will fit un geste de la main comme pour balayer le sujet et s'approcha du bord de l'eau.

— Je n'ai pas envie de parler de ça, ajouta-t-il d'un air sinistre tandis que Robert le rejoignait. Contente-toi de me croire lorsque je te dis que j'essaie de sauver ce qu'il reste de l'Anima Templi en demeurant à proximité de Philippe, même s'il me faut toute la force dont je dispose pour ne pas me laisser aller à étrangler ce fripon dans son sommeil.

— Tu ne peux pas quitter Paris avec Rose? demanda doucement Robert.

— Et ensuite? répondit Will, ébloui par le soleil.

Il ramassa une pierre au sol et la jeta dans l'eau.

— Si j'emmène Rose loin du palais contre sa volonté, je crois que je la perdrai pour de bon. Non, il faut que je reste proche du roi et d'elle. Je suis peut-être un idiot, mais je pense toujours que ma fille pourra avoir besoin de moi. Je veux être là si ce jour arrive.

— Et Robert Bruce? suggéra Robert. Maintenant que l'Écosse a un nouveau roi, il y a sûrement de l'espoir pour ton pays?

— Aux dernières nouvelles, Bruce et ses partisans sont en fuite. Ils ont obtenu une victoire, mais d'après les rumeurs, Édouard rassemble une vaste armée qu'il compte envoyer dans le Nord, malgré les objections de Clément. Si personne ne s'y oppose, le nouveau roi d'Écosse contemplera la Tamise au bout d'une pique d'ici l'automne.

Robert regarda les deux garçons se courser le long des rives en faisant s'envoler des nuées d'oiseaux devant eux.

— C'était sûrement naïf, mais quand nous sommes rentrés de Terre sainte, je pensais que les choses seraient plus simples. Crois-tu que nous connaîtrons un jour la paix? Est-ce même possible?

— J'ai de plus en plus de mal à le croire. Mais alors je me souviens d'Everard, de mon père, de Kalawun, de tous ces hommes qui y croyaient, qui y croyaient si fort qu'ils ont tout perdu pour elle. Il faut espérer que…

Will s'interrompit et secoua la tête.

— Ce que j'espère n'a aucune importance pour l'instant. Ce que nous voulons ne comptera pas si le roi Philippe peut n'en faire qu'à sa tête. As-tu parlé à Hugues ?

— Non. Il est toujours en Angleterre.

— Tu penses qu'il avait quelque chose à voir avec l'emprisonnement de Floyran ?

— Je ne peux pas m'imaginer qu'il soit mêlé à ça, répliqua Robert.

— Mais l'ordre de garder Floyran en isolement portait le sceau du visiteur ?

— J'ai moi-même démontré qu'utiliser son sceau à son insu est loin d'être impossible.

— D'accord, mais nous ne pouvons ignorer que les accusations d'Esquin revêtent une similitude frappante avec certaines pratiques et certains principes de l'Anima Templi. Les initiations secrètes. Boire le sang d'autres chevaliers. Cracher sur la croix. Toutes ces choses étaient décrites dans le *Livre du Graal.*

— Boire du sang ?

— Le *Livre du Graal* avait été écrit sur ordre de l'ancien grand maître Armand de Périgord, qui appartenait au Cercle. D'après Everard, le grand maître était obsédé par les légendes de Perceval et du roi Arthur, et il voulait une cérémonie spéciale pour les initiations au sein de l'Anima Templi, qui différait de l'initiation des chevaliers du Temple. Everard a écrit le *Livre* pour qu'il serve de nouveau code à Armand.

— Je le sais, s'irrita Robert.

Will fit semblant de ne pas avoir relevé le ton sur lequel il lui parlait.

— Comme d'autres quêtes du Graal, le *Livre* était rempli d'une imagerie originale, voire profane, mais à la différence des autres histoires, il était empreint des objectifs et des croyances du Cercle qui, comme nous le savons tous les deux, sont aussi peu orthodoxes que le *Livre* lui-même. Quand Armand est mort dans une prison mamelouke, le *Livre* est devenu obsolète et personne ne l'a jamais utilisé, mais certaines des philosophies qu'il évoquait restent vivantes. Rappelle-toi, Everard n'arrêtait pas d'appeler Acre notre Camelot, ajouta Will en voyant Robert sur le point de l'interrompre. Bien sûr, ce n'étaient que des allégories. Personne n'était censé boire du sang ; ça symbolisait seulement la fraternité. Mais le *Livre* n'était pas une de ces romances délicates pour ces dames de la Cour. Il était dangereux, hérétique et, pire que tout, il prouvait notre existence. Voilà pourquoi les Hospitaliers l'ont volé. Ils espéraient révéler au grand jour la présence d'un Cercle secret au sein du Temple, ce qui aurait amené la chute de l'Ordre lui-même. C'est aussi pour cette raison qu'Édouard le convoitait. Une fois le *Livre* en sa possession, il aurait pu nous menacer et nous obliger à lui donner des fonds. Everard a toujours regretté de ne pas l'avoir détruit après la mort d'Armand.

— Mais qui d'autre est au courant ? Tu m'as dit qu'Everard a brûlé le *Livre* quand tu l'as récupéré. Le prêtre est mort depuis des décennies, et depuis ta désertion, l'Anima Templi se compose d'une poignée de Templiers.

— Il en reste au moins un ou deux, répondit Will en observant la réaction de Robert, qui s'éloigna de quelques pas. Un en particulier.

— Je connais Hugues depuis l'enfance. Comme toi.

— Je lui ai envoyé les écrits d'Everard avant la chute d'Acre. Il a pu glaner des choses dans ces pages.

— Je n'arrive pas à croire que tu le penses capable de tuer un homme innocent et d'en jeter un autre en prison.

Will garda le silence et Robert secoua la tête :

— Tu n'as pas vu Merlan, Will. L'homme que nous connaissons ne ferait jamais ça.

Château, Carlisle, 11 mars 1307 après J.-C.

Hugues de Pairaud suivait le page qui le menait jusqu'à la chambre. Il faisait noir, les volets peints étaient fermés, et il fallut un moment au visiteur pour distinguer quelqu'un dans le grand lit faiblement éclairé par le feu qui montait haut dans l'âtre. Sur un signe de tête de cette personne, le page se retira en fermant doucement la porte derrière lui.

— Sire, le salua Hugues en s'inclinant devant Édouard, dont le visage semblait consumé de fièvre.

Il était stupéfait de constater à quel point le roi paraissait vieux. Vieux et fragile. Depuis la dernière fois qu'il l'avait vu, quelques années plus tôt, les cheveux blancs sur le crâne d'Édouard étaient devenus ceux d'un vieillard, du moins ceux qui résistaient encore à une calvitie de plus en plus étendue. Il avait les joues creuses, ses yeux étaient exorbités au milieu de son visage squelettique et il faisait bien plus vieux que ses soixante-sept ans.

— Plus près, croassa Édouard dans un souffle presque inaudible.

Néanmoins, sa voix avait toujours la même autorité et Hugues avança de quelques pas.

— Je suis navré d'apprendre que vous êtes souffrant, sire.

— Une fièvre, visiteur de Pairaud, répondit Édouard, laconique, rien de plus. Alors, vous avez fini par recevoir mes requêtes ?

Le reproche était perceptible. Hugues baissa la tête.

— Je suis désolé qu'il m'ait fallu si longtemps pour répondre, mais j'étais occupé à visiter les domaines du Temple en Angleterre.

Il s'approcha de la chaleur violente de l'âtre.

— Mais je me suis réjoui de recevoir votre message, sire, car j'espérais avoir l'occasion de vous parler avant de retourner à Paris.

Édouard lui jeta un regard sournois.

— Ah ?

— Ces dernières années nous ont beaucoup pesé, sire : votre lutte contre les rebelles en Écosse ; mes efforts pour assurer la pérennité du Temple. Quand nous sommes convenus de nous soutenir dans nos tâches respectives, je sais qu'aucun d'entre nous n'aurait pensé se retrouver dans la même position après tout ce temps. Cependant, je rappelle à Votre Majesté que j'ai tenu ma part de notre engagement. Le Temple s'est battu à vos côtés dans deux campagnes, au cours desquelles nous avons perdu nos chevaliers les plus dévoués.

Hugues parlait d'une voix contrite.

— Le grand maître Jacques de Molay campe toujours à Chypre et bien que je lui aie demandé à plusieurs reprises de revenir administrer les activités croissantes de l'Ordre ici, il ne lâche pas prise. Il restera là-bas tant qu'il n'aura pas trouvé des soutiens pour la guerre sainte.

Il tendit ses mains vers les flammes.

— J'ai récemment appris que le pape Clément avait approuvé la conquête de l'île de Rhodes par les Hospitaliers, pour qu'ils s'assurent une base permanente. Leur grand maître a juré de s'embarquer pour une croisade dès qu'il aurait le contrôle de l'île.

— Je ne vois pas ce que tout cela a à voir avec moi, dit Édouard d'un air indifférent.

Hugues serra les dents, en colère contre le roi qui semblait décidé à tout rendre difficile.

— Sire, j'espérais que nous pourrions discuter des termes de notre précédent accord concernant votre promesse d'aider le Temple à s'établir dans des quartiers généraux plus dignes de sa vocation.

— Je gis malade dans mon lit pendant que mes coffres se vident et que le sang de mes hommes coule sur les champs de bataille, et vous avez l'audace de me demander une chose pareille ?

Édouard se rassit, le visage blanc comme un linge.

— À qui croyez-vous parler, visiteur ?

Hugues tint bon.

— Nous avions un accord, sire.

— Bah ! fit Édouard en se renfonçant dans ses oreillers, le souffle court. Cet accord a été conclu avant que mon royaume ne soit réduit à néant par ce fils de catin de Wallace et ses partisans. Maintenant, avec Robert Bruce dressé contre moi, je n'ai ni le temps ni l'envie de vous venir en aide.

Les yeux mi-clos, il fixait le feu.

— Même si c'est la dernière chose que j'accomplis en cette vie, j'obligerai les Écossais à se mettre à genoux devant moi. Ma femme et la plupart de mes enfants sont morts durant cette campagne. Il ne me reste qu'un fils dont le bras et la volonté sont aussi faibles l'un que l'autre. À ma mort, qui brandira le marteau que j'ai forgé contre ces insurgés du Nord ? Je ne peux compter sur personne. Il faut que j'en finisse. Je n'ai pas gâché dix-huit ans de mon règne pour rien.

— Êtes-vous en train d'insinuer que vous refusez de m'aider, sire ?

Le roi ne répondit pas tout de suite. Dans l'âtre, une bûche se rompit en projetant une gerbe d'étincelles.

— Je dis que je ne peux pas. Pas pour l'instant. Mais si j'écrase Bruce et ses partisans, je vous donnerai ce que vous voulez.

— Un territoire ? s'enquit vivement Hugues.

— Je serais prêt à céder une petite partie de l'Écosse en contrepartie de l'action du Temple, si cette campagne se soldait par une victoire. J'y mets une condition. À vrai dire, c'est la raison pour laquelle je vous ai convoqué.

Hugues attendit.

— Si je veux vaincre les Écossais, il me faudra un soutien massif de mon peuple. Celui des barons, bien sûr, sans lesquels je ne peux organiser une campagne efficace, mais aussi celui de mon peuple car ce sont leurs impôts qui financeront la guerre. Et il me faut aussi l'aval du pape.

C'est plus difficile. Lors de mes précédentes campagnes, Boniface soutenait William Wallace et était mon pire détracteur. Et son successeur, Clément, commence à suivre la même voie. J'ai envoyé des messagers à Sa Sainteté, en réponse à ses lettres de protestation, et ils ont découvert quelque chose de très intéressant. Le pape a, semble-t-il, formé une alliance avec l'un de mes vieux ennemis. Les raisons de leur connivence m'échappent, mais cela n'a aucune espèce d'importance. Ce qui compte, c'est d'y mettre un terme. C'est ici que j'ai besoin de votre aide.

— Vous souhaitez détruire cet ennemi ? s'enquit Hugues en fronçant les sourcils.

— Non. Je veux qu'on le fasse prisonnier et qu'on me l'amène.

— Sire, je suis certain qu'un homme avec vos moyens peut trouver cet ennemi et le capturer très facilement, sans que j'aie besoin de…

— Il se trouve actuellement à Paris, il est l'invité du roi Philippe, où il continue sans doute à fomenter des actions à mon encontre.

Édouard avait planté son regard dans celui de Hugues.

— Cet homme, c'est William Campbell.

Le visiteur resta bouche bée et le roi enfonça le clou.

— Votre réaction trahit votre surprise. Je me demandais si vous étiez au courant.

— Je le croyais mort, murmura Hugues.

— Il était sous ma garde à Stirling il y a des années de cela, mais il s'est échappé. Par le passé, Campbell a rarement compté. Aujourd'hui, il commence à me gêner. Je veux littéralement l'écrabouiller. Mais je ne veux pas que quelqu'un d'autre s'en charge, vous m'entendez ?

Édouard pointa son doigt osseux vers Hugues.

— Amenez-moi Campbell et vous aurez votre lopin de terre, Templier.

34

Le prieuré franciscain, Poitiers

8 avril 1307 après J.-C.

Tout en contemplant son reflet dans le miroir, Guillaume de Nogaret ramena ses cheveux épars en arrière et remit sa coiffe. Il observa un instant l'image de cet homme pâle, son sourire satisfait, et réajusta sa cape de voyage lavée de frais. Il entendit frapper à la porte et alla ouvrir. C'était un acolyte qui tenait un panier recouvert d'un tissu, d'où émanait une forte odeur de fromage.

— Sa Sainteté a dit que vous aviez besoin de victuailles pour votre trajet de retour jusqu'à Paris.

— Donnez-le à mon écuyer.

L'homme hocha la tête et commençait à s'éloigner lorsque Nogaret le rappela.

— Et pendant que vous y êtes, assurez-vous que mon cheval est prêt et qu'il l'a fait seller. Je veux partir immédiatement.

Fermant la porte, le ministre finit de ranger ses quelques affaires dans un sac en cuir. Cette tâche accomplie, il sortit.

Alors qu'il marchait à grands pas le long d'une galerie qui donnait sur une cour intérieure, il entendit un chant provenant de la chapelle dont la flèche se dressait derrière les logis des moines. Devinant qu'il s'agissait de l'office du matin, il s'arrêta un instant pour écouter en se chauffant le visage au soleil. Son sourire s'accentua et il s'étonna du plaisir qu'il tirait de ce chant qui, d'ordinaire, l'aurait énervé. Il ne tarda pas à comprendre que ce n'était pas le chant des moines qui le ravissait mais le fait que, pour la première fois, l'Église lui avait apporté autre chose que des soucis et des tourments. Son sourire était celui de la victoire, et d'une victoire longtemps attendue.

Néanmoins, ce sentiment ne dura pas, et le temps qu'il arrive dans la cour, il avait repris son masque habituel. Il s'était déjà trompé une fois en croyant avoir touché au but. Que le pape ait écouté avec émoi le témoignage d'Esquin de Floyran quand Nogaret lui avait amené l'ancien prieur était une première étape. Que Clément ait écrit, après qu'il l'en eut persuadé, une lettre au grand maître du Temple, en était une autre. Maintenant que le message volait à travers la France et qu'Esquin de Floyran était caché dans un endroit sûr, tout ce que Nogaret pouvait faire, c'était retourner à Paris et attendre de voir si la prochaine étape serait franchie.

Il traversa un cloître, pénétra dans un bâtiment, et il empruntait un large couloir baigné par le soleil lorsqu'il vit trois hommes arriver en sens inverse. Ils étaient encore assez loin et semblaient en pleine conversation. Le premier, un moine, était vêtu d'une robe à capuche grise. Les deux autres portaient des capes de voyage. Nogaret reconnut aussitôt l'un d'entre eux. Il marqua une seconde d'hésitation durant laquelle il faillit l'appeler. Mais quelque chose l'en dissuada. Au lieu de cela, il fila dans le couloir et entra dans une chambre pleine de pupitres et déserte à cette heure. Collé à la porte, la main sur la poignée, il écouta avec attention les bruits de pas s'approcher. Il perçut des bribes de la conversation.

— ... mais bien entendu, vous pouvez attendre...

Le reste lui échappa tandis que les voix s'éloignaient. Nogaret entrouvrit la porte et vit les hommes s'en aller en lui tournant le dos. Son regard s'attarda sur celui du milieu jusqu'à ce qu'ils bifurquent dans un couloir et disparaissent. Plongé dans ses pensées, Nogaret manqua de percuter un acolyte qui courait presque dans le cloître. C'était le jeune homme qui lui avait apporté le panier de provisions. Il l'attrapa par le bras.

— Les deux hommes avec l'un de vos frères, dit-il en montrant la direction par laquelle ils étaient partis, je veux que vous découvriez qui ils sont et ce qu'ils font ici.

— Mais...

— Maintenant, insista Nogaret.

Il ne le lâcha pas tout de suite, allant même jusqu'à le pincer.

— Soyez prudent. Je ne tiens pas à ce qu'ils sachent que quelqu'un pose des questions. Est-ce que vous comprenez?

Effrayé, l'acolyte opina.

— Oui, seigneur.

— Je serai aux écuries.

Tandis que le jeune homme s'échappait en se frottant le bras, Nogaret sortit dans la cour.

Son écuyer était là avec leurs chevaux et les paniers remplis de nourriture et de couvertures, dons du monastère. Nogaret annonça sèchement à son écuyer qu'ils attendaient puis il se retira à l'abri des regards, dans l'écurie. Deux palefreniers dessellaient deux chevaux qui semblaient épuisés. Nogaret connaissait l'étalon pie. L'autre était un puissant destrier, mais aucun des deux garçons ne savait quoi que ce soit. Les minutes passèrent et l'impatience de Nogaret se mua en une fureur mal contenue. Dans la chapelle, les chants se turent et le monastère s'anima soudain. Finalement, une porte s'ouvrit de l'autre côté de la cour et l'acolyte en émergea.

— Alors? demanda Nogaret.

— J'ai parlé avec frère Alain, seigneur. D'après lui, les hommes ont demandé si Esquin de Floyran était là. Quand on leur a dit qu'il était parti, ils ont demandé à parler à Sa Sainteté.

— Avez-vous appris leur nom ?

— William Campbell et messire Robert de Paris.

— Robert de Paris ?

— Oui. Vouliez-vous autre chose avant de...

Sans l'écouter, Nogaret avait déjà rejoint son cheval. Il héla son écuyer et monta en selle.

— Ne faites part à personne de ce que je viens de vous demander, lança-t-il au jeune homme en faisant pivoter son cheval. Ordre du roi.

— Oui, seigneur.

Pendant que le jeune homme s'empressait d'aller ouvrir les portes, Nogaret jeta un coup d'œil par-dessus son épaule sur le monastère. Campbell ne tarderait pas à découvrir qu'il venait de partir, mais ça n'avait guère d'importance. Quand il l'apprendrait, Nogaret serait déjà en route pour Paris. Les hommes seraient retardés un moment : Clément était tombé malade quelques jours plus tôt et il refusait l'entrée de ses quartiers privés au monastère à tous les visiteurs.

Le ministre enfonça ses talons dans les flancs de son cheval et franchit la porte, soulagé de s'être fié à son instinct plutôt que d'avoir appelé l'Écossais. Il avait pensé un instant que le roi pouvait avoir envoyé Campbell, peut-être avec d'autres instructions. Mais la présence du deuxième homme, celui qu'il ne connaissait pas, avait éveillé ses soupçons. Sans parler de sa méfiance envers Campbell.

Désormais, cette méfiance était plus justifiée que jamais. Ses pensées se bousculait dans son esprit. Robert de Paris, c'était le nom du Templier qui avait libéré Esquin de Floyran de Merlan. La façon dont Campbell s'était immiscé dans l'entourage du roi, l'apparition inattendue des chevaliers à Anagni pour protéger Boniface, l'évasion du fils de Clément et le meurtre des gardes royaux, tous ces événements étaient comme des flèches sur une carte, pointées dans la même direction. Vers le Temple et vers Campbell.

Le prieuré franciscain, Poitiers, 23 avril 1307 après J.-C.

— Vous avez jusqu'à vêpres.

Le moine ferma la porte derrière Will et Robert, les laissant seuls dans la chambre avec l'homme décharné au teint de cendre assis dans un siège près de la fenêtre.

Le voir tempéra quelque peu l'irritation de Will, qui s'était consumé d'impatience pendant une quinzaine de jours. Le pape avait l'air de vaciller au bord de l'abîme. Sa peau était si pâle qu'elle en était presque translucide.

— Votre Sainteté, je regrette profondément de vous savoir malade, dit-il en s'apercevant qu'il le pensait.

Clément était son seul véritable allié, à présent.

— Le pire est passé, répondit le pape d'une voix frêle.

Il tenait à la main une poche en tissu d'où se dégageait une âpre odeur d'herbe.

— Dieu soit loué, ajouta-t-il en essayant en vain de se lever. Mais je suis toujours faible.

Plaçant la poche contre son nez, il inspira et fit une grimace.

— L'infirmier me dit que ça doit aider à combattre le mal, mais je me demande si ça n'en est pas la cause.

Puis il posa ses yeux rougis sur Will.

— Les frères m'ont prévenu de votre arrivée. Vous êtes venus pour la même raison que le ministre du roi, je suppose ?

Will alla vers lui.

— Où est Esquin de Floyran, Votre Sainteté ? Personne ne veut répondre à nos questions.

— La plupart d'entre eux ne savent absolument rien. J'ai longuement parlé avec Floyran, il y a plusieurs semaines, avant que la maladie ne me terrasse. Nogaret l'a emmené après nos discussions. Il a dit qu'il allait le cacher en lieu sûr, mais il n'avait pas assez confiance en moi pour me dire où, malgré mon insistance. C'était sans doute près d'ici, ou bien il avait des hommes à lui à proximité pour prendre Floyran en charge, parce que le ministre est reparti le même jour.

— Que vous a dit Esquin?

— Qu'il y a des hérétiques à l'intérieur du Temple, qu'ils ont tué son neveu et l'ont mis en prison.

— L'avez-vous cru?

— Son histoire était convaincante. Mais ce n'est qu'un seul témoignage, et cet homme poursuit à l'évidence une vengeance.

— Alors vous l'avez renvoyé? Nogaret, insista Will, vous l'avez renvoyé à Paris?

Clément se leva en s'appuyant sur les bras du fauteuil.

— Je n'avais pas le choix, je devais agir. Ce sont de sérieuses allégations.

— Vous savez pourquoi ils ont porté cela à votre attention, fit Will en jetant un regard inquiet à Robert. C'est ce que le roi et le ministre attendent depuis longtemps; n'importe quelle accusation fallacieuse, tant qu'elle leur permet de mettre en œuvre leur plan contre le Temple.

— Fallacieuse? s'indigna Clément. Vous êtes certain que Floyran ment? En avez-vous la preuve?

— Déterminer s'il dit vrai ou non est une affaire qui regarde sûrement le Temple, Votre Sainteté, s'interposa Robert. L'Ordre est seul juge de la discipline de ses membres. C'est une affaire interne. L'enquête devrait être menée par le Temple.

— Exactement, répondit le pape. C'est pourquoi j'ai envoyé un message à Chypre pour convoquer Jacques de Molay.

— C'est Nogaret qui l'a exigé? s'enquit Will.

— Je prends mes décisions moi-même, s'exclama le pape. En ce qui concerne l'hérésie, c'est encore à moi que revient le dernier mot.

À son ton de voix irascible, Will comprit que Nogaret l'avait malmené. Mais avant qu'il ait pu réfléchir aux conséquences possibles, Clément poursuivit :

— Le grand maître Jacques de Molay et ses officiers seront en mesure de m'aider à résoudre cette affaire. Ensemble, nous établirons la véracité ou la fausseté du témoignage de Floyran et prendrons les sanctions adéquates. Le roi et son ministre peuvent croire que cela leur ouvre la route, mais je vous promets qu'à moins que je l'estime nécessaire, le Temple n'en souffrira pas. En outre, ajouta le pape, j'ai hâte de parler au grand maître. Je n'ai pas reçu de nouvelles d'Orient depuis longtemps. Je veux entendre ses projets de croisade et voir ce que je peux faire pour venir en aide à l'Ordre.

Il esquissa un faible sourire.

— C'est un fait que je considère toute cette affaire davantage comme une bénédiction que comme une épreuve.

Will ne dit rien, pourtant les assurances du pape ne faisaient qu'accentuer son malaise. Il avait toujours négligé le désir évident du pontife de mener une croisade, espérant que la réticence des rois tels qu'Édouard ou Philippe à prendre la Croix, ainsi que l'échec de Jacques en Orient, mettraient fin aux rêves de Clément. Mais aujourd'hui, quel que soit le côté où soufflerait le vent, il devinait qu'une rencontre entre le pape et le grand maître pourrait mener à un désastre. Il pensa un instant se rendre à Chypre pour empêcher Jacques d'honorer la convocation, mais les deux semaines d'avance de la lettre papale l'en dissuadèrent. Et à moins de dire la vérité à Jacques, ce qui en soi suffirait à nuire à l'Ordre, le grand maître n'avait d'autre choix que de rencontrer le pape.

— Maintenant, Campbell, dit Clément, montrant par le ton de sa voix que la discussion était terminée, je veux savoir ce que vous avez découvert sur Guillaume de Nogaret. Avez-vous trouvé la preuve de son implication dans la mort de Benoît ?

— Je crains que non. Nogaret ne m'adresse plus la parole, et depuis la mort de la reine, le roi a restreint son cercle de confiance, si bien qu'il n'écoute même plus certains de ses plus proches conseillers.

— Vous devriez poursuivre vos efforts, dit le pape d'un air pensif. Si on le laisse faire, j'ai bien peur que ce serpent ait assez de venin pour tous nous empoisonner.

Le palais royal, Paris, 14 mai 1307 après J.-C.

Will était dans sa chambre lorsqu'il entendit un petit bruit. Il le perçut de nouveau et comprit que quelqu'un frappait à sa porte, mais si doucement qu'on pouvait croire qu'il espérait ne pas être entendu. En traversant la chambre, il se répéta son mensonge à propos de son récent voyage en Angleterre au cas où son hôte inattendu serait Nogaret, puis il ouvrit la porte.

— Rose, murmura-t-il, trop surpris pour l'accueillir autrement.

Depuis toutes ces années où il habitait le palais royal, pas une fois sa fille n'était venue le voir dans sa chambre. Il se sentit inondé de plaisir, mais le réprima sur-le-champ, car il n'osait pas imaginer que ce pouvait être le signe d'un changement d'attitude à son égard.

Rose ouvrit la bouche pour parler, mais aucun son n'en sortit. Elle essaya encore mais une expression douloureuse envahit son visage et elle fit demi-tour avant de repartir dans le couloir.

— Attends !

Will lui courut après et la saisit par le bras.

— S'il te plaît, Rose. Entre.

Elle hésita puis se laissa finalement guider dans la chambre.

Will ferma la porte derrière elle et alla vers son lit, où gisaient sa cape de voyage et son épée. Il les déposa sur un coffre.

— Je viens de rentrer, expliqua-t-il en se retournant et en passant une main dans ses cheveux.

Sur son invitation, elle s'installa sur le bord du lit, les mains posées à plat à côté de sa volumineuse robe bleue.

— Je ne savais pas où tu étais.

Will fut frappé de la voir si affligée.

— Je te demande pardon.

Il croisa les bras et poussa un profond soupir.

— Mais pour être honnête, ça ne m'est pas venu à l'esprit de t'avertir. Je ne pensais pas que ça t'intéresserait.

Les yeux baissés, Rose marmonna quelque chose qu'il ne comprit pas. Elle le regarda à la dérobée en constatant qu'il ne répondait pas.

— J'avais besoin de toi.

Will s'assit à côté d'elle en essayant de contenir l'émotion qui menaçait de le submerger. Il posa timidement sa main sur la sienne, où ses anciennes brûlures avaient laissé de profonds sillons, des durillons et un réseau de veines apparentes.

— Maintenant, je suis là. Tu peux me parler.

— Philippe.

Elle ne dit rien d'autre pendant un long moment et Will se demanda si elle allait s'expliquer quand finalement les mots arrivèrent, hésitants :

— Lui et moi, nous avons… Nous sommes… amants, finit-elle par lâcher en lui adressant un regard où sourdait une lueur de défi.

Il ne dit rien et elle poursuivit.

— Mais il a changé ces derniers mois. Il est devenu froid. Violent.

La main de Will pressa la sienne. Il sentit quelque chose se frayer un chemin en lui, quelque chose de primitif et sauvage, mais il garda son calme.

— Je m'inquiète de ce qu'il fera ensuite. J'ai entendu des choses, quand il parle avec Guillaume de Nogaret et qu'il croit que je n'entends pas. Je sais qu'il a l'intention de s'emparer des richesses du Temple.

— Cela n'arrivera pas.

— Tu es au courant?

— Depuis un bon moment, oui. Mais il n'y arrivera pas. Je ne laisserai pas faire.

Rose secoua la tête.

— Tu ne sais pas de quoi il est capable, dit-elle se mordillant les lèvres. Il porte tellement de colère en lui. C'est effrayant.

— Dans ce cas, pourquoi continues-tu à le voir?

Rose se leva, soudain agitée.

— Comment puis-je me refuser à un roi?

Will se mit debout, terrifié à l'idée qu'elle prenne la porte et sorte une fois de plus de sa vie.

— Pardonne-moi, je n'étais pas assez à ton écoute.

Il la prit par les épaules.

— Écoute-moi, Rose. Tu as raison d'avoir peur de Philippe. Il a le cœur dur, fielleux, et il est prêt à écraser tous ceux qui se mettent en travers de son chemin. Mais je comprends ta...

Il serra les dents, reculant devant le mot :

— ... ta liaison. Car je sais aussi qu'il peut se montrer charmant et très persuasif. Je l'ai considéré comme un allié salutaire pendant des années avant d'ouvrir les yeux sur sa cruauté. Mais il faut que ça cesse. Tu dois me laisser t'aider.

Elle hocha la tête et Will lui adressa un petit sourire en lui caressant la joue du doigt.

— Je peux te faire partir d'ici. Te mettre à l'abri.

— Et où irais-je? demanda-t-elle d'une petite voix.

— Chez mes sœurs, Ysenda et Ede, en Écosse.

— Et toi?

Will hésita. Il se voyait soudain courir aux écuries avec sa fille, seller deux chevaux et filer vers la côte. Ils trouveraient un bateau de négociant au port de Honfleur et il vendrait son épée pour embarquer. Ils atteindraient l'Écosse dès le mois de juin.

— Il faut que je reste, répondit-il en éprouvant toutes les peines du monde à prononcer ces mots. Je dois limiter autant que possible les dégâts que le roi et Nogaret essaieront de provoquer.

— Comment?

— J'ai la confiance du pape, lui expliqua Will en s'approchant du coffre sur lequel il avait jeté cape et épée. Il veillera à ce que le Temple ne souffre pas des actions menées par Philippe.

Il prit sa ceinture et la passa autour de sa taille en ajustant l'épée. Elle le regardait d'un air inquiet.

— Où vas-tu?

— Retrouver Robert au Temple. Il devait discuter avec le visiteur d'une affaire des plus urgentes et il faut que je sache ce qui en est ressorti. Je lui demanderai de parler à Simon, de l'informer que tu dois partir pour l'Écosse.

Il s'approcha d'elle :

— Pendant ce temps, va dans ta chambre et prépare tes affaires. Fais attention que personne ne te voie. Je serai de retour dans quelques heures. J'espère que Simon pourra te trouver un passage sur les quais. Mais quoi qu'il en soit, j'assurerai ta sécurité.

Complètement abasourdie, Rose laissa son père la reconduire à la porte. Dans le couloir, elle le regarda s'en aller à grandes foulées, sa cape battant derrière lui. Une partie d'elle-même avait envie de le rappeler, mais la peur, l'indécision l'emportèrent et elle garda finalement le silence avant d'enfiler les sinistres corridors qui menaient vers les appartements royaux, que le soleil couchant nimbait d'une lumière mordorée.

Lorsqu'elle entra dans la chambre du roi, Nogaret se leva avec tous les signes d'une extrême impatience. De son côté, Philippe resta assis sans se départir de son calme.

— Alors?

Incapable de soutenir leur regard, Rose détourna la tête.

Envahie par la honte, elle vit le visage de son père devant elle, plein d'amour et d'inquiétude pour elle. Personne ne l'avait regardée de cette manière depuis des années. Depuis Acre. Depuis son enfance. Se sentant mal, elle leva les yeux pour observer Philippe. Elle ne décelait aucun amour sur son visage, rien que de l'arrogance et de la détermination. Il était tellement inhumain... Même quand il était en elle, sa passion était glaciale et cassante. C'était comme faire l'amour à une statue.

— Parle, ma fille ! cracha Nogaret.

Elle tressaillit.

— Il sait que vous voulez vous emparer de la fortune du Temple, murmura-t-elle d'une voix enrouée.

Philippe se leva et s'approcha d'elle.

— Cela, nous ne l'ignorons pas. Que t'a-t-il appris d'autre ?

Il la prit par le menton, pour l'empêcher de détourner les yeux.

— Réponds-moi, Rose, qu'a dit d'autre ton père ? Est-ce qu'il travaille contre moi ? Est-ce qu'il essaie de contrecarrer mes plans ? S'est-il ligué avec le pape ?

— S'il vous plaît... Vous me faites mal.

Sa voix s'adoucit, mais il ne la lâcha pas.

— Tu dois penser à ce qui est le mieux pour toi maintenant, Rose. Il faut que tu réfléchisses. Qui est le mieux placé pour prendre soin de toi ? Un père qui t'a abandonnée il y a des années ? Ou un roi qui peut te donner tout ce que tu veux ?

Il écarta le pan de sa robe et posa une main ferme sur son ventre.

— Je vais m'occuper de toi.

Rose baissa les yeux sur la main et regarda, désemparée, son ventre qui commençait déjà à enfler.

Quand elle eut fini de leur raconter son entrevue avec son père, Philippe retira sa main et la laissa partir. Elle alla dans sa chambre et ferma la porte derrière elle. Ils l'entendirent bientôt sangloter.

Nogaret était fou de rage.

— Le fourbe! Le traître! éructait-il en arpentant la pièce. Nous devrions l'étriper!

Philippe alla vers la fenêtre et regarda au-dehors.

— Il faut que nous sachions plus précisément ce qu'il a fait. En dehors de ce Robert de Paris, quelqu'un d'autre est-il au courant à l'intérieur du Temple? Depuis combien de temps Campbell est-il en relation avec le pape? Clément a-t-il seulement envoyé la convocation à Jacques de Molay?

— Ce dernier point au moins est certain, assura Nogaret marchant de long en large. J'ai fait suivre l'émissaire du pape pour en avoir le cœur net.

Il s'approcha de Philippe en baissant la voix :

— Au moins, nous pouvons nous débarrasser de deux de nos problèmes, sire, dit-il en esquissant un geste vers la porte derrière laquelle leur parvenaient toujours des sanglots. Le traître et sa fille.

Philippe lui jeta un coup d'œil.

— Non, elle peut encore nous être utile. Elle pourra nous servir de levier si Campbell refuse de parler.

— Oh, il parlera, sire. Il parlera tellement qu'il finira par manquer de mots.

Nogaret plissa les yeux.

— En revanche, sa fille est une distraction sans aucune nécessité et le bâtard qu'elle porte n'apportera rien d'autre que des ennuis. Que se passera-t-il quand elle accouchera? Une liaison suite au décès de votre femme peut s'expliquer, mais un enfant serait…

— Assez! s'écria Philippe en tournant le dos à Nogaret. Amenez-moi Campbell. Voilà vos ordres. S'il vient de partir pour le Temple, il ne peut pas être loin. Je veux que vous l'interceptiez. Prenez la garde du palais.

— Et ensuite, sire? Quand nous le détiendrons et qu'il nous aura confessé tout ce qu'il a fait, poursuivrons-nous notre plan?

Les yeux bleus de Philippe étincelaient.

— Si Jacques de Molay répond à la convocation du pape et qu'il revient en Occident, nous agirons. Entre-temps, nous allons rendre les accusations d'Esquin de Floyran publiques. Quels que soient les sentiments personnels de Clément, si le peuple l'exige, il sera obligé de réagir face à de telles affirmations. Dès que nous nous serons occupés du cas de Campbell, je veux que vous dressiez les chefs d'accusation à l'encontre du grand maître et de ses officiers. Comme nous l'avons dit, ils seront fondés sur le témoignage de Floyran. Il faut néanmoins que ce soit assez choquant pour que mes sujets se rangent de notre côté. L'hérésie est l'œuvre de scélérats, mais il ne faut pas oublier à qui nous avons affaire. Leurs manteaux portent les idéaux de pureté et d'innocence, ils suivent la Règle d'un saint et sont connus comme les guerriers du Christ. Le détail des accusations est de la plus haute importance.

— Je sais quoi dire, sire, répondit Nogaret d'une voix grave. Je garde en mémoire de quoi ma mère et mon père furent accusés.

35

La rue du Temple, Paris

14 mai 1307 après J.-C.

Le souffle court, la gorge brûlée à chaque respiration, Will remontait la rue du Temple en courant. Le soleil était passé sous les toits et les flèches, et la poussière des ruelles étroites se soulevait dans le crépuscule naissant. Derrière lui, sur l'île de la Cité, les cloches de Notre-Dame se mirent à sonner pour les vêpres. Le son se répercuta le long de la rivière et se répandit dans toute la ville à mesure que les cloches des autres églises se joignaient à celles de la cathédrale. Will essaya de se concentrer sur son rendez-vous avec Robert et sur ce que le chevalier aurait découvert lors de son entrevue avec Hugues, mais il lui était pratiquement impossible de réfléchir à quoi que ce soit tant sa fille le préoccupait. Colère, espoir, peur, joie : tout se mélangeait en lui tandis qu'il se hâtait parmi les carillons, droit vers la porte du Temple. Une partie de lui redoutait que Rose ait changé d'avis à son retour et refuse de quitter le palais. Cette idée le poussa à accélérer encore le pas après avoir franchi la porte où un groupe de marchands se querellait avec des gardes de la ville.

Il fonça le long du chemin qui menait à la commanderie

jusqu'au groupe de chênes à l'extérieur des murs. Là, il ralentit et s'arrêta sur le bas-côté. La sueur lui coulait sur les yeux tandis que, plié en deux, il essayait de reprendre sa respiration. Devant lui, les arbres commençaient à se fondre dans l'ombre, mais il ne trouva aucun signe de Robert. En entendant des bruits de sabots, Will se redressa et tourna la tête tout en s'essuyant le visage du revers de la manche. Cinq cavaliers arrivaient au petit galop en soulevant des nuages de poussière. Will les regarda passer.

— Campbell.

Il sursauta.

— Robert ? dit-il en scrutant les frondaisons.

Alerté par un mouvement furtif, Will pénétra dans le bosquet, tête baissée pour ne pas se cogner aux branches. Il était à peine à couvert que quelqu'un sortit de derrière un arbre. Will vit l'éclat d'une lame et porta la main à son épée, mais, au même moment, il sentit une agitation tout autour de lui. Il se tourna et aperçut quatre – non, cinq formes tapies dans l'ombre. Dégainant, il porta un coup au premier homme, que celui-ci para sans difficulté. Puis un coup de pied l'atteignit à l'arrière du genou et il tomba avec un grognement, brandissant son arme pour bloquer celle qui fondait sur lui. Mais cette attaque était une diversion alors que le deuxième coup de pied le touchait au foie et le troisième aux reins. Will poussa un cri de rage et de douleur tandis qu'un pied se posait sur sa lame en lui écrasant les doigts sous la poignée. De sa main libre, il essaya de se défendre contre la multitude de pieds et de poings qui s'abattirent sur lui. L'arrière de son crâne sembla exploser avant qu'un voile noir l'enveloppe.

Un martèlement lourd, rapide et sourd, tel un battement de cœur. Il résonnait tout autour de lui. Il avait l'impression d'avoir la tête sous l'eau. Le monde paraissait loin, comme s'il planait au-dessus de lui. Soudain, il reprit ses esprits. On le tirait dans un couloir, dont le sol défilait sous ses yeux. Il apercevait aussi les flammes des torches et un pan de cape passa devant son visage. Des mains le maintenaient sous les bras, mais ses jambes n'étaient pas liées, ses pieds traînaient derrière lui sur les carreaux. Le martèlement, il s'en rendit compte, était dû aux pas de ceux qui le portaient. Il se sentait désorienté et faible, incapable de seulement lever la tête. Une porte s'ouvrit et il se trouva dans un endroit plein de courants d'air. Ses ravisseurs s'arrêtèrent. Il les entendit frapper à une porte, puis un air vicié et chargé d'odeurs d'encens lui monta au nez. Ils se remirent alors en mouvement, descendirent une petite volée de marches, avec ses pieds qui traînaient, tombaient, traînaient, tombaient. Et ils finirent par s'immobiliser dans une pièce éclairée par des bougies, où il faisait chaud. Il sentit qu'on l'installait sur un tabouret. Quelqu'un lui ramena les mains dans le dos et lui attacha les poignets avec une corde. On lui versa de l'eau glacée sur le crâne. L'eau dégoulina sur son visage et sa poitrine, sa vision s'éclaircit et il vit quelqu'un qui tenait un seau s'éloigner.

Will regarda autour de lui. Il était dans une pièce lugubre. Des rideaux noirs pendaient devant un mur, et un homme se tenait là, dans le halo des bougies, vêtu d'une cape flamboyante constituée de minuscules ronds de soie. L'homme rejeta sa capuche en arrière et Will, éberlué, reconnut son visage.

Hugues de Pairaud posait sur lui ses yeux noirs. L'âge aidant, les traits du visiteur s'étaient ridés ; sa barbe autrefois noire était désormais grise. Sans rien dire, il observa quelques instants Will d'un air pensif.

Il y eut du mouvement dans l'ombre. Un deuxième homme apparut. Il portait un manteau blanc uni ainsi qu'un masque identique à ceux des hommes qui l'avaient roué de coups dans les bois, rouge avec une tête de cerf peinte en blanc. Il se pencha vers Hugues et lui murmura quelque chose à l'oreille. Celui-ci hocha la tête et se tourna de nouveau vers Will.

— Tu es à Paris depuis toutes ces années? Depuis combien de temps Robert est-il au courant que tu habites au palais?

Will avala avec difficulté sa salive mêlée de terre et de sang. Le parfum d'encens était insupportable.

— Que lui as-tu fait? demanda-t-il d'une voix pâteuse. Où est Robert?

— Comment t'y es-tu pris pour qu'il me soit aussi hostile? dit Hugues, menaçant. Comment en est-il venu à me trahir?

— Tu sembles considérer la trahison comme une chose terrible, et pourtant tu la pratiques avec naturel.

Will sentit quelqu'un s'avancer dans son dos. Il reçut un coup de poing sur la tempe qui fit basculer sa tête en arrière. Mais étrangement, cela sembla le réveiller. Se raclant la gorge pour se débarrasser du sang, il lança à Hugues un regard acéré.

— Je te faisais confiance, Hugues, c'est pourquoi je t'ai introduit dans le Cercle. Je pensais que tu comprenais notre tâche et que tu continuerais notre œuvre. Au lieu de quoi tu la pervertis.

L'homme masqué s'approcha de nouveau, mais Hugues lui fit signe de rester en retrait.

— C'est toi qui as quitté l'Anima Templi, Campbell. Si je comptais tant que cela pour toi, tu serais resté. Mais j'ai pu ainsi faire le nécessaire, ce que tu n'aurais jamais accompli. Robert et toi, vous avez la vue tellement courte. Everard, voilà un homme qui aurait pu nous rendre notre grandeur s'il avait vécu plus longtemps, un homme qui comprenait *véritablement* ce qu'est l'Anima Templi.

— Tu ne sais rien d'Everard, ni de ses espérances, grogna Will.

Hugues insinuant qu'il ne connaissait pas son ancien maître et ami attisait sa colère.

— Ah oui?

Hugues fit quelques pas vers ce qui ressemblait à un autel et y prit quelque chose. Quand il revint dans le halo de lumière, Will reconnut le livre à la reliure de cuir dans lequel Everard avait consigné ses mémoires.

— J'estime plutôt bien le connaître, répliqua Hugues en feuilletant nonchalamment l'ouvrage. Je sais qu'il croyait au sacrifice et que la liberté se gagnait parfois au prix du sang. Je sais qu'il croyait en l'autorité de l'Anima Templi, en son droit à manœuvrer l'Ordre contre l'influence d'un grand maître allant à l'encontre de nos objectifs. Je sais qu'il croyait au pouvoir du mythe. Il a écrit le *Livre du Graal.* N'en as-tu rien appris ?

— Tu ignores de quoi tu parles.

Will regarda Hugues reposer le volume sur l'autel.

— Le *Livre du Graal* a été détruit des années avant que tu n'entres dans notre Cercle. J'ai lu les écrits d'Everard. Il choisissait soigneusement ses mots de façon à ce que seuls ceux qui connaissaient déjà le *Livre* et son contenu les comprennent.

— Et je les comprends. J'ai appris l'histoire de l'Anima Templi quand tu m'y as fait entrer, en Acre, et j'ai entendu parler du *Livre* et de ce qu'il contenait par diverses sources : Robert et toi, frère Thomas en Angleterre, le roi Édouard, bien que les réflexions de ce dernier sur le sujet fussent généralement méprisantes. Au fil du temps, j'ai pu rassembler assez de pièces pour saisir de quoi il s'agissait.

— Mais tu as remis les pièces dans le désordre, rétorqua Will. Tu as détourné la pensée d'Everard. Des hommes qui boivent du sang ? Des chevaliers qui crachent sur la croix ? Ce sont des allégories !

— Et ça l'est toujours. Mais elles ont gagné en puissance par leur mise en pratique.

— Dans une histoire, elles sont innocentes. Mises en pratique, ce sont des hérésies.

— Des hérésies ! manqua s'étrangler Hugues. Tu es aussi engoncé dans les anciennes traditions que Jacques de Molay. Peu importe à quel point il s'est montré dédaigneux de l'obsession d'Armand de Périgord, Everard savait quelle puissance d'évocation ont ces idées. Mais il n'en a jamais fait usage. Il n'en a pas eu l'opportunité. Moi, j'ai repris le flambeau, le sien et celui d'Armand, et je leur ai donné une réalité. Ce ne sont plus simplement des rêves ou des faux-semblants, ils peuvent sauver l'Ordre.

— Au nom du Christ, en quoi le fait de transformer de jeunes chevaliers impressionnables en pécheurs et en buveurs de sang va sauver l'Ordre ?

— Le sang rappelle la force de nos liens en tant que frères, répondit Hugues en s'emportant. C'est pour cela qu'Everard l'utilisait dans son histoire de Perceval. Je me suis contenté de pousser la logique, et, ce faisant, je les ai rendus encore plus astreignants. Ces chevaliers, dit-il en embrassant d'un geste de la main toutes les formes dissimulées dans l'ombre, sont de vrais croyants de l'Anima Templi.

— Je doute que Martin de Floyran ait partagé ton idée de la fraternité.

Le visage de Hugues se décomposa.

— Mes hommes sont allés trop loin ce soir-là. Mais ils me sont loyaux jusqu'au bout, et les uns envers les autres. La trahison de Martin les avait profondément heurtés. C'était ma faute. Il n'était pas prêt à être initié. Certains ne le sont jamais.

— Et Esquin ?

— Un autre sacrifice malheureux.

Hugues poussa un bref soupir.

— Nous ne sommes pas des pécheurs ou des hérétiques, Campbell. Je crois en Dieu autant que toi. Les hommes que je choisis pour entrer dans l'Anima Templi entreprennent le voyage de Perceval sous ma tutelle.

Il désignait d'un geste sa cape scintillante.

— Le Roi pêcheur qui les guide dans leurs épreuves. On leur demande de choisir entre deux voies : la voie de l'Ordre ancien, sous le grand maître, un chemin qui passe par le sang, la violence et la guerre, un chemin qui mènera à la destruction du Temple, ou la voie de l'Ordre nouveau. Mais cette nouvelle voie n'a rien de facile. En s'y engageant, ils rompent les serments prononcés en devenant chevaliers, ils trahissent leurs maîtres, et même leurs familles. Pour l'emprunter, il faut qu'ils se fient complètement à moi et que je puisse me fier à eux. Ils crachent sur la croix pour me prouver leur loyauté ; pour démontrer qu'au sein de l'Anima Templi, c'est moi qui incarne la plus haute autorité. Everard comprenait le pouvoir de ces rituels, ou il n'aurait pas écrit le *Livre du Graal*. Voilà pourquoi il appelait Acre son Camelot. L'idée d'hommes luttant pour sauver un idéal mystique est tout de même plus puissante que celle d'hommes cherchant désespérément à sauvegarder un lopin de terre poussiéreux, non ?

Will était abasourdi.

— Tu inities des hommes depuis tout ce temps. Robert me disait que tu ne faisais rien. Que les membres du Cercle ne se voyaient pratiquement plus.

— J'espérais que Robert pourrait nous rejoindre, mais je savais qu'il était aussi attaché que Jacques et toi aux anciennes valeurs. Il est temps qu'émerge un Ordre nouveau. Un nouveau Cercle. Les croisades sont finies depuis la chute d'Acre, et tandis que les chevaliers Teutoniques progressent en Prusse, qu'ils amassent territoires et richesses, et que les Hospitaliers mettent sur pied la conquête de Rhodes, nos chefs s'entêtent aveuglément à Chypre, ils s'accrochent à Jérusalem, ce rêve évanoui. L'époque est à la construction d'empires, à l'expansion, et non à gâcher des hommes et des ressources dans de vaines guerres saintes. Le monde a changé pendant que vous vous battiez en Orient pour une idée déjà périmée. Les rois se pressent de raffermir leur pouvoir, de renforcer leur royaume. Nous devons suivre leur exemple si nous voulons survivre. Nous devons évoluer, nous aussi, et nous n'y parviendrons pas si nous ne disposons pas d'une base sûre à partir de laquelle nous consolider. L'heure venue, nous tendrons la main vers une nouvelle ère, une ère de découverte et de savoir, de paix et de prospérité.

Les yeux de Hugues brillaient.

— Mais je savais que je ne pourrais changer l'Ordre que peu à peu, de l'intérieur, voilà pourquoi j'ai commencé à recruter des chevaliers qui me seraient davantage fidèles qu'à Jacques et à sa croisade.

— Alors, que comptes-tu faire ? Envahir un pays avec ton armée personnelle ?

— Je n'en ai pas besoin. Le roi Édouard a promis d'offrir au Temple une partie de l'Écosse lorsqu'elle sera conquise.

Will se pencha en avant. Ses yeux se plissèrent sous le coup de la douleur et de la colère.

— S'il réussit à la conquérir !

— Il y parviendra, répondit tranquillement Hugues. Robert Bruce et ses partisans sont à terre et l'armée d'Édouard marche vers le nord au moment où nous parlons. Les troupes sont aussi importantes qu'à Falkirk. L'Écosse tombera sous le joug des Anglais et le Temple sera en sécurité, à l'abri des turbulences qui agitaient la France, l'Angleterre, la Germanie et Rome.

— Tu te fais berner, Hugues, murmura Will. Édouard se bat depuis dix-huit ans pour contrôler l'Écosse. Crois-tu honnêtement qu'il t'en donnera une partie ? Tu laisses tes chimères t'aveugler et tu as détourné le Cercle pour servir tes intérêts. Ce n'est pas ce que recherchaient Everard, mon père, Elias ou Kalawun, ce n'est pas pour cela qu'ils ont vécu et qu'ils sont morts. Ce n'est pas l'Âme du Temple.

— Ça l'est désormais. Tu es parti, Will. Cela fait des années que tu n'appartiens plus à l'Ordre, ni au Cercle. Pendant que tu mordillais les chevilles d'Édouard, telle une souris essayant d'abattre un lion, j'ai mené le Temple vers un avenir doré.

— Un avenir doré ? À l'heure qu'il est, un messager est en route pour Chypre, une convocation est envoyée par le pape à Jacques de Molay pour qu'il réponde d'accusations d'hérésie au sein de cette commanderie. Le roi Philippe et Guillaume de Nogaret essaient de s'emparer du Temple depuis des années, pour mettre la main sur sa fortune. Par tes actions, tu as entraîné tous les hommes qui t'entourent dans le péché.

— C'est ridicule. Personne n'est seulement au courant de l'existence de l'Anima Templi.

— Si, Esquin de Floyran. Et il se trouve entre les mains du roi.

— C'est impossible. Je suis le seul à avoir autorité pour libérer Floyran.

Hugues scruta le visage de Will et commença à comprendre.

— Robert de Paris m'a-t-il trahi encore plus que je ne le pensais ?

— Nous pouvons nous en occuper. Le pape m'écoute, mais tu dois détruire toutes les traces de ce que tu faisais ici. Il faut dissoudre l'Anima Templi et…

— Le dissoudre ?

Tout à coup, Hugues devint soupçonneux.

— À quoi joues-tu avec moi, Campbell ?

— Je ne joue pas, je le jure…

— Il suffit ! Je n'écouterai pas ces balivernes.

Hugues héla les hommes dans l'ombre :

— Faites-le disparaître de ma vue !

— Me faire taire en m'enfermant à Merlan ne changera rien à ce qui se passe ! s'écria Will tandis que les hommes encagoulés lui détachaient les mains et le remettaient sans ménagement sur ses pieds.

— Tu ne pars pas pour Merlan. Tu pars pour l'Angleterre. C'était la contrepartie exigée par Édouard pour offrir un nouveau territoire au Cercle : je t'échange contre l'Écosse !

— Ne fais pas ça ! cria Will. Pour l'amour de Dieu, ne fais pas ça !

Mais Hugues se détourna de lui et on plaça une cagoule sur le visage de Will.

36

La route de Carlisle, royaume d'Angleterre

1er juillet 1307 après J.-C.

La voiture cahotait sur la route. Calé sur le siège, Will ressentait le moindre soubresaut dans son corps meurtri. À travers la cagoule, il percevait de temps à autre la lumière oblique qui entrait par l'arrière, ouvert, de la voiture. À en juger par ces brèves trouées de lumière et l'odeur, ils devaient traverser une forêt. Il essayait de comprendre depuis un moment où ils se trouvaient, mais le temps et la distance étaient si distordus dans son esprit qu'il lui était impossible de le savoir.

On l'avait fait partir de Paris la nuit même de son entrevue avec Hugues. Ses ravisseurs l'avaient emmené discrètement jusqu'à la Seine, où ils l'avaient fait embarquer sur un vaisseau. Pendant tout le temps où les blessures infligées par les hommes de Hugues se cicatrisaient, il n'avait eu que de vagues éclairs de conscience. Il avait été maintenu dans l'isolement au fond de la cale humide et puante, les yeux toujours bandés, les mains liées, et ce n'est qu'en entendant les cris des mouettes par-dessus le ressac et le grincement des gréements qu'il avait su qu'ils avaient atteint la mer. On l'avait traîné sur le pont, où il s'était délecté de l'air chargé d'embruns tandis qu'on le transférait sur un bateau plus gros à Honfleur. Mais avant qu'ils aient largué les amarres, une tempête estivale s'était levée le long de la côte, obligeant le vaisseau à rester à quai plusieurs jours.

Dans la soute, bercées par le roulis des vagues écumantes, les pensées de Will s'étaient tournées vers sa fille, qu'il supposait toujours au palais. Il l'imagina en train de l'attendre, pensant qu'il l'avait abandonnée une fois de plus, et se mit à délirer, lançant une bordée d'injures et de menaces à ses ravisseurs, se débattant et luttant contre ses liens jusqu'au moment où deux d'entre eux l'avaient méthodiquement réduit au silence. Par la suite, la traversée vers l'Angleterre s'était déroulée dans la brume et la confusion. Arrivé à Londres, on l'avait conduit dans un bâtiment à proximité des quais. Il y avait passé une semaine environ enfermé dans une cave, avec, pour survivre, un morceau de pain et de l'eau saumâtre, avant d'être finalement jeté dans cette voiture.

En saisissant des bribes de conversation durant son pénible trajet vers le nord, il découvrit que la trentaine d'hommes qui l'escortaient faisaient partie de la garde royale d'Édouard et qu'ils suivaient l'armée anglaise en marche pour l'Écosse avec des ravitaillements. Il y avait d'autres voitures que la sienne sur la route, et celle dans laquelle il se trouvait était remplie de barriques dégageant une puissante odeur de vin. La chaleur épuisante à peine atténuée par les tentures, le laissait pantelant, en sueur et la gorge desséchée. Quand les gardes lui tendaient un bol d'eau, il l'avalait en lappant comme un chien.

À travers sa cagoule, l'éclat du soleil, d'abord intermittent, devint constant, et Will devina qu'ils étaient sortis de l'ombre de la forêt. L'odeur fraîche des arbres fut remplacée par le parfum sec de l'herbe jaunie et les soldats marmonnèrent quelque chose à propos des nuages d'insectes qui les harcelaient. À peu près une heure plus tard, Will reçut une bouffée de fumée et commença à entendre un murmure lointain et confus. Le chant des oiseaux disparut et bientôt le murmure fut remplacé par des sons distincts : chiens et chevaux, cris, rires. La voiture roula à travers champs et s'arrêta finalement. Will la sentit s'affaisser, puis il perçut la présence de deux hommes. On le saisit sous les bras pour redresser son corps courbatu. Il entendait beaucoup de voix autour de lui, c'était un vacarme assourdissant après un isolement aussi long. Soudain, on lui retira sa cagoule et le soleil éblouissant l'obligea à fermer les yeux à plusieurs reprises.

Il se trouvait dans une immense plaine herbeuse sur laquelle étaient dressées, aussi loin qu'il pouvait voir, des centaines, peut-être des milliers de tentes. Des bannières et des oriflammes flottaient partout dans un chaos de couleurs et de blasons. Il en reconnaissait beaucoup pour les avoir observées aux côtés de Wallace. Des chevaliers et des seigneurs discutaient en groupes ou se reposaient dans des tentes grandes ouvertes tandis que se pressaient dans un apparent désordre écuyers et domestiques, telles des colonnes de fourmis diligentes. Tandis que les gardes l'entraînaient à l'intérieur du campement, Will aperçut un petit groupe d'hommes travaillant sur des cottes de mailles, rattachant minutieusement les anneaux les uns aux autres et maniant avec dextérité ces maillots aussi souples et argentés que des poissons entre leurs mains. Des cuisiniers aux tabliers sales tisonnaient des feux pendant que les archers vérifiaient l'empennage de leurs flèches sous l'œil vigilant de leur capitaine. Hugues lui avait appris que l'armée réunie était aussi grande que celle qui avait vaincu les forces écossaises à Falkirk; en traversant cette foule en armes, Will se dit qu'il n'était pas impossible qu'elle soit encore plus considérable.

Au loin, entouré de tentes grandioses, se dressait le pavillon royal. Il sentit son estomac se nouer en reconnaissant les lions dorés sur la bannière flottant à l'entrée. Au-delà, le terrain s'élevait progressivement et la brume l'empêchait de voir plus loin, si bien qu'il n'avait aucun moyen de deviner où ils se trouvaient. Il s'aperçut que les deux gardes le menaient vers une petite cage faite de poteaux plantés en terre et surveillée par deux hommes en livrée royale. L'un d'eux ouvrit la porte et les soldats l'y poussèrent. Il dut se plier en deux pour tenir debout. À l'intérieur, il ne restait presque plus d'herbe. Quatre visages contusionnés et émaciés se tournèrent vers lui tandis que la porte se refermait.

Burgh-upon-Sands, royaume d'Angleterre,
3 juillet 1307 après J.-C.

Will mordait comme un enragé dans le morceau de viande dur comme du cuir. Sa bouche, pleine d'aphtes à cause de la mauvaise nourriture, lui faisait mal chaque fois qu'il mâchait, mais si ça devait être son dernier repas, il avait bien l'intention de le savourer. La soirée ne faisait que commencer, le ciel bleuté s'étendait à l'infini et l'on commençait à allumer les torches. Le soleil s'était levé deux fois depuis qu'on l'avait jeté dans cette cage et l'armée n'avait toujours pas bougé. En revanche, elle s'était accrue.

Ces deux derniers jours, un flot constant d'hommes était venu renforcer les troupes anglaises, ainsi que des convois de ravitaillement. Les soldats d'infanterie, le visage brûlé par le soleil estival, arpentaient le camp d'un pas lourd en portant massues, haches, lances et boucliers, tandis que les nobles défilaient à cheval en tête des compagnies de chevaliers. Le soir, quand on distribuait les rations, Will s'asseyait pour écouter les rires et les chansons s'élever sous la voûte céleste. Ces soldats combattaient les Écossais depuis des années. Ils connaissaient le terrain et les tactiques de l'ennemi, ils avaient confiance. D'après la rumeur, Robert Bruce avait l'intention de se battre jusqu'au bout, mais les Anglais ne lui accorderaient pas la moindre chance. Malgré les quelques victoires du nouveau roi d'Écosse, Édouard contrôlait toujours la plus grande partie du pays. Et aujourd'hui, presque une décennie après leur terrible défaite à Stirling, ces hommes étaient revenus pour se venger une dernière fois. Déterminés à faire couler le sang.

Will avait glané ces quelques informations auprès des autres prisonniers. Tous les quatre étaient des éclaireurs écossais, et deux d'entre eux avaient été envoyés par Bruce pour surveiller la progression des Anglais. Les soldats d'Édouard les torturaient pour connaître la stratégie ennemie, mais ils avaient réussi à tenir leur langue jusqu'ici, même si Will doutait qu'ils y parviennent encore longtemps. L'un des quatre avait été emmené le matin même. Il n'était pas revenu. Malgré les craintes qu'il éprouvait pour son pays et pour lui-même, son esprit retournait sans cesse vers ce qu'il avait laissé derrière lui. Il pensait à Hugues dans sa cape de Roi pêcheur qui attendait à la commanderie de Paris, avec son armée d'hommes masqués, qu'Édouard lui offre sur un plateau un bout de terre. Il pensait à Robert, un de ses plus vieux camarades, probablement mort ou en prison. Il pensait à sa fille, et au messager du pape Clément en route pour Chypre. Il revoyait aussi Esquin de Floyran, caché dans quelque tour royale, impatient de pousser ses geôliers à la ruine.

— Campbell.

Will avala la dernière bouchée de viande et regarda deux gardes royaux approcher en lui faisant signe.

— Dehors.

Will rampa jusqu'à la porte, sachant qu'il était absurde de résister, et croisa le regard complice d'un prisonnier écossais au moment où l'un des gardes le faisait se lever. Des soldats anglais le dévisagèrent tandis qu'on le guidait à travers le camp et l'un d'eux lui cracha au visage. La tête crânement levée, Will ne cilla pas. Et il s'aperçut qu'ils se dirigeaient tout droit vers le pavillon rouge.

La tente était somptueusement meublée et comportait tout le luxe dont pouvait avoir besoin un roi pendant une campagne : un bain, un divan, une table pour les repas, des domestiques et des musiciens pour prendre soin de lui et le divertir. Et pourtant, l'ambiance n'y reflétait pas celle, confiante, qui prévalait dans le camp. À l'intérieur de cet abri de toile, les domestiques paraissaient soucieux et parlaient à voix basse. Will eut le temps de s'en rendre compte et de se demander ce que cela cachait avant qu'on le mène dans un espace privé occupé par un grand lit dont les quatre immenses poteaux du baldaquin grimpaient jusqu'au plafond. Deux brasiers dispensaient chaleur et fumée, mais bien peu de lumière. Un homme était allongé dans le lit.

Le roi Édouard avait presque soixante-dix ans et l'âge lui pesait. Will entendait sa respiration rauque qui faisait penser au craquement d'un parchemin, il dégageait une odeur d'urine et de sueur. L'expression arrogante, le regard impérieux et le port royal s'étaient évanouis. Le monarque qui avait hanté Will toute sa vie n'était plus qu'un vieillard incontinent.

— Avez-vous vu mon armée, Campbell ?

La voix était toujours péremptoire et Will reconnut son ancien ton narquois.

— Difficile de ne pas la voir, répondit-il.

Son insolence lui valut un coup de poing au foie de la part d'un des gardes.

— Vous devriez la regarder tant que vous le pouvez, l'avertit le roi. Car c'est la dernière chose que vos yeux contempleront. Demain, vous subirez le même sort que ce bâtard de Wallace. Et quand vos entrailles seront réduites en cendres encore fumantes, je mènerai mon armée en Écosse et...

Pris d'une quinte de toux, Édouard ne termina pas sa phrase. Un garde s'approcha, mais le roi leva une main tremblante avant de se couvrir la bouche d'un mouchoir. Puis, il inspira profondément et posa son regard vitreux sur Will.

— Le traître Bruce et sa bande de gueux regretteront le jour où ils se sont dressés contre moi. Ils seront piétinés et décapités par centaines, non, par milliers! Leurs fils et leurs filles avec eux, et même les bébés à naître dans les ventres de leurs femmes! La terre d'Écosse se gonflera de leur sang et nous dresserons de fières villes anglaises sur les décombres de leurs villages de huttes. Votre propre famille, Campbell, partagera ce destin, ajouta Édouard en se penchant vers lui. Je tenais à ce que vous le sachiez avant que je vous exécute. Je voulais que vous compreniez qu'ils vont payer pour toutes vos actions. Je veux que vous…

Édouard continua, mais Will n'écoutait plus. Il observait le visage fulminant du roi, les postillons qu'il crachait entre ses lèvres grises. Sa haine. Elle sourdait, noire et amère comme la poix, puant la frustration et l'impuissance. Édouard ployait sous ce fardeau. Will éprouva un éclair de lucidité durant lequel il prit conscience qu'en dépit de ce qu'il avait subi – la mort de ceux qu'il aimait, les tromperies, le désarroi –, il n'avait pas perdu son âme. Il la sentait irradier en lui tandis que le fiel menaçait d'étouffer Édouard. Aussi fort que soit son désir de se venger, il ne s'était pas laissé empoisonner. D'un coup, il fut rempli par la certitude absolue que même si Édouard gagnait en Écosse, il ne trouverait pas la paix. Il ne le pouvait plus depuis bien longtemps.

La tirade d'Édouard se conclut sur de violentes expectorations et les domestiques se précipitèrent avec des linges frais pour l'aider à se débarrasser des glaires.

— Demain, Campbell! sifflait-il. *Demain!*

On fit ressortir Will dans la nuit caniculaire. Toujours sous le coup de cette révélation, il entendit la toux d'Édouard diminuer dans son dos tandis qu'on le ramenait dans la cage.

L'armée était endormie, elle se reposait avant la marche vers l'Écosse et la bataille qui s'annonçait. Les étoiles clignotaient dans le ciel, reflétant les feux de camp au sol. Écartant les questions des autres prisonniers, Will s'agenouilla et inclina la tête. Il pria pour sa fille, pour qu'elle apprenne un jour qu'il ne l'avait pas abandonnée, qu'elle aille trouver Simon et que celui-ci l'aide à échapper à Philippe. Il pria pour que Hugues reprenne ses esprits et que Clément sache dominer ses nerfs, et il pria pour que Robert soit toujours en vie et que la croisade de Jacques de Molay échoue. Quand ce fut terminé, il s'allongea sur l'herbe et ferma les yeux. Même s'il avait peur de ce qui l'attendait, il savait que la douleur ne serait qu'un passage et qu'elle le conduirait vers autre chose, vers un ailleurs beaucoup, beaucoup plus doux.

Demain, il reverrait son père et sa mère. Everard, Hasan et Elias l'accueilleraient, il pourrait serrer les mains de Kalawun et Owein. Demain, il retrouverait Elwen. Il les rejoindrait le cœur en paix, certain d'avoir agi comme il le devait.

Mais le lendemain matin, aucun soldat ne vint le conduire à la potence. Après l'aube, les heures s'étirèrent et l'armée s'éveilla, les hommes s'occupant de leurs chevaux, brisant le jeûne. Peu à peu, le calme qu'avait éprouvé Will au cours de la nuit céda la place à la tension. Il voulait en finir. Cette attente absurde le rendait fou. Pourtant il dut attendre, ce jour-là et celui d'après, le ciel au-dessus de sa tête changeant de couleur, rose, or, bleu, au fil des heures. L'après-midi du troisième jour, Will vit que l'ambiance changeait dans le camp. Aucun des Écossais ne quittait la cage pour être torturé et les gardes leur jetaient la nourriture sans dire un mot. Autour des feux de camp, on n'entendait plus ni chansons, ni blagues corsées, ni rires. Et toujours, il attendait.

Le matin du quatrième jour après son entrevue avec le roi, un orage s'abattit sur la plaine. Will était assis là, trempé jusqu'à la moelle à avaler des gouttes d'eau, lorsqu'il remarqua du mouvement dans le camp. Il rampa jusqu'aux barres et regarda plusieurs compagnies s'ébranler sous le déluge, l'eau ruisselant sur les casques et les boucliers. Durant l'heure qui suivit, d'autres hommes quittèrent la plaine. Certains semblaient abattus, d'autres soulagés, mais ni les uns ni les autres n'arboraient l'expression de soldats sur le point de combattre. Au loin, Will vit qu'une foule se formait autour du pavillon royal.

Un peu plus tard, après que la pluie se fut déplacée vers le nord et que les départs commencèrent à ressembler à un exode, toutes les compagnies partant vers le sud, un soldat s'approcha de la cage. Il était vêtu plus simplement que les gardes royaux qui les avaient surveillés jusqu'au matin. Il ouvrit la porte et fit un signe du menton vers l'extérieur.

— Vous pouvez partir.

Les Écossais échangèrent des regards circonspects, puis ils se dépêchèrent de sortir. Will resta à l'intérieur.

— Qui nous laisse partir? demanda-t-il alors que l'homme s'en allait.

Le soldat jeta un regard en arrière.

— Le nouveau roi. Il ne voulait pas être retardé.

Will en eut le souffle coupé.

— Édouard est mort?

— Ce matin, marmonna le soldat. C'est son fils qui lui succède, il a ordonné la retraite. Il ne veut pas poursuivre la guerre de son père.

Pendant que l'homme s'éloignait, Will tomba à genoux dans l'herbe humide. Il resta là un long moment tandis qu'autour de lui l'armée anglaise se retirait lentement de la plaine. Finalement, il se remit debout et escalada la colline en évitant la tente rouge devant laquelle il y avait toujours foule. En haut, les champs descendaient doucement et se transformaient peu à peu en marais avant de former un grand estuaire. Par-delà l'eau scintillante s'élevaient les collines de Dumfries. Il pensa à sa famille qui vivait quelque part, derrière elles. Une seconde chance lui était accordée, il voulait retrouver le monde des vivants : Ysenda et David, Margaret, Alice, et la belle Christiane aux cheveux roux. L'appel était impérieux. Mais il ne s'accorda qu'un moment de répit avant de faire demi-tour et, laissant derrière lui l'Écosse enveloppée dans son linceul de pluies estivales, il se dirigea vers le sud.

37

Le prieuré franciscain, Poitiers

18 août 1307 après J.-C.

— Votre Sainteté.

La voix rocailleuse de Jacques de Molay résonnait dans la salle du chapitre. Mettant un genou à terre, il saisit la main que lui tendait Clément et baisa l'anneau papal. Clément lui adressa un sourire gracieux.

— Maître Templier, c'est moi qui devrais m'agenouiller devant les braves qui continuent à œuvrer à la libération de Jérusalem.

Il embrassa du regard les chevaliers alignés derrière le grand maître. Ils étaient une quarantaine, raides et austères dans leurs armures, leurs grandes épées pendues aux hanches, leurs casques coincés sous le bras. La plupart d'entre eux étaient des hauts officiers ou des commandeurs de l'Ordre. Clément en reconnut certains parmi les plus anciens : le maître de France se tenait juste derrière Molay, et, à côté de lui, se trouvait le maître de Normandie, Geoffroi de Charney, un homme au regard noir et au nez crochu. Les chevaliers s'étaient vu proposer de se laver et de se restaurer avant leur audience, mais ils avaient décliné, préférant rencontrer le pape dès leur arrivée au monastère. Si bien qu'ils semblaient tout juste sortis d'un champ de bataille avec leurs manteaux crasseux et leurs visages tannés et couverts de cicatrices.

Clément s'en voulut quelque peu d'avoir cédé aux exigences de Nogaret et d'avoir éloigné sans nécessité ces hommes de leur devoir. Il était néanmoins heureux de les voir. Leur présence ne faisait que confirmer sa propre envie de poursuivre la lutte pour la Terre sainte, bien que le peu d'enthousiasme des rois l'ait fait douter par moments. Peut-être obtiendrait-il la réponse qu'il recherchait tant ? Se dirigeant vers les sièges que les moines avaient disposés à leur intention, le pape interpella les domestiques postés le long des murs.

— Apportez à nos nobles invités de quoi manger et boire.

Le large visage du grand maître, encadré par une grossière barbe grise, conserva son air rigide.

— Votre Sainteté, mes hommes et moi avons fait un long voyage pour répondre à votre convocation. Dans votre message, vous évoquiez un grave problème au sein de l'Ordre. N'étant moi-même au courant d'aucun trouble, je ne saurais rompre le pain avant d'avoir appris quelle urgente affaire requérait notre présence à des milliers de lieues de Chypre.

Clément tressaillit, pris de court par les manières laconiques, voire lapidaires, du grand maître. Après un instant, il se tourna vers les domestiques.

— Laissez-nous. Dites aux frères que nous mangerons plus tard.

Tandis que la porte se refermait, il se dandina sur son fauteuil et essaya de retrouver son autorité, bien que le silence hostile des chevaliers le mît mal à l'aise. Il se faisait l'effet d'un commandeur inapte désavoué par ses troupes.

— Connaissez-vous un chevalier qui s'appelle Esquin de Floyran ?

Jacques de Molay secoua la tête.

— Beaucoup de chevaliers servent sous mes ordres. Je ne les connais pas tous par leur nom.

— C'est le nom de l'ancien prieur de Montfaucon, maître. Le visiteur m'avait donné un rapport à son sujet il y a des années, il avait été arrêté pour hérésie et mis en prison à Merlan.

Clément jeta un coup d'œil au maître de France qui venait de parler.

— C'est exact. Cependant, au début de cette année Esquin de Floyran s'est échappé et a été placé sous protection royale. Il proteste de son innocence et accuse les chevaliers de la commanderie de Paris qui l'ont envoyé à Merlan d'hérésie et de meurtre.

— Protection royale? répéta le grand maître en fronçant les sourcils. Pourquoi Floyran en bénéficierait-il?

Clément lui répondit avec précaution. Il n'avait pas encore décidé s'il devait révéler aux Templiers toutes les intentions de Philippe. Il avait peur que les chevaliers ne se détournent de leurs efforts en Orient pour répondre au défi de la couronne, ce qui sonnerait le glas d'une nouvelle croisade.

— Le roi s'inquiétait, il voulait s'assurer que les accusations de Floyran étaient sans fondement. Il souhaite éviter que la réputation du Temple soit ternie. Le roi Philippe et moi-même avons jugé préférable de vous rappeler afin que vous meniez une enquête à ce sujet. Après tout, personne ne voudrait que le peuple pût douter de l'honneur des guerriers du Christ. Ils s'inquiètent déjà suffisamment depuis la chute d'Acre.

Le front de Jacques se plissa un peu plus et les hommes derrière lui s'agitèrent, l'air plus offensés que perturbés. Néanmoins, le grand maître s'inclina devant le pape.

— C'est une allégation sérieuse, elle sera examinée avec diligence. J'irai personnellement parler à ce Floyran afin de juger ses propos, puis je rencontrerai les hommes responsables de son arrestation pour entendre leur témoignage.

— Je suis certain que nous pourrons tout arranger.

Désireux de ne pas perdre la confiance des chevaliers, et encouragé par la réponse de Jacques, Clément changea de sujet.

— L'autre raison de cette convocation, maître du Temple, c'est que vous me voyez très désireux d'apprendre les progrès que vous avez réalisés en Orient. Je me sens frustré de recevoir si peu de nouvelles de Chypre, je ne sais rien de vos efforts et de vos plans pour une nouvelle croisade. Tous ceux à qui je parle me répètent que c'est toujours votre priorité, mais sans m'en dire plus.

En entendant cela, le grand maître sembla se détendre légèrement, même s'il conservait un air sombre.

— Depuis que notre dernière base sur l'île de Ruad est tombée aux mains des Mamelouks, nos progrès ont été entravés par le manque de soutien de l'Occident. Notre propre Ordre ne peut nous envoyer qu'un minimum d'argent et d'hommes, ce que j'ai l'intention de rectifier au cours de mon passage. Comme je l'ai dit aux différents rois et seigneurs d'Occident lorsque je suis allé les voir dans leurs royaumes respectifs, une nouvelle croisade ne pourra réussir que si tout le monde l'encourage. Des petites armées auxquelles font défaut une détermination sans équivoque ou une cible clairement identifiée sont condamnées à l'échec.

Clément n'arriva pas à cacher sa déception.

— Alors vous me dites que ce n'est pas possible ? J'espérais avoir de meilleures nouvelles, maître du Temple, je suis résolu à vous aider.

Geoffroi de Charney intervint :

— Nous vous sommes reconnaissants de votre soutien, Votre Sainteté, mais nous restons persuadés que seule une action conjointe en Orient sera à même de repousser les Sarrasins et de reconquérir les territoires perdus. Nous essayons d'obtenir l'aide du roi de Chypre ainsi que de l'Empire mongol, mais arranger de telles alliances prend du temps.

Jacques appuya les paroles de Charney d'un hochement de tête.

— Ce qu'il nous faut, c'est l'engagement total et sans retenue d'un roi puissant en Occident. Faites en sorte que l'un des rois prenne la Croix et inspire le peuple, qu'il se mette à la tête de notre armée et je crois que nous pourrons réussir. Peut-être Édouard d'Angleterre ? Ou le roi Philippe ?

— Hélas, le roi Édouard est mort en juillet. Nous l'avons appris il y a à peine quelques jours. C'est son fils, le prince de Galles, qui lui succède, dit Clément en se passant la langue sur les lèvres. D'après ce que j'en sais, son intérêt le porte davantage aux festons et aux frivolités insipides qu'à la guerre sainte.

Le pape se renfonça dans son siège tandis que les chevaliers se pénétraient de cette mauvaise nouvelle. Il se sentait au plus mal. Tous ses espoirs à propos de Jacques et de son armée de chevaliers guerriers ourdissant leurs plans, rassemblant leurs forces, étaient réduits à néant maintenant qu'il avait face à lui ce groupe d'hommes fiers, mais usés. Quand les cardinaux du Sacré Collège avaient posé la tiare papale sur sa tête à la cathédrale de Lyon, Clément s'était persuadé qu'il serait le pape qui entraînerait la Chrétienté dans une nouvelle croisade. Toute sa vie l'avait mené là vers ce moment. À présent, le rêve de marcher dans les rues de la cité dorée, dans les pas du Seigneur, s'évanouissait sous ses yeux. Il songea aux paroles du grand maître et y décela une possibilité. Mais le plus grand monarque d'Occident, Philippe, avait reporté son attention sur tout autre chose.

Le palais royal, Paris, 13 septembre 1307 après J.-C.

Emmitouflée dans sa robe bleue, Rose s'assit tandis qu'autour d'elle la Grande Salle palpitait de bruit et de chaleur. Sur d'immenses tables installées entre les piliers qui formaient comme une armée de soldats de marbre sous la voûte du plafond, l'élite de la noblesse du royaume se rassasiait du festin. Partout où son regard se posait, ce n'était que bouches ouvertes avalant des tranches de viande gorgées de sang. Non loin d'elle, un duc racontait une histoire grivoise, des morceaux de nourriture coincés entre les dents, ce qui n'empêchait pas les dames à ses côtés de s'esclaffer. Juristes à l'air pincé et évêques couverts de bijoux vidaient leurs coupes, les lèvres tachées et les dents noircies par le vin. Les plateaux en argent croulaient sous des montagnes de victuailles. Au centre de chaque table était posé le mets le plus attendu : une énorme tourte farcie de perdreau, de caille, d'alouette ainsi que d'une douzaine de petits moineaux.

Celle qui se trouvait devant elle était déjà largement ouverte et Rose n'arrivait pas à détacher ses yeux des rangées de petits corps noircis alignés dans la graisse et tassés sous la croûte. Elle distinguait l'odeur des œufs mélangés à la farine et les relents subtils du romarin et du thym. Tous ses sens lui semblaient exacerbés, fragiles. Le bruit d'un couteau coupant du fromage et heurtant le plateau lui faisait l'effet d'un coup de hache, l'éclat de voix d'un évêque, du tonnerre qui grondait.

— Rose, il faut que tu manges.

Elle tourna la tête. Blanche lui adressa un signe d'encouragement.

— Juste une bouchée ou deux.

Elle ajouta en susurrant d'une voix presque inaudible :

— Tu dois penser au bébé.

Rose baissa les yeux sur son ventre dissimulé par la table et les plis de sa robe. Penser au bébé? Elle aurait préféré de ne plus y songer.

Son ventre était aussi tendu que la peau d'un tambour et elle savait que lorsqu'elle se lèverait, la plupart des hommes et des femmes présents lui jetteraient des regards furtifs. Ici et là, des mains masqueraient des bouches empressées de répandre des remarques malveillantes sur la putain du roi et sur le bâtard qu'elle portait. Les dames détourneraient leur tête voilée tandis que les seigneurs feraient des signes obscènes de leurs doigts poisseux. Le palais n'avait jamais été pour elle une maison confortable, mais Rose n'aurait jamais soupçonné qu'il lui fût si hostile. Certaines nuits, en nage dans les ténèbres de son dortoir, elle restait étendue, aussi raide qu'une planche, crispée, à écouter les bruits de pas approchant de sa porte.

Un jour, peu après son arrivée à Paris, elle avait vu deux domestiques sortir des écuries avec une portée de chatons. Elle s'était arrêtée, émerveillée par ces corps doux et aveugles palpitant au creux de leurs mains, puis, alors que les domestiques s'agenouillaient près d'un seau d'eau, son visage s'était figé. Le plus bouleversant pour elle avait été les gens qui passaient à côté sans même remarquer ces vies frémissantes qu'on noyait au fond de la bassine. Quand ce fut terminé, Rose s'était glissée dans les écuries où elle avait trouvé la mère léchant le sang sur son pelage et miaulant pour appeler ses petits. Elle avait dû rester une heure assise auprès de la chatte, à lui murmurer des paroles de réconfort et à lui caresser la tête jusqu'à ce qu'elle s'endorme.

Et s'ils venaient la chercher en pleine nuit, est-ce que quelqu'un le remarquerait?

Le souvenir de son père occupait son esprit tels une vague ombre, un fantôme qui la hantait. Comme le destin était cruel. Maintenant qu'il était parti, son visage lui apparaissait clairement. Philippe avait nié avec colère l'avoir tué cette nuit de mai et il l'avait même accusée de sa disparition, mais elle savait que le roi mentait et que son père était mort. Il lui arrivait d'apprécier les coups de pied de son enfant qui la réveillaient, car elle y voyait la punition de sa trahison, une pénitence pour ses péchés.

Les yeux de Rose se posèrent sur Philippe. Le roi était assis sur une estrade installée à l'extrémité de la Grande Salle. La table royale, dominant la foule, était réservée à sa famille; ses frères, ses fils devenus de jeunes hommes, et sa chère Isabelle. Âgée d'à peine douze ans, la princesse était fiancée au nouveau roi d'Angleterre, Édouard II, et son départ pour les noces était fixé au début de l'année prochaine. Philippe, qui avait conclu ce mariage avantageux en échange du retour de la Gascogne à la couronne d'Angleterre, la laissait à peine s'éloigner de lui depuis des mois, comme s'il s'accrochait aux derniers moments si précieux de l'enfance de sa fille. De part et d'autre du roi siégeaient son confesseur à la triste figure, Guillaume de Paris, et Nogaret. La place à table, sa hauteur, son éloignement, tout était conçu pour que chacun sache la faveur dont jouissaient ceux qui s'y trouvaient. Philippe n'avait pas besoin de dire à Rose ce qu'il pensait d'elle et de son futur enfant. Sa place dans le banquet royal parlait pour lui.

Au moment où elle regardait de ce côté, Nogaret se pencha vers Philippe pour lui murmurer quelque chose à l'oreille. Le roi, vêtu d'un manteau noir à fleurs de lys brodées, hocha la tête et se leva tandis qu'un page se hâtait de reculer son trône. Les ménestrels cessèrent de jouer leur musique et, les uns après les autres, les hommes et les femmes présents se levèrent respectueusement. Ignorant saluts et marques de courtoisie, Philippe se dirigea vers les portes menant aux appartements royaux, Nogaret sur ses talons qui pressait le pas pour se maintenir à sa hauteur. Quand les convives se rassirent et que les ménestrels reprirent leurs instruments, Rose resta debout. Elle sentait la main de Blanche sur son bras, mais elle la repoussa et traversa la salle, le regard perdu au loin pour ne pas croiser tous ces yeux qui l'observaient.

Dès qu'elle franchit les portes, elle accueillit avec soulagement l'air frais et le silence du couloir. Elle emprunta à pas vifs une galerie ouverte et vit que la pluie continuait de s'abattre sur la cour plongée dans l'obscurité. Il tombait des trombes depuis trois jours et les terrains autour du palais étaient détrempés. Les flaques brillaient comme des taches d'encre sous la lune et le déluge étouffait les conversations des gardes qui patrouillaient l'enceinte. Derrière les murs, la Seine débordait sur les rives et coulait à une vitesse impressionnante.

En approchant de la chambre du roi, Rose ralentit le pas, d'abord pour reprendre sa respiration, et ensuite pour rassembler ses esprits. L'impulsion qui l'avait fait sortir de la Grande Salle demeurait entière, mais maintenant qu'elle était là, elle avait peur. Philippe était devenu de plus en plus distant au fil des mois et elle ne savait pas dans quel état d'esprit il se trouvait. La fête de ce soir, avec tous ces regards en coin, avait confirmé ses craintes quant à la précarité de sa position au palais, et elle avait désespérément besoin d'être rassurée. Depuis quelques semaines, elle se berçait de l'idée que le roi pourrait l'autoriser à se rendre au château de Vincennes, peut-être même avec Blanche maintenant qu'Isabelle partait ; qu'il la laisserait accoucher, loin des intrigues de la Cour et du fiel que Nogaret ne cessait de répandre dans son oreille.

Elle les entendait parler tous les deux à travers la porte. Le roi paraissait songeur.

— Vous êtes certain que Clément a fait ce que nous lui demandions ?

— Les officiers de Paris doivent déjà être en route pour Poitiers.

— Doivent ? Je veux en avoir la certitude, Nogaret. Découvrez-le.

— Oui, sire.

— Il faut que le Temple nous soit grand ouvert quand nous nous y rendrons. Il faut que le menu fretin soit séparé des chefs. Maintenant que Jacques de Molay est en France, nous devons agir promptement avant que quelqu'un ne découvre notre plan.

— Je m'occupe de tout, sire. Le pape et les responsables du Temple vont être occupés un bon moment à discuter des accusations d'Esquin de Floyran. Le temps qu'ils en terminent, nos hommes seront en place, prêts à agir. La convocation de Molay sera envoyée dès que vous l'ordonnerez.

Chacun de leurs mots rappelait à Rose qu'elle les avait aidés en éloignant son père. Jamais de simples paroles ne l'avaient autant écrasée. Elle ne s'était pas rendu compte du terrible pouvoir qui était le sien.

S'armant de courage, elle frappa à la porte. Les voix se turent soudainement. La porte s'ouvrit et Nogaret apparut. Derrière lui, Philippe se tenait près de l'âtre dont les flammes éclairaient son visage sec. Sur la table à côté étaient entassées des piles de parchemins rangés dans des étuis de cuir noir. Quand elle vit l'inquiétude abandonner leur visage pour être remplacée par de l'irritation chez Nogaret, et de l'impatience chez le roi, elle comprit à quel point elle comptait peu pour eux. Elle était si insignifiante qu'elle aurait aussi bien pu ne pas exister. Elle ouvrit la bouche pour adresser au roi sa requête, mais ses mots la surprirent elle-même.

— S'il vous plaît, sire, dites-moi ce que vous avez fait de mon père.

Nogaret s'écarta en poussant un juron.

— Vous osez m'interroger encore ?

— Sire, je vous en supplie.

Rose se précipita dans la chambre et se jeta à genoux devant lui.

— Dites-moi ce qui s'est passé cette nuit-là et je ne vous en reparlerai jamais plus. J'ai besoin de savoir.

— Besoin de savoir ? rétorqua Nogaret en se tournant vers elle. Je suis pratiquement sûr que c'est à cause de vous que Campbell ne pourrit pas au fond de nos cachots ! L'avez-vous prévenu ?

Il posa sa main sur son épaule et la pinça entre ses doigts.

— Répondez-moi !

Interloquée, Rose regarda le roi se détourner et prendre tranquillement une coupe sur la table. La poigne de Nogaret se raffermit et elle tressaillit.

— Lâchez-la, Nogaret, dit Philippe en buvant une gorgée. Elle ne m'a pas trahi. Elle sait comment je réagirais.

Il vida la coupe et baissa les yeux sur elle.

— L'ignorez-vous ? lui demanda-t-il.

Nogaret la relâcha et elle se massa l'épaule sans quitter le roi des yeux.

— J'aurais préféré, dit-elle en se relevant. Je jure devant Dieu que j'aurais préféré l'avoir averti. Je me déteste d'avoir agi comme je l'ai fait.

Elle ne pouvait pas s'empêcher de parler.

— Et je vous déteste de m'y avoir contrainte !

Nogaret s'apprêtait à se jeter sur elle, mais le roi leva la main.

— Contrainte ? dit-il avec une moue. Vous trépigniez d'impatience…

Il alla vers la table où étaient empilés les parchemins. Il devait y en avoir une douzaine. Tournant le dos à Rose, il fit signe à Nogaret.

— Je veux que le sénéchal les reçoive demain matin.

— Et votre enfant ? s'écria Rose en posant ses mains sur son ventre. Vous ne vous intéressez même pas à lui ?

Philippe fit volte-face.

— Mon enfant ? Mais ce que vous portez dans votre ventre n'est même pas un enfant ! lui assena-t-il d'une voix glaciale. C'est la douleur putride qui a enflé. C'est un furoncle. Un kyste !

Rose flageola sur ses jambes tandis qu'il jetait sa coupe par terre et fondait sur elle.

— J'aurais dû le faire embrocher tout de suite plutôt que de laisser se développer cette monstruosité qui parade devant moi comme la preuve de mes péchés !

Il la poussa vers la porte.

— Sortez de là avant que je ne décide de le faire moi-même !

Vacillante, Rose se retrouva dans le couloir tandis que la porte claquait dans son dos. Brisée, elle s'adossa au mur et se laissa glisser à même le sol, sentant en elle le bébé se contorsionner aveuglément.

38

Le Temple, Paris

14 septembre 1307 après J.-C.

Il était minuit passé, et la ville flottait dans une brume ténébreuse obscurcie par des pluies diluviennes. Çà et là, aux fenêtres les plus hautes des tours, les lumières des torches apparaissaient et disparaissaient à tour de rôle en fonction de la violence du déluge.

Will s'accroupit au bord de la route. Sur sa capuche, les gouttes tombaient à un rythme comparable à celui d'un incessant roulement de tambour. Il s'essuya les yeux et observa les portes de la commanderie, visibles à travers les arbres que l'eau faisait ployer. En haut de la tour de garde, la bannière noir et blanc du Temple pendait mollement. Will discerna les formes de deux hommes qui gardaient l'entrée, grâce à l'éclat des cottes de mailles sur lequel se reflétaient les flammes d'une torche. En se penchant, il se faufila dans les buissons touffus qui longeaient les murs. La commanderie de Paris était immense : en temps normal, il fallait une quinzaine de minutes pour aller de l'entrée principale au quartier des domestiques à l'arrière; avec la pluie, les rafales de vent, l'obscurité et la boue, il fallut presque une heure à Will pour se frayer un chemin à travers les broussailles. Lorsque les ronces se clairsemèrent et qu'il arriva à la petite porte pratiquée dans la muraille, il était épuisé.

Après avoir quitté la frontière écossaise, il s'était rendu à Londres, survivant en se nourrissant de baies et de noix, buvant l'eau des rivières. En ville, il lui avait fallu presque deux semaines avant que ses supplications répétées ne lui permissent de monter à bord d'un vaisseau en partance pour la France. Cela avait été la partie la plus dure du voyage. Les quais étaient pleins de putains, de voleurs et de mendiants qui essayaient tous de gagner une pièce, de trouver à manger ou de quitter la ville. Ne pouvant plus cueillir de fruits, il avait dû fouiller dans les rues, derrière les auberges et les bordels, pour trouver de quoi se nourrir.

Enfin, après une traversée difficile et inconfortable à bord d'un huissier à la cale chargée de chevaux, il était arrivé à Honfleur et avait remonté les larges méandres de la Seine jusqu'à Paris. Il ne s'était pas rasé depuis des semaines et était couvert d'une barbe pareille à celle du temps où il était chevalier. En s'agenouillant pour boire dans un cours d'eau ce matin-là, son reflet l'avait frappé : des yeux verts plissés le fixaient au milieu d'un visage tanné et creusé, et des cheveux presque gris pendaient sur ses épaules.

Sans se soucier de la lassitude qui gagnait chacun de ses membres, Will s'approcha de la porte. Il s'arrêta, l'oreille tendue, mais n'entendit rien d'autre que le crépitement de la pluie. On était au cœur de la nuit, entre minuit et matines, et tous les hommes de la commanderie devaient dormir. Après avoir essayé la porte, fermée comme c'était prévisible, il alla vers un châtaignier noueux dont les branches immenses s'étendaient au-dessus du mur. Il était soulagé de le voir au même endroit. Des années plus tôt, en revenant tardivement d'une course pour Everard, il s'était retrouvé devant la commanderie fermée et, ne voulant pas être interrogé par les gardes, il avait escaladé l'arbre pour passer de l'autre côté. Mais il avait seize ans alors, et aujourd'hui soixante.

En bandant ses muscles, Will se hissa et parvint à s'allonger sur une branche basse. Les feuilles s'agitèrent autour de lui tandis qu'il montait sur deux branches plus hautes, malgré ses mains qui glissaient sur l'écorce humide. Agrippant une quatrième branche, il progressa jusqu'au mur sur lequel il put s'asseoir. Tout en reprenant sa respiration, il chercha un endroit propice pour sauter. En contrebas, le sol paraissait très éloigné. Après un moment d'hésitation, il serra les dents et se jeta dans le vide. Lorsque ses pieds touchèrent terre, l'impact l'envoya rouler. Il finit par s'immobiliser et resta étendu, l'eau lui dégoulinant dans les yeux, attendant de ressentir la douleur de quelque os brisé. Constatant qu'il était indemne, il se remit sur ses pieds.

Will courut dans des jardins détrempés, longea le four à pain et les viviers à poissons, traversa les vergers boueux et atteignit les quartiers des domestiques. Tout lui était si familier. Même dans le noir, après toutes ces années, il savait où il allait. Les principaux bâtiments de la commanderie se dressaient devant lui. Quelques torches brûlaient aux fenêtres et, à un moment, quand un homme passa dans la cour, tête baissée pour se protéger de la tempête, il dut se plaquer contre un mur. À cette exception, l'endroit était tranquille et il se rendit jusqu'aux écuries sans être vu, les hennissements des chevaux lui parvenant dans le noir. Juste à côté des écuries se trouvaient les logements des palefreniers. Will se dirigea vers la porte à l'autre bout, espérant que celui-ci appartenait toujours au maître des écuries. Il repoussa le loquet et entra.

À l'intérieur, la pièce était éclairée et chauffée par un feu qui couvait bas. Il y avait un tabouret à côté de l'âtre, ainsi qu'un tas de brides et quelques outils. Will se dirigea vers un escalier très raide, presque une échelle, qui menait à l'étage. Il entendit un grincement et se figea. Une voix ensommeillée lui parvint soudain :

— Gérard ? Qu'est-ce qui se passe ?

— Simon, c'est moi.

Il y eut un silence, puis des pas lourds juste au-dessus de sa tête. Par le trou au sommet de l'escalier, deux pieds apparurent, puis des jambes, et enfin la tête de Simon qui descendait. Arrivé en bas, il s'arrêta.

Will ne put réprimer un sourire en le voyant. La tignasse de Simon, grise comme la sienne, était aplatie sur un côté de la tête, celui sur lequel il s'était endormi, et un morceau de paille s'y était emmêlé. Son visage aux traits tirés et aux yeux vagues était celui de quelqu'un qu'on vient d'arracher au sommeil.

— Je te croyais mort, murmura Simon.

Il étreignit Will avec force, bien que celui-ci fût trempé jusqu'aux os et couvert de boue.

— J'ai envoyé un messager au palais il y a des mois, mais on lui a dit que tu avais disparu. Au nom du Christ, où étais-tu ?

— En Angleterre. Écoute, je n'ai pas le temps de t'expliquer. Je ne peux pas courir le risque que Hugues me découvre, mais il faut que je sache si Robert est ici.

— Hugues n'est pas là, fit Simon d'une voix grave. Le visiteur et tous les officiers sont partis depuis cinq jours. Il y a quelques semaines, nous avons appris que le grand maître était revenu en France pour rencontrer le pape. Hugues et les autres ont été invités à le rejoindre à Poitiers. Will, les gens disent que le roi accuse le Temple d'hérésie. Est-ce que c'est en rapport avec Esquin de Floyran ? Le prieur a-t-il vraiment trouvé des hérétiques dans l'Ordre ?

— As-tu vu Robert depuis mai ? insista Will.

— Non. Mais je sais où il est.

— Où ?

— Aux cachots. J'ai essayé de savoir pourquoi, mais personne ne veut me répondre. Pour être honnête, Will, tout est très confus ici en ce moment. Et maintenant, avec les officiers absents et nous autres qui ignorons ce qui se passe, il est très difficile d'apprendre quoi que ce soit. Après avoir essayé de te joindre, sans succès, je ne voyais pas quoi faire de plus.

Will hocha la tête d'un air résolu.

— Très bien. La première chose, c'est de faire sortir Robert. Je vais avoir besoin de lui, dit-il en croisant le regard de Simon. Je vais avoir besoin de toi aussi, mon vieil ami. Tu veux bien m'aider ?

— Pourquoi me poser la question ?

— Tu as raison, reconnut Will avec un petit sourire. Mais tu voudras peut-être t'habiller d'abord…

Après avoir passé sa tunique noire de sergent par-dessus son maillot de nuit et enfilé ses bottes, Simon suivit Will dans la cour en marchant au milieu des flaques vers la tour qui menait aux cachots. Il n'y avait pas l'ombre d'un garde. Étant donné l'heure et le temps, Will en déduisit qu'ils s'étaient mis à l'abri dans la salle de garde ou aux étages inférieurs. Se cachant contre un mur, il attendit que Simon entre, les cheveux plaqués par la pluie. Il entendit sa voix bourrue retentir à l'intérieur, puis celle d'un autre homme. Au bout d'un moment, des bruits de pas se rapprochèrent. Un jeune chevalier apparut.

— Êtes-vous sûr que ce n'est pas un des domestiques que vous avez vu, frère ? demanda-t-il en sortant contre son gré sous la pluie.

Will l'attrapa par-derrière et passa son bras autour de sa gorge. Le chevalier, suffoquant, se débattit tandis qu'il le traînait vers la tour. Enfin, alors que son visage tournait à l'écarlate, Will le balança tête en avant contre le mur. Il s'écroula comme un pantin désarticulé.

— Mon Dieu, murmura Simon.

— Il n'aura rien, lui assura Will en l'attrapant par les poignets. Prends-le par les pieds, s'il te plaît.

À eux deux, ils emmenèrent le chevalier dans la salle de garde.

— Qu'est-ce qui se passera quand Rainier se réveillera ? Il se souviendra que j'étais ici, dit Simon tandis que Will se baissait et ôtait au jeune homme son manteau blanc.

Il se débarrassa de sa cape imbibée d'eau, passa le manteau et tira la capuche sur ses cheveux mouillés.

— Il suffira de lui dire qu'il y avait vraiment un intrus, répondit-il en empruntant l'épée du chevalier.

Will descendit en premier l'escalier en spirale qui s'enfonçait dans les ténèbres. En bas, des torches éclairaient un couloir.

— Attends-moi ici, ordonna-t-il à Simon dans un souffle. Surveille mes arrières. Mais cache-toi. Tu auras du mal à expliquer ta présence ici si quelqu'un t'aperçoit.

Simon remonta quelques marches pendant que Will s'engageait d'un pas décidé dans le couloir, l'épée à la main. Il ignora un réduit où quelques hommes étaient recroquevillés sur des paillasses, ronflant à la lueur d'une unique bougie. Plus loin, sur une planche posée sur deux tréteaux, un sergent dormait, la tête sur le poing. Le couloir se poursuivait au-delà avec, pratiquées à même la roche, des ouvertures fermées par des barreaux. Le sergent tourna la tête en l'entendant approcher. Il parut surpris.

— Messire Rainier ? Que se passe-t-il ?

Son regard tomba sur l'épée que Will tenait à la main, puis remonta vers son visage dissimulé par la cagoule. Il se leva en portant la main à son arme, mais Will courut et le projeta violemment contre le mur avant de lui mettre la lame sous la gorge.

— Dégaine ton arme, dit-il d'une voix grave. Lentement.

Le sergent s'exécuta.

— Pose-la sur la table.

Le sergent hésita, et Will pressa la lame sur sa peau. En grimaçant, l'homme s'exécuta.

— Maintenant, emmène-moi jusqu'à la cellule de Robert de Paris.

Laissant le sergent s'écarter du mur, Will se plaça derrière lui, le bout de sa lame dans le creux de ses reins. À la troisième cellule, le sergent détacha un trousseau de clés de sa ceinture. Tandis qu'il déverrouillait la grille et l'ouvrait, une forme ramassée sur elle-même, au sol, se déplia. L'homme se leva.

— Alors vous m'emmenez à Merlan, n'est-ce pas? fit une voix enrouée.

— Pas encore, répondit Will en murmurant et en forçant le sergent à entrer dans la cellule.

Robert s'avança dans le halo de lumière, stupéfait. D'un coup net, Will abattit le pommeau de l'épée sur l'arrière du crâne du sergent et, tandis que celui-ci s'écroulait, Robert le suivit dans le couloir. Au passage, il ramassa l'épée sur le banc et mit la main sur l'épaule de Will.

— Will, je suis désolé. Quand je suis allé voir Hugues, il m'a jeté en prison et m'a obligé à lui révéler où nous devions nous retrouver. J'ai essayé de résister mais... je n'ai pas été assez fort.

Il avait prononcé ces derniers mots en détournant les yeux.

— Je comprends. Maintenant, suis-moi.

Ils passèrent en silence devant les gardes endormis dans le réduit, l'un d'eux émit un ronflement et remua mais sans se réveiller. Simon, tendu, s'engagea en tête dans l'escalier en colimaçon.

— Où est Hugues? demanda Robert à voix basse pendant qu'ils remontaient.

— Je t'expliquerai quand nous serons en chemin pour Poitiers.

— Poitiers? sursauta Simon en baissant les yeux sur Will. J'aurais cru que c'était le dernier endroit où vous iriez tous les deux.

— Le pape a promis d'empêcher Philippe de mettre la main sur le Temple, répondit Will, parvenu essoufflé en haut de l'escalier. Mais je veux m'assurer qu'il tient sa promesse.

— Et comment comptes-tu t'y prendre? demanda Robert, haletant lui aussi.

— D'une manière ou d'une autre, il faut que nous fassions avouer à Nogaret le meurtre du pape Benoît. Je sais que c'est pratiquement impossible, mais c'est probablement notre dernière chance.

Le palais royal, Paris, 14 septembre 1307 après J.-C.

Philippe ouvrit les yeux et s'assit, ne sachant pas très bien ce qui venait de le réveiller. Sur une table, la flamme d'une bougie vacillait sous l'effet d'un courant d'air. Il entendait l'eau tomber à verse dehors. Sortant ses jambes du lit, il posa les pieds sur le sol glacé et traversa la chambre pour tirer les rideaux. Il y avait une bande grisée à l'est, ce serait bientôt l'aurore.

Philippe frissonna dans sa cape bordée d'hermine et alla vers la bassine et la carafe d'eau. Il s'aspergeait le visage lorsqu'il entendit frapper à la porte.

— Votre Majesté.

Philippe se redressa en s'épongeant le front avec une serviette.

— Il est tôt, fit-il remarquer en fronçant les sourcils. Qu'est-ce que vous faites ici ?

Son regard se posa sur un grand sac qui pendait à l'épaule du ministre.

— Pardonnez-moi, sire, mais je voulais les récupérer, dit Nogaret en faisant un signe du menton vers le bureau, où se trouvait un tas de rouleaux. Plus tôt les messagers partiront, mieux cela vaudra. Le mauvais temps les ralentira déjà beaucoup.

Philippe s'irrita de l'empressement du ministre, qui trahissait une fois de plus sa volonté de tout contrôler, mais il cacha son agacement, conscient que le juriste avait raison. Pour que leur plan fonctionne, il fallait que les sénéchaux de toutes les villes de France reçoivent l'ordre avant le jour prévu. C'était une opération très délicate. Une erreur ici ou là pouvait les mener à l'échec, et en ce qui concernait les Templiers, il en avait déjà eu plus que sa part.

— Très bien.

Philippe regarda Nogaret disposer les rouleaux dans son sac. Au moment où il prenait le dernier, le ministre plissa le front et marmonna un juron.

— Qu'y a-t-il ? demanda le roi.

— J'ai dû perdre le fil.

Ressortant les rouleaux, Nogaret entreprit de les compter à voix haute.

— Non, conclut-il après avoir terminé. Il en manque un.

— J'ai vérifié moi-même hier. Vous vous êtes sûrement trompé.

Nogaret secoua la tête, et recommença du début. Quand Philippe s'approcha, il finissait. À son tour, le roi les prit un à un avec des gestes brusques, mais leur nombre ne changea pas.

Le visage de Nogaret exprimait une réelle inquiétude tandis que Philippe s'accroupissait à la recherche du rouleau disparu.

— Quelqu'un aurait-il pu en prendre un ?

Philippe leva les yeux.

— Nous ne sommes que deux à savoir de quoi il s'agit. Pourquoi nous en volerait-on un ?

Dans le silence, Nogaret jeta un coup d'œil furtif sur la porte qui séparait la chambre du roi du dortoir des dames de compagnie.

— Non, assura Philippe.

Mais ses dénégations semblaient timides. Tandis que Nogaret s'avançait vers le dortoir, Philippe repensa au regard haineux que lui avait adressé Rose quand il l'avait fait sortir de sa chambre. Nogaret ouvrit la porte, une bougie à la main découpant son ombre malingre sur le mur. Malgré la faible lueur de la chandelle, Philippe put voir que le lit de Rose était vide.

Le palais royal, Paris, 14 septembre 1307 après J.-C.

Rose courut dans les couloirs jusqu'à la Grande Salle, ses pieds nus claquant doucement sur le marbre. Le vent gonflait les somptueux rideaux qui bouchaient les fenêtres en ogive, et elle apercevait par intermittences des pans de ciel gris. D'une main elle tenait ses chaussures, qui auraient fait trop de bruit. De l'autre, elle serrait la lanière du sac qui rebondissait dans son dos. À l'intérieur, ses vêtements en boule étouffaient tous les bruits qu'auraient pu faire l'étui en cuir du rouleau et l'épée de son père, récupérée dans le coffre de sa chambre après sa disparition. Elle ne supportait pas de laisser quoi que ce soit lui ayant appartenu dans cet endroit. Si c'était tout ce qui restait de lui, alors elle l'enterrerait un jour.

Elle ouvrit les portes de la Grande Salle et y pénétra. Silencieuse et vide, elle parut s'agrandir encore, ses piliers de marbre semblables à une forêt inextricable et intimidante nimbée de la lumière rouge sang provenant des quatre énormes cheminées. Passant entre les colonnes, Rose avança. Puis à mi-chemin, elle se figea. Une forme sombre progressait au ras du sol sur sa gauche. Il lui fallut une seconde pour comprendre qu'il s'agissait d'un gros chien. Son regard las posé sur elle, l'animal alla près de l'une des cheminées et se pelotonna au pied de la montagne de cendres. Les domestiques avaient dû laisser une porte entrouverte par laquelle le chien avait réussi à se faufiler.

Rose reprit son chemin, serrant convulsivement le sac trempé de sueur. Elle eut à peine fait quelques pas qu'elle entendit une porte se refermer devant elle, puis des bruits de pas. Se dissimulant derrière un des piliers, elle vit quelqu'un traverser la salle dans le sens inverse du sien. En reconnaissant le visage pincé, au teint cireux, de Nogaret, la peur l'envahit. Le ministre, qui portait un sac apparemment vide sur l'épaule, remontait vers les appartements royaux. Quand elle s'était glissée dans sa chambre pour y subtiliser le rouleau, Philippe dormait. Mais si Nogaret allait dans cette direction, c'était nécessairement pour réveiller le roi. Elle n'avait aucun moyen de savoir s'ils se rendraient compte du vol. Toutefois, lorsque Blanche et les autres dames de compagnie se réveilleraient, d'ici une heure, elles remarqueraient son absence. Le souffle coupé, elle attendit que le ministre fût sorti puis détala aussi vite que son ventre gonflé le lui permettait.

Au bout de la salle, Rose dévala les petites marches menant à une porte. Comme elle l'ouvrait en luttant contre le vent, une rafale d'eau froide lui fouetta le visage. Après avoir renfilé ses chaussures et rabattu la capuche de son manteau, elle s'arrêta une seconde. Elle avait déjà préparé ce qu'elle raconterait aux gardes, mais bien qu'il y eût de la lumière aux fenêtres de la salle de garde, elle ne vit personne à l'entrée réservée aux commerçants et c'est avec un sentiment enivrant de liberté qu'elle traversa à la hâte la cour pleine de flaques d'eau.

Elle tourna le verrou, leva la clenche, poussa légèrement et la porte s'ouvrit. Les ruelles étroites de l'île de la Cité s'étiraient devant elle comme un gigantesque labyrinthe, mais elle les connaissait parfaitement et s'engagea d'un pas assuré dans celle qui menait au Grand Pont. Cependant, en arrivant le long des rives du fleuve, elle s'arrêta.

La Seine était montée au cours de la nuit et recouvrait désormais les quais. C'était une mer grise qui s'ouvrait devant elle et les châtaigniers qui bordaient le fleuve oscillaient tels des bateaux ancrés dans ses eaux rugissantes. Le courant partait du centre vers les côtés et les flots venaient lécher le sol à ses pieds. La rue était engloutie sous ce déluge. Rose réprima un cri de frustration en voyant le pont au-delà, là où le terrain remontait. Dieu la punissait-il ? La mettait-il à l'épreuve ? Des scènes bibliques lui vinrent à l'esprit : la mer Rouge s'ouvrant devant Moïse, Jésus marchant sur l'eau, Noé rassemblant ses animaux. Mais tous ces hommes étaient dotés de pouvoirs. Elle n'était qu'une femme enceinte brisée par la peur et la culpabilité, et son seul espoir de rédemption résidait dans cette vie sans défense qui palpitait en elle, ainsi que dans le rouleau au fond du sac qui pendait lourdement sur son épaule.

Rose jeta un coup d'œil en arrière. Elle pouvait rentrer au palais, essayer de remettre le rouleau en place dans la chambre du roi. Se glisser dans son lit. Mais elle revit en même temps le visage furieux de Philippe. *J'aurais dû le faire embrocher. Sortez de là avant que je ne le fasse moi-même.* Au fond d'elle, Rose savait que le roi s'était servi d'elle pour déverser son angoisse et son désespoir. Elle-même se sentait alors si vide qu'elle avait accepté d'accueillir toute cette noirceur. Pour lui, l'enfant qui poussait et rêvait en elle n'était qu'une graine semée par erreur, une mauvaise herbe qu'il fallait arracher, mais tandis qu'il grandissait, elle avait commencé à nourrir d'autres sentiments que la tristesse et la colère. Il était devenu une part de sa réalité. Quelque chose de merveilleux. Elle espérait un garçon. Si c'était le cas, elle l'appellerait William, et il n'aurait pas la même vie qu'elle. Pour lui offrir cette autre vie, elle ne pouvait pas revenir en arrière.

Rose se retourna et observa les rues noyées devant elle dans l'aurore maussade. La dernière chose que lui avait dite son père avant de partir, c'était qu'il allait parler à Robert et Simon, leur demander de lui faire quitter Paris. Le Temple se trouvait de l'autre côté de la Seine. Son espoir aussi. Rassemblant son courage, Rose enfonça le pied dans l'eau gelée et alla vers le pont.

L'eau montait rapidement, atteignant ses cuisses tandis qu'elle avançait. Une rafale de vent lui enleva sa capuche et la pluie lui cingla le visage. Son manteau et sa robe flottaient derrière elle, gênant sa progression. Le Grand-Pont était un peu plus loin, l'eau dangereusement haute rugissait entre ses colonnes. Des branches, des débris tourbillonnaient autour d'elle, s'accrochant à ses jupes, lui frappant les jambes. À plusieurs reprises, elle toucha quelque chose au fond, chancela, faillit perdre son sac. Sur le pont, un couple la regardait d'un air anxieux. Un homme lui cria de rebrousser chemin, mais elle continua, nageant presque, le sac posé sur sa nuque. Quand elle fut arrivée, la respiration coupée, ayant épuisé toute son énergie, l'homme qui lui avait dit de retourner sur la rive descendit dans l'eau et lui tendit les bras.

— Idiote ! lui cria-t-il par-dessus le bruit de l'eau et les craquements du pont. Vous auriez pu vous noyer !

Elle saisit ses mains et se laissa tirer sur le pont. Après avoir remercié l'étranger en claquant des dents, elle traversa le Grand-Pont aussi vite qu'elle le pouvait. Les berges étaient plus hautes de l'autre côté, l'eau ne lui arrivait que jusqu'aux chevilles, et elle put accélérer le pas dans les rues, tournant dans les allées, passant devant les églises dont les gargouilles dégorgeaient des torrents d'eau. Le temps qu'elle arrive devant la porte du Temple, tout son corps lui faisait mal, mais elle l'atteignit au terme d'une course claudicante. Il était encore tôt et la porte ne devait pas ouvrir avant une demi-heure, mais elle supplia tant et tant les gardes de la ville que pour finir, par pitié, ou à bout de patience, ils la laissèrent passer.

Débouchant sur le chemin, elle ne ralentit que lorsqu'elle fut en vue de la commanderie. Dans le jour naissant, une lumière dorée mais sans éclat envahissait peu à peu le ciel. La pluie se calma. Rose posa la main sur son ventre et grimaça en sentant le bébé bouger. Elle essayait de reprendre sa respiration avant d'achever le trajet lorsqu'elle perçut un appel. Il était faible, porté par le vent, et ce n'est qu'en l'entendant une deuxième fois qu'elle reconnut son prénom. Elle se retourna et vit quatre hommes se hâter sur la route, les murs de la ville se dressant dans leur dos. Trois d'entre eux portaient des capes bleues et rouges qui s'envolaient derrière eux. Le quatrième, qui courait à leur tête, était habillé tout en noir, à l'exception de sa coiffe blanche.

Rose resta clouée sur place. Sous le choc, il lui fallut un instant pour comprendre l'évidence : ils savaient où la chercher. Mais aurait-elle pu aller demander de l'aide ailleurs ? On cria de nouveau, plus fort cette fois. L'effroi la fit se lancer en avant, malgré sa poitrine, ses côtes, ses jambes qui brûlaient. Le Temple n'était plus très loin. S'accrochant à son sac, elle jeta un coup d'œil par-dessus son épaule. Les hommes avaient déjà repris une partie de leur retard. Elle discerna les traits de Nogaret. Le ministre semblait dans un état de rage indicible. Elle trébucha sur une pierre, le sac tomba, elle le ramassa. Un point de côté l'obligea à se plier en deux.

Les portes étaient tout près. À vingt mètres. Dix. Elle se jeta dessus en tambourinant des deux poings contre l'un des battants.

— Laissez-moi entrer ! S'il vous plaît ! Pour l'amour de Dieu, aidez-moi !

— Emparez-vous d'elle ! lança Nogaret.

— *Aidez-moi !*

Une petite porte s'ouvrit et elle tomba en avant. Des bras puissants l'empêchèrent de heurter le sol. Elle leva les yeux sur deux chevaliers, qui semblaient à la fois surpris et inquiets, mais elle était à l'intérieur. En voyant les soldats arriver en courant, l'un d'eux ferma la porte et plaça une lourde barre en travers.

Tandis que les soldats cognaient sur le bois en criant, le Templier se tourna vers elle.

— Qui êtes-vous ? Pourquoi les gardes royaux vous pourchassent-ils ?

— S'il vous plaît, dit-elle dans un souffle. Il faut que je voie messire Robert de Paris.

Elle ouvrit le sac de ses mains tremblantes et en sortit le rouleau.

— Il doit lire ceci.

Le martèlement reprit, suivi de la voix de Nogaret.

— Au nom du roi, ouvrez !

L'un des chevaliers s'avança vers la porte. Rose recula, terrifiée.

— S'il vous plaît, murmura-t-elle d'une voix blanche. Il me tuera.

Son regard passa du rouleau à son ventre qui tendait son manteau. Elle porta la main à sa bouche, désespérée, en le voyant aller vers la porte, mais au lieu de l'ouvrir, il tira un clapet qui dissimulait une petite lucarne.

— Qu'est-ce que vous voulez ?

Rose entendit Nogaret répondre.

— La femme qui vient d'entrer est une fugitive. Elle s'est enfuie du palais en dérobant quelque chose qui appartient au roi.

— En avez-vous la preuve ?

— La preuve ? faillit s'étouffer Nogaret. Je n'en ai pas besoin ! Livrez-la-moi immédiatement ou vous en subirez les conséquences !

— J'ai bien peur de ne pouvoir vous satisfaire sans ordre officiel. Vous comprenez, cette femme se trouve sur notre propriété maintenant, et comme notre domaine n'est pas sous l'autorité du roi, elle non plus.

— M'avez-vous entendu, bougre d'âne ? Elle a volé le roi !

Le chevalier fit une moue dubitative :

— Le roi Philippe semble aimer porter des accusations sans fondement. Tant que vous n'aurez pas apporté des preuves du crime commis par cette femme, je ne vois aucune raison de vous la livrer. Bonne journée.

Là-dessus, il referma la lucarne et s'approcha de Rose en ignorant les coups de poing qui reprenaient de plus belle contre la porte.

— Maintenant que j'ai désobéi à un ordre royal, vous feriez mieux de me dire qui vous êtes. Et de quoi il s'agit, ajouta-t-il en désignant le rouleau.

— Je dois le donner à messire Robert.

— Messire Robert est en prison.

Rose vit une ombre passer sur le visage du chevalier, peut-être de la colère, mais ce fut trop bref pour en avoir le cœur net. Au bout d'un moment, il se tourna vers son camarade :

— Reste ici. Je vais t'envoyer des renforts au cas où ils tenteraient quoi que ce soit. Je l'emmène au bâtiment des officiers.

— Il n'y a personne, répondit son camarade en élevant la voix pour couvrir les cris des soldats.

— Je sais, répondit le chevalier en grommelant, mais elle ne peut pas rester ici. Les frères vont se réveiller pour matines dans un instant.

Il fit signe à Rose de l'accompagner, il se dirigea vers un grand bâtiment. Ils arrivaient à l'entrée, la jeune femme faisant de son mieux pour suivre les grandes foulées du chevalier, lorsque trois hommes sortirent d'une tour de l'autre côté de la cour. En reconnaissant Robert, Rose sentit l'espoir renaître. Et il lui sembla que son cœur s'arrêtait lorsque ses yeux tombèrent sur l'homme qui le suivait.

Will s'immobilisa au beau milieu de la cour. Il vit d'abord le chevalier et se sentit soudain alarmé, mais avant d'avoir fait un pas de plus, il aperçut la femme à ses côtés. Tout en le dévisageant, elle chuta à genoux sur le sol boueux, décomposée. Sa coiffe était de travers sur sa tête, des mèches de cheveux mouillés lui tombaient sur les épaules, son manteau était trempé et sale. Mais elle était là. Saine et sauve. Une faible prière sortit d'entre ses lèvres sans même qu'il en eût conscience. Will fit quelques pas vers sa fille puis chancela en voyant son ventre. Simon fut plus rapide et rejoignit Rose, effondrée, qui tenait quelque chose à la main.

Robert tendit l'épée dont il s'était emparé dans les cachots vers le chevalier. Celui-ci pointait sa propre arme vers Will et lui.

— Frère Laurent, lui dit-il. Je n'ai aucune envie de me battre contre toi. Mais il faut que je parte.

Lentement le chevalier baissa son épée.

— Je ne t'en empêcherai pas, frère.

Robert s'avança vers lui, soulagé.

— Merci.

Il saisit la main du chevalier.

— Je sais que tu as demandé à Hugues qu'on me relâche.

— Je n'étais pas le seul.

Will entendit à peine leur échange. Remis du choc que lui avait causé l'état de sa fille, il se rua vers elle. Simon l'avait relevée, et elle leva les mains en lâchant l'objet qu'elle tenait lorsque Will se précipita vers elle.

— Non, sanglotait-elle, non. S'il te plaît. Ne me touche pas. Je t'ai trahi. *Je t'ai trahi.*

Sans prendre garde à ses protestations, Will la serra dans ses bras, se souvenant avec une clarté déchirante du moment où il l'avait attirée contre lui après avoir cru la perdre dans l'incendie d'Acre. C'était le même amour bouleversant qu'il éprouvait aujourd'hui en l'étreignant. Robert avait ramassé le rouleau qu'elle avait laissé choir.

— Elle voulait te le donner, frère, lui dit Laurent. Des gardes royaux la poursuivaient. Ils nous ont demandé de la leur livrer.

Il jeta un regard aux portes, derrière lesquelles les cris avaient cessé.

— Je pense qu'ils sont partis.

Sans lâcher sa fille, Will observa Robert qui sortait le rouleau de son étui.

— Il y a quelque chose d'écrit sur le côté, remarqua-t-il tandis que le chevalier le faisait tourner entre ses mains.

Robert le leva en plissant les yeux à cause de la pénombre.

— À ouvrir par le sénéchal de Troyes jeudi soir le douzième jour d'octobre, et en aucun cas avant, sous peine de mort.

Levant la tête vers Will, il brisa le sceau et commença à lire à voix haute.

Un fait odieux, lamentable, horrible à contempler, terrible à savoir, une disgrâce détestable, un acte presque inhumain, et à tout le moins loin de toute humanité. Telle est l'essence de l'affaire qui a été portée à notre attention. Moi, Philippe IV, roi de France, j'ai reçu le témoignage de personnes probes et vertueuses qui accusent les hommes de l'ordre du Temple, en déplorant cette vérité, des crimes les plus ignobles qui soient. Tel le loup qui se déguise en agneau, ces soi-disant guerriers du Christ ont péché contre Dieu et trompé toute la Chrétienté.

Il a été découvert que les frères de cet Ordre pratiquent l'hérésie et l'idolâtrie au cours de leurs cérémonies secrètes et de leurs chapitres. Pis encore, ils renient le Christ et crachent sur la Croix. Ils commettent des actes de sorcellerie, adorent le Démon, et, alors qu'ils évitent la compagnie des femmes, se livrent à une débauche obscène les uns avec les autres. Les chevaliers du Temple souillent la terre de leurs immondices et infectent la pureté même de l'air. Ainsi, souverain de droit divin en ce royaume, c'est avec le cœur lourd, mais la main ferme, que j'agis.

Par cet ordre, je vous commande de rassembler sur-le-champ les officiers sous votre autorité en vue de l'arrestation et de la détention de tous les chevaliers, sergents, prêtres et serviteurs du Temple qui résident sur votre territoire. Cet ordre devra être exécuté demain à l'aube, le vendredi treizième jour d'octobre, en l'an de notre Seigneur 1307.

Quand les Templiers seront en prison, vous installerez des gardes dans leurs commanderies et leurs propriétés. Tous les trésors, les reliques et les registres doivent être consignés en sécurité, jusqu'au moment où ils seront transférés à Paris. Les propriétés du Temple, ainsi que toutes ses possessions, doivent donc être considérées comme appartenant au trésor royal. Ce commandement mis en œuvre, vous attendrez de nouvelles instructions de la couronne.

Écrit pour Sa Majesté le Roi par sire Guillaume de Nogaret,

Premier Juriste du Roi et Garde des Sceaux Royaux.

Quand Robert termina la lecture, Laurent s'écarta. Il paraissait ébahi, tout comme Simon. Robert croisa le regard de Will.

— Il ne peut pas avoir l'autorité pour faire une chose pareille… Il faut que le pape lui ait donné son accord.

Rose tourna la tête, la joue contre la poitrine de Will.

— Le roi avait l'intention d'envoyer les messages aujourd'hui. Il y en avait encore beaucoup dans sa chambre, je n'en ai pris qu'un. Il a prévu d'en adresser à chacun des sénéchaux du royaume.

Will lui caressa les cheveux d'un air distrait, ressentant un mélange de fierté pour sa bravoure et d'inquiétude en songeant à la situation dans laquelle elle s'était mise. Il était toujours affecté par la découverte de sa grossesse et il avait du mal à maîtriser ses pensées, mais au bout d'un moment il finit par formuler un avis :

— Je crois que le roi est tellement persuadé d'avoir le soutien du peuple qu'il estime pouvoir se passer du consentement du pape Clément. En vérité, si le peuple exige un examen de ces accusations, le pape n'aura d'autre choix que de se rallier au roi. Souvenez-vous que plus de la moitié des cardinaux du Sacré Collège sont alliés à Philippe. Ils feront plier Clément s'ils le veulent.

Laurent regarda Will, qui était un étranger pour lui, d'un œil soupçonneux, et il s'adressa à Robert, l'air sidéré.

— Le visiteur, le grand maître et tous les officiers sont à Poitiers avec le pape, ils l'aident à enquêter sur ces accusations. Je ne comprends pas l'attitude du roi alors qu'une enquête est déjà en cours.

— Il s'agit d'une diversion, expliqua Will avant que Robert n'ait le temps de répondre. Ils veulent séparer les officiers du reste des chevaliers. Les attaques à l'aube réduiront les possibilités de résistance et, coupés de leurs commandeurs, les hommes seront désorganisés.

— Ainsi le pape est impliqué ? demanda Robert.

— Je ne le crois pas. À mon avis, ils se servent de Clément pour tenir les officiers du Temple occupés. Je pense que l'issue de cette assemblée n'a aucune importance, même si les réponses fournies par le grand maître satisfont le pape. Le roi a prévu d'agir contre l'Ordre quelle que soit la situation, et une action aussi audacieuse ne sera pas facile à contrer. Dès que les Templiers seront sous son pouvoir, il leur sera très difficile de se défendre. Et si on en arrive là, un procès public sera inévitable.

Le silence tomba entre eux.

— Il nous reste quatre semaines avant qu'ils n'agissent, murmura Simon. Que faisons-nous ?

— Le temps manque pour prévenir toutes les commanderies, dit Laurent. Mais peut-être que si nous regroupions tous les chevaliers présents ici, à Paris, et que nous nous enfuyions pour...

Il s'interrompit au milieu de sa phrase.

— Non, nous ne pouvons pas, reprit-il. Pas sans l'accord du maréchal ou du visiteur. Je me rappelle l'histoire de cette garnison en Terre sainte qui s'était enfuie de sa commanderie sans la défendre, avant que les Sarrasins n'attaquent. On leur a enlevé leur manteau. Nous ne pouvons pas partir.

Il fronça les sourcils.

— Je ne partirai pas.

— Nous devons prévenir le pape, répondit Will. De toute façon, j'avais l'intention de me rendre à Poitiers. C'est au grand maître de décider quelle action entreprendre. Ton frère a raison : si la hiérarchie est brisée, le chaos régnera.

Will réfléchissait à toute allure.

— Il y a une chose que nous pouvons faire dans l'immédiat. Nous savons que les accusations du roi sont fondées sur le témoignage d'Esquin de Floyran, mais s'ils ne trouvent pas de preuves pour les étayer, aucun juge ne pourra condamner l'Ordre sur les dires d'un seul homme. Nous savons que Hugues conduisait les cérémonies ici, dans cette commanderie, nous devons y détruire tout ce qui pourrait impliquer l'Ordre. Et rendre la tâche aussi dure que possible à Philippe.

Un grand sourire rancunier éclaira soudain son visage.

— Et nous pouvons faire en sorte de rendre le résultat de tout cela beaucoup moins attrayant qu'il ne l'espère. Certes, il nous est impossible de mettre à l'abri toutes les richesses que contiennent les domaines du Temple. Mais nous nous trouvons dans la commanderie la plus fortunée du monde, dit-il en embrassant d'un grand geste tous les bâtiments autour d'eux.

— Qu'est-ce que vous dites? protesta Laurent. Frère Robert, qui est cet homme?

Mais Robert ne le regardait pas. Il avait les yeux tournés vers Will, et un sourire identique illuminait son visage.

— Emparons-nous du trésor.

— Nous aurons besoin d'un bateau et d'hommes d'équipage en assez grand nombre, dit Will en ignorant les récriminations de Laurent.

Il se tourna vers Simon.

— Je veux que tu montes sur ce bateau. Et toi aussi, Rose, ajouta-t-il en posant les yeux sur sa fille.

— Je peux compter sur certains hommes dans la commanderie pour exécuter cette tâche, repartit Robert. Des hommes qui ne sont pas sous l'influence de Hugues.

Il croisa le regard de Laurent :

— Nous aideras-tu?

Hésitant, Laurent mit un petit moment avant de hausser les épaules et de déclarer :

— Nous pourrions sans doute armer un bateau d'ici ce soir, mais...

— Fais-le. Je parlerai aux autres avant de partir pour Poitiers.

— Je veux que toi aussi, tu prennes ce bateau, dit Will à Robert.

— Quoi? Certainement pas.

— Il n'y a personne en qui j'ai plus confiance que toi. Tu connais parfaitement la situation, il faut que tu partes avant que les hommes du roi ne commencent les arrestations. Nous n'avons pas besoin d'être deux pour parler au grand maître et au pape.

Robert garda le silence un instant.

— Où irons-nous ? demanda-t-il finalement.

— En Écosse. C'est assez loin pour que vous y restiez cachés tant que ça durera, et maintenant qu'Édouard est mort, l'Angleterre ne devrait plus trop s'en mêler.

Will se dégagea doucement de l'étreinte de sa fille.

— Rose, va avec Simon, il te trouvera des vêtements secs. Reste avec lui, il t'emmènera au bateau quand tout sera prêt.

Il s'adressa ensuite à Simon :

— Lorsque vous aurez atteint l'Écosse, je veux que tu l'amènes chez ma sœur.

— Tu peux compter sur moi, répondit Simon avec un faible sourire tandis que son ami posait la main sur son épaule.

Il prit Rose par le bras et commença à s'éloigner, mais la jeune fille se retourna :

— Père…

— Le jour viendra, Rose. Ce n'est pas aujourd'hui.

Will la suivit du regard, puis il fit signe à Robert.

— Viens. Nous n'avons pas beaucoup de temps.

— Va aux cachots, ordonna Robert à Laurent. Nous avons dû nous en prendre à deux de nos frères, mais ils ne vont pas tarder à revenir à eux. Dis-leur…

Il ne savait pas comment finir sa phrase.

— Dis-leur ce que tu voudras.

Will et lui partirent à grandes enjambées vers les quartiers des officiers. La porte de Hugues était verrouillée, mais ils la forcèrent d'un coup d'épaule. La torche dont Will s'était emparé dans le couloir éclairait la pièce devant eux. À l'exception du bureau de Hugues, de la grande armoire, des tabourets et des coffres, l'endroit était vide.

Will commença à fouiller parmi les documents posés sur le bureau tandis que Robert ouvrait les coffres.

— Tu trouves quelque chose ? demanda-t-il en levant les yeux.

— Rien. Seulement des vêtements.

Will scruta la pièce.

— Ce n'est pas la pièce dans laquelle on m'a interrogé. Il doit conduire les initiations ailleurs.

— La salle du chapitre ?

— Non, ce n'était pas là-bas non plus. De toute façon, c'est trop exposé. Ils courraient le risque d'être vus.

Will plissa le front, essayant de se souvenir.

— Ils m'ont fait descendre quelques marches. Des petites marches.

— Les cachots ?

— Je ne crois pas.

Will s'approcha de l'armoire et ouvrit les battants. Il y avait une coupe sur une étagère, ainsi qu'une bible, des peaux et une bourse remplie de pièces. Rien de compromettant. Déçu, il était sur le point d'abandonner quand une odeur attira son attention. Âcre, étrangement familière. Il se pencha sur l'armoire, cherchant à la reconnaître. La mémoire lui revint soudain. Will ferma les battants et se plaça sur le côté du meuble. L'odeur était plus forte à l'arrière. Il sentit un léger courant d'air et son cœur s'emballa.

— Aide-moi, lança-t-il à Robert en passant ses doigts dans l'intervalle entre l'armoire et le mur.

Ils furent surpris de la facilité avec laquelle le meuble bougea, comme s'il avait été souvent déplacé. De fait, des éraflures au sol le prouvaient. Devant eux s'ouvrait un étroit passage aboutissant à quelques marches. Échangeant un regard, ils s'y engouffrèrent, Robert dégainant son épée tandis que Will éclairait le chemin avec la torche.

Ils débouchèrent dans une petite pièce recouverte de dalles grossièrement taillées. La lumière vacillante dansa sur des statues inachevées s'inclinant sur leurs socles, sans doute des représentations de saints ou d'anges. Will reconnut le rideau noir pendu à un mur. Il l'écarta, dévoilant une deuxième salle où avait été installée une estrade en bois surmontée d'un trône sans afféterie. L'endroit avait été frotté à la brosse mais il était impossible de rater les taches de sang qui avaient giclé aux murs et sur le sol, de même que l'odeur métallique à peine masquée par l'encens.

— Qu'est-ce que c'est que cet endroit? murmura Robert en posant les yeux sur une statue au visage tronqué dont le bouclier arborait la croix de saint Georges.

— Une chapelle privée, je pense, répondit Will. Peut-être un ancien maître a-t-il ordonné sa construction, puis il aura manqué de fonds ou sera parti pour la Terre sainte. Cela a l'air ancien.

Il s'approcha de l'autel. S'y trouvaient des calices et des encensoirs, ainsi que des parchemins qui portaient la signature de Hugues. Ses doigts effleurèrent un volume visiblement usé qu'il reconnut avec une pointe de regret comme étant le livre d'Everard.

Robert ouvrait l'un des coffres entassés dans un coin.

— Doux Jésus…

Will fixa la monstruosité difforme que tendait le chevalier vers lui. À la lumière de la torche, le crâne scintillait, jaunâtre, avec sa mâchoire saillante projetée en avant et ses orbites noires et vides. Robert le retourna et révéla le visage d'un jeune homme taillé dans le bois. Il le tourna une troisième fois et Will se trouva face à un vieillard ridé austère aux sourcils blancs broussailleux.

— Hugues m'a dit qu'il jouait le rôle du Roi pêcheur au cours des initiations, expliqua-t-il en s'approchant de Robert. Je me souviens qu'Everard m'en avait parlé. Dans l'histoire de Perceval, il est l'incarnation du Christ. De Dieu.

Il désigna chacune des trois faces du masque :

— La Trinité. Le Père. Le Fils. Le Saint-Esprit.

— Oui, j'ai toujours pensé que Hugues était un ambitieux.

Will se mit à fouiller dans le coffre et repéra les reflets argentés de la robe de Hugues.

— Il faut que nous détruisions tout ce qui se trouve ici.

Il prit le temps d'allumer les chandelles posées sur l'autel puis remonta en toute hâte les marches menant à la chambre de Hugues. Il y avait un tas de bûches près de l'âtre. Il en disposa quelques-unes dans le foyer, ainsi que des peaux prises dans l'armoire et y déposa la torche. Laissant le feu prendre, il redescendit aider Robert.

Les autres coffres étaient pleins de vêtements : manteaux blancs auxquels manquaient leurs croix rouges, masques peints en rouge avec une tête de cerf blanche, symbole de résurrection, comme l'expliqua Will. Il y avait aussi quelques livres, tous des romances, à commencer par *Perceval ou le Conte du Graal* de Chrétien de Troyes, puis d'autres ouvrages d'auteurs dont Will n'avait jamais entendu parler.

Robert et lui vidèrent les coffres un à un, prenant les livres à pleines brassées pour les jeter dans le feu. Les flammes dévoraient les pages en crépitant. Les parchemins noircissaient en roulant sur eux-mêmes.

— Nous ne pouvons pas brûler tous les vêtements, dit Will, mais nous pouvons les ranger dans la garde-robe de la commanderie. Ils auront l'air de manteaux non terminés.

— Et ça? demanda Robert en désignant le masque à trois faces et la cape argentée.

Will s'en saisit et les jeta dans le foyer. La cape flamba rapidement, donnant durant un instant une teinte bleutée aux flammes.

— Une dernière chose, fit Robert en se penchant pour ramasser le volume d'Everard, que Will avait posé par terre.

Au bout d'un moment, celui-ci secoua la tête.

— Non, pas ça.

Robert acquiesça en signe de compréhension.

— Je vais l'emmener avec le trésor.

Quand les dernières peaux s'embrasèrent, les deux hommes restèrent debout à regarder la fumée s'élever par les deux orbites du squelette tandis qu'une flamme crachotait par sa bouche. Lorsque la cloche sonna les matines, ils sortirent de la pièce en laissant le masque finir de se consumer, ses trois visages s'évanouissant dans les flammes rugissantes.

39

Le Temple, Paris

12 octobre 1307 après J.-C.

— Je veux tout savoir, exigea Jacques en traversant le somptueux couloir. Est-ce que vous m'entendez, Rainier ?

— Oui, maître, répondit le chevalier en s'efforçant de rester à hauteur de Molay, qui était arrivé quelques heures plus tôt à la commanderie de Paris sans être annoncé, avec le maître de Normandie, Geoffroi de Charney, quatre écuyers et deux domestiques.

— Qui est impliqué ?

— Je ne suis pas certain de tous les détails, mais je crois que Simon Tanner, le maître des écuries, était de mèche avec l'homme qui m'a attaqué et a libéré Robert de Paris. Ils sont partis il y a un mois avec vingt de nos hommes. J'ai noté leurs noms. J'ai essayé d'intervenir, avec quelques frères, mais ils nous étaient supérieurs en nombre.

Jacques pivota.

— Vous auriez dû sacrifier vos vies plutôt que de les laisser partir !

— Maître, dit Rainier sans rien ajouter, tête basse.

Il avait toujours une légère contusion à l'endroit où son visage avait heurté le mur. Le grand maître scruta le chevalier, dominant le couloir de sa haute stature.

— Qui a armé le bateau ?

— Frère Laurent, maître.

— Et il est toujours ici ?

Rainier opina et les yeux de Jacques brillèrent d'un éclat rageur.

— Amenez-le-moi.

Le chevalier s'éloigna à grandes foulées et Jacques pénétra dans ses quartiers.

— Ces nouvelles sont catastrophiques, déclara Charney en entrant à sa suite. Entre les accusations du roi et l'enquête du pape, la dernière chose dont nous ayons besoin, c'était que nos hommes nous trahissent. Il doit y avoir une explication. Il me paraît inconcevable qu'autant de frères soient impliqués dans un crime si extraordinaire.

— Nous verrons bien, Geoffroi, marmonna Jacques en se dirigeant vers son bureau, récemment nettoyé de la fine couche de poussière qui s'était déposée durant sa longue absence.

Une carafe d'eau et une coupe y avaient été déposées. Après s'être versé à boire, il s'assit lourdement sur son fauteuil. Lorsqu'il leva la coupe, sa main tremblait. Cela lui arrivait souvent ces temps-ci et il redoutait qu'il s'agisse des premiers signes du déclin de l'âge, car il avait désormais plus de soixante ans. Mais peut-être était-ce simplement dû à la fatigue du voyage depuis Chypre.

Jacques était arrivé à Poitiers en août, heureux du repos que lui offrait son séjour au prieuré franciscain auprès du pape Clément, nonobstant les circonstances, mais il n'avait été que trop bref. Quelques jours à peine après l'arrivée de Hugues de Pairaud et des officiers du Temple, un messager royal avait fait irruption en le convoquant à Paris. Après avoir expliqué au visiteur et au pape qu'il reviendrait dès qu'il aurait vu le roi, qui promettait de le laisser parler à Esquin de Floyran, il partit avec Charney.

En tout état de cause, le pape, tombé malade, était dans l'incapacité de poursuivre son enquête et cette convocation tombait à point nommé pour donner à Jacques l'opportunité de discuter en personne avec le roi des accusations effroyables soulevées contre l'Ordre. Jacques s'était arrêté quelques jours à la commanderie d'Orléans pour célébrer la Saint-Michel. Pourtant, le voyage jusqu'à Paris l'avait littéralement épuisé.

Il but l'eau.

— J'aimerais savoir pourquoi Robert de Paris était emprisonné. Il chevauchait à mes côtés lorsque j'ai traversé toute la Chrétienté après la chute d'Acre. Je le connaissais bien, et le visiteur de Pairaud aussi depuis l'enfance. Je n'arrive pas à comprendre ce qu'il a fait pour que Hugues en vienne à le jeter en prison.

— Peut-être que ce Laurent le saura, maître.

Pour toute réponse, Jacques se contenta de grogner et d'aller se planter devant la fenêtre. Il observa les hommes qui arpentaient la cour dans le crépuscule : un sergent menait un palefroi alezan vers les écuries, deux domestiques portaient des paniers de légumes, quatre chevaliers marchaient en devisant gaiement. Son regard se voila en songeant aux crimes dont ses hommes et lui étaient accusés. Non. Pas des crimes. Des *péchés*. Le seul fait d'y penser était un affront pour Jacques. Que les guerriers du Christ, qui œuvraient depuis deux cents ans pour la Chrétienté et y avaient laissé beaucoup de leurs frères, puissent être considérés comme des hérétiques, cela lui était incompréhensible.

La brève assemblée à Poitiers, avant que le pape tombe malade, n'avait rien donné et il lui semblait incroyable que les accusations d'un seul homme puissent causer tant de troubles. Il avait entendu quelques frères aujourd'hui dire que le roi y croyait au point de les rendre publiques, mais bien que ces nouvelles le perturbassent, il était résolu à ne pas y prêter attention avant son audience avec Philippe, prévue pour le lendemain. L'Ordre avait déjà connu des difficultés. Douze ans plus tôt, il avait dû le défendre contre le projet du pape Boniface de le réunir aux chevaliers de Saint-Jean. S'il gardait la tête froide, il n'arriverait rien.

En entendant du bruit dans le couloir, Jacques tourna la tête. Il fit signe à Charney, qui ouvrit les portes. Entre Rainier et un autre chevalier se trouvait un troisième homme. Il criait et se débattait, mais la vue du grand maître, dont la croix rouge sur le manteau était bordée d'or, le fit taire.

— Maître, lança-t-il, on m'a prévenu de votre arrivée. J'ai déjà essayé de vous parler, mais vos serviteurs m'ont dit que vous étiez occupé.

— Pourquoi souhaitiez-vous me voir, frère Laurent? s'emporta le grand maître. Pour confesser votre culpabilité, peut-être? Pour vous en remettre à ma pitié?

— Je voulais vous avertir. Un homme a quitté la commanderie il y a plusieurs semaines pour Poitiers, mais apparemment il ne vous y a pas trouvé, car sinon vous n'auriez pas répondu à la convocation du roi, sachant qu'il s'agit d'un piège.

— Un piège? réagit vivement Charney. Que voulez-vous dire?

Mais Jacques ne laissa pas à Laurent le temps de répondre.

— Qu'on m'explique pour le trésor. Qui l'a pris et où il est. Je veux tout savoir dans les moindres détails!

— Il a été emporté pour le protéger du roi, maître. Le mois dernier, une femme s'est enfuie du palais. Elle apportait un ordre de mettre en prison tous les Templiers de France coupables d'hérésie. Maître, ces arrestations doivent avoir lieu demain. Les sénéchaux du royaume décachettent ces ordres ce soir même! Si le roi vous a fait venir ici, comme le dit frère Rainier, c'est pour s'en prendre à vous aussi. L'homme qui a libéré Robert de Paris devait vous en informer, mais par précaution, vingt chevaliers de cette commanderie ont emporté le trésor en Écosse par bateau.

— Comment savez-vous que ce n'était pas quelque ruse conçue pour vous persuader de leur remettre le trésor ? demanda le maître de Normandie. Nos hommes ont très bien pu être pris en embuscade. Se faire voler le trésor.

— J'ai vu le rouleau de mes propres yeux, maître de Charney. Il portait le sceau du roi.

Laurent se tourna vers Jacques.

— Croyez-moi, maître, nous avons agi dans l'intérêt de l'Ordre, bien que nous ayons ainsi gravement enfreint la Règle.

— Quelqu'un d'autre peut-il confirmer vos déclarations ? demanda Charney.

Laurent secoua la tête.

— Nous sommes convenus de le cacher aux autres pour éviter de semer la panique. Nous espérions que le grand maître de Molay reviendrait à temps pour décider de la marche à suivre.

Charney jeta un coup d'œil à Jacques.

— S'il dit la vérité, maître, alors…

— Non, maugréa Jacques, c'est un malentendu. Ça ne peut pas être vrai. Le roi Philippe n'a pas le pouvoir de mettre un ordre religieux aux arrêts. Seul le pape le peut et je sais que Sa Sainteté n'a rien ordonné de tel. J'irai rencontrer le roi comme prévu et mettrai un terme à cette confusion et à ces calomnies.

Il posa sur Laurent un regard qui ne présageait rien de bon.

— Que les gens qui se sont emparés du trésor aient cru bien faire ou non, je ne fermerai pas les yeux sur leurs actions. Quand j'en aurai fini avec ces accusations, je les pourchasserai et ils seront punis, sévèrement.

Il fit signe à Rainier.

— Emmenez-le aux cachots. Et donnez-lui une copie de la Règle pour qu'il se remémore nos lois et les conséquences auxquelles s'exposent ceux qui les enfreignent.

— Maître ! Les hommes du roi vont venir nous chercher demain à l'aube ! Nous ne pouvons pas rester !

Charney attendit que les portes se ferment et que les cris de Laurent s'éloignent avant de se tourner vers Jacques.

— Il serait peut-être sage de quitter la ville, hasarda-t-il. Juste pour cette nuit. Nous pouvons…

— Non, Geoffroi, le coupa Jacques. Je ne quitterai pas ma propre commanderie sur la foi de rumeurs. Agir ainsi reviendrait à donner du crédit à ces fausses allégations. De quoi aurions-nous l'air si nous fuyions ? Cela ne prouverait-il pas notre culpabilité à nos accusateurs ? Le peuple n'aurait-il pas raison de juger que nous sommes lâches ? Nous sommes les chevaliers du Temple de Salomon. L'épée de Dieu.

La voix du grand maître résonnait, implacable.

— Je ne tournerai pas le dos à l'ennemi. Ce serait briser le serment prêté lors de mon initiation. Je défendrai cet Ordre et mon honneur, cela dût-il me coûter la vie. Je me suis tenu dans le désert devant vingt mille guerriers qui désiraient tous me capturer ou me tuer. Je tiendrai bon devant une poignée de gardes de la ville.

Le Temple, Paris, 13 octobre 1307 après J.-C.

Cela commença par un martèlement sourd, comme un lent roulement de tambour troublant l'aurore silencieuse. Effarouchés, les oiseaux s'agitèrent dans les volières. Les chevaux rejetèrent leurs têtes en arrière en piaffant dans leurs compartiments tandis que les palefreniers sortaient de leurs logements. Dans les cuisines, les hommes qui préparaient le repas du matin posèrent leurs couteaux en échangeant des regards circonspects. Les domestiques se figèrent, des paniers de légumes ou des brassées de lapins dans les mains. Les prêtres qui allumaient des cierges dans la chapelle pour les matines se retournèrent, l'oreille tendue. Chevaliers et sergents s'assirent dans leurs paillasses, secouèrent leurs camarades encore endormis et enfilèrent leurs maillots et leurs bottes. Quelques vétérans des croisades, en reconnaissant ce son, se jetèrent sur leur épée en criant aux jeunes de les imiter. Puis ils se précipitèrent dans la cour auréolée d'un ciel bleu radieux et glacial.

Jacques de Molay, à genoux près de son lit, leva la tête. Lorsqu'il se redressa, les anneaux de sa cotte de mailles cliquetèrent. Incapable de trouver le sommeil, il avait passé la nuit à prier. À pas lents, il se dirigea vers sa grande épée posée contre un mur. Après l'avoir rengainée, il passa sur ses épaules la cape blanche immaculée à la croix bordée d'or puis sortit. Dans la lumière encore faible, des reflets argentés jouaient sur sa barbe et ses cheveux grisonnants. Il entendait des portes claquer, des cris, et par-dessus, le bruit du bélier qui frappait à intervalles réguliers les portes de la commanderie.

Au rez-de-chaussée, il tomba sur Geoffroi de Charney.

— On dirait que Laurent avait raison, commenta le maître de Normandie lorsqu'il arriva à sa hauteur. Quels sont vos ordres ? Devons-nous nous battre ?

Le grand maître ne répondit pas tout de suite. Il s'immobilisa sur les marches à la sortie de la commanderie en regardant les hommes réunis dans la cour. Se trouvaient là presque cent cinquante chevaliers, ainsi qu'un grand nombre de domestiques, d'écuyers, de palefreniers et d'ouvriers agricoles. S'il l'avait jugé nécessaire, ils auraient pu contenir les hommes du roi durant des mois ; organiser une contre-offensive depuis les murs pour repousser l'attaque, puis tenir un siège. Mais ils n'étaient pas en Palestine. Il n'y avait pas deux siècles de massacres entre eux et les hommes à l'extérieur, simplement un malentendu et l'arrogance d'un monarque.

— Nous ne nous battrons pas, annonça le grand maître en s'avançant dans la foule, qui s'ouvrit sur son passage. Je vais rencontrer Philippe face à face pour régler cette affaire. Si nous faisons couler le sang aujourd'hui contre les hommes du roi, cela lui donnera une raison supplémentaire de nous condamner. Personne ne doit pouvoir penser que nous agissons comme des coupables. Nous nous défendrons par nos paroles et nos actions, sans nos armes.

Il s'approcha des portes où un groupe se tenait prêt, l'épée à la main. Le bélier s'écrasa une nouvelle fois contre le bois dans un grand fracas. Il entendait des hommes crier, nombreux, ainsi que le piétinement des chevaux et les aboiements des chiens.

— Ouvrez les portes, ordonna Jacques à deux des chevaliers. Maintenant ! ajouta-t-il en les voyant hésiter.

Ils soulevèrent l'épaisse poutrelle qui barrait l'entrée. Deux autres chevaliers leur vinrent en aide et les portes s'ouvrirent.

Dehors, une armée les attendait. Plus de deux cents gardes royaux étaient là, la plupart à cheval, et un grand nombre d'officiers et de prévôts de la ville les accompagnaient. Les soldats à la manœuvre du bélier, qui se préparaient à porter un nouveau coup, reculèrent sur ordre de leur capitaine. Les autres s'approchèrent de quelques pas pointant leurs arbalètes sur le grand maître.

Le visage de Jacques se contracta et il s'avança, puisant sa force dans la présence des chevaliers dans son dos. Derrière la foule des gardes royaux, il pouvait voir quelques badauds observer la scène avec une curiosité gourmande. Ils lui faisaient penser aux vautours qui attendent près des champs de bataille. Son attention se reporta sur un homme en robe noire dont le cheval se détacha des soldats.

— Jacques de Molay ? lança l'homme en baissant les yeux sur le grand maître du haut de sa monture.

Celui-ci opina sèchement et le cavalier leva un rouleau qu'il tenait à la main.

— Sur ordre du roi de France, vos hommes et vous-même êtes placés sous l'autorité de la garde royale et votre commanderie est saisie jusqu'à ce que les crimes dont vous êtes accusés soient examinés par un tribunal et qu'un verdict soit rendu. Déposez votre arme et ordonnez à vos hommes de déposer les leurs.

— Qui êtes-vous pour me donner un tel ordre ? demanda Jacques.

— Mon nom est Guillaume de Nogaret, répondit l'homme en mettant pied à terre. Je suis garde des Sceaux et ministre du roi. Vous pouvez lire l'ordre si vous le désirez, ajouta-t-il en tendant le rouleau à Jacques.

Le grand maître se raidit. Il ne prit pas le parchemin et Nogaret esquissa un petit sourire.

— Mais bien sûr, j'ai oublié que la plupart des Templiers ne savent pas lire, n'est-ce pas ? Eh bien, dans ce cas, je vais le faire lire par quelqu'un, dit-il en se tournant vers un officier et en claquant des doigts à son intention.

L'homme s'approcha mais Jacques leva la main pour l'arrêter.

— Assez ! s'exclama-t-il, la voix vibrant de colère. Je veux parler au roi Philippe.

— Sa Majesté ne parle pas aux hérétiques.

— Ni vous ni le roi n'avez le pouvoir de nous arrêter ou de confisquer nos biens, intervint Geoffroi de Charney en venant aux côtés de Jacques.

Il posait sur Nogaret un regard noir.

— Quoi qu'il contienne, votre ordre royal n'a aucune validité.

Nogaret désigna derrière lui un homme de grande taille, au visage terne, habillé d'une robe noire de dominicain.

— Ce frère dominicain, à la tête du collège dominicain de la ville, a toute légitimité pour arrêter quiconque soupçonné d'hérésie. Le pape Grégoire IX a conféré ce pouvoir aux dominicains en tant qu'inquisiteurs il y a plus de dix-sept ans.

— Pour les profanes, oui, riposta Charney, mais le pape doit donner son accord pour un ordre religieux.

— À mon sens il l'a déjà donné en lançant une enquête sur la présence de l'hérésie au Temple.

— Une enquête? s'indigna Jacques. Ce n'était rien de plus qu'une conversation entre le pape Clément et moi. Sa Sainteté ne souhaite pas étouffer cette affaire, certes, mais il ne croit pas véritablement aux allégations d'Esquin de Floyran. Il m'a dit lui-même la rancune qui anime cet homme.

— Si tel est le cas, vous n'avez rien à craindre d'un procès. Votre innocence y éclatera au grand jour.

— Nous savons tous deux que la tâche des inquisiteurs consiste à prouver la culpabilité, et non l'innocence.

Nogaret ne cilla pas face au regard tempétueux de Jacques.

— N'opposez pas de résistance. Mes hommes sont autorisés à employer la force.

Voyant que Jacques ne bougeait pas, Nogaret s'impatienta et leva le bras en direction des hommes derrière lui.

— Baissez votre arme ou mes hommes vous abattront!

Jacques jeta un coup d'œil par-dessus son épaule, sentant ses hommes broncher devant la menace faite à sa personne. Il voulut les calmer, mais avant qu'il ait le temps de dire quoi que ce soit, Nogaret baissa le bras et deux arbalétriers tirèrent. L'un des carreaux toucha un jeune chevalier à la poitrine, juste derrière le grand maître. Jacques vit l'homme partir à la renverse et s'écrouler par terre, son épée lui échappant des mains. Un autre tomba, le sang giclant de sa gorge éclatée. Ses hommes s'avancèrent pour répondre au défi des assaillants. Un instant, Jacques resta pétrifié, les yeux baissés sur les deux chevaliers gisant au sol, incapable de surmonter son incrédulité. C'était un crime d'insulter un Templier et une offense passible d'excommunication que d'en tuer un. Mais la vue de ces chevaliers prêts à en découdre et des hommes de Nogaret levant leurs armes lui fit reprendre ses esprits. Il ne laisserait pas cette algarade tourner au massacre.

— *Halte!* rugit le grand maître, ce qui les immobilisa

comme un seul homme. Déposez vos armes. Immédiatement !

Un à un, les Templiers posèrent leur épée à leurs pieds. Pendant ce temps, Nogaret, le même sourire aux lèvres fit signe aux gardes royaux d'entrer dans la commanderie.

Les soldats agirent sans ménagement, tordant violemment les bras, frappant les genoux ou l'abdomen pour mettre les chevaliers à terre. Palefreniers, cuisiniers et prêtres furent traités à l'identique, et partout s'élevaient des cris tandis que les soldats pénétraient dans la salle du chapitre, le bâtiment des officiers, le donjon et la chapelle. Ils agissaient rapidement, tout à leur excitation. Pendant des années, ces hommes avaient vécu en entendant des histoires sur les cérémonies secrètes de ces chevaliers orgueilleux et intouchables avec leurs manteaux blancs immaculés, leurs prouesses sur les champs de bataille et leurs exploits par-delà les mers. Aujourd'hui, les légendes seraient muettes et eux libres de s'emparer de leurs trésors et de leurs secrets.

Pendant qu'on menait chevaliers et sergents dans diverses pièces de la commanderie, devenue leur prison, Jacques de Molay et Geoffroi de Charney furent dépouillés de leur manteau et traînés vers une voiture à destination du Louvre, la forteresse royale sur les rives de la Seine. Le jour s'était levé, froid et limpide, mais pour la première fois depuis pratiquement deux siècles, la cloche ne sonna pas son appel aux prières.

Le Quartier latin, Paris, 27 octobre 1307 après J.-C.

Will observait les bâtisses en remontant la rue venteuse. Boutiques et ateliers s'entassaient les uns sur les autres, avec leurs colombages et leurs façades blanc sale et rose penchées vers l'artère boueuse. Au loin, la flèche d'une église s'élançait au-dessus du chaos des toits vers un ciel de plomb parcouru de fumerolles. Il faisait froid et les gens marchaient à pas vifs dans la rue, emmitouflés dans leurs robes et leurs manteaux, en soufflant des nuages de buée. La plupart étaient des étudiants et des prêtres des différents collèges qui constituaient le cœur du Quartier latin. Will savait combien sa présence pouvait paraître déplacée ici, avec sa cape en cuir miteuse et sale, ses cheveux et sa barbe non taillés, ses bottes couvertes de poussière. Son cheval, un destrier noir de jais que Simon lui avait sellé quand il avait quitté la commanderie, était le centre de l'attention, et Will sentait sur lui les regards curieux des passants qui essayaient de comprendre ce que faisait cet homme dépenaillé sur une bête aussi majestueuse. Si quelqu'un lui posait des questions, il pourrait toujours prétendre qu'il était écuyer, bien que son âge jouât contre lui. Il écarta ces soucis et observa attentivement les bâtiments. Il n'avait pas l'intention de s'attarder suffisamment pour que les gens jasent sur lui. Il trouverait ce qu'il était venu chercher, puis il s'en irait.

Son voyage jusqu'à Poitiers avait été ralenti par des orages d'automne. En ville, il s'était tenu à l'écart des voies les plus fréquentées, sachant qu'il ne devait pas être repéré. Hugues de Pairaud le croyait mort, et Will ne doutait pas que le visiteur agirait en conséquence s'il se faisait prendre. Un moine qu'il connaissait de longue date lui apprit que Jacques de Molay avait quitté Poitiers depuis deux jours. Le grand maître était reparti pour Paris, laissant le visiteur et les autres officiers dans la commanderie de la ville jusqu'à son retour. Clément était gravement malade et malgré ses demandes répétées, Will ne fut pas autorisé à voir le pape avant la veille du jour où devaient avoir lieu les arrestations.

Il eut un entretien d'à peine une heure avec le pontife, lequel, épuisé par son mal, lui offrit peu de réconfort, et encore moins d'aide. Will resta au prieuré en espérant que Clément se rétablirait assez pour convenir d'une mesure susceptible de freiner le roi et c'est là qu'il apprit que la commanderie de Poitiers avait été prise par un gros contingent de gardes royaux qui l'avaient attaquée à l'aube. Tous les chevaliers avaient été mis aux arrêts tandis que Hugues et les autres officiers étaient placés sous bonne garde et transférés à Paris. La menace désormais mise à exécution, et ne sachant pas si sa fille, Simon et Robert avaient réussi à embarquer, Will implora Clément d'écrire au roi pour condamner son action et exiger la libération immédiate des chevaliers ainsi que la restitution de leurs biens. Le pape accepta d'aller trouver le roi dès qu'il se porterait mieux mais, ulcéré par ses atermoiements, Will avait décidé de retourner à Paris. Il espérait dénicher une preuve concrète à apporter au pape, peut-être des rapports sur la brutalité des hommes du roi ou la confirmation que celui-ci s'accaparait la fortune du Temple, afin de provoquer enfin une réaction de Sa Sainteté.

Quand il arriva à Paris, il se rendit directement à la commanderie, mais celle-ci grouillait de gardes royaux et il resta aux abords. Toute la ville bruissait de la nouvelle de la chute du Temple. Il y avait quelque chose de malsain dans l'intérêt du peuple pour cette affaire. Certains parlaient de justice, disant que les chevaliers n'avaient que ce qu'ils méritaient après avoir perdu la Terre sainte. D'autres évoquaient les soupçons d'hérésie, hochant la tête d'un air entendu en payant leur viande sur le comptoir du boucher, ajoutant qu'ils avaient toujours su que les Templiers n'étaient bons à rien. C'est par des ragots de ce genre que Will apprit que tous les hommes de la commanderie n'avaient pas été arrêtés ce jour-là. On racontait que des chevaliers et des sergents avaient profité de la confusion des premiers instants pour s'enfuir. Depuis, Will essayait de retrouver ces fugitifs. Voilà pourquoi il se trouvait dans le Quartier latin, à la recherche d'un signe.

Il finit par la repérer : une porte noire avec une croix dont la dorure s'écaillait. Il était encore tôt, les volets étaient fermés sur les fenêtres du rez-de-chaussée. Poussant son cheval sous l'arcade, Will entra dans une cour exiguë avec une minuscule écurie rencognée contre le mur du fond devant laquelle un garçon balayait. Il leva la tête et ses yeux s'arrondirent en voyant le cheval.

— Où puis-je trouver l'aubergiste ? demanda Will en lui tendant les rênes.

— Dans la cuisine, répondit le garçon en faisant adroitement pivoter la bête vers l'écurie.

— Ne le desselle pas, lui lança Will en se dirigeant vers la porte arrière, je n'en ai pas pour longtemps.

Lorsqu'il pénétra dans la cuisine, les deux hommes qui y étaient assis se retournèrent en fronçant les sourcils. L'un tenait un couteau de cuisine avec lequel il vidait un poisson.

— Qu'est-ce que vous voulez ?

— Je cherche l'aubergiste.

— Il est devant, répondit l'homme en tranchant la tête du poisson d'un coup de couteau, avant de montrer une porte du pouce. Mais il n'y a plus de chambre si c'est ce que vous cherchez.

Will ne lui répondit pas et s'engouffra dans une pièce sombre et saturée d'une odeur de moisi où un rouquin roulait une barrique sur le sol carrelé. La barrique heurta l'un des bancs et il poussa un juron.

— Un moment, fit Will en se précipitant pour aider l'homme étonné à pousser la barrique vers le coin où d'autres fûts étaient entassés. Puis il se redressa.

— Êtes-vous ici pour une chambre ? Parce que nous...

— Non, l'interrompit Will. Je cherche deux hommes qui, je crois, sont vos hôtes.

— Oh...

L'homme avait répondu d'un ton léger. Pourtant, Will décela une certaine tension dans sa voix.

— Je pense que vous savez de qui je parle.

L'homme rit nerveusement.

— Comment le saurais-je si vous ne me dites pas comment ils s'appellent ?

— Ce sont des Templiers.

L'homme leva les mains en l'air en secouant la tête.

— Désolé…, fit-il en reculant pas à pas vers la cuisine.

— Je ne suis pas ici pour les arrêter, expliqua Will. Je veux juste leur parler. S'il vous plaît. C'est très important.

L'homme buta contre un banc et sursauta.

— Écoutez, je me contente de les accueillir ici jusqu'à ce qu'ils puissent quitter la ville, plaida-t-il, soudain pâle et terrifié. Je faisais affaire avec la commanderie et les chevaliers m'ont toujours bien traité. Quand ils sont venus chercher refuge, je n'ai pas eu le cœur de refuser.

Will hocha la tête d'un air approbateur pour l'apaiser.

— Et lorsque tout sera terminé, soyez assuré que vous serez récompensé pour votre aide.

L'homme tressaillit, puis il fit un signe de tête vers l'escalier.

— Ils sont quatre. Trois chevaliers et un sergent. Je leur ai donné la chambre du haut.

— Merci, répondit Will en se dirigeant vers l'escalier.

Il monta plusieurs étages de marches grinçantes et parvint au quatrième palier, où il n'y avait qu'une seule porte. Il frappa, entendit du bruit à l'intérieur, des chuchotements. Puis la porte s'entrouvrit et un œil apparut dans l'embrasure.

— Oui ?

— Mon nom est William Campbell. Je suis ami avec Robert de Paris et Simon Tanner. Il faut que je vous parle.

— Je suis désolé, dit l'homme. Je ne les connais pas.

— Attends, Gui, lança un autre homme dans son dos. Laisse-le entrer.

La porte se referma et Will entendit un échange à voix basse. Pour finir, la porte s'ouvrit en grand mais il eut à peine posé un pied à l'intérieur qu'une lame vint se poser contre sa gorge.

— Baisse ton arme, Albert, ordonna l'homme derrière lui en fermant la porte d'un coup de pied.

Un jeune homme au visage rubicond désarma Will, qui ne protesta pas, profitant de cet instant pour observer les deux autres individus présents dans la pièce, armés et prêts à se jeter sur lui s'il le fallait. Ils s'étaient tous rasés mais leur menton trop blanc montrait avec assez d'éloquence que le soleil n'avait pas frappé là depuis des années. Ils portaient des vêtements frustes et mal taillés, trop longs ou trop courts, et tous avaient le regard méfiant et apeuré d'hommes traqués.

— Qu'est-ce que vous voulez ? demanda le prénommé Gui, qui pressait toujours sa lame contre sa gorge.

— Des informations.

— Comment nous avez-vous trouvés ? demanda Albert d'une voix inquiète.

— J'ai parlé à un domestique de la commanderie qui a réussi à s'enfuir.

Gui marmonna un juron.

— Je vous avais dit que nous ne pouvions pas rester. S'il nous a trouvés, les gardes royaux y arriveront bien eux aussi. Nous devons quitter Paris.

— Et comment ? demanda l'un des autres chevaliers. Nous sommes sans le sou.

Il désigna sa robe.

— Sans un déguisement convenable, nous ne passerons pas les portes de la ville. Tu as entendu ce que Martin disait. Ils interrogent tous ceux qui essaient de partir.

— Quelles informations vouliez-vous ? demanda Gui sans quitter Will des yeux.

— Savez-vous si un groupe de Templiers a quitté la commanderie le mois dernier ? Il devait y avoir Robert de Paris et Simon Tanner parmi eux. Ils devaient partir à bord d'un bateau.

Gui garda le silence un instant. Puis, lentement, il abaissa la lame tout en la laissant pointée vers Will.

— Oui. Personne ne savait ce qui se passait, ni pourquoi ils partaient, mais plus tard j'ai entendu dire qu'ils avaient emporté le trésor. On pensait que le visiteur l'avait ordonné.

Will poussa un soupir de soulagement.

— Et le jour de l'arrestation ? Pouvez-vous me dire ce qui est arrivé ? Le roi a-t-il ordonné d'entamer le procès ? Les chevaliers sont-ils simplement détenus ou sont-ils soumis à la question ?

Albert secoua la tête.

— Nous l'ignorons. Nous étions tous les quatre à l'infirmerie quand l'arrestation a commencé. Lorsque nous avons vu les gardes faire irruption et tuer plusieurs chevaliers, nous avons décidé de nous enfuir. Nous pensions que nous devrions nous rendre dans une autre commanderie pour les prévenir de ce qui s'était passé.

— Vous ne vous en seriez pas mieux porté, répondit Will. L'opération ne se limitait pas à Paris.

Gui fronça les sourcils.

— Qui êtes-vous ? Comment êtes-vous au courant de tout cela ?

— Seulement quelqu'un qui ne veut pas que le roi obtienne satisfaction. Je dois trouver la preuve que le roi agit illégalement afin de faire réagir le pape.

— Le pape ? s'exclama Albert, d'une voix où perçait l'espoir.

Ils entendirent soudain le bruit assourdi d'une cavalcade mêlé à des cris d'alarme. Will et Gui se précipitèrent à la fenêtre. Une troupe de gardes royaux descendait la rue en direction de l'auberge en dispersant les gens sur son passage. Will jura en les voyant s'arrêter devant l'auberge, les chevaux piaffant et piétinant le sol sous leurs sabots.

— C'est vous qui les avez conduits ici ? dit Gui, fulminant, en se tournant vers lui.

— Non.

La voix des gardes s'éleva à l'extérieur.

— Ouvrez, au nom du roi !

— Sacrebleu !

Gui ouvrit la porte et sortit en trombe. Will suivit les hommes qui dévalaient les escaliers.

— Par l'arrière ! lança Gui en arrivant au palier du dessous. Sortons par l'arrière !

— Non ! s'écria Will. Ils l'auront couvert. Les fenêtres ! Il faut tenter de fuir par les toits.

Mais les chevaliers l'ignorèrent et suivirent Gui dans l'escalier délabré. Dans les couloirs, les portes s'ouvraient et les clients, tirés du sommeil, montraient des têtes éberluées.

— Que diable se passe-t-il? tonna un homme en sortant d'une chambre.

Il se plaqua contre le mur en voyant Will lui foncer dessus. Le bousculant, celui-ci entra dans la chambre et courut à la fenêtre. Il y jeta un coup d'œil et jura en voyant qu'il n'y avait pas d'autre moyen que de sauter directement dans la cour, où des soldats essayaient de défoncer la porte à coups d'épaule. Tandis qu'il ressortait de la chambre, il entendit crier en bas. Il essaya d'ouvrir une autre porte dans le couloir, elle était verrouillée, mais il eut plus de chance avec la suivante. L'homme qui se trouvait là fit un bond et renversa un pot de chambre. Will se jeta sur lui et lui décocha un coup de poing dans l'estomac. L'homme se plia en deux et sa femme poussa un cri perçant en sautant du lit défait. Elle était nue et déjà prête à crier de nouveau. Will entendit des pas se rapprocher dans l'escalier. Sans se soucier de la femme, il alla droit à la fenêtre et ouvrit les volets. Il y avait une corniche. S'il arrivait à y tenir, il pourrait peut-être atteindre le bâtiment qui jouxtait l'auberge. Il passa sa jambe par-dessus le rebord et posa le pied sur la corniche, en s'appuyant à l'encadrement, au moment où trois gardes royaux se précipitaient en courant dans la chambre. Les cris de la femme redoublèrent quand l'un des gardes attrapa Will par la capuche. Il le tira brutalement en arrière et l'Écossais s'écrasa sur le dos. Un deuxième homme lui assena un coup de pied en plein visage et le sang inonda le fond de sa gorge. Asphyxié, cassé, Will fut traîné hors de la chambre.

Le sang lui coulait entre les dents et Will, en arrivant dans la rue, constata que les Templiers avaient eux aussi été appréhendés. Gui était par terre, le visage tordu de douleur. Une foule s'était assemblée, les gens sortaient des échoppes et des tavernes pour voir d'où venait ce vacarme. Quelqu'un applaudit quand Albert, qui se débattait, reçut un coup dans les côtes et tomba à genoux.

— Encore des rats qui voulaient quitter le navire, lança quelqu'un avec froideur. Arrêtez l'aubergiste et ses hommes. (L'ordre avait été exprimé d'une voix suffisamment forte pour que tous les spectateurs l'entendent.) Quiconque abrite des hérétiques sera traité de la même manière.

Will baissa rapidement la tête en voyant des robes noires flotter devant lui.

— Qu'est-ce que c'est? Des chevaliers ou des sergents?

— Je ne suis pas certain, répondit le garde. Mais nous le saurons bien assez tôt.

— Certes. Dès qu'ils seront derrière les barreaux. Emmenez-les tous à la commanderie.

En regardant par en dessous, Will vit les robes noires s'éloigner. Il se laissa entraîner dans la direction opposée, puis soudain la voix retentit de nouveau.

— Attendez!

Will se contracta.

— Cet homme, là. Montrez-moi son visage!

Will résista mais l'un des hommes le tira par les cheveux pour l'obliger à relever la tête. Ses yeux croisèrent ceux, noirs et impitoyables, de Guillaume de Nogaret. Le visage de celui-ci exprima d'abord la stupeur la plus totale puis, lentement, un air de satisfaction.

— L'emmenons-nous avec les autres, sire? demanda l'un des gardes d'une voix hésitante.

— Non, murmura Nogaret. Celui-là va au Louvre. Je vais faire préparer une cellule à son intention.

Il ne cherchait pas à dissimuler son plaisir.

40

Le Louvre, Paris

31 octobre 1307 après J.-C.

Will arpentait la cellule, cinq pas dans un sens, cinq pas dans l'autre. Ces quatre dernières journées, il avait occupé avec ce petit acte de liberté les heures qui s'étiraient à l'infini dans cet espace confiné et suintant d'humidité. Ils ne l'avaient pas enchaîné, si bien qu'il pouvait choisir de s'asseoir et réfléchir, de s'allonger et dormir pour conserver ses forces, ou encore de faire les cent pas pour entretenir ses muscles.

La prison – quatre murs nus, une porte de bois brut dans laquelle avait été ouvert un trou pour lui passer la nourriture – l'avait surpris. À la façon dont Nogaret l'avait regardé alors qu'il était encadré par les deux gardes royaux, il s'était imaginé les coups, la torture. D'une certaine manière, ce néant presque dénué du moindre contact humain était pire. Il était désormais si préoccupé par ce qui l'attendait que tout son être en tremblait et qu'il lui fallait faire un terrible effort sur lui-même pour ne pas sombrer dans la démence. Il devait rester calme, se préparer. Voilà pourquoi il marchait, préférant s'appliquer à poser un pied devant l'autre.

Quelque temps plus tard, des bruits de pas lui parvinrent. Will s'arrêta, l'oreille tendue. Ils se rapprochaient. Il estima qu'ils étaient trois, peut-être quatre, dont il pouvait reconnaître à coup sûr le tintement des cottes de mailles. Les hommes s'arrêtèrent devant sa porte, le verrou tourna et il se cala contre le mur.

— Mettez-vous face au mur, lui ordonna une voix éraillée.

Will hésita, il ne voulait pas passer pour faible, mais il n'y avait pas de raison de désobéir à cet ordre tout simple et il s'exécuta. La porte s'ouvrit et un courant d'air froid le fit frissonner. Il se tendit en sentant des mains lui tordre les bras dans le dos. On lui enroula une corde autour des poignets. Il entendit l'homme derrière lui respirer plus fort, la pression s'accentua, le sang pulsait dans ses veines et il éprouva une sensation de chaleur et de picotement dans les mains. On le fit pivoter et avancer, deux hommes l'encadrant de part et d'autre.

Aucun des gardes ne parla tandis qu'on le sortait de sa cellule. Tout en marchant, Will chercha au fond de lui, dans le flot de ses pensées, une image que la menace et la douleur ne pourraient atteindre. Il songea à sa fille lui jetant un coup d'œil par-dessus son épaule tandis que Simon l'emmenait, puis au cadavre de William Wallace qu'on détachait de la potence. Il serra les dents et reporta son attention sur ses pieds, un pas après l'autre, exactement comme dans la cellule.

Les hommes qui le poussaient à travers des couloirs s'arrêtèrent tout à coup devant une porte. Lorsqu'elle s'ouvrit, Will sentit la chaleur de la pièce et une odeur de sueur flotter autour de lui. La première chose qu'il vit, ce fut l'air menaçant et impitoyable des neuf hommes qui se trouvaient dans la pièce. Il reconnut immédiatement Nogaret. Outre les quatre gardes qui l'avaient escorté, il y avait quatre hommes portant la robe noire des dominicains, dont l'un qu'il connaissait de vue, efflanqué et le regard glacial : c'était Guillaume de Paris, le confesseur personnel de Philippe, et le chef des inquisiteurs de Paris. La porte se ferma derrière lui et les yeux de Will se posèrent sur les divers objets disposés là, dont la menace était à la fois moins directe et plus sinistre.

Une corde pendait à une poutre, près d'un châssis triangulaire au sommet duquel était fixé un treuil et dont s'échappait un système tortueux de cordes. Devant un feu de charbon, une planche noircie était installée à côté d'un récipient contenant quelque liquide huileux. Il y avait également un chevalet avec une sorte d'entonnoir en métal sur lequel était fixée une énorme cruche, ainsi qu'une table recouverte d'un linge sous lequel se dessinaient des formes d'objets dont son esprit ne pouvait que supposer les fonctions. Plus atroces que les ustensiles eux-mêmes, les taches sur le sol attirèrent son attention : certaines étaient anciennes, d'autres plus récentes. La pièce sentait le sang, l'urine, les fèces, la sueur. Chaque éclaboussure évoquait des souffrances, des cris ou des gémissements. Ces quatre murs étaient le repaire de l'horreur pure, on y dépouillait les hommes de leur humanité et de leur dignité, les réduisant à un système nerveux, un réseau sanguin, un squelette. Il se souvint d'Everard lui parlant des tortures infligées aux Cathares. Depuis cette époque, les inquisiteurs avaient eu le temps de parfaire leurs pratiques dans la limite des contraintes que leur imposait l'Église. Comme ils n'avaient pas le droit de verser le sang, à moins d'un accident, ils avaient développé des moyens ingénieux d'infliger la douleur aux hommes et aux femmes accusés d'hérésie, auxquels ils arrachaient des confessions. On parvenait à briser des membres, à les brûler, à les broyer, à les disloquer, sans qu'une seule goutte de sang ne souille l'Église.

Nogaret attendit que Will se soit habitué au lieu avant de prendre la parole.

— William Campbell, vous êtes accusé d'hérésie. Sous l'autorité de l'Église, nous allons maintenant déterminer si vous êtes coupable ou non de ce crime. Nous vous donnons la possibilité d'avouer votre culpabilité, auquel cas, si vous vous en repentez véritablement, vos péchés vous seront pardonnés. Que voulez-vous plaider?

Will observa les autres hommes, puis ses yeux se posèrent sur Nogaret.

— Comment puis-je être coupable? Je ne suis pas Templier. J'ai quitté l'Ordre il y a des années. Quelle preuve avez-vous pour m'accuser d'hérésie?

Nogaret sourit, apparemment ravi de jouer.

— La confession d'un officier de haut rang de l'Ordre vous implique.

Il s'interrompit une seconde pour étudier Will.

— Qu'est-ce que l'Anima Templi?

Will ne répondit pas mais soutint le regard de Nogaret.

— Votre silence me surprend, Campbell. Chacun dans cette pièce a entendu le visiteur du Temple, Hugues de Pairaud, dire que vous êtes à la tête de cette organisation.

Will gardait toujours le silence.

— En fait, poursuivit Nogaret, les déclarations de Pairaud confirment en grande partie le témoignage d'Esquin de Floyran, ainsi que les témoignages des autres, y compris celui du grand maître.

— C'est un mensonge.

— Vous croyez? fit Nogaret en s'approchant du châssis triangulaire. Jacques de Molay s'est confessé lorsque nous l'avons soumis à la question. Il a avoué avoir renié le Christ et craché sur la Croix. Il a déclaré adorer une idole à trois têtes au cours des réunions du chapitre et encourager les autres chevaliers à l'imiter. En outre, il embrassait ses frères sur la bouche et sur d'autres parties du corps.

Will remarqua que les lèvres de Guillaume de Paris se tordaient de dégoût. L'un des dominicains se signa. À cause de la chaleur dégagée par les torches et le feu, il sentait la sueur ruisseler le long de sa colonne vertébrale. Il pourrait nier tout ce qu'ils disaient, cela ne changerait rien. Et une confession non plus, pas avec Nogaret qui menait l'enquête. Mais peut-être pouvait-il faire appel à l'humanité de Guillaume de Paris pour qu'il épargne le supplice à des hommes innocents, au moins jusqu'à ce que le pape intervienne? Il planta son regard dans celui du dominicain.

— L'Anima Templi existe et j'étais à sa tête par le passé. Cela n'a jamais été une organisation hérétique, elle œuvrait pour la paix. Malheureusement, quand j'ai quitté l'Ordre, un petit groupe d'hommes a transformé nos idéaux afin de les rendre conformes à leurs désirs. Mais, je le répète, ces hommes ne sont pas hérétiques, ils ont seulement eu le malheur d'être mal guidés. Leurs fautes relèvent de l'avidité et de l'arrogance, ce ne sont pas des apostats, ils devraient être jugés par le seul à avoir autorité sur les chevaliers du Temple : Sa Sainteté le pape. Comme je l'ai dit, ils n'étaient qu'un petit nombre. Épargnez aux Templiers la torture, ils ne savent rien de cette histoire d'hérésie, y compris le grand maître.

— Connaissez-vous les noms de ces hommes dont vous parlez? le questionna abruptement Guillaume de Paris.

Will réfléchissait à la meilleure réponse lorsque Nogaret intervint.

— Ne vous laissez pas berner. Il s'efforce de nous distraire. Vous avez entendu hier la confession de Molay.

Will plissa les yeux.

— Un homme attaché à de tels engins confesserait n'importe quoi, assena-t-il. Vous le premier.

Le rouge monta aussitôt aux joues de Nogaret, mais il reprit le contrôle de lui-même avant de répondre.

— Je suis ravi d'obtenir votre confession si rapidement, Campbell. C'est de bon augure avant les prochaines questions que je vais vous poser, et pour lesquelles le roi exige des réponses immédiates.

Il fit signe aux gardes.

— Déshabillez-le.

Will se raidit en voyant les gardes approcher. Ils déchirèrent son maillot. L'un lui arracha les manches avec un couteau et il tressaillit en sentant la lame contre sa peau.

Ses braies subirent le même sort et sa nudité lui procura un horrible sentiment de vulnérabilité. Il se rappela une sensation similaire lors de son initiation au Temple, mais à l'époque il espérait être récompensé après l'épreuve. Cette fois, on ne pouvait guère l'espérer.

Tandis qu'on l'emmenait vers le chevalet avec l'entonnoir et la carafe disposés au-dessus, Will vit les flaques d'eau d'une substance inconnue par terre. Ses yeux passaient en revue tous les instruments et il aurait été incapable de dire à quoi ils pouvaient bien servir.

— Où est le trésor, Campbell ?

— Je n'en ai pas la moindre idée. Demandez aux chevaliers.

— Je l'ai fait. Plusieurs d'entre eux m'ont déclaré que vous aviez participé à son éloignement de Paris.

Le mépris et la haine sourdaient dans la voix du ministre.

— La nuit où votre petite putain de fille a volé un ordre royal à Sa Majesté ! J'aurais dû lui trancher la gorge quand j'en ai eu l'opportunité.

Will voulut se ruer sur lui, mais les gardes le tenaient par les épaules, et sur un ordre de Nogaret, il fut plaqué sur la table tandis qu'un des inquisiteurs s'emparait de la carafe et un deuxième de l'entonnoir. Il se débattit furieusement. Les autres soldats se jetèrent sur lui et à eux quatre, ils n'eurent aucun mal à le maintenir sur la table, nu, les bras écrasés sous leur poids.

— Où est le trésor ? demanda Nogaret, si proche que Will sentit son souffle.

Il jeta sa tête en arrière et l'un des soldats l'attrapa par les cheveux. Un inquisiteur se pencha sur lui et, appuyant sur ses lèvres jusqu'à ce qu'elles saignent et qu'il soit obligé de les ouvrir, inséra l'embout de l'entonnoir dans sa bouche. Soudain, le rebord de la carafe fut suspendu au-dessus de lui. Lorsqu'un flot d'eau se déversa dans l'entonnoir, son corps se convulsa. L'eau lui remplit la bouche, la gorge, sans lui laisser le temps de déglutir. Il y avait de plus en plus d'eau, elle l'étouffait, lui arrachait des haut-le-cœur, il avait l'impression qu'on déversait une rivière en lui. Il ne pouvait plus respirer. Il se noyait. Voilà. Il mourrait et, pendant ce temps, Nogaret ne cessait de répéter la même question :

— Où est le trésor? *Où?*

Le Louvre, Paris, 24 décembre 1307 après J.-C.

Will se réveilla en sursaut lorsque la porte de sa cellule s'ouvrit. Il essaya de se redresser mais son corps affamé et éreinté était trop faible, et avant qu'il ait eu le temps de bouger, trois gardes le forçaient à se lever et à enfiler une tunique de laine qui recouvrit son corps scarifié. Sur sa peau, leurs mains lui faisaient l'effet de pinces. Il n'avait vu personne depuis des semaines et ce contact soudain et douloureux était par trop terrible. Lorsqu'ils le firent sortir, la peur revint. La dernière fois, ils s'étaient servis de leurs instruments sur les parties de son corps les plus vulnérables, lui infligeant un tel traitement qu'il avait fini par s'évanouir. Mais peut-être pousseraient-ils encore plus loin leur cruauté aujourd'hui et ne s'en remettrait-il jamais.

La voix de Nogaret résonna dans son esprit, sardonique et cruelle, lui racontant comment un chevalier, dont le pied avait été enduit de graisse avant de le mettre au feu, s'était vu offrir, avant de regagner sa cellule, ses os noircis qui dépassaient d'un sac. Son esprit enfiévré était peuplé d'images d'hommes mutilés, démembrés, rampant et gémissant dans des cellules identiques à la sienne, partout en France. Nogaret lui avait expliqué que plus de quinze cents membres de l'Ordre avaient été arrêtés. Comme la plupart d'entre eux, Will avait confessé tout ce que le ministre du roi voulait entendre dans l'espoir de mettre fin aux tortures. Au cours de la séance, les inquisiteurs lui avaient tout simplement soufflé les mots et il lui avait suffi d'acquiescer tandis qu'on lui versait de la cire fondue sur le corps ou qu'on approchait une flamme de ses cuisses nues jusqu'à ce que l'odeur de sa propre chair brûlée lui envahisse les narines. Le pire avait été d'être ficelé à la poutre, les cordes reliées au treuil qu'actionnait un inquisiteur ahanant sous l'effort, et de sentir ses membres étirés au bord de la rupture.

Pourtant, même durant les pires moments, une partie de lui avait eu conscience que ces hommes avaient besoin de le garder en vie. Nogaret pensait qu'il savait où se trouvait le trésor, et tant que le ministre le croirait, sa vie ne serait pas en danger. Au cours de son supplice, Will avait raconté au ministre que le trésor était parti pour Chypre, mais juste après, quand on lui avait demandé de réitérer sa confession, il avait parlé du Portugal. Nogaret n'avait pu déterminer laquelle de ces deux affirmations était vraie. Will prit la frustration du ministre comme une petite victoire au milieu de ses tourments.

À sa peur se mêla soudain une certaine perplexité lorsqu'on lui fit monter quelques marches Ce n'était pas le chemin de la chambre de torture. Après avoir emprunté plusieurs corridors sans fenêtres, les soldats se dirigèrent vers une porte à doubles battants imposante. Ils s'ouvrirent et une lumière crue l'éblouit, tandis qu'ils l'entraînaient dehors. La matinée venait de commencer, il faisait un froid mordant, mais Will apprécia la pureté de l'air. Entendant des voix et le claquement de sabots, il tourna la tête, se sentant plus éveillé, plus alerte qu'il ne l'avait été depuis des semaines. Il y avait d'autres soldats, ainsi que quatre voitures. Will remarqua Nogaret et Guillaume de Paris. Le ministre avait l'air tendu et irrité. Balayant la foule du regard, Will aperçut d'autres hommes portant la même tunique râpée que lui, entourés de gardes. Il repéra Jacques de Molay et Geoffroi de Charney. Le grand maître semblait terriblement diminué et deux soldats devaient le soutenir. Il avait perdu beaucoup de poids et on lui avait rasé la barbe. Will vit que les voitures étaient remplies d'hommes et les gardes le firent monter dans l'une d'elles. Il ne reconnut pas les prisonniers, et après que quatre soldats furent à leur tour montés, on entendit un coup de fouet et le convoi s'ébranla.

Will croisa le regard de deux ou trois hommes, mais personne ne parlait. Ils n'avaient tous que trop conscience des soldats royaux assis à leurs côtés, l'épée sortie. Pendant qu'ils quittaient la forteresse royale, il essaya de deviner où on les emmenait. Dehors, il put humer l'odeur du fleuve et entendre le chœur des oiseaux perchés dans les arbres le long de la rive. L'air sentait l'herbe humide et la fumée, il n'avait jamais respiré un parfum plus doux. La voiture ralentit brièvement, puis franchit une porte pour entrer dans la ville elle-même. Quand ils traversèrent le Grand-Pont pour se retrouver sur l'île de la Cité, la peur de Will ne fit qu'augmenter. Mais au lieu de se diriger vers le palais, la voiture tourna dans l'une des rues qui menaient à Notre-Dame.

Sur la petite place devant la cathédrale, les soldats firent descendre Will et ses camarades. En sautant à terre, l'un des hommes faillit tomber et Will l'attrapa par la manche pour le retenir. À peine eut-il esquissé un geste que les gardes fondirent sur eux, leur hurlant de s'éloigner l'un de l'autre. Will recula et se cogna contre un autre prisonnier. Lorsqu'il reprit son équilibre, il se retrouva face à face avec Hugues de Pairaud. Le visiteur avait un visage d'une pâleur mortelle, émacié, ses cheveux et sa barbe étaient tachés de sang et ses lèvres fendues en maints endroits.

— Je suis désolé, geignit-il d'une voix rauque en regardant Will.

Et il le répéta encore lorsqu'un des soldats le poussa dans le dos pour le faire avancer.

Will ne le quitta pas des yeux tandis qu'ils montaient les marches et pénétraient dans la cathédrale obscure. L'encens imprégnait l'atmosphère et il entendit les chanoines entonner les chants de l'office du matin tandis qu'on les dirigeait vers la salle du chapitre.

Sur une estrade se trouvaient trois hommes en robes noir et pourpre, portant des croix dorées incrustées de pierres autour du cou. Lorsque Will les vit, l'espoir se fit jour au milieu de l'angoisse. Le dépit de Nogaret signifiait que les trois cardinaux du Sacré Collège n'étaient pas là à la demande du roi. Peut-être le pape était-il finalement intervenu ? Les soldats bousculèrent tous les prisonniers pour les mettre en rang au centre de la pièce. Puis ils reculèrent, laissant les vingt-quatre chevaliers amaigris seuls debout sous les regards sévères des cardinaux.

Après un instant, celui du milieu, le plus vieux des trois, un homme à l'allure vénérable, se leva. Il tenait à la main un rouleau de parchemin.

— Nous avons été mandatés par Sa Sainteté, le pape Clément V, pour apprécier les accusations faites à l'encontre de l'Ordre du Temple.

Le cardinal éleva sa voix pour mieux se faire entendre.

— Sa Sainteté était très troublée, comme nous l'avons tous été, en apprenant que vous aviez avoué les crimes ignobles dont vous êtes accusés. C'est avec un profond regret qu'il nous a chargés d'examiner ces confessions afin de comprendre comment un Ordre si ancien et si respecté avait pu tant s'écarter de la grâce de Dieu.

Il se racla la gorge.

— Jacques de Molay, avancez pendant que nous dressons la liste des accusations contre vous et vos hommes.

Pendant un instant, tout demeura suspendu. Puis, avec une lenteur délibérée, Jacques de Molay fit plusieurs pas en avant. Il avait une démarche étrange, claudicante, et grimaçait chaque fois qu'il posait le pied gauche sur le sol, mais il gardait la tête haute.

Les chevaliers écoutèrent en silence les cent vingt-sept chefs d'accusation retenus contre eux. Will devinait en chacun d'eux la patte de Nogaret. À dire vrai, le ministre semblait s'enorgueillir d'entendre la voix chétive du vieillard les énoncer un à un. On accusait les chevaliers d'uriner sur la croix et de la piétiner durant les initiations, d'adorer un félin et une idole à trois visages, de garder les dons de charité pour eux et de tenir leurs chapitres en secret. Malgré sa colère et son incrédulité, Will voyait toute l'habileté de Nogaret dans cette litanie infinie. Il y reconnaissait des accusations faites aux cathares, aux Juifs et aux Sarrasins, tous ennemis de l'Église, accusations que le peuple comprendrait facilement, et qui alimenteraient sa peur. Certains des reproches étaient d'ailleurs fondés : les chevaliers tenaient bien leurs chapitres en secret et n'autorisaient que les membres de l'Ordre à lire la Règle, les Hospitaliers et les Teutoniques le confirmeraient. Cela conférait au réquisitoire une dimension accablante. Un mensonge était plus facile à avaler lorsqu'il était mêlé à des vérités et Nogaret avait adroitement dénaturé les pratiques quotidiennes du Temple – dont beaucoup étaient bien connues – pour les rendre soudain suspectes.

Pendant la quinzaine de minutes qu'il fallut au cardinal pour lire l'interminable liste, Jacques de Molay garda la tête haute. Les yeux baissés, les mains tremblantes, tout dans l'attitude de Hugues de Pairaud contrastait avec la sienne. Un chevalier s'évanouit et des gardes le traînèrent dehors.

Quand il eut terminé, le cardinal releva les yeux sur Jacques.

— Vous vous êtes confessé devant l'inquisiteur, Guillaume de Paris, de tous vos crimes. Maintenez-vous vos aveux aujourd'hui, devant nous ?

Jacques se tut. Puis il leva la main et agrippa le col de sa tunique, qu'il déchira en grimaçant sous l'effort, avant de se retrouver torse nu devant les trois émissaires papaux. Son dos, son torse et ses bras étaient marqués de profondes balafres noirâtres et purulentes. Les inquisiteurs avaient torturé le grand maître avec des pinces conçues pour prélever des morceaux de chair de la victime, mais chauffées à blanc afin de cautériser les plaies instantanément, et d'éviter le bain de sang. Certaines des entailles, d'où suppurait un jus jaunâtre, étincelaient et

Will n'arrivait même pas à imaginer les souffrances ressenties encore aujourd'hui par le grand maître, des jours après le supplice.

Le cardinal blêmit. Il leva une main comme pour se couvrir les yeux, la laissa finalement retomber et préféra détourner la tête. L'un des deux autres cardinaux se renfonça dans son siège, l'air malade. Le dernier, éberlué, fixait Jacques sans parvenir à détacher son regard.

— J'ai avoué, dit Jacques d'une voix sourde, mais je ne suis coupable que de faiblesse. Comme notre Sauveur, au moment où la force Lui a manqué et qu'Il a demandé qu'on Le soulage de son fardeau, j'ai cédé. J'ai raconté à mes tortionnaires ce qu'ils voulaient entendre pour mettre fin à mes souffrances. Mais laissez-moi rétablir la vérité. Je me rétracte, je ne confirme en rien cette confession faite au comble de la douleur.

Le visage de Nogaret se crispa.

— Monseigneur…

Le cardinal ne le laissa pas finir sa phrase.

— Ministre Nogaret, Sa Sainteté réclame une culpabilité claire et sans équivoque avant d'accéder aux requêtes du roi et de dissoudre l'Ordre.

Il descendit de l'estrade et traversa la salle.

— Cela…, fit-il en désignant Jacques avec horreur, cela n'a aucune valeur.

— Les enquêteurs sont autorisés par la papauté à utiliser la torture pour soutirer des aveux. Monseigneur, chacun de ces hommes s'est confessé !

— Et si nous leur ôtons leurs vêtements à chacun, que découvrirons-nous ? Je suis navré. Je dois informer Sa Sainteté que les aveux de ces hommes ne peuvent leur valoir une condamnation, étant donné les conditions dans lesquelles ils ont été recueillis.

41

Le prieuré franciscain, Poitiers

26 mai 1308 après J.-C.

— Hors de mon chemin !

— Sire, protesta le moine en se postant devant les portes, Sa Sainteté n'est pas prête. Je vous en prie. Si vous vouliez bien attendre encore un instant, il…

— Écartez-vous ! Ou je demande à mes gardes de vous faire arrêter pour obstruction à votre roi.

Le moine sembla hésiter, mais quand deux soldats royaux s'avancèrent pour mettre la menace du roi à exécution, il n'eut d'autre choix que d'obéir. Passant devant lui, le roi ouvrit la porte sans frapper et entra.

Lorsqu'il la claqua dans son dos, l'homme dans la pièce sursauta.

— Sire, murmura Clément.

Il enfilait une robe pourpre et s'efforçait de l'ajuster convenablement.

— Qu'est-ce que cela signifie ? On m'a dit que vous attendiez dans la salle du chapitre.

— J'en ai eu assez d'attendre, répondit le roi en dardant sur lui ses yeux bleus.

Il dominait le pape de la tête et des épaules. Celui-ci

semblait même s'être tassé cette dernière année, comme si son corps s'était recourbé sur lui-même à cause de la douleur qui, selon les rumeurs, le harcelait jour et nuit depuis quelque temps. Philippe ne se sentait pas enclin à le plaindre. Il n'avait aucune envie d'être là et avait fait le trajet à toute allure depuis Paris. Sa patience, mise à l'épreuve par les événements des sept derniers mois, était à bout.

Son action contre les Templiers avait débuté sous de bons auspices, bien meilleurs même qu'il ne l'avait espéré après que Rose eut volé l'un des rouleaux. Certes, le contenu des coffres parisiens était toujours introuvable, mais il avait tout de même récupéré les centaines de domaines du Temple et Nogaret était convaincu que certains chevaliers, et Campbell le premier, savaient où était caché le trésor. Jacques de Molay avait confirmé les accusations portées contre lui en quelques jours, et une fois rendue publique la reconnaissance de ses méfaits, les autres chevaliers s'étaient rapidement écroulés. Tandis qu'ils pliaient, un à un, devant les questions des inquisiteurs, le sentiment qu'un procès contre l'Ordre était nécessaire avait grandi dans le peuple. Clément avait envoyé une lettre fulminante au roi pour lui demander des comptes mais Philippe, fort de ce soutien populaire, n'y avait pas même répondu. C'était juste avant que les trois cardinaux n'arrivent à Paris en insistant pour entendre eux-mêmes les déclarations des chevaliers.

Lorsque les cardinaux firent leur rapport au pape, Clément suspendit le travail des inquisiteurs en France et Philippe dut arrêter la procédure. Afin d'y remédier, et parce qu'il avait confiance en sa propre autorité, le roi convoqua des professeurs de théologie de l'Université pour qu'ils jugent de la validité du procès, mais le verdict, rendu au début du mois, n'était pas vraiment à son goût. Un roi, avaient conclu les casuistes, ne pouvait traiter des affaires portant sur l'hérésie que sur demande expresse du pape. C'était la raison pour laquelle Philippe se trouvait à Poitiers aujourd'hui, le sang bouillonnant, devant le récalcitrant vicaire du Christ.

— J'en ai plus qu'assez. Finissons-en aujourd'hui !

Clément secoua la tête.

— Je ne sais pas de quoi vous parlez.

Philippe réprima une forte envie de passer le petit homme courbé face à lui au fil de son épée.

— Les Templiers ! Je ne vous laisserai pas entraver les dispositions que j'ai prises contre eux.

— Les dispositions ? répéta le pape en boutonnant sa robe au ras du cou. Cela ne dépend-il pas de leur culpabilité ?

— Ne jouez pas avec moi, Clément, l'avertit le roi. N'oubliez pas que c'est moi qui vous ai placé sur le trône papal. Je peux vous en chasser quand je le souhaite !

Clément soutint le regard de Philippe.

— Comment est-ce possible alors que le pape est élu à vie ?

Philippe détourna les yeux, mal à l'aise face au regard scrutateur du pape. Il sentait qu'il avait trop parlé. Clément pouvait-il voir en lui, plonger ses yeux dans la noirceur de ses péchés ? Les fantômes de ses prédécesseurs lui murmuraient-ils à l'oreille, désignant du doigt le responsable de leur mort ?

— Nous avions un accord, vous et moi. Vous avez signé le document dans lequel vous me consentiez cinq obligations, et l'une d'entre elles était de dissoudre le Temple et de me donner ses richesses, à moi et à mes héritiers.

— Cet accord, comme les confessions des chevaliers, a été extorqué au moyen de la coercition. Je l'ai signé pour épargner la vie de mon fils, comme nous le savons tous les deux. Donc, à moins que vous me tuiez comme Boniface et Benoît, comment comptez-vous parvenir à vos fins ?

Cette accusation ne fit qu'augmenter les craintes de Philippe, mais il s'obligea à ne pas détourner le regard de l'homme flétri par la maladie qui lui faisait face.

— Je n'ai rien à voir dans leurs morts. Je ne suis coupable que d'avoir essayé d'arrêter un hérétique et un blasphémateur.

— J'ai peur pour vous, sire.

— J'ai étendu le territoire de mon royaume et mon autorité sur ce royaume, j'ai affronté mes ennemis et récompensé ceux qui m'étaient loyaux. Je suis un bon roi chrétien, Clément. Vous n'avez pas à avoir peur pour moi.

— Vous n'avez jamais agi pour votre peuple, mais uniquement pour vous-même. Vous avez entraîné vos sujets dans des guerres, oui, mais contre des royaumes chrétiens, pas contre les barbares en Palestine. Vous avez fait un mauvais usage de votre trône, vous vous êtes entouré d'hommes démoniaques et n'avez pas hésité à briser l'Église par vos attaques pernicieuses contre ses représentants et ses biens. Vous avez dévalué la monnaie, engendré la misère et l'agitation, et vous vous attaquez traîtreusement aux seuls hommes qui se battent pour la Chrétienté au-delà des mers. Un bon roi, sire ? (La voix de Clément était implacable.) Votre grand-père, Saint Louis, l'était. Il a pris la Croix pour libérer Jérusalem et a dirigé deux croisades. Sans l'ambition de son frère, je crois qu'il aurait réussi, tant c'était un homme brave, vertueux, dévot et humble. Un grand homme. Vous brandissez son souvenir comme une épée, mais cette arme s'émousse entre vos mains. Vous ne lui ressemblez absolument pas, sire. La seule chose dont vous avez hérité, c'est de son sang.

Philippe sentit les mots l'ensevelir sous le poids de la vérité. Il fit un mouvement de côté, ses lèvres tordues en une grimace haineuse, puis il se retourna.

— Je n'ai pas attaqué traîtreusement les Templiers. Vous avez entendu le témoignage d'Esquin de Floyran. L'hérésie ! Ce n'est pas moi qui lui ai mis cette accusation dans la bouche ! Peu importe ce que vous pensez de moi, vous ne pouvez rien empêcher, tout juste gêner. Le peuple exige un procès.

Le pape laissa passer quelques secondes, puis il serra ses mains dans son dos avant de répondre.

— Vous avez raison. C'est allé trop loin pour s'arrêter. Sinon, les Templiers seraient toujours soupçonnés, même si vous leur restituiez leurs domaines et qu'ils reprenaient leur gouvernance. Cela ne m'échappe pas. Le peuple veut savoir s'ils sont coupables d'hérésie. Il a besoin de réponses, il doit être rassuré, savoir que ses chefs spirituels et temporels font ce qu'il faut pour sauvegarder leur royaume de l'infection hérétique.

Il hocha lentement la tête, comme s'il prenait une décision.

— Le procès contre les Templiers aura lieu, mais je nommerai un conseil pour le contrôler et m'assurer qu'il se déroule comme il convient. Si la preuve de la nature hérétique de l'Ordre est faite, je dissoudrai le Temple.

Philippe fixait le pape, confondu par son changement d'attitude.

— Et leur fortune ? hasarda-t-il en essayant de contrôler sa voix.

Clément croisa le regard avide du roi.

— Elle vous sera transférée.

Alors que Philippe laissait échapper un soupir d'aise, le pape leva la main.

— À une condition.

— Ce que vous voulez.

— Que vous preniez la Croix et que vous meniez une nouvelle croisade.

42

Le Louvre, Paris

8 septembre 1308 après J.-C.

Quatre hommes entrèrent dans sa cellule et Will se recroquevilla contre le mur en levant les bras. La lumière des torches l'aveuglait et il poussa un cri lorsque deux d'entre eux s'emparèrent de lui. Il était si maigre qu'ils le firent pratiquement décoller du sol en le mettant debout.

— Je ne sais pas où il est, gémit-il tandis qu'ils le poussaient dans le couloir. Je ne sais pas !

Will ruait de tous les côtés et répétait sans cesse les mêmes mots, mais il ralentissait à peine le pas des gardes.

Ils atteignirent une porte par laquelle ils le firent entrer dans une pièce chichement éclairée. En son centre se trouvait une table derrière laquelle deux hommes à l'air officiel, vêtus de robes noires, étaient assis. L'un tenait une plume au-dessus d'un parchemin. Les gardes reculèrent en laissant Will face à eux. Sans le soutien des gardes, il chancela un instant et faillit tomber avant de retrouver un équilibre précaire, vacillant. Levant une main tremblante, il ajusta le bandeau de tissu qui lui recouvrait l'œil droit et qui s'était défait en chemin.

— William Campbell ? s'enquit l'un des hommes assis, d'une voix sèche.

Will tourna la tête vers les gardes, debout de part et d'autre de la porte, puis il hocha la tête à l'intention de l'homme qui avait posé la question.

— Répondez à voix haute, je vous prie.

Will se racla la gorge.

— C'est moi, dit-il en déglutissant avec difficulté.

— Les chevaliers du Temple continuent à clamer leur innocence et réfutent les crimes dont ils sont accusés. D'après la commission établie par Sa Sainteté le pape Clément, ils ont le droit de se défendre eux-mêmes. Deux membres de l'Ordre ont été désignés pour être leurs avocats pendant le procès et nombre de leurs frères ont promis de les soutenir au cours de l'audience publique. Êtes-vous disposé à venir attester de votre innocence devant un tribunal ?

— Oui, rétorqua Will, dont les pensées commençaient à se clarifier. J'y suis disposé.

— En êtes-vous sûr ?

— Oui.

L'homme écrivit sur le parchemin, puis il adressa un signe de la tête aux gardes.

Will sentit qu'on lui entravait de nouveau les bras.

— Quand le procès aura-t-il lieu ? lança-t-il tandis que les gardes l'escortaient hors de la pièce. *Quand ?*

Mais ils ne répondirent pas.

De retour dans sa cellule, Will s'effondra contre le mur humide et se laissa glisser à terre, le regard braqué sur la porte. Elle portait de nombreuses marques, partout où il avait tambouriné, frappé des pieds et des poings, gratté, rendu fou par la faim, la soif ou la douleur.

Presque un an s'était écoulé depuis les arrestations, depuis qu'il était enfermé dans ce trou. Durant ce temps, ils l'avaient torturé au-delà de ce qu'il pensait imaginable, le conduisant au bord de la folie. Par moments, il avait demandé à Dieu de mettre fin à ses souffrances en permettant à ses tortionnaires de franchir les bornes. Mais les inquisiteurs avaient toujours l'air de connaître les limites de ce que pouvait supporter un corps avant de s'abandonner à la mort, et malgré tout ce qu'ils lui infligeaient, malgré la faim, l'isolement, les menaces, les promesses mielleuses, le treuil et le feu, il vivait. Il avait même survécu à l'ablation de son œil droit, quand les inquisiteurs avaient forcé ses paupières à s'ouvrir, la lame s'approchant, s'approchant, de plus en plus près, jusqu'à ce qu'elle s'enfonce dans un hurlement déchirant.

Quelque temps plus tôt, alors que la torture avait cessé depuis plusieurs mois, il avait appris en épiant les conversations des gardes que le pape était intervenu. L'espoir revint brièvement, puis disparut dès qu'il comprit que le pape n'avait fait que se réserver un rôle central au cœur de la procédure en cours, en établissant une commission afin de surveiller les interrogatoires, sans pour autant les arrêter. La torture reprit alors, de manière toutefois moins brutale lorsqu'un cardinal était présent, et le désespoir de Will atteignit des sommets quand Nogaret lui annonça que le pape avait envoyé des lettres à tous les rois d'Occident pour leur ordonner l'arrestation des Templiers présents sur leur territoire et la confiscation de leurs biens. Il essaya de se convaincre que le ministre mentait; il n'avait jamais révélé à Nogaret où se trouvait le trésor de Paris et il savait que le juriste enrageait de ne pas réussir à le briser. Mais au fond de lui, il connaissait la vérité : Clément les avait abandonnés.

Jusqu'à présent.

Malgré l'engourdissement de son esprit, Will essaya de réfléchir sur ce que le procès impliquerait. Si les chevaliers se défendaient publiquement, le roi et ses hommes ne pourraient pas cacher le fait que leurs aveux leur avaient été extorqués par les violences les plus inouïes. Leur état critique leur avait valu la sympathie horrifiée des cardinaux, en serait-il de même pour les autres?

Ses pensées furent interrompues par un bruit de pas qui s'approchaient. Il se tendit, le cœur battant tandis que la lumière filtrait sous la porte. Le verrou joua. Entre ses doigts, Will aperçut trois ou quatre gardes, puis quelqu'un se baissa pour franchir le seuil, une torche à la main. C'était Nogaret.

Comme il toisait Will, le visage malingre du ministre eut une expression lugubre.

— Je suis heureux d'apprendre que vous êtes désireux de défendre l'Ordre, Campbell. Cela veut dire que je peux encore quelque chose contre vous.

Devant l'incompréhension de Will, l'expression de Nogaret se modifia, ses yeux se chargeant de haine.

— Croyiez-vous réellement que je vous laisserais l'opportunité de vous défendre ? Vous et les autres ?

— Alors c'est un mensonge ? demanda Will, résigné, en s'effondrant contre le mur. Ces hommes ? Ce qu'ils m'ont dit ? Rien que des mensonges ?

— Au contraire, c'était vrai. Cet idiot de Clément essaie de vous offrir un procès équitable. Il veut montrer qu'il agit comme il convient, qu'il garde un certain contrôle, alors qu'il n'est qu'une marionnette ! Il l'a toujours été.

Will détourna la tête et ferma les paupières pour ne plus voir la rancune qui irradiait le visage de Nogaret.

— Pourquoi nous haïssez-vous ?

Nogaret parut surpris par la question.

— Je ne vous hais pas, Campbell. Vous n'avez pas assez d'importance à mes yeux pour que je gaspille ainsi mes émotions.

— Et Clément ? Boniface ? Benoît ? Qu'est-ce qui vous a poussé à toutes ces basses besognes ?

Nogaret referma vivement la porte afin d'empêcher les gardes d'entendre leur conversation.

— Vous devriez prendre garde à ne pas trop vous servir de votre langue, sous peine qu'on vous la tranche.

— Ce que vous avez fait n'a rien d'un secret.

— Et pourtant, personne n'a rien pu prouver contre moi.

— Peut-être pas dans cette vie. Mais dans la prochaine…

— La prochaine? s'esclaffa Nogaret. Pour la craindre, encore faudrait-il y croire.

Il s'accroupit devant Will, les yeux plissés.

— Vous y croyez toujours, n'est-ce pas? Même maintenant, vous vous figurez que Dieu vous observe, qu'Il vous aime ou qu'Il vous juge? Ma mère et mon père y croyaient, eux aussi. Seulement, ils étaient cathares et non catholiques. Quand je suis né, la croisade de l'Église contre leur secte était terminée. La forteresse cathare de Montségur était tombée vingt ans plus tôt, et la résistance avait cessé peu après. Mes parents ont échappé aux bûchers et, comme beaucoup d'autres, ils se sont installés dans une petite ville du Sud de la France. Ils feignaient d'être de bons chrétiens, ils célébraient les fêtes, se rendaient à la messe chaque semaine. La nuit, ils accomplissaient leurs cérémonies hérétiques. Je les ai vus mener leur vie mensongère pendant des années, terrifiés à l'idée d'être découverts, mais incapables d'abandonner leur croyance. J'ai joué au bon fils et suivi l'exemple de mon père, pourtant je n'y ai jamais cru. Je trouvais leurs rituels effrayants et embarrassants. Tous entassés dans une grange, ma sœur protégeant du creux de la main la flamme d'une bougie, mon père marmonnant et transpirant.

La bouche de Nogaret se gonfla en une moue méprisante.

— Je suis parti dès que je l'ai pu pour l'université de Montpellier. J'ai étudié le droit romain et canonique, ce qui m'a permis de mettre à nu les secrets de la foi, de me les rendre transparents. Je voyais comment l'Église manipulait et contrôlait, comment elle profitait de la crédulité du troupeau. J'ai ouvert les yeux et compris comment moi aussi, qui ne suis pas issu du clergé, mais du peuple, je pourrais tourner la loi à mon avantage et rendre l'État plus puissant que l'Église. J'étais passionné, plein de savoir. J'ai commis l'erreur de vouloir le faire comprendre à mon père ; de le persuader de renoncer à ces rituels ineptes. Nous nous sommes disputés et il m'a répudié de la famille. Malgré son passé, il était respecté dans sa communauté et il a rendu son déplaisir public en me retirant une chaire importante dont je m'acquittais à Montpellier. J'ai fait la seule chose qui me restait possible pour le discréditer en allant informer le collège dominicain de son adhésion de longue date à la foi cathare.

Nogaret s'interrompit une seconde. Il avait le regard perdu dans ses souvenirs.

— Je tenais à ce qu'il voie combien j'avais raison, que le droit est plus puissant que n'importe quel dieu. Je pensais qu'il renierait ses croyances, et ma mère aussi, je pensais qu'ils se confesseraient et imploreraient le pardon. Je voulais qu'ils soient humiliés et qu'on extirpe d'eux cette foi absurde. Mais ils ont tous deux refusé d'avouer en dépit des tortures que leur ont infligées les inquisiteurs. Ils ont marché jusqu'aux bûchers dressés pour eux et pour ma sœur presque fièrement. Quand les soldats ont allumé les fagots à leurs pieds, ils se sont mis à réciter les prières qu'ils me faisaient répéter dans cette petite grange humide et sombre, pour que la foule les entende.

— C'est pour cela que vous vouliez vous venger contre l'Église.

— Des preuves, répondit Nogaret. Je cherche des preuves. Seul l'homme est en mesure de condamner l'homme. L'Église l'a prouvé en condamnant ma famille. Je l'ai prouvé en tuant Boniface et Benoît.

Il se leva soudainement.

— Et je le prouverai une fois encore en nous débarrassant des guerriers du Christ.

Il se tourna et ouvrit la porte.

— Emmenez-le, ordonna-t-il aux gardes.

Nogaret sortit, et les gardes poussèrent Will derrière lui à travers la forteresse, jusqu'à la cour principale, où se trouvaient une voiture et plus de deux douzaines de soldats en livrée royale. Il faisait nuit et le ciel était parsemé d'étoiles. Jeté par les gardes dans la voiture, Will vit cinq visages pâles se tourner vers lui. Des chevaliers, supposa-t-il, tandis que la compagnie se mettait en mouvement.

Il devint évident qu'ils n'allaient pas en ville lorsque la voiture tourna au nord en empruntant une route abrupte qui serpentait sur plusieurs kilomètres à travers des champs baignés par la lumière céleste. Will et les autres prisonniers ne disaient pas un mot, n'échangeaient pas un regard. Il présuma que, comme lui, chacun craignait que ce trajet ne fût le dernier. Dans le silence, les hommes se préparaient, têtes penchées, récitant des prières muettes ou plongés dans leurs pensées. Will songea à son père. Il se demanda ce que James avait éprouvé en marchant vers le lieu de son exécution à l'extérieur de la forteresse de Safed, foulant à ses pieds le sol poussiéreux et brûlant. Will aimait à s'imaginer qu'il avait gardé la tête haute et conservé son calme et que les Mamelouks n'avaient pas eu besoin d'enfoncer la pointe de leur épée dans son dos pour qu'il avance.

La voiture sortit de la route dans un cahot et s'immobilisa dans un champ. Les gardes royaux ordonnèrent aux chevaliers de descendre et ils sautèrent maladroitement, l'un après l'autre, dans l'herbe haute. Au loin, Will discernait les murs de Paris, forme sombre se découpant dans la nuit claire. Plus près d'eux, le vent agitait les branches des chênes. Une quinzaine de soldats, restés sur les chevaux, les encerclèrent. Tous avaient tiré leur épée et tenaient haut leur bouclier. Mais Will trouva étrange qu'au lieu de faire face aux prisonniers, ils demeurent tournés vers les ténèbres. Avant qu'il n'ait eu le temps de s'interroger davantage, un murmure craintif se répandit parmi les soldats et il vit l'un d'eux braquer ses yeux vers quelque chose d'à peine visible par-delà la voiture. Will s'avança et comprit ce qui avait attiré son attention. Sur la crête d'une petite colline, à peu de distance de là, trois formes menaçantes se détachaient dans la nuit. Des bûchers. Il en distinguait les branches, la paille, et le mât qui s'élevait en leur centre comme un doigt tendu. En les apercevant, un autre chevalier se signa et se mit à prier.

— Occupez-vous des prisonniers ! commanda Nogaret. Deux par poteau.

Le silence et la tranquillité dont avaient fait preuve les chevaliers dans la voiture disparurent. Ils commencèrent à résister. Mais après un an de prison, ils ne pouvaient rivaliser avec les gardes, qui les traînèrent sans ménagement vers le haut de la colline, vers les bûchers.

— Pourquoi toute cette comédie ? demanda Will lorsque Nogaret s'approcha pour aider le soldat qui le poussait. Pourquoi ne pas simplement nous tuer dans nos cellules ?

— Vous ne comprenez rien ! rétorqua Nogaret, pantelant, pendant que Will se débattait. Clément ne nous donnerait pas ce que nous voulons si nous vous tuions de sang-froid.

Le ministre recula en chancelant, laissant le soin au soldat de frapper Will pour le mettre à terre.

— Mais grâce à l'insistance de Philippe, Guillaume de Paris a accepté de déclarer hérétiques impénitents tous ceux qui se disaient prêts à se défendre. Selon la loi, ceux qui se rétractent après leurs aveux, les renégats pour lesquels il ne saurait y avoir de salut, peuvent être transférés à l'autorité séculière afin d'être immolés.

Will tomba à terre. Autour de lui, les hurlements des chevaliers se mêlaient aux hennissements des chevaux. Mais Nogaret ne se taisait pas, il poursuivait d'une voix sèche et cruelle.

— Le roi souhaite dissoudre le Temple le plus vite possible. Il ne veut pas d'un procès. Ainsi, nous nous débarrassons des chevaliers prêts à témoigner, mais en respectant la loi. Clément ne peut rien faire !

Les doigts de Will se refermèrent sur quelque chose de dur.

— Quand vos frères apprendront ce qui arrive à ceux qui se rétractent, leurs faibles défenses s'écrouleront et Philippe pourra enfin s'emparer des richesses du Temple.

Nogaret se pencha sur Will.

— À propos, Campbell, l'un des chevaliers a fini par repondre à mes questions la semaine dernière. Il s'appelle Laurent. Il m'a dit que le trésor du Temple se trouve en Écosse.

Will palpa l'objet : une forme tout en longueur qui se terminait par une pointe acérée. C'était une flèche. Un instant, émerveillé par sa découverte, il se demanda comment elle avait pu arriver là. Mais ses questions s'évanouirent rapidement, et il sentit à quel point Dieu et le monde s'accordaient en une parfaite harmonie. Que la flèche soit là et qu'il la trouve, telle était Sa volonté.

— Laurent m'a expliqué qu'une vingtaine de chevaliers l'ont emmené, ainsi qu'une femme enceinte. Rose, n'est-ce pas ? Quand j'irai mettre la main sur le trésor, je la débusquerai.

En faisant appel à ses ultimes forces, Will enserra la flèche avec ses doigts sur le fût. Il ne se faisait aucune illusion, il ne pourrait pas s'enfuir d'ici, mais il pouvait au moins entraîner Nogaret avec lui. Il fallait que cela se termine ainsi. Il n'y avait pas d'autre issue. Dans le même mouvement, il se releva et allongea le bras en direction du ministre. Avant qu'il puisse frapper, la nuit s'emplit du cri des chevaux et des hommes.

À l'instant même, la scène tourna à la confusion. Entendant quelqu'un lancer un cri de ralliement, Will fit volte-face. Un groupe de gardes royaux cavalait vers les chênes. Will vit quelque chose bouger dans les frondaisons, des formes sombres qui se dressaient, puis deux chevaux montés par des soldats ruèrent et tombèrent à la renverse, écrasant sous leur poids leurs cavaliers. D'autres cris retentirent, puis il discerna l'éclat d'épées. Will se retourna, mais le ministre s'enfuyait pour se mettre à l'abri derrière la voiture.

— Gardes ! hurlait-il. Allez les capturer !

Les quelques soldats qui avaient mis pied à terre revinrent en toute hâte vers les montures. L'un des hommes enfourcha l'étrier et attrapa la selle, mais il n'eut pas le temps de se hisser : frappé dans le dos, il se cabra et tomba en arrière, le pied coincé dans l'étrier. Effrayé, le cheval se lança au galop en le traînant à travers le champ et en dispersant les soldats sur son passage. Un autre homme tomba à terre en lâchant sa torche, qui continua à brûler au sol.

— Tuez juste les prisonniers, bande d'idiots ! hurla Nogaret aux soldats qui n'étaient pas encore engagés dans le combat. Tuez-les !

Will vit un chevalier tomber, passé au fil de l'épée par le soldat qui le tirait un instant plus tôt vers les bûchers. Puis un autre. Mais les chevaliers se défendaient avec une vigueur renouvelée. Entendant un bruit dans son dos, Will pivota et vit un soldat prêt à abattre son épée sur lui. Une flèche siffla dans la nuit et se planta dans sa gorge. Son épée retomba et lui-même s'écroula une seconde après. Malgré la fatigue qui le faisait chanceler, Will parvint à se baisser pour ramasser l'arme, mais n'eut pas le temps de s'élancer à la poursuite de Nogaret car déjà un homme sortait des ténèbres à sa rencontre.

C'était un homme d'une taille imposante, dotée d'une épaisse chevelure blonde et de traits saillants. Will le fixa, et sa stupéfaction fut telle que sa main retomba. Dix ans s'étaient écoulés depuis qu'il avait vu ce visage pour la dernière fois.

— David ?

— Retraite ! criait l'un des soldats. Retraite !

Nogaret hurlait sauvagement, ordonnant aux gardes de repartir au combat et d'encercler l'ennemi, mais les flèches étaient trop nombreuses et les soldats arrivaient tout juste à se protéger avec leurs boucliers, à faire tourner leurs chevaux et à se mettre hors de portée. Un homme passa par-dessus l'encolure de son cheval que deux flèches venaient de percer au flanc. En quelques instants, les autres désertèrent le champ, abandonnant la voiture et les prisonniers à leur sort.

Will, qui ne quittait pas son neveu des yeux, les vit à peine partir. Tandis que le jeune homme l'étreignait dans ses bras puissants, un sentiment de soulagement l'envahit.

— Es-tu blessé ? lui demanda David en reculant pour l'observer à la lumière frémissante de la torche qui continuait de brûler par terre.

Lorsqu'il vit la bande de tissu qui recouvrait son œil droit, son front se plissa.

— Qu'est-ce qu'ils t'ont fait ?

Will porta la main à son bandage mais son geste resta suspendu. Il n'aimait pas poser les doigts dessus. Regardant alentour, il aperçut d'autres hommes qui sortaient de l'abri des chênes. Ils se dispersèrent pour examiner les soldats et aider les trois chevaliers qui avaient survécu. L'un d'eux les rejoignait à grandes enjambées.

— C'est lui ? demanda-t-il à David en arrivant.

C'était la voix de Robert. Il était accompagné par six des chevaliers qui avaient emmené le trésor en Écosse. Comme ils ne portaient pas l'uniforme des Templiers, il fallut un moment à Will pour les reconnaître. Robert s'arrêta pour observer Will.

— Mon Dieu...

Will l'agrippa par le bras.

— Robert, qu'est-ce que tu fiches ici ? Et David ?

Il secouait la tête, incrédule.

— Nous n'avons pas le temps de t'expliquer, Will.

Mais celui-ci ne le lâchait pas.

— Prends-le quand même, dit-il, d'une voix implacable.

Robert hésita, puis il fit signe aux autres chevaliers.

— Encerclez le champ. Je veux être certain que ces soldats ne vont pas revenir. La prochaine fois, ils seront préparés.

Tandis que les hommes s'éloignaient, les arcs bandés, il se tourna vers Will.

— Après avoir quitté la France, nous avons suivi la côte depuis Aberdeen. Puis j'ai laissé les hommes à bord avec le trésor et Simon et moi avons escorté Rose jusqu'à ta famille à Elgin. Nous ne le savions pas, mais nous ne pouvions pas mieux faire.

Son regard passa furtivement sur David.

— Ton neveu nous a été d'une aide inestimable, il nous a permis de nous mettre à l'abri.

Will jeta un regard affectueux et empli de fierté à David.

— Nous sommes restés longtemps à Elgin, à t'attendre, poursuivit Robert. Comme tu n'arrivais pas, nous avons fini par craindre le pire. Au cours de l'été, nous avons appris que le procès contre le Temple avait commencé à Paris. Nous sommes venus voir si nous pouvions aider nos frères à se défendre.

— Philippe le sabote. Il fera tout ce qui est en son pouvoir pour empêcher le pape de contrecarrer ses plans. Si vous vous faites prendre, vous finirez emprisonnés, et probablement exécutés.

— Nous le savons, répondit Robert d'un air sombre. Mais nous n'avons pas l'intention de nous attarder ici bien longtemps. Ce soir, c'était notre dernière attaque.

— Nogaret a déjà dressé des bûchers ? demanda Will.

— Plusieurs fois, d'après ce que nous en savons. Nous nous sommes cachés en ville et avons essayé d'obtenir des informations, qui était emprisonné, où et...

— Et nous espérions te trouver, le coupa David. Mais personne ne savait rien. Nous avions perdu tout espoir de te trouver vivant jusqu'à ce que je t'aperçoive, sortant de cette voiture.

— Nous avons découvert que les gardes royaux emmenaient des prisonniers la nuit pour les brûler, reprit Robert. Nous sommes intervenus avant une exécution, ce qui nous a permis de sauver six hommes. Nous en avons perdu dcux.

Will hocha lentement la tête. La tension des gardes s'expliquait désormais, de même que la présence d'une flèche, qui paraissait soudain moins miraculeuse. Il repensa à la réaction de Nogaret.

— J'imagine qu'il espérait vous capturer si vous recommenciez. Il s'est fait une règle de traquer tous les Templiers qui ont échappé aux arrestations. Il ne veut pas que quiconque soit en mesure de défendre le Temple. Il veut...

Will s'arrêta, se remémorant les derniers mots de Nogaret, puis il s'élança vers la partie du champ où les hommes de Robert vérifiaient que les soldats étaient bien morts. Passant entre les cadavres, il scruta leurs visages, Robert et David à sa suite.

— Un des soldats a dû l'emmener, dit Will en se relevant. Il faut le trouver.

— Non. Il faut te conduire loin d'ici, répliqua Robert en faisant signe à l'un des hommes, qui s'approcha. Aide-le à monter dans la voiture.

— Il est au courant pour le trésor, Robert. Il sait qu'il est en Écosse. Et il sait que Rose est là-bas.

— Il ne les trouvera jamais, ni l'un ni l'autre. Je te le promets.

Will tournait la tête de droite et de gauche.

— Il sait que ma sœur vit à Elgin. Il sait où chercher !

Robert le prit par les épaules.

— Ils n'y sont plus. Will, s'il te plaît. Un bateau nous attend sur la rivière. Nous devons y aller !

— Clément, dit Will. Il pourrait toujours nous venir en aide.

— Je ne crois pas. Depuis que nous sommes ici, nous avons appris que le pape a rédigé une bulle où il détaille ses projets pour une future croisade. Philippe prendrait la Croix pour lui. Ils ont dû trouver un arrangement : le Temple contre une nouvelle croisade.

Will garda le silence un instant.

— Nogaret s'est confessé à moi dans ma cellule, ajouta-t-il finalement en fixant Robert. Il a admis avoir tué le pape Benoît. Peut-être que cela pourrait convaincre

Clément de mettre un terme à son alliance avec le roi. Nous pouvons essayer, non?

Au bout d'un moment, Robert acquiesça.

— Très bien. Je vais m'arranger pour envoyer un message à Clément avant de partir. Après, qu'il se débrouille. Nous ne pouvons rien faire de plus.

David à ses côtés, Will rejoignit la voiture en boitant, laissant les bûchers intacts derrière lui.

Le prieuré franciscain, Poitiers,
24 novembre 1308 après J.-C.

Debout devant la fenêtre, Clément contemplait les cloîtres baignés par la lune. Derrière lui, la chambre était plongée dans le noir. Un peu plus tôt, un serviteur avait proposé d'attiser le feu et d'allumer quelques bougies, mais le pape avait décliné cette offre. D'une certaine façon, il lui semblait approprié de rester dans l'obscurité ce soir. Il tenait à la main un parchemin froissé. Il baissa les yeux sur les lignes, mais sa vue faiblissait depuis quelque temps et de toute façon, il faisait trop sombre pour lire. D'ailleurs, il savait très bien ce que contenait la missive.

On frappa

Après avoir posé le parchemin sur le rebord de la fenêtre, le pape, torturé par la bile qui dévastait son estomac, se tourna vers la porte.

— Entrez.

Le battant s'ouvrit sur deux hommes. Le premier, qui portait une robe grise à capuche, s'inclina pour le saluer.

— Votre Sainteté, votre invité est arrivé.

Clément le remercia d'un signe de tête.

— Merci, Renaud. Vous pouvez nous laisser.

Tandis que le moine se retirait en fermant délicatement la porte, le deuxième homme resta dans l'ombre. Il était grand et de forte carrure, c'était tout ce que pouvait en dire Clément. Le pape se racla la gorge avant de parler.

— J'espère que votre voyage s'est passé sans heurt ?

— Votre Sainteté, il est tard et j'arrive de loin. Dispensons-nous des civilités inutiles. Dites-moi pourquoi vous m'avez convoqué.

Il parlait le français avec un fort accent. Clément opina, mais il lui fallut quelques secondes avant de décider par quoi commencer.

— L'Église a maltraité votre famille. Mon prédécesseur, le pape Boniface, était responsable de votre déchéance et vous avez beaucoup souffert.

— Je n'ai nul besoin d'une leçon d'histoire. Je suis au courant des difficultés qu'ont endurées les miens.

— Le pape Benoît a refusé de lever l'ordre d'excommunication prononcé à votre encontre par Boniface. Depuis, vous vous êtes réfugié en France et ne pouvez pas retourner dans votre pays, ni refaire votre vie.

Clément garda le silence quelques secondes.

— Je peux lever cet ordre.

Une voix pleine de soupçon lui répondit :

— Et pourquoi le feriez-vous ?

— Je pourrais considérer qu'il s'agit d'une récompense pour des services rendus.

Clément contempla ses mains. Son ventre ne lui laissait aucun répit. L'homme s'approcha de lui.

— Quels services ?

Clément jeta un coup d'œil au parchemin qu'un vent léger soulevait, puis il releva la tête.

— Mettez fin à la vie du ministre du roi, Guillaume de Nogaret, pour sa participation aux meurtres des papes Boniface et Benoît.

L'homme ne répondit pas tout de suite. Clément l'entendait respirer lourdement.

— Alors ? le pressa-t-il, mal à l'aise dans ce silence tendu. Est-ce quelque chose que vous seriez prêt à faire ?

Enfin, l'homme s'avança de quelques pas et sortit de l'ombre. Les yeux noirs de Sciarra Colonna scintillaient dans le clair-obscur.

43

Argyll, royaume d'Écosse

20 décembre 1308 après J.-C.

Tête basse, les chevaux progressaient laborieusement dans la forêt humide en enfonçant leurs sabots dans des flaques d'eau gelée. Le vent pénétrant qui leur avait fouetté le dos depuis le début de la matinée s'apaisait et la compagnie entendait désormais le ressac de la mer au loin. Les sommets noirs des montagnes, au nord, qui leur avaient servi de repères depuis cinq jours n'étaient plus que de vagues formes environnées de nuages vaporeux. Le pic le plus haut, le Ben Cruachan, ressemblait à un géant de granit dominant les rives nord du loch Awe. On était au beau milieu de l'après-midi mais déjà la nuit tombait, étirant ses ombres autour d'eux. Le loch avait viré du jade profond un noir vitreux et était toujours visible derrière eux tandis qu'ils remontaient la piste tortueuse vers la côte.

Avachi sur sa selle et emmitouflé dans une lourde cape doublée de fourrure, Will se fit la réflexion qu'il avait oublié à quel point les journées étaient courtes aussi haut au nord. Et sur la côte ouest battue par la mer, elles le paraissaient encore davantage. Ce n'était pas l'Écosse qu'il connaissait. Ce royaume sauvage de montagnes et de lochs était celui de ses aïeux. Son grand-père, Angus Campbell, avait quitté cette contrée pour s'établir à l'est, sur une terre domptée, fertile, laissant quatre générations de Campbell y creuser leur sillon. Devenue prospère et puissante, avec ses nombreuses branches dont certaines jouissaient de la faveur du roi Robert, la famille Campbell possédait de nombreux châteaux parmi les plus importants de la région d'Argyll. En passant devant eux, tandis que son neveu lui racontait l'histoire de chacune de ces forteresses et lui donnait les noms de leurs seigneurs actuels, Will avait éprouvé un étrange sentiment de nostalgie. Cet endroit lui remettait en mémoire les notions de parenté, de loyauté, de famille. L'hostilité de la nature consolidait ces sentiments, obligeant ceux qui vivaient là à la solidarité. C'était une région où on honorait les mémoires et où le sang avait une valeur. Mais en contrepartie, il fallait supporter l'isolement. Subsister ici n'avait rien de facile, surtout en hiver, et pour Will, qui sortait d'une année de famine et de torture, c'était le voyage le plus dur qu'il eût jamais entrepris.

Ils avaient quitté les côtes françaises en septembre, la compagnie de Robert convoyant Will et les treize chevaliers rescapés des bûchers de Nogaret jusqu'à Londres, où deux Templiers les attendaient avec chevaux et vivres. Édouard II avait mis du temps à réagir à la lettre du pape Clément lui demandant d'arrêter les Templiers sur son territoire, mais devant l'insistance de la papauté et celle de Philippe, il avait fini par laisser les inquisiteurs entrer dans son royaume. Quand la compagnie accosta sur les bords de la Tamise, le procès des Templiers était en cours, et ils étaient partis pour le nord la peur au ventre. Dans ces paysages septentrionaux, les menaçaient la neige sur les collines et les loups dans les forêts. Dès la frontière franchie, le terrain était devenu encore plus hasardeux et ils avaient perdu deux hommes au cours d'une nuit particulièrement glaciale, mais malgré la rudesse des éléments, Will s'était secrètement réjoui de l'inaccessibilité de l'Écosse. À chaque vallée marécageuse qu'ils traversaient, chaque col escarpé qu'ils passaient, chaque loch qu'ils contournaient, il sentait ses ennemis s'éloigner un peu plus. Il faudrait une vie entière à Nogaret pour les retrouver au milieu de ce pays sauvage.

— Nous devrions bientôt y être.

Will tourna la tête, son neveu remontait à sa hauteur. Dans la lumière déclinante, il avait le visage rougi par le froid. Il lui adressa un petit sourire.

— Tu as l'air nerveux, mon oncle.

— Je suis simplement soucieux, marmonna Will, surpris par la perspicacité de David.

C'était vrai. Il était nerveux. Tant de choses l'attendaient au bout de cette piste inconnue, cernée par le ressac de plus en plus présent de la mer, tant d'espérances qui pouvaient se voir accomplies ou brisées. Il regarda par-dessus son épaule la longue colonne d'hommes qui s'étirait derrière eux.

— Je prie pour que ta mère ait une marmite assez grande. Il y a beaucoup de ventres affamés à nourrir. Le domaine de son mari ne peut sans doute pas tous nous accueillir, si?

— Pas indéfiniment, non. Mais comme je te l'ai dit, nous trouverons rapidement où envoyer les chevaliers. Je pourrai en employer quelques-uns moi-même à Elgin et le roi sera heureux de recruter des guerriers expérimentés à son service, j'en suis sûr. Il a déjà pris avec lui sept Templiers qui accompagnaient Robert l'année dernière.

Will vit une expression familière traverser le visage de David. L'orgueil et la fierté l'envahissaient chaque fois qu'il parlait du nouveau roi d'Écosse. Pendant leur voyage vers le nord, il avait entendu David raconter beaucoup d'histoires à propos de Bruce et de ses hommes, de leurs batailles contre les forces d'Édouard, de son ambitieuse campagne pour unifier l'Écosse derrière lui et mater les rivaux qui prétendaient eux aussi au trône. Les Anglais étaient peut-être partis, mais les plaies de plus d'une décennie de combats n'étaient pas refermées. Le purulent poison des remous de la féodalité, qui avait été à l'origine de la guerre civile, suintait toujours. Robert Bruce avait dû accomplir une tâche exténuante. Et à en juger par le respect que lui témoignait la compagnie d'Écossais, il semblait avoir gagné la bataille.

— Mais pour l'instant, reprit David, nous serons en mesure d'accueillir la plupart des hommes dans la région. John est proche de beaucoup de familles ici.

Will hocha la tête sans rien dire. Il s'était habitué aux changements survenus dans sa famille et à toutes leurs conséquences inattendues, dont la moindre n'était pas que sept hommes de cette vaillante compagnie, qui avaient risqué leur vie pour le libérer, lui étaient apparentés.

Au début, épuisé comme il l'était, plus abasourdi que soulagé, il avait à peine eu conscience de tout cela. Toutefois, à mesure qu'il avait retrouvé des forces, sa curiosité à l'égard de ses sauveteurs s'était éveillée. Outre Robert et les six Templiers, il y avait deux jeunes gens à l'esprit vif, qui étaient les écuyers de David, désormais seigneur d'un modeste domaine à Elgin, dont il avait hérité en se mariant. Will avait écouté avec un bonheur paisible son neveu lui parler en rougissant de plaisir de ses deux enfants, restés avec leur mère à Elgin, auprès de Margaret et de sa jeune famille. Un autre mariage l'avait surpris, celui de sa sœur, Ysenda, à un veuf du nom de John Campbell, un chevalier de bonne réputation d'une petite branche de leur vaste famille, et qui possédait un grand domaine à Argyll. Ils s'étaient rencontrés au cours de la campagne du roi Robert dans le Nord et s'étaient rapidement mariés, après quoi Ysenda était venue le retrouver dans le Sud au début de l'été. Deux des plus jeunes fils de John, grands, élancés, les cheveux noisette, faisaient partie de la compagnie de Robert. Mais le plus grand choc qu'avait ressenti Will, ce fut peut-être quand on lui présenta son neveu, un homme qui s'appelait Colin, qui avait à peine quinze ans de moins que lui et était le fils de sa sœur, Ede. Il était venu avec ses trois fils, tous des hommes costauds aux cheveux noirs, et dont les visages portaient chacun à sa manière quelque chose de celui de James.

L'émotion qu'il éprouvait en revenant sur cette terre ancienne, entouré d'hommes de son sang, était indescriptible. Il avait passé les douze derniers mois à penser que sa vie était finie. Être ici, maintenant, sachant que d'une certaine façon tout ne faisait que commencer, ressemblait à un don de Dieu, un don fragile qu'il observait comme à distance, de peur qu'il s'envolât. David lui avait dit qu'il serait le bienvenu, mais il n'avait pas osé demander à son neveu comment il pouvait en être sûr et, alors qu'ils sortaient de la forêt et qu'une mer sombre et immense s'allongeait de l'horizon jusqu'à eux, il sentit les doutes le tarauder.

Les fils de John Campbell, maniant adroitement leur monture le long des rochers, ouvraient la route d'un air confiant. Le vent soufflait par rafales brutales, faisant claquer leurs capuches et leur arrachant des larmes. En contrebas, les vagues s'écrasaient contre les falaises en projetant en l'air de l'écume. Au loin, dans les derniers feux du jour, Will vit des îles se découper en pointillés sur la mer, certaines lointaines, d'autres plus proches ; des nuages bas les enveloppaient. À l'abri dans une anse qui formait un port naturel, un petit village apparut. Une douzaine de maisons environ étaient regroupées autour d'une chapelle sur un cap couvert d'herbes. Le vent balayait une fumerolle dans le ciel et il entendit le meuglement des animaux.

Contournant le village, les fils de John engagèrent leurs chevaux sur une piste raide qui menait, à mi-hauteur du promontoire rocheux, vers une grande maison de pierre avec son toit de chaume, flanquée de plusieurs dépendances, une grange, des écuries et un enclos, autour desquels circulait un mur d'enceinte. Cela rappela à Will l'ancien domaine familial. Lorsqu'ils s'approchèrent, la lueur du feu se refléta fugacement sur les fenêtres. La porte de devant s'ouvrit soudain et une cohorte d'enfants jaillit en criant, en proie à l'excitation. Les fils de John se lancèrent au petit galop pour aller à leur rencontre tandis que des adultes sortaient à leur suite. Le vent porta leurs cris de joie aux hommes à cheval. Will sauta de selle en voyant quelqu'un courir dans sa direction. C'était Ysenda, dont les cheveux blonds étaient désormais mêlés à des mèches argentées, mais ses joues rosirent. Elle avait presque l'air d'une gamine pour Will qui, cloué sur place, ne faisait pas un geste. Derrière sa sœur, franchissant le seuil en fourrageant dans ses cheveux roux, se trouvait Christiane, dont le regard croisa le sien. Il y avait aussi Simon, dont le visage avait trahi le soulagement avant de dévoiler l'un de ses larges et généreux sourires. Puis vint une vieille femme aux cheveux blancs qui ressemblait tellement à sa mère que sa vue bouleversa Will. L'âge l'avait courbée et rendue aveugle, ce qu'il comprit en voyant une jolie jeune fille lui tenir la main pour la diriger. Cette jeune femme, comprit-il avec stupeur, c'était Alice, sa nièce. Quant aux autres qui appelaient les hommes ou prenaient les rênes de leurs chevaux, il ne les reconnut pas. Ses yeux se posèrent sur tous ces visages inconnus.

Puis il la vit.

Elle poursuivait un petit garçon rondouillard qui trottinait d'un pas incertain derrière les autres enfants. Tandis qu'elle se penchait pour prendre l'enfant dans ses bras et lui planter un baiser sur la joue, Will remarqua combien sa fille semblait épanouie et en pleine santé. Toutes ces informations s'abattirent sur lui en quelques secondes, puis Ysenda se jeta à son cou en agrippant aussi David et les embrassa en fondant en larmes. Et toutes les craintes de Will s'évanouirent.

Île de la Cité, Paris, 21 décembre 1308 après J.-C.

Guillaume de Nogaret étouffa un bâillement tandis qu'il traversait le Grand-Pont à cheval, vers l'île. Il était tard et un froid mordant s'insinuait sous sa cape en fourrure. Il était gelé jusqu'aux os. Les rives étaient constellées de plaques de glace qui scintillaient sous la lueur argentée d'un croissant de lune pâlichon. Les deux gardes royaux qui suivaient Nogaret saluèrent leurs homologues de la ville, lesquels s'inclinèrent respectueusement devant le ministre du roi.

Entre la commanderie et le Louvre, cela avait encore été une longue journée, passée à interroger les Templiers. Du moins s'était-il vu récompenser par deux morts ce soir. Certains jours, ses efforts ne donnaient rien, pas même une confession, et il lui était difficile de faire son rapport au roi, que la durée du procès agaçait au plus haut point, surtout depuis l'interdiction des bûchers.

Après l'attaque au cours de laquelle Campbell s'était échappé, Nogaret avait procédé à deux exécutions supplémentaires, en sécurité au Louvre cette fois, mais le pape avait fini par apprendre que tous les chevaliers qui avaient accepté de témoigner finissaient au poteau. Clément menaça alors de suspendre le travail des inquisiteurs si on ne respectait pas ses conditions, et malgré les véhémentes protestations de Philippe et de Nogaret, qui s'appuyaient sur la loi selon laquelle les hérétiques ne faisant pas acte de repentance pouvaient être brûlés vifs à condition d'être livrés par les dominicains, le pape ne s'était pas laissé émouvoir. Au bout du compte, ils avaient dû s'en remettre à la méthode bien plus lente de la torture.

De manière exaspérante, c'étaient plutôt les sergents et les domestiques qui succombaient. La plupart de ces hommes n'avaient jamais vu un champ de bataille et même jamais tenu d'épée. Contrairement aux chevaliers, ils n'étaient pas entraînés pour supporter des châtiments corporels, et n'avaient pas l'endurance nécessaire.

Effrayés, désorientés, soit très jeunes et inexpérimentés, soit vieux et fragiles, ils étaient conduits dans les chambres de torture avant de les forcer à dénoncer les crimes commis par les chevaliers. Comme ils étaient accusés de complicité, ces hommes risquaient l'emprisonnement à vie s'ils avouaient. Mais il leur arrivait plus souvent qu'à leur tour de sortir des chambres de torture les deux pieds devant. Au moment de leur agonie, ils ne recevaient, pas plus que les chevaliers, les derniers sacrements, bien que tous demandassent à se confesser. Leurs cadavres étaient jetés au fond de fosses communes creusées dans des sols non consacrés, en guise d'avertissement pour ceux qui restaient aux mains des inquisiteurs. De cette façon, mois après mois, les quinze mille hommes détenus dans toute la France furent progressivement éliminés. Malheureusement pour le roi, les derniers Templiers en vie étaient des officiers, des commandeurs et des chevaliers endurcis, qui tous avaient renié les aveux lâchés dans des hurlements, sur l'estrapade.

Nogaret avait exploré toutes les voies légales imaginables pour hâter le processus au terme duquel Clément dissoudrait l'Ordre et transférerait ses richesses à Philippe ; tel était l'accord conclu entre les deux hommes. La difficulté était que Philippe n'avait aucune intention de prendre la Croix tant que Clément n'aurait pas condamné le Temple, et que le pape insistait de son côté pour que le procès soit conduit en toute équité. À cela s'ajoutait la maladie de Clément, qui n'en finissait pas de repousser les échéances. L'orgueil de Nogaret était en jeu, désormais. Non seulement l'attaque contre le Temple était son idée, mais il y avait consacré beaucoup de temps et d'énergie. En outre, l'évasion de Campbell, dont le roi l'avait blâmé, l'avait piqué au vif, en plus du fait que le trésor lui échappait. Il avait promis au roi, en toute loyauté, qu'il dirigerait personnellement une mission en Écosse pour retrouver le trésor et éradiquer les chevaliers qui avaient pris le large, de même que Rose et son enfant, dès que le pape aurait dissous le Temple. Philippe avait accepté d'un air renfrogné, visiblement confondu par l'évocation de son fils illégitime.

Nogaret fut tiré de ses pensées en entendant crier son nom. D'abord, il crut que l'un des gardes royaux l'appelait, mais en jetant un coup d'œil par-dessus son épaule, il vit que tous deux avaient arrêté leurs chevaux et regardaient dans la direction d'une petite ruelle qui partait vers Notre-Dame. Il revint vers eux au pas.

— Qu'y a-t-il? Qui m'appelle?

— C'est venu de là, messire, répondit l'un d'eux en plissant les yeux pour essayer de discerner quelque chose dans l'obscurité.

— Qui va là? lança l'autre garde en tirant son épée. Montrez-vous!

Un homme sortit de l'ombre et Nogaret haussa les sourcils, surpris, en le reconnaissant.

— Colonna, murmura-t-il en faisant signe au garde de baisser sa lame. Voilà qui est inattendu. Qu'est-ce qui vous amène ici?

— Il faut que je vous parle.

Nogaret désigna les tours du palais qui s'élevaient un peu plus loin, puis il reporta son regard sur l'Italien.

— Cela devra attendre demain. Je dois faire mon rapport au roi Philippe.

— C'est à propos du pape Clément. Faites-moi confiance, ce que j'ai à vous dire vous intéressera.

Nogaret hésita, mais sa curiosité l'emporta.

— Très bien.

Il descendit de cheval.

— Sans vos hommes, dit sèchement Colonna lorsque les gardes mirent à leur tour pied à terre. Je dois vous parler en privé.

Nogaret hocha la tête à l'intention des gardes.

— Attendez-moi ici.

Il suivit Sciarra qui s'enfonçait dans la ruelle jonchée de détritus. Plusieurs rats s'enfuirent devant eux, ce qui fit sursauter et jurer le ministre.

— Parlez vite, dit-il d'un ton irrité.

Sans répondre, Sciarra continua de marcher, longeant les façades sombres qui s'incurvaient vers la droite. Nogaret se sentit soudain mal à l'aise. Sa main se posa sur le manche de son épée. Il s'apprêtait à répéter son ordre à l'Italien lorsque celui-ci répondit.

— Quand vous avez quitté Anagni, vous nous avez abandonnés aux loups, Nogaret.

Il s'exprimait d'une voix grave, tremblante d'émotion.

— J'ai perdu beaucoup d'hommes lors de l'attaque contre Boniface. Vous m'aviez promis que le roi Philippe nous rendrait notre rang et notre fortune en échange de notre sacrifice. Mais depuis, nous n'avons reçu aucune nouvelle de votre part, ni de la sienne. Pas de pardon, pas de merci, pas de rétribution. J'ai écrit au roi à plusieurs reprises sans obtenir de réponse. Puis j'ai appris que le pape Clément avait levé l'ordre d'excommunication qui avait été édicté contre vous à la suite du meurtre de Boniface. Mais en ce qui me concerne, rien de tel. Sur un mot de votre roi, il l'aurait pourtant fait.

Le malaise de Nogaret céda place à la colère.

— Vous m'amenez ici pour me raconter des sornettes de cet acabit ? Qu'est-ce qui vous prend, Colonna ? Je n'ai pas de temps à perdre !

Il était sur le point de s'en aller, mais changea d'avis.

— D'ailleurs, vous avez eu ce que vous vouliez.

— Non, s'emporta Colonna. Me venger de Boniface n'était qu'une partie de ce que je recherchais. Mon objectif était de restaurer la puissance de ma famille pour qu'elle retrouve sa place, qu'on nous restitue nos forteresses, que mes frères retournent au Sacré Collège et que le nom de ma famille brille de son éclat passé.

Il baissa la voix, mais elle était toujours chargée de colère.

— Vous nous avez trahis, Nogaret. Vous et votre roi.

Le ministre vit le regard de Sciarra s'arrêter furtivement quelque part derrière lui, sur la gauche. Un rat détala et il entendit des bruits de pas sur le sol gelé. Il fit volte-face en dégainant son épée. Deux hommes sortant d'un bâtiment venaient droit sur lui. L'un d'eux tenait à la main quelque chose qui ressemblait à une corde. Sachant qu'il ne pourrait combattre les trois à la fois, Nogaret pivota et porta une botte contre Sciarra, qui avait lui aussi tiré son épée. Le choc des épées résonna dans le silence. Nogaret appela ses gardes mais, tandis qu'il parait les attaques de Sciarra, il n'entendit pas leurs chevaux arriver et supposa qu'ils n'étaient plus en mesure de lui venir en aide. Il esquiva un coup de l'Italien et dans le même mouvement lui décocha un violent coup de pied dans l'estomac qui l'envoya valser contre un tas de bois pourri. Un chien se mit à aboyer. Des volets s'ouvrirent et quelqu'un exigea le silence. Comme les deux hommes arrivaient sur lui, Nogaret s'enfuit en courant. Mais au milieu de la rue, il glissa sur une plaque de verglas et chuta, s'écorchant les mains sur le sol. Son épée lui échappa. Regardant en direction de ses agresseurs, il les vit le poursuivre. Il n'avait pas le temps de ramasser son arme. S'élançant en avant, il essaya d'atteindre le bout de la ruelle, qui n'était pas loin, avec les tours colossales de Notre-Dame qui le surplombaient, quand soudain quelqu'un lui rentra dedans. Il s'étala de tout son long avec un grognement et son assaillant se jeta sur lui, l'empêchant de respirer. Il sentit des mains le saisir, le mettre à genoux et lui tirer brutalement les bras dans le dos. Nogaret se débattit tant qu'il put, mais sans pouvoir empêcher qu'on lui passe une corde au cou.

— Je vous donnerai ce que vous voulez ! s'époumona-t-il tandis que la corde se resserrait. J'irai trouver Philippe, je lui dirai de parler au pape, d'obtenir votre pardon ! Je le jure, Sciarra !

Sciarra s'accroupit devant lui, son visage lugubre éclairé par la lune.

— Clément m'a déjà promis le pardon. Tout ce que vous pouvez m'offrir, Nogaret, c'est votre dernier souffle.

Il fit signe aux hommes qui encadraient Nogaret.

— Non ! cria Nogaret.

Mais son hurlement fut étouffé par l'homme qui tirait sur la corde. Nogaret sentit sa gorge compressée. Une rage folle l'envahit. Clément était sa marionnette ! Son instrument ! Il n'était *rien*, et sûrement pas l'artisan de sa mort ! Il suffoquait, et la panique prit le pas sur la fureur. Sa langue gonfla, se fraya un chemin entre ses dents. Il fut bientôt pris de convulsions et les hommes, au prix de gros efforts, le maintinrent à leur merci. La vue de Nogaret commença à se brouiller, mais il vit Sciarra se remettre debout. Derrière lui, la cathédrale Notre-Dame remplissait son champ de vision, blanche et impérieuse, création vertigineuse née de l'intarissable dévotion des hommes.

44

Le palais royal, Paris

18 mars 1314 après J.-C.

Philippe s'observait dans le miroir tandis qu'autour de lui les domestiques s'activaient en tous sens. Au fond, son reflet étincelait à cause de ses bagues qui captaient la lumière provenant des hautes fenêtres de la chambre. De la poussière tourbillonnait dans les volutes de fumée d'encens frappées par les rayons obliques du soleil. Levant une main, Philippe ajusta sa couronne. Il ressemblait à un portrait de roi : parfait dans sa majesté, avec ses robes de samit blanc, symbole de pureté, flottant autour de lui, et la couronne d'or, posée sur ses cheveux grisonnants, incarnation même de la dignité. Il affichait un froid sourire de triomphe tandis que ses domestiques dépliaient avec des gestes pleins de révérence une cape rouge vermillon doublée d'hermine. Cet habit de cérémonie appartenait à son grand-père. Lui, Philippe, serait couvert désormais de la cape d'un saint. Quand ils eurent posé le vêtement sur ses épaules, défroissé les derniers plis et fermé le col par une agrafe d'or, son reflet fut fidèle à ses attentes. Il était prêt. Après sept ans d'attente.

Le procès contre l'Ordre du Temple avait été l'épreuve la plus difficile de son règne, de sa vie même, pleine de retards et de frustrations qu'il n'aurait jamais imaginés lorsque Nogaret en avait conçu l'idée au Louvre. Après le pacte secret passé avec Clément, leur entente avait dégénéré en une guerre larvée, le pape s'étant montré de plus en plus hostile et obstiné à mesure qu'il vieillissait et que sa maladie empirait. Aux mois d'interrogatoires et de tortures avaient succédé des années d'assemblées et de conciles, de débats et de querelles enflammées. Le meurtre de Nogaret, toujours non résolu, avait porté un mauvais coup au roi, mais bien qu'il eût perdu l'architecte du procès, la fameuse liste d'accusations dressée par le ministre lui avait survécu, ainsi que le témoignage accablant d'Esquin de Floyran.

Traqués, les chevaliers avaient été capturés à Chypre, au Portugal, en Espagne, en Allemagne, en Angleterre, en Italie et en Irlande. Dans tous ces royaumes, l'émoi et la défiance suscités par ces accusations avaient néanmoins déclenché des cris outragés et des appels à la justice. Les ministres de Philippe avaient dû travailler dur pour saper les soutiens des Templiers. Clément exigeait sans cesse que les domaines et les biens des chevaliers dans ces pays lui soient directement dévolus, déclarant que, si le Temple était dissous, il les transférerait aux Hospitaliers. Ce qu'on savait moins, c'est que Philippe ne tarderait pas à être élu grand maître des chevaliers de Saint-Jean.

Finalement, trois ans plus tôt, le pape avait tenu un concile général de l'Église à Vienne. Entre autres affaires, il était convoqué pour débattre des projets du pape concernant une nouvelle croisade, mais l'intérêt de Philippe, au cours de ces laborieuses délibérations, s'était concentré sur la promulgation d'une bulle papale, *Vox in excelso*. Pour le roi, elle n'exprimait pas l'approbation officielle de son entreprise ainsi qu'il avait espéré, mais cela ne changeait rien à l'issue. Clément ne déclarait pas l'Ordre coupable des cent vingt-sept chefs d'accusation, et se contentait de dire, sur l'avis de la commission papale, que rien n'avait pu être prouvé. Cependant, la réputation du Temple avait été si irrévocablement endommagée qu'il lui aurait été impossible de continuer à servir la Chrétienté et qu'il fallait donc le démanteler, en affectant les richesses acquises par l'Ordre au cours des deux derniers siècles à ce que les chevaliers n'avaient au bout du compte pas été en mesure d'accomplir : la libération de Jérusalem.

Après cela, et malgré le serment fait au pape, Philippe avait longtemps rechigné à prendre la Croix. Il n'avait aucune envie de risquer sa vie en Outremer pour ce qu'il considérait être une cause perdue. Son grand-père – ainsi que tant d'autres – avait payé de sa vie le fait d'avoir posé le pied sur ces rivages. Mais comme il ne voyait pas d'autre moyen de récupérer la fortune du Temple, il s'était plié aux demandes pressantes du pape.

Et en ce moment précis, alors qu'il quittait sa chambre, salué par les ministres et par les gardes, et qu'il entendait le rugissement lointain de la foule amassée derrière les murs du palais et le battement des tambours qui résonnait au plus profond de lui, Philippe éprouvait une soudaine excitation. Cela n'avait pas d'importance qu'il n'en finisse jamais avec cette croisade; avant lui, beaucoup de rois avaient pris la Croix. Ce qui comptait, c'était que son peuple pensât à lui en ce jour mémorable. Ce qui comptait, c'est qu'en franchissant les portes du palais, il marche dans les traces de son grand-père et que cela lui valût les acclamations de ses sujets, déferlant sur lui comme une vague.

À la tête du cortège royal, se trouvait Guillaume de Paris, le confesseur de Philippe vêtu de noir, l'homme qui avait envoyé des centaines de Templiers à la mort. À ses côtés marchait l'évêque de Paris, portant haut sa crosse, ainsi que de nombreux dignitaires de l'Église, prélats, archevêques et évêques, tous habillés de leurs robes de cérémonie. Des acolytes balançaient des encensoirs en chantant des hymnes dont les paroles s'élevaient au-dessus de la cacophonie de la foule bordant le chemin vers Notre-Dame. Des enfants aux joues fraîches, la tête couronnée de lauriers, jetaient des poignées de pétales de roses devant le roi, de sorte qu'à chaque pas, Philippe posait le pied sur un tapis moelleux rose et blanc. Il était entouré de ses fils et de leurs femmes, ainsi que de ses frères et de leurs enfants. Ils étaient ducs, comtes, princes et seigneurs du royaume, et étaient accompagnés par leurs chevaliers en cottes de mailles étincelantes, portant leur heaume sous le bras. La suite la plus imposante était celle du roi Édouard II d'Angleterre et de sa femme, la fille de Philippe, Isabelle. Tous deux se tenaient à l'écart l'un de l'autre, Édouard avançant avec ses chevaliers, Isabelle avec ses dames de compagnie.

Le long de la route, les gardes royaux faisaient barrage à la foule qui se pressait. Le roi avait décrété une semaine de repos et à travers toute la ville, on avait disposé des bannières en haut des bâtiments qui constituaient un gigantesque chaos bariolé. De l'arrière des voitures royales qui circulaient dans Paris, on jetait des friandises et du pain d'épice que des hordes de chiens et d'enfants se disputaient. Les taxes ne seraient pas levées pendant une semaine et il n'y aurait pas de péage aux ponts. Philippe voulait s'assurer que ses sujets viendraient l'adorer en ce jour, pour montrer à toute la noblesse combien il était aimé. Voilà ce dont se souviendrait le peuple, au lieu des impôts sans fin, des maigres récoltes, de la dévaluation de la monnaie, du procès contre les Templiers, du massacre des Juifs et des attaques contre l'Église. Ce jour et nul autre, Philippe en était convaincu, vivrait éternellement dans leurs esprits. Quand il franchit les grandes portes de Notre-Dame, pour la première fois de sa vie, il s'avança sans crainte dans la maison de Dieu.

À l'intérieur, Clément et cinq cardinaux du Sacré Collège patientaient. Le pape, pâle reflet de l'homme qu'il avait été, était assis sur le trône devant l'autel, courbé, une croix d'or entre ses mains tremblotantes. Pendant que, dans son dos la noblesse prenait place sur les bancs et que les voix du chœur s'élevaient, limpides et frémissantes, vers la voûte lointaine du plafond, Philippe se mit à genoux, la cape de son grand-père se répandant autour de lui. Quand psaumes et prières furent prononcés, le pape se pencha en avant et le roi de France tendit la main pour recevoir la Croix.

Dès que ses doigts se fermèrent sur l'or massif, Philippe ressentit un élan de sainteté comme il n'en avait jamais éprouvé. Il en rougit d'excitation, espérant enfin entendre la voix de Dieu, mais avant qu'il ait pu essayer d'écouter, des nobles se pressèrent autour de lui en jurant de lui prêter fidèlement assistance dans sa guerre contre les Sarrasins. Philippe accueillit distraitement leurs serments, l'esprit déjà préoccupé par les richesses du Temple qu'il faudrait bientôt faire rentrer dans ses propres coffres. La cérémonie terminée, et maintenant qu'il avait tenu ses promesses, Clément n'aurait d'autre choix que de tenir les siennes. Toutefois, avant que chacun eût rempli les engagements du pacte, restait une dernière chose à faire.

Lorsque l'Ordre avait été dissous, les Templiers ayant survécu au procès en France avaient été condamnés soit à la prison, soit à finir leur existence dans divers monastères. Dans les autres royaumes, les sentences furent moins dures, les chevaliers ayant toute licence de faire ce qu'ils voulaient. Mais comme la plupart avaient passé toute leur vie au service du Temple, qui pourvoyait à leurs besoins, ils n'avaient guère de possibilités. Certains devinrent mercenaires, d'autres mendiants. Les seuls à l'encontre desquels un verdict final n'avait pas été rendu étaient les officiers de Paris. À cet instant, comme on les menait à travers l'assistance tumultueuse qui les insultait et leur crachait au visage vers les marches de Notre-Dame, Clément était prêt à prononcer sa sentence.

Jacques de Molay, Geoffroy de Charney, Hugues de Pairaud et Geoffroi de Gonneville, le maître d'Aquitaine, étaient debout en rang devant le pape. Hagards, squelettiques, hirsutes, ils avaient le visage grisâtre à cause de leur enfermement. Cependant le grand maître, malgré les différentes blessures qui l'empêchaient de se tenir droit, garda la tête haute quand le pape prit la parole d'une voix frêle.

En dépit du fait que la culpabilité de l'Ordre lui-même n'avait pu être prouvée, les quatre hommes avaient admis leurs crimes à de nombreuses reprises. En conséquence, déclara Clément, ils étaient condamnés à la prison à vie, et dans le plus strict isolement. À peine capables de tenir debout, Hugues de Pairaud et Geoffroi de Gonneville ne réagirent pas, n'entendant apparemment pas ce qui se disait, ou ne le comprenant pas. En revanche, Jacques de Molay s'efforça de déplier son corps rompu. Bien qu'il fût placé sur les marches inférieures par rapport au roi et à l'assemblée des nobles, le grand maître semblait dominer tout le monde de sa carrure imposante.

— L'ordre du Temple fut créé pour défendre le peuple de la Chrétienté. Ses enfants ont versé leur sang dans les déserts de Palestine. Il s'est comporté avec noblesse dans chacun de ses actes, s'est montré preux sur les champs de bataille, honorable dans les affaires et pur en servant le Seigneur. Cela reste vrai aujourd'hui, comme ce le sera demain, sinon en ce royaume, du moins dans le prochain. (Jacques poursuivit en plantant ses yeux vitreux dans ceux de Philippe.) Le jour viendra où les mensonges répandus par de viles créatures seront balayés, et le monde verra que nous sommes innocents. Je nie tout ce que j'ai confessé, n'ayant avoué que pour mettre fin à la torture. (Il se tourna alors vers la foule devenue silencieuse derrière lui, et s'adressa à elle en haussant la voix :) Je nie toutes les accusations portées contre mes frères et moi. Le Temple est innocent.

Philippe vit avec colère Geoffroi de Charney se tourner à son tour et ajouter ses propres dénégations à celles du grand maître. Pour l'instant, Pairaud et Gonneville ne disaient rien mais le roi n'avait nullement l'intention de les laisser s'exprimer. La foule s'agitait, parcourue de murmures. Il sentait que la déférence et l'adoration qui lui étaient dues, à la vue du grand maître et de sa fougue, cédaient place à une certaine curiosité, et même à une forme d'effroi. Philippe s'approcha vivement de Clément, que le tour pris par les événements déconcertait.

— Votre Sainteté, lui glissa-t-il à l'oreille, ces deux hommes sont des hérétiques endurcis. Vous devez prononcer une sentence plus sévère, sous peine de voir l'infection se répandre. Vous devez les condamner.

— Les condamner ? dit le pape en le fixant.

— Au bûcher, précisa Philippe en soutenant son regard. Molay et Charney doivent être placés sous mon autorité et être exécutés. Telle est la loi.

Clément reporta son regard sur Jacques, les deux bras levés face à la foule, christ crucifié sur les marches du chœur de la cathédrale. Ses yeux se fermèrent. Le grand maître aurait pu se repentir et sauver sa vie, mais par cette action il avait scellé son destin. Philippe avait raison : telle était la loi.

— Très bien, murmura-t-il.

45

Le palais royal, Paris

18 mars 1314 après J.-C.

Les pelouses des jardins royaux, humides, scintillaient dans la lumière du soir. La pluie qui s'était abattue dans l'après-midi s'était éloignée vers l'est, laissant derrière elle une ville noyée sous l'eau. Le soleil était bas sur l'horizon, sous un gigantesque nuage noir, et baignait les rues d'une lumière crépusculaire ambrée.

Les ombres des hommes s'étiraient devant eux tandis qu'ils traversaient les jardins en direction d'une petite porte dissimulée dans l'enceinte du palais par des voiles de lierre dégoulinant. Ils la franchirent à la file. Derrière eux, la cloche de Notre-Dame commença à sonner, le son de son carillon couvrant toute l'île, mais les rues du Quartier latin restèrent étrangement calmes, même lorsque les autres cloches se joignirent à l'appel des vêpres. Les habitants de Paris n'iraient pas prier. Ils étaient tous amassés sur les rives de la Seine et leurs milliers d'yeux étaient tournés sur une autre île désolée au milieu du fleuve où avait été dressé un bûcher. La foule, qui n'avait cessé de grossir tout l'après-midi après l'annonce du pape, faisait silence, dans l'expectative. Cependant, quand les hommes sortirent du palais royal et se dirigèrent vers le pont de bois, un murmure la traversa. Tous les yeux se tournèrent vers les deux hommes dont ils étaient venus assister à la mort.

Jacques de Molay et Geoffroy de Charney, chancelant entre les gardes royaux, ne portaient qu'un simple pagne qui ne cachait rien des ravages laissés par sept ans de tortures. Tous deux avaient été rasés à cru, crâne et menton, leur peau rougie en témoignait. Derrière eux marchaient le dominicain, Guillaume de Paris, trois cardinaux et deux bourreaux cagoulés. Le roi s'avança en dernier et resta sur la rive pendant que le groupe traversait le pont. Le pape, en revanche, n'était pas présent.

Pieds nus, Jacques glissa dans la boue et tomba avant d'arriver au pont. Les soldats se précipitèrent pour le remettre debout mais il rejeta leurs mains tendues et préféra s'appuyer aux poteaux branlants du pont pour se relever. Les murmures excités de la foule s'apaisèrent lorsque le grand maître posa le pied sur le pont et traversa le fleuve, chaque pas le rapprochant de l'Île-aux-Juifs et de son bûcher. Geoffroi de Charney le suivit, les yeux braqués sur le dos couvert de cicatrices du grand maître. Puis les bottes de mailles des gardes produisirent un son creux contre le bois.

De l'autre côté, les bourreaux prirent les choses en main, ordonnant aux soldats d'emmener les deux hommes au poteau qui s'élevait au centre du bûcher. Lorsqu'ils s'emparèrent de lui, les jambes de Charney cédèrent et il s'écroula. Retenant sa respiration, la foule regarda les gardes l'abreuver d'insultes et le saisir sous les bras. Jacques fit demi-tour et s'approcha de Geoffroi, à terre. Il s'accroupit devant lui et prit ses mains dans les siennes. Le roi tendit le cou, le front plissé, en voyant les gardes s'écarter, hésitants. Personne sur les rives n'entendit ce que dit le grand maître, mais Geoffroi finit par se remettre debout, bien que chancelant. Et, côte à côte, les deux hommes franchirent seuls les derniers mètres qui les séparaient du bûcher.

Une grande planche de bois avait été jetée au-dessus du tas de branches et de paille. Les bourreaux y firent grimper les deux Templiers, puis ils les collèrent au poteau, dos à dos, et les attachèrent. Le bûcher était assez surélevé pour que chacun, sur les rives, puisse voir leurs visages que le coucher de soleil baignait d'une lumière mordorée. Les bourreaux descendirent de la planche et la retirèrent. L'un d'eux arracha une torche des mains de Guillaume de Paris. Quand il l'enfonça dans la paille fourrée entre les branches et les poutres, la foule poussa un rugissement approbateur. Des fumerolles s'élancèrent dans le ciel et des flammèches orange commencèrent leur ouvrage destructeur. Le second bourreau s'empara d'une autre torche et alluma l'autre côté du bûcher. Après avoir déclenché quatre foyers, les deux hommes reculèrent de quelques pas et regardèrent la scène, comme toute la ville.

Le bas du bûcher commença à s'embraser, le bois craquant et crépitant. La fumée s'épaissit et les condamnés se mirent à tousser, leurs corps se contorsionnant dans leurs liens, mais les bourreaux avaient veillé à préparer le feu pour qu'il ne produise pas trop de fumée. Le roi leur avait précisé qu'il voulait un feu lent avec un minimum de paille, de telle façon que les hommes ne meurent pas d'asphyxie avant d'être dévorés par les flammes. À cet instant, alors que la chaleur du bûcher leur brûlait la voûte plantaire, les victimes se mettaient généralement à crier, à protester ou à demander pitié, parfois à prier. La foule ne fut donc pas surprise d'entendre soudain la voix de Jacques tonner au-dessus des flots. Mais ce qu'elle entendit la stupéfia.

— Devant le Ciel et la Terre, et à vous tous ici présents, je déclare que l'ordre du Temple est innocent.

La fumée lui enrouait la voix, mais son autorité naturelle fit taire tous ceux qui parlaient.

— Le Christ sait que nous sommes innocents, comme il sait que sont coupables ceux qui nous ont condamnés. Je dis que ces hommes, les vrais coupables, en répondront devant le tribunal de Dieu. Car nul homme, fût-il roi ou pape, n'échappe au jugement divin !

Cette déclaration ne provoqua ni applaudissements ni sarcasmes dans la foule attentive. Certains détournèrent les yeux quand les flammes, désormais hautes, s'attaquèrent au bois sous les pieds des hommes. Sur la rive, Philippe, blême, les regarda brûler.

À l'écart sur la rive gauche, face à l'île, deux hommes cagoulés continuèrent à observer tandis que les paroles de Jacques parvenaient jusqu'à eux. Malgré leur âge, ils étaient tous les deux grands et bien bâtis, bien que l'un s'appuyât lourdement sur un bâton, ses cheveux grisonnants tirés en arrière durcissant encore les traits de son visage.

— On dirait qu'il sait.

Will tourna la tête vers Robert. Il devait pivoter complètement et faire face à son ami, car une bande de cuir recouvrait son orbite droite.

— En un sens, il sait. Il est innocent. Au bout du compte, Dieu sera seul juge.

Robert ne détachait pas son regard du grand maître et de Charney qui agonisaient tandis que le feu faisait rage autour d'eux.

— Et nous ? Ne sommes-nous pas à blâmer ?

Will reporta son attention vers le bûcher. Les flammes se reflétaient sur l'eau qui coulait entre la rive et l'île, faisant miroiter la Seine.

— Non.

Robert le dévisagea.

— C'est la première fois que je t'entends avoir l'air aussi sûr de toi.

— Le voyage a été long. J'ai eu beaucoup de temps pour réfléchir.

Will s'aperçut que son camarade attendait davantage d'explications.

— Tous les grands empires finissent par s'écrouler, Robert. Rien ne dure indéfiniment. Le monde change et broie ceux qui refusent d'évoluer au gré de ses convulsions. Je pense que cette notion échappait à Everard. Ses croyances étaient fortes, plus fortes que les miennes, mais elles restaient prisonnières du cadre rigide de son esprit. Il ne voyait pas au-delà de ses ambitions, refusant de constater que le monde prend plusieurs directions à la fois, rendant impossible l'accomplissement de certains de ses projets. Il disait toujours que l'Anima Templi ne pouvait survivre que si le Temple lui-même perdurait, qu'il fallait au Cercle l'argent et les ressources de l'Ordre pour poursuivre ses buts. Je ne le crois pas. Un rêve n'existe pas à travers des organisations, des murs, des lois ou de l'or. L'espoir non plus. Ces choses existent en nous et attendent de se manifester par nos actions et nos paroles. Nous sommes faits de nos rêves, Robert, ils nous façonnent. Il serait plus exact de dire que l'Âme du Temple ne peut exister sans nous.

— Alors tu crois que nous pouvons continuer?

— C'est ce que nous faisons déjà.

Robert eut un rire sans joie.

— Je suppose que tu as raison.

Se détournant du bûcher, Will se fraya un chemin à travers la foule en s'appuyant sur son bâton. Il ne s'était jamais vraiment remis de certaines des blessures infligées dans la prison du roi et le voyage depuis l'Écosse l'avait épuisé. Robert le suivait, et la foule se refermait derrière eux. Une fois à l'écart de l'assemblée, Will lui tendit le sac qu'il portait.

Quand Robert s'en empara, le sac laissa apparaître un vêtement blanc, avant qu'il ne le balance sur son épaule.

— Une dernière fois, dit-il tranquillement.

Will regarda ailleurs.

— Je n'aime pas ça. Que tu le fasses tout seul. Je devrais y aller avec toi.

— Je ne suis pas seul, répondit Robert en désignant d'un geste les deux hommes qui attendaient un peu plus loin, à l'entrée d'une ruelle, habillés comme eux. Et sans vouloir t'offenser, ajouta-t-il en faisant allusion au bandeau de Will, tu es un danger pour tout le monde avec un arc entre les mains.

Son sourire s'évanouit.

— Il faut le faire. Tu as pris la bonne décision. Nous ne pouvons pas courir le risque d'une autre croisade.

— Je sais. Mais aujourd'hui, cela ressemble plutôt à une vengeance.

— Tu sais que la paix a un prix, Will. Et il est toujours élevé.

Will songea un instant à Everard, qui croyait intimement que la paix ne s'achetait parfois qu'avec du sang. Il l'avait longtemps désapprouvé, mais après tout ce qu'ils avaient vécu ces dernières années, il se pouvait que le vieillard eût raison dès le départ. Will serra la main que lui tendait Robert. Ensuite, il attendit que son vieux camarade fût hors de vue et il s'éloigna, seul. Derrière lui, le bûcher brillait comme un soleil dont la lumière aurait englouti les deux condamnés.

Le prieuré dominicain, près de Carpentras,
royaume de France, 20 avril 1314 après J.-C.

— Monseigneur, malgré mes remèdes, j'ai peur que le voyage depuis Paris ne l'ait trop fatigué. Peut-être que s'il se reposait le temps que sa fièvre descende…

— Il voulait préparer la croisade, répondit le cardinal d'un air ennuyé. N'y a-t-il rien que nous puissions faire ?

— Je vous suggère de prier pour lui, dit doucement le médecin.

Après un instant de silence, le cardinal opina.

— Je comprends. Merci.

Lorsque le médecin fut parti avec les deux dominicains en robe noire qui l'accompagnaient, il pénétra dans la chambre. Trois autres cardinaux du Sacré Collège faisaient cercle autour d'un grand lit. Lorsqu'il referma la porte, ils tournèrent tous des yeux interrogateurs dans sa direction. Il secoua la tête.

Sur le lit gisait Clément. Le pape respirait péniblement. Il avait les yeux clos mais ses paupières papillonnaient. Quand le cardinal qui venait d'entrer s'assit au bord du lit, il s'agita et lui prit la main. Son visage était d'une pâleur cadavérique, sa peau tirée sur ses os comme si rien ne les séparait, ni muscles ni sang. La maladie dont il souffrait depuis des années l'achevait, dévorant ses organes et lui retirant toute force pour ne plus laisser de lui qu'une coque vide où s'entrechoquaient en vain ses espérances et ses projets.

Dehors, une cloche battit le rappel pour l'office de l'après-midi et des portes claquèrent au loin comme les moines allaient prier. Les yeux de Clément s'ouvrirent faiblement. Son regard perdu au-dessus des têtes inclinées des cardinaux alla se poser sur une image fixée au mur en face du lit. C'était une image de Jérusalem brodée en soie. Il y discerna des dômes blanc et or sous un ciel éternel et une larme roula au coin de son œil.

— Non, dit-il dans un souffle en sentant son cœur au bord de la rupture. Pas encore. Je dois voir cela.

— Votre Sainteté ? fit l'un des cardinaux, qui n'avait pas distingué les mots prononcés d'une voix frêle par le pape.

Clément tourna la tête vers lui.

— J'ai promis à Raoul.

— Qui est Raoul ? s'enquit doucement le cardinal.

Mais le pape ne répondit pas et se tourna vers les autres, qui secouèrent la tête d'un air perplexe.

Quand la cloche de nonnes s'arrêta, la main du pape cessa de serrer celle du cardinal et sa tête s'enfonça un peu plus dans l'oreiller.

Château de Vincennes, royaume de France,
29 août 1314 après J.-C.

Philippe lança son cheval au galop sans attendre les autres. La verdure du bois, au loin, lui était une promesse de liberté et il ne voulait pas perdre un instant. La jument blanche s'engagea à toute allure sur le chemin qui sinuait entre les arbres, soulevant des nuages de poussière. Le roi suivait le rythme, tenant d'une main les rênes, et de l'autre portant le faucon dont la longe et les jets étaient enroulés autour de ses doigts. C'était un jeune faucon pèlerin femelle, très vif, cadeau de son gendre le roi Édouard. Mademoiselle était morte l'année précédente et il n'avait pas fait voler d'oiseau depuis, mais la chasse lui manquait et il avait souvent rêvé ces derniers mois des bois et des bords de rivière du domaine royal. Messire Henri avait dressé le faucon et ils étaient désormais tous les deux prêts à éprouver leur bravoure respective.

Il y avait des mois qu'il était enfermé à Paris, où il se sentait comme un fauve en cage. La mort du pape avait tout compliqué, car si le pape avait décrété dans une bulle que la fortune du Temple devait être transférée à l'Hôpital, aucun document n'attestait de sa décision de placer Philippe à la tête de cet ordre. Le roi avait connu des semaines d'insomnie. Il débattait sans discontinuer avec Guillaume de Plaisans et Pierre Dubois qui cherchaient désespérément une solution au problème. Pour finir, ces rusés juristes, tout en se préparant à donner les richesses du Temple aux chevaliers de Saint-Jean, avaient dressé une liste interminable des dépenses qu'avait occasionnées la détention des Templiers, la confiscation de leurs biens, leur procès. Si les Hospitaliers voulaient s'emparer de tous les domaines, grands et petits, ils devaient payer. Au bout du compte, Philippe avait obtenu gain de cause. La mort de Clément lui avait évité le fardeau d'une croisade pour laquelle il n'avait aucun goût, et les Hospitaliers remplissaient peu à peu ses coffres.

Tandis que le roi chevauchait, il sentit le frottement du cilice contre sa peau. Préoccupé par ces retards, il ne l'avait pas porté depuis longtemps. Au-dessus de lui, par les trouées des arbres, il voyait le ciel teinté de rose à l'est. Il était encore tôt et le soleil venait de se lever. La journée promettait d'être chaude et la rosée, en séchant, produisait une légère brume qui nimbait la forêt d'une aura féerique. Des oiseaux s'envolaient sur le passage du roi. Entendant les aboiements des chiens quelque part derrière lui, Philippe jeta un coup d'œil dans son dos. Il ne voyait plus les courtisans qui l'accompagnaient. Il tira sur les rênes pour ralentir la jument, fit demi-tour et repartit dans l'autre sens. Des cris lui parvenaient, ainsi que l'appel d'un cor. Au détour d'une sente, il aperçut la compagnie. Ils étaient regroupés à l'orée du bois et scrutaient ses profondeurs. Les veneurs, qui suivaient à pied derrière les chevaux, devaient lutter pour tenir les chiens, qui tiraient sur leurs laisses.

— Que se passe-t-il ? lança Philippe en s'approchant.

— Ils ont dû sentir quelque chose, Votre Majesté, répondit l'un d'entre eux en frappant son chien avec un bâton pour le faire taire. Un cerf, je suppose.

— Aussi près du château ? s'enquit Louis, le fils de Philippe, dubitatif.

Philippe fit tourner son cheval pour se placer face aux frondaisons et fouilla les bois du regard.

— Qu'en dites-vous, Votre Majesté ? demanda messire Henri en venant vers lui.

Le vieil homme souriait doucement, de toutes ses rides.

— Chassons-nous ici ou à la rivière ?

Philippe adressa un signe de tête aux veneurs.

— Lâchez les chiens.

Un murmure d'excitation passa d'un courtisan à l'autre tandis que les veneurs s'exécutaient et se mettaient en position. Les chiens bondirent en aboyant furieusement et se lancèrent dans le bois. La chasse commença.

Philippe fut le premier à les suivre en sortant à toute allure du sentier. Il baissa la tête pour passer sous des branches basses, rentrant ses genoux dans les flancs de la jument qui cavalait adroitement entre les arbres. Les hommes se dispersèrent, chacun trouvant son chemin. Une nouvelle fois, Philippe laissa les autres derrière lui, aucun n'étant capable ou n'osant suivre son allure vertigineuse. Tout à son excitation, il affichait un sourire carnassier. Il était le pouvoir personnifié, le maître de toutes choses : son cheval, l'oiseau tueur à son poignet, le sol sur lequel les sabots s'abattaient. Il était le roi, celui qu'on adore et qu'on craint. Il avait vaincu ses ennemis, les avait regardés tomber un à un devant lui. Il avait agrandi son royaume et rempli ses coffres. Dieu ne pouvait plus manquer de le remarquer, désormais. Personne n'était plus puissant, ni plus célèbre, dans toute la Chrétienté.

Devant lui, les aboiements des chiens semblaient s'élever de plusieurs endroits à la fois. Il discerna vaguement, entre les arbres, la meute se séparer et les animaux suivre des directions différentes.

— Nous avons deux cerfs! s'écria-t-il en suivant trois chiens qui avaient pris sur la gauche.

La jument sauta un petit cours d'eau et il accompagna le mouvement en détendant légèrement les jambes. Autour de lui, les bois étaient remplis des cris des chasseurs, chacun cherchant à être le premier à apercevoir la proie. Les sons étaient déformés, ils semblaient se répercuter dans ce labyrinthe d'arbres. Les chiens aboyaient encore plus forts, ils approchaient. En débouchant sur une clairière, Philippe tira doucement sur ses rênes pour ralentir sa monture. Il ne voyait pas les molosses, mais il les entendait grogner. Entre deux chênes, les frondaisons remuaient. Philippe, qui se demandait s'ils avaient attrapé un sanglier, mit pied à terre, le faucon pèlerin toujours à son poignet gauche.

De sa main droite, il tira son épée et s'avança prudemment. Un sanglier aux abois pouvait être mortel. Dans son dos, il entendait son cheval souffler. Comme le jour se levait, une lumière dorée filtrait à travers le feuillage. Les cors et les cris des hommes animaient la forêt. Philippe, sentant que les chiens les avaient fait tourner en rond, plissa le front de déception. Avait-il suivi la mauvaise piste ? Il s'approcha de l'endroit où les chiens grattaient. En écartant les buissons, il vit que les chiens fouillaient dans les entrailles d'un cerf mort. Il était sur le point d'appeler les veneurs lorsqu'il aperçut un trou dans le flanc de l'animal. Cela ressemblait à la blessure d'une flèche. Il se redressa, une soudaine inquiétude s'emparant de lui. Des braconniers ? Sur son domaine ? Les buissons derrière lui craquèrent. Le roi se retourna.

Au milieu de la brume se tenaient trois hommes. Dans les premiers rayons de soleil, leurs manteaux blancs semblaient luire de leur propre éclat et les croix brodées sur leur poitrine étaient aussi écarlates que du sang. L'un d'eux tenait un arc bandé entre ses mains. Il relâcha la corde et la flèche fusa. La trajectoire et la vitesse frappèrent instantanément l'esprit de Philippe, qui donna l'ordre à son corps de se jeter sur le côté. Mais le projectile fut plus rapide. Quand sa pointe affûtée déchira son torse, le roi vacilla en arrière, bras ballants. Son épée au pommeau d'or lui tomba des mains. Le faucon poussa un cri et battit des ailes en tirant frénétiquement sur sa longe, qui fut libérée. Philippe s'écroula par terre, un souffle ténu s'échappait encore de ses lèvres. Étendu sur le dos, il regarda le pèlerin monter en flèche tout en haut dans le ciel bleu. Sa petite silhouette s'élevait en spirales, de plus en plus loin, tandis qu'il restait cloué au sol, s'enfonçant de plus en plus en lui-même, dans le néant.

46

Argyll, royaume d'Écosse

2 novembre 1314 après J.-C.

Les cris des enfants retentissaient, volant dans les airs jusqu'aux oreilles des adultes, qui cheminaient lentement vers le sommet de la colline. Près d'eux, la mer battait la mesure, envahissant la plage puis se retirant. Will s'arrêta au bord de la falaise, avec les rafales de vent qui lui fouettaient le visage et faisaient ployer les broussailles contre ses jambes. Le soleil s'était couché, mais à l'ouest, le ciel conservait encore une faible luminosité, suffisante pour que les quelques îles qui parsemaient l'horizon se découpent en noir sur la bande bleutée du crépuscule.

Certains jours, il restait assis là pendant des heures. Après tant d'années d'incertitude, cette vision, toujours identique, le réconfortait. Et pourtant, dans ces confins, le changement était constant. La mer passait du vert au gris en un instant et la brume pouvait envahir sans qu'on s'y attende les collines pleines de fougères pour venir étaler son voile blanc sur les lochs, dont certains étaient si profonds qu'ils cachaient des montagnes sous leurs eaux calmes. L'été était glorieux, avec des nuits légères et tempérées, mais l'hiver était rude. Appartenir à une communauté avait un sens ici, contrairement à la foule anonyme de Londres, ou à la cohue permanente du labyrinthe qu'était Paris. À certains égards, cela lui rappelait Acre : la même beauté aride, les mêmes plages de sable blanc, les gens accrochés les uns aux autres pour survivre sur une côte rocailleuse.

Will sentit une main se poser sur son bras. Ysenda lui sourit.

— Viens-tu à l'intérieur? Il va faire froid cette nuit.

Elle tourna la tête. Son mari enlaça sa taille avant de faire un signe de tête à Will.

— J'ai trouvé que c'était un bon service, dit John Campbell.

Entendant qu'on l'appelait, il leva les yeux et son visage se plissa en voyant un jeune garçon dévaler en courant la colline. Le garçon s'arrêta, pantelant, en écartant une mèche tombée devant ses yeux.

— Est-ce qu'on peut chercher d'autres pommes dans la réserve?

— Pour quoi faire? demanda John en le prenant sous les bras et en le soulevant. Le garçon quoique maigrichon, était grand pour son âge. Parfois, Will discernait des traits de Philippe sur son visage, ce qui l'avait d'abord perturbé, mais plus il apprenait à connaître son petit-fils, plus ses craintes se dissipaient, car il n'aurait pas pu avoir un tempérament plus différent de celui de son père.

— Pour la laine d'agneau. Christiane a dit que je pouvais m'en occuper.

Le sourire de John s'agrandit. Cette boisson, composée de pommes cuites, de bière et de noix de muscade, était la préférée de la maisonnée.

— Cela m'a tout l'air d'une tâche importante pour quelqu'un d'aussi jeune.

— Je sais le faire.

— J'en suis sûr, répondit John en gloussant et en posant le garçon par terre. Peut-être que ton grand-père pourrait te donner un coup de main?

Le garçon lui jeta un regard plein d'espoir et Will acquiesça.

— Je te rejoins en haut, William.

Ysenda croisa son regard. Prenant le garçon par la main, et le bras de son mari toujours autour de la taille, elle dirigea enfants et adultes sur le chemin qui menait vers la maison.

— Bientôt, tu ne pourras plus rien faire sans lui, tu sais.

Will ne se retourna pas. Une main froide se glissa dans la sienne et il ferma les yeux en sentant sa fille poser doucement sa tête sur son épaule. Ils restèrent là un moment, sans rien dire. Puis elle pressa légèrement sa main.

— Je ferais mieux d'aider à préparer le festin.

Rose prit le temps de serrer contre elle la cape que le vent ne cessait de rabattre en arrière.

— Je vais arranger la salle.

C'était une nuit de célébration. Ce soir, ils boiraient à la fin de l'année et remercieraient Dieu de les bénir. Mais c'était aussi une nuit empreinte de tristesse, la fête des morts, et les âmes de ceux qu'ils avaient connus les accompagneraient. Dans la chapelle, ils venaient de réciter des prières pour les défunts et un siège supplémentaire serait disposé pour eux autour de la table du festin. Ce soir, l'air lui-même était saturé de souvenirs. En cet instant, au bord de cette falaise pratiquement plongée dans le noir, il les sentait se presser autour de lui : ses parents, Elwen et Owein, Everard et Elias, William Wallace, Jacques de Molay et même Garin. Il demeura là encore un long moment avant de remonter le chemin en s'appuyant sur son bâton.

En approchant de la maison, Will entendit la voix forte et claire de David venant de l'intérieur. Son neveu était arrivé une semaine plus tôt, la tête pleine d'histoires sur le roi Robert. Il y avait bien eu quelques petites escarmouches avec les Anglais au fil des ans, mais Édouard II, contrairement à son père, n'était pas un guerrier et, lors d'une bataille l'été précédent, Robert Bruce avait repoussé le roi et ses hommes de l'autre côté de la frontière. Isolé comme il l'était sur cette côte, ces événements paraissaient très lointains à Will. Il était temps que des gens plus jeunes se forgent leur propre histoire, leur propre légende. Lui se consacrait à ses réflexions. L'année précédente, il avait commencé à ajouter ses mots à ceux tracés par Everard sur le vieux parchemin jauni qui buvait avidement l'encre de sa plume. Il ne semblait plus aussi important de garder les secrets de l'Anima Templi aujourd'hui. En fin de compte, il trouvait même plus approprié de dire la vérité, et il écrivait donc en toute liberté sur le Cercle, sur les hommes du Temple, et sur son Âme.

Will atteignait la porte lorsqu'il perçut des bruits de sabots. Il se retourna et vit un cheval remonter au galop la colline vers lui. Fronçant les sourcils, il scruta les ténèbres pour essayer de distinguer le cavalier. Et son front se plissa davantage encore lorsqu'il entendit son nom lancé au milieu du martèlement des sabots. Soudain, il le reconnut.

Robert arrêta son cheval, en descendit prestement et, après avoir lancé un appel par-dessus l'épaule dans la maison, Will alla à sa rencontre, soulagé à la vue de son si vieil ami.

— C'est fait, dit tranquillement Robert quand Will l'eut salué.

John était sur le seuil.

— Prévoyez un autre couvert! s'écria-t-il à la cantonade tandis que Will et Robert le suivaient dans la maison et qu'un des domestiques se dépêchait de s'occuper de la monture fatiguée du chevalier.

— J'ai rapporté ça avec moi, dit Robert en s'arrêtant sur le seuil et en tendant son sac à Will. J'ai pensé que le mieux serait de les brûler.

Will prit le sac et jeta un coup d'œil à l'intérieur.

La tête de son petit-fils apparut à la porte de la cuisine.

— Christiane dit que tu dois nous aider.

— Elle a dit ça ? fit Will avec un demi-sourire. Réponds-lui que j'arrive dans un instant.

Il emmena Robert vers une pièce désertée qui donnait sur le vestibule. Lorsqu'ils passèrent devant la cuisine, Will aperçut son petit-fils grimper sur un tabouret pour être à hauteur de la table où Christiane et Rose pelaient une pile de pommes ridées. Ysenda était accroupie devant Ede près de l'âtre et Simon s'entretenait avec David, qui servait deux cruches de bière.

— Est-ce que tu vas lui en parler ? demanda Robert quand ils furent dans la pièce.

Les domestiques avaient mis des bûches dans le feu et les flammes crépitaient, emplissant la chambre de l'odeur âcre du bois se consumant.

— À ton petit-fils ?

Will ferma la porte et se tourna vers Robert.

— Pour son père ? L'heure venue, oui. Il a le droit de savoir d'où il vient. Il y a eu trop de mensonges dans cette famille.

Il s'approcha d'un coffre près de la fenêtre. Ouvrant le sac, il en retira les trois manteaux qu'il déposa au fond du coffre, à côté du livre d'Everard et du pommeau de l'épée brisée de son père que Rose avait sauvé au palais.

— Il ne reste pas grand-chose, n'est-ce pas ? murmura Robert en regardant par-dessus l'épaule de Will. Pas après deux cents ans…

— Ce n'est pas tout, dit Will en croisant son regard. Nous avons le trésor.

— Tu as décidé ce que tu veux en faire ?

— Je ne suis pas certain que ce soit à nous d'en décider, répondit Will après un silence.

— Qui, alors ?

— Ceux qui viendront après nous

Will posa son regard sur le pommeau et les trois manteaux rangés dans le coffre.

— Ceux qui portent l'avenir en eux.

— Et nous ? Qu'allons-nous faire maintenant ?

Will ferma le coffre et se releva.

— Nous en parlerons demain.

Il posa une main sur l'épaule du chevalier et lui sourit.

— Ce soir, festoyons.

Les deux hommes quittèrent la chambre côte à côte, Will s'appuyant lourdement sur son bâton. Puis ils pénétrèrent tous deux dans la cuisine bondée, où les accueillirent des voix chaleureuses et des rires cristallins.

NOTE DE L'AUTEUR

En 1999, dans un bar, j'écoutais deux amis discuter des Templiers. Je n'en avais jamais entendu parler, mais je fus immédiatement intriguée par ces moines guerriers. Quelques mois plus tard, je tombai sur *Le Procès des Templiers*, de l'historien Malcolm Barber, qui expliquait en détail la chute de l'Ordre. Je le lus en un après-midi et quand je le terminai, je sus qu'il fallait que je raconte cette histoire. Au départ, je m'embarquai pour un seul roman, mais plus je faisais de recherches sur les chevaliers, plus je découvrais la richesse de cette période : les croisades, l'émergence des Mamelouks, la politique, les intrigues de cour, et il ne fallut pas longtemps au livre pour se transformer en trilogie. En commençant *Requiem* en 2007, j'ai eu le sentiment de boucler la boucle, la fin des Templiers étant l'histoire qui m'a inspiré le reste. J'explorais les voix de personnages qui ont hanté mon esprit pendant dix ans, mais j'écrivais aussi ce qui est sans doute la plus connue des trois périodes couvertes par la trilogie.

Comme pour *Le Livre du Cercle* et *La Pierre noire*, j'ai apporté quelques légères modifications à l'histoire, essentiellement chronologiques, mais comme une grande partie de l'intrigue de *Requiem* est basée sur des événements et des personnes réels, j'ai pensé qu'il était utile de préciser où la fiction et la réalité se rejoignent. Les altérations consistent le plus souvent en des simplifications, les événements s'étant étendus sur une durée beaucoup plus longue ou ayant des ramifications plus complexes que celles que j'expose. L'art du roman historique exige souvent de trancher entre exactitude historique et changements destinés à rendre l'intrigue plus intéressante ou accessible. Et cela est d'autant plus nécessaire lorsque vous couvrez dix-neuf années en un seul ouvrage.

Par exemple, j'ai simplifié la guerre entre la France et la Flandre, même si les matines de Bruges, la défaite des Français à Courtrai et l'alliance entre Édouard et Guy de Dampierre ont vraiment eu lieu. La révolte en Gascogne contre les forces royales françaises a eu lieu en 1303, et non en 1302, et Bertrand de Got était à Rome à ce moment-là. Philippe IV a bien banni les Juifs de France, mais pas avant 1306 ; et son grand-père, Louis IX, fut canonisé un peu plus tard que dans le roman. La bulle de Boniface, *Clericis laicos*, fut promulguée en février 1296, et *Unam sanctum* en novembre 1302. Guillaume de Nogaret est mort vers 1313 plutôt qu'en 1308, et Philippe ne prit la Croix qu'un an après la scène décrite dans *Requiem*. Le roi lui-même mourut d'un accident de cheval en novembre 1314.

Afin de garder une certaine cohérence dans la hiérarchie du Temple, j'ai ignoré certains officiers qui étaient en réalité des hommes importants, à l'instar du maître de France. Il arrivait parfois qu'après la mort d'un homme, son poste restât inoccupé durant un long moment, et il n'était pas inhabituel pour un officier d'avoir deux titres à la fois. Hugues de Pairaud fut, pendant un temps, à la fois visiteur et maître de France.

Aussi incroyable que cela puisse paraître, l'attaque contre le pape Boniface à Anagni, menée par Guillaume de Nogaret et Sciarra Colonna, s'est avérée, et ma description est probablement assez proche de la réalité (il existe des rapports suggérant qu'à leur arrivée, des Templiers entouraient le pape), mais, là encore, j'ai condensé la séquence d'événements afin de ne pas briser le rythme. L'attaque du convoi de Boniface fuyant la ville par les hommes de Colonna n'est qu'une hypothèse. Ce qu'on sait, c'est que le pape est mort à Rome plusieurs semaines après cet épisode. Certains affirment qu'il est devenu fou, d'autres que son cœur a lâché. La mort de son successeur, Benoît XI, s'est entourée de mystère, mais des rapports indiquent qu'il est décédé après avoir mangé des figues empoisonnées, et la théorie selon laquelle Philippe et ses ministres seraient concernés circule.

La procédure à l'encontre des Templiers fut une affaire terriblement compliquée, avec de multiples rebondissements. Bien que fascinante, elle ne se prête cependant pas à un rythme narratif très rapide. À quiconque souhaite lire toute l'histoire, je recommande *Le Procès des Templiers*. Néanmoins, l'essentiel de ce que j'ai choisi de décrire repose sur des faits, ou au moins sur des conjectures.

Un chroniqueur déclare que Philippe a rencontré en secret Bertrand de Got avant qu'il devienne pape et l'a persuadé de remplir certaines obligations. Les spécialistes modernes réfutent unanimement cette idée, mais qu'il s'agisse d'une pure invention ou de la réalité, reste que le roi s'est donné beaucoup de mal pour avoir son mot à dire dans l'élection, ordonnant à Nogaret de faire pression sur le Sacré Collège pour élire un sympathisant de la politique royale française. J'ai inventé le fils de Bertrand, mais l'archevêque fut bel et bien accusé d'entretenir une liaison avec une femme de la noblesse locale. Esquin de Floyran, personnalité plutôt obscure, était Templier ; emprisonné, il fut le premier à accuser les chevaliers d'hérésie et écrivit à la fois au roi Philippe et au roi Jacques d'Aragon en prétendant avoir des preuves à l'appui. Son neveu, Martin, en revanche, est fictif. L'apparition de la commission papale et la défense des chevaliers se firent ultérieurement durant le procès, de même que les bûchers systématiques pour les chevaliers à l'extérieur de Paris. Ce qui est arrivé au fameux trésor des Templiers reste un mystère, bien qu'on croie qu'une vingtaine de chevaliers, peut-être informés à l'avance, ait pu échapper aux premières arrestations à Paris. Savoir où ses hommes sont allés et s'ils ont emporté le trésor avec eux fait l'objet de nombreuses spéculations depuis des siècles.

L'ordre du Temple n'a jamais été déclaré coupable des cent vingt-sept chefs d'accusation énumérés contre lui. Clément n'a dissous l'organisation qu'à cause des coups portés à sa réputation pendant le procès. Mais l'histoire n'est pas la même pour ses hauts officiers. Jacques de Molay et Geoffroi de Charney, considérés comme des hérétiques non repentants, furent immolés en mars 1314. La célèbre malédiction lancée par Jacques de Molay contre le roi et le pape a traversé les siècles jusqu'à nous, et bien que nous n'ayons aucun moyen de savoir si ces paroles sont ou non apocryphes, Philippe et Clément moururent tous deux dans l'année. La dynastie capétienne, dont Philippe était si fier, s'acheva sur des scandales désastreux, ses trois fils décédant rapidement les uns à la suite des autres.

Les Templiers de France et d'ailleurs admirent la plupart des crimes dont on les accusait, mais les confessions leur étaient extorquées au cours d'épouvantables séances de torture et nombre de chevaliers se rétractèrent dès que l'on y mit fin, y compris Jacques de Molay et Geoffroi de Charney, qui montèrent sur le bûcher en clamant leur innocence. Les crimes reprochés à l'Ordre ressemblent de manière frappante à ceux dont on avait accusé les cathares ou d'autres groupes devenus des cibles de la guerre de l'Église contre l'hérésie. Quand vous vouliez mettre l'opinion de votre côté au Moyen Âge, jouer sur la peur de la sorcellerie et du diable était un moyen d'y parvenir, et Philippe et ses ministres affichèrent plus d'une fois leur prédilection pour ce genre de propagande. Cependant, un crime revient encore et encore durant le procès, et presque toujours en rapport avec Hugues de Pairaud : l'accusation selon laquelle des chevaliers crachèrent sur la Croix. On a suggéré que ce pouvait être une sorte de test d'obéissance adopté par l'Ordre. Nous ne connaîtrons probablement jamais toute la vérité sur ce procès et ceux qui y furent impliqués, mais quoi qu'il se soit passé, il est assez significatif que ces moines guerriers, dans leurs manteaux blancs immaculés, aient survécu avec tant de force dans nos consciences presque sept cents ans après avoir disparu de ce monde.

Robyn Young
Brighton, juillet 2008

LISTE DES PERSONNAGES

(* signale un personnage historique ayant existé)

*Adam : cousin de William Wallace
Albert : chevalier du Temple
Alice : fille d'Ysenda, nièce de Will
*Andrew Moray : noble écossais et chef de la rébellion écossaise
*Anthony Bek : évêque de Durham
*Benoît XI : pape (1303-1304)
*Bernard Saisset : évêque de Pamiers, accusé d'hérésie par Philippe IV
*Bertrand de Got (1264-1314) archevêque de Bordeaux, il accède au trône papal sous le nom de Clément V en 1305
Blanche : dame de compagnie de Jeanne de Navarre
*Boniface VIII (1234-1303) : pape 1294-1303
*Brian le Jay : maître du Temple d'Angleterre
*Célestin V (1215-1296) : pape 1294
*Charles de Valois : frère de Philippe IV
Christiane : belle-sœur de Gray
Colin : fils d'Ede, neveu de Will
David : fils d'Ysenda, neveu de Will
*David Graham : noble écossais, fils de Patrick Graham

Duncan : premier mari d'Ysenda
Ede : sœur de Will
*Édouard Ier (1239-1307) : roi d'Angleterre (1272-1307)
*Édouard II (1284-1327) : roi d'Angleterre (1307-1327)
*Éléonore de Castille : première femme d'Édouard Ier, reine d'Angleterre
Elias : rabbin
Elwen : épouse de Will, morte en Acre en 1291
*Esquin de Floyran : ancien maître du Temple de Montfaucon
Everard de Troyes : prêtre templier et ancien chef de l'Anima Templi, mort en Acre en 1277
Gaillard : écuyer de Bertrand de Got
Garin de Lyons : ancien chevalier du Temple au service d'Édouard Ier, tué par Will en Acre en 1291
Gautier : soldat royal français
*Geoffroi de Charney : maître du Temple de Normandie
*Geoffroi de Gonneville : maître du Temple d'Aquitaine
Gérard : sergent du Temple
Gilles : soldat royal français
*Godfrey Bussa : capitaine de la garde papale
*Gray : compagnon de William Wallace
Gui : chevalier du Temple
*Guillaume de Nogaret (vers 1260-1270–1313) : juriste et conseiller royal de Philippe IV, garde des Sceaux à partir de 1302
*Guillaume de Paris : dominicain et confesseur de Philippe IV
*Guillaume de Plaisans : juriste et conseiller royal de Philippe IV
*Guy de Dampierre : comte de Flandre
Hasan : ancien camarade d'Everard de Troyes, mort à Paris en 1266
Héloïse : maîtresse de Bertrand de Got
Henri : maître fauconnier de Philippe IV
*Henry Percy : noble anglais

*Hugh de Cressingham : officier royal anglais, trésorier de l'Écosse sous Édouard Ier

*Hugues de Pairaud : visiteur du Temple

Isaac : marchand juif

*Isabelle : fille de Philippe IV et de Jeanne, épouse Édouard II d'Angleterre en 1308

*Jacques de Molay : grand maître du Temple (1293-1314)

James Campbell : chevalier du Temple et père de Will, exécuté en Terre sainte en 1266

*Jeanne de Navarre : épouse de Philippe IV, reine de France et de Navarre

*John Balliol : roi d'Écosse (1292-1296)

*John Blair : chapelain de William Wallace

John Campbell : chevalier écossais, second mari d'Ysenda

*John de Warenne : comte de Surrey

*Kalawun : sultan d'Égypte et de Syrie (1280-1290)

Laurent : chevalier du Temple

*Louis IX (Saint Louis) : roi de France (1266-1270), canonisé par Boniface VIII en 1297

Margaret : fille d'Ysenda, nièce de Will

Marguerite : dame de compagnie de Jeanne de Navarre

Marie : servante de Bertrand de Got

Martin de Floyran : chevalier du Temple, neveu d'Esquin

*Niccolo : noble italien

Owein ap Gwyn : chevalier du Temple, ancien maître de Will, tué à Honfleur en 1260

*Patrick Graham : noble écossais

*Philippe IV le Bel (1268-1314) : roi de France (1285-1314)

Pierre de Bourg : noble français

*Pierre Dubois : juriste de Philippe IV

*Pierre Flote : juriste et conseiller royal de Philippe IV, garde des Sceaux jusqu'en 1302

Ponsard : soldat royal français

*Rainald : capitaine de Ferentino

Rainier : chevalier du Temple

Raoul : fils de Bertrand de Got

*Robert Bruce : comte de Carrick, roi d'Écosse (1306-1329)

Robert de Paris : chevalier du Temple et membre de l'Anima Templi

Rose : fille de Will et Elwen

Samuel : prêteur sur gages juif

*Sciarra Colonna : noble italien

Simon Tanner : sergent du Temple

Stephen : guerrier écossais

Thomas : chevalier du Temple et membre de l'Anima Templi basé à Londres

Will Campbell : commandeur du Temple et chef de l'Anima Templi

William : fils de Rose

*William Wallace (≈1270-1305) : chevalier écossais et chef de la rébellion écossaise

Yolande : servante de Bertrand de Got

Ysenda : plus jeune sœur de Will, mère de David, Margaret et Alice

GLOSSAIRE

ACRE : ville de la côte palestinienne, également appelée Saint-Jean-d'Acre. Conquise par les Arabes en 640 après J.-C., elle fut prise par les croisés au début du XIIe siècle et devint l'un des principaux ports du royaume latin de Jérusalem. Acre était dirigé par un roi, mais à partir de la moitié du XIXe siècle, la noblesse franque locale lui disputa l'autorité. Par la suite, la ville, avec ses vingt-sept quartiers séparés, fut essentiellement gouvernée par une oligarchie.

ANIMA TEMPLI : en latin, signifie « Âme du Temple ». Organisation fictive au sein de l'ordre du Temple fondée par le grand maître Robert de Sablé en 1191, à la suite de la bataille de Hattin. Elle se compose de douze membres issus des rangs de l'Ordre, ainsi qu'un Gardien chargé de trancher les disputes, et son objectif est la réconciliation entre les fois chrétienne, musulmane et juive.

BERNARD DE CLAIRVAUX (SAINT) : (1090-1153) abbé et fondateur de l'abbaye cistercienne de Clairvaux, en France. Soutien des Templiers dès leurs débuts, Bernard aida à la rédaction de la Règle et fit reconnaître officiellement le Temple par l'Église au concile de Troyes, en 1128.

CHEVALIERS DE SAINT-JEAN : ordre fondé à la fin du XIe siècle, qui doit son nom à l'Hôpital Saint-Jean-Baptiste de Jérusalem. Également connu sous le nom d'ordre Hospitalier, sa vocation initiale consistait à soigner les pèlerins chrétiens. Mais après la première croisade, les objectifs des Hospitaliers changèrent du tout au tout. Ils conservèrent leurs hôpitaux, mais leur principale préoccupation fut la construction et la défense de châteaux en Terre sainte, le recrutement de chevaliers et l'acquisition de terres et de propriétés. Ils jouirent d'une puissance et d'un statut similaires à celui des Templiers, et les deux ordres furent souvent rivaux. À la fin des croisades, les chevaliers de Saint-Jean établirent leur quartier général à Rhodes, puis à Malte, où ils prirent le nom de chevaliers de Malte.

CHEVALIERS DU TEMPLE : ordre de chevaliers formé au début du XIIe siècle, après la première croisade. Établi par Hugues de Payns, qui avait fait le voyage à Jérusalem avec huit autres chevaliers français, l'ordre fut baptisé d'après le Temple de Salomon, où il était installé à l'origine. Les Templiers suivaient à la fois la règle religieuse et un code militaire strict. Leur raison d'être initiale était de protéger les pèlerins chrétiens en Terre sainte, mais ils excédèrent néanmoins très largement leur mission première par un dynamisme économique et militaire au Moyen-Orient comme en Europe. Ils développèrent l'une des organisations les plus florissantes et les plus puissantes de leur époque. Il y avait trois catégories différentes de Templiers : les sergents, les chevaliers et les prêtres. Seuls les chevaliers, qui prononçaient les trois vœux de chasteté, de pauvreté et d'obéissance, portaient les habits blancs distinctifs arborant la croix rouge.

CHEVALIERS TEUTONIQUES : ordre militaire de chevaliers semblable à ceux des Templiers et des Hospitaliers, dont l'origine est allemande. Les Teutoniques furent fondés en 1198 et furent responsables en

Terre sainte de la défense des terres situées au nord-ouest d'Acre. Vers la seconde moitié du XIIIe siècle, ils conquirent la Prusse où ils se basèrent par la suite.

COMMANDERIE : nom latin pour désigner les domaines administratifs des ordres militaires, des sortes de manoirs où se trouvaient également les quartiers des domestiques, des ateliers et une chapelle.

CONFÉRENCE : discussion organisée pour débattre les points d'une discorde et fixer les termes d'un accord ou d'une trêve.

CROISADES : mouvement européen de la période médiévale initié pour des raisons à la fois économiques, religieuses et politiques. La première croisade fut prêchée en 1095 par le pape Urbain II à Clermont, en France. L'appel à la croisade fut lancé pour aider l'empereur byzantin à défendre ses terres envahies par les Seldjoukides turcs, qui avaient pris Jérusalem en 1071. Les Églises romaine et grecque orthodoxe étant divisées depuis 1054, Urbain vit là une opportunité de réunifier les deux Églises et, ce faisant, d'augmenter l'emprise du catholicisme en Orient. L'objectif d'Urbain ne fut atteint que brièvement, et de manière imparfaite, avec la quatrième croisade en 1204. En deux siècles, plus de onze croisades pour la Terre sainte furent lancées depuis les rivages d'Europe.

DESTRIER : grand cheval de guerre.

DOMINICAINS : ordre dont la règle était basée sur la doctrine de saint Augustin. Fondé en France en 1215 par Dominique de Guzman, qui promulguait un catholicisme austère et évangélique, ce nouvel Ordre aida l'Église à éradiquer l'hérésie cathare. En France, ils étaient connus sous le nom de Jacobins. Les dominicains, qui continuèrent à croître rapidement après la mort de Guzman, négligeaient le luxe dont certains s'accommodaient dans la prêtrise, et bénéficiaient d'une grande instruction. En 1233, le pape les choisit pour éliminer les hérétiques et désigna des inquisiteurs officiels. Dès 1252, les inquisiteurs avaient l'autorisation de torturer pour obtenir des aveux et nombre de dominicains devinrent des membres zélés de cette nouvelle institution qui deviendrait célèbre sous le nom d'Inquisition.

ENGIN DE SIÈGE : toute machine utilisée pour attaquer les fortifications durant les sièges.

FAUCHON : courte épée à la lame recourbée, utilisée au départ dans l'infanterie.

FLANDRE : comté des Pays-Bas célèbre pour son industrie textile. Les rois de France essayèrent de prendre le contrôle du comté durant tout le Moyen Âge, qui s'allia souvent avec l'Angleterre. Les troubles qui en résultaient donnèrent naissance aux guildes marchandes, et finalement à de vraies révoltes, qui trouvèrent leur illustration la plus éclatante dans la défaite des troupes françaises à Courtrai en 1302. Au XIVe siècle, la Flandre fut annexée par le duché de Bourgogne.

GAMBESON : une cotte en cuir ou en tissu matelassé.

GASCOGNE : région du Sud-Ouest de la France qui fut incorporée au duché d'Aquitaine au XIe siècle. Après le traité de Paris en 1258, elle tomba sous l'autorité du roi d'Angleterre déjà seigneur du duché de Guyenne, alors séparé de l'Aquitaine.

GRAND MAÎTRE : chef d'un ordre militaire. Le grand maître des Templiers était élu à vie par un collège d'officiers du Temple et, jusqu'à la fin des croisades, il fut basé dans les quartiers généraux de l'Ordre en Palestine.

GUYENNE : duché du Sud-Ouest de la France, dont Bordeaux est la principale ville. La Guyenne appartenait au roi d'Angleterre, vassal du roi de France, suite au traité de Paris en 1258. Après la mort de Louis IX, l'autorité anglaise sur le duché fut disputée par les Français.

MAMELOUKS : terme arabe signifiant « esclaves », il fut donné aux gardes royaux, principalement d'origine turque, achetés et éduqués par les sultans ayyoubides d'Égypte qui en firent une armée de fervents guerriers musulmans. Connus à leur époque comme les « Templiers de l'Islam », les Mamelouks arrivèrent au pouvoir en assassinant le sultan Turan Chah, neveu de Saladin, et en prenant le contrôle de l'Égypte. Sous Baybars, l'empire mamelouk s'étendit pour englober l'Égypte et la Syrie, et ils furent les principaux artisans du départ des Francs du Moyen-Orient. Après la fin des croisades en 1291, le règne mamelouk continua jusqu'à ce que les Turcs ottomans les renversent en 1517.

MARÉCHAL : dans la hiérarchie du Temple, chef militaire.

MONGOLS : peuple tribal et nomade qui vivait à l'est, dans les steppes d'Asie, jusqu'à la fin du XIIe siècle où Gengis Khan les unifia. Il établit sa capitale à Karakorum et son empire s'étendit jusqu'en Asie, en Perse, au sud de la Russie et en Chine. La première grande défaite infligée aux Mongols fut l'œuvre de Baybars et Qutuz à Ayn Djalut en 1260. L'Empire mongol connut un déclin progressif au cours du XIVe siècle.

PALEFROI : cheval léger utilisé pour les courses quotidiennes.

PIERRE NOIRE (LA) : en arabe, « al-Hajar al-Aswad ». Relique sacrée enchâssée dans le pan est de la Ka'ba à La Mecque et maintenue en place par une bande d'argent. Durant les rituels du pèlerinage, les fidèles l'embrassent et la touchent. En 929, les Qarmates (des chiites ismaéliens) s'emparèrent de la Pierre noire et la sortirent de La Mecque en exigeant une rançon. Elle ne retrouva sa place que vingt-deux ans plus tard.

PRENDRE LA CROIX : partir en croisade. Terme dérivé des croix en tissu données à ceux qui prêtaient serment pour devenir des croisés.

RÈGLE (LA) : la Règle du Temple a été écrite en 1129 avec l'aide de saint Bernard de Clairvaux au concile de Troyes, où le Temple fut formellement reconnu. C'était un règlement à la fois religieux et militaire qui définissait la manière dont les membres de l'Ordre devaient se conduire dans toutes les situations. La Règle fut augmentée de divers ajouts au fil des ans : au XIIIe siècle, elle comptait plus de six cents clauses, dont toutes n'avaient pas la même importance, mais auxquelles les Templiers devaient se plier sous peine de sanctions allant jusqu'à l'expulsion.

ROMAN DU GRAAL : cycle populaire de romans en vogue aux XIIe et XIIIe siècles, dont le premier fut *Joseph d'Arimathie*, écrit par Robert de Borron à la fin du XIIe siècle. À partir de cette époque, le Graal, dont on pense que le concept trouve son origine dans la mythologie pré-chrétienne, fut christianisé et introduit dans la légende arthurienne. Le poète français Chrétien de Troyes, qui influencera par la suite des écrivains tels que Malory et Tennyson, le rendit célèbre au XIIe siècle. Au siècle suivant, on vit se multiplier les œuvres évoquant le thème du Graal, dont le *Parzival* de Wolfram von Eschenbach qui inspirera à Wagner son opéra. Les romans étaient composés en vers dans une langue vernaculaire et combinaient des thèmes à la fois historiques, mythiques et religieux.

ROYAUME DE JÉRUSALEM : le royaume latin de Jérusalem fut fondé en 1099, à la suite de la prise de Jérusalem par les premiers croisés. Son premier souverain fut Godefroy de Bouillon, comte franc. Jérusalem devint la capitale des croisés, mais ils la perdirent et la reconquirent à plusieurs reprises en deux siècles, jusqu'à ce que les musulmans s'en emparent définitivement en 1244, après quoi Acre acquit le statut de capitale. Trois autres États furent constitués par les envahisseurs occidentaux durant les premières croisades : la principauté d'Antioche et les comtés d'Édesse et de Tripoli. Édesse fut perdu en 1144, prise par le chef seldjoukide Zengi. Baybars conquit la principauté d'Antioche en 1268. Tripoli tomba en 1289 et Acre, la dernière ville d'importance tenue par les croisés, en 1291, signant la fin du royaume de Jérusalem et de l'influence occidentale au Moyen-Orient.

SARRASINS : au Moyen Âge, terme utilisé par les Européens pour désigner l'ensemble des Arabes et des musulmans.

SÉNÉCHAL : dans la hiérarchie du Temple, poste juste en dessous de celui du maître. Il avait tout pouvoir pour régir les domaines en l'absence du maître.

SURCOT : vêtement long et sans manches en soie ou en lin, porté en général par-dessus une cotte de mailles ou une armure.

VISITEUR : poste créé au sein de la hiérarchie du Temple au cours du XIIIe siècle. Après le grand maître, le visiteur commandait toutes les possessions du Temple en Occident.

BIBLIOGRAPHIE SÉLECTIVE

Michael Baigent et Richard Leigh, *The Inquisition*, Penguin Books, 2000.

Malcolm Barber, *Le Procès des Templiers*, Taillandier, 2007.

Geoffrey W.S. Barrow, *Robert Bruce and the Community of the Realm of Scotland*, Edinburgh University Press, 1988.

Nigel Bryant (traduit par), *The High Book of Grail : A Translation of the Thirteenth-Century Romance of Perlesvaus*, D.S. Brewer, 1978.

Campbell, Alastair of Airds, *A History of Clan Campbell Vol. 1 : From Origins to Flodden*, Polygon at Edinburgh, 2000.

John Chancellor, *The Life and Times of Edward I*, Weidenfeld and Nicolson, 1981.

John Cummins, *The Hound and the Hawk : The Art of Medieval Hunting*, Phoenix Press, 1988.

Monique Delon, *La Conciergerie, Palais de la Cité (Guide)*, Monum, Éditions du Patrimoine, 2000.

Richard Fawcett, *Stirling Castle (Official Guide)*, Historic Scotland, 1999.

John France, *Western Warfare in the Age of the Crusades, 1000-1300*, UCL Press, 1999.

Aryeh Grabois, *The Illustrated Encyclopedia of Medieval Civilization*, Octopus, 1980.

Mary G. Houston, *Medieval Costume in England and France, the 13th, 14th and 15th Centuries*, Dover Publications, 1996.

James Mackay, *William Wallace : Brave Heart*, Mainstream Publishing, 1995.

André Maurois, *Histoire de France*, Jonathan Cape, 1949 (épuisé).

Ronald Scott McNair, *Robert the Bruce, King of Scots*, Canongate, 1988.

Sophia Menache, *Clement V*, Cambridge University Press, 1998.

Helen Nicholson, *The Knights Templar . A New History*, Sutton Publishing, 2001.

David Nicolle, *A History of Medieval Life : A Guide to Life from 1000 to 1500 AD*, Chancellor Press.

Serge Prigent, *Paris en dates et en chiffres*, Éditions Jean-Paul Gisserot, 2006.

Paul Piers Read, *The Templars*, Weidenfeld and Nicolson, 1999.

Chris Tabraham (édité par), *Edinburgh Castle (Guide Officiel)*, Historic Scotland, 2003.

J.-M. Upton-Ward, *The Rule of the Templars*, The Boydell Press, 1992.

Jim Walker, *Berwick-upon -Tweed, History and Guide*, Tempus, 2001.

Alison Weir, *Isabella : She-Wolf of France, Queen of England*, Pimlico, 2006.

Charles T. Wood (édité par), *Philip the Fair and Boniface VIII, State vs. Papacy*, Holt, Rinehart and Winston, 1967.

Norman Zacour, *An Introduction to Medieval Institutions*, St James Press, 1977

Cet ouvrage a été imprimé en France par

CPI
Bussière

à Saint-Amand-Montrond (Cher)
en septembre 2009

Édition exclusivement réservée
aux adhérents du Club
Le Grand Livre du Mois
réalisée avec l'autorisation des éditions Fleuve Noir
ISBN : 978-2-286-06394-8

N° d'impression : 092658/4.
Dépôt légal : octobre 2009.